본삼국지

| 제4권 |

《삼국지》를 사랑하며 제대로 된 진짜 원본을 기다리는 수많은 독자께 이 책을 바칩니다.

나관중 상

중국 12판본 아우른 세계 최고 원본 | 최종 원색 완성본

본삼국지

4
중원 휘몰아치는 풍운

나관중 지음 | 모종강 엮음 | 리동혁 옮김 | 예슝 그림

곰

【4권 차례】

삼국정립도 (서기262년)

부여 옥저

선비 고구려

대막

동부선비
현토
창려
유성
요동

낙랑
대방

상곡
어양

중산국

진한
변한
마한
한

주천

장액 양 강호 서하 기 청 북해국

금성 상당 업 태산

장안 가정 안정 하동 관도 낙양 영천 낭야국 서 광릉

농서 유수 옹 허청 초

기산 남양 화

음평 한중 예 양 합비 건업

문산 재동 강하

성도 파서 파동 무창 여강 회계

한가 이릉 형 적벽 신도 임해

파 동정

강양 장사 임천 건안

월준 형양

영릉 계양

영창 건녕 임하 교

운남 창오

합포

교지

위 오 촉 강(羌)

89

간절히 빌어 마른 샘에 물 고여

무향후 네 번째로 계책 쓰고
남만왕 다섯 번째 사로잡히다

수레를 움직여 수백 명 기병을 데리고 몸소 앞으로 나아가 길을 알아보았다. 앞에 서이하라는 강이 있는데 물살은 세지 않으나 배와 뗏목이 보이지 않아, 나무를 찍어 뗏목을 만들게 했으나 물에 넣자 모조리 가라앉았다. 여개가 해결 방법을 내놓았다.

"강 상류에 산이 하나 있어 참대가 많답니다. 굵은 참대는 둘레가 몇 뼘이나 된다니 그것으로 부교를 만들어 건너도록 하시지요."

제갈량은 3만 명 군사를 보내 참대 수십만 그루를 베어 물에 띄워 보내게 했다. 그것을 건져 강물이 좁은 곳에 부교를 만드니 너비가 100여 자나 되었다. 대군을 움직여 강의 북쪽 기슭에 영채를 늘여 세우고, 강을 해자로 삼고 부교를 문으로 의지해 흙을 쌓아 성을 만들었다. 강의 남쪽 기슭에는 큰 영채 세 개를 한 줄로 세워 만병을 기다렸다.

가슴에 분노가 들끓는 맹획은 수십만 만병을 이끌고 서이하에 이르러, 방패와 칼을 든 장정 1만 명을 휘몰아 맨 앞의 영채에 다가가 싸움을 걸었다. 머리에 푸른 비단 띠 두건을 쓰고 몸에 새털 옷을 걸쳤으며 손으로 깃털 부채를 슬슬 흔드는 제갈량이 네 필 말이 끄는 수레에 앉아 장수들 호위를 받으며 영채 앞으로 나아갔다.

제갈량이 보니 맹획의 차림새가 굉장했다. 몸에 무소 가죽으로 만든 갑옷을 입고 머리에 새빨간 투구를 썼는데, 왼손에 방패를 끼고 오른손에 칼을 들었다. 털이 붉은 소등에 올라탄 맹획은 욕을 퍼붓고, 1만여 장정들은 칼과 방패를 춤추며 촉군 진을 치려고 날뛰었다.

제갈량은 급히 군사를 영채로 불러들여 사면의 문을 닫아걸고 나가 싸우지 못하게 했다. 만병들이 옷을 홀딱 벗고 알몸으로 영채 문 앞까지 와서 더러운 욕을 퍼부어, 장수들이 크게 노해 싸우려 하자 제갈량이 말렸다.

"만인들은 임금의 가르침에 따르지 않는데, 이번에는 기세가 미칠 듯이 사나우니 맞서서는 아니 되고 며칠 굳게 지켜야 하네. 사나운 기세가 좀 풀리기를 기다려 내가 묘한 계책으로 깨뜨리겠네."

촉군은 며칠간 영채를 굳게 지켰다. 제갈량이 높은 언덕에 올라 훔쳐보니 만병들의 맥이 많이 풀려 그제야 장수들을 모았다. 먼저 조운과 위연을 불러 가만히 계책을 이르고, 다음에 왕평과 마충을 불러 이야기하고, 다시 마대를 불러 명했다.

"나는 남쪽 영채를 버리고 강의 북쪽으로 물러가겠네. 군사가 물러가면 다리를 뜯어 하류로 옮겨 자룡과 문장의 군사가 강을 건너게 하게."

제갈량은 장익을 불렀다.

"군사가 물러가면 영채 안에 등불을 많이 켜게. 맹획이 쫓아올 것이니 뒷길을 끊게."

군사가 물러가고 영채 안에 등불이 수없이 켜지자 만병들은 감히 들이치지 못하다가 이튿날 동틀 무렵, 맹획이 대부대를 이끌고 촉군의 세 영채에 이르렀다. 안에는 군사가 없고 식량과 말먹이 풀 수레만 수백 대가 남아 있어 맹우가 걱정했다.

"제갈량이 영채를 버리고 달아났으니 계책이 있지 않을까요?"

"내가 헤아려보면 제갈량이 물자를 버리고 간 것은 국내에 긴급한 일이 생겼기 때문이다. 오가 침범하지 않았으면 위에서 정벌을 나왔겠지. 짐짓 등불을 켜 우리에게 의심하게 만들고 수레를 버리고 간 것이니 어서 쫓아가자. 기회를 놓쳐서는 아니 된다."

맹획이 몸소 선두를 휘몰아 서이하 앞에 이르니 강의 북쪽 언덕 영채에는 깃발들이 예나 다름없이 정연해 아침노을같이 찬란하고, 강변 일대가 비단으로 둘러친 듯 볼만했다. 만병들이 감히 나아가지 못하자 맹획이 단언했다.

"내가 쫓는 것이 두려워 제갈량이 강기슭에 잠시 머무르는 것이다. 이틀도 지나지 않아 달아난다."

맹획은 만병들을 기슭에 주둔시키고 참대로 뗏목을 만들어 강을 건널 채비를 했다. 그러나 촉군이 벌써 자기네 경계로 깊숙이 들어갔을 줄은 전혀 몰랐다.

이날 세찬 바람이 사납게 몰아치는데 사방에서 불이 환하게 하늘을 비추고 북소리가 땅을 울리며 촉군이 달려오니 만인 군사는 저희끼리 부딪치며 밀쳐댔다. 맹획은 깜짝 놀라 급히 종족과 장정들을 이끌고 길을 뚫어 옛 영채로 달려가는데 뜻밖에도 영채 안에서 군사 한 떼가 짓쳐 나오니 앞장선 장수는 조운이었다. 맹획이 황급히 서이하로 돌아와 후미진 산속으로 달아나는데 또 군사가 달려 나오니 이번에는 마대였다.

맹획은 패한 군사 수십 명을 이끌고 산골짜기로 달아났다. 남쪽과 북쪽, 서쪽에서는 먼지가 일고 불빛이 비쳐 감히 달려가지 못하고 동쪽을 향해 달아날 수밖에 없었다. 두 산 사이를 돌아서자 큰 숲 앞에서 사람들이 나타나 수십 명 시종이 작은 수레 한 대를 에워쌌는데, 수레 위에 단정히 앉은 사람은 제갈량이었다.

"만왕 맹획아! 하늘이 너를 망하게 했으니 내가 여기서 기다린 지 이미 오래다!"

맹획은 크게 노해 좌우를 돌아보았다.

"내가 이 사람의 간사한 계책에 걸려 세 번이나 모욕을 받았는데 다행히 여기서 마주쳤다. 너희는 힘을 떨쳐 나아가 사람과 수레를 함께 찍어 가루로 만들어라!"

말 탄 만병 몇이 힘을 떨쳐 나아가고 맹획이 앞장서서 고함치며 숲 앞으로 달려갔으나 풀썩 소리와 함께 구덩이를 살짝 가린 덮개를 밟아 모두 빠지고 말았다. 숲속에서 위연이 수백 명 군사를 이끌고 나와 하나하나 끌어내 밧줄로 묶었다.

제갈량은 먼저 영채로 돌아가 만병들의 항복을 받고 여러 추장과 장정들을 달랬다. 술과 고기를 많이 내어 후하게 대접하고 모두 돌려보내니 만병들은 감탄하면서 돌아갔다. 이윽고 장익이 맹우를 잡아 오자 제갈량이 따끔하게 훈계했다.

"너희 형이 어리석어 틀린 생각에 빠졌으니 너는 응당 충고를 올려야 하지 않느냐? 이제 나에게 네 번이나 잡혔으니 무슨 얼굴로 사람들을 보겠느냐?"

맹우는 부끄러운 기색이 가득해 땅에 엎드려 빌었다.

"내가 너희를 죽이더라도 오늘은 아니다. 잠시 살려줄 것이니 형을 잘 권하여라."

맹획은 제갈량 눈앞에서 함정에 빠져 ▶

武鄉侯四番用計者

제갈량이 밧줄을 풀어 놓아주어 맹우는 눈물을 흘리며 절하고 떠났다. 이어서 위연이 맹획을 잡아 오자 제갈량이 꾸짖었다.

"또 사로잡혔으니 무슨 할 말이 있느냐!"

"내가 실수로 간사한 계책에 걸렸으니 죽어도 눈을 감지 못하겠다!"

제갈량이 끌어내 목을 치라고 호령하는데도 맹획은 눈곱만큼도 두려워하는 기색 없이 제갈량을 돌아보았다.

"감히 다시 돌려보낸다면 틀림없이 네 번 잡힌 한을 풀겠다!"

제갈량은 허허 웃더니 밧줄을 풀어주고 술을 내려 놀란 가슴을 진정시켰다.

"내가 네 번이나 예절로 대하는데 아직도 순종하지 않으니 어찌 그러는가?"

"나는 비록 가르침을 받지 못한 미개한 곳의 사람이지만 승상처럼 간사한 계책에만 매달리지는 않소. 그러니 어찌 복종하겠소?"

"그대를 놓아주어 돌려보내면 다시 싸울 수 있는가?"

"승상이 나를 다시 붙들면 그때는 마음을 다 바쳐 항복하겠소. 우리 동의 재물을 모조리 바쳐 군사를 위로하고 맹세코 반란의 뜻을 갖지 않겠소."

제갈량이 웃으며 놓아주어 맹획은 절하여 고맙다고 인사하고 갔다. 길에서 여러 동의 장정 수천 명을 모아 남쪽으로 구불구불 돌아가는데 먼발치에서 먼지가 일어나며 군사 한 대가 마주 왔다. 아우 맹우가 패한 군사를 정돈해 맞이하러 오는 길이었다.

"우리 군사는 거듭 지고 촉군은 거듭 이겨 맞서기 어렵습니다. 산속 서늘한 굴에 숨어 나오지 않으면 촉군은 더위를 못 이겨 물러갑니다."

맹획이 물었다.

"어디에 피할 곳이 있느냐?"

"서남쪽으로 동이 하나 있는데 독룡동이라 합니다. 동의 주인 타사대왕은 이 아우와 아주 친하니 거기로 가시면 됩니다."

맹획이 맹우를 먼저 보내자 타사대왕이 군사를 이끌고 나왔다.

"이제 마음 놓으십시오. 촉군이 오면 사람 하나 말 한 필 돌아가지 못하고 제갈량과 함께 여기서 죽도록 하겠습니다."

맹획은 크게 기뻐 계책을 물었다.

"우리 동으로 들어오려면 길이 두 갈래밖에 없습니다. 동북쪽 길은 바로 대왕께서 오신 길인데 지세가 평탄하고 땅이 부드러우며 물이 달아 사람과 말이 다닐 수 있습니다. 하지만 나무와 돌을 쌓아 동 어귀를 막으면 100만의 무리가 있어도 들어올 수 없습니다. 서북쪽에도 길이 하나 있는데 산은 험하고 고개는 가파르며 길이 좁습니다. 거기에 오솔길이 있으나 독사와 전갈이 많이 숨었습니다. 황혼 무렵이면 독기가 뿌옇게 일어나 사시, 오시가 되어야 사라지니 미시, 신시, 유시에만 오갈 수 있습니다. 하지만 물을 마실 수 없어 사람과 말이 지나기 어렵습니다. 이곳에는 독한 샘물이 네 개 있으니 첫 샘의 이름은 아천(啞泉)으로 물이 꽤나 단데 바로 길가에 있지요. 사람이 마시면 말을 못 하게 되고 열흘이 지나지 않아 죽습니다. 다음 샘은 멸천(滅泉)으로 끓는 물과 다름없어 사람이 닿으면 가죽과 살이 문드러지고 뼈가 드러나 죽습니다. 다음 샘은 흑천(黑泉)으로 물은 맑으나 몸에 닿으면 손발이 시커멓게 변하면서 죽고 맙니다. 다음 샘은 유천(柔泉)으로 물이 얼음처럼 차서 마시면 목구멍에서 더운 기운이 사라지고 몸이 솜처럼 부드러워지면서 죽어버립니다. 그곳은 벌레와 새마저 사라진 고장으로 다만 한의 복파장군만 왔을 뿐, 사람 하나 온 적이 없습니다. 나무와 돌을 쌓아 동북쪽 큰길을 막고 대왕께서 편안히 저희 동에 드시면 됩니다. 촉군은 동쪽 길이 막히면 서쪽 길로 들어오는데, 길에서 반드시 네 군데 샘물을 마시게 되니 100만의 무리라도 모두 돌아가지 못합니다. 그러니 구태여 창칼을 휘두를 것이 있습니까!"

【사시·오시는 오전 9시부터 오후 1시까지고, 미시·신시·유시는 오후 1시부

터 7시까지다. 아천은 벙어리가 되는 샘, 멸천은 멸망의 샘, 흑천은 검은 샘, 유천은 부드러운 물이라는 뜻이다. 복파장군은 마초의 선조인 후한의 명장 마원인데, 이때는 죽은 지 170년이 넘었다. 그렇게 오랜 세월 한인들이 와보지 못한 고장이니 맹획도 기운이 나게 되었다.】

맹획은 너무 기뻐 이마에 두 손을 대고 하늘에 감사를 드렸다.

"오늘에야 몸을 붙일 곳이 있게 되었소!"

껄껄 웃더니 북쪽을 바라보며 손가락질했다.

"제갈량이 아무리 귀신같이 헤아리고 신선처럼 내다보더라도 별 볼 일 없지! 네 곳 샘물이 그동안 패한 원한을 넉넉히 갚아줄 것이다!"

맹획과 맹우는 날마다 타사대왕과 잔치를 벌였다.

제갈량은 며칠간 맹획의 군사가 나오지 않자 군령을 두루 돌려 서이하를 떠나 남쪽을 향해 나아갔다. 때는 마침 6월이라 무더운 날씨가 불과 같았다. 정탐꾼이 나는 듯이 달려와 보고했다.

"맹획은 독룡동으로 물러 들어가고 나무와 돌을 쌓아 길을 막았습니다. 막힌 안쪽에는 군사가 지키는데 산은 험하고 고개는 가팔라 나아갈 수 없습니다."

제갈량이 여개를 불렀다.

"저는 이 동에 길이 하나 있다는 말은 들었지만 상세한 것은 모릅니다."

장완이 청했다.

"맹획은 네 번이나 잡혀 간이 오그라들었는데 어찌 다시 나오겠습니까? 날씨가 무더워 군사들이 지쳐서 싸워도 이익이 없습니다. 군사를 돌려 귀국하는 것이 좋겠습니다."

"그것이 바로 맹획이 노리는 것이오. 우리가 물러서기만 하면 그는 틀림없이 틈을 타 쫓아올 것이오. 여기까지 이르렀는데 어찌 그냥 돌아갈 수 있겠소?"

항복한 만병을 앞세우고 선두가 된 왕평이 수백 명 군사를 이끌고 서북쪽 오솔길을 찾아 들어가니 어느 샘 앞에 이르자 사람과 말이 목이 말라 앞다투어 물을 마셨다. 그런데 알아낸 길을 보고하려고 돌아서서 큰 영채에 이르자 모두 말을 할 수 없어 손가락으로 자기 입만 가리킬 뿐이었다.

제갈량이 깜짝 놀라 작은 수레를 움직여 나아가 보니 맑은 물이 바닥이 보이지 않을 정도로 깊은데 찬 기운이 선뜩해 장졸들은 감히 몸으로 시험해보지 못했다.

제갈량은 수레에서 내려 높은 곳에 올라 바라보았다. 사방 봉우리와 고개에서 새 울음소리조차 들리지 않아 의심하는데, 멀찍이 고개 위에 옛날 사당이 보여 덩굴을 휘어잡고 칡에 몸을 붙이며 올라가 보았다.

돌로 만든 집안에 단정히 앉은 장군의 상이 있고 곁에 돌비석이 세워져 있으니 바로 한의 복파장군 마원의 사당이었다. 예전에 마원이 만인의 난을 평정하러 왔는데, 토박이들이 사당을 세워 제사를 드리는 것이었다.

제갈량은 두 번 절을 하고 빌었다.

"이 양은 선제께서 고아를 부탁하신 무거운 책임을 물려받고, 성지를 받들어 만인을 평정하러 왔습니다. 만인 땅이 평정되면 위를 정벌하고 오를 삼켜 한의 황실을 다시 편안하게 하려 합니다. 장졸들이 지리를 몰라 독이 있는 물을 잘못 마셔 소리를 내지 못하니, 존귀하신 신께서 우리 한의 은혜와 의리를 떠올리시어 영검하신 재주를 드러내 삼군을 보호해주시기를 빌고 또 빕니다!"

기도를 마치고 사당에서 나온 제갈량이 사람을 찾아 해독하는 법을 물어보려고 이곳저곳 돌아보자 먼발치 산에서 한 늙은이가 지팡이를 짚고 걸어오는데 모습이 아주 특이했다. 급히 사람을 보내 사당 앞으로 모시자 그가 인사했다.

"이 늙은이는 큰 나라 승상의 높으신 명성을 들어 모신 지 오래인데 다행히 뵙게 되었습니다. 만인 땅에는 승상께서 목숨을 살려주신 사람들이 많아 모두 감격합니다."

샘물이 사람을 상하게 한 까닭도 알려주니 제갈량은 놀라워했다.

"그렇다면 만인 땅은 평정할 수 없소. 만인 땅도 평정하지 못하고 어찌 오와 위를 없애고 한의 황실을 부흥시킬 수 있겠소? 선제께서 고아를 맡기신 무거운 부탁을 저버리게 되었으니 사는 것이 죽기보다 못하오!"

늙은이가 위로했다.

"승상께서는 걱정하지 마십시오. 어려움을 풀 만한 곳을 알려드리리다. 서쪽으로 몇 리를 가면 산골짜기가 있는데, 안으로 20리를 들어가면 만안계(萬安溪)라는 계곡이 있습니다. 거기에 고명한 선비가 한 분 계시어 호를 '만안은자'라 하니 계곡에서 나오지 않은 지 수십 년이 넘습니다. 그의 초가 뒤에 안락천이라는 샘이 있어, 독한 샘물을 먹어 중독된 사람이 마시면 바로 낫습니다. 또 옴에 걸렸거나 독에 다친 사람은 만안계에서 목욕하면 자연히 무사해집니다. 또 암자 앞에 해엽운향이라는 풀이 있으니 한 잎 뜯어 입에 물면 숲의 독기가 몸을 해치지 못합니다. 승상께서는 어서 가셔서 구하십시오."

제갈량은 고맙다고 절하고 물었다.

"어른께서 목숨을 살려주신 은덕이 너무나 고마우니 높은 성함을 듣고 싶소."

늙은이는 몸을 일으켜 사당으로 들어가며 대답했다.

"나는 이 산의 산신이오. 복파장군 명을 받들어 특별히 길을 가르쳐드리러 왔소."

말을 마치고 한마디 소리치자 사당 뒤 돌벽이 갈라져 그 속으로 들어가 버렸다.

이튿날 제갈량은 향과 예물을 갖추고, 왕평과 목이 막힌 군사들을 데리고 길을 찾아 나아갔다. 산골짜기 오솔길로 20여 리를 가자 굵은 소나무와 잣나무가 가득한데 참대가 무성하고 꽃이 기이했다. 그 가운데에 장원이 하나 있어, 울타리 사이로 초가가 몇 채 보이고 향긋한 냄새가 풍겨왔다.

제갈량이 다가가 문을 두드리자 아이가 나와서 이름을 대려 하는데, 벌써 한 사람이 모습을 나타냈다. 참대 관을 쓰고 짚신을 신었으며 흰 두루마기를 입었는데, 눈알이 푸르고 머리가 노란 사람이 기꺼이 말을 걸었다.

"오신 이는 혹시 한의 승상이 아니십니까?"

"고명한 선비께서 어찌 아십니까?"

"승상께서 군사를 지휘하시는 큰 깃발이 남쪽으로 내려와 정벌하신다는 것을 들은 지 오래이니 어찌 모르겠소이까?"

제갈량이 초당으로 들어가 인사를 마치고 청했다.

"이 양은 소열황제께서 고아를 부탁하신 무거운 책임을 지고, 황제의 성지를 받들어 대군을 거느리고 나와 이 나라가 임금의 가르침을 받게 하려 하는데, 뜻밖에도 맹획이 독룡동에 들어가 숨고 장졸들이 아천의 물을 잘못 마셨습니다. 어제 복파장군께서 영검을 보이시어 고명한 선비께 약샘이 있어 장졸들을 고칠 수 있다고 알려주셨습니다. 양이 한의 조정 신하이고, 싸움에 나온 사나이들이 진창에 빠진 듯 불구덩이에 들어간 듯 고생하는 것을 가엾게 여기신다면 신묘한 물을 내리셔서 장졸들 목숨을 구해주시기 빕니다."

은자는 선선히 대답했다.

"산과 들에 묻혀 사는 쓸모없는 늙은이가 수고스럽게 승상을 여기까지 오시게 했소이다. 샘물은 바로 암자 뒤에 있소이다."

아이가 왕평과 벙어리가 된 장졸들을 데리고 샘물에 가서 물을 길어 마시게 하니 사람들은 더러운 침을 토하고 말을 하게 되었다. 아이는 또 장졸들을 이끌고 만안계로 가서 목욕하게 했다. 은자는 암자 안에서 잣 차와 송화 요리를 내놓아 제갈량을 대접하며 알려주었다.

"여기 만인들 동에는 독사와 전갈이 많은데, 한들거리며 날아다니는 갯버들 털이 냇물과 샘물에 떨어져 물을 마실 수 없소이다. 땅을 파서 샘을 찾아 물을 길어 마셔야 합니다."

제갈량이 또 해엽운향을 청하니 은자는 장졸들을 시켜 마음껏 뜯게 했다. 제갈량이 절을 하며 성명을 묻자 은자가 웃으며 대답했다.

"저는 맹획의 형 절(節)이올시다."

제갈량이 깜짝 놀라는데 은자가 계속했다.

"승상께서는 의심하지 마시고 제가 한마디 말씀을 드리게 해주시오. 저희 부모가 세 아들을 낳았으니 맏이는 바로 이 늙은이고 둘째는 획, 막내는 우올시다. 두 분 부모가 돌아가시자 두 아우는 거세고 악하게 놀면서 임금의 가르침에 따르지 않았지요. 제가 거듭 말렸으나 아우들이 따르지 않아 저는 성명을 바꾸고 여기 숨어 삽니다. 지금 욕된 아우가 반란을 일으켜, 승상께서 오곡이 나지 않는 땅으로 깊이 들어오시어 수고하시게 되었으니 이 절은 만 번 죽어 마땅합니다. 먼저 승상 앞에 죄를 빕니다."

제갈량이 감탄했다.

"이제야 도척과 하혜의 일이 오늘에도 있음을 믿게 되었습니다."

【도척이란 《장자》에 나오는 큰 도적이고, 하혜는 바로 유하혜라는 이름난 도덕 군자로 여자가 품에 안겨도 마음이 흔들리지 않았다는데, 전혀 비슷하지 않은 두 사람이 실은 형제였다는 것이다.】

제갈량이 물었다.

"천자께 아뢰어 공을 왕으로 세우면 어떻겠습니까?"

맹절은 한마디로 막았다.

"번거로운 게 싫어 달아났는데 어찌 다시 부귀를 탐하겠습니까!"

제갈량이 금과 비단을 선물하니 맹절은 한사코 사절해 기어이 받지 않았다. 제갈량은 거듭 한숨을 쉬고 맹절과 헤어져 돌아왔다.

큰 영채로 돌아온 제갈량이 장졸들에게 땅을 파 물을 찾게 했으나 200여 자나 팠는데도 물 한 방울 나오지 않고, 10여 곳을 팠으나 똑같아 군사들은 속이 떨렸다. 제갈량은 한밤중에 향을 피우고 하늘에 빌었다.

"신 양은 재주 없으나 대한의 복을 우러러 받들어 명령을 받고 만인 땅을 평정하러 왔습니다. 길에서 물이 모자라 군사와 말들이 목말라 하니 하늘의 신께서 대한을 멸망시키지 않으신다면 바로 달콤한 샘을 내려주시옵소서! 대한의 운이 이미 끝났으면 신 양을 비롯한 장졸들은 여기서 죽고 말겠습니다!"

기도를 마치고 동틀 무렵에 보니 전날 파놓은 우물마다 시원한 물이 그득했다. 후세 사람이 시를 지어 찬탄했다.

나라 위해 오랑캐 치는 대군 이끄는데
바른 도리 지키니 신의 뜻에 어울린다
경공이 우물에 절해 단 샘이 나왔고
제갈량 경건한 정성으로 밤에 물이 솟았네

【경공(耿恭)은 후한 명제 때 서역 부족들을 어루만지고 둔전을 관리하는 벼슬을 하다 소륵성에서 흉노에게 에워싸였다. 식량이 떨어져 쇠뇌와 갑옷을 삶아 시위와 가죽을 먹으며 버티는데, 흉노가 샘을 막아 마실 물이 떨어졌다. 성안에 우물을 팠으나 150자를 파도록 물이 나오지 않았다. 그래서 경공이 옷매무시를 단정히 하고 샘에 두 번 절했더니 샘물이 콸콸 솟았다. 정사에 기록된 사실인데 한나라 구원병이 왔을 때 소륵성에는 26명만 남았고, 포위를 뚫고 싸우면서 석 달 넘

게 걸려 옥문관으로 돌아왔을 때는 겨우 13명이 살아남았다고 한다.】

제갈량의 군사가 달콤한 샘물을 얻어 무사히 독룡동 앞에 이르러 영채를 세우니 타사대왕은 믿을 수가 없어 맹획과 함께 높은 산에 올라 바라보았다. 과연 촉군은 아무런 탈도 없이 멀쩡해, 크고 작은 물통으로 물을 날라 말을 먹이고 밥을 지었다. 그 광경을 보자 머리가 쭈뼛 일어선 타사대왕이 맹획을 돌아보았다.

"이것은 신의 군사입니다!"

맹획이 하소연했다.

"우리 형제는 죽기를 무릅쓰고 싸우겠소. 촉군 앞에서 죽더라도 어찌 순순히 밧줄에 묶일 수 있겠소?"

"대왕의 군사가 지면 내 식솔도 끝장납니다! 소를 잡고 말을 죽여 동의 장정들을 잘 먹이고, 물불 가리지 않고 곧장 영채로 쳐들어가야 이길 수 있소이다."

이때 별안간 독룡동 서쪽 은야동 21동 동주 양봉이 3만 군사를 이끌고 도우러 왔다.

"나에게 정예 군사 3만이 있어 모두 철갑을 걸치고 나는 듯이 산을 타고 고개를 넘으니 넉넉히 촉군 100만과 맞서 싸울 수 있습니다. 내 아들 다섯이 모두 무예에 정통하니 대왕을 돕겠습니다."

양봉이 아들들을 불러 맹획에게 절을 올리게 하자 모두 표범 몸뚱이에 호랑이 몸집을 가진 장사들인데 위풍이 당당했다. 맹획이 대단히 기뻐 술상을 차려 대접하는데 차츰 술기운이 오르자 양봉이 말했다.

"술자리에 즐길 거리가 없으니 내 아래에서 종군하는 만인 여자들이 칼과

양봉은 아들들을 시켜 맹획 붙잡고 ▶

방패로 춤을 추어 웃음을 드릴까 합니다."

맹획이 기꺼이 그 말에 따르자 잠시 후 만인 여자 수십 명이 머리를 풀어헤치고 맨발 바람으로 장막 밖에서 춤을 추며 들어오는데, 만인들이 손뼉을 치고 노래를 불러 어울리자 양봉이 두 아들을 시켜 술을 권하게 했다.

두 아들이 잔을 들고 가서 권해 맹획 형제가 받는데, 양봉이 느닷없이 버럭 호통치자 두 아들이 어느새 두 사람을 자리에서 끌어내렸다. 타사대왕은 달아나려 했으나 이미 양봉에게 붙들리고 만인 여자들이 장막 윗자리를 나란히 가로막아 부하들은 누구도 다가가지 못했다.

맹획이 양봉에게 물었다.

"예로부터 '토끼가 죽으면 여우가 슬퍼하고, 짐승들도 같은 무리가 죽으면 서글퍼한다[兎死狐悲토사호비 物傷其類물상기류]'고 했다. 너나 나나 동의 주인이고 옛날에 원한을 맺지 않았는데 어찌하여 나를 해치느냐?"

양봉이 대답했다.

"우리 형제와 아들, 조카들은 모두 제갈 승상께서 목숨을 살려주신 은혜에 감격하지만 갚을 길이 없었다. 너희가 반란을 일으키니 어찌 산 채로 붙잡아 승상께 바치지 않겠느냐?"

양봉은 맹획, 맹우와 타사대왕을 비롯한 사람들을 묶어 제갈량의 영채로 끌고 갔다.

"제 아들과 조카들이 모두 승상의 은혜를 입어 맹획과 맹우를 붙잡아 바칩니다."

제갈량은 후한 상을 내리고 맹획을 끌어오게 했다.

"네가 이번에는 마음으로 굴복해 순종하겠느냐?"

맹획이 우습다는 듯 대답했다.

"너희 재주가 좋아서가 아니라 내 동의 사람들이 제 편을 해쳐 이렇게 되었다. 죽이겠으면 죽여라. 기어이 굴복하지 않겠다!"

"너희는 나를 속여 물이 없는 땅으로 이끌어 들이고, 아천이니 멸천, 흑천, 유천이 그처럼 독했지만 내 군사는 아무 탈도 없으니 이것은 하늘의 뜻이 아니고 무엇이냐? 너는 어찌하여 그릇된 생각에서 빠져나오지 못하느냐?"

맹획이 또 외고집을 부렸다.

"내가 대대로 은갱산 속에서 살았는데 거기에는 험한 강 셋이 막아주고 관들이 겹겹이 지켜준다. 너희가 만약 거기서 나를 사로잡으면 내 아들에 손자를 이어, 손자의 아들에 손자를 이어 마음을 다 바쳐 섬기겠다."

"내가 또 놓아줄 테니 다시 군사를 정돈해 승부를 가르자. 다시 너를 잡아도 순종하지 않으면 구족을 멸하겠다!"

제갈량이 또 놓아주어 맹획은 두 번 절하고 갔다.

제갈량은 맹우와 타사대왕도 밧줄을 풀어주고 술과 음식을 내려 놀란 가슴을 진정시켜 돌려보냈다.

이야말로

험한 땅 깊이 들어가기 쉽지 않은데
기이한 지모 펼침이 어찌 우연이랴

맹획이 다시 달려오면 승부는 어찌 될까?

90

일곱 번 잡아, 일곱 번 놓아 주다

[七縱七擒칠종칠금]

가짜 짐승으로 여섯 번째 만병 깨뜨리고

등갑군을 불태워 일곱 번째 맹획을 잡다

제갈량은 양봉 부자에게 벼슬을 내리고 동의 군사들에게는 후한 상을 주었다.

맹획 무리는 밤을 새워 은갱동으로 달려갔다. 그 동 밖에는 강이 셋이 있어 노수와 감남수, 서성수라 하는데 세 갈래 물이 합치는 곳을 삼강(三江)이라 불렀다. 그 동의 북쪽으로 300여 리 평탄한 땅이 펼쳐져 있어 갖가지 물산이 많이 나왔다.

동에는 산이 있어 고을을 빙 둘러 에워싸고, 산 위의 광산에서 은이 나와 이름이 은갱산이었다. 맹획은 산속에 궁전을 만들고 누각과 단을 지어 만왕의 소굴로 삼았다. 해마다 하늘이 빗물을 잘 내려주면 벼 따위 곡식을 심어 먹고, 곡식이 제대로 자라지 않으면 짐승을 잡아 밥으로 삼았다. 구역마다 우두머리는 '동주'라 부르고 버금가는 자는 '추장'이라 했다.

은갱동으로 돌아간 맹획은 종족 무리 1000여 명을 모아 궁전 안에서 술을 마시며 잔치를 벌였다. 낮은 상도 없이 바닥에 모두 그대로 앉는데 앞에 금그릇 은그릇을 벌려놓고 맹획이 물었다.

"내가 거듭 촉군에게 원수를 갚아야 하는데 고명한 소견이 있느냐?"

"저는 대왕께서 욕을 보셨다는 말을 듣고 늘 분하고 원통했습니다. 병법으로 겨루어서는 제갈량을 물리치기 어려우니 그를 깨뜨릴 사람을 추천하겠습니다."

사람들이 보니 맹획의 처남이며 팔번부장으로 있는 대래동주였다.

"서남쪽에 있는 팔납동주 목록대왕은 법술에 정통해서 행차할 때는 반드시 코끼리를 탑니다. 바람을 부르고 비를 내리게 하며, 호랑이와 표범, 승냥이와 이리, 독사와 전갈이 그를 따르고, 신병(神兵) 3만을 거느리는데 아주 용맹합니다. 대왕께서 글을 쓰고 예물을 갖추시면 제가 찾아가 청을 드리겠습니다. 이 사람이 나서면 촉군이 두려울 게 무엇입니까!"

맹획은 기꺼이 처남에게 글을 주어 보내고 타사대왕에게 삼강성을 지키게 하여 앞을 막아주는 울타리로 삼았다.

제갈량이 삼강성에 이르러 멀리 바라보니 성은 세 면이 강에 닿고 한쪽만 땅과 통했다. 곧 조운과 위연을 보내 군사 한 대를 거느리고 땅으로 들어가 성을 치게 하니 성 위에서 활과 쇠뇌가 일제히 살을 날렸다.

동 안의 사람들은 모두 활과 쇠뇌 쏘는 법을 익혔는데 쇠뇌를 쏘면 한꺼번에 살이 열 대가 날아왔다. 살촉에는 독약이 발려 있어 화살에 맞으면 살갗과 살이 썩어 내장이 드러난 채 죽었다. 조운과 위연은 이길 수 없어 돌아와 제갈량에게 독약 발린 화살 이야기를 했다.

제갈량은 작은 수레를 타고 몸소 나아가 허실을 살펴보고 군사를 몇 리 물려 영채를 세웠다. 만병들은 촉군이 물러가는 것을 보고 모두 낄낄거리며 밤에 마음 놓고 잠을 자면서 정탐꾼도 내보내지 않았다.

군사를 단속해 뒤로 물러선 제갈량은 영채 문을 닫아걸고 닷새 동안 아무런 명령도 내리지 않았다. 그러다 어느 날 황혼 무렵 바람이 솔솔 불자 명령을 돌렸다.

"군사들은 모두 옷깃을 한 폭씩 갖추어 초저녁 점검에 응하라. 옷깃이 없는 자는 목을 친다!"

장졸들이 명령에 따라 준비하자 초저녁에 또 명령을 전했다.

"군사들은 옷깃에 흙을 싸 흙 주머니를 만들라. 없는 자는 목을 친다!"

군사들이 준비를 마치자 세 번째 명령이 돌았다.

"군사들은 흙을 삼강성 아래에 갖다 바쳐라. 먼저 이른 자는 상을 준다."

군사들이 흙주머니를 들고 나는 듯이 성 아래로 달려가니 제갈량은 흙을 모아 비탈길을 만들며 먼저 성에 올라간 자는 으뜸 공로를 세운다고 했다. 촉군 10여 만과 항복한 군사 1만여 명이 옷깃에 싼 흙을 일제히 성 아래에 쏟아붓자 눈 깜빡할 사이에 산이 이루어져 성벽 꼭대기까지 이어졌다. 나지막한 암호 소리와 더불어 촉군이 모두 성벽으로 올라가자 만병들이 급히 쇠뇌를 쏘려 했으나 이미 태반이 붙잡히고 나머지는 성을 버리고 달아났다.

타사대왕은 어지러운 싸움 중에 죽고, 삼강성을 손에 넣은 제갈량은 새로 얻은 진귀한 보물들을 모두 삼군에 상으로 내렸다.

도망쳐온 만병들 말을 듣고 맹획이 깜짝 놀라는데, 다시 촉군이 강을 건너 동 앞에 영채를 세웠다고 하니 당황해 어쩔 줄 몰랐다. 이때 병풍 뒤에서 한 사람이 깔깔 웃으며 나왔다.

"사내가 되어 어찌 그리 슬기가 없어요? 나는 한낱 여인이지만 당신을 위해 나가서 싸우겠어요."

맹획의 아내 축융부인(祝融夫人)이었다. 전설 속 임금 제곡 아래에서 불을 맡은 화정 벼슬을 하다 후세에 불의 신으로 추앙된 축융씨 후예로, 칼을 던지면 백 번 다 겨눈 바를 맞혔다. 맹획이 죽다 살아난 기분으로 벌떡 일어나 감사하자 부인은 기꺼이 말에 올라 종족 맹장 수백 명과 힘을 조금도 빼지 않은 군사 5만을 이끌고 은갱동을 나가 촉군과 맞섰다.

동 입구를 돌아나가자 촉군 한 떼가 앞을 막으니 장수는 장억이었다. 만병들이 두 길로 벌려 서자 어느덧 축융부인이 나왔다. 머리를 늘어뜨리고 신을 신지 않았으며 붉은 옷을 입고 등에는 비도(飛刀, 던지는 칼) 다섯 자루를 꽂았는데, 18자 길이의 창을 들고 털이 곱슬곱슬한 적토마에 올랐으니 장억은 그 모습에 은근히 감탄했다.

두 사람이 말을 어울리자 몇 합도 되지 않아 축융부인이 말을 돌려 달아났다. 장억이 쫓아가자 공중에서 칼 한 자루가 날아 내려와 급히 손으로 막아쳤으나 칼이 손보다 빨라 정확히 장억의 왼팔에 꽂혔다. 장억이 몸을 뒤집으며 말에서 굴러떨어지자 만병들이 '우와!' 달려들어 잡아갔다. 마충이 급히 구하러 달려갔으나 장억은 이미 묶인 다음이었다. 마충이 바라보니 창을 꼬나든 축융부인이 말을 세우고 있어서 급히 달려갔으나 말이 밧줄에 걸려 넘어져 역시 잡히고 말았다.

축융부인이 두 장수를 동 안으로 끌고 가자 맹획은 술상을 차려 축하했다. 부인이 호령해 장억과 마충을 끌어내 목을 치려 하자 맹획이 말렸다.

"제갈량은 나를 다섯 번이나 놓아주었는데, 그의 장수를 죽이면 의롭지 못하오. 동 안에 가두어두고 제갈량을 잡은 다음 죽여도 늦지 않소."

부인은 그 말에 따라 웃으며 술을 마시고 즐거워했다.

장수들이 잡힌 것을 알고 제갈량이 조운과 위연, 마대에게 계책을 일러 이튿날 조운이 축융부인에게 싸움을 걸었다. 두 사람이 어울려 몇 합 싸우지 않아 조운이 말을 돌려 달아나니 부인은 매복이 있을까 두려워 군사를 거느리고 돌아갔다. 위연이 다시 싸움을 걸어 부인이 말을 달려 맞이했으나 짐짓 못

이기는 척 달아나니 부인은 역시 쫓지 않았다.

다음날 조운이 또 싸움을 걸어 몇 번 어울리다 달아났으나 부인은 창을 안장에 내려놓고 쫓지 않았다. 그런데 위연이 다시 나와 군사들을 시켜 험한 욕을 퍼붓자 그만 크게 분노해 창을 꼬나 들고 달려 나왔다. 위연이 말을 돌려 달아나자 부인은 분해 툴툴거리며 뒤를 쫓아 후미진 산속으로 달려갔는데, 별안간 요란한 소리가 나며 말에서 굴러떨어졌다. 마대의 군사가 말 다리를 거는 밧줄을 쳐놓고 기다리다 줄을 당긴 것이었다.

제갈량이 장막 윗자리에 단정히 앉아 있는데 마대가 축융부인을 잡아 오자 급히 밧줄을 풀어주게 하고 다른 장막으로 데려가 술과 음식을 내려 놀란 가슴을 진정시키게 했다. 사람을 보내 맹획에게 부인과 두 장수를 바꾸자고 하니 좋다 하여 두 사람이 돌아오고 부인도 돌아갔다.

이때 팔납동주 목록대왕이 이르렀다. 맹획이 나가 맞이하니 흰 코끼리를 타고 금과 구슬을 꿰어 만든 목걸이를 걸었는데 허리에는 커다란 칼 두 자루를 차고, 호랑이와 표범, 승냥이, 이리를 먹이는 자들을 한 무리 거느리고 동으로 들어갔다. 맹획이 두 번 절하고 그동안의 일을 구슬프게 이야기하자 선뜻 원수를 갚아주겠다고 대답해, 맹획은 크게 기뻐 잔치를 베풀어 대접했다.

이튿날 목록대왕은 군사를 거느리고 맹수들을 몰아 나아갔다. 만병이 나왔다는 말을 듣고 조운과 위연이 군사를 풀어 진을 치고 말 머리를 나란히 해 진 앞에서 바라보니 만병들의 깃발과 싸움 기구가 전과는 모두 달랐다. 하나같이 갑옷을 입지 않았는데 알몸을 홀딱 드러내고 생김새가 못났으며 몸에 뾰족한 칼 네 자루를 지녔다. 진에서는 북을 울리거나 나팔을 불지 않고 징을 울려 신호로 삼았다.

허리에 보도 두 자루를 찬 목록대왕이 손에 종을 들고 흰 코끼리에 올라 큰 깃발들 사이로 나오니 조운이 말했다.

"우리는 평생 싸움터에 나왔으나 이런 인물은 본 적이 없네."

두 사람이 바라보는데 목록대왕이 입속으로 중얼중얼 주문을 외우더니 종을 흔들었다. 그러자 느닷없이 세찬 바람이 몰아치면서 모래가 흩날리고 돌멩이가 수없이 굴러 소나기가 내리듯 했다. 그림으로 장식한 나팔이 '뚜!' 울리자 호랑이와 표범, 승냥이, 이리, 독사 따위 사나운 짐승들이 달려 나와 아가리를 쩍 벌리고 발톱을 휘두르며 덮쳐들었다. 촉군이 막아낼 수 없어 바로 물러서자 만병들이 쫓아와 삼강 경계까지 와서야 돌아갔다.

조운과 위연이 영채로 돌아가 패전의 죄를 빌자 제갈량은 웃었다.

"두 장군 죄가 아니오. 내가 초가에서 나오기 전에 이미 남만에는 호랑이와 표범을 다루어 싸움에 내모는 법이 있다는 것을 알아, 촉에서 그것을 깨뜨릴 물건을 마련해왔소. 이번에 수레 20대가 따라왔는데 모두 봉해 여기 두었소. 오늘 반을 쓰고 반을 남겨두면 뒷날 따로 쓸모가 있을 것이오."

붉은 기름칠을 한 큰 상자를 실은 수레 10대를 장막 아래로 밀고 오게 하고, 검은 기름칠을 한 큰 상자를 실은 수레 10대는 뒤에 남겨두게 하니 사람들은 그 뜻을 알 수 없었다.

상자를 열자 나무로 다듬고 색을 칠한 거대한 짐승들이 나왔다. 모두 오색 털실로 털옷을 만들고 강철로 만든 이빨과 발톱이 붙어 있었다. 짐승이 어찌나 큰지 하나에 사람 열 명이 들어갈 수 있었다. 제갈량은 건장한 군사 1000여 명을 골라 가짜 짐승 100마리를 받게 했다. 짐승들 입에는 연기와 불을 낼 물건들을 넣어 영채에 감추어두었다.

이튿날 제갈량이 군사를 거느리고 나아가 동의 입구에 진을 치자 스스로 적수가 없다고 여긴 목록대왕이 맹획과 함께 나왔다. 푸른 비단 띠 두건을 쓰고 깃털 부채를 든 제갈량은 도포를 입고 수레 위에 단정히 앉아 있었다.

맹획이 목록대왕에게 알렸다.

"수레 위에 앉은 자가 제갈량이니 그를 사로잡으면 대사가 정해지오!"

목록대왕이 입속으로 주문을 외우며 손으로 종을 흔들자 눈 깜빡할 사이에 세찬 바람이 몰아치며 맹수들이 뛰어나갔다. 그러나 제갈량이 깃털 부채를 슬쩍 흔들자 바람은 목록대왕 진으로 되돌아가고 촉군 진에서 가짜 짐승들이 몰려나갔다. 맞은편에서 입으로 불길을 토하고 콧구멍으로 시커먼 연기를 내뿜으며 몸으로 구리방울을 흔들어대는 짐승들이 이빨을 드러내고 발톱을 휘두르며 굴러가자, 목록대왕의 진짜 짐승들은 감히 전진하지 못하고 모두 돌아서서 만인들 동으로 달아났다. 그 바람에 무수한 만병들이 넘어졌다.

제갈량이 군사를 휘몰아 북과 나팔을 일제히 울리며 쫓아가 만병을 무찌르니 목록대왕은 어지러운 싸움 중에 죽고, 맹획 무리는 궁궐을 버리고 산을 넘고 고개를 지나 달아났다. 제갈량의 대군이 은갱동을 차지했다.

이튿날 제갈량이 군사를 나누어 맹획을 잡으려 하는데 보고가 들어왔다.

"맹획의 처남 대래동주가 귀순을 권했으나 맹획이 따르지 않자 맹획과 축융부인을 비롯한 종족 무리 수백 명을 사로잡아 승상께 바치러 왔습니다."

제갈량이 장억과 마충에게 계책을 이르고, 2000명 건장한 군사를 궁전 양쪽에 매복시켜 만인들을 부르니 대래동주가 맹획과 사람들을 이끌고 궁전 섬돌 아래에 엎드렸다.

제갈량이 버럭 호통쳤다.

"모두 잡아버려라!"

장졸들이 일제히 뛰어나가 만인들을 모조리 묶자 제갈량은 허허 웃었다.

"너희가 이따위 시시하고 간교한 계책으로 어찌 나를 속이겠느냐! 동 사람들이 두 번이나 너를 사로잡아 귀순했으나 내가 해치지 않자 너는 내가 항복을 깊이 믿는 줄 알고 거짓으로 항복해 나를 죽이려 한 게 아니냐?"

호령해 몸을 뒤지니 과연 사람마다 날카로운 칼을 지니고 있었다. 제갈량이 맹획에게 물었다.

"너는 너희 집에서 사로잡혀야 마음을 바쳐 복종하겠다고 했는데 오늘은 어떠하냐?"

맹획이 대답했다.

"우리가 죽을 길을 찾아온 것이지 잡힌 것이 아니니 굴복할 수 없다."

"여섯 번이나 잡혀도 굴복하지 않으면 언제까지 버티겠느냐?"

"일곱 번은 사로잡아야 마음을 바쳐 귀순하고 반란하지 않겠다."

"너희 소굴이 이미 깨졌는데 내가 무엇을 걱정하겠느냐!"

제갈량은 모두 풀어주고 호령했다.

"다시 사로잡히고도 핑계를 대면 가볍게 용서하지 않으리라!"

맹획 무리는 머리를 싸쥐고 뺑소니쳐 돌아가다 길에서 만병 1000여 명과 마주쳤다. 반 이상은 부상을 당했지만 그나마 얻게 되자 조금 기뻐 대래동주에게 물었다.

"내 동은 촉군이 차지했으니 어디 가서 몸을 붙여야 하나?"

"촉군을 깨뜨릴 나라는 하나밖에 없습니다. 동남쪽으로 700리를 가면 오과국이라는 나라가 있는데, 임금 올돌골은 키가 열두 자로 곡식을 먹지 않고 산뱀과 사나운 짐승을 먹습니다. 그는 몸에 비늘이 돋아 칼과 화살이 뚫지 못합니다. 그의 군사는 제일 작은 자의 키가 아홉 자로 얼굴이 못생기고 사나워, 보는 사람마다 놀랍니다. 모두 덩굴 갑옷을 입는데, 덩굴은 산속 냇물에서 자라 바위로 구불구불 뻗어 올라갑니다. 덩굴을 잘라 기름에 반년 담가두었다 꺼내 말리고, 다시 기름에 넣고 하기를 무려 열 번을 해서 갑옷을 만듭니다. 앞가슴과 뒷등에 한 조각씩, 두 팔에 두 조각, 큰 치마 다섯 조각이 합쳐 갑옷 한 벌을 이룹니다. 그것을 입으면 강에서도 물에 가라앉지 않고 물이 묻어도 젖지 않으며, 칼과 화살이 뚫지 못합니다. 그 군사 이름이 등갑군입니다.

대왕께서는 거기 가서 도움을 바라시지요. 그가 도와주면 제갈량을 사로잡는 것은 '날카로운 칼로 대를 쪼개는 것 [利刀破竹리도파죽]'처럼 쉽습니다."

맹획은 대단히 기뻐 오과국으로 찾아가 올돌골을 만났다. 그곳에는 집이 없고 모두 동굴에서 살았다. 맹획이 동굴에 들어가 두 번 절하고 그동안 일을 애절하게 털어놓자 올돌골이 대답했다.

"내가 우리 동 군사를 일으켜 대왕 원수를 갚겠소."

올돌골은 군사를 거느리는 두목 둘을 불렀다. 한 사람은 사안이고 다른 사람은 해니였다.

덩굴 갑옷을 차려입은 3만 군사가 오과국을 떠나 동북쪽으로 가니 앞에 강이 하나 나타나는데 이름을 도화수라 했다. 양쪽 기슭에 복숭아나무들이 있어 해마다 잎이 물에 떨어졌다. 다른 곳 사람이 물을 마시면 모두 죽는데 오과국 사람이 마시면 정신이 배로 맑아졌다. 올돌골은 도화수 나루에 이르러 영채를 세우고 촉군을 기다렸다.

제갈량이 소식을 듣고 대군을 거느리고 나아가 도화수 나루에 이르러 강 너머를 바라보니 만병들은 사람 모습 같지 않았다. 주민들에게 묻자 복숭아나무 잎이 떨어져 물을 마실 수 없다고 하여, 제갈량은 5리를 물러서서 영채를 세우고 위연에게 지키게 했다.

이튿날 오과국 임금이 등갑군 한 떼를 거느리고 강을 건너와서 위연이 군사를 이끌고 나가 맞이하자 만병들이 땅을 휘감듯 달려오는데 촉군이 쏜 쇠뇌살이 덩굴 갑옷에 맞으면 모두 튕겨 나갔다. 칼로 찍고 창으로 찔러도 갑옷은 끄떡없었다. 만병들이 모두 날카로운 칼과 강철 작살을 쓰는데 촉군은 도저히 막지 못했다.

촉군이 패하고 달아나자 만병들은 뒤를 쫓지 않고 돌아갔다. 위연이 다시 돌아와 나루까지 쫓아가 바라보니 만병들이 갑옷을 입은 채 물을 건너는데,

지친 자는 갑옷을 벗어 물에 띄우고 그 위에 앉아 강을 건넜다. 위연이 큰 영채로 돌아와 자세히 보고하니 제갈량이 여개를 찾아서 그가 설명했다.

"저는 남만 가운데 사람의 예절이라고는 알지 못하는 오과국이라는 나라가 있는 것을 압니다. 덩굴 갑옷이나 복숭아나무에 대해서도 들어보았습니다. 이런 만인 땅이야 완전한 승리를 거둔들 무슨 좋은 점이 있겠습니까? 군사를 거두어 일찍 돌아가시는 것이 좋겠습니다."

"내가 여기까지 온 것이 쉽지 않거늘 어찌 바로 가겠소? 그러면 시작만 하고 끝을 맺지 못하니 슬기롭지 못한 사람이 되오. 내가 내일 마땅히 만인들을 이길 계책이 있소."

이튿날 제갈량은 토박이와 함께 작은 수레를 타고 도화수 나루 북쪽 기슭의 후미진 산속으로 가서 지리를 두루 살펴보았다. 산세가 험하고 고개가 가파른 곳에서는 수레가 움직일 수 없어 내려서 걸었다. 어느 산에 이르러 바라보니 기다란 뱀 모양 골짜기가 눈에 들어오는데 골짜기 양쪽은 모두 반들반들한 바위벽이라 나무라고는 없고 가운데에 큰길이 한 갈래 있었다.

"이 골짜기 이름이 무엇이냐?"

제갈량이 묻자 토박이가 대답했다.

"뱀이 똬리를 튼 모습이라 하여 반사곡(盤蛇谷)이라 합니다. 골짜기를 나가면 바로 삼강성으로 가는 큰길이고, 골짜기 앞의 마을은 탑랑전이라 합니다."

"하늘이 나에게 성공하도록 도와주시는 곳이로다!"

제갈량은 크게 기뻐하고 영채로 돌아와 마대를 불러 계책을 일렀다.

"검은 기름칠을 한 큰 상자가 실린 수레 10대를 줄 테니 반드시 참대 1000대를 써야 하네. 군사를 이끌고 반사곡 앞뒤 길목을 지키면서 법에 따라 움직이게. 보름 기한을 줄 테니 모든 일을 마무리하게. 소식이 밖으로 새나가면 반드시 군법에 따라 처벌하겠네."

또 조운을 불렀다.

"반사곡 뒤 삼강 큰길 어귀에서 지키시오. 날짜를 정해 준비해야 하오."

다시 위연에게 명했다.

"군사를 이끌고 도화수 나루에 가서 영채를 세우게. 만병이 물을 건너 싸우러 오면 얼른 영채를 버리고 흰 깃발이 있는 곳으로 달아나게. 보름 안에 연이어 열다섯 번을 패하고 영채 일곱 개를 버려야 하는데, 흰 깃발이 꽂힌 곳은 바로 몸을 빼는 곳일세. 열네 번을 패하더라도 나를 보러 오지 말게."

명을 받든 위연은 자존심이 상해 울적해서 돌아갔다. 제갈량은 장익에게 군사 한 대를 이끌고 가르쳐준 곳들에 영채를 세우게 했다. 그런 다음 장억과 마충에게 항복한 만인 1000명을 이끌고 어떻게 하라고 일러주었다.

이때 맹획이 올돌골에게 알렸다.

"제갈량은 교묘한 계책이 많아 매복을 잘하니 전군에 명해 산골짜기에 나무가 많은 곳이 보이면 절대 섣불리 나아가서는 안 된다고 이르시오."

"대왕 말이 맞소. 중원 사람들이 간사한 계책을 많이 쓰는 줄을 내가 아니 그 말에 따라 움직이겠소. 대왕은 뒤에서 길을 알려주시오."

촉군이 도화수 나루 북쪽 기슭에 영채를 세웠다고 하자 올돌골은 두목 두 사람을 보내 등갑군을 이끌고 강을 건너 싸우게 했다. 몇 합도 싸우지 않아 위연이 못 견디고 달아났으나 만병들은 매복이 있을까 두려워 쫓지 않고 돌아갔다.

이튿날 위연이 또 나루터에 다가와 영채를 세우자 만병들이 다시 강을 건너 싸우러 갔다. 위연이 맞이하더니 또 몇 번 어울리지 않고 달아나니 만병들은 10여 리를 쫓아갔으나 별일이 없자 촉군 영채에 머물렀다.

이튿날 올돌골을 모시고 오자 기세 좋게 나아가 위연을 쫓았다. 촉군이 갑옷을 벗고 창칼을 내던지며 황급히 달아나 흰 깃발을 향해 달려가니 벌써 영채가 하나 세워져 있었다. 촉군이 들어가 주둔하는데 올돌골이 군사를 휘몰고 쫓아오자 위연은 다시 영채를 버리고 달아났다. 촉군 영채를 얻은 만병이 이튿날 또 앞으로 달려가자 위연은 잠시 맞서 싸웠으나 또 달아나 흰 깃발이 있는 영채로 달려가 머물렀다.

이튿날 만병이 오자 위연은 싸우는 둥 마는 둥 하다 도망가고 만병이 촉군 영채를 차지했다. 위연은 이렇게 싸우다 달아나면서 열다섯 번을 패하고 영채 일곱 개를 빼앗겼다. 올돌골이 앞장서서 촉군을 깨뜨리는데 길에서 숲이 무성한 곳이 보이면 감히 나아가지 못하고, 사람을 보내 멀리서 바라보아 나무 그늘 속에서 깃발들이 나부끼면 맹획에게 말했다.

"과연 대왕의 헤아림에서 벗어나지 않소."

맹획은 껄껄 웃었다.

"제갈량의 잔꾀가 이번에는 나한테 탄로 났소! 대왕이 며칠 동안에 열다섯 번이나 이기고 영채를 일곱 개나 빼앗으니 촉군은 먼발치에서 보기만 하고도 달아나오. 이제 도화수 나루에서 300여 리를 왔는데 촉군은 간이 오그라들고 제갈량은 계책이 바닥났으니 계속 밀어붙이면 대사가 정해지오!"

올돌골은 크게 기뻐 더는 촉군을 마음에 두지 않았다. 맹획에게는 여러 동의 군사를 이끌고 뒤에 떨어져 오게 하고 몸소 장졸들 앞에서 달려갔다.

열여섯째 날이 되어 위연은 다시 등갑군과 맞섰다. 코끼리를 탄 올돌골이 앞장서서 나오는데 머리에는 해와 달의 무늬를 그린 이리 수염 모자를 쓰고 몸에는 금과 구슬로 만든 줄을 걸쳤다. 양쪽 갈빗대 아래에서는 비늘이 드러나고 눈으로는 은은한 빛을 뿜었다. 그가 손을 들어 가리키며 욕을 퍼붓자 위연이 말을 돌려 달아나 만병 대부대가 쫓아갔다.

위연이 반사곡으로 들어가 흰 깃발을 향해 달아나자 올돌골의 대부대가 뒤를 쫓았다. 올돌골이 바라보니 양쪽 산에 숲이라고는 없어 군사가 매복할 수 없다고 생각하고 마음 놓고 쫓아갔다. 안으로 들어가자 길 가운데에 검은 기름칠을 한 큰 상자가 실린 수레 10대가 있었다.

"이곳은 촉군이 식량 나르는 길인데 대왕의 군사가 오는 것을 보고 식량 수레를 버리고 달아났습니다."

군졸이 보고해 신이 나서 쫓아가는데, 골짜기를 지나 출구로 나가려 하자 촉군은 보이지 않고 통나무와 돌덩이들이 마구 굴러 내려와 길을 막아버렸다. 올돌골이 장졸들을 호령해 길을 뚫고 나가자 앞에서 크고 작은 수레들이 나타나면서 수레 위의 마른 장작에서 불이 일어나 부랴부랴 물러섰다.

그러자 후군에서 고함이 일어났다.

"골짜기 입구가 불타는 장작들로 막히고, 수레에 실린 것은 모두 화약인데 일제히 불이 붙었습니다!"

올돌골은 골짜기에 나무와 풀이 없어 매복도 없으니 마음 놓고 길을 찾으라고 명했다. 그런데 양쪽 산 위에서 횃불들이 마구 날아 내려왔다. 횃불들이 이르는 곳마다 땅속에 묻힌 화약 심지들에 불이 붙어 땅속에서 쇠 포탄이 날아올랐다. 골짜기에 온통 불빛이 어지러이 춤추면서 덩굴 갑옷에 불이 닿기만 하면 금방 타버려, 세찬 불길 속에서 올돌골과 3만 등갑군은 서로 끌어안고 모두 죽고 말았다.

제갈량이 산 위에서 내려다보니 만병들이 불에 타서 주먹을 내밀지 않으면 다리를 뻗치고 죽었는데 태반이 쇠 포탄에 머리가 박살 나고 얼굴이 엉망이 되었다. 3만 명이 고스란히 골짜기 안에서 죽으니 역한 냄새가 이루 말할 수 없었다. 오과국 사람은 하나도 살아 돌아가지 못했다.

제갈량은 눈물을 흘리며 한숨지었다.

"내가 비록 사직을 위해 공을 세웠으나 반드시 목숨이 줄어 들리라!"

그 말을 듣고 장졸들은 격한 감정이 북받쳐 한숨을 쉬었다.

이때 맹획은 영채 안에서 만병의 보고가 들어오기를 기다리는데 별안간 만인 1000여 명이 웃으며 영채 앞에 엎드려 절했다.

"오과국 군사가 촉군과 크게 싸워 제갈량을 반사곡 안에 가두었으니 대왕께서 가서 지원해주시기 바랍니다. 우리는 이곳 동의 사람들인데, 어쩔 수 없어 촉에 항복했다가 대왕께서 오신 것을 알고 돌아왔습니다."

맹획은 대단히 기뻐 종족 무리와 그동안 모은 만인 군사를 이끌고 그날 밤으로 말에 올랐다. 만병들 안내로 반사곡에 이르자 불빛이 훤한데 고약한 냄새가 코를 찔렀다. 맹획이 계책에 걸렸음을 알고 급히 군사를 물리자 장억과 마충이 양쪽으로 군사를 이끌고 나왔다.

맹획이 맞서 싸우려 하는데 고함이 일어나며 종족과 군사들이 모조리 잡혀버렸다. 영채에 찾아온 만인들 가운데 반은 촉군이었던 것이다. 맹획이 홀로 말을 달려 겹겹의 포위를 뚫고 산길로 달아나는데 산골짜기에서 사람들이 작은 수레 한 채를 에워싸고 나왔다. 수레 위에 도포를 입고 단정히 앉아 푸른 비단 띠 두건을 쓰고 깃털 부채를 든 사람은 바로 제갈량이었다. 그가 버럭 호통쳤다.

"역적 맹획아! 이번에는 어떠하냐?"

맹획은 급히 말을 돌려 달아났으나 옆에서 마대가 달려 나오니 미처 손을 놀리지 못하고 사로잡혔다. 왕평과 장익은 만병 영채로 가서 축융부인과 식솔들을 모두 잡아 왔다.

제갈량이 영채로 돌아와 장수들에게 가르쳤다.

"나는 이번에 다른 수가 없어 이 계책을 썼으나 음덕(陰德)이 많이 손실되었네. 적이 우리 군사는 반드시 나무가 울창한 숲에 매복한다고 생각하는 것을 알아, 숲에는 군사를 두지 않고 깃발들만 꽂아 의심하도록 만들었네. 문장에게 연이어 열다섯 번을 패하고 도망가게 한 것은 적의 마음을 풀기 위해서였으니, 마음이 풀리면 반드시 망설임 없이 쫓아오네. 내가 보니 반사곡에는 길이 하나뿐이고 양쪽이 반들반들한 바위인데 바닥은 모래흙이라 마대에게 그 안에 검은 기름을 칠한 상자들을 배치하게 했네. 상자 안에는 미리 만들어둔 화포가 들어있었으니 이름은 지뢰(地雷)라 하네. 포탄 하나에 탄알 9개가 들어 있어 30보에 하나씩 묻고, 그 사이에 마디를 뚫은 참대 안에 화약 심지를 이어놓았네. 지뢰가 터지면 산이 무너지고 바위가 쪼개지네. 자룡에게 풀 실은 수레를 준비해 골짜기 입구를 막게 하고 산 위에는 큼직한 나무와 돌덩이들을 마련하게 했네. 그런 다음 문장에게 올돌골의 등갑군을 유인해 골짜기에 들어오게 한 뒤 길을 끊고 불을 질렀네. '물에 이로운 것은 반드시 불에 이롭지 못하다 [利于水者必不利于火이우수자필불리우화]'고 했으니 덩굴 갑옷은 칼이나 화살은 들어가지 못하지만 기름에 절인 것이라 불을 만나면 반드시 타버리고 마네. 만병이 이처럼 사나우니 불로 공격하지 않고는 어찌 이길 수 있겠는가? 그런데 오과국 사람들 씨를 말린 것은 내 큰 죄일세!"

장수들은 엎드려 절하며 탄복했다.

"승상의 천기(天機)는 귀신이라도 헤아리지 못합니다!"

제갈량은 맹획을 끌어오게 하여 밧줄을 풀어주고 다른 장막에 데려가 술과 음식을 주어 놀란 가슴을 진정시키게 했다. 맹획과 축융부인, 맹우와 대래동주를 비롯한 종족들이 다른 장막에서 술을 마시는데 갑자기 한 사람이 들어와 맹획을 찾았다.

"승상께서 얼굴이 뜨거워 공과 만나려 하지 않으시고, 공을 돌려보내며 다시 사람들을 데려와 승부를 가리라 하셨으니 어서 돌아가시오."

맹획은 눈물을 흘렸다.

"일곱 번 사로잡아 일곱 번 놓아준 일은 예로부터 없었던 일이오. 나는 비

제갈량은 끝내 만인들 인심을 얻어 ▶

七擒七縱
得人心者
乙酉
棠雄畫

록 임금의 가르침을 받지 못한 땅에서 사는 사람이지만 예절과 의리를 제법 아는데 그처럼 수치심이 없을 수야 있겠소?"

그는 아우와 아내, 아들, 종족 무리를 모두 데리고 제갈량 장막 아래에 가서 무릎을 꿇고 윗옷을 벗어 맨살을 드러냈다.

【윗몸을 드러내는 것은 죄를 인정해 형벌을 받겠다는 표시였다.】

"승상께서 하늘 같은 위엄을 지니셨으니 다시 반란을 꾀하지 않겠습니다!"

제갈량이 물었다.

"공이 이제는 복종하겠소?"

맹획은 눈물을 흘리며 맹세했다.

"제 아들과 손자, 손자의 아들과 그 손자의 아들에 이어 대대로 모두 하늘처럼 뒤덮고 땅처럼 받쳐주어 살려주신 은혜에 감격할 텐데 어찌 순종하지 않겠습니까!"

제갈량은 맹획을 장막 윗자리로 청해 잔치를 베풀고, 영원히 동주를 맡게 하며 빼앗은 땅을 모두 돌려주었다. 맹획과 만병들은 감격하고 즐거워 펄펄 뛰면서 떠났다.

장사 비의가 장막에 들어와 물었다.

"승상께서 친히 장졸들을 거느리시고 오곡이 나지 않는 험한 땅으로 깊숙이 들어와 만인들을 굴복시키셨습니다. 만왕이 귀순했는데 어찌하여 관리를 두어 맹획과 함께 지키게 하시지 않습니까?"

제갈량이 대답했다.

"그렇게 하면 세 가지 쉽지 않은 점이 있소. 여기에 바깥사람을 두려면 군사를 남겨야 하는데 군사가 먹을 것이 없으니 첫째로 쉽지 않은 점이오. 만인들이 상하고 다치고 아버지와 형들이 죽었는데 관리를 두면서 군사를 남기지 않으면 반드시 화를 만드니 둘째로 쉽지 않은 점이오. 만인들은 거듭 관리를 폐하고 죽인 죄가 있어 스스로 떳떳하지 못해, 바깥사람을 두면 아무래도 믿지 않을 테니 세 번째로 쉽지 않은 점이오. 나는 바깥사람을 두지 않고 식량도 나르지 않으면서 그들과 별 탈 없이 편안하게 보내려 하오.”

사람들은 그의 깊은 생각에 탄복했다.

만인들은 제갈량의 은덕에 감격해 살아 있는 그를 위해 사당을 세우고, 사계절 제사를 지내며 ‘자애로운 어버이[慈父자부]’라 불렀다. 그들은 진주와 금은보물, 붉은 옷과 약재, 부림소와 군마를 바쳐 군사에 쓰게 하면서 다시는 반란을 일으키지 않기로 굳게 맹세했다. 이로써 남방은 평정되었다.

제갈량은 삼군의 수고를 위로하고 촉에 돌아오면서 위연에게 선두를 이끌게 했다. 위연이 노수에 이르자 별안간 사방에서 음산한 구름이 몰려와 급작스레 수면 위에 세찬 바람이 불며 모래가 흩날리고 돌멩이가 굴렀다.

장졸들이 나아갈 수 없어 위연이 돌아오니 제갈량은 맹획을 청해 까닭을 물었다.

이야말로

장성 밖 만인들 겨우 순종하는데
물가의 귀신 군졸 또 날뛰는구나

맹획은 무어라 할까?

91

만두 빚어 사람 머리 대신하다

노수에 제사 지내 한 승상 회군하고
중원 정벌하려 무후는 표문을 올리다

노수에 음산한 구름이 모이고 세찬 바람이 몰아치자 맹획이 설명했다.

"여기는 오래전부터 악신이 화를 일으키니 반드시 제사를 지내야 합니다."

"무엇으로 제사를 지내야 하오?"

"옛날부터 나라에서 마흔아홉 사람의 머리와 검정 소, 하얀 양으로 제사를 지냈습니다. 그러면 바람이 수그러들고 파도가 잦아들며 해마다 풍년이 들었습니다."

"내가 이곳을 평정했거늘 어찌 한 사람이라도 함부로 죽일 수 있겠는가?"

제갈량이 노수 기슭에 가보니 과연 음산한 바람이 불어대고 파도가 세차 사람과 말들이 놀랐다. 제갈량은 몹시 의심스러워 토박이의 말을 들었다.

"승상께서 지나가신 뒤 밤마다 물가에서 귀신들이 울부짖는 소리가 났습니다. 땅거미가 지고부터 날이 샐 때까지 울음소리가 그치지 않는데 뽀얀 독기 안에서 귀신들이 수없이 움직입니다. 그것이 화를 일으켜 감히 강을 건너는 사람이 없습니다."

제갈량이 뉘우쳤다.

"이것은 모두 내 죄다. 마대의 군사 1000여 명이 물에 빠져 죽고, 남쪽 사람들을 죽여 모두 이곳에 버렸으니 미친 넋과 원한 맺힌 귀신들이 속을 풀 수 없어 이렇게 되었다. 내가 오늘 밤 직접 강변에 나가 제사를 지내겠다."

"옛날 예에 따라 마흔아홉 사람의 머리를 베어 제물로 삼아야 합니다."

"사람이 죽어서 한이 맺혀 귀신이 되었거늘 어찌 또 산 사람을 죽이느냐? 내가 따로 생각이 있다."

제갈량은 음식을 맡은 사람에게 밀가루를 버무려 사람의 머리 모양을 만들게 했다. 그 안에 쇠고기와 양고기를 넣어 사람 살을 대신하니 이름을 만두(饅頭)라 했다.

그날 밤 제갈량은 노수 언덕에 향을 피우고 제물을 펼쳐놓았다. 등불 49개를 밝히고 깃발을 날려 넋을 부르며 만두 따위 음식을 늘어놓고, 밤중이 되어 금관에 깃털 옷을 입고 친히 제사를 지내며 동궐에게 제문을 읽게 했다.

대한 건흥 3년(225년) 9월 1일, 무향후 겸 익주 자사, 승상 제갈량은 삼가 제물을 차리고 의식을 갖추어 황제의 일(정벌) 때문에 돌아간 촉의 장졸들과 본토의 신, 남쪽 사람들의 죽은 넋에 제사를 지내며 고하노라! 우리 대한 황제께서는 위엄이 춘추시대 다섯 패자보다 높으시고 밝으심이 상고시대 세 임금을 이으셨다. 전날 먼 곳 사람들이 경계를 침범하고 풍속이 다른 자들이 군사를 일으켜, 전갈 꼬리를 쳐들어 요사한 짓을 하고 이리 심보를 펼쳐 난을 벌였다. 나는 황제 명령을 받들어 머나먼 황야로 죄를 물으러 왔으니 호랑이와 곰 같은 용사들을 휘몰아 땅강아지와 개미 같은 무리를 깨끗이 쓸어 없애고, 강한 군사가 구름처럼 모이니 미친 도적들이 얼음 녹듯 사라졌다. 대를 쪼개는 소리가 들리자 원숭이들이 산을 뒤덮으며 도망가는 형세가 이루어졌다. 군사들은 모두 구주의 호걸들이요, 관리와 장교들은 죄다 사해의 영웅들이었다. 무예를 배우고 군대에 나와 밝은 곳으로 와서 임금을 섬겼으니 하나같이 세 번 명령을 따랐고 함께 일곱 번 사로잡는 일을 하였다. 일제히 나라를 받드는 성의를 굳히고 함께 임금께 충성하는 뜻을 펼쳤다. 뜻밖에도 너희는 우연히 싸움을 잘못하거나 간사한 계책에 빠지고, 눈먼 화살에 맞아 넋이 저승으로 가거나 칼과 검에 찔려 어두운 밤에 숨이 끊겼으나 살아서는 용맹했고 죽어서는 명성을 누리게 되었다. 이제 나는 개선가를 부르며 돌아가려 하니 임금께 포로를 바칠 때가 거의 되었으나, 너희 영령은 아직도 남아 있으니 기도를 드리면 반드시 들으리라 생각한다. 우리 깃발을 따르고 우리 부대들과 함께 나라로 돌아가, 각기 고향을 찾고 혈육들의 제사를 받으며 가족들의 제물을 누려라. 타향에서 귀신 노릇 하지 말고, 부질없이 이역의 넋이 되지 마라. 내가 천자께 아뢰어 너희 여러 집이 황제의 은혜를 입게 하여 해마다 옷과 식량을 주고 달마다 녹을 내려 너희에게 보답하고 마음을 위로하겠다. 또 이 고장 토지신과 남방의 죽은 귀신은 늘 혈식을 받을 것이니 의지할 데가 멀지 않다. 살아 있는 사람은 하늘의 위엄을 두려워하고 죽은 자는 임금의 가르침으로 돌아간다. 마음을 가라앉히고 소리를 내어 울지 마라. 여기서 붉은 정성을 나타내며 경의를 품고 제사를 지내니 오호, 슬프구나! 잘 받아 복을 누릴지어다!

【혈식(血食)은 짐승을 죽여 피를 신에게 바치는 것으로 제물의 대명사다.】

동궐이 제문을 읽자 제갈량이 목 놓아 우는데 그 울음소리가 얼마나 애달픈지 모든 군사가 감동해 눈물을 흘리고, 맹획을 비롯한 남쪽 사람들도 빠짐

노수에 만두 던지며 제갈량 목 놓아 울고 ▶

없이 울음을 터뜨렸다. 근심이 뭉쳐 생겨난 구름과 원(怨)이 서리어 이루어진 안개 속에서 수천의 귀신이 모두 바람 따라 흩어지는 모습이 어슴푸레 보였다. 제물을 모두 노수에 던졌다.

이튿날 제갈량은 대군을 이끌고 노수 남쪽 기슭으로 갔다. 구름이 걷히고 안개가 흩어졌는데, 바람이 멈추고 파도가 잦아들어 촉군은 무사히 노수를 건넜다. 과연 '채찍은 등자를 두드려 소리가 나고 사람은 개선가를 부르며 돌아온다[鞭敲金鐙響편고금등향 人唱凱歌還인창개가환]'는 즐거운 모습이었다.

제갈량은 영창에 이르러 왕항과 여개를 남겨 네 군을 지키게 하고 맹획은 무리를 거느리고 돌아가게 했다. 정사를 부지런히 보고 아랫사람을 잘 거느리며 백성을 어루만지면서 농사를 폐하지 말라고 당부하니 맹획은 눈물을 흘리며 절을 올리고 떠났다.

제갈량은 대군을 이끌고 성도로 돌아왔다. 후주가 행차를 차려 성 밖으로 30리를 나가 맞이하는데, 제갈량이 가까이 이르렀음을 알고는 연에서 내려 길에 서서 기다렸다. 제갈량은 황급히 수레에서 내려 길바닥에 엎드려 절했다.

"신이 남방을 속히 평정하지 못해 주상께서 근심하시게 했으니 그 죄가 큽니다."

후주는 제갈량을 부축해 일으키고 수레를 나란히 하여 성도로 돌아와 태평연회를 베풀고 삼군에 후한 상을 내렸다. 이때부터 먼 곳에서 사자를 보내 공물을 바치고 황제를 뵙는 나라들이 200여 곳이나 되었다.

제갈량은 후주에게 아뢰어 남방 정벌에서 죽은 자들의 가족들을 하나하나 위로하고 보상했다. 사람들은 즐거워하고 조정 정사는 깨끗하며 백성은 태평했다.

이때 위주 조비는 황제 자리에 앉은 지 7년이 되었다. 때는 바로 위의 황초 7년(226년), 촉한의 건흥 4년이었다.

조비가 먼저 들인 부인 견씨는 원소 둘째 아들 원희의 아내였는데 업성을 깨뜨릴 때 얻었다. 견 부인이 아들을 낳으니 이름은 예(叡)이고 자는 원중(元仲)이라 어릴 적부터 총명해 조비가 매우 사랑했다. 황제에 오른 후 조비는 또 안평군 광종 사람 곽영의 딸을 귀비로 맞았다. 곽씨는 매우 아름다워 그 아버지가 말한 적이 있었다.

"내 딸은 여자들 가운데 왕이다."

그래서 별명이 여왕이었다. 곽 귀비가 들어온 뒤 견 황후가 조비의 사랑을 잃게 되자 곽 귀비는 황후가 되려고 조비의 총애를 받는 신하 장도와 상의했다. 그때 마침 조비가 병에 걸리니 장도는 견 황후의 궁전에서 오동나무로 만든 꼭두각시를 파내고, 그 위에 조비가 태어난 해와 달, 날짜와 시간이 적혀 있어 황제를 요술로 저주했다고 거짓말을 했다.

조비는 크게 노해 견씨에게 죽음을 내리고 곽 귀비를 황후로 세웠다. 그러나 곽 황후가 자식을 낳지 못하니 조예를 아들로 삼아, 조비는 이전과 다름없이 조예를 사랑했으나 계승자로 세우지는 않았다.

차츰 자라 열다섯 살이 된 조예는 활을 잘 쏘고 말을 솜씨 있게 다루었다. 그해 봄 2월, 조비가 조예를 데리고 사냥을 나가 산속에서 말을 달리다 어미 사슴과 새끼 사슴을 만나자 화살 한 대에 어미 사슴을 맞혀 쓰러뜨렸다. 뒤돌아보니 어린 사슴이 조예의 말 앞에서 달려가고 있어 높이 외쳤다.

"내 아들은 어찌하여 사슴을 쏘지 않느냐?"

조예는 말 위에서 눈물을 흘리며 대답했다.

"폐하께서 어미를 죽이셨으니 신은 차마 그 아들을 쏘지 못하겠습니다."

그 말을 듣고 조비는 활을 땅에 던졌다.

"내 아들은 참으로 어질고 덕성 있는 임금감이로구나!"

조비는 조예를 평원왕으로 봉했다. 몇 해가 지나 조비는 감기가 낫지 않자 중군대장군 조진, 진군대장군 진군, 무군대장군 사마의를 침궁으로 불러 조예를 가리키며 부탁했다.

"짐이 병이 심해 다시 일어날 수 없게 되었도다. 이 아이가 어리니 경들이 잘 보좌해 짐의 마음을 저버리지 않도록 하라."

세 사람이 하나같이 말씀을 올렸다.

"폐하께서는 어찌 그런 말씀을 하십니까? 신들은 폐하를 천년만년 섬기겠습니다."

조비가 대답했다.

"올해 허도 성문이 까닭 없이 무너졌으니 상서롭지 못한 징조로다. 짐은 그 때문에 죽을 것을 알았노라."

이때 정동대장군 조휴가 궁궐에 들어오자 조비가 불러들였다.

"경들은 나라의 주춧돌이니 마음을 합쳐 내 아들을 보좌한다면 짐은 죽어도 눈을 감을 수 있겠노라!"

말을 마치고 조비가 눈물을 흘리며 숨을 거두니 나이 40세였다. 조진, 진군, 사마의, 조휴는 울음을 터뜨리며 조예를 황제로 모셨다.

조예는 아버지 조비에게 문황제 시호를 드리고 어머니 견씨에게 문소황후 시호를 올렸다. 종요를 실권은 없으나 품계가 가장 높은 태부로 봉하고, 조진을 장군 중의 최고인 대장군으로 삼으며, 조휴를 최고 무관인 대사마로 임명했다. 화흠은 태위가 되고, 왕랑은 사도가 되었으며, 진군은 사공이 되고, 사마의는 표기대장군이 되었다.

옹주와 양주를 지킬 사람이 없어 사마의가 표문을 올려 서량을 비롯한 여러 곳을 지키게 해달라고 청하자 조예가 받아들여 사마의는 조서를 받고 서량으로 떠났다.

서천으로 소식이 날아가자 제갈량은 깜짝 놀랐다.

"조비가 죽고 어린아이 조예가 자리에 올랐다. 다른 자들이야 걱정할 나위가 없지만 사마의는 모략이 깊어 염려스러운데 옹주와 양주 군사를 거느리게 되었다. 그가 군사 조련을 끝내면 촉의 큰 걱정거리가 되니 먼저 군사를 일으켜 쳐야 한다."

참군 마속이 제의했다.

"승상께서 남방을 평정하고 돌아오시어 군사들이 피로하니 아껴주셔야 하는데 어찌 또 멀리 정벌을 나가려 하십니까? 저에게 사마의가 제풀에 조예의 손에 죽게 할 계책이 있는데 승상께서 허락하실지 모르겠습니다."

"어떤 계책인가?"

"사마의는 대신이지만 조예는 늘 그를 의심하고 꺼립니다. 낙양과 업군을 비롯한 여러 곳에 사람을 보내 사마의가 반란을 꾀한다고 소문을 퍼뜨리고, 사마의의 이름으로 천하에 널리 알리는 방문을 두루 걸어놓으면 좋지 않겠습니까? 조예가 의심하면 틀림없이 사마의를 죽일 것입니다."

제갈량은 곧 사람을 띄워 비밀히 계책을 쓰게 했다.

어느 날 업성 성문에 난데없이 방이 한 장 붙어, 조예가 받아 읽어보니 놀라운 내용이었다.

'표기대장군이며 옹과 양을 비롯한 여러 곳 군사를 총지휘하는 사마의는 삼가 믿음과 의리로 천하에 널리 알리노라. 옛날에 태조 무황제(조조)께서 기업을 일으키시고 진사왕 자건(조식)을 사직의 주인으로 세우려 하셨다. 그런데 불행히도 간사한 자들이 헐뜯는 말이 많아 오랫동안 못에 갇힌 용처럼 계시었다. 황손 조예는 원래 덕성과 행실이 바르지 못한데 함부로 존귀한 자리에 앉았으니 태조께서 남기신 뜻에 어긋난다. 나는 하늘에 응하고 사람들 마음에 따라 날짜를 정해 군사를 일으켜 만백성의 소망을 위로하려 하니, 알리는 글이 이르는 날 여러 곳 사람들은 모두 새 황제에게 귀순해야 한다. 귀순하지 않는 자가 있으면 구족을 멸할 것이니 모두 알아둘 것이다.'

조예가 깜짝 놀라 급히 신하들에게 대책을 물으니 태위 화흠이 아뢰었다.

"사마의가 표문을 올려 옹주, 양주를 지키겠다고 한 것은 바로 이 때문이었습니다. 전에 태조 무황제께서 신에게 말씀하신 적이 있습니다. '사마의는 매처럼 노려보고 이리처럼 돌아보니 군권을 주어서는 아니 되오. 오래 지나면 반드시 나라의 큰 화가 될 것이오.' 그에게 이미 반란의 뜻이 싹텄으니 어서 죽임을 내리십시오."

【'매처럼 노려보고 이리처럼 돌아보다 [鷹視狼顧응시랑고]'는 관상 용어인데, 《진서》〈사마의전〉에 흥미로운 해석이 있다. 조조는 사마의가 이리처럼 돌아보는 상이 있다는 말을 듣고 뒤에서 그를 불러 앞에서 돌아보게 했다. 사마의의 얼굴은 뒤로 돌아갔으나 몸은 움직이지 않아 이리와 똑같았다. 조조는 또 말 세 필이 한 구유에서 여물을 먹는 꿈을 꾸고 몹시 꺼려 조비에게 말했다.

"사마의는 남의 신하가 될 사람이 아니니 반드시 너에게 해를 입힐 것이다."

그런데 조비가 평소 사마의와 사이가 좋아 항상 보호해 사마의는 조조의 해를 입지 않았다.

조조 때는 큰 벼슬을 하지 못한 사마의는 조비가 위왕이 되자 승상부 일을 맡은 승상장사가 되었고, 조비가 황제가 되자 상서 벼슬로 정사에 깊숙이 참여했으며, 이듬해에는 상서복야에 올라 조정 실무를 맡았다.

조비는 사마의와 아우 사마부를 굉장히 좋아해 사마의의 벼슬과 작위를 계속 높였다. 3년 후에는 무군장군으로 높이고 절을 내려 군령을 어긴 자를 처벌할 권력을 주고 향후에 봉하며, 상서 일까지 도맡게 하여 모든 정사를 돌보는 특권을 내렸다. 사마의가 한사코 사양했으나 조비는 기어이 그를 중용했다.

"내가 낮과 밤을 이어 일을 보노라니 잠시도 쉴 새가 없네. 벼슬을 내리는 것은 영광이 아니라 내 근심을 나눌 뿐일세."

조조와 조비는 이처럼 사마의를 대하는 태도가 달랐는데, 기업의 터를 닦은 태조의 판단은 항상 후대 임금이 새겨두어야 할 좌우명이니 화흠의 주장은 설득력이 강했다.】

왕랑도 화흠과 같은 뜻을 아뢰었다.

"사마의는 군사 책략에 밝고 지략이 깊은데 평소 큰 뜻을 품었습니다. 일찍 없애지 않으면 반드시 화를 입을 것입니다."

조예가 친히 사마의를 정벌하려 하니 대장군 조진이 아뢰었다.

"아니 되옵니다. 문황제께서는 아드님을 신들 몇 사람에게 부탁하셨으니, 그것은 사마중달에게 딴 뜻이 없음을 아셨기 때문입니다. 그가 반란을 꾀한다는 말이 사실인지 아닌지 모르면서 먼저 군사를 보내 몰아대면 오히려 진짜로 반역하도록 핍박하게 됩니다. 촉과 오의 첩자들이 우리 쪽 틈이 벌어지게 하여 서로 다투게 하고, 틈을 타 습격하려는 수작인지도 모르니 폐하께서는 깊이 살피셔야 합니다."

조예가 물었다.

"사마의가 정말 반란을 꾀한다면 어찌해야 하오?"

조진이 대답했다.

"중달이 의심스러우시면 한 고조께서 짐짓 운몽으로 놀러 가던 계책을 쓰십시오. 천자의 행차를 움직여 안읍으로 가시면 사마의가 틀림없이 마중을 나올 것이니, 동정을 살펴 수레 앞에서 사로잡으시면 됩니다."

【한 고조 밑에서 가장 유능한 장수 한신은 천하가 평정된 뒤 초왕이 되었다. 그가 반란을 꾀한다는 소문이 돌아 유방이 대책을 묻자 장수들은 싸워서 잡으면 그

만이라고 했으나 뛰어난 모사 진평은 다른 꾀를 냈다. 그 꾀에 따라 유방이 운몽으로 놀러 가는 척하고 부르니 한신은 꼼짝하지 못하고 사로잡혀 회음후로 작위가 떨어지고, 나중에 유방의 황후 여씨 손에 죽고 말았다.】

조예는 그 말에 따라 조진을 낙양에 두어 나라 일을 대신 보게 하고 친히 10만 어림군을 거느리고 안읍으로 갔다. 사마의가 멋도 모르고 천자에게 자기 군사의 위엄을 보이려고 갑옷 입은 무사 몇만을 거느리고 마주 나가자 조예를 모시는 신하가 아뢰었다.

"사마의가 10여만 군사를 거느리고 오니 과연 반역의 뜻이 있습니다."

조예가 급히 조휴를 보내 맞게 하자 사마의는 황제의 행차가 오는 줄 알고 길에 엎드려 맞이했다. 조휴가 물었다.

"중달은 선제께서 고아를 맡기신 무거운 부탁을 받고 어찌 반란을 꾀하오?"

사마의는 깜짝 놀라 낯빛이 하얗게 질렸다. 온몸에 식은땀을 흘리며 까닭을 묻자 조휴가 사연을 이야기하니 당장 내막을 알아차렸다.

"이것은 적의 첩자가 만들어낸 이간책이오. 우리 황제와 신하가 서로 해치게 만들어 빈틈을 타려는 것이니 이 몸이 직접 천자를 뵙고 밝혀드리겠소."

급히 군사를 물리고 조예의 수레 앞에 가서 엎드려 눈물을 흘리며 아뢰었다.

"신은 선제께서 아드님을 맡기신 무거운 부탁을 받았거늘 어찌 다른 마음을 품겠습니까? 이는 오와 촉의 간사한 계책입니다. 신은 군사를 이끌어 촉을 깨뜨리고 오를 정벌해 선제와 폐하께 보답하고 신의 마음을 밝히겠습니다."

조예가 의심이 가시지 않아 머뭇거리자 화흠이 아뢰었다.

"군권을 주어서는 아니 됩니다. 바로 벼슬을 떼어 시골로 보내십시오."

조예는 사마의를 고향으로 돌려보내고 조휴에게 옹주와 양주 군사를 거느

사마의는 벼슬을 잃고 고향으로 돌아가▶

司馬懿罷官田鄉圖

吳華雲畫

리게 했다.

서천에서 이 일을 알고 제갈량은 크게 기뻐했다.

"내가 위를 정벌하려고 마음먹은 지 오래인데 사마의 때문에 껄끄러웠다. 이제 그가 계책에 걸려 벼슬이 깎였으니 내가 무엇을 더 걱정하겠느냐?"

이튿날 후주가 조회를 열자 제갈량이 반열에서 나와 정벌을 떠나는 출사표(出師表)를 올렸다.

신 양이 말씀드립니다. 선제께서 사업을 시작하시어 절반도 완성하시기 전에 중도에서 돌아가셨습니다. 지금 천하가 셋으로 갈라졌는데, 우리 익주는 피폐하니 이는 실로 살아남느냐 망하느냐가 달린 위급한 나날입니다. 이때 시위를 맡은 신하가 궁궐 안에서 긴장을 풀지 않으며, 충성스러운 뜻을 품은 선비들이 바깥에서 자기 몸을 돌보지 않고 일하는 것은 대체로 선제의 특별한 대우를 그려 폐하께 보답하기 위해서니 실로 성스러운 귀를 여시고 선제의 덕성을 빛내시며 지사(志士)들의 기개를 북돋아 주셔야 합니다. 함부로 자신을 낮게 다루시고 이치에 맞지 않는 말씀을 하시어 충성스러운 이들이 충고를 올리는 길을 막으셔서는 아니 됩니다. 황궁과 승상부는 하나가 되어야 하니 신하들 벼슬을 높이거나 낮추고 칭찬하거나 나무람이 서로 달라서는 아니 됩니다. 간사한 짓을 하고 법을 범하는 자가 있거나 충성을 바치고 착한 일을 하는 자가 있으면 마땅히 해당 관청에 보내 논하게 하셔야 합니다. 형벌을 정하고 상을 내리게 하시어 폐하의 공평하고 밝은 다스림을 세우셔야지 사사로운 정에 기울어 황궁과 승상부의 법이 다르게 하셔서는 아니 됩니다. 시중 곽유지, 비의, 동윤 등은 착하고 성실하며 뜻과 생각이 충성스럽고 순수해 선제께서 뽑으시어 폐하께 남겨주셨습니다. 어리석은 저의 생각으로는 폐하께서 황궁의 모든 일은 크든 작든 무엇이나 그들에게 물어 처리하시면 반드시 잘못이 줄어

들고 부족한 것이 보충되리라 여깁니다. 두루 살펴 늘리고 줄일 것을 정해 충성을 다 바치는 말씀을 올리는 것은 곽유지, 비의, 동윤 책임입니다. 만약 미덕을 늘리라는 말씀을 듣지 못하시면 그 세 사람의 잘못을 나무라 태만함을 밝히십시오. 장군 향총은 성품이 부드럽고 공평하며 군무를 잘 알아, 선제께서 시험해 써보시고 유능하다고 칭찬하셨습니다. 그래서 뭇사람이 의논해 그를 추대하여 금군을 거느리는 중부의 독(督)으로 만들었습니다. 어리석은 저의 생각으로는 폐하께서 군영의 일은 크든 작든 무엇이나 그에게 물으셔서 행하시면 반드시 군중이 화목하고 우열이 제대로 가려지리라 여깁니다. 현명한 신하를 가까이하고 못된 소인을 멀리한 것은 전한이 흥성한 까닭이요, 못된 소인을 가까이하고 현명한 신하를 멀리한 것은 후한이 무너진 이유입니다. 선제께서 살아계시던 세월에 신과 이 일을 논하실 때마다 한숨을 쉬시면서 환제, 영제를 미워하지 않으신 적이 없습니다. 시중, 상서, 장사, 참군들은 모두 충성스럽고 성실하며 나라를 위해 몸을 바칠 신하들이므로 폐하께서 가까이하시고 믿어주시기 바라오니, 그렇게 하시면 한의 황실이 흥하는 것은 날을 정해놓고 기다릴 만합니다. 신은 원래 무명옷 입던 한낱 백성으로 남양에서 제 손으로 농사를 지으며 어지러운 세상에서 목숨이나 부지하기를 바랐을 뿐, 제후들에게 알려져 높은 자리를 차지하기를 기대하지 않았습니다. 그런데 선제께서 신이 비천하고 볼품없다고 여기지 않으시고, 몸을 낮추시어 친히 수고스럽게 세 번이나 초가로 찾아오셔서 신에게 당대의 일을 물으셨습니다. 신은 감격해 그때부터 선제를 따라 뛰어다니기 시작했습니다. 후에 우리 군사가 무너질 때는 패전의 무거운 책임을 지면서 위험 속에서 선제의 명을 받들었으니 그때부터 지금까지 스물하고도 한 해가 되었습니다. 선제께서는 신이 조심스러움을 아셔서 돌아가시기 전에 신에게 대사를 당부하셨던 것입니다. 명령을 받들고부터 신은 밤낮으로 근심스러워 한숨을 쉬면서, 부탁하신 바를 제대로 이루지 못해 선제의 밝으심에 흠이 가게 하지 않을까 두려워했습니다. 그 때문에 5월에 노수를 건너 오곡이 나지 않는 험한 땅으로 깊숙이 들어갔는데, 이제는 남방이 이미 평정되고 무기와 갑옷이 넉넉히 갖추어졌으니 삼군을 거느리고 북쪽으로 나아가 중원을 평정하려 합니다. 혹시 못난 말의 힘을 다 내어 간사한 무리를 없애고, 한의 황실이 다시 흥하게 일어나 폐하께서 옛 수도로 돌아가시게 되면 이는 신이 선제께 보답하고 폐하께 충성을 드리는 일입니다. 바라옵건대 폐하께서는 신에게 역적을 토벌하고 한의 황실을 다시 일으키는 일을 맡기시되 일을 이루지 못하면 신의 죄를 다스리시어 선제의 넋에 알리십시오. 폐하께서도 스스로 궁리하시어 착한 도리를 물으시고 바른 소리를 살펴 받아들이시어 반드시 선제께서 남기신 조서를 따르도록 하십시오. 신은 은혜를 받아 감격해 마지않거늘 지금 멀리 떠나게 되어 표문을 올리며 눈물을 흘리니, 신이 무슨 말씀을 올렸는지도 모르겠습니다.

후주는 표문을 다 읽고 입을 열었다.

"상부는 남방 정벌에서 먼 길을 걸으며 어려운 일을 하고 방금 돌아왔는데, 자리에 편안히 앉기도 전에 다시 북방을 정벌하려 하시니 정신이 피로할까 걱정이오."

제갈량이 대답했다.

"신은 선제께서 아드님을 맡기신 무거운 부탁을 받아 깊은 밤에도 게으름을 피운 적이 없습니다. 남방이 평정되어 뒤쪽을 돌아볼 걱정이 없어졌으니 이때 역적을 토벌해 중원을 회복하지 않으면 언제까지 기다리겠습니까?"

하늘을 살펴 길흉을 예언하는 태사 초주가 반열에서 나와 아뢰었다.

"요즈음 천상을 살피니 북방의 기운이 왕성해 위를 정벌할 수 없습니다."

그가 다시 제갈량에게 물었다.

"승상께서는 천문에 아주 밝으신데 어찌 억지로 정벌에 나서려 하십니까?"

"하늘의 도는 끊임없이 변하거늘 어찌 한때에 얽매이겠소? 우선 한중에 군사를 주둔하고 그쪽 동정을 살펴 움직이겠소."

초주가 애써 말렸으나 제갈량은 따르지 않고, 곽유지, 비의, 동윤을 시중으로 삼아 황궁 안의 일을 맡게 하고 향총을 대장으로 정해 어림군을 총지휘하게 했다. 후주의 출병 조서를 받고 승상부로 돌아와 장수들을 불러 명령을 듣게 했다. 전군은 위연이 거느리고 도독은 장익이며 아문장은 왕평이었다. 후군은 이회가 거느리고 부장은 여의였다. 식량을 나르며 좌군을 거느리는 장수는 마대이고 그의 부장은 요화였다. 우군을 거느리는 장수는 마충과 장억이었다. 승상부 문서를 맡은 서기는 동궐이고 호위를 맡은 장수는 관흥과 장포였다. 이 밖에 여러 장수와 참모를 각기 알맞은 곳에 배치했다.

모든 무장과 문관들은 평북대도독, 무향후 겸 익주 자사이며 조정 안팎일을 책임진 승상 제갈량을 따르게 되었다. 제갈량은 장수와 군사를 나눈 뒤 격문을 돌려 이엄에게 천구를 지켜 오를 막는 일을 맡겼다. 위를 정벌하는 군사가 떠나는 날짜는 건흥 5년(227년) 3월 병인일이었다.

별안간 장막 아래에서 한 노장이 나서서 날카롭게 물었다.

"내가 비록 나이가 많지만 아직은 염파의 용맹과 마원의 씩씩함이 있소. 두 옛사람은 늙어도 맥을 풀지 않았거늘 어찌하여 나를 쓰지 않으시오?"

사람들이 보니 조운이었다. 제갈량이 설명했다.

"남방을 평정하고 돌아오니 마맹기가 병으로 돌아가 몹시 아쉬워하며 팔이 하나 부러졌다고 여겼소. 장군은 연세가 많으신데 혹시라도 실수하면 한평생 드날린 영예로운 이름이 흔들리고 촉의 기세가 줄어들게 되오."

조운은 받아들이지 않았다.

"내가 선제를 따르고부터 진을 마주해 물러선 적이 없고 적과 부딪치면 앞장서서 달렸소. 대장부는 싸움터에서 죽기가 소원이거늘 무슨 한이 있겠소? 전군의 선봉이 되고 싶소!"

제갈량이 애써 말렸으나 조운은 고집을 꺾지 않았다.

"나를 선봉으로 삼지 않으면 이 섬돌에 머리를 부딪쳐 죽어버리겠소!"

"장군이 선봉이 되겠다면 반드시 한 사람이 함께 가야 하는데……."

제갈량의 말이 끝나기 전에 한 사람이 나섰다.

"제가 재주 없으나 노장군을 도와 군사를 이끌어 적을 깨뜨리고 싶습니다."

제갈량이 보니 등지였다. 제갈량은 크게 기뻐 정예 군사 5000명과 부장 열 사람을 주어 조운과 등지를 보냈다.

제갈량의 대군이 나아가자 후주는 신하들을 이끌고 북문 밖으로 10리를 나가 배웅했다. 제갈량이 후주에게 인사를 올리고 한중을 향해 구불구불 나아가니 깃발은 들판을 뒤덮고 병기는 숲을 이루었다.

위의 관리들이 보고해 조예가 깜짝 놀라자 한 사람이 나섰다.

"신은 아버지가 한중에서 돌아갔는데 그 원한을 갚지 못했습니다. 촉군이 경계를 침범하니 부하 맹장을 거느리고, 폐하께서 관서 군사를 내려주시기를 빌어 달려가 촉을 깨뜨리고 싶습니다. 위로는 나라를 위해 힘을 다하고 아래로는 아버지 원수를 갚는 것이니 신은 만 번 죽어도 한이 없습니다."

사람들이 보니 안서진동장군이자 시중, 상서, 부마도위이며 절을 얻어 군령을 어긴 자를 죽일 권력을 가진 하후무(夏候楙)였다. 하후연의 아들로 자는 자휴(子休)인데 성질이 급하고 무서웠다. 어릴 적에 큰아버지 하후돈의 양자가 되어 뒤를 잇게 되었는데, 후에 하후연이 황충의 칼에 맞아 죽자 조조가 가엾게 여겨 딸 청하공주를 짝지어 주어 조정 대신들이 모두 우러러보았다.

하후무는 군권을 잡았으나 싸움터에는 한 번도 나가보지 못했는데 스스로 싸우러 가기를 청하니, 조예는 대도독으로 임명해 관서 여러 길 군사를 모두 움직여 적을 맞게 했다.

사도 왕랑이 충고했다.

"아니 됩니다. 하후 부마는 싸워본 적이 없으니 큰 책임을 맡기시는 것은 옳지 않습니다. 제갈량은 슬기가 넉넉하고 도략이 뛰어나니 얕보아서는 아니 됩니다."

하후무는 대뜸 늙은 왕랑을 꾸짖었다.

"사도는 혹시 제갈량과 결탁해 안에서 호응하려는 게 아니오? 내가 어릴 적부터 아버님을 따라 군사 책략을 배워 병법에 정통했소. 그런데 어찌 나이가 어리다고 얕잡아보는 거요? 나는 제갈량을 사로잡지 않고는 맹세코 돌아와 천자를 뵙지 않겠소!"

왕랑을 비롯한 신하들은 감히 다른 말을 하지 못했다. 하후무는 밤에 낮을 이어 장안으로 달려가 군사 20여 만을 움직여 제갈량과 맞서려 했다.

이야말로

흰소 꼬리 깃발 들고 장졸 지휘하는데
젖비린내 나는 녀석에게 군권 맡기다니

승부는 어떻게 갈라질까?

92

칠십 노장 조운의 눈부신 용맹

조자룡은 힘 떨쳐 다섯 장수 베고
제갈량은 꾀를 내어 세 성 빼앗다

4월에 제갈량은 군사를 거느리고 면양에 이르러 마초의 무덤을 지나게 되자 마초의 아우 마대에게 상복을 입게 하고 친히 제사를 지냈다. 영채로 돌아와 군사를 이끌고 나아가려 하는데 보고가 들어왔다.

"위주가 부마 하후무를 보내 관중 여러 길 군사를 움직여 아군을 막게 했습니다."

위연이 계책을 드렸다.

"하후무는 살찐 고기와 잘 빻은 쌀을 먹고 자란 부잣집 도련님이라 나약하고 꾀가 없습니다. 이 연은 정예 군사 5000명만 얻으면 식량을 지고 포중으로 나아가 진령을 따라 동쪽으로 움직여, 자오곡에 이르러 길을 찾아 북쪽으로 가겠습니다. 열흘도 걸리지 않아 장안에 이르게 됩니다. 생각지도 않다가 느닷없이 제가 이르렀다는 소식을 들으면 하후무는 반드시 성을 버리고 달아나고, 장안에는 어사와 경조 태수만 남을 뿐입니다. 관청 창고의 식량과 흩어진 백성들 곡식으로 우리는 넉넉히 먹을 수 있습니다. 적이 동쪽에서 무리를 모아 합치려면 빨라도 20여 일은 걸리니 승상께서 대군을 휘몰아 야곡으로 나오시면 그들이 오기 전에 도착하실 수 있지요. 그러면 함양 서쪽 일대는 단번에 평정할 수 있습니다."

【위연의 이 계책을 후세 사람들은 '자오곡의 기이한 꾀'라 하여 매우 중요하게 여기는데 잘못 알려진 경우가 많다.】

제갈량은 웃으며 반대했다.

"그것은 만에 하나도 실수 없는 계책이라고는 할 수 없네. 중원에는 똑똑한 인물이 없는 줄 아는가? 누가 충고를 올려 후미진 산속에 군사를 매복하면 5000명 군사가 해를 입을 뿐 아니라 날카로운 기세도 크게 꺾일 걸세."

"승상께서 큰길로 나아가시면 그들이 관중 군사를 모두 일으켜 맞을 테니 시일을 오래 끌게 됩니다. 그러면 언제 중원을 얻겠습니까?"

"내가 농우(농산 서쪽 지대)의 평탄한 길을 골라 법도에 따라 진군하면 이기지 못할까 걱정할 게 무엇인가?"

제갈량이 끝내 계책을 써주지 않아 위연은 기분이 상해 울적했다. 제갈량은 조운에게 사람을 보내 나아가도록 명했다.

이때 하후무는 장안에 이르러 여러 길 군사를 모으는데, '산을 쪼개는 도끼'라는 커다란 도끼를 잘 다루는 서량 대장 한덕이 서강 군사 8만을 이끌고 오자 선봉으로 세워 나아가게 했다. 한덕에게는 아들이 넷 있어 모두 무예에 정통하고 활쏘기와 말타기에 뛰어났다. 한덕은 네 아들과 함께 봉명산에 이르러 촉군과 마주했다. 진이 이루어지자 한덕이 말을 달려 나와 네 아들 사이에서서 욕을 퍼부었다.

"나라를 배반한 도적들이 어찌 감히 우리 경계를 침범하느냐!"

조운이 크게 노해 말을 달려나가자 맏아들 한영이 달려 나오니 세 합도 안 되어 말 아래로 떨어뜨렸다. 그러자 둘째 한요가 칼을 휘두르며 달려 나왔으나 조운이 호랑이 위풍을 떨쳐 정신을 가다듬자 벌써 견디지 못했다. 셋째 한경이 방천극을 꼬나 들고 협공해도 조운은 전혀 두려워하지 않고 창법이 조금도 흐트러지지 않았다. 넷째 한기까지 달려 나와 두 자루 칼을 휘두르며 조운을 에워쌌다.

조운이 홀로 힘을 떨쳐 젊은 장수 셋과 싸우는데 곧 한기가 창에 찔려 말에서 떨어지니 편장이 달려 나와 주검을 안고 돌아갔다. 조운이 창을 끌며 말머리를 돌리자 한경이 화살 세 대를 날렸으나 모두 창으로 쳐버렸다. 한경이 방천극을 꼬나 들고 쫓아가자 조운은 화살 한 대로 얼굴을 맞추어 말에서 떨어뜨렸다. 한요가 바짝 다가들어 칼을 내리찍자 조운은 슬쩍 피하면서 냉큼 사로잡아 진으로 돌아갔다.

한덕은 네 아들이 모두 조운에게 잘못되자 간과 쓸개가 갈라지는 듯 아파 진으로 달려 들어갔다. 서량 군사는 조운의 이름을 익히 들어온 터에 뛰어난 힘과 용맹이 옛날과 조금도 다르지 않자 누구도 싸울 엄두가 나지 않아, 조운의 말이 이르기만 하면 진들이 곧바로 물러갔다. 조운이 말 한 필을 달리며 창 한 자루를 휘둘러 싸우는 품이 마치 사람 하나 없는 곳을 오가는 듯했다.

조운이 크게 이기자 등지가 군사를 휘몰고 들이쳐 서량 군사는 허겁지겁 달아났다. 한덕은 조운에게 사로잡힐 뻔했으나 무거운 갑옷을 벗어 던지고 말도 버린 채 두 다리를 부지런히 놀려 달아났다. 조운이 군사를 거두어 영채로 돌아오자 등지가 축하했다.

"장군은 연세가 칠순이신데 빼어난 용맹이 어제와 같습니다. 오늘 진 앞에서 힘을 떨쳐 네 젊은 장수를 물리치셨으니 세상에 보기 드문 일입니다!"

노장 조운은 한덕의 세 아들과 싸워 ▶

"승상께서 나이 많다고 써주시려 하지 않아 재주를 좀 드러냈을 뿐이오."

조운은 한요를 압송하며 제갈량에게 승리의 소식을 알렸다.

한덕이 패하고 돌아가 울면서 네 아들 일을 하소연하자 하후무가 몸소 군사를 이끌고 나왔다. 조운은 1000여 명 군사를 데리고 봉명산 앞에 진을 쳤다. 하후무가 금 투구에 금 갑옷을 입고 백마에 높이 앉아 자루가 기다란 대감도를 들고 진문 앞에 말을 세워, 조운이 창을 꼬나 들고 달려나가자 한덕이 말을 달려왔다.

"내가 어찌 아들 넷을 잃은 원수를 갚지 않겠느냐?"

큰 도끼를 휘두르며 덤볐으나 세 번도 어울리지 않아 조운의 창에 찔려 말 아래로 떨어졌다. 조운이 곧바로 달려가니 하후무는 황급히 몸을 피해 진으로 들어가고 등지가 군사를 휘몰아 들이쳤다. 하후무는 또 패하고 10여 리를 물러서 그날 밤 장수들과 상의했다.

"내가 오랫동안 조운의 이름을 들으면서도 얼굴을 보지 못했는데, 오늘 보니 나이는 많으나 무예와 용맹이 여전하니 이제야 당양 장판 언덕의 일을 믿을 수 있겠다. 이처럼 대단해 맞설 사람이 없으니 어찌하겠느냐?"

하후무의 참군 정무(程武)는 정욱의 아들이었다.

"헤아려보면 조운은 용맹하나 꾀가 없어 걱정할 게 없습니다. 내일 군사를 이끌고 나아가시되 군사 두 대를 좌우에 매복하고 조운을 유인해, 도독께서 산 위에 올라 지휘하시면 겹겹이 에워싸 사로잡을 수 있습니다."

이튿날 하후무가 동희와 설칙에게 각기 3만 군사를 주어 좌우에 매복하게 하고 군사를 거느리고 나오니 등지가 조운에게 귀띔했다.

"적이 어제 크게 패하고 달아났는데 오늘 다시 왔으니 반드시 속임수가 있습니다. 잘 방비하셔야 합니다."

"이따위 입에서 젖내도 가시지 않은 어린아이야 말할 나위나 있나? 내가 오늘 반드시 그를 사로잡겠소!"

조운은 대수롭지 않게 한마디 던지고 말을 달려나갔다. 위군 장수 반수가 나왔으나 세 합도 되지 않아 달아나고, 여덟 장수가 일제히 나와 하후무를 호위해 먼저 지나가게 하고 뒤를 이어 달아나는 것이었다.

조운이 쫓아가자 등지가 뒤따라 적진 깊숙이 들어가니 사방에서 고함이 일어나며 동희와 설칙의 군사가 달려 나왔다. 등지는 군사가 적어 구할 수 없는데 두껍게 에워싸인 조운이 힘을 떨쳐 동쪽, 서쪽을 무찔렀으나 위군은 갈수록 늘어났다.

조운이 겨우 1000여 명을 이끌고 산비탈에 이르니 하후무가 산 위에서 군사를 지휘하는데, 조운이 움직이는 쪽만 가리켜 포위를 뚫을 수 없었다. 조운이 산 위로 치고 올라갔으나 통나무와 돌덩이가 날아와 더 올라가지 못했다. 아침 일찍부터 해가 질 때까지 꼬박 싸운 조운은 말에서 내려 잠깐 쉬면서 달이 환해지면 다시 싸우려고 했다.

그런데 곧 달이 나타나더니 사방에서 불빛이 솟구치며 북소리가 요란하게 울렸다. 화살과 돌멩이가 비 오듯 하는데 위군이 모두 외쳤다.

"조운은 어서 항복하라!"

사방의 군사가 다가들고 팔면의 쇠뇌와 활이 살을 날려 조운은 앞으로 나아가지 못하고 하늘을 우러러 한숨을 쉬었다.

"내가 늙은것을 인정하지 않아 마침내 여기서 죽는구나!"

별안간 동북쪽 귀퉁이에서 고함이 요란하게 일어나며 위군이 어지러이 달아나고 한 떼의 군사가 달려왔다. 앞장선 대장은 긴 강철 창을 들었는데 말의 목에 사람 머리가 하나 매달렸으니 바로 장포였다.

"장군께서 실수라도 하실까 걱정하시어 승상께서 저를 보내 5000명 군사를 이끌고 후원하게 하셨습니다. 장군께서 에워싸여 곤경에 빠지셨다 하여 포위를 뚫고 들어오는데 위군 장수 설칙이 가로막기에 죽여 버렸습니다."

조운이 크게 기뻐 장포와 함께 서북쪽 귀퉁이로 쳐나가는데 그쪽에서도 위군이 병기를 내던지며 달아나고 군사 한 떼가 고함치며 쳐들어왔다. 앞장선 대장은 청룡언월도를 잡고 손에 사람 머리를 하나 들었으니 바로 관흥이었다.

"승상 명을 받들어 5000명 군사를 이끌고 도와드리러 왔습니다. 진에서 위군 장수 동희를 만나 한칼에 죽이고 머리를 베어 왔습니다. 승상께서는 곧 오십니다."

"너희가 기이한 공로를 세웠는데, 어찌 하후무를 잡아 대사를 결정하지 않겠느냐?"

조운의 말에 장포가 군사를 이끌고 가니 관흥도 따라갔다. 조운이 돌아보았다.

"조카들이 앞다투어 공을 세우거늘, 내가 나라의 상장이자 오랜 신하로서 어찌 젊은이들보다 못하단 말이냐? 늙은 목숨을 걸고 돌아가신 황제 은혜에 보답하겠다!"

조운은 군사를 이끌고 하후무를 잡으러 갔다.

그날 밤 세 길 군사가 협공해 위군을 크게 깨뜨리고 한 판 멋지게 이기는데, 등지가 또 군사를 휘몰고 들이쳐 위군의 주검이 들판을 뒤덮고 피가 강물을 이루었다. 하후무는 지모도 없고 싸움도 겪어보지 못해, 군사가 어지러워지자 바로 장막 아래 용맹한 장수 100여 명에 둘러싸여 남안을 향해 달아났다. 하후무가 도망치자 그 많던 위군 장졸들은 너도나도 뺑소니쳤다.

하후무는 남안성으로 들어가 성문을 닫아걸고 굳게 지켰다. 관흥과 장포가 밤길을 재촉해 쫓아가 성을 에워싸고, 조운도 이르러 삼면으로 공격하니 잠시 후 등지도 군사를 이끌고 왔다. 그들이 열흘이나 에워싸고 들이쳤으나 성을 깨뜨리지 못하는데 보고가 들어왔다.

"승상께서 후군을 면양, 좌군을 양평, 우군을 석성에 두시고 중군을 이끌고 오셨습니다."

조운을 비롯한 장수들이 찾아가 절하고 성을 무너뜨리지 못한 이야기를 하니 제갈량은 작은 수레에 앉아 친히 성 주위를 둘러보고 영채로 돌아와 장수들을 모았다.

"이 성은 해자가 깊고 성벽이 높고 가팔라 치기가 쉽지 않은데 내가 마땅히 해야 할 일은 이 성에 있지 않네. 장수들이 시일을 끌며 이 성만 공격하다 위가 한중을 치러 오면 어찌하나?"

등지가 물었다.

"하후무는 위의 부마이니 사로잡으면 장수 100명을 죽이는 것보다 무겁습니다. 지금 에워싸 곤경에 빠뜨렸는데 어찌 버리고 갑니까?"

"나에게 마땅한 계책이 있네. 여기서 서쪽으로 가면 천수에 이어지고 북쪽으로는 안정에 닿는데, 두 군의 태수가 누군지 모르겠구먼."

"천수는 마준(馬遵)이고 안정은 최량(崔諒)입니다."

제갈량은 위연에게 계책을 일러주고 관흥과 장포에게 작전을 지시한 후, 또 심복 장수 둘을 불러 어찌어찌하라고 가르쳤다. 나무와 풀을 날라 성 아래에 쌓아놓고 성에 불을 지르겠다고 위협하니 위군은 하하 웃으며 조금도 무서워하지 않았다.

이즈음 안정 태수 최량은 촉군이 남안을 에워싸 하후무를 곤경에 빠뜨렸다는 소식을 듣고 당황해 급히 군사를 점검해 4000명쯤 모아 성을 지키는데 별안간 한 사람이 찾아와 기밀을 알리겠다고 소리쳐 불러들였다.

"저는 하후 도독 장막 아래에 있는 심복 장수 배서인데, 도독의 군령을 받들고 특별히 천수와 안정으로 구원을 청하러 왔습니다. 남안이 매우 위급해 날마다 성벽 위에 불을 지펴 신호로 삼으면서 오로지 두 군의 구원병이 오기만 기다립니다. 그런데도 아무 소식이 없어 하후 도독께서는 저를 보내 겹겹의 포위를 뚫고 위급을 알리게 하셨으니 밤을 마다하지 않고 군사를 일으켜 밖에서 호응해주시기 바랍니다."

"도독의 문서가 있소?"

최량이 묻자 배서가 품에서 문서를 꺼내는데 살에 딱 붙였던 것이라 종이가 벌써 땀에 절었다. 그는 문서를 주어 대충 읽게 하고는 지친 말을 바꾸어 타고 급히 성을 나가 천수 쪽으로 달려갔다.

이틀이 지나지 않아 또 소식을 전하는 사람이 달려와 천수 태수는 이미 군사를 일으켜 남안을 구하러 갔으니 안정에서도 빨리 호응해달라고 재촉했다. 최량이 부하들과 상의하니 생각이 똑같았다.

"우리가 구하러 가지 않아 남안을 잃고 하후 부마가 잘못되면 죄를 입게 되니 어서 가서 구해야 합니다."

최량은 군사를 점검해 떠나며 문관들만 남겨 성을 지키게 했다. 최량이 남안을 향해 나아가며 멀리 바라보니 불길이 하늘에 솟구쳐 군사를 재촉해 달려갔다. 50여 리만 더 가면 남안에 이르는데 갑자기 앞뒤에서 고함이 요란하게 울리며 정탐꾼이 달려왔다.

"앞에는 관흥이 길을 막고 뒤에는 장포가 달려옵니다."

안정의 군사는 사방으로 흩어져 뺑소니쳤다. 최량이 100여 명 부하를 거느리고 오솔길로 달아나 간신히 안정성으로 달려가니 성 위에서 화살이 어지러이 날아오며 촉군 장수 위연이 외쳤다.

"내가 이미 성을 차지했다! 너는 어찌 빨리 항복하지 않느냐?"

안정 군사로 꾸미고 깊은 밤에 성을 지키는 군사를 속여 성문을 열게 한 것이다.

최량이 황급히 천수군을 향해 달려가니 30리도 못 가 군사 한 떼가 벌려 섰는데, 큰 깃발 아래에 한 사람이 푸른 비단 띠 두건을 쓰고 새털로 짠 겉옷을 걸치고 깃털 부채를 들고 수레 위에 단정히 앉아 있으니 바로 제갈량이었다. 최량이 급히 말을 돌려 달아나자 관흥과 장포가 쫓아와 어서 항복하라고 소리쳤다. 사방에 모두 촉군 뿐이어서 최량이 어쩔 수 없이 항복하니 제갈량은 귀한 손님으로 대접하며 물었다.

"남안 태수는 그대와 사이가 두터운가?"

"양부의 집안 아우 양릉(楊陵)인데 이웃 군이라 정이 두텁습니다."

"그대에게 양릉을 설득해 하후무를 사로잡게 한다면 가능하겠는가?"

최량이 선뜻 대답했다.

"승상께서 저를 보내시려면 군사를 잠시 물려 제가 성에 들어가게 해주십시오."

제갈량이 남안 포위 군사를 20리 물러서게 하자 최량은 홀로 말을 타고 가서 소리쳐 성문을 열고 들어가 제갈량이 시킨 일을 자세히 이야기했다. 양릉이 대답했다.

"우리는 위주의 큰 은혜를 입어 차마 배반할 수 없으니 계책을 거꾸로 이용합시다."

최량을 하후무에게 데리고 가서 상세히 이야기하고 계책을 냈다.

"제가 성을 바치겠다고 하여 촉군을 불러들여 죽이면 됩니다."

최량은 성을 나가 제갈량에게 보고했다.

"촉군이 하후무를 잡도록 성문을 열어 대군을 불러들이겠답니다. 양릉이 직접 잡으려 했으나 용사가 적어 섣불리 움직이지 못합니다."

"그대와 함께 항복한 100여 명 군사 속에 촉군 장수를 감추고 성안에 들어가 하후무가 있는 태수부에 매복하시오. 한밤중에 양릉과 함께 가만히 성문을 열어 안팎에서 호응하면 되오."

최량은 속으로 궁리했다.

'촉군 장수를 데리고 가지 않겠다고 하면 의심할 것이니 우선 데리고 들어가 목을 치고, 제갈량을 성안에 끌어들여 죽이면 된다.'

그가 별말 없이 승낙하자 제갈량이 당부했다.

"내가 심복 장수 관흥과 장포를 그대와 함께 먼저 보내니 구원병이라 하고 성안으로 데려가 하후무가 마음을 놓게 하시오. 그 후 불을 올리면 내가 직접 성안에 쳐들어가 하후무를 사로잡겠소."

때는 황혼이었다. 제갈량의 비밀 계책을 받은 관흥과 장포는 투구 쓰고 갑옷 입고 말에 올랐다. 안정 군사 속에 섞여 성 아래로 가니 양릉이 성 위에서 현공판을 받쳐 세우고 호심란에 기대어 물었다.

【현공판은 머리에 무엇이 떨어지지 않도록 막아주는 판이고, 호심란은 가슴을 보호하는 난간이다.】

"어느 곳 군사인가?"

"안정에서 구원병이 왔소."

최량이 대답하고 먼저 소리 나는 화살을 성 위로 쏘아 올리니 화살에는 밀서가 달려 있었다.

'제갈량이 장수 둘을 들여보내 성안에 매복시키고 안에서 호응하려 하오. 그들을 놀라게 하면 아니 되니 태수부에 들어간 뒤 붙잡으면 되오.'

양릉이 글을 받아 전하자 하후무가 명했다.

"제갈량이 성에 들어오면 반드시 백성을 위로할 것이니 그때 군사를 매복시켜 베면 되오. 그 전에 두 장수를 데려오면 칼잡이 100명을 태수부에 매복시켜 그들이 말에서 내릴 때 잡아서 목을 치고, 성벽 위에서 불을 올려 제갈량을 성안에 끌어들이시오."

조치를 마치고 성문을 여니 관흥이 최량을 따라 먼저 가고 장포는 뒤에서 갔다. 양릉이 성문 옆에서 맞이하자 관흥이 번개같이 칼을 휘둘러 말 아래로 떨어뜨렸다. 최량이 깜짝 놀라서 말을 돌리니 장포가 호통쳤다.

"도적놈은 달아나지 마라! 너희 간사한 계책이 어찌 승상을 속일 수 있겠느냐?"

그의 손이 올라가며 창이 한 번 쑥 나오자 최량은 말 아래의 주검으로 변해버렸다. 관흥이 벌써 성벽 위로 올라가 불을 올리니 촉군이 일제히 밀고 들어갔다.

하후무는 손도 쓰지 못하고 남문을 열고 달아나는데 군사 한 떼가 앞을 가로막으니 대장은 왕평이었다. 두 장수가 말을 어울려 겨우 한 합이 이루어지자 왕평이 벌써 하후무를 사로잡아버렸다.

제갈량이 남안에 들어가 군사와 백성을 두루 어루만지자 등지가 물었다.

"승상께서는 어떻게 최량의 속임수를 알아보셨습니까?"

"나는 그가 항복할 마음이 없는 줄 알면서도 일부러 성에 들여보냈소. 그는 틀림없이 하후무에게 모든 걸 이야기하고 내 계책을 거꾸로 이용하려 할 것이오. 그가 다시 와서 하는 말을 듣고 속임수를 알았지만 두 장수를 딸려 보내 안심시켰소. 그가 참마음으로 항복한다면 틀림없이 가지 않으려 할 텐데 기꺼이 함께 간 것은 내가 의심할까 두려워서였소. 그는 두 장수를 성안으로 데리고 들어가 죽여도 늦지 않다고 여겼겠지. 나는 두 장수에게 성문을 들어서자마자 곧바로 움직이라고 했으니 바로 그들의 생각을 벗어나는 일을 한 것이오."

장수들은 절을 하며 탄복했다.

"위군 장수 배서로 꾸민 자는 내 심복이오. 그를 또 천수군으로 보내 태수를 속이게 했는데 아직 오지 않으니 무슨 까닭인지 모르겠소. 이긴 기세를 몰아 달려가 쳐야겠소. 세 군을 얻으면 위세를 크게 떨치게 되오.”

제갈량은 오의에게 남안을 지키게 하고 유염에게 위연을 대신해 안정을 지키게 하며, 위연에게 천수군을 치러 가게 했다.

이보다 앞서 천수 태수 마준이 하후무가 남안성에 갇혔다는 소식을 듣고 부하들과 상의하니 군의 정사를 돕는 공조 양서와 문서를 맡은 주부 윤상, 일을 기록하는 주기 양건 등이 말했다.

“하후 부마는 귀하신 몸이라 잘못되면 구하지 않았다는 죄명을 얻게 되니 군사를 모두 일으켜 구해야 합니다.”

마준이 선뜻 마음을 정하지 못하는데 하후 부마가 심복 장수 배서를 보내 전했다.

“도독께서는 안정과 천수 군사가 빨리 와서 구해주기를 바라십니다.”

배서가 급히 떠나자 이튿날 또 소식을 전하는 사람이 달려왔다.

“안정 군사는 이미 남안으로 갔으니 어서 가셔서 합치십시오.”

마준이 막 군사를 일으키려 하는데 밖에서 갑자기 한 사람이 들어왔다.

“태수께서는 제갈량의 계책에 걸리셨습니다!”

사람들이 보니 천수군 기현 사람 강유(姜維)였다. 자가 백약(伯約)으로 그 아버지 강경은 옛날 천수군 공조로 있을 때 강인들 난리에서 싸우다 죽었다. 강유는 어릴 적부터 여러 책을 두루 읽고 병법에 밝았으며 무예에도 정통했다. 또 어머니께 지극히 효성스러워 사람들은 모두 그를 높이 보았다. 조금 나이가 차자 중랑장이 되어 천수군 군사에 참여했다.

“제갈량이 하후무를 남안성에 가두고 물샐 틈 없이 에워쌌다는데 누가 뚫고 나올 수 있겠습니까? 배서는 이름 없는 하급 장수라 한 번도 만난 적이 없고, 안정에서 소식을 전하러 온 사람은 공문도 없습니다. 그들은 반드시 촉군인데 위군 장수로 꾸며 태수님을 속여 성을 나가게 하려는 것입니다. 인근에 군사를 매복하고 성안에 대비가 없을 때 쳐들어오려는 것이지요."

마준은 크게 깨달았다.

"백약이 아니었으면 간교한 계책에 걸릴 뻔했네!"

강유는 웃었다.

"태수께서는 마음 놓으십시오. 이 유에게 계책이 하나 있으니 제갈량을 사로잡고 남안의 위험을 풀 수 있습니다."

이야말로

계책 부리다 강한 적수 마주치고
슬기 겨루다 뜻밖의 사람 만나네

어떤 계책일까?

93

제갈량, 소년 장수 제자로 삼아

강백약은 공명에게 귀순하고
무향후는 왕랑 욕해 죽이다

강유가 마준에게 계책을 드렸다.

"제가 정예 군사 3000명을 얻어 중요한 길에 매복하면 태수께서는 군사를 이끌고 성을 나가시되 멀리 가서는 아니 되고 30리만 가다 바로 돌아오십시오. 불이 일어나는 것을 신호로 앞뒤에서 협공하면 크게 이길 수 있습니다. 제갈량이 직접 오면 반드시 사로잡을 수 있습니다."

마준은 강유에게 정예 군사를 내주며 양서와 윤상에게 성을 지키게 하고 양건과 함께 군사를 이끌고 성을 나갔다.

제갈량은 과연 조운을 보내 군사 한 대를 산속에 매복하게 하고 천수 군사가 성을 나가면 틈을 타 습격하기로 했다. 마준이 군사를 일으켜 성을 나가자 조운은 크게 기뻐 장익과 고상(高翔)에게 마준을 막아 치라고 전했다. 두 군데 군사도 역시 제갈량이 미리 매복시킨 것이었다.

조운은 5000명 군사를 이끌고 성 아래에 가서 높이 외쳤다.

"나는 상산의 조자룡이다! 너희는 계책에 걸렸으니 일찍 성을 바쳐 죽임을 당하지 않도록 하라!"

성 위에서 양서가 껄껄 웃더니 대꾸했다.

"네가 우리 강백약의 계책에 걸리고도 아직 모르느냐?"

조운이 성을 공격하려 하는데 별안간 고함이 요란하게 울리며 불빛이 하늘로 솟구치고, 소년 장수가 군사들 앞에 서서 창을 꼬나 들고 달려왔다.

"천수의 강백약을 보았느냐?"

조운이 창을 겨누고 싸우는데 강유의 힘이 점점 늘어나 깜짝 놀랐다.

'이곳에 이런 인물이 있을 줄이야!'

이때 마준과 양건이 군사를 되돌려 쳐들어오니 조운은 앞과 뒤를 두루 돌볼 수 없어 달아났다. 강유가 쫓아왔으나 장익과 고상이 달려와 조운을 맞이해 돌아갔다. 조운이 돌아가 적의 계책에 걸린 것을 말하자 제갈량은 흠칫 놀라 물었다.

"어떤 사람이 내 심오한 비밀을 알아보았느냐?"

그 자리에 있던 남안 사람이 아뢰었다.

"이 사람 성은 강이고 이름은 유, 자는 백약으로 천수 기현 사람입니다. 어머니께 효도하고 글에 밝은데 무예에도 정통합니다. 슬기와 용맹을 두루 갖추었으니 참으로 당대의 빼어난 인재입니다."

조운 또한 강유가 창 다루는 법이 남다르더라고 칭찬하니 제갈량이 말했다.

"천수를 차지하기 쉬울 줄 알았더니 뜻밖에도 이런 인물이 있을 줄이야."

그는 대군을 일으켜 나아갔다.

강유가 성으로 돌아가자 마준이 약속했다.

"천수가 평온해지면 자네를 보증해 벼슬을 올려 주겠네."

"조운이 패하고 갔으니 틀림없이 제갈량이 직접 옵니다. 그는 우리 군사가 모두 성안에 있다고 생각할 것이니 군사를 네 갈래로 나누어 제가 한 대를 이끌고 성 동쪽에 매복하겠습니다. 태수와 양건, 윤상이 각기 한 대씩 이끌고 성 밖에 매복하시고, 양서는 백성을 거느리고 성 위에서 지키기로 하시지요."

강유의 말에 따라 마준은 군사와 백성을 나누었다.

제갈량은 슬그머니 강유가 근심스러워 스스로 선두를 거느리고 나아가 천수 성벽 부근에 다가가 명령을 돌렸다.

"무릇 성을 공격하는 자는 성 밑에 이른 날, 삼군을 격려해 북 치고 고함지르며 곧바로 올라가야 한다. 시일을 끌어 날카로운 기세가 떨어지면 급히 깨뜨리기 어려우니 장수들은 군사를 격려해 기회를 놓치지 말아야 한다."

대군이 성 아래에 이르렀으나 성 위에 깃발들이 정연해 감히 섣불리 공격하지 못했다. 한밤중까지 기다리니 느닷없이 사방에서 불빛이 하늘로 솟구치며 고함이 땅을 흔들었다. 어느 곳 군사가 오는지 알지 못하는데 성 위에서 북치고 고함지르며 호응해, 촉군은 놀라 어지러이 달아났다.

제갈량이 급히 말에 오르자 관흥과 장포가 호위해 겹겹의 포위를 뚫었다. 제갈량이 머리를 돌려보니 바로 동쪽에 군사가 있는데 죽 뻗은 불빛이 기다란 뱀과 같았다. 관흥이 알아보고 강유의 군사라 하자 제갈량은 감탄했다.

"군사는 머릿수가 많은 데에 달린 것이 아니라 사람이 움직이기에 달렸으니 이 사람은 참으로 장수 감이로다!"

군사를 거두어 영채로 돌아온 제갈량은 한참 궁리하다 안정 사람을 불러 강유 어머니가 어느 곳에 있는지 물었다. 기성 안에 산다고 하자 위연을 불렀다.

"군사 한 대를 이끌고 짐짓 기세를 돋우며 기성을 치는 척하다가 강유가 가면 성안에 들여보내게."

그가 또 안정 사람에게 물었다.

"여기서 어느 곳이 가장 중요하냐?"

"천수의 재물과 식량은 모두 상규에 있습니다. 상규를 쳐서 깨뜨리면 식량 나르는 길이 저절로 끊기고 맙니다."

제갈량은 조운에게 군사를 이끌어 상규를 치게 하고, 성에서 30리 물러나 영채를 세웠다. 벌써 천수성에 소식을 알린 사람이 있어, 촉군이 세 길로 나뉘어 한 대는 천수를 지키고, 한 대는 상규를 치러 가며, 한 대는 기성을 공격하러 갔다고 하자 강유가 마준에게 청했다.

"이 유의 어머니가 기성에 계시는데 잘못될까 두렵습니다. 군사 한 대를 빌려 성을 구하고 늙은 어머니를 보호할까 합니다."

마준은 강유에게 3000명 군사를 주어 기성을 지키게 하고, 양건에게 3000명 군사를 이끌고 상규를 지키게 했다. 강유가 기성 앞에 이르자 앞에 촉군이 벌려 섰는데 장수는 위연이었다. 강유가 말을 달려 싸우려 하자 위연이 짐짓 달아나니 강유는 성안에 들어가 문을 닫아걸고 늙은 어머님을 뵈었다. 조운도 양건을 상규성으로 들여보냈다.

제갈량은 하후무를 장막으로 데려와 호통쳤다.

"너는 죽음이 두렵지 않으냐?"

하후무가 절을 하며 살려달라고 애걸하자 제갈량이 물었다.

"천수의 강유가 기성을 지키는데 글을 보내 부마께서 여기 계시면 귀순하겠다고 한다. 목숨을 살려줄 테니 가서 강유에게 귀순을 권하겠느냐?"

"반드시 그를 귀순시키겠습니다."

제갈량은 하후무에게 옷과 말을 주고 사람을 붙이지 않고 혼자 놓아 보냈다. 영채에서 나온 하후무는 자기 군사에게 돌아가려 했으나 길을 몰라 어딘지도 모르고 달려가다 황급히 달아나는 사람들 몇 명과 마주쳤다.

"너희는 어디 사람들이냐?"

"우리는 기현 백성입니다. 강유가 성을 바치고 제갈량에게 귀순했습니다.

촉군 장수 위연이 불을 지르고 재물을 빼앗아, 우리는 집을 버리고 상규로 달아나는 길입니다."

"천수성은 누가 지키느냐?"

"천수성 안에는 마 태수가 계십니다."

그 말을 듣고 하후무는 천수를 향해 말을 달렸다. 또 백성들이 아들 손목을 잡고 딸을 안고 걸어오는데 모두 같은 말을 했다. 하후무가 천수성 아래에 이르자 성 위에서 알아보고 황급히 문을 열고 맞아들였다. 놀란 마준이 절을 올리며 사연을 물어 하후무가 강유의 일을 자세히 이야기하고 백성들 말을 전하니 한숨을 쉬었다.

"뜻밖에도 강유가 촉으로 갔을 줄이야 어찌 알았겠습니까!"

양서는 믿어지지 않는 모양이었다.

"도독을 구하려고 거짓으로 항복한 것이 아닐까요?"

하후무는 짜증을 냈다.

"강유가 이미 항복했다는데 어찌 거짓이라 하느냐?"

사람들이 머뭇거리는데 밤이 되자 촉군이 다시 와서 성을 공격하니 불빛 속에 긴 창을 꼬나 든 강유가 성 아래에 말을 세우고 높이 외쳤다.

"하후 도독은 나와서 물음에 답하시오!"

하후무와 마준이 성 위에서 바라보니 강유가 무력을 뽐내고 있었다.

"내가 도독을 위해 항복했는데 도독은 어찌하여 전에 하신 말을 저버렸소?"

하후무가 되물었다.

"너는 위의 은혜를 입고 어찌 촉에 항복했느냐? 전에 한 말이 무엇이냐?"

"네가 글을 보내 촉에 항복하라 하고도 어찌 이런 말을 하느냐? 네가 몸을 빼려고 나를 밀어 빠뜨리지 않았느냐? 내가 지금 촉에 항복해 상장이 되었는데 다시 위로 돌아갈 리 있겠느냐?"

강유는 군사를 휘몰아 성을 들이치다 날이 밝아서야 물러갔다. 그날 밤 제 갈량은 군사 중에 비슷한 자를 골라 강유로 꾸며 성을 공격하게 했으니 불빛 속에서 진짜를 가리기 어려워 계책이 딱 먹혀들었다. 천수 사람들을 속여 넘 긴 제갈량은 기성을 치러 갔다.

기성 안에는 식량이 적어 군사들이 배를 곯는데 강유가 성 위에서 바라보 니 촉군이 크고 작은 수레로 식량과 말먹이 풀을 날라 위연의 영채로 가져가 는 것이었다. 그것을 빼앗으려고 강유가 3000명 군사를 이끌고 성을 나가자 촉군은 식량 수레들을 버리고 달아났다.

강유가 수레들을 빼앗아 성으로 돌아가는데 촉군 한 떼가 길을 가로막으니 장수는 장익이었다. 강유가 말을 달려 몇 합 싸우기도 전에 왕평이 또 군사를 이끌고 와 양쪽으로 협공했다. 강유가 버티지 못해 도망쳐 성으로 돌아가자 성벽 위에는 이미 촉군 깃발들이 꽂혀 있었다. 위연이 어느새 습격해 차지한 것이었다. 강유는 힘껏 싸워 길을 뚫고 천수성으로 달려갔다. 기병 10여 명이 따랐으나 다시 장포와 만나 한바탕 싸우고 나니 하나도 남지 않았다.

창 한 자루를 들고 홀로 말을 달려 천수성 아래에 이르자 성 위에서 마준이 명해 화살을 어지러이 날렸다. 강유는 다시 상규성으로 달려갔으나 성 위에 서 양건이 욕을 퍼부었다.

"나라를 배반한 도적이 감히 내 성을 속여 빼앗으려 하느냐? 네가 이미 촉 에 항복한 것을 안다!"

화살이 어지러이 날아오니 강유는 변명할 수 없어 하늘을 우러러 땅이 꺼 지게 한숨을 쉬며 눈물을 주르르 흘렸다. 장안으로 가서 억울한 사연을 밝히 려고 말을 돌려 달려가는데, 몇 리를 가지 못해 울창한 숲이 나타나면서 '우 와!' 고함과 함께 촉군 장수 관흥이 수천 명 군사로 길을 막아버렸다.

몸은 지치고 말은 고단해 관흥을 당해낼 수 없어 말을 돌리는데 별안간 산

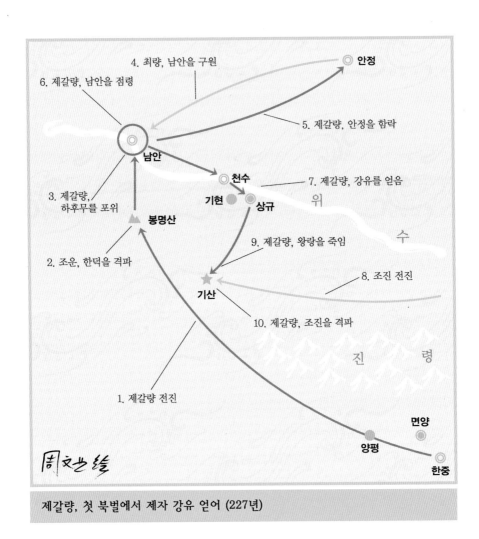

제갈량, 첫 북벌에서 제자 강유 얻어 (227년)

비탈에서 작은 수레 한 대가 돌아 나왔다. 수레 위에 앉은 사람은 머리에 푸른 비단 띠 두건을 쓰고 몸에 새털 옷을 걸쳤으며 손으로 깃털 부채를 슬슬 흔드니 다름 아닌 제갈량이었다.

"백약은 어찌 아직도 항복하지 않는가?"

강유는 한참 궁리했으나 앞에는 제갈량이 막고 뒤에는 관흥이 있어 갈 길이 없었다. 하는 수 없이 말에서 내려 항복을 청하니 제갈량이 황급히 수레에서 내려 손을 잡았다.

"내가 초가에서 나온 이후 현명한 이를 구해 평생 배운 학문을 전해주려 했으나 한스럽게도 그 사람을 얻지 못했는데, 백약을 만났으니 내 소원이 풀렸네. 모두 전수할 테니 그대는 마음을 다 바쳐 나라를 위해 보답해야 하네!"

강유는 크게 기뻐 절을 하며 고마워했다.

제갈량은 강유와 함께 영채로 돌아와 천수와 상규를 칠 계책을 상의했다.

"천수의 윤상과 양서는 이 유와 사이가 아주 좋습니다. 제가 성안으로 밀서를 쏘아 보내 그 안이 어지러워지면 성을 얻을 수 있습니다."

제갈량이 기뻐해 강유가 밀서 두 통을 쏘아 보내자 마준이 읽어보고 덜컥 의심이 들어 하후무와 상의했다.

"양서와 윤상이 강유와 결탁해 안에서 호응하려 하니 도독께서는 빨리 결단을 내리셔야 합니다."

하후무의 말은 간단했다.

"두 사람을 죽여 버려라."

윤상이 말을 전해 듣고 양서와 상의했다.

"차라리 성을 바치고 촉에 항복해 잘 쓰이기를 바라는 것이 상책일세."

그날 밤 하후무가 몇 번이나 사람을 보내 부르자 두 사람은 일이 다급해진 것을 알고 데리고 있는 군사를 이끌고 성문을 활짝 열어 촉군을 맞아들였다. 하후무와 마준은 수백 명을 이끌고 서문으로 나가 강인들이 사는 변방으로 달아났다.

제갈량이 성에 들어가 백성을 안정시키고 상규를 칠 계책을 묻자 양서가 대답했다.

"상규는 제 친동생 양건이 지키고 있으니 제가 불러 귀순시키겠습니다."

양서는 그날로 양건을 불러 제갈량에게 항복하게 했다. 제갈량이 후한 상과 벼슬을 내려 양서는 천수 태수, 윤상은 기성 현령, 양건은 상규 현령이 되었다.

제갈량이 군사를 정돈해 나아가니 장수들이 물었다.

"승상께서는 어찌하여 하후무를 쫓아가 사로잡지 않으십니까?"

"내가 하후무를 놓아준 것은 마치 오리 한 마리를 놓아준 것과 같네. 지금 백약을 얻었으니 봉황새를 한 마리 얻은 셈일세! 예로부터 '군사 천 명을 얻기는 쉬워도 장수 한 사람을 구하기는 어렵다[千軍易得천군이득 一將難求일장난구]'고 했으니 바로 이런 뜻일세. 내가 보니 백약이 군사를 부리고 계책을 쓰는 품이 바로 나와 똑같아 한없이 사랑스러운데 이제 세 군까지 얻었으니 큰일을 꾀할 만하네!"

제갈량이 세 성을 얻자 위엄스러운 명성이 크게 떨쳐, 멀고 가까운 주와 군들이 소문만 듣고도 귀순했다. 제갈량은 군사를 정돈해 한중 군사를 모두 거느리고 기산으로 나아가 위수 서쪽에 이르렀다.

때는 위주 조예의 태화(太和) 원년(227년), 소식이 쏜살같이 낙양에 전해지자 조예가 깜짝 놀라 신하들에게 물었다.

"누가 짐을 위해 촉군을 물리치겠소?"

사도 왕랑이 반열에서 나와 아뢰었다.

"신이 살펴보았더니 선제께서는 항상 대장군 조진을 쓰셔서 가는 곳마다 모두 이겼습니다. 폐하께서는 어찌하여 조진을 대도독으로 임명해 촉군을 물리치게 하시지 않습니까?"

【조진은 자가 자단(子丹)으로 조조의 집안 조카였다. 아버지 조소는 조조가 처음 군사를 일으킬 때 무리를 모아 따르다 관청에 잡혀 죽었다. 조조는 고아 조진을

강유는 제갈량에게 절하며 항복 ▶

불쌍하게 여겨 집에 데려와 친아들과 다름없이 길러, 조비와 함께 자랐다. 언젠가 사냥을 나가 호랑이에게 쫓기다 돌아서서 화살을 날렸더니 호랑이가 죽었다. 조조는 그 용맹을 높이 보아 친위부대 호표기를 거느리게 했다.

조비가 위왕이 되자 진서장군에 임명하고 절을 내려 군령을 어긴 자를 처벌할 권력을 주면서 옹주와 양주 군사를 도맡게 했다. 양주 주천군의 반란을 진압하는 등 공로를 세우고 상군대장군이 되어 조정 안팎의 군사를 모두 거느리며 절과 월을 받았다. 진군, 사마의와 함께 조비의 임종 부탁을 받고 조예를 보호하게 되자 조예가 대장군에 임명하고 소릉후에 봉했다.】

조예가 조진을 불러들였다.

"선제께서 경에게 아들을 부탁하셨소. 촉군이 중원을 침범하는데 경이 어찌 차마 앉아서 구경만 할 수 있겠소?"

"신은 재주가 모자라고 슬기가 짧아 큰일에 어울리지 않을까 하옵니다."

왕랑이 말했다.

"장군은 사직을 지키는 신하이니 사양해서는 아니 되오. 이 늙은 신하는 비록 둔한 말에 무딘 칼과 같으나 장군을 따라 한번 가고 싶소."

조진이 다시 아뢰었다.

"신은 큰 은혜를 입었는데 어찌 감히 사절하겠습니까? 다만 한 사람을 얻어 부장으로 삼도록 해주시기 바랍니다."

"누구인지 경이 추천하시오."

조진은 태원군 양곡현 사람 곽회(郭淮)를 추천했다. 그의 자는 백제(伯濟)로, 사양정후이자 옹주 자사를 겸했다. 조예는 조진을 대도독으로 임명해 군사를 지휘하는 절과 월을 내리고 곽회를 부도독으로, 왕랑을 군사로 삼았다. 왕랑은 자가 경흥(景興)인데 동해 담현 사람으로 헌제 때 효렴으로 추천되어 벼슬길에 들어서서 이미 76세였다.

조예는 낙양과 장안, 두 경성의 군사 20만을 조진에게 주었다. 조진이 집안 아우 조준을 선봉으로 하고 탕구장군 주찬을 부선봉으로 삼아 이해 11월에 출병하니 위주 조예는 친히 서문밖까지 배웅하고 돌아갔다. 조진은 대군을 거느리고 장안을 돌아 위하 서쪽으로 건너 영채를 세웠다. 조진이 군사를 물리칠 계책을 의논하자 왕랑이 말했다.

"내일 대오를 엄하게 정돈하고 깃발들을 활짝 펼치시오. 이 늙은이가 장담하건대 직접 나가 한바탕 말만으로 제갈량이 손을 모아잡고 항복을 드리게하고, 촉군이 싸우지 않고 스스로 물러가게 하겠소."

조진은 크게 기뻐 그날 밤으로 여러 영채에 명령을 돌렸다.

'내일 동트기 전에 밥을 짓고 동틀 무렵에 대오를 정연하게 갖추어야 한다. 사람과 말은 위풍이 당당하고 깃발과 북, 나팔은 순서에 따라야 한다.'

위군은 싸움을 거는 전서를 촉군 영채에 보냈다.

이튿날 양쪽 군사가 기산 앞에 진을 치는데 위군이 아주 씩씩해 하후무 군사와는 전혀 달랐다. 북을 세 통 두드리고 나팔을 분 뒤 사도 왕랑이 말을 타고 진 앞으로 나왔다. 윗자리에는 도독 조진이 말을 세우고 아랫자리에서는 부도독 곽회가 진의 양쪽 날개를 통제했다. 한 군사가 진 앞에 나와 외쳤다.

"맞은편 진의 주장께서 나와 대답하시오!"

촉군의 진문 앞 깃발들이 갈라지면서 관흥과 장포가 앞으로 나와 양쪽에 말을 세우고 용맹한 장수들이 양쪽으로 늘어서자 깃발 그림자 속에서 네 바퀴 수레가 한 대 나왔다. 수레 안에는 제갈량이 단정히 앉았는데, 머리에는 푸른 비단 띠 두건을 쓰고 손에는 깃털 부채를 들었으며 몸에는 흰옷을 입고 허리에는 검은 띠를 둘렀다.

선뜻 진 앞으로 나온 제갈량이 눈을 들어 바라보니 위군 진 앞에 지휘 깃발과

해 가리개 셋이 세워지고 깃발 위에 성명이 큼직하게 쓰여 있었다. 가운데 깃발 아래 수염이 하얀 늙은이는 군사인 사도 왕랑이라 속으로 가만히 생각했다.

'왕랑은 반드시 나를 꾀는 말을 할 것이니 적당히 응수해야 하겠다.'

수레를 진 앞으로 밀고가게하고 호위하는 장교를 시켜 말을 전했다.

"몰래 화살을 날리지 마시오! 한의 승상께서 사도와 이야기하려 하시오."

【모종강은 제갈량이 자기를 한의 승상이라 하고 왕랑을 그냥 사도라 불러, 위를 인정하지 않음을 밝히고 왕랑의 기를 꺾으려 했다고 한다.】

왕랑은 말고삐를 늦추어 달려나갔다. 제갈량이 수레 위에서 두 손을 모아 쥐고 인사하자 왕랑이 말 위에서 몸을 굽혀 답례하고 말을 꺼냈다.

"공의 큰 이름을 들은 지 오래인데 오늘 다행히 만나게 되었소. 공은 하늘이 정해준 운수를 알고 시기의 변화에 밝으면서도 어찌 명분 없는 군사를 일으키시오?"

"내가 조서를 받들고 역적을 토벌하거늘 어찌 명분이 없다 하겠소?"

제갈량이 대꾸하자 왕랑은 자랑거리인 말솜씨를 펼쳤다.

"하늘이 정해준 운수는 변하기 마련이고 신성한 그릇(황제 자리)은 임자가 바뀌어 덕이 있는 이에게 돌아가게 되니 이는 자연스러운 이치요. 전날 환제, 영제 시절부터 황건이 난을 일으켜 천하 사람들이 어울려 다투었소. 그다음 동탁이 반역하고 뒤이어 이각과 곽사가 기승을 부렸으며, 원술은 수춘에서 외람되이 스스로 황제라 일컫고 원소는 업 땅에서 장한 기세를 자랑했소. 유표는 형주를 차지하고 여포는 호랑이처럼 서군을 삼켰는데 도적들이 벌 떼처럼 일어나고 간사한 영웅들이 매처럼 날아올랐소. 사직은 달걀을 쌓아 올린 듯 위태롭고 백성은 거꾸로 매달린 듯 급했으나 우리 태조 무황제(조조)께서 천하를 쓸어 깨끗이 하시고 팔방의 머나멀고 황량한 곳까지 멍석 말듯 휘감으시니, 이 땅의 만백성이 마음을 기울이고 사방에서 그 덕을 우러러보았소. 권세로 얻은 것이 아니라 실로 하늘이 정해준 운명이 돌아왔기 때문이오. 세조 문제(조비)께서는 신같이 글에 능하시고 성인처럼 무에 정통하시어 대통을 이으셨는데, 하늘 뜻에 응하고 사람들 마음에 따라 순 임금이 요 임금에게서 왕위를 넘겨받은 본을 따시어 중원에 앉아서 만 나라를 다스리시니 어찌 하늘의 마음과 사람의 뜻에 따르는 것이 아니겠소? 지금 공은 높은 재주를 품고 큰 재능을 안아 스스로 관중과 악의에 비유한다는데 어이하여 하늘의 도리를 거스르고 인간의 정을 등지려 하시오? '하늘에 따르는 자는 흥하고 하늘을 거스르는 자는 망한다'는 옛사람의 말을 듣지 못하셨소? 지금 우리 대위(大魏)에는 갑옷 입은 무사가 100만에 이르고 훌륭한 장수가 1000명이나 되오. 생각해보면 썩은 풀에서 나오는 반딧불이의 빛이 어찌 하늘 가운데에서 비추는 환한 달과 견주겠소? 공은 어서 병기를 버리고 갑옷을 벗어 예절을 차리고 항복하시오. 그러면 후작은 잃지 않을 것이고 나라가 안정되어 백성이 즐거울 터이니 어찌 아름다운 일이 아니겠소!"

제갈량은 수레 위에서 껄껄 웃더니 먼저 군사들을 향해 입을 열었다.

"나는 한의 조정 경력이 오래고 신망이 두터운 원로대신께서는 반드시 고명한 말씀이 있으리라 여겼는데 이따위 너절한 말이나 할 줄은 몰랐다. 내가 한마디 할 말이 있으니 여러 군사는 조용히 들어보아라. 옛날 환제, 영제 시절에 한의 황실이 쇠약해지자 환관들이 화를 만들어 나라가 어지러워지고 흉년이 들며 사방이 소란스러웠다. 황건 다음에 동탁과 이각, 곽사 등이 꼬리를 물고 일어나 한의 황제를 납치하고 백성을 잔혹하게 다루는데도 묘당(조정) 위에는 썩은 나무들이 신하로 있었고, 궁전의 섬돌 사이에는 새와 짐승들이 녹을 먹었다. 이리의 심보를 품고 개처럼 움직이는 무리가 끊임없이 권력을 잡았고, 종의 비굴한 얼굴을 하고 시녀처럼 무릎을 잘 꿇는 자들이 분분히 정사를 맡았다. 그리하여 사직이 황폐하고 천하 백성이 진창에 빠진 듯, 불에 들어간 듯 고생했다."

【왕랑이 위에서 하는 벼슬이 한나라 때보다 훨씬 높건만 제갈량은 절대 '위'자를 입에 담지 않으니 정통성 없는 정권은 인정하지 않는다는 뜻이었다. 말싸움을 시작하자마자 상대의 기를 꺾는 수단이었다. 한 헌제 때 회계군 태수, 간의대부, 소부, 대리 등 높은 벼슬을 했으면서도 한에 충성을 다 바치지 않은 왕랑과는 말하기조차 입이 쓴 듯, 제갈량은 한동안 양쪽 군사를 상대로 말을 했다.】

후한 말의 혼란한 세상과 신하들을 싸잡아 비꼰 후 왕랑에게 정면 공격을 들이댔다.

"나는 평소부터 네가 한 짓들을 안다. 대대로 동해에 살면서 처음에는 효렴으로 추천되어 벼슬길에 들어섰으니 이치로 보아 황제를 돕고 나라를 보좌해 한의 황실을 안정시키고 유씨를 흥하게 해야 하거늘 도리어 역적을 도와 함께 황제 자리를 빼앗다니, 네 죄가 깊고 무거워 하늘땅이 용납하지 못하고 천하 사람들이 모두 네 살을 씹으려 하는 판이다! 다행히 하늘의 뜻이 염한(한조)이 끊어지기를 바라지 않아 소열황제께서 서천에서 정통을 이으시니, 내가 소열황제를 이으신 천자의 성지를 받들고 군사를 일으켜 역적을 토벌하는 바이다. 너는 아첨이나 하고 달콤한 소리나 고르는 신하니 그저 몸을 숨기고 머리를 움츠려, 옷이나 바로 입고 음식이나 제대로 얻어먹기를 꾀해야 하거늘 어찌 감히 군사의 대오 앞에서 함부로 하늘이 정한 운수를 떠드느냐? 이 머리카락 새하얀 변변찮은 사내야! 수염이 허연 늙은 도적아! 네가 오늘로 땅 밑에 묻힐 터인데 무슨 얼굴로 한의 스물네 분 천자를 뵙겠느냐! 늙은 도적은 썩 물러가라! 반역한 신하에게 나하고 이기고 짐을 결판내도록 하라!"

제갈량 꾸짖음에 왕랑은 말에서 떨어져 ▶

그 말을 듣자 왕랑은 기가 꽉 막혀오면서 가슴이 답답해져 '으악!' 높이 소리치더니, 바로 그 자리에서 말 아래로 떨어져 땅에 부딪혀 죽었다.

제갈량은 부채로 조진을 가리키며 말했다.

"내가 핍박하지 않을 테니, 군사를 정돈해 내일 결전을 벌이도록 하라."

제갈량이 수레를 돌려 돌아가자 양쪽 군사는 모두 물러섰다. 조진이 왕랑의 주검을 관에 담아 장안으로 보내자 부도독 곽회가 일깨웠다.

"제갈량은 우리 군중에서 장례를 치르리라 내다보고 오늘 밤 반드시 영채를 습격하러 옵니다. 군사를 네 대로 나누어, 두 대는 빈틈을 타고 후미진 오솔길로 달려가 촉군 영채를 치고, 두 대는 영채 밖에 매복시켜 좌우로 촉군을 치면 됩니다."

조진은 대단히 기뻐 조준과 주찬, 두 선봉을 불러 명했다.

"각기 1만 명 군사를 이끌고 기산 뒤로 돌아가게. 촉군이 우리 영채를 향해 오는 모습이 보이면 바로 진군해 촉군 영채를 기습하고, 촉군이 움직이지 않으면 곧 군사를 물려 돌아와야지 섣불리 나아가서는 아니 되네."

다시 곽회에게 말했다.

"우리는 한 대씩 군사를 이끌고 영채 밖에 매복하고, 영채 안에는 땔감만 쌓아 몇 사람만 남겼다가 촉군이 오면 불을 지르는 것을 신호로 급히 일어나세."

이때 제갈량은 장막으로 돌아와 조운과 위연을 불렀다.

"오늘 밤 각기 군사를 이끌고 위군 영채를 습격하시오."

위연이 물었다.

"조진은 병법에 밝아 자기들이 장례를 치르는 틈을 타 우리가 습격할 것을 내다볼 텐데 어찌 방비가 없겠습니까?"

"내가 그에게 우리가 영채를 습격하러 간다고 알리려는 걸세. 그들은 기산 뒤에 매복하고 우리 군사가 지나가기를 기다려 영채를 습격하러 올 걸세."

위연의 의문을 풀어주고 계책을 설명했다.

"자룡과 문장은 산기슭 뒤로 지나가 멀찌감치 영채를 세우시오. 위군이 마음대로 와서 우리 영채를 습격하게 놓아두고 불이 일어나는 것을 신호로 군사를 두 길로 나누어 문장은 산의 입구를 막고, 자룡은 군사를 되돌려 달려오시오. 위군을 만나 돌아가게 놓아주고 뒤에서 공격하면 반드시 저희끼리 치고받을 것이니 완전한 승리를 거둘 수 있소."

관흥과 장포를 불렀다.

"군사를 한 대씩 이끌고 기산 중요한 길에 매복해 위군이 오면 보내주고 그들이 온 길을 통해 위군 영채로 달려가거라."

그리고 마대와 왕평, 장익, 장억 네 장수를 영채 밖에 매복시켜 사방으로 위군을 맞받아치게 했다. 영채 가운데에 땔감을 쌓아 불로 신호를 보낼 채비를 갖추고, 제갈량은 장수들을 이끌고 영채 뒤로 물러가 동정을 살폈다.

황혼 무렵 위군 선봉 조준과 주찬이 영채를 떠나 계속 나아가다 밤이 깊어 멀리 바라보니 산 앞에서 군사들이 움직이는 모습이 어슴푸레 보였다.

'곽 도독께서는 참으로 귀신같이 헤아리시는구나!'

조준이 촉군 영채에 이르렀을 때는 한밤중인데 곧장 쳐들어가니 사람 하나 없는 빈 영채였다. 계책에 걸린 것을 알고 급히 군사를 물리자 영채 안에서 불이 일어났다. 뒤에 있던 주찬이 공격 신호로 알고 급히 달려가니 자기편끼리 치고받아 어지럽게 되었다. 조준이 주찬과 말을 맞대고서야 제 편끼리 짓밟았음을 알고 군사를 합치자 사방에서 고함도 요란하게 왕평, 마대, 장억, 장익이 달려왔다.

조준과 주찬은 기병 100여 명만 이끌고 큰길로 달아났다. 별안간 북과 나팔이 울리며 군사 한 떼가 길을 막으니 앞장선 대장 조운이 높이 외쳤다.

"도적 장수는 어디로 가느냐? 빨리 죽임을 받아라!"

두 사람이 길을 뚫고 달아나자 또 고함이 일어나며 위연의 군사가 달려와 참패하고 자기들 영채로 달아났다. 영채를 지키는 군사가 촉군이 온 줄 알고 황급히 불을 지펴 신호를 보내니 조진과 곽회가 양쪽으로 달려와 또 자기편끼리 치고받았다. 이때 등 뒤에서 세 길로 촉군이 달려오니 가운데는 위연이고 왼쪽은 관흥, 오른쪽은 장포였다. 한바탕 싸움이 벌어져 위군은 수없이 군사를 잃고 10여 리를 달아났다. 제갈량은 크게 승리하고 군사를 거두었다.

조진과 곽회는 패한 군사를 이끌고 영채로 돌아가 상의했다.

"이쪽은 외롭고 저쪽은 기세가 대단하니 어떤 계책으로 물리쳐야 하오?"

조진이 묻자 곽회가 대답했다.

"승패는 싸움에서 늘 겪는 일이니 걱정하실 것 없습니다. 저에게 계책이 있으니 적이 머리와 꼬리를 돌보지 못하게 하여 물리칠 수 있습니다."

이야말로

불쌍한 위군 장수 일 이루기 어려우니
서방에 가서 구원병을 얻으려 하누나

그것은 어떤 계책일까?

94

허 찌르는 사마의의 기습 작전

제갈량은 눈을 빌려 강병 깨뜨리고
사마의는 날짜 정해 맹달 사로잡다

곽회가 조진에게 건의했다.

"강인들은 태조 때부터 해마다 공물을 바쳐왔고 문황제께서도 그들에게 은혜를 베푸셨습니다. 우리가 험한 곳을 차지하고 구원을 청하면서 앞으로 혼인을 통해 사이좋게 지내겠다고 약속하면 강인들은 반드시 군사를 일으켜 촉군 뒤를 습격할 것입니다. 그때 우리가 대군으로 협공하면 크게 승리하지 않겠습니까?"

조진은 사람을 띄워 강인들에게 글을 전했다.

서강 국왕 철리길에게는 대신이 둘 있어 문관은 아단 승상이고 무장은 월길 원수였다. 위의 사자가 글과 함께 금과 구슬을 가지고 가서 아단 승상에게 예물을 바치고 구원을 청하자, 아단은 사자를 안내해 국왕에게 글과 예물을 올리고 구원을 승낙해야 한다고 아뢰었다. 철리길은 아단과 월길 원수에게 명해 강병 15만을 일으켰다.

강병들은 활과 쇠뇌, 창칼 따위는 물론 몽둥이 끝에 가시를 박은 질려와 긴 줄이 달린 쇳덩이를 던지는 비추(飛錘)도 잘 썼다. 또 전차가 있어 철판을 두르고 못을 박았는데 안에는 식량과 병기를 실었다. 낙타로 끌거나 노새와 말로 움직이며 그 군사를 '철거병'이라 불렀다.

　아단과 월길이 군사를 거느리고 서평관으로 나아가자 관을 지키는 촉군 장수 한정이 급히 보고를 올려, 제갈량은 마대를 불렀다.

　"자네가 이전부터 강인들과 살며 성질을 잘 아니 길잡이가 되어주게."

　마대를 선봉으로 세워 관흥과 장포에게 정예 군사 5만을 주어 보내자 며칠도 안 되어 강병들과 맞닥뜨렸다. 관흥이 100여 명 기병을 이끌고 산비탈에 올라 바라보니 강병들이 전차의 머리와 꼬리를 이어 가는 곳마다 영채를 세우는데, 전차 위에 병기들을 빼곡히 늘려 세워 마치 성과 같았다.

　이튿날 새벽 촉군이 세 길로 나아가자 강병의 진에서 자루가 기다란 철퇴를 들고, 보물로 장식하고 무늬를 그린 활을 찬 월길 원수가 용맹을 떨치며 말을 달려 나왔다. 관흥의 군사가 힘을 내 나아갔으나 전차들이 몰려오며 활과 쇠뇌 살을 마구 날려 크게 패했다. 마대와 장포의 군사가 먼저 물러가고, 관흥의 군사는 강병들에게 에워싸여 한쪽으로 몰려갔다.

　관흥은 왼쪽을 치고 오른쪽을 무찌르며[左衝右突좌충우돌] 힘을 냈으나 몸을 빼지 못했다. 단단하게 둘러선 전차들이 성과 다름없어 촉군은 포위를 뚫지 못하고, 관흥 혼자 길을 찾아 산골짜기로 달아났다. 날이 차츰 저무는데 검은 깃발이 벌떼처럼 몰려오며 강인 장수가 철퇴를 들고 외쳤다.

　"어린 장수는 달아나지 마라! 나는 월길 원수다!"

　관흥이 힘을 다해 말을 달리는데 냇물이 나타나면서 길이 없어졌다. 급히 말을 돌려 월길과 맞섰으나 아무리 해도 속이 떨려 냇물로 도망쳤다. 말이 풀쩍 뛰어 한 걸음 나아가자 월길이 따라와 철퇴를 휘둘러 말의 가랑이를 맞혔다. 관흥은 말과 함께 냇물에 쓰러졌다.

그런데 별안간 큰 소리가 나면서 등 뒤에서 월길도 말과 함께 물에 쓰러지는 것이 아닌가! 관흥이 벌떡 일어나 보니 언덕 위에서 대장 한 사람이 강병을 물리치고 있었다. 관흥이 칼을 들어 찍으려 하자 월길은 물 위로 껑충껑충 뛰어 달아났다. 월길의 말을 얻은 관흥이 언덕 위로 끌고 가 말에 올라 바라보니 그 장수가 아직도 강병을 쫓아가며 무찌르고 있었다.

'이 사람이 내 목숨을 구해주었으니 만나봐야지.'

관흥이 말을 다그쳐 쫓아가자 구름과 안개 속에서 대장 한 사람이 어슴푸레 모습을 나타냈다. 얼굴은 무르익은 대춧빛에 눈썹은 누운 누에 같은데 푸른 전포를 걸치고 금 갑옷을 입었다. 청룡도를 들고 적토마를 탔으며 손으로 아름다운 수염을 움켜쥐었으니 분명 아버님 관우였다. 관흥이 깜짝 놀라자 관우가 손을 들어 동남쪽을 가리켰다.

"내 아들은 어서 가거라. 내가 너를 보호해 영채로 돌아가게 해주마."

말을 마치고 관우가 사라지자 관흥은 동남쪽을 향해 급히 달려갔다. 한밤중이 되어 갑자기 군사 한 떼와 마주치니 앞장선 장포가 물었다.

"자네는 아버님을 보았는가?"

"자네가 어찌 아는가?"

"내가 철거병들에게 쫓겨 급하게 되었을 때 갑자기 둘째 큰아버님께서 공중에서 내려오시어 강병들을 물리치시더니 손을 들어 가리키셨네. '너는 이 길로 가서 내 아들을 구하라.' 그래서 곧바로 자네를 찾아오는 길일세."

관흥도 앞의 일을 이야기해 두 사람은 감탄하며 놀라워했다. 두 사람이 영채로 돌아오니 마대가 맞이했다.

"철거병을 물리칠 계책이 없네. 내가 영채를 지킬 테니 두 사람은 승상께 가서 여쭙고 계책을 받아오게."

관흥과 장포가 밤낮없이 달려가 자세히 보고하자 제갈량은 조운과 위연에게 군사를 한 대씩 이끌고 영채 옆에 매복하게 하고, 3만 군사를 점검해 강유와 장익, 관흥과 장포를 데리고 친히 마대의 영채로 왔다.

이튿날 제갈량이 언덕에 올라 살펴보니 전차들이 끊임없이 이어지고 사람과 말이 급히 달리고 있어서 영채로 돌아와 장수들에게 말했다.

"이것은 깨뜨리기가 어렵지 않네."

마대와 장익에게 계책을 주어 떠나게 하고 강유를 불렀다.

"백약은 전차 깨뜨리는 법을 아는가?"

"강인들은 용맹만 믿으니 승상의 묘한 계책이 어찌 통하지 않겠습니까?"

"자네가 내 마음을 아는군. 지금 먹장구름이 잔뜩 뒤덮이고 북풍이 세차게 휘몰아쳐 곧 하늘에서 눈이 내릴 것이니 내가 바로 계책을 쓸 수 있네."

관흥과 장포에게 군사를 매복하게 하고, 강유에게 군사를 이끌고 나가 철거병이 오면 뒤로 물러서서 달아나라고 했다. 영채에는 짐짓 깃발만 세우고 군사를 배치하지 않았다.

때는 12월 끝이라 과연 하늘에서 함박눈이 쏟아졌다. 강유가 군사를 이끌고 나가자 월길이 철거병을 거느리고 오니 바로 물러서서 영채 뒤로 돌아갔다. 강병들이 영채에 이르러 들여다보니 안에서 거문고 퉁기는 소리가 울리고 네 방향에는 모두 깃발들만 세워져 있었다. 급히 돌아가 보고하니 월길은 의심을 품어 감히 가볍게 움직이지 못하는데 아단 승상이 나섰다.

"제갈량이 요사한 계책으로 의심스러운 모양을 꾸몄으니 공격하면 되오."

월길이 힘을 내 영채 앞으로 달려가자 마침 제갈량이 거문고를 들고 수레에 올라 기병 몇을 데리고 뒤쪽으로 나가는 것이었다. 강병들도 일제히 영채를 통과해 그의 뒤를 쫓아 산어귀를 지나니 작은 수레가 길을 돌아 숲속으로 들어가는 모습이 어슴푸레 보였다.

아단이 월길에게 말했다.

"이따위 군사야 매복이 있더라도 무서워할 게 무엇인가."

두 사람이 대군을 이끌고 쫓아가자 강유의 군사가 눈밭에서 허둥지둥 달아나 전차들을 재촉해 쫓아갔다. 산길에 눈이 덮여 눈길 닿는 데까지 거칠 것 없이 평탄해 강병들이 신나게 쫓아가는데 산 뒤에서 촉군이 나타났다.

"얼마 안 되는 군사가 매복한들 무서울 게 무엇인가!"

아단이 한사코 군사를 재촉해 나아가는데 별안간 산이 무너지고 땅이 꺼지는 소리가 울리며 강병들이 모두 구덩이에 빠져버렸다. 뒤에서 거침없이 굴러가던 전차들이 급히 멈추어 설 수 없어 모두 몰려가 그들 위로 떨어졌다. 뒤에 있던 강병들이 급히 돌아서려 하는데 관흥과 장포가 양쪽에서 쳐 나와 수많은 쇠뇌로 살을 날리고, 등 뒤로 강유와 마대, 장익의 세 길 군사가 달려와 크게 어지러워졌다.

월길 원수가 달아나다 관흥과 맞닥뜨려 관흥이 칼을 번쩍 들어 말 아래로 떨어뜨렸다. 아단 승상은 마대에게 사로잡혀 큰 영채로 끌려가고 강병은 사방으로 도망쳤다.

장막에 앉아 있던 제갈량은 아단이 끌려오자 밧줄을 풀어주고 술을 내려 놀란 가슴을 진정시키며 좋은 말로 달랬다.

"우리 주공께서 대한의 황제로서 역적을 토벌하라 명하셨는데 그대는 어찌 역적을 돕는가? 그대를 돌려보낼 테니 주인에게 전하게. 우리와 그대들은 이웃이니 영원히 친밀한 동맹을 맺어야지 역적 말을 들어서는 아니 된다고."

사로잡은 강병과 빼앗은 전차와 말, 싸움 기구들을 모조리 아단에게 주어 돌려보내니 강인들은 모두 절을 해 고맙다고 인사하고 떠났다. 제갈량은 삼군을 이끌고 기산 큰 영채로 돌아갔다.

이때 위군의 조진과 곽회는 날마다 강인들 소식을 기다리는데 촉군이 영채를 뽑고 떠났다고 하자 크게 기뻐했다.

"강병들이 공격해 물러간 것입니다."

곽회의 말에 조진은 그와 함께 두 길로 나누어 쫓아갔다. 앞에서 촉군이 부산하게 달아나 위군 선봉 조준이 한참 쫓아가는데, 별안간 북소리가 요란하게 울리며 군사 한 떼가 불쑥 나타나더니 대장 위연이 외쳤다.

"역적은 달아나지 마라!"

조준이 깜짝 놀라 달려갔으나 세 합도 맞서지 못해 위연이 한칼 먹여 말 아래로 떨어뜨렸다. 부선봉 주찬이 다른 길로 촉군을 쫓아가는데 갑자기 조운의 군사가 나타나니 손도 놀리지 못하고 조운의 창에 죽고 말았다.

두 길 선봉이 잘못되자 조진과 곽회가 군사를 거두는데, 등 뒤에서 고함도 요란하게 관흥과 장포의 군사가 달려와 족치니 겨우 몸을 빼 달아났다.

완전한 승리를 거둔 촉군은 단숨에 위수까지 쫓아가 위군 영채를 빼앗았다. 두 선봉을 잃은 조진이 슬퍼하며 어쩔 수 없이 표문을 올려 구원을 청하자 조예가 급히 신하들을 모으니 화흠이 아뢰었다.

"폐하께서 친히 행차를 움직여 나가셔야 합니다. 제후들을 불러 힘을 떨쳐 물리치게 하십시오. 그렇지 않으면 장안을 잃고 관중이 위급해집니다."

태부 종요가 또 아뢰었다.

"무릇 장수 된 사람은 슬기가 높아야 적을 이길 수 있으니, 손자는 '적을 알고 나를 알면 백 번 싸워 백 번 이긴다'고 했습니다. 신이 가늠해보면 조진은 오랫동안 군사를 부려왔으나 제갈량의 적수는 되지 못합니다. 신은 온 집안 식솔과 종들의 목숨을 걸고 한 사람을 추천하는데, 그는 반드시 촉군을 물리칠 수 있으니 폐하의 성스러운 뜻으로 윤허하실지 모르겠습니다."

조예가 대답했다.

"경은 오래된 원로대신이오. 어떤 인재가 촉군을 현명하게 물리칠 수 있는지 빨리 불러와 짐의 근심을 덜게 해주오."

종요가 아뢰었다.

"전에 제갈량이 군사를 일으켜 우리 경계를 범하고 싶었으나 이 사람이 두려워 그러지 못했습니다. 뜬소문을 퍼뜨려 폐하께서 의심하시어 쫓아버린 뒤에야 감히 기세 좋게 대군을 몰고 나왔으니, 이 사람을 다시 불러 쓰시면 제갈량은 스스로 물러갑니다. 바로 표기대장군 사마의입니다."

조예는 한숨을 쉬었다.

"그 일은 짐도 뉘우치는 바요. 지금 중달이 어디 있소?"

"완성에서 한가히 보내고 있다고 합니다."

조예는 사마의의 벼슬을 높여 평서도독으로 삼고, 남양 여러 길의 군사를 일으켜 장안에서 만나기로 했다.

이때 제갈량은 출병한 다음부터 거듭 승리를 거두어 날짜를 정해놓고 장안을 얻을 수 있다고 속으로 기뻐하는데, 별안간 영안궁을 지키는 이엄이 아들 이풍을 보내왔다. 오에서 경계를 범하는 것이 아닐까 놀라 급히 불러들이니 이풍이 전했다.

"기쁜 소식을 보고 드리러 왔습니다. 옛날 맹달이 위에 항복한 것은 어쩔 수 없었던 일이라고 합니다. 조비는 그때 그의 재주를 사랑해 준마와 금과 구슬을 내리고 함께 수레를 타고 궁전을 드나들며 산기상시로 봉하고 신성 태수를 겸하게 했습니다. 상용과 금성을 비롯한 여러 곳을 지키게 하여 서남쪽을 모두 그에게 맡겼습니다. 그러나 조비가 죽고 조예가 황제에 오르자 그를 좋아하지 않아 내리던 선물을 끊고, 조정에서 질투하는 자가 많아 맹달은 밤낮으로 불안해 장수들에게 말했답니다. '나는 원래 촉군 장수였는데 형세의 핍박을 받아 이렇게 되었네.' 요즘 그가 심복을 시켜 아버지에게 거듭 글을 보내, 승상께 자기 생각을 여쭈어달라고 청했습니다. 전에 다섯 길 군사가 서천을 칠 때도 이런 뜻이 있었는데, 승상께서 위를 정벌하신다는 소식을 듣고 금성, 신성, 상용 세 곳 군사를 일으켜 낙양을 치겠다는 것입니다. 승상께서 장안을 치시면 두 경성이 완전히 결정된다는 것이지요. 맹달의 심복을 데려오고 여러 차례 보낸 편지들도 가져와 올립니다."

제갈량은 크게 기뻐 이풍을 비롯한 사람들에게 후한 상을 내렸다. 이때 갑자기 조예가 사마의를 다시 불러 친히 데리고 온다는 보고가 들어와 깜짝 놀랐다. 참군 마속이 물었다.

"가늠해보면 조예야 어디 입에 담을 나위나 있습니까! 그가 장안에 오면 사로잡으면 그만인데 승상께서는 어찌하여 놀라십니까?"

"내가 어찌 조예를 두려워하겠는가? 걱정하는 자는 사마의일세. 맹달이 대사를 일으키려 하는데 그는 사마의의 적수가 아니니 마주치면 반드시 잡히고 마네. 맹달이 죽으면 중원을 얻기가 쉽지 않네."

제갈량은 맹달의 심복에게 급히 글을 주어 밤낮없이 달려 돌아가게 했다. 신성에서 맹달이 심복을 기다리는데 드디어 제갈량의 답장을 가지고 왔다.

'글을 받고 공의 충성스럽고 의로운 마음을 넉넉히 알았소. 옛 친구를 잊지 않으니 매우 기쁘고 마음이 놓이오. 대사를 이룬다면 공은 한을 중흥시킨 제일 공신이 되오. 그러나 지극히 조심하고 비밀히 일을 꾸며야 할 것이니 가볍게 다른 사람에게 부탁해서는 아니 되오. 비록 형과 아우, 아내와 자식일지라도 문제가 없다고 장담하기 어렵소. 신중하시오! 경계하시오! 듣자니 조예가 다시 사마의를 불러 완성과 낙양의 군사를 일으키게 했다 하오. 그가 공이 일을 벌이는 것을 알면 반드시 먼저 신성에 이를 것이니 만에 하나도 실수가 없도록 방비해야지 대수롭지 않게 여겨서는 아니 되오.'

맹달은 글을 읽고 웃으며 한마디 내뱉었다.

"사람들은 공명이 공연히 의심이 많다 하더니 이 일을 보니 알겠구나."

그는 곧 답장을 써서 제갈량에게 보냈다.

'방금 가르치심을 받았으니 어찌 감히 조금인들 게으름을 피우겠습니까. 신중히 말해보건대 사마의의 일은 두려워할 것이 없습니다. 완성에서 낙양까지 800리이고 신성까지는 1200리입니다. 사마의가 이 달이 일을 벌인다는 말을 들으면 반드시 위주에게 표문을 올려 아뢰어야 할 것이니 오가는 데에만 한 달이 걸립니다. 그 사이에 달의 성은 이미 튼튼해져 장수들과 군사가 모두 물이 깊고 지세가 험한 땅에 있게 되니 사마의가 오더라도 무엇이 두렵겠습니까? 승상께서는 마음 푹 놓으시고 승리의 보고만 기다리십시오!'

제갈량은 글을 내동댕이치며 발을 굴렀다.

"맹달이 사마의의 손에 죽게 되었구나!"

마속이 물었다.

"어찌하여 그렇게 말씀하십니까?"

"병법에 이르기를 '상대가 방비하지 않는 곳을 치고, 상대 생각에 벗어나게 나아간다'고 했거늘 어찌 한 달이나 기다리겠는가? 조예가 일을 맡겼으니 사마의는 도적을 만나면 바로 없애야지 언제 위에 아뢰어 허락을 받겠나? 맹달이 반란을 일으키면 열흘이 걸리지 않아 사마의의 군사가 신성에 이를 것이니 맹달이 어찌 손을 놀려 응수할 사이가 있겠는가?"

장수들은 모두 제갈량의 깊은 헤아림에 탄복했다. 제갈량은 심부름 온 사람을 급히 돌려보내 맹달에게 전하게 했다.

"아직 일을 시작하지 않았으면 절대 함께 하는 자들이 알지 못하게 하라. 다른 사람이 알면 반드시 패한다."

이때 완성에서 한가하게 보내던 사마의는 위군이 거듭 촉군에게 졌다는 소식을 듣고 하늘을 우러러 땅이 꺼지게 한숨을 쉬었다. 맏아들 사마사(司馬師)는 자가 자원(子元)이고, 둘째아들 사마소(司馬昭)는 자가 자상(子尙)인데 둘 다 어릴 때부터 큰 뜻을 품어 병서에 밝았다. 아버지를 옆에서 모시고 섰던 형제는 사마의가 길게 탄식하자 물었다.

"부친께서는 어찌하여 탄식하십니까?"

"너희가 어찌 세상 대사를 알겠느냐?"

사마의는 속마음을 털어놓기 싫었다.

"혹시 위주께서 아버님을 쓰시지 않아 탄식하시는 것 아닙니까?"

사마사가 한마디 하자 사마소가 웃었다.

"반드시 곧 아버님을 부르실 것입니다……."

그 말이 끝나기도 전에 황제의 사신이 절을 들고 찾아왔다. 사마의는 사신이 읽는 조서에 따라 곧바로 완성 여러 길의 군사를 움직였다. 이때 또 금성 태수 신의의 종이 가만히 달려와 맹달이 반란을 꾀하는 일을 자세히 보고하고, 맹달의 심복 이보와 생질 등현이 고발하는 글까지 덧붙이니 사마의는 이마에 두 손을 대며 다행스러워했다.

"이것은 황제 폐하의 하늘과 나란히 하실 크나큰 복이다! 제갈량의 군사가 기산에서 승리해 조정 안팎 사람들이 모두 간이 떨어지게 되었다. 어쩔 수 없이 천자께서 장안에 가셨는데, 만일 나를 불러 쓰시기 전에 맹달이 일을 일으키면 두 경성이 끝장난다! 이 도적놈은 반드시 제갈량과 통해 일을 벌였을 것이니 내가 먼저 그를 사로잡으면 제갈량은 속이 서늘해져 제풀에 군사를 물릴 것이다."

맏아들 사마사가 말했다.

"아버님께서는 어서 표문을 지어 천자께 아뢰십시오."

사마의는 웃었다.

"성지를 기다리려면 오고 가는 데에만 한 달이 걸리는데 지금 일은 그럴 시간이 없다. 그가 먼저 험한 곳을 차지하면 나에게 100만의 무리가 있더라도 급히 깨뜨리기 어려우니라.”

사마의는 바로 명령을 내려 완성 군사에게 길을 떠나게 했다. 하루에 이틀 길을 걸어야 하는데 늦으면 목을 치겠다고 엄명하고, 한편으로는 참군 양기에게 격문을 주어 신성으로 달려가 맹달에게 싸우러 갈 채비를 하라고 일러 의심하지 않게 했다.

양기가 먼저 떠나고 뒤이어 사마의가 군사를 이끌고 이틀을 걸어가는데 산비탈 아래에서 군사 한 대가 돌아 나오니 우장군 서황의 군사였다. 서황이 말에서 내려 물었다.

“천자께서 장안으로 가시어 촉군을 막으시는데 도독은 어디로 가시오?”

사마의가 목청을 낮추었다.

“지금 맹달이 반란을 일으켜 사로잡으러 가는 길이요.”

“이 사람이 선봉이 되고 싶소.”

사마의는 크게 기뻐 군사를 합쳤다. 서황이 선두를 거느리고 사마의가 중군에서 가며 두 아들이 뒤를 맡았다. 또 이틀을 걸어가는데 선두의 정탐꾼들이 맹달의 심복을 사로잡아 제갈량의 회답을 찾아내고 끌어왔다.

“너를 죽이지 않을 테니 처음부터 자세히 말하라.”

그 사람이 어쩔 수 없이 제갈량과 맹달 사이에 글이 오간 사실을 하나하나 털어놓자 사마의는 제갈량의 회답을 보고 깜짝 놀랐다.

“역시 제갈량은 유능해서 내 비밀을 먼저 꿰뚫었구나. 다행히 천자께서 복이 있으시어 이 소식을 얻게 되었으니 맹달은 이제 별수 없게 되었다.”

밤에 낮을 이어 군사를 재촉해 나아갔다.

신성에서는 맹달이 금성 태수 신의, 상용 태수 신탐과 날짜를 정해 일을 일으키기로 약속하니 신의와 신탐은 짐짓 응낙하고 날마다 군사를 조련하면서 위군이 오면 호응하려고 준비하고 맹달에게는 거짓으로 둘러댔다.

"병기와 식량, 말먹이 풀들이 완전히 갖추어지지 않아 감히 날짜를 지키기 어렵습니다."

맹달이 전혀 의심하지 않는데 참군 양기가 와서 사마의의 군령을 전했다.

"사마 도독께서 천자의 조서를 받들고 여러 길의 군사를 일으켜 촉군을 물리치려 하시니 태수께서는 거느리시는 군사를 모두 모아 도독께서 써주기를 기다리십시오."

맹달이 물었다.

"도독께서 어느 날 길을 떠나셨나?"

"지금쯤은 완성을 떠나 장안을 향해 가실 것입니다."

양기의 대답에 맹달은 은근히 기뻤다.

'내 대사가 이루어지는구나!'

잔치를 베풀어 양기를 대접하고 배웅한 뒤 신탐과 신의에게 알렸다.

"내일 대한의 깃발로 바꾸고 여러 길 군사를 일으켜 낙양을 치기로 하세."

별안간 보고가 들어왔다.

"성 밖에 먼지가 솟구치는데 어느 군사가 왔는지 모르겠습니다."

맹달이 성 위에 올라 바라보니 군사 한 떼가 나는 듯이 달려오는데 깃발에 '우장군 서황'이라 쓰여 있었다. 맹달이 소스라쳐 놀라 급히 조교를 끌어올리자 서황의 말이 바람같이 달려 단숨에 해자에 이르렀다.

"역적 맹달은 빨리 항복하라!"

맹달이 크게 노해 급히 화살을 날리자 바로 서황의 이마에 맞았다. 위군 장수들이 서황을 구하는데 성 위에서 어지러이 화살이 날아와 바로 물러갔다. 맹달이 성문을 열고 쫓아가려고 보니 사방에서 깃발이 해를 가리며 사마의의 군사가 이르렀다. 맹달은 하늘을 우러러 땅이 꺼지게 한숨을 쉬었다.

"과연 공명의 헤아림에서 벗어나지 않는구나!"

맹달은 성문을 닫고 굳게 지켰다.

서황은 영채로 돌아가 살촉을 뽑고 의원의 치료를 받았으나 그날 밤 죽고 말았다. 그때 나이 59세로 위의 태화 2년(228년) 정월이었다. 사마의는 영구를 낙양으로 호송해 장례를 치르게 했다.

이튿날 맹달이 성 위에 올라 돌아보니 위군이 네 방향으로 철통같이 에워싸 안절부절못했다. 놀랍고 의심이 들어 마음을 정하지 못하는데, 갑자기 바깥쪽에서 두 길 군사가 포위 속으로 쳐들어왔다. 깃발 위에 '신탐'과 '신의' 이름이 큼직하게 쓰여 있어 구원병이 이른 줄 알고 부랴부랴 군사를 이끌어 성문을 열고 달려나갔다.

신탐과 신의가 높이 외쳤다.

"역적은 달아나지 말고 어서 죽임을 받아라!"

맹달은 일이 틀어진 것을 알고 말을 돌려 성으로 돌아오는데 성벽 위에서 화살이 쏟아져 내려오며 이보와 등현이 소리쳤다.

"우리가 이미 성을 바쳤다!"

맹달이 길을 빼앗아 달아나자 신탐이 쫓아오니, 사람은 지치고 말은 고단해 손을 놀리지도 못하고 창에 찔려 말 아래로 떨어졌다. 신탐이 머리를 베자 군사는 모두 항복했다.

이보와 등현이 성문을 활짝 열고 맞아들이자 사마의는 백성을 위로하고 조예에게 사람을 보내 경과를 아뢰었다. 조예는 크게 기뻐 맹달의 머리를 낙양 저잣거리로 가져가 뭇사람에게 보이게 하고, 신탐과 신의의 벼슬을 높여 사마의를 따라 싸우러 가게 했다. 이보와 등현에게는 신성과 상용을 맡겼다.

사마의가 장안성 밖에 이르러 들어가 뵈니 조예가 대단히 기뻐했다.

"짐이 일시 밝지 못해 그만 이간책에 걸려 뉘우쳐 마지않았소. 이번에 경이 맹달의 반란을 누르지 않았으면 두 경성이 끝장났을 것이오!"

"신은 신의가 밀고한 반란 모의를 듣고 폐하께 표를 올려 상주하려 했으나 그러는 사이에 지체될까 두려워 성지를 기다리지 않고 밤낮없이 달려갔습니다. 여드레 만에 급히 신성에 이르니 맹달은 미처 손을 쓰지 못하고 목이 잘렸습니다. 폐하께 표를 올리려 했으면 제갈량의 계책에 걸렸을 것입니다."

제갈량이 맹달에게 회답한 밀서를 올리자 조예가 찬탄했다.

"경의 식견은 손무와 오기보다 낫소!"

조예는 금도끼 한 쌍을 내리며 이후에 비밀을 지킬 중대한 일이 있으면 자기에게 아뢸 것 없이 처리하라는 특권을 주었다. 조예가 곧 관에서 나가 촉을 깨뜨리라고 명하니 사마의가 선봉을 추천했다.

"좌장군 장합이 책임을 맡을 만합니다."

"짐도 바로 그를 쓰려 했소."

조예가 웃으며 장합에게 선봉이 되어 사마의를 따라 촉군을 깨뜨리게 했다.

이야말로

꾀를 내는 신하 슬기 부릴 줄 아니
용맹한 장수 구하여 위풍 부려야지

이번 싸움에서는 어느 편이 이길까?

95

거문고를 뜯어 적이 달아나다

[彈琴走賊탄금주적]

마속은 충고 거절해 가정을 잃고
무후 거문고 뜯어 중달 물리치다

위주 조예는 장합을 선봉으로 세워 사마의와 함께 나아가게 하고, 군사 (軍師) 신비와 호군(護軍) 손례(孫禮)에게 5만 군사를 주어 조진을 돕게 했다. 손례는 탁군 용성 사람으로 자가 덕달(德達)이었다. 사마의는 20만 군사를 이끌고 나아가 영채를 세우고 선봉 장합을 청했다.

"내가 평생 장군의 충성과 용맹을 알아 천자께 추천해 촉군을 물리치게 했으니 이는 보통 일이 아니오. 제갈량은 당대의 영웅으로 군사를 귀신같이 부려 천하에 그를 무서워하지 않는 사람이 없소. 그가 지금 기산에 주둔하는데 세력이 아주 크면서도 달리 준비하지 않는 것은 자단(조진)에게 꾀가 없다고 얕보기 때문이오. 그는 내가 온 줄을 모르오. 나는 미리 우리에게 유리한 곳을 10여 군데 골랐는데, 모두 가파르고 험하며 후미지고 조용한 곳들이오. 제갈량은 평생 신중해 감히 함부로 일을 벌이지 못하오. 내가 군사를 부린다면 먼저 자오곡으로 나아가 곧장 장안을 쳐서 벌써 얻었을 테지만 그는 꾀가 없는 게 아니라 실수라도 할까 염려해 모험하지 않는 것이오. 그는 반드시 야곡으로 군사를 보내 미성을 칠 것이오. 미성을 얻으면 군사를 두 길로 나누어 한 대는 기곡으로 가오. 내가 미리 격문을 보내 자단에게 미성을 막아 지키게 하면서 촉군이 오면 나가 싸워서는 안 된다고 했고, 손례와 신비에게는 기곡 길목을 막아 촉군이 오면 기이한 군사를 내라고 일렀소."

"도독은 어느 곳으로 진군하려 하시오?"

"나는 전부터 진령 서쪽에 한 갈래 길이 있어 그 땅을 가정(街亭)이라 부른다는 것을 아오. 그 곁에는 성이 하나 있어 열류성이라 하니 두 곳은 모두 한중의 숨통 같은 곳이오. 제갈량은 자단이 방비하지 않는 것을 알고 반드시 이곳으로 나올 터인데 나하고 장군이 가정을 쳐서 차지하면 양평관이 멀지 않소. 내가 가정 길을 끊어 그가 식량 나르는 길을 막은 것을 알면 제갈량은 농서 일대를 편안히 지키지 못하게 되니 바로 한중으로 돌아갈 것이오. 그가 돌아가면 나는 오솔길에서 공격해 완전한 승리를 얻을 수 있고, 그가 돌아가지 않으면 여러 오솔길에 나무와 돌을 쌓아 길을 막고 군사를 풀어 지키겠소. 한 달 동안 식량이 오지 못하면 촉군은 굶어 죽으니 제갈량을 사로잡을 수 있소."

장합은 크게 깨달아 땅에 엎드려 절했다.

"도독께서는 신같이 헤아리시오!"

사마의가 말했다.

"제갈량은 맹달 같은 자와 비할 바가 아니니 장군은 선봉이 되어 섣불리 나아가서는 아니 되오. 장수들에게도 전하시오. 반드시 산을 따라 사방으로 멀리 정탐꾼을 내보내 자세히 살펴보고 매복한 군사가 없어야 전진할 수 있다고 말이오. 소홀히 하면 제갈량의 계책에 걸리게 되오."

이때 기산 영채에서 제갈량은 맹달이 사마의에게 죽었다는 소식을 듣고 깜짝 놀랐다.

"맹달이 일을 제대로 하지 못해 죽은 것이야 당연한 일이지만 사마의가 나왔으니 반드시 가정을 쳐서 내 숨통 같은 길을 끊으려 할 것이다."

장수들에게 가정을 지키러 갈 사람을 물어, 마속이 나서자 걱정했다.

"가정은 작지만 중요한 곳이니 그곳을 잃으면 우리 대군이 모두 끝장나네. 자네는 모략에 뛰어나나 이 고장은 성벽이 없고 험한 곳도 없어 막아내기가 매우 어렵네."

"저는 어릴 적부터 병서를 깊이 읽어 병법을 제법 아는데 어찌 한낱 가정을 지키지 못하겠습니까?"

그래도 제갈량은 마음이 놓이지 않았다.

"사마의는 보통사람이 아니고 선봉 장합은 위의 명장이라 맞서지 못할까 걱정일세."

"사마의와 장합은 말할 것도 없고 조예가 온다 한들 두려울 게 무엇입니까! 만약 실수가 있으면 제 온 집안 식솔의 목을 치십시오."

"군중에는 농담이 없는 법일세."

"군령장을 쓰겠습니다."

마속은 명령을 완수하지 못하면 엄한 처벌을 받겠다는 군령장을 썼다.

"정예 군사 2만 5000명을 주고 상장 한 사람을 보내 돕게 하겠네."

제갈량은 왕평을 불렀다.

"평소 자네가 신중한 것을 알아 특별히 무거운 짐을 부탁하니 조심스럽게 가정을 지키되 영채는 반드시 중요한 길목에 세워 적군이 슬그머니 지나가지 못하게 해야 하네. 영채를 세우면 곧 사방팔방으로 닿는 곳과 통하는 길, 지리를 밝힌 그림을 그려 나에게 보내게. 무슨 일이든 깊이 상의하고 움직여야지 섣불리 대해서는 아니 되네. 이곳을 든든히 지켜내면 장안을 차지하는 싸움에서 으뜸가는 공로가 될 것이니 조심해야 하네! 반드시 조심해야 하네!"

두 사람이 군사를 이끌고 떠나자 제갈량은 아무리 생각해도 그들이 일을 그르칠까 두려워 다시 고상을 불렀다.

"가정 동북쪽 열류성은 후미진 산속 오솔길에 있어 군사를 두고 영채를 세울 만하네. 1만 군사를 줄 테니 그곳에 가서 주둔하고 가정이 위험해지면 바로 달려가 구하게."

고상이 군사를 이끌고 가자 제갈량은 계속 궁리했다.

'고상은 장합의 적수가 아니니 반드시 대장 한 사람을 보내 가정 오른쪽을 지키게 해야 막을 수 있다.'

위연을 불러 가정 땅 뒤에 가서 지키라고 명하자 그가 이상하다는 듯 물었다.

"저는 선두를 거느렸으니 앞장서서 적을 깨뜨려야지 어찌 한가한 땅을 지킵니까?"

제갈량이 설명했다.

"앞에서 적을 깨뜨리는 것은 편장이나 비장의 일일세. 이것은 양평관으로 통하는 중요한 길목을 막아 한중의 숨통을 지키는 일이라 매우 큰 책임인데 어찌 한가롭겠는가? 보통 일로 보고 대사를 그르치지 말고, 반드시 신중하게 마음을 써서 조심하도록 하게!"

위연이 흐뭇해져 군사를 이끌고 가자 제갈량은 마음이 좀 놓여 조운과 등지를 불렀다.

"지금 사마의가 출병했으니 옛날과 다르오. 두 사람은 군사를 한 대씩 이끌고 기곡으로 나아가 위군과 부딪치면 싸우기도 하고 싸우지 않기도 하면서 의심하게 하시오. 내가 대군을 거느리고 야곡으로 나아가 미성을 칠 것이니 그곳을 얻으면 장안을 깨뜨릴 수 있소."

두 사람이 떠나자 제갈량은 강유를 선봉으로 세워 야곡으로 나아갔다.

영채에서 제일 먼저 떠난 마속과 왕평이 가정에 이르러 지세를 돌아보자 마속이 웃었다.

"승상께서는 어찌 이토록 걱정이 많으신가? 이런 산속 후미진 곳에 위군이 감히 어찌 온단 말인가?"

왕평은 신중했다.

"설혹 위군이 오지 않더라도 이 다섯 갈래 길이 모이는 가운데에 영채를 세워야 하오. 나무를 찍어 울타리를 만들고 오래 지킬 채비를 해야 하오."

마속은 반대했다.

"길 가운데가 어찌 영채를 세울 땅인가? 바로 옆에 외딴 산이 있는데 사방에 아무것도 없고 나무가 많으니 하늘이 내려주신 곳일세. 산 위에 군사를 주둔하면 되네."

"참군은 틀렸소! 길 가운데에 군사를 주둔해 성을 쌓으면 적군이 10만이 되더라도 쉽게 지나갈 수 없소. 이런 중요한 곳을 버리고 산 위로 올라갔다가 적이 갑자기 쳐들어와 사방으로 에워싸면 어떤 계책으로 지키겠소?"

마속은 껄껄 웃음을 터뜨렸다.

"자네는 참으로 여자의 소견일세. 병법에는 '높은 곳에서 내려다보면 그 기세는 대를 쪼개는 듯하다[憑高視下빙고시하 勢如破竹세여파죽]'고 했으니 위군이 오면 갑옷 한 조각 돌아가지 못하게 만들겠네!"

왕평도 주장을 굽히지 않았다.

"내가 거듭 승상을 모시고 싸움터를 따라다녔는데 가는 곳마다 정성을 다해 가르치셨소. 지금 이 산을 보면 아주 위험한 곳이니 위군이 우리가 물 긷는 길을 끊으면 장졸들은 싸우지도 못하고 제풀에 꺾이고 마오."

마속은 들을수록 불쾌한 모양이었다.

"자네는 함부로 말하지 말게. 손자는 군사를 '죽을 땅에 내놓으면 그 후에 살아난다[置之死地而後生치지사지이후생]'고 했으니 위군이 물 긷는 길을 끊으면 촉군이 죽기를 무릅쓰고 싸우지 않겠는가? 한 사람이 100명을 당한다는 말일세. 내가 평소에 병서를 읽어 승상께서도 나에게 묻는데 자네가 어찌 나를 막는가?"

지휘권이 마속에게 있어 왕평은 끝까지 막지는 못했다.

"참군이 산 위에 영채를 세우겠다면 나에게 군사를 나누어 주시오. 내가 산 서쪽에 작은 영채를 세워 기각지세를 이루겠소. 위군이 오면 서로 호응할 수 있도록 말이오."

마속이 말을 듣지 않는데 산속 주민들이 달려와 위군이 왔다고 알렸다.

"자네가 명령을 듣지 않으니 군사 5000명을 주겠네. 마음대로 가서 영채를 세우고 내가 위군을 깨뜨리면 공로를 가로채지나 말게!"

왕평은 군사를 이끌어 산에서 10리 떨어진 곳에 영채를 세우고 그림을 그려 제갈량에게 달려가 전하고 마속이 산 위에 영채를 세웠다고 아뢰게 했다. 고상은 열류성에 주둔하고 위연은 가운데 길에 있는데, 마속은 전혀 두려워하는 기색이 없다는 사실도 전하게 했다.

이때 사마의는 둘째 아들 사마소에게 앞으로 나아가 길을 알아보게 했다.

"혹시 가정을 지키는 군사가 있으면 곧 멈추고 움직이지 말아야 한다."

사마소는 명령을 받들어 두루 살펴보고 돌아가 아버지에게 보고했다.

"가정에 지키는 군사가 있습니다."

사마의는 기가 막히는 듯 한숨을 쉬었다.

"제갈량은 신 같은 사람이니 나는 그보다 못하다!"

"아버님께서는 어찌 스스로 기개를 낮추십니까? 이 아들이 헤아려보면 가정을 차지하기는 쉽습니다."

사마의가 이상하게 여겨 물었다.

"네가 어찌 감히 큰소리를 치느냐?"

"자세히 정탐해보니 길 가운데에는 영채가 없고 군사가 모두 산 위에 주둔해 있으니, 깨뜨릴 수 있다는 것을 알았습니다."

사마의는 크게 기뻐했다.

"군사가 산 위에 있다면 하늘이 나에게 승리를 내려주는 것이다!"

그는 옷을 갈아입고 100여 명 기병을 거느리고 가정을 살펴보러 갔다. 그날 밤은 하늘이 맑고 달이 환한데 사마의가 산 아래에 이르러 주위를 빙 둘러 살펴보고 돌아가자 마속이 산 위에서 바라보고 껄껄 웃었다.

"그가 죽기 싫으면 산을 에워싸러 오지는 않겠지!"

마속은 장수들에게 명령을 내렸다.

"적군이 올 때 산꼭대기에서 붉은 깃발을 휘두르면 네 방향으로 쳐 내려가거라."

사마의가 영채로 돌아와 어떤 장수가 가정을 지키는지 알아보았다.

"마량의 아우 마속입니다."

"헛된 이름만 날렸구나! 제갈량이 이런 사람을 쓰니 어찌 일을 그르치지 않겠느냐? 가정 좌우에 다른 군사는 없더냐?"

"산에서 10리 떨어진 곳에 왕평이 영채를 세웠습니다."

사마의는 장합에게 군사 한 대를 이끌어 왕평을 막게 하고, 신탐, 신의에게 산을 에워싸고 물 긷는 길부터 끊으라고 명했다.

이튿날 날이 밝자 장합이 군사를 이끌고 먼저 산 뒤쪽으로 돌아가고, 사마의는 대군을 휘몰아 단숨에 산을 사방으로 에워쌌다. 산 위에서 보니 위군이 산과 들을 뒤덮으며 밀려오는데 깃발이 정연하고 대오가 조금도 흐트러지지 않아, 촉군은 간담이 서늘해져 감히 산에서 내려가지 못했다.

마속이 붉은 깃발을 휘둘렀으나 장졸들은 서로 밀치며 누구 하나 감히 움직이려 하지 않았다. 마속이 크게 노해 직접 칼을 휘둘러 장수 둘을 죽이자 장졸들이 마지못해 산을 내려가 위군을 들이쳤으나 끄떡도 하지 않자 물러서서 다시 산으로 올라갔다. 마속은 일이 틀어지는 것을 보고 영채 문을 단단히 지키면서 밖에서 호응해주기만 기다렸다.

이때 왕평은 위군이 이른 것을 알고 달려오다 장합과 마주쳐 수십 합을 싸웠으나 힘이 바닥나고 세력이 약해 물러갈 수밖에 없었다.

위군이 새벽부터 에워싸 밤이 되니 산 위에 물이 떨어져 장졸들은 음식을 먹지 못해 크게 술렁거렸다. 한밤중이 되자 남쪽 군사가 영채 문을 열고 내려가 위군에 항복했다. 마속이 힘을 다해 막았으나 말릴 수 없었다.

사마의가 또 산기슭에 불을 지르자 촉군은 더욱 혼란스러워졌다. 마속은 끝까지 지키지 못할 것을 알고 군사를 이끌어 서쪽으로 산을 내려가 달아났다. 사마의가 큰길을 열어주어 마속을 놓아 보내자 장합이 쫓아갔다.

30리를 쫓는데 앞에서 북과 나팔이 일제히 소리를 울리며 군사 한 떼가 나타나 마속을 지나가게 하고 장합을 가로막았다. 앞장선 장수 위연이 칼을 휘두르며 달려들자 장합이 군사를 돌려 달아나니 위연은 다시 가정을 빼앗았다.

위연이 기세를 타고 50여 리를 쫓으니 고함이 일어나며 양쪽에 매복했던 군사들이 일제히 뛰어나왔다. 사마의와 사마소가 에워싸고, 장합까지 되돌아서서 세 길 군사가 협공하자 위연은 힘을 떨쳐 무찔렀으나 몸을 뺄 수 없어 군사를 태반이나 잃었다. 한창 위급한 순간에 군사 한 떼가 쳐들어오니 앞장선 장수는 왕평이었다.

"내가 살았구나!"

위군이 에워싸자 산 위에 물이 없어 ▶

위연이 기뻐하며 군사를 합쳐 한바탕 싸운 후에야 위군은 물러갔다. 위연과 왕평이 급히 가정 영채로 돌아갔으나 그곳에는 이미 위군 깃발이 꽂혀 있고 신탐과 신의가 대군을 이끌고 짓쳐 나왔다. 어쩔 수 없이 고상에게 의지하려고 열류성으로 달려가는데 가정을 잃었다는 소식을 듣고 고상이 구하러 오다 두 사람을 만나 이야기했다.

"오늘 밤 위군 영채를 습격하고 가정을 되찾읍시다."

세 사람은 날이 저물자 군사를 세 길로 나누었다. 위연이 먼저 나아가 가정에 이르렀으나 사람 하나 보이지 않아 의심스러워 머뭇거리는데 고상의 군사가 이르렀다. 위군이 어디에 있는지 모르고 왕평의 군사도 보이지 않아 두 사람이 당황하는데 고함이 울리며 위군이 일제히 나타나 에워쌌다.

두 사람이 힘을 다해 싸웠으나 몸을 뺄 수 없어 궁지에 빠지는데 갑자기 산비탈 뒤에서 고함이 일어나며 군사가 달려오니 드디어 왕평이 이른 것이었다. 그가 고상과 위연을 구해 열류성으로 달려가자 벌써 성 아래에 군사 한 대가 이르니 깃발에 '위 도독 곽회'라고 큼직하게 쓰여 있었다.

사마의가 공로를 모두 차지할까 두려워 조진이 곽회를 보내 가정을 치게 했는데, 사마의와 장합이 이미 공로를 세웠다는 말을 듣고 열류성을 공격하러 오다 세 장수와 마주친 것이다. 위군과 죽도록 싸운 촉군은 힘을 빼지 않은 곽회의 군사를 당할 수 없고, 또 관을 잃을까 두려워 위연과 두 사람은 함께 양평관으로 달려갔다.

곽회가 군사를 거두고 부하들을 돌아보았다.

"가정을 얻지 못했으나 열류성을 손에 넣은 것도 큰 공로다."

그가 성 아래에 이르러 문을 열라고 소리치자 성 위에서 포 소리가 탕 울리더니 깃발이 모두 일어섰다. 맨 앞에 세워진 큰 깃발에 '평서도독 사마의'라고 쓰여 있는데, 성벽 위에서 사마의가 현공판을 받쳐 세우고 나무 난간에 기대어 껄껄 웃었다.

"곽백제는 어찌 이렇게 늦으셨소?"

곽회는 깜짝 놀랐다.

'중달의 신묘한 지략은 내가 미칠 바가 아니다!'

성안에 들어가 인사를 마치자 사마의가 권했다.

"촉군이 가정을 잃었으니 제갈량은 반드시 달아나오. 공은 어서 자단과 함께 밤에 낮을 이어 쫓아가시오."

곽회가 성을 나가자 사마의는 장합을 불렀다.

"자단과 백제는 내가 큰 공을 세울까 두려워 성을 얻으러 왔는데 내가 홀로 성공한 것이 아니라 요행이었을 뿐이오. 헤아려보면 위연과 왕평, 마속, 고상의 무리는 먼저 가서 양평관을 지킬 것이오. 그러나 내가 관을 치러 가면 제갈량이 뒤를 따를 것이니 계책에 걸리게 되오. 병법에 '돌아가는 군사는 치지 말고 궁지에 몰린 적은 쫓지 말라 [歸師勿掩귀사물엄 窮寇莫追궁구막추]'고 했으니 쫓아가면 반드시 적의 손에 죽게 되오. 나는 오솔길을 통해 촉군 뒤로 돌아가 군수품을 빼앗을 테니 장군은 오솔길로 해서 기곡 뒤로 돌아가 군사를 물리시오. 내가 야곡 군사를 막겠소. 그들이 패하고 달아날 때 정면으로 막아서는 아니 되고, 중간을 들이치면 그들이 버린 물자를 모두 얻을 수 있소."

장합이 군사를 이끌고 떠나자 사마의가 명을 내렸다.

"곧바로 야곡으로 해서 서성으로 나아간다. 서성은 후미진 산속 작은 현이지만 촉군이 식량을 쌓아둔 곳이고, 남안, 천수, 안정, 세 군으로 통하는 중요한 길목이니 그곳을 얻으면 세 군을 되찾을 수 있다."

사마의는 신탐과 신의를 남겨 열류성을 지키게 하고 대군을 거느리고 야곡을 향해 나아갔다.

이때 제갈량은 마속을 보내 가정을 지키게 한 뒤에도 불안해 마음의 안정을 찾지 못하는데 왕평이 그림을 보내오자 깜짝 놀라 상을 쳤다.

"마속이 무지해 내 군사를 망치는구나! 중요한 길을 버리고 산 위에 영채를 세웠으니 위의 대군이 몰려와 산을 에워싸고 물 긷는 길을 끊으면 이틀도 지나지 않아 제풀에 꺾이고 만다. 가정을 잃으면 우리가 어찌 돌아가겠느냐?"

장사 양의(楊儀)가 나섰다.

"저는 재주 없으나 마유상(마속)을 도와 돌아오게 하겠습니다."

제갈량이 영채 세우는 법을 자세히 가르쳐 양의가 떠나려 하는데 유성마가 달려왔다.

"가정과 열류성을 모두 잃었습니다!"

제갈량은 발을 구르며 땅이 꺼지게 한숨을 쉬었다.

"대사가 글러 버렸구나! 나의 잘못이로다!"

급히 관흥과 장포를 불렀다.

"두 사람은 정예 군사를 3000명씩 이끌고 무공산의 오솔길로 나아가거라. 위군과 마주치면 크게 싸워서는 아니 되고 다만 북 치고 고함질러 의심하게 하면 된다. 그들은 달아나겠지만 쫓아서는 아니 된다. 위군이 모두 물러가기를 기다려 양평관으로 가거라."

뒤이어 장익에게 군사를 이끌고 가서 검각의 잔도(棧道)를 수리해 돌아갈 길을 마련하라고 명했다.

【잔도는 바위 벼랑에 구멍을 뚫고 나무 기둥을 박아 다리를 만들고, 비바람에 상하지 않게 지붕을 덮은 길이다. 힘이 많이 드는 공사지만 그것이 없으면 누구도 그 길을 지나다닐 수 없다. 오랜 세월에 걸쳐 이루어진 잔도는 여러 길이 있는데 북잔도와 남잔도가 유명하다.

북잔도는 산시성 펑현 동북쪽 차오량에서 시작해 서남쪽으로 펑현에 이르고, 다시 동남쪽으로 꺾여 류우바를 거쳐 지터우관에서 끝난다. 북쪽 것은 옛길이고, 남쪽 것은 포곡과 야곡을 잇던 길이다. 삼국시대에는 포곡에서 북상하려면 야곡을 지나 미현(미성)으로 나가거나 서쪽으로 옛길을 지나 진창 길목으로 나와야 했다.

남잔도는 석우도(돌소길), 금우도(금소길)라고도 부르는데 지금의 산시성 면현 서남쪽에서 시작해 치판령을 넘어 쓰촨성 경내로 들어간다. 차오텐먼을 거쳐 잰먼관(검문관)으로 가는데 옛날 한중과 파촉을 잇는 주요 교통로였다. 제갈량이 수리하게 한 잔도는 남잔도 일부이고 검문관은 바로 검각 동북쪽에 있다.】

제갈량은 대군에 짐을 싸게 하여 돌아갈 채비를 했다. 마대와 강유에게 뒤를 막게 하고, 군사가 모두 물러간 뒤 군사를 거두게 했다. 천수, 남안, 안정, 세 군에 심복들을 보내 관리와 군사, 백성에게 두루 알려 모두 한중으로 들어가게 하고, 기현에도 보내 강유의 어머니를 한중으로 모셔가게 했다.

제갈량이 장졸들을 배치한 뒤 5000명 군사를 거느리고 서성으로 물러가 식량과 말먹이 풀을 나르는데 정탐꾼들이 10여 차례나 달려왔다.

"사마의가 15만 대군을 이끌고 벌 떼처럼 서성으로 몰려옵니다!"

이때 제갈량에게 대장은 한 사람도 없고 문관들만 한 무리 있는데, 데리고 온 군사도 절반은 이미 식량과 말먹이 풀을 나르도록 보낸 후라 겨우 2500명이 남았을 뿐이었다. 성안 사람들은 모두 낯빛이 하얗게 질렸다. 제갈량이 성벽에 올라 바라보니 과연 먼지가 하늘로 솟구치며 위군이 두 길로 달려왔다.

제갈량이 명령을 내렸다.

"깃발을 모두 감추고 군사는 각기 성벽 위 초소를 지켜라. 함부로 드나들거나 목청 높여 말하면 목을 친다! 네 문을 활짝 열고 문마다 군사 20명을 내어 백성으로 꾸미고 물을 뿌리면서 길을 쓸게 하라. 위군이 오면 제멋대로 움직여서는 아니 된다. 나에게 마땅한 계책이 있다."

제갈량은 새털 옷을 걸치고 푸른 비단 띠 두건을 쓰더니 아이 둘을 데리고 성벽 위 적루 앞 난간에 기대어 앉아 향을 피우며 거문고를 뜯기 시작했다. 위군 선두가 성 아래에 이르러 이 모습을 올려다보고는 감히 나아가지 못하고 급히 보고하니 사마의는 웃으며 믿으려 하지 않았다. 그러나 의심이 생겨 삼군을 멈추어 세우고 몸소 말을 달려 멀찌감치 바라보았다.

과연 제갈량이 성루 위에 앉아 얼굴에 웃음을 흘리며 향을 피우고 거문고를 뜯는데, 왼쪽에는 아이 하나가 두 손으로 보검을 받쳐 들고, 오른쪽에는 먼지떨이를 든 아이 하나가 서 있었다. 성문 안팎에는 20여 명 백성이 고개를 숙이고 물을 뿌리며 빗자루로 길을 쓰는데 옆에 사람이 없는 듯한 모습이었다. 사마의는 그 광경을 한참 바라보다 덜컥 이상한 생각이 들어, 후군이 선두가 되고 선두가 후군으로 바뀌어 북쪽 산길을 향해 물러가라고 명했다.

둘째 아들 사마소가 물었다.

"혹시 제갈량이 군사가 없어 일부러 꾸민 게 아닐까요? 어찌하여 군사를 물리십니까?"

"제갈량은 평생 신중해 위험한 행동을 한 적이 없다. 성문을 활짝 열었으니 반드시 군사를 매복시킨 것이다. 우리가 들어가면 계책에 걸리니 너희가 어찌 알겠느냐?"

사마의는 군사를 모두 물렸다. 위군이 멀리 간 것을 보고 제갈량이 손뼉을 치며 웃음을 터뜨리니 놀라지 않는 사람이 없었다.

"사마의는 위의 명장인데 15만 정예를 거느리고 와서 승상을 보고 바로 물러가니 어찌 된 것입니까?"

제갈량이 풀이해 주었다.

"그는 내가 평생 신중하다고 생각해 반드시 위험한 행동을 하지 않는다고 여기는데 오늘 이런 모습을 보니 매복한 군사가 있지 않나 의심해 물러간 걸

제갈량은 거문고 뜯어 사마의 물리쳐 ▶

세. 내가 위험한 행동을 하고 싶어서 한 게 아니라 별수 없어서 이렇게 했을 뿐일세. 그는 틀림없이 산 북쪽 오솔길로 가는데, 내가 이미 관흥과 장포에게 명해 그쪽에서 기다리게 했네."

"승상의 묘한 계책은 귀신도 헤아리지 못할 것입니다. 저희 소견으로는 반드시 성을 버리고 달아났겠지요."

"내 군사가 겨우 2500명이니 성을 버리고 달아나면 멀리 피하지도 못하고 사마의에게 사로잡히지 않겠는가?"

제갈량은 다시 손뼉을 치며 껄껄 웃었다.

"내가 사마의라면 반드시 바로 물러가지 않지!"

제갈량은 곧 명령을 내렸다.

"서성 백성에게 모두 군사를 따라 한중으로 들어가라고 일러라. 사마의는 반드시 다시 온다."

제갈량이 서성을 떠나 한중을 향해 나아가니 천수, 안정, 남안, 세 군의 관리와 군사, 백성들이 뒤를 따랐다.

사마의가 무공산 오솔길로 물러가는데 별안간 산비탈 뒤에서 고함이 하늘을 울리고 북소리가 땅을 흔들자 두 아들을 돌아보았다.

"내가 물러서지 않았으면 반드시 제갈량의 계책에 걸렸을 것이다!"

큰길에서 군사 한 대가 달려오는데 깃발에는 '우호위사 호익장군 장포'라고 쓰여 있어, 위군은 모두 갑옷을 벗고 무기를 내던지며 달아났다. 30리도 가지 못해 또 산골짜기에서 고함이 땅을 흔들고 북과 나팔이 하늘을 울리며 큰 깃발이 하나 나타나니 '좌호위사 용양장군 관흥'이라고 쓰여 있었다.

산골짜기에서 서로 호응하는 소리가 울려, 촉군이 얼마나 되는지 알 수 없었다. 위군은 잔뜩 의심을 품어 감히 버티지 못하고 군수품을 남김없이 버리고 달아났다. 관흥과 장포는 군령에 따라 끝까지 쫓지 않고 군기와 식량, 말먹이 풀을 많이 얻어 돌아갔다. 산골짜기에 촉군이 있는 것을 본 사마의는 감히 큰길로 나아가지 못하고 가정으로 돌아갔다.

이때 제갈량이 군사를 물렸다는 말을 듣고 조진이 다급히 쫓아가자 산 뒤에서 포 소리가 울리더니 촉군이 산과 들을 뒤덮으며 달려왔다. 앞장선 대장은 강유와 마대였다. 조진이 깜짝 놀라 급히 군사를 물리는데 선봉 진조가 벌써 마대의 칼에 맞아 죽었다. 위군은 놀란 쥐새끼 도망치듯 달아나고 촉군은 밤에 낮을 이어 모두 한중으로 돌아갔다.

기곡에 매복한 조운은 군사를 돌리라는 제갈량의 명을 듣고 등지와 상의했다.

"우리 군사가 물러가는 것을 알면 위군이 틀림없이 쫓아올 것이오. 내가 군사 한 대를 데리고 뒤에 매복할 테니 공은 군사를 모두 이끌고 내 깃발을 들고 서서히 물러가시오. 내가 한 걸음 한 걸음 확실히 호송하겠소."

이때 위군 쪽에서는 곽회가 군사를 거느리고 다시 기곡 길로 돌아와 선봉 소옹을 불렀다.

"조운은 용맹이 뛰어나 적수가 없으니 조심해서 방비해야 하네. 그쪽 군사가 물러가면 반드시 계책이 있네."

소옹이 기꺼이 장담했다.

"도독께서 후원해주시면 제가 조운을 사로잡겠습니다."

그가 3000명 군사를 이끌고 기곡으로 달려가 촉군을 쫓는데 갑자기 산비탈에서 붉은 깃발이 나타나니 흰 글씨로 '조운'이라고 쓰여 있었다. 소옹이 겁이 나 급히 군사를 거두어 물러가자 몇 리를 가지 못해 고함이 요란하게 울리며 또 군사 한 떼가 나타나는데 앞장선 대장이 창을 꼬나 들고 호통쳤다.

"상산의 조자룡을 아느냐!"

소옹은 깜짝 놀랐다.

"어찌 여기에 또 조운이 있나?"

소용은 조운의 창에 꿰어 말에서 떨어지고 군사는 흩어져 달아났다.

조운이 길을 따라 물러가는데 등 뒤로 또 군사가 한 대 따라오니 곽회의 장수 만정이었다. 위군이 급히 쫓아오자 조운이 길목에 말을 세우고 기다리니 촉군이 30여 리를 가는데도 위군은 이르지 않았다. 만정이 조운을 알아보고 감히 나아가지 못한 것이다. 조운은 땅거미가 지기를 기다려 말 머리를 돌리고 천천히 나아갔다.

곽회의 군사가 이르자 만정이 조운의 용맹이 예나 다름없어 감히 다가가지 못했다고 아뢰니 곽회는 크게 노해 급히 쫓게 했다. 만정이 수백 명 기병을 이끌고 쫓아와 큰 숲에 이르는데 별안간 뒤에서 버럭 호통쳤다.

"조자룡이 여기 있다!"

그 소리에 기겁해 말에서 떨어진 위군이 100여 명이나 되고 나머지는 모두 고개를 넘어 달아났다. 만정이 마지못해 싸우러 나오는데 조운이 화살로 투구 술을 맞히니 놀라 냇물에 풍덩 빠졌다. 조운이 창으로 그를 가리켰다.

"목숨을 살려줄 테니 곽회에게 어서 쫓아오라고 전하라!"

조운은 군사를 거느리고 수레를 호송해 한중을 향해 가면서 길에서 아무런 손실도 보지 않았다. 조진과 곽회는 천수를 비롯한 세 군을 다시 빼앗아 자기들 공로로 삼았다.

가정으로 돌아갔던 사마의가 군사를 나누어 다시 나아갔으나 촉군은 모두 한중으로 돌아간 뒤였다. 사마의는 군사 한 대를 이끌고 다시 서성에 가서 남은 주민들과 산속 사람들에게 전날 사정을 물어보았다. 제갈량에게는 겨우 2500명 군사가 있었을 뿐이고, 성안에는 대장도 없고 달리 매복한 군사도 없었다고 했다. 무공산의 산골 백성들도 알려주었다.

"관흥과 장포는 각기 군사가 3000명뿐이라 산을 돌면서 고함치고 북 두드리며 쫓는 척만 했을 뿐 감히 싸우지 못했습니다.”

사마의는 크게 뉘우치며 하늘을 우러러 탄식했다.

“나는 제갈량보다 못하구나!”

그는 여러 곳의 관리와 백성을 위로해 안정시킨 뒤 군사를 이끌고 장안으로 돌아가 조예를 뵈었다.

“농서 여러 군을 다시 얻은 것은 모두 경의 공로요.”

조예가 칭찬하자 사마의가 아뢰었다.

“지금 촉군이 모두 한중에 있는데 남김없이 쓸어 없애지 못했습니다. 신은 다시 대군을 얻어 서천을 수복해 폐하께 보답하기를 빕니다.”

조예가 사마의에게 군사를 일으키게 하니 반열에서 한 사람이 나섰다.

“신에게 계책이 하나 있으니 넉넉히 촉을 평정하고 오의 항복을 받아낼 수 있습니다.”

이야말로

촉의 장수와 승상 나라로 돌아가자
위의 임금과 신하 또 꾀를 부리네

계책을 올린 사람은 누구일까?

96

제갈량, 눈물 흘리며 마속 베다

[泣斬馬謖읍참마속]

공명은 눈물을 흘리며 마속을 베고

주방은 머리카락 잘라 조휴 속이다

계책을 올린 사람은 상서 손자(孫資)였다.

"옛날 태조 무황제(조조)께서 장로를 굴복시키실 때 처음에는 위험했으나 뒤에 성공하셨는데 늘 말씀하셨습니다. '남정 땅은 참으로 하늘이 만든 감옥이다.' 그중 야곡 길 500리는 바위 속 굴이라 군사를 움직일 수 없습니다. 또 군사를 모두 일으켜 촉으로 가시면 오에서 침범하니 그곳에 있는 군사들만 대장들에게 주시어 요충지들을 지키게 하고, 힘을 기르고 날카로운 기세를 저장하시는 것이 좋습니다. 몇 년 지나지 않아 중원은 날이 갈수록 강성해지고 오와 촉은 반드시 서로 해치게 됩니다. 그때 움직이시면 틀림없이 승리하지 않겠습니까? 폐하께서는 깊이 생각하고 결정하시기 빕니다."

조예는 사마의에게 물었다.

"이 주장이 어떠하오?"

"손 상서의 말이 지극히 옳습니다."

조예는 사마의에게 명해 장수들을 나누어 험한 요충지들을 지키게 하고, 곽회와 장합을 남겨 장안을 지키게 했다. 삼군에 후한 상을 내리고 조예는 행차를 낙양으로 돌렸다.

제갈량이 한중으로 돌아왔으나 조운과 등지의 군사가 보이지 않아 크게 근심하며 관흥과 장포에게 찾아보게 하는데, 마침 두 사람이 돌아오니 사람 하나 말 한 필 잃지 않고 물자도 버리지 않았다. 제갈량이 크게 기뻐 장수들을 이끌고 나가 맞이하자 조운은 황급히 말에서 내려 땅에 엎드렸다.

"패한 장수인데 승상께서 어찌 멀리 나오십니까?"

제갈량은 급히 조운을 부축해 일으키고 손을 잡았다.

"내가 현명한 이와 어리석은 자를 가려보지 못해 이렇게 되었소. 여러 곳 장졸들이 패하여 손실이 큰데 장군만 사람 하나 말 한 필 잃지 않았으니 어찌 된 영문이오?"

등지가 아뢰었다.

"저는 군사를 이끌어 먼저 가고 조 장군이 홀로 뒤에 남아 장수를 베고 군사를 막으니 적이 놀라고 두려워하여 아무것도 잃지 않았습니다."

"조 장군은 진짜 장군이시오!"

제갈량은 탄복하고 영채로 돌아와 상으로 조운에게 금 50근을 주고 부하 장졸들에게는 비단 1만 필을 내렸으나 조운이 사양했다.

"저희는 한 치 공로도 세우지 못하고 패했는데 상을 받으면 승상께서 상벌이 밝지 못하시게 됩니다. 잘 두셨다가 겨울이 되어 여러 군에 내리셔도 늦지 않습니다."

"선제께서 늘 자룡의 덕을 말씀하셨는데 과연 조금도 틀림이 없소!"

감탄한 제갈량은 더욱 조운을 우러르며 존경했다.

이때 마속과 왕평, 위연과 고상이 오니 제갈량은 먼저 왕평을 불러 나무랐다.

"너에게 마속과 함께 가정을 지키라고 했는데, 어찌 그를 충고해 말리지 못하고 일을 그르치고 말았느냐?"

왕평이 사실을 설명하자 제갈량은 호통쳐 물리치고 마속을 불러들였다. 마속이 스스로 밧줄로 묶고 장막 앞에 무릎을 꿇자 제갈량은 낯빛을 바꾸고 엄하게 꾸짖었다.

"너는 어릴 적부터 병서를 많이 읽고 병법을 잘 알아서, 내가 가정은 우리 근본이라고 거듭 가르치며 신중히 지키라고 당부하지 않았느냐? 너는 온 집안 식솔의 목숨을 걸고 무거운 책임을 맡았는데 어찌 왕평의 말을 듣지 않고 이런 큰 화를 만들었느냐? 군사는 패하고 장수는 줄었으며, 땅을 잃고 성을 빼앗겼으니 모두 네 잘못 때문인데 군법을 밝히지 않으면 어찌 뭇사람이 명령을 듣게 하겠느냐? 네가 군법을 범했으니 나를 원망하지 마라. 네가 죽은 뒤 식솔에게는 달마다 녹봉과 식량을 보낼 테니 걱정할 것 없다."

밖으로 끌어내 목을 치라고 호령하자 마속은 눈물을 흘렸다.

"승상께서는 저를 아들처럼 대해주셨고 저는 승상을 아버지처럼 따랐습니다. 저의 죽을죄는 실로 벌을 면하기 어렵습니다. 바라오니 승상께서 순 임금이 곤을 죽이고 우를 써준 의리를 떠올려주신다면 저는 죽어도 한이 없겠습니다!"

【상고시대 홍수가 났을 때, 곤이 여러 해 물을 다스렸으나 실패했다. 순 임금은 곤의 죄를 물어 죽인 다음 곤의 아들 우에게 물을 다스리게 했다. 결국 우는 홍수를 바다로 이끌어 성공하고, 그 공로로 뒷날 순의 임금 자리를 이어받았다. 마속이 자신만만하게 가정을 지키러 갈 때는 식솔의 목숨을 모두 걸었으나 이제는 대가 끊기는 것이 두렵고 자식이 멸시받을까 걱정이 된 것이다.】

마속이 말을 마치고 목 놓아 울자 제갈량은 눈물을 흘리며 말했다.

"나와 너의 의리는 형제와 마찬가지이니 네 아들이 바로 내 아들이다. 더 부탁할 게 없다."

무사들이 마속을 떠밀고 원문밖으로 나가 목을 치려 하는데, 마침 참군 장완이 성도에서 오다 보고 깜짝 놀라 높이 소리쳤다.

"잠깐 기다려라!"

그가 바로 장막에 들어가 제갈량에게 간했다.

"옛날 초에서 득신을 죽이니 진 문공이 기뻐했다고 합니다. 지금 천하가 아직 정해지지 않았는데 슬기롭고 꾀 많은 신하를 죽이면 너무 아쉬운 일이 아니겠습니까?"

【춘추시대 다섯 패자 가운데 두 번째인 진문공은 성복에서 초군을 크게 무찔러 패자 자리를 굳히고도 늘 근심이 컸다. 초의 대장 성득신이 살아 있는 한 걱정하지 않을 수 없었다. 그런데 초왕이 자결을 명해 득신은 스스로 목숨을 끊었다. 초의 법에 따르면 싸움에 패한 장수는 죽어야 하는데, 득신은 그러기에는 너무 아까운 인재였다. 초왕은 뒤에 몹시 뉘우치고, 진문공은 소식을 듣고 마음 놓고 웃었다고 한다.】

제갈량은 눈물을 흘리며 대답했다.

"옛날 손무(손자)가 천하 사람들을 이길 수 있었던 것은 법을 분명히 했기 때문이오. 지금 사방에서 사람들이 일어나 다투어 창칼을 놀리는데 법을 폐하면 어찌 역적을 토벌하겠소? 그러니 목을 쳐야 하오."

잠시 후 무사가 마속의 머리를 바치자 제갈량은 목 놓아 울었다. 울음이 그칠 줄 몰라 장완이 물었다.

"유상이 죄를 지어 군법을 밝혔는데 승상께서는 어찌 우십니까?"

"마속 때문에 우는 게 아니오. 선제께서 백제성에서 위독하실 때 부탁하신 말씀이 떠올랐소. 마속은 말이 실속보다 앞서니 크게 써서는 아니 된다고 하셨소. 과연 그 말씀이 맞아떨어지니 나 자신의 밝지 못함이 매우 한스럽고, 선제 말씀을 돌이켜 생각하니 통곡이 나올 따름이오!"

장수와 군졸들도 빠짐없이 눈물을 흘렸다. 마속이 죽을 때 나이 39세였으니 건흥 6년(228년) 5월이었다.

제갈량은 마속의 머리를 여러 영채에 두루 돌려 보인 후 몸에 붙이고 꿰매어 관에 넣어 묻어주었다. 몸소 제문을 지어 제사를 지내고 마속의 식솔을 각별하게 돌보며 달마다 녹봉을 내려주었다. 그런 다음 표문을 지어 장완을 통해 후주에게 아뢰고 자신의 승상 벼슬을 깎게 했다.

'신은 신통치 않은 재주로 분수에 넘치는 자리를 차지해 백모와 황월을 들고 삼군을 격려했으나 규정을 제대로 가르쳐 이끌지 못하고 법을 엄하게 밝히지 못했으며, 일에 맞닥뜨려 신중하게 대하지 못해, 가정에서는 명령을 어기는 파탄이 생기고 기곡에서는 경계를 하지 못하는 실수가 나왔습니다. 잘못은 모두 신에게 있으니 마땅한 사람에게 일을 맡기지 못한 탓입니다. 사람을 알아보지 못하고 일을 생각함에 어두움이 많았기 때문입니다. 《춘추》에서는 군사가 싸움에 패하면 원수(元帥)를 나무랐으니 신은 직무를 소홀히 한 죄로 크게 꾸중을 들어야 마땅합니다. 스스로 세 등급 벼슬을 낮추어 죄에 벌주기를 청하오니, 너무도 부끄러워하며 엎드려 명령을 기다립니다.'

후주가 글을 읽고 신하들에게 물었다.

"이기고 짐은 싸움에서 늘 겪는 일인데 승상은 어찌 이런 말을 하시오?"

시중 비의가 아뢰었다.

"신이 듣기로는 나라를 다스리려면 반드시 법을 받들기를 무겁게 안다고 합니다. 법이 실행되지 않으면 어찌 사람들에게 말을 듣게 하겠습니까? 승상이 싸움에 지고 스스로 벼슬을 깎는 것은 합당한 노릇입니다."

후주는 제갈량의 벼슬을 깎아 경과 맞먹는 우장군으로 낮추고 승상 일을 대리하면서 전과 다름없이 군사를 총지휘하게 했다. 후주의 명령으로 비의가 조서를 지니고 한중으로 갔다. 제갈량이 조서를 받자 비의는 그가 부끄러워 할까 걱정해 일부러 축하했다.

"촉의 백성은 승상께서 처음에 네 현을 빼앗으신 소식을 듣고 매우 기뻐했습니다."

제갈량은 낯빛이 확 변했다.

"그게 무슨 소리요! 얻었다 다시 잃었으니 얻지 못한 것과 마찬가지요. 공이 이것으로 나를 위로한다면 실로 내 얼굴이 뜨거워지도록 만드는 것이오."

비의가 또 듣기 좋게 말했다.

"승상께서 강유를 얻으셨다고 하여 천자께서 매우 기뻐하십니다."

제갈량은 화를 냈다.

"싸움에 지고 한 치 땅도 얻지 못했으니 나의 큰 죄요. 강유 한 사람 얻은 것이 위에 무슨 손해가 되겠소?"

비의가 또 위로했다.

"승상께서는 수십만 강한 군사를 거느리시니 다시 위를 정벌하실 수 있습니다."

"대군이 기산과 기곡에 주둔할 때, 우리 군사가 더 많으면서도 적을 깨뜨리지 못하고 도리어 패했소. 승패는 군사가 많고 적음에 달린 것이 아니라 군사를 거느린 주장에게 달렸을 뿐이오. 나는 군사를 줄이고 장수를 적게 하며 벌을 엄하게 밝히고 잘못을 뉘우치면서 장차 임기응변하는 도리를 따져볼 작정이오. 그렇지 않으면 비록 군사가 많아도 무슨 쓸모가 있겠소? 이제부터 나라를 위해 멀리 내다보며 걱정하는 이들은 부지런히 나의 결함을 공격하고 나의 단점을 나무라야 하오. 그렇게 되면 일이 이루어지고 적을 소멸시킬 수 있으며, 멀리 바라보느라 들었던 발꿈치를 내려놓기도 전에 성공을 기다릴 수 있소."

비의와 장수들은 모두 제갈량의 깊은 생각에 탄복했다.

제갈량은 한중에서 군사를 아끼고 백성을 사랑하며 장졸들을 격려해 병법을 가르쳤다. 성을 공격하고 물을 건너는 기구를 만들고, 식량과 말먹이 풀을 쌓으며 배와 뗏목을 만들어 열심히 뒷날 싸움을 준비했다.

낙양에서 소식을 듣고 조예가 서천 정복을 상의하니 사마의가 아뢰었다.

"촉은 칠 수 없습니다. 지금 날씨가 무섭게 더워 촉군은 반드시 나오지 않습니다. 우리 군사가 그 땅으로 깊숙이 들어갔다가 그들이 험한 곳을 지키면 급히 이기기 어렵습니다."

"촉군이 다시 나와 침범하면 어찌하오?"

"신이 다 헤아려보았습니다. 제갈량은 한신이 가만히 진창을 지나간 계책을 본뜰 것이니 신이 한 사람을 추천해 진창 길목에 성을 쌓고 지키게 하면 만에 하나도 실수가 없습니다. 이 사람은 키가 아홉 자에 팔은 원숭이처럼 길어 활을 잘 쏘는데, 계책이 많으며 충성스럽고 의로운 사람입니다. 제갈량이 침범하면 이 사람이 충분히 막아낼 수 있고, 제갈량이 다른 길로 가만히 나오면 진창이 두려워 감히 깊숙이 들어오지 못합니다."

"어떤 사람이오?"

"태원 사람으로 성은 학(郝)이고 이름은 소(昭), 자는 백도(伯道)인데, 지금 하서를 지키고 있습니다."

조예는 학소의 벼슬을 진서장군으로 높이고 조서를 보내 진창 길목을 지키게 했다. 이때 대사마이며 양주 군사를 맡은 도독 조휴가 표문을 올려 보고했다.

"오의 파양 태수 주방(周魴)이 군을 바치고 항복하겠다면서 가만히 사람을 보내 오를 깨뜨릴 수 있다고 하니 어서 정벌하시기 바랍니다."

조예가 표문을 펼쳐 보이자 사마의가 아뢰었다.

"주방의 말은 일리가 있습니다. 오가 망하게 되었으니 신은 조휴를 돕고 싶습니다."

반열에서 한 사람이 나섰다.

"오의 사람들은 자꾸 말을 뒤집어 믿을 수가 없습니다. 더욱이 주방은 꾀가 많아 항복할 사람이 아니니 이것은 특별히 군사를 유인하는 계책입니다."

건위장군 가규(賈逵)였다. 사마의가 물었다.

"양도(梁道, 가규의 자)는 오의 허실을 아시오?"

"저는 변경에 있어 보아 잘 아는데 손권은 늘 무창에서 서쪽으로는 강하를 통하고, 동쪽으로는 노강을 거쳐 침범해 들어옵니다. 주방은 반드시 항복하지 않으니 저는 그 속임수를 잘 압니다."

사마의가 아뢰었다.

"이 말을 듣지 않아서도 아니 되지만, 잘못해 기회를 놓쳐서도 아니 됩니다."

조예가 명했다.

"중달은 양도와 함께 조휴를 도우시오."

두 사람이 명령을 받들고 떠나니 조휴는 대군을 이끌고 환성을 치러 가고, 가규는 전장군 만총과 동완 태수 호질과 함께 양성을 거쳐 동관으로 갔다. 사마의는 강릉을 치러 갔다.

이때 오주 손권은 무창의 동관에서 신하들을 모아 상의했다.

"파양 태수 주방이 비밀히 표문을 올렸는데 위의 양주 도독 조휴가 침범할 뜻이 있다 하오. 주방이 계책을 부려 가만히 위군을 꾀어 우리 땅으로 깊숙이 끌어들이려 하니 군사를 매복시켜 조휴를 사로잡으면 오의 어려움이 풀리오. 지금 위군이 세 길로 나뉘어 오는데 경들은 어떤 고명한 소견이 있소?"

고옹이 의견을 내놓았다.

"이 큰 책임은 육백언이 아니면 맡을 수 없습니다."

손권은 육손을 불러 보국대장군에 평북도원수로 봉했다. 경성을 지키는 어림대군을 거느리고 왕을 대신해 일을 보게 하면서 백모와 황월을 내려 백관이 모두 그의 명을 받들게 하고, 육손을 위해 친히 채찍을 들었다. 육손은 명을 받들고 은혜에 감사를 드린 뒤 두 사람을 좌우 도독으로 추천해 세 길 위군을 맞도록 했다.

"분위장군 주환과 수남장군 전종(全琮)이 보좌할 만합니다."

손권은 주환을 좌도독, 전종을 우도독에 임명했다. 육손이 강남 81개 고을과 형주 군사 70여 만을 거느리고 주환, 전종과 함께 세 길로 진군하니 주환이 계책을 드렸다.

"조휴는 조씨 가문이라 쓰일 뿐이지 결코 슬기롭거나 용맹한 장수가 아닙니다. 주방이 유인하는 말을 곧이듣고 우리 땅으로 깊숙이 들어오니 원수께서 군사를 풀어 공격하면 그는 반드시 패하고 두 갈래 길로 달아납니다. 왼쪽은 협석이고 오른쪽은 괘차인데 둘 다 후미진 산속 오솔길이라 험하고 가파릅니다. 우리 도독 두 사람이 각기 산속 험한 곳에 매복해 미리 나무와 바윗돌로 길을 막으면 조휴를 사로잡을 수 있습니다. 그런 다음 기세 좋게 나아가면 쉽게 수춘을 얻어 허도와 낙양을 엿볼 수 있으니 이는 만대에 길이 전할 사업을 한때에 이루는 것입니다."

육손은 반대했다.

"그것은 좋은 계책이 아니오. 나에게 묘책이 있소."

주환은 불만을 품고 물러갔다. 육손은 제갈근을 비롯한 사람들에게 강릉을 막아 사마의와 맞서게 하고 여러 길 군사는 자신의 명령에 따라 움직이게 했다.

조휴의 군사가 환성에 이르자 주방이 맞이해 장막 아래에 이르렀다.

"그대 글에 쓰인 주장이 이치에 맞소. 천자께 아뢰고 대군을 일으켜 세 길로 나왔으니 강동 땅을 얻으면 그대 공로가 작지 않소. 사람들은 그대가 꾀가 많아 그 말이 진실이 아닐지 모른다고 하는데, 내가 헤아려보면 그대는 나를 속이지 않을 것이오."

주방은 대뜸 목 놓아 울음을 터뜨리며 따르는 자가 찬 검을 뽑아 들더니 스스로 목을 베려 했다. 조휴가 급히 말리자 주방은 검을 들고 말했다.

"저는 말씀을 드리면서 염통과 간을 토해내지 못하는 것이 한스러웠는데, 의심을 자아냈으니 반드시 오에서 이간책을 부린 것입니다. 그 말을 들으시면 저는 틀림없이 죽으니 충성스러운 이 마음은 하늘만이 알 것입니다!"

말을 마치고 또 목을 베려 하자 조휴가 깜짝 놀라 황급히 끌어안았다.

"내가 농담을 했는데 장군은 어찌 이러시오!"

주방은 검을 놀려 머리털을 썩둑 잘라 땅에 던졌다.

"저는 충심으로 공을 대하나 공은 농담으로 저를 대하시니 부모께서 주신 머리털을 베어 마음을 나타냅니다!"

【옛사람은 머리털을 함부로 자르지 않아, 형벌 받는 사람이나 자르는 법이었다.】

조휴는 주방의 성의를 깊이 믿고 잔치를 베풀어 대접했다. 곧 건위장군 가규가 달려왔다.

"제가 헤아려보면 오의 군사는 모두 환성에 주둔하니 도독께서는 섣불리 나아가셔서는 아니 됩니다. 제가 양쪽에서 협공하기를 기다려 도독께서 치시면 쉽게 깨뜨릴 수 있습니다."

조휴는 화를 냈다.

"자네는 내 공로를 빼앗으려 하는가?"

가규는 아랑곳하지 않고 계속했다.

"주방이 머리털을 잘라 맹세했다는데 그것은 속임수입니다. 옛날에 요리(要離)는 팔을 잘라 경기(慶忌)를 암살했으니 깊이 믿어서는 아니 됩니다."

【춘추시대 오의 공자 광은 임금 요를 죽이고 오왕 합려가 된 후 요의 아들 경기가 못내 두려웠다. 경기는 말보다 빨리 달리고 힘이 무진장이었다. 오의 대신 오자서가 못생기고 허약한 요리를 용사라고 왕에게 추천하니 요리는 경기를 속이기 위해 자기 팔을 하나 자르라고 했다. 한쪽 팔을 잃은 요리는 다른 나라에서 군사를 조련하는 경기를 찾아가 광이 자기 팔을 잘랐으니 복수하겠다면서 부하로 들어갔다. 경기가 의심하지 않고 써주니 요리는 끝내 경기의 등에 극을 박아 죽였다. 자기 몸을 고달프게 하여 적을 안심시키는 고육계의 대표적인 예였다.】

조휴는 크게 노했다.

"내가 바로 나아가려 하는데 어찌 이런 말로 군사의 사기를 꺾는가! 그대가 동관으로 나아가 으뜸가는 공로를 세우고 내 재능을 덮으려 하는가! 여봐라, 저자를 끌어내 목을 쳐라!"

장수들이 애원했다.

"진군하기 전에 먼저 대장을 베면 이롭지 못하니 잠시 용서하시기 빕니다."

조휴는 가규의 군권을 빼앗으며 그의 군사를 거두어 자신의 지휘 아래 두고, 군사 한 대를 이끌고 동관을 치러 갔다. 주방은 가규가 군권을 잃은 것을 알고 은근히 기뻐했다.

'조휴가 가규 말을 들으면 오가 진다! 지금 군사가 한 길로 나아가니 하늘이 나에게 성공을 내리는 것이다!'

비밀히 사람을 보내 보고하자 육손은 장수들을 불렀다.

"앞에 있는 석정은 산길이지만 넉넉히 군사를 매복할 수 있소. 먼저 가서

주방은 머리털 잘라 조휴 속이다. ▶

넓은 곳을 차지해 진을 치고 위군을 기다리시오."

서성을 선봉으로 세워 군사를 이끌고 나아가게 했다.

이때 조휴는 주방에게 군사를 이끌도록 맡기고 한참 가다 물었다.

"저 앞으로 가면 어느 곳에 이르오?"

"바로 석정인데 군사를 주둔할 만합니다."

조휴가 대군을 거느리고 나아가 수레와 병기들도 모두 석정으로 날라 주둔하는데 이튿날 보고가 들어왔다.

"앞에서 수없이 많은 오군이 산의 어귀를 차지했습니다."

조휴는 깜짝 놀랐다.

"주방은 군사가 없다고 했는데 어찌 그들이 벌써 대비를 했단 말이냐?"

주방을 찾았으나 수십 명을 이끌고 사라졌다는 것이었다.

"적의 계책에 걸렸구나! 그러나 두려워할 것은 없다!"

대장 장보를 선봉으로 세워 수천 군사를 이끌고 나아가니 양쪽에서 진을 치고 장보가 말을 달려나갔다.

"적장은 어서 항복하라!"

서성이 말을 달려 나와 맞붙자 장보는 이내 견디지 못해 말을 돌리고 군사를 거두었다. 영채로 돌아가 서성의 용맹을 당할 수 없다고 보고하자 조휴가 장담했다.

"내가 기이한 군사로 이기겠다."

장보는 2만 군사로 석정 남쪽에 매복하고, 설교는 2만 군사로 석정 북쪽에 숨게 했다.

"내일 내가 1000명 군사를 이끌고 싸움을 걸어 짐짓 져주고 적을 유인해 북산 앞에 끌고 와 포를 터뜨리는 것을 신호로 삼면에서 협공하면 반드시 크게 이긴다."

이때 오의 육손이 주환과 전종을 불렀다.

"두 사람은 각기 3만 군사를 이끌고 산길을 통해 조휴 영채 뒤로 돌아가 불을 지르시오. 내가 대군을 거느리고 가운데 길로 나아가면 조휴를 사로잡을 수 있소."

황혼에 두 장수가 군사를 이끌고 나아가 밤중에 주환이 위군 영채 뒤로 돌아가는데 장보의 매복 군사와 마주쳤다. 장보가 오군인 줄 모르고 다가가 말을 묻다 주환의 칼에 맞고 말 아래로 떨어지자 위군은 달아났다. 주환은 불을 지르게 했다.

역시 군사를 이끌고 위군 영채 뒤로 돌아가던 전종은 바로 설교의 진으로 들어가게 되어 한바탕 싸움이 벌어졌다. 설교가 견디지 못해 달아나자 위군은 큰 손해를 보고 자기 영채로 달려갔다. 뒤를 따라 주환과 전종이 쳐들어가 영채가 크게 어지러워지니 조휴는 황급히 말에 올라 협석을 향해 달아났다. 서성이 대부대를 이끌고 뒤를 쫓아 위군은 죽은 자를 헤아릴 수 없었다.

놀란 조휴가 힘을 다해 줄행랑치는데 별안간 군가 한 떼가 오솔길로 달려나오니 앞장선 대장은 가규였다. 조휴는 당황한 마음이 좀 가라앉자 부끄러웠다.

"내가 공의 말을 듣지 않아 이런 패전을 당했는데, 다행히 공의 군사가 왔으니 후군을 기다릴 수 있게 되었소."

"도독께서는 어서 달려가십시오. 오군이 나무와 돌로 길을 막으면 모두 위급해집니다."

가규가 재촉해 조휴는 말을 급히 몰아 지나가고 가규가 뒤를 막았다. 가규가 무성한 숲과 험하고 가파른 오솔길에 깃발을 많이 꽂아 의심하게 만들자 서성은 더 쫓지 못하고 돌아갔다. 가규가 조휴를 구해내자 사마의 역시 물러갔다.

육손이 승리 소식을 기다리는데 잠시 후 서성과 주환, 전종이 왔다. 이번에 얻은 수레와 말, 군비와 싸움 기구들은 숫자를 헤아릴 수 없고 항복한 군사는 수만이나 되었다. 육손은 대단히 기뻐 태수 주방을 비롯해 여러 장수와 함께 군사를 돌려 오로 돌아갔다.

오주 손권은 백관을 거느리고 무창성 바깥까지 나와 왕이 쓰는 해 가리개로 육손을 씌워 성으로 들어갔다. 육손에게 최고의 상을 내리고 장수들 벼슬을 높여준 뒤 주방이 머리털이 없는 것을 보고 위로했다.

"경이 머리털을 잘라 대사를 이루었으니 공명이 죽백에 기록될 것이오."

주방을 관내후로 봉하고 큰 잔치를 베풀어 군사를 위로하자 육손이 아뢰었다.

"지금 조휴가 크게 패해 위의 사람들 간담이 서늘해졌으니 서천으로 국서를 보내 제갈량에게 나아가 위를 치게 하십시오."

손권은 곧 사자에게 국서를 주어 서천으로 보냈다.

이야말로

동쪽 나라에서 계책 쓸 줄 알아
서천에서 다시 군사 움직이누나

제갈량이 다시 위를 정벌하는데 승부는 어찌 될까?

97

죽을 때까지 몸 굽혀 정성 바쳐

위를 치려고 무후 또다시 표문 올리고

조씨 군사 깨뜨리며 강유 거짓 글 바쳐

촉한 건흥 6년(228년) 9월, 위의 도독 조휴는 석정에서 오와 싸우다 크게 패해 놀랍고 황송스러워 몸 둘 바를 모르다 병이 생기더니 낙양에 이르러 등창이 나서 죽었다. 위주 조예가 칙명을 내려 후하게 장례를 치러주었다. 얼마 후 사마의가 돌아오니 장수들이 물었다.

"조 도독이 패해 원수께서 일이 많아지셨는데 어찌 급히 돌아오십니까?"

"우리 군사가 졌다는 것을 알면 제갈량이 반드시 장안을 치러 올 텐데 농서가 급해지면 누가 구하겠는가? 그래서 빨리 돌아왔네."

사람들은 사마의가 적을 너무 겁낸다고 비웃으며 물러갔다.

이때 오에서 촉에 글을 보내 위를 정벌하라고 권하면서 조휴를 크게 깨뜨린 일을 알리고 사이좋게 지내자는 뜻을 전하자 후주는 크게 기뻐 글을 한중의 제갈량에게 보냈다.

제갈량은 이때 군사가 강하고 말은 튼튼하며 식량과 말먹이 풀이 넉넉한데 군비도 모두 갖추어져 곧 군사를 일으켜 나아가려던 참이었다. 오의 소식을 듣고 더욱 즐거워하며 잔치를 베풀고 장수들을 모아 출병을 상의했다. 그런데 동북쪽에서 느닷없이 세찬 바람이 일어나 휘익 몰아치니 어찌나 거센지 마당 앞의 소나무가 부러지고 말았다. 사람들이 모두 놀라자 제갈량이 점을 쳐보았다.

"이 바람은 대장을 한 사람 잃는다는 뜻일세!"

장수들이 믿지 않고 술을 마시는데 갑자기 진남장군 조운의 맏아들 통(統)과 둘째 광(廣)이 승상을 뵈러 왔다는 보고가 들어오니 제갈량은 깜짝 놀라 잔을 땅에 던졌다.

"자룡이 잘못되었구나!"

조운의 두 아들이 들어와 제갈량에게 절을 하며 울었다.

"아버님께서 병이 심해 어젯밤에 세상을 뜨셨습니다!"

제갈량은 발을 구르며 울었다.

"나라의 대들보를 잃고 내 팔이 하나 사라졌구나!"

장수들은 눈물을 뿌리지 않는 사람이 없었다. 제갈량이 조운의 두 아들에게 성도로 들어가 황제를 뵙고 부고를 올리게 하니 후주도 소식을 듣고 목 놓아 울었다.

"옛날에 자룡이 아니었으면 짐은 혼란한 싸움터에서 죽었을 것이다!"

조운에게 대장군 벼슬을 추증하고 시호를 순평후라 하며, 칙명을 내려 성도의 금병산 동쪽에 묻고 사계절 제사를 지내게 했다.

이에 후세 사람이 지은 시가 있다.

상산 땅에 호랑이 같은 장수 있어
슬기와 용맹 관우, 장비와 짝이었네
한수에서 빛나는 공훈 세우고

당양에서 뛰어난 이름 날렸지
두 번이나 나이 어린 주인 구하고
한마음 한뜻으로 선제께 보답했네
청사에 충성과 절개를 기록하니
백 대에 향기로운 내음 풍기리라

조통을 황궁을 호위하는 호분중랑에 임명하고, 조광을 아문장으로 만들어 아버지 무덤을 지키게 했다. 신하가 아뢰었다.

"제갈 승상이 군사 편성을 마치고 출병해 위를 정벌하겠다고 합니다."

후주가 조정에 뜻을 묻자 섣불리 움직여서는 안 된다는 사람들이 많아 결단을 내리지 못하는데 승상이 양의를 시켜 출사표를 보내왔다.

선제께서는 한과 도적(위)이 함께 있을 수 없고 임금의 일은 나라 한쪽에서 무사히 보내는 것이 아니라 여기셔서 신에게 도적을 토벌하라고 부탁하셨습니다. 선제의 밝으심으로 신의 재주를 가늠하시어, 도적을 정벌하려면 신의 재주는 약한데 도적은 강함을 분명히 아셨습니다. 그런데도 도적을 정벌하지 않으면 임금의 일이 망하게 되니 앉아서 망하기를 기다리기보다는 일어서서 치는 편이 낫다고 판단하시어 신에게 맡기면서 의심하지 않으신 것입니다. 신은 명령을 받은 그 날부터 편안히 누워 잘 수 없었고 음식을 먹어도 맛이 달지 않았습니다 [寢不安席침불안석 食不甘味식불감미]. 북방을 정벌하려면 먼저 남쪽을 편안히 해야 하므로 5월에 노수를 건너 불모지로 깊숙이 들어가 이틀에 하루 음식을 먹었습니다. 신이 제 몸을 아끼지 않아서가 아니라 임금의 일은 나라 한쪽에서 가만히 있는 것이 아니므로 위험과 어려움을 무릅쓰고 선제께서 남기신 뜻을 받든 것입니다. 그런데 정사를 평하는 자들은 훌륭한 계책이 아니라고 말합니다. 하지만 지금은 도적들이 방금 서쪽에서 지쳤는데 또 힘을 다해 동쪽을 돌아보았으니, 병법에 있는 대로 '적이 피로한 틈을 타라[乘勢승리]'는 기회이므로 빠른 걸음으로 나아갈 때입니다. 그 일을 삼가 다음과 같이 아룁니다. 고황제께서는 밝으심이 해와 달과 같으시고 계책을 내는 신하들은 학식이 넓고 생각이 깊었습니다. 그런데도 험한 곳에 들어가면서 상처를 입으셨고 위험에 빠지셨다가 후에 안전하게 되셨습니다. 외람되오나 폐하께서는 고황제에 미치시지 못하고 모사가 된 신하는 장량, 진평을 따르지 못합니다. 그런데 자리에 앉아 좋은 계책만으로 손쉽게 천하를 평정하려 하신다면 이는 신이 이해할 수 없는 첫 번째 일입니다. 전날 유요와 왕랑은 주와 군을 차지하여 안정을 논하고 계책을 이야기하면서 걸핏하면 성인의 말씀이나 들먹였는데, 갖가지 의심이 뱃속에 가득 차고 여러 어려움이 가슴을 꽉 막아 해가 지나도록 싸우지 않고 정벌하지 않아, 드디어 손책이 편안하게 세력을 키워 강동을 아우르게 했으니 이는 신이 이해할 수 없는 두 번째 일입니다. 조조의 슬기와 계책은 뭇사람보다 뛰어나고 군사를 부리는 법은 손무, 오기와 맞먹습니다. 하지만 남양에서 궁지에 빠지고 오소에서 위험에 부딪혔으며, 기련에서 위기에 처하고 여양에서 핍박을 받았으며, 북산에서 패할 뻔하고 동관에서 목숨을 잃을 뻔했습니다. 그런 뒤에야 잠시 괴뢰정권을 만들었을 뿐입니다. 하물며 신의 재주는 약한데 위험을 겪지 않고 천하를 안정시키라 하신다면 이는 신이 이해할 수 없는 세 번째 일입니다. 조조는 다섯 번 창패를 공격했으나 이기지 못했고, 네 번 소호를 건너려 했으나 성공하지 못했습니다. 이복을 써주었으나 그가 오히려 조조를 노렸고, 하후연에게 일을 맡겼더니 그가 패하고 죽었습니다. 선제께서는 항상 조조의 재주를 칭찬하셨는데도 조조에게 이런 실수가 있었거늘 하물며 신은 둔한 말과 같으니 어찌 반드시 이기겠습니까? 이는 신이 이해할 수 없는 네 번째 일입니다. 신이 한중에 오고 1년이 지났을 뿐인데 조운을 비롯한 대장들을 많이 잃고 훌륭한 장수 70여 명이 죽었으며 돌격장수, 선봉 장사, 기병 장교 1000여 명이 돌아갔습니다. 모두 수십 년 모은 사방의 정예라 한 주의 소유가 아닙니다. 또 몇 해가 지나면 세 몫에서 두 몫을 잃게 되는데, 그러면 누구를 데리고 적을 정벌하려고 꾀하겠습니까? 이는 신이 이해할 수 없는 다섯 번째 일입니다. 지금 백성은 가난하고 군사는 지쳤지만 싸움을 멈추어서는 아니 됩니다. 머무르든 나아가든 수고와 비용은 같은데 일찌감치 꾀하지 않고 한 주의 땅으로 도적과 오래 대치하려 한다면 이는 신이 이해할 수 없는 여섯 번째 일입니다. 대체로 평하기 어려운 것은 일입니다. 옛날 선제께서 형주 땅에서 싸움에 지셨는데 조조는 손뼉을 치면서 천하가 이미 정해졌다고 기뻐했습니다. 그러나 선제께서 동쪽으로는 오·월과 연합하고 서쪽으로는 파·촉을 손에 넣으시어 군사를 일으키고 북쪽으로 정벌을 나가시니 하후연이 머리를 내놓았습니다. 이는 조조가 판단을 잘못하고, 한의 사업이 장차 이루어지려는 것이었습니다. 그런데 다음에 오가 맹세를 어겨 관우가 망하고 선제께서 자귀에서 넘어지셨으며 조비가 황제를 일컬었습니다. 무릇 일이란 이러하니 예상할 수 없습니다. 신은 '몸을 굽혀 정성을 다하며 죽은 뒤에야 그만둘 [**鞠躬盡瘁**국궁진췌 死而後已사이후이]' 것이니 이루어지느냐 않느냐와 순조로움과 어려움에 대해서는 신의 총명으로는 미리 내다볼 바가 아닙니다.

후주가 표문을 읽고 출병 칙명을 내리자 제갈량은 30만 정예를 일으켜 위연을 선봉으로 세워 진창 길목으로 달려갔다. 정탐꾼이 낙양에 소식을 보고하니 위주는 문무백관을 모아 대책을 상의했다. 대장군 조진이 반열에서 나와 아뢰었다.

"신은 전날 농서를 지키면서 공로는 미미하고 죄는 커서 황송하기 짝이 없으니 이번에 대군을 이끌고 가서 제갈량을 사로잡게 해주시기 바랍니다. 근래에 신이 대장 한 사람을 얻었는데, 60근 나가는 큰 칼을 쓰고 천리마를 타면서 두 섬의 힘이 드는 철태궁을 다루고 유성추 세 개를 감추어 쓰니 백 번 던지면 백 번 다 맞힙니다. 농서군 적도 사람으로 성은 왕(王)이고 이름은 쌍(雙)에 자는 자전(子全)입니다. 신은 이 사람을 보증해 선봉으로 추천합니다."

조예는 크게 기뻐 왕쌍을 불러 전 위로 올라오게 했다. 키가 아홉 자에 얼굴은 검은데 눈동자는 노랗고 허리는 곰처럼 튼튼하며 등은 호랑이 같았다.

"짐이 이런 대장을 얻었으니 무엇이 걱정이겠는가!"

조예는 비단 전포와 금 갑옷을 내리고 호위장군으로 봉해 선두의 대선봉으로 삼았다. 때를 같이 해 대도독이 된 조진은 15만 정예 군사를 이끌고 곽회, 장합과 합쳐 길을 나누어 요충지들을 지켰다.

촉군 선두가 진창까지 정탐하고 돌아와 보고했다.

"진창 길목에 성을 하나 쌓고 대장 학소가 지킵니다. 도랑을 깊이 파고 보루를 높이 올렸으며 녹각을 촘촘히 박아 방비가 아주 엄합니다. 이 성을 버리고 태백령 오솔길을 통해 기산으로 나가는 것이 더 편하겠습니다."

"진창 바로 북쪽은 가정이니 반드시 이 성을 얻어야 진군할 수 있다. 이 성을 얻으면 성안의 물건은 모두 군사에게 상으로 줄 테니 절대 늦추어서는 아니 된다!"

제갈량이 위연에게 네 방향으로 성을 들이치게 하여 며칠을 공격했으나 깨뜨리지 못하고 돌아오니 크게 노해 목을 치려 하는데, 장막 아래에서 한 사람이 나섰다.

"저는 비록 재주가 없으나 승상을 여러 해 따르면서 아직 보답하지 못했습니다. 진창성 안에 들어가 학소를 설득해 귀순시킬 것이니 활 한 장, 화살 한 대도 쓸 필요가 없습니다."

사람들이 보니 참모 근상이라 제갈량이 물었다.

"어떤 말로 설득하려 하는가?"

"학소는 저와 같은 농서 사람으로 어릴 적부터 사이가 좋았습니다. 제가 가서 이로움과 해로움을 따져 설득하면 그는 반드시 와서 귀순합니다."

제갈량이 허락해 근상이 급히 말을 몰아 성에 들어가 학소를 만나니 그가 물었다.

"옛 친구는 무슨 일로 여기까지 왔소?"

"내가 지금 서촉 제갈공명의 장막 아래에서 군사 기밀에 참여하고 있소. 공명이 나를 귀한 손님으로 대하는데 특별히 보내 공을 만나게 했으니 알려줄 말이 있소."

학소는 발끈해 낯빛이 변하며 자리에서 일어났다.

"제갈량은 나와는 적일세. 나는 위를 섬기고 자네는 촉을 섬겨 각기 주인을 위해 일하니 옛날에는 형제였으나 지금은 적이 되었네! 자네는 더 말하지 말고 어서 성을 나가게."

근상이 다시 입을 열려고 하는데 학소는 벌써 적루 위로 올라가고 군사들이 성 밖으로 쫓아냈다. 근상이 성문을 나와 머리를 돌려보니 학소가 성벽 위 난간에 기대어 있어서 채찍으로 가리켰다.

"백도 아우님은 어찌 이렇게 매정하신가?"

"위의 법도는 형이 아는 바인데 내가 나라의 은혜를 입었으니 죽음이 있을 뿐이오. 형은 더 말할 것 없이 어서 돌아가 제갈량에게 빨리 성을 공격하라 하시오. 나는 두렵지 않소!"

근상이 영채로 돌아와 아뢰자 제갈량이 명했다.

"다시 가서 이로움과 해로움을 따져 설득해보게."

근상이 또 성 밑에 가서 만나기를 청하니 학소가 적루 위로 나와, 근상이 말 위에서 높이 외쳤다.

"백도 아우님은 충고를 듣게. 외로운 성으로 어찌 수십만의 무리를 막아낸
단 말인가? 일찍 항복하지 않으면 뉘우쳐도 늦는데, 대한을 따르지 않고 간
사한 위를 섬기니 어이하여 하늘이 정한 운명을 모르고 깨끗함과 더러움을
가리지 못하는가? 백도는 깊이 생각하기 바라네!"

학소는 크게 노해 활시위에 살을 먹이더니 호통쳤다.

"내가 이미 딱 잘랐으니 더 말하지 말고 물러가라! 내가 너를 쏘지는 않겠다!"

근상이 돌아와 이야기하자 제갈량은 크게 노했다.

"하찮은 사내가 너무 무례하구나! 나에게 성을 공격할 기구가 없는 줄 아
느냐?"

그는 토박이를 불러 물었다.

"진창성 안에 사람이 얼마나 있느냐?"

"확실한 숫자는 모릅니다만 약 3000명 정도 있습니다."

제갈량은 허허 웃었다.

"이따위 조그만 성이야 그 안에 군사가 가득한들 어찌 나를 막겠느냐! 그들
의 구원병이 이르기를 기다리지 말고 급히 공격하라!"

성벽 앞에 구름사다리 수백 대가 세워졌다. 사다리 한 대 위에 10여 명이
설 수 있고, 주위는 널빤지로 가려 사다리에 붙은 사람을 보호했다. 사다리
밑에는 바퀴가 있어 밀고 갈 수 있는데 성벽 한 면에 100대씩 세워졌다. 장졸
들은 짧은 사다리와 부드러운 밧줄을 들고 북을 두드리는 소리를 신호로 일
제히 성벽에 오르기 시작했다.

학소가 적루에서 살피는데 촉군이 구름사다리를 밀고 네 방향으로 다가오
니 3000명 군사에게 불붙은 화살을 쏘게 했다. 제갈량은 성안에 방비가 없는
줄 알고 북 치고 고함지르며 구름사다리를 나아가게 하는데 뜻밖에도 성 위에
서 불화살이 일제히 날아오니 사다리마다 불이 붙어 군사가 많이 타죽었다.

제갈량은 크게 노했다.

"너희가 구름사다리를 태우면 나는 충거(衝車)를 쓰겠다!"

【충거는 담을 들이쳐 구멍을 내는 수레다.】

촉군은 밤새워 충거를 마련하고 이튿날 또 북을 두드리고 고함치며 네 방향으로 나아갔다. 학소가 큰 돌을 날라다 구멍을 뚫고 밧줄에 꿰어 위에서 내리치게 하니 촉군의 충거는 모두 망가졌다. 제갈량이 다시 군사들에게 흙을 날라 성벽 앞의 해자를 메우게 하니 학소는 성안에 겹으로 벽을 쌓아 막았다. 성벽을 뚫을 수 없자 요화에게 삽과 괭이를 지닌 3000명 군사를 거느리고 밤에 땅굴을 파고 가만히 성안으로 들어가게 했으나 학소는 성안에 해자를 겹쳐 파 가로막았다.

제갈량이 밤낮으로 공격했으나 20여 일이 지나도록 성을 깨뜨리지 못해 답답해하는데 보고가 들어왔다.

"위의 구원병이 이르렀습니다. 깃발 위에 '위 선봉대장 왕쌍'이라고 썼습니다."

"누가 맞이하겠는가?"

제갈량이 장수들에게 묻자 위연이 나섰다.

"제가 가고 싶습니다!"

"자네는 선봉대장이라 섣불리 나아가서는 아니 되네."

제갈량이 위연을 말리고 다시 물어, 비장 사웅이 나서니 3000명 군사를 주어 떠나보내고 다시 물었다.

"누가 또 감히 가겠는가?"

비장 공기가 가겠다고 하자 역시 3000명 군사를 주어 보내고, 성안에서 학소가 쳐 나올까 두려워 20리를 물려 영채를 세웠다.

사웅은 군사를 이끌고 나아가다 왕쌍과 맞닥뜨려 세 번도 어울리지 못해 그의 칼에 찍혀 죽었다. 촉군이 달아나자 왕쌍이 쫓아와 공기가 말을 어울렸으나 또 겨우 세 합 만에 말 아래로 떨어지고 말았다.

깜짝 놀란 제갈량은 급히 요화와 왕평, 장억, 세 장수를 보내 왕쌍을 맞게 했다. 양쪽의 진이 이루어지자 왕평과 요화는 진의 양쪽 날개를 지키고 장억이 말을 달려나가 왕쌍과 어울렸으나 쉽게 승부가 나지 않았다. 왕쌍이 못 이기는 척 달아나자 장억이 쫓아가니 계책에 걸린 것을 보고 왕평이 급히 소리쳤다.

"쫓아가지 마오!"

장억이 황급히 말을 돌리는데 왕쌍이 날린 유성추가 벌써 날아와 등을 두들겼다. 장억이 말안장에 엎드려 달아나자 왕쌍이 말을 돌려 쫓아와, 왕평과 요화가 장억을 구해 진으로 돌아왔다. 왕쌍이 군사를 휘몰고 들이쳐 촉군은 죽고 다친 자들이 많았다. 피를 몇 번이나 토한 장억이 돌아가 제갈량에게 말했다.

"왕쌍은 용맹해 맞설 수 없습니다. 2만 군사로 진창성 밖에 영채를 세웠는데 주위에 울타리를 치고 겹겹으로 성을 쌓았으며 해자를 깊이 파고 엄하게 지킵니다."

두 장수를 잃고 장억도 다치자 제갈량은 강유를 불렀다.

"진창 길목으로 나아갈 수 없게 되었으니 달리 어떤 계책을 구해야 하겠는가?"

"진창은 성이 튼튼하고 학소가 치밀하게 지키는데 왕쌍의 도움까지 받으니 손에 넣기 어렵습니다. 대장 한 사람에게 산에 의지해 물가에 영채를 세워 단단히 지키게 하고, 또 용맹한 장수에게 중요한 길목을 지켜 가정에서 오는 군사를 막게 하며, 승상께서는 대군을 거느리고 기산을 습격하십시오. 제가 이러저러하게 계책을 쓰면 조진을 잡을 수 있습니다."

제갈량은 위연에게 진창 길목을 지키게 하고, 왕평과 이회에게 가정으로 통하는 오솔길을 지키게 한 후 마대를 선봉으로 삼고 관흥과 장포에게 앞뒤를 구원하게 하여 야곡을 나가 기산으로 향했다.

이보다 앞서 조진은 지난번 사마의에게 공로를 빼앗긴 것을 생각해 급히 낙양으로 가서 곽회와 손례를 동서로 나누어 지키게 하고, 진창이 위급하다는 소식을 듣고 왕쌍을 보내 구하게 했다. 왕쌍이 장수들을 베고 공로를 세우자 크게 기뻐 대장 비요에게 임시로 선두를 총지휘하게 하고 장수들은 각기 험한 요충지들을 지키게 했다. 이때 산골짜기에서 정탐꾼을 잡아 와 장막 앞에 꿇어 앉히니 그 사람이 말했다.

"소인은 첩자가 아닙니다. 기밀이 있어 도독을 뵈러 오다 잡혔으니 옆의 사람들을 물리쳐주시기 바랍니다."

조진은 좌우의 사람들을 잠시 물러나게 했다.

"소인은 강백약의 심복으로 밀서를 올리러 왔습니다."

그가 살에 붙은 속옷에서 글을 꺼내 올렸다.

'죄를 지은 장수 강유는 백 번 절하면서 대도독 조 장군 휘하에 글을 올립니다. 이 유가 생각해보면 대대로 위의 녹을 먹고 분에 넘치게 변경의 성을 지키는 일을 맡아 두터운 은혜를 입었으나 보답할 길이 없었습니다. 전날 실수로 제갈량의 계책에 걸려 높은 절벽에 몸이 걸리고 말았으나 옛 나라를 그리면서 어느 날인들 잊을 수 있겠습니까! 지금 다행히 촉군이 동쪽으로 나오는데 제갈량은 저를 의심하지 않습니다. 바라오니 도독께서는 충성스러운 말을 들으시고 친히 대군을 거느리고 와주십시오. 적을 만나면 짐짓 져주시면 됩니다. 이 유가 뒤에서 불을 지피는 것을 신호로 먼저 촉군의 식량과 말먹이 풀을 태울 때 도독께서 대군으로 몰아치시면 제갈량을 사로잡을 수 있습니다. 감히 공로를 세워 나라에 보답하려는 것이 아니라 스스로 전날 죄를 씻으려는 것이니, 굽어살피셔서 명령을 내려주십시오.'

조진은 글을 읽고 좋아서 야단이었다.

"하늘이 내가 성공하도록 만드는구나!"

사자에게 후한 상을 내리고 약속한 기일에 만나기로 한 후 비요와 상의했다.

"강유가 밀서를 바쳐 나에게 움직여달라고 청하네."

"제갈량은 슬기가 넘치고 강유는 꾀가 많으니 둘이 꾸민 일인지도 모릅니다. 속임수가 있지 않을까 두렵습니다."

조진은 이미 기분이 들떠 있었다.

"강유는 위의 사람인데 어쩔 수 없어 촉에 항복했으니 의심할 게 무엇인가?"

그래도 비요는 신중했다.

"대장군께서 가볍게 가서서는 아니 되니 큰 영채를 단단히 지키십시오. 제가 강유를 맞이하겠습니다. 일이 성공하면 공로는 모두 대장군께 돌아가고, 간사한 계책이 있으면 제가 감당하겠습니다."

조진이 5만 군사를 이끌고 야곡으로 나아가게 하여 비요가 중간에 군사를 멈추고 정탐하니 촉군이 그곳으로 나온다고 했다. 급히 달려갔으나 싸우기도 전에 촉군이 물러가 계속 쫓아가니 촉군이 또 나와 맞서려 하다 금방 물러갔다. 세 번이나 이렇게 하면서 이튿날까지 시간을 끌었다.

하루의 낮과 밤을 꼬박 쉬지 못해 피로한 위군이 잠시 멈추고 밥을 지으려 하는데, 별안간 고함이 울리고 북과 나팔이 요란한 소리를 내면서 촉군이 산과 들을 덮으며 달려오더니 깃발들이 양쪽으로 갈라지며 네 바퀴 수레가 모습을 드러냈다. 수레 위에 단정히 앉은 제갈량이 대화를 나누자고 청해 말을 달려나간 비요는 은근히 기뻐 좌우를 돌아보았다.

"촉군이 몰려오면 바로 물러서서 달아나라. 산 뒤에서 불이 일어나는 것이 보이면 되돌아서서 무찔러라. 마땅히 군사가 와서 호응할 것이다."

명령을 내리고 비요는 말을 달려나갔다.

"전날 싸움에 진 장수가 어찌 감히 또 왔느냐?"

제갈량이 대꾸했다.

"너희 조진을 불러 내 말에 대답하게 하여라."

"대장군은 금지옥엽이신데 어찌 역적과 만나느냐?"

제갈량이 크게 노해 깃털 부채를 들어 앞을 가리키자 마대와 장억이 양쪽으로 쳐나가니 위군은 곧 물러섰다. 30리도 가지 못해 촉군 뒤에서 불이 일어나는 것이 보이고 고함이 그치지 않았다. 신호로 올린 불인 줄 알고 비요가 얼른 되돌아서서 달려가니 촉군은 일제히 물러섰다. 비요는 칼을 들고 앞장서서 고함이 나는 곳을 향해 쫓아갔다.

불 있는 곳에 가까워지자 산길에서 북과 나팔이 하늘을 울리고 고함이 땅을 흔들며 양쪽으로 군사들이 쳐 나오는데 대장은 관흥과 장포였다. 거기에 산 위에서 화살과 돌멩이가 비 오듯 날아와 위군은 크게 패했다.

비요는 계책에 걸린 것을 깨닫고 급히 군사를 물려 산골짜기로 달아났다. 사람도 말도 한껏 지쳤는데 등 뒤로 관흥이 쫓아와 위군은 서로 짓밟기도 하고 냇물에 떨어지기도 하여 얼마나 많은 군사를 잃었는지 알 수 없었다. 정신없이 달아나던 비요가 산비탈 앞에서 촉군과 마주치니 앞장선 장수는 다름 아닌 강유였다. 비요가 욕을 퍼부었다.

"역적이 신의가 없구나! 내가 불운해 너희 간사한 계책에 걸리고 말았다!"

강유가 웃었다.

"조진을 잡으려 했는데 잘못되어 네가 걸렸구나! 어서 말에서 내려 항복해라!"

비요는 길을 뚫고 산골짜기로 달려갔으나 앞에는 불길이 솟고 뒤로는 추격 군사가 이르니 나아갈 수도 물러설 수도 없게 되어 스스로 목을 베어 죽고, 무리는 모두 항복했다. 제갈량이 그날 밤으로 군사를 휘몰아 기산 앞으로 나아가 영채를 세우고 후한 상을 내리자 강유는 아쉬워했다.

"조진을 죽이지 못한 것이 한스럽습니다!"

제갈량도 같은 생각이었다.

"아쉽게도 큰 계책을 작게 쓰고 말았네."

조진은 비요를 잃고 크게 뉘우치며 곽회, 손례와 촉군을 물리칠 계책을 상의했다.

이때 신비가 표문을 올려 조진이 군사와 장수들을 잃어 형세가 위급하다고 아뢰자 조예는 깜짝 놀라 사마의를 불렀다.

"신에게 제갈량을 물리칠 계책이 있으니 우리가 무예를 뽐내고 위력을 자랑할 것도 없이 촉군은 스스로 물러가고 말 것입니다."

이야말로

자단이 이길 방법 전혀 없으니
중달의 계책에 완전히 의지하네

어떤 계책일까?

◀ 갈 곳 없는 비요는 스스로 목을 베어

98

적이 방비하지 않는 곳을 친다
[攻其無備공기무비]

한군 쫓다 왕쌍은 죽임당하고
진창 습격해 무후 승리 거두다

사마의가 아뢰었다.

"신은 폐하께 제갈량이 반드시 진창으로 나온다고 아뢴 적이 있습니다. 그래서 학소에게 지키게 했더니 과연 그렇게 되었습니다. 진창을 거치면 식량 나르기가 편합니다. 다행히 학소와 왕쌍이 튼튼히 지켜 그는 감히 이 길로 식량을 나르지 못하는데 다른 오솔길로는 식량을 나르기가 쉽지 않습니다. 신이 따져보니 촉군은 가져온 식량이 겨우 한 달 동안 먹을 것밖에 되지 않아 급히 싸우는 편이 이롭고, 반대로 우리는 오래 지키는 것이 좋으니 조진에게 조서를 내리시어 여러 길의 관을 굳게 지키면서 나가 싸우지 말라고 이르셔야 합니다. 한 달이 걸리지 않아 촉군은 제풀에 물러갈 것이니 그때 틈을 타서 치면 제갈량을 사로잡을 수 있습니다."

"경이 이렇게 미리 내다보는 밝은 소견이 있는데 어찌 스스로 군사를 이끌고 그들을 습격하지 않소?"

"신은 몸을 아끼고 목숨을 무겁게 여기는 것이 아니라 군사를 남겨 오의 육손을 방비할 따름입니다. 손권은 오래지 않아 외람되이 존귀한 칭호(황제)를 일컬을 텐데, 그러면 폐하께서 정벌하실까 두려워 반드시 먼저 침범하려 할 것이니 신은 군사를 거느려 그들을 막으려 합니다."

조예는 즉시 태상경 한기를 보내 조진에게 당부했다.

'절대 나가 싸워서는 아니 되고 조심스레 지키기만 해야 한다. 촉군이 물러가기를 기다려 그때 공격하라.'

한기를 성 밖까지 배웅한 사마의가 당부했다.

"내가 자단에게 공로를 양보하려 하니 공이 그를 만나면 내가 말씀드렸다고 밝히지 말고 천자께서 조서를 내리셨다고만 하시오. 촉군을 쫓는 사람은 아주 신중해야지 성급하고 덤비는 사람을 보내서는 아니 되오."

한기가 이르러 조진이 조서를 받고 장막에 돌아오자 곽회가 웃었다.

"이것은 사마중달의 생각인데 제갈량의 군사 부리는 법을 깊이 터득한 사람의 말입니다. 훗날 촉군을 막아낼 자는 반드시 중달입니다."

"촉군이 물러가지 않으면 어찌하오?"

"가만히 사람을 보내 왕쌍에게 오솔길을 순찰하면서 정탐하게 하십시오. 그러면 그들이 식량을 나르지 못하니, 식량이 바닥나 물러가기를 기다려 기세를 몰아 쫓아가면 완전한 승리를 거둘 수 있습니다."

손례도 생각을 내놓았다.

"저는 기산에 가서 식량 나르는 군사로 위장하겠습니다. 수레 위에 마른 장작과 풀을 싣고 농서에서 식량을 날라 온다고 소문을 퍼뜨립니다. 촉군이 식량이 떨어지면 반드시 빼앗으러 올 것이니 우리가 불을 질러 수레를 태우고 매복한 군사를 움직이면 승리할 수 있습니다."

"묘한 계책이오!"

조진은 손례를 계책대로 움직이게 하고 왕쌍에게 오솔길을 순찰하게 했다. 곽회에게는 기곡과 가정의 험한 요충지들을 지키게 하고, 장료의 아들 호(虎)와 악진의 아들 침(綝)에게 첫 번째 영채를 단단히 지키며 나가 싸우지 못하게 했다.

제갈량은 기산 영채에서 날마다 싸움을 걸었으나 위군이 나오지 않자 장수들을 모았다.

"위군이 나오지 않으니 우리가 식량이 없는 것을 알기 때문일세. 지금 진창의 식량 길이 통하지 않는데 다른 오솔길들은 식량을 나르기가 힘이 드네. 내가 헤아려보면 여기 따라온 식량과 말먹이 풀은 한 달 쓰기에도 모자라니 어찌하는가?"

사람들이 머뭇거리는데 보고가 들어왔다.

"농서 위군이 식량 수레 수천을 날라 기산 서쪽으로 오는데 장수는 손례입니다."

"손례는 어떤 사람이냐?"

제갈량이 묻자 위에서 온 사람이 가르쳐주었다.

"이 사람이 위주를 따라 대석산으로 사냥을 갔는데 갑자기 사나운 호랑이 한 마리가 위주 앞으로 달려오니 당장 말에서 뛰어내려 베어 죽였습니다. 그래서 상장군으로 임명되어 조진의 심복이 되었습니다."

제갈량은 알 만하다는 듯 웃었다.

"우리에게 식량이 모자란 것을 알고 이런 계책을 꾸민 것이니 수레에 실은 것은 틀림없이 불이 잘 붙는 물건이다. 내가 평생 불로 적을 공격했는데 그가 하필이면 이런 계책으로 나를 속이려 든단 말이냐? 우리 군사가 식량 수레를 빼앗으러 가는 것을 알면 그는 반드시 내 영채를 습격하러 올 것이니 이 계책을 거꾸로 이용하면 된다."

마대를 불러 분부했다.

"3000명 군사를 이끌고 위군이 식량을 쌓아둔 곳으로 가되 영채 안으로 들어가서는 아니 되고 바람이 부는 쪽에서 불을 지르게. 수레에 불이 붙으면 위군은 반드시 우리 영채로 달려와 에워쌀 걸세."

마충과 장억에게는 각각 5000명 군사를 이끌고 영채 바깥에 매복해 위군이 오면 에워싸 안팎으로 협공하게 하고, 관흥과 장포를 불렀다.

"위군의 첫 번째 영채는 사방으로 길이 이어졌다. 오늘 밤 서산에서 불이 일어나면 위군은 틀림없이 내 영채를 습격하러 온다. 두 사람은 가만히 위군 영채 가까이 가서 매복하고 위군이 영채에서 나오기만 기다려 습격해라."

오반과 오의도 불렀다.

"군사를 한 대씩 이끌고 영채 밖에 매복해 위군이 오면 돌아갈 길을 끊게."

제갈량은 장졸들을 배치하고 기산 위에 자리 잡고 앉았다.

촉군이 식량을 빼앗으러 온다는 소식을 듣고 손례가 나는 듯이 보고하자 조진은 첫 번째 영채에 사람을 보내 장호와 악침에게 분부했다.

"오늘 밤에 산의 서쪽에서 불길이 일어나면 반드시 촉군이 달려온다. 그러면 군사를 낼 수 있으니 이러저러하게 움직여라."

두 장수는 부하를 누각에 올려보내 불길이 일어나는지 똑똑히 살피게 했다. 손례는 산의 서쪽에 매복해 촉군이 오기만 기다렸다.

밤이 되어 마대가 군사 3000명을 이끌고 산의 서쪽에 이르니 숱한 수레가 겹겹이 둘러 영채를 이루었는데 수레에는 눈가림으로 깃발이 꽂혀 있었다. 마침 서남풍이 일어 영채 남쪽으로 가서 불을 지르니 수레들에 불이 붙어 하늘로 솟구쳤다.

손례는 위군이 불을 질러 신호를 올리는 줄 알고 급히 군사를 이끌고 달려갔다. 등 뒤에서 북과 나팔이 하늘을 울리며 두 길로 군사들이 달려오니 마충과 장억이었다. 그들에게 에워싸여 손례가 놀라는데 또 고함이 일어나며 마대가 쳐들어왔다. 촉군이 안팎으로 협공하자 불길은 세차고 바람은 빨라 사람과 말들이 얼마나 죽었는지 헤아릴 수 없었다. 손례는 다친 군사를 이끌어 불길을 뚫고 달아났다.

멀리서 불길을 본 장호와 악침은 군사를 모두 이끌고 촉군 영채로 달려갔으나 사람 하나 보이지 않아 급히 군사를 거두는데 오반과 오의가 뛰쳐나왔다. 죽기로써 길을 뚫고 자기 영채로 달아났으나 뜻밖에도 토성 위에서 화살이 메뚜기 떼처럼 날아오는 게 아닌가. 관흥과 장포가 이미 영채를 빼앗은 것이다. 위군은 크게 패하고 모두 조진의 영채로 달려갔다.

장호와 악침은 영채 밖에서 손례와 부하들을 만나 함께 들어가 조진을 뵙고 각기 계책에 걸린 일을 이야기했다. 조진은 큰 영채를 조심스레 지키면서 더는 나아가 싸우지 않았다.

촉군이 큰 승리를 거두고 돌아가니 제갈량은 가만히 위연에게 사람을 보내 계책을 알리고, 군사는 모두 영채를 뽑고 떠나라는 명령을 내렸다. 양의가 물었다.

"방금 크게 이겨 적의 기세를 꺾었는데 어찌 군사를 거두려 하십니까?"

"우리 군사는 식량이 없어 급히 싸우는 게 이로운데 저쪽에서 굳게 지키며 나오지 않으니 내가 약점을 잡혔네. 그들은 비록 잠시 패했으나 중원에서 반드시 군사를 보내주니, 가볍게 차린 기병으로 우리 식량 길을 끊으면 그때는 돌아갈 수도 없게 되네. 위군이 금방 패해 감히 눈을 똑바로 뜨고 촉군을 보지 못하는 틈을 타 물러가는 것이니 조진은 반드시 내가 가지 않으리라 여길 걸세. 걱정스러운 것은 다만 하나, 위연이 진창 길목에서 왕쌍을 막고 있어서 급히 몸을 뺄 수 없는 것인데 위연에게 계책을 주어 왕쌍을 베고, 위군이 쫓아오지 못하게 했네. 그러니 후대부터 먼저 떠나세."

시각을 알리는 군사만 영채에 남겨 평소와 다름없이 소리를 내게 하고 하룻밤 사이에 군사가 모두 물러가니 빈 영채만 남았다.

이튿날 별안간 좌장군 장합이 군사를 거느리고 조진의 영채에 이르렀다.

"성지를 받들고 특별히 명령에 따라 움직이러 왔소이다."

조진이 물었다.

"중달에게 작별 인사를 했소?"

"중달이 이르기를 우리가 이기면 촉군은 바로 물러가지 않고, 우리가 패하면 곧 물러간다 했소이다. 우리 군사가 패한 다음 도독께서는 촉군 소식을 정탐해보셨는지요?"

"그러지 않았소."

조진이 알아보니 과연 영채는 텅 비고 깃발 몇십 폭만 꽂혀 있을 뿐 떠난 지 이틀이 지났다고 하자 조진은 뉘우치며 장합에게 급히 쫓아가게 했다.

그 전에 진창 길목에서 비밀 계책을 받은 위연은 밤중에 급히 영채를 뽑고 한중으로 돌아가는 길에 올랐다. 왕쌍이 곧바로 소식을 알고 군사를 휘몰아 20여 리를 쫓아가니 멀리 위연의 깃발이 보였다.

"위연은 달아나지 마라!"

크게 외쳤으나 촉군은 머리를 돌리지도 않고 달아나 왕쌍이 말을 다그쳐 쫓아가는데 갑자기 등 뒤에서 장졸들이 외쳤다.

"성 밖 영채에서 불이 일어납니다. 적의 간계에 걸릴까 두렵습니다!"

왕쌍이 바라보니 불길이 하늘에 솟구쳐 장졸들에게 급히 돌아가라 명하고 산비탈 앞에 이르자 숲에서 느닷없이 사람이 달려 나오며 호통쳤다.

"위연이 여기 있다!"

왕쌍이 깜짝 놀라 손을 놀리지도 못하고 위연의 칼에 찍혀 떨어지니 위군은 매복이 있을까 두려워 도망쳤다. 그러나 위연에게는 겨우 기병 30명이 있었을 뿐이다.

제갈량의 비밀 계책을 받은 위연은 기병 30명을 왕쌍의 영채 곁에 매복시켜, 군사가 모두 촉군을 쫓으러 떠나자 영채에 불을 지르게 했다. 왕쌍이 당황해 황급히 돌아오자 갑자기 달려나가 칼로 찍은 것이다. 위연이 왕쌍을 베고 한중으로 돌아가자 제갈량이 큰 잔치를 베푼 것은 더 말할 나위도 없다.

촉군을 쫓던 장합이 따라잡지 못하고 돌아가자 학소가 왕쌍의 죽음을 알렸다. 조진은 슬퍼하다 병이 나 낙양으로 돌아가고 곽회와 손례, 장합에게 장안 여러 길을 지키게 했다.

이때 오왕 손권이 조회를 열자 신하가 보고했다.

"촉의 제갈 승상이 두 번 출병해 위의 도독 조진은 군사를 많이 잃고 장수들이 여럿 죽었답니다."

신하들이 군사를 일으켜 위를 정벌해 중원을 공략하라고 권했으나 손권은 머뭇거리며 마음을 정하지 못했다. 장소가 아뢰었다.

"요즈음 무창 동산에 봉황이 찾아오고, 장강에 누런 용이 거듭 나타났다고 합니다. 주공께서는 덕이 요 임금, 순 임금과 견줄 만하시고 밝으심이 주문왕, 주무왕과 나란히 하시니 황제 자리에 오르시어 군사를 일으키십시오."

신하들이 모두 그 말에 호응했다.

"장자포의 말이 옳습니다."

신하들은 여름 4월 병인일을 골라 무창 남쪽 교외에 단을 쌓고 손권에게 오르기를 청해 황제 자리에 올렸다. 손권이 하늘에 빌었다.

"황제 신 손권은 감히 검은 수 짐승을 바치면서 황황후제(皇皇后帝, 빛나고 위대한 상제)께 밝혀 알립니다. 한은 나라를 가진 지 20하고도 4대를 지났고, 햇수로는 430하고도 4년이 되었으니 정해진 운이 끝나고 녹이 바닥나 하늘 아래

위연은 제갈량의 계책에 따라 왕쌍 베고 ▶

땅덩이가 모두 갈라졌습니다. 역적 신하 조비가 황제 자리를 빼앗더니 조비의 아들 조예가 대를 이어 나쁜 짓을 하면서 제도를 어지럽힙니다. 신 손권은 동남에서 태어나 마침 하늘의 뜻을 받들어 군사를 거느리니 세상을 평정하기 위해서이고, 하늘의 명을 받들어 죄지은 자에게 벌을 내리니 백성을 위해 움직이기 위해서입니다. 뭇 신하와 장수, 승상, 주와 군의 많은 성에서 일을 맡은 사람들은 모두 하늘의 뜻이 한을 버려, 황제 자리는 비고 교외에서 지내는 제사에 주인이 없다고 생각합니다. 이때 상서로운 징조가 꼬리를 물고 일어나고 하늘의 운이 신의 몸에 돌아오니 감히 받지 않을 수 없습니다. 이 권은 하늘이 선택하신 명령이 두려워 삼가 길일을 골라 단에 오르고 불을 살라 하늘에 제사를 지내며 황제 자리에 오릅니다. 신들께서 향수하시고 오를 보우하사 영원히 하늘의 녹을 받도록 해주시옵소서.”

제사를 마치고 손권은 강동에 대사령을 내렸다. 황무 8년(229년)을 황룡 원년으로 고치고 아버지 손견에게 무열황제 시호를 드렸다. 어머니 오씨의 시호는 무열황후, 형 손책의 시호는 장사환왕이었다. 아들 등(登)을 황태자로 세우고 제갈근의 맏아들 각(恪)을 태자좌보로, 장소의 둘째아들 휴(休)를 태자우필로 명해 가까이에서 보좌하도록 했다.

제갈각의 자는 원손(元遜)으로 키는 일곱 자 여섯 치였다. 수염과 눈썹이 성긴데 콧등은 꺼지고 이마는 넓었으며 목소리가 맑았다. 지극히 총명해 까다로운 질문에 멋진 대답을 하는 재치가 있어 손권이 매우 사랑했다.

제갈각이 여섯 살 나던 해에 오에서 큰 잔치가 벌어져 아버지를 따라가 자리에 앉았다. 제갈근의 얼굴이 긴 것을 떠올린 손권이 나귀 한 마리를 끌어와 얼굴에 분필로 ‘제갈자유’ 네 글자를 쓰게 했다. 자유는 제갈근의 자이므로 얼굴이 긴 나귀에 빗대는 짓궂은 장난이었다.

사람들이 모두 하하 웃음을 터뜨리자 제갈각이 쪼르르 달려 나귀 앞에 가더니 분필을 들어 네 글자 밑에 '나귀' 두 글자를 보태니 뜻이 '제갈자유의 나귀'가 되었다. 그 재치에 자리에 앉은 사람들이 모두 탄복하고 손권은 크게 기뻐하며 나귀를 아이에게 내렸다.

또 신하들이 모두 모이는 큰 잔치가 벌어져 손권이 제갈각에게 잔을 잡고 술을 권하게 하는데, 장소 앞에 이르자 술을 거절했다.

"이는 노인을 모시는 예절이 아니로다."

손권이 제갈각에게 물었다.

"너는 자포가 술을 마시도록 권할 수 있느냐?"

제갈각은 명령을 받들고 장소에게 말했다.

"옛날 강상부(강태공)는 아흔이 되어서도 백모를 잡고 황월을 들어 군사를 거느리면서 늙었다는 말을 하지 않았다고 합니다. 지금 선생께서는 싸움에 나갈 때는 뒤에 계시고, 술을 마실 때는 앞에 앉으시는데 어찌 노인을 잘 모시지 않는다고 하실 수 있습니까?"

【옛날 조조가 쳐들어왔을 때 장소가 항복을 주장한 일을 암시하면서 슬그머니 비꼬는 뜻이 담긴 말이었다.】

대답할 말을 잃은 장소는 별수 없이 술을 마셨다.

제갈각은 어떤 일이든 물음이 떨어지기 바쁘게 물 흐르듯 대답하니 손권이 사랑해 태자를 보좌하게 했다.

또 장소가 오왕을 보좌하며 삼공보다 높은 자리에 앉으니 그 아들을 태자 우필로 삼았다. 또한 고옹을 승상으로 봉하고, 육손을 상장군으로 명해 태자를 보좌해 무창을 지키게 했다.

손권이 다시 건업으로 돌아가 위의 정벌을 의논하자 장소가 아뢰었다.

"폐하께서 방금 존귀한 자리에 오르셨으니 바로 군사를 움직여서는 아니 됩니다. 먼저 문화를 제창하고 무력 준비를 늦추시며, 학교를 늘려 백성의 마음을 안정시키셔야 합니다. 사자를 보내 촉과 동맹을 맺고 천하를 나누자고 약속하면서 천천히 도모하셔야 합니다."

손권이 촉에 사자를 보내자 후주는 신하들과 상의했다. 모두 손권이 외람되이 황제로 일컬었으니 동맹 관계를 끊어야 한다고 주장하자 후주는 사람을 보내 제갈량에게 대책을 물었다. 제갈량이 사자에게 대답했다.

"오에 예물을 보내 축하하면서 육손에게 군사를 일으켜 위를 정벌하라고 청하시게 하시오. 위는 반드시 사마의에게 명해 육손을 막게 할 것이니 사마의가 오를 막으러 남쪽으로 가면 내가 다시 기산으로 나아가겠소. 그러면 장안을 공략할 수 있고, 장안을 얻으면 기세를 몰아 위를 정벌할 수 있으니 이는 만에 하나도 실수가 없는 계책이오."

후주가 그 말에 따라 태위 진진을 오에 보내 이름난 말과 옥띠, 금과 구슬 등 보물을 잔뜩 가지고 가서 축하하게 하니 손권은 크게 기뻐 잔치를 베풀어 대접하고, 위를 정벌해달라는 촉의 요청을 육손에게 전했다.

"이것은 공명이 사마의가 두려워 만든 계책이지만 우리는 촉과 동맹을 맺었으니 따르지 않을 수 없습니다. 그러나 지금은 짐짓 군사를 일으키는 기세만 갖추어 멀찍이 촉과 호응하면 됩니다. 공명이 먼저 위를 공격하기를 기다려 틈을 타 중원을 치면 차지할 수 있습니다."

손권은 명령을 내려 형주와 양양 여러 곳에서 사람과 말을 훈련하면서 좋은 날짜를 골라 군사를 일으키기로 했다.

진진이 한중으로 돌아와 결과를 보고하자 제갈량은 그래도 섣불리 나아가서는 안 될 것 같아 진창으로 사람을 보내 알아보니 학소가 심하게 앓는다고 했다.

"대사가 이루어지는구나."

위연과 강유를 불렀다.

"5000명 군사를 이끌고 밤에 낮을 이어 진창성 아래로 달려가게. 거기서 불이 일어나는 것이 보이면 힘을 합쳐 성을 공격하게."

두 사람은 의심이 들어 물었다.

"어느 날 움직여야 합니까?"

"사흘 동안 준비해서 나한테 인사할 것도 없이 바로 길을 떠나게."

또 관흥과 장포를 불러 비밀 계책을 일렀다.

이때 곽회는 학소의 병이 심하다 하여 장합과 상의했다.

"우선 장군이 학소를 대신하도록 하시오. 조정에 표문을 올려 대책을 정하겠소."

장합은 3000명 군사를 이끌고 진창성으로 달려갔다.

학소는 병이 매우 위독해 끙끙 앓는 소리를 내는데 별안간 촉군이 성 아래에 이르렀다고 하자 급히 사람을 성벽에 올려보내 지키게 했다. 그런데도 여러 문에서 불길이 일어나 성안이 어지러워졌다고 하자 너무 놀라 바로 죽어버렸다. 촉군이 우르르 성안으로 몰려 들어갔다.

위연과 강유가 진창성 아래에 이르니 깃발 한 폭 없고 딱따기를 쳐 시간을 알리는 사람도 없었다. 은근히 의심스러워 성을 공격하지 못하는데 성 위에서 포 소리가 '탕!' 울리더니 깃발들이 일제히 세워지면서 한 사람이 모습을 드러냈다. 푸른 비단 띠 두건을 쓰고 새털 옷을 걸쳤으며 손으로 깃털 부채를 슬슬 흔드니 다름 아닌 제갈량이었다.

"두 사람은 늦었네!"

장수들은 황급히 말에서 내려 엎드렸다.

"승상의 계책은 참으로 신묘하십니다!"

제갈량은 성문을 열고 두 사람을 들어오게 했다.

"내가 학소의 병이 심한 것을 알면서도 두 사람에게 사흘의 여유를 준 것은 이쪽 사람들 마음을 안정시키기 위해서였네. 그리고 관흥과 장포에게 군사를 점검한다고만 하고 가만히 한중으로 나아가게 했네. 나는 그 군사 속에 숨어 평소보다 배나 빨리 성 아래에 이르러 위군이 미처 움직일 시간이 없도록 하고, 정탐꾼을 성안에 들여보내 불을 지르고 소리를 내 그들을 놀라게 했네. 군사란 거느리는 장수가 없으면 반드시 스스로 흩어지게 되어있으니 성을 차지하기가 손바닥 뒤집듯이 쉬웠네. 병법에 이르기를 '상대방이 생각하지 못한 데로 나아가고 적이 방비하지 않는 곳을 친다' 했으니 바로 이런 경우를 가리키는 말일세."

제갈량은 학소의 죽음을 가엾게 여겨 그 아내와 자식에게 영구를 위로 실어가게 하여 그의 충성을 표창했다. 그리고 위연과 강유에게 명했다.

"잠시 갑옷을 벗지 말고 군사를 이끌어 산관을 습격하게. 군사가 이른 것을 알면 관을 지키는 사람들은 틀림없이 놀라 달아날 걸세. 조금이라도 늦어지면 위군이 관에 이르러 공격이 어려워지네."

두 사람이 명령을 받들어 산관으로 달려가니 관을 지키는 사람들은 과연 모두 달아났다. 그들이 관 위로 올라가 갑옷을 벗으려 하는데 멀리서 먼지가 보얗게 일어나며 위군이 달려오자 서로 얼굴을 쳐다보았다.

"승상의 신묘한 헤아림은 가늠할 수 없구려!"

두 사람이 성루에 올라 내려다보니 위군 장수는 장합이었다. 그들이 군사를 나누어 험한 길을 지키자 장합은 바로 물러갔다.

제갈량이 몸소 군사를 거느리고 진창 야곡으로 나가 건위성을 빼앗자 뒤를 따라 촉군들이 나아갔다. 후주가 대장 진식을 보내 돕게 하니 제갈량은 대군을 휘몰아 다시 기산을 나와 영채를 세우고 장수들을 모았다.

"내가 두 번 기산으로 나왔으나 이익을 얻지 못했는데도 다시 나왔으니 위에서는 반드시 전에 싸우던 땅에서 나하고 맞설 걸세. 그들은 내가 옹성과 미성을 치리라 의심해 군사를 보내 지킬 텐데, 살펴보니 음평과 무도가 한중과 이어졌으니 두 성을 얻으면 역시 위군 세력을 흩어놓을 수 있네. 누가 감히 이곳들을 치겠는가?"

강유와 왕평이 나서자 각기 1만 군사를 주어 무도와 음평을 치게 했다.

장합이 장안으로 돌아와, 제갈량이 다시 기산으로 나와 길을 나누어 진군한다고 하자 곽회가 놀랐다.

"그렇다면 그들이 반드시 옹성과 미성을 칠 것이오!"

곽회는 장합과 손례에게 장안과 옹성을 지키게 하고 미성으로 달려가 낙양에 표문을 올려 위급함을 알렸다. 조예가 놀라는데 또 만총을 비롯한 사람들의 표문이 왔다.

"오의 손권이 외람되이 황제로 일컬으며 촉과 동맹을 맺었습니다. 육손을 무창에 보내 군사를 조련하면서 기다리게 했으니 반드시 침범할 것입니다."

양쪽이 위급하다는 소식을 듣고 조예는 놀라 몸가짐이 흐트러졌다. 조진은 아직 병이 낫지 않아 사마의를 불렀다.

"두 곳이 위급하니 어느 곳을 먼저 물리쳐야 하오?"

"신이 헤아려보면 오는 군사를 일으키지 않습니다. 손권은 강동을 차지하는 것으로 만족해 더는 멀리 꾀하는 뜻이 없어서 육손이 형주를 되찾자 분에 넘친다고 했습니다. 지금 황제 칭호를 일컫는데 백성의 마음이 안정되지 않았으니 어찌 함부로 움직이겠습니까? 제갈량은 효정 싸움에서 패한 원수를 갚아야 하니 오를 삼키고 싶은 마음이 없는 것이 아니지만 중원에서 틈을 타쳐들어올까 두려워 잠시 오와 동맹을 맺었습니다. 육손도 그 뜻을 잘 알아 짐짓 군사를 일으키는 기세만 갖추었으니, 실은 편안히 앉아서 제갈량이 어찌하는지 구경만 할 따름입니다. 폐하께서는 오를 방비할 필요가 없으니 촉만

막으시면 됩니다."

"경의 견해가 참으로 고명하오!"

조예가 사마의를 대도독으로 봉해 농서 군사를 총지휘하게 하면서 신하를 보내 조진이 가지고 있는 대장군 도장을 가져오게 하자 사마의가 나섰다.

"신이 가서 가져오겠습니다."

그는 조정에서 나와 조진의 장군부로 가서 문병하고 말을 꺼냈다.

"오와 촉이 침범해 제갈량이 다시 기산으로 나와 영채를 세웠으니 명공은 아시오?"

조진은 놀랐다.

"내 병이 심하다고 집안에서 소식을 알리지 않소. 나라가 위급한데 어찌 중달을 도독으로 임명해 촉을 물리치지 않소?"

"이 몸은 재주가 적고 슬기가 모자라 맡을 능력이 없소."

"어서 도장을 가져다 중달에게 드려라."

조진이 아랫사람에게 이르자 사마의가 사양했다.

"도독은 걱정하지 마시오. 이 몸이 힘을 내 돕겠으나 감히 도장은 받지 못하겠소."

조진은 침상에서 훌쩍 뛰어 일어났다.

"중달이 책임을 짊어지지 않으면 중원이 위급하오! 내가 병든 몸을 움직여 황제를 뵙고 중달을 추천하겠소!"

그가 다시 침상에 눕자 사마의가 진실을 밝혔다.

"천자께서 이미 은혜로운 명령을 내리셨는데 이 의가 감히 받지 못했을 뿐이오."

조진은 크게 기뻐했다.

"중달이 책임을 맡았으니 촉을 물리칠 수 있소. 다음에 또 정벌할 일이 있으면 내가 힘을 내어 가겠소."

조진이 거듭 도장을 양보해 사마의는 받아 넣었다. 위주에게 인사하고 곧바로 군사를 이끌어 장안으로 가서 제갈량과 결전을 벌이기로 했다.

이야말로

옛 원수 도장 새 원수가 가지고
두 길의 군사가 한 길로만 오네

승부는 어떻게 결판날까?

99

천 명 군사로 40만 대군 막아

제갈량은 위군을 크게 깨뜨리고
사마의는 서촉 침범해 들어가다

촉한 건흥 7년(229년) 4월, 제갈량은 기산에 영채 셋을 세우고 위군을 기다렸다.

사마의가 장안에 이르니 장합이 맞이해 그동안의 일을 자세히 이야기했다. 사마의는 장합을 선봉으로 세우고 대릉(戴陵)을 부장으로 삼아 10만 군사를 이끌고 기산에 이르러 위수 남쪽에 영채를 세웠다. 곽회와 손례가 찾아와 뵙자 사마의가 물었다.

"두 사람은 촉군과 맞서 싸웠는가?"

"싸우지 않았습니다."

"촉군은 천 리 길을 왔으니 빨리 싸우는 게 이로운데 여태 싸우지 않은 데에는 까닭이 있을 걸세. 농서 여러 군에서는 소식이 있는가?"

"여러 군에서 밤낮으로 열심히 방비해 별일 없다고 합니다. 다만 무도와 음평, 두 곳에서는 아직 보고가 들어오지 않았습니다."

곽회의 대답에 사마의가 명령을 내렸다.

"내가 군사를 보내 제갈량과 싸우겠네. 두 사람은 급히 농서의 오솔길을 통해 무도와 음평으로 가서 두 군을 구하게. 촉군 뒤로 돌아가 몰아치면 그들은 반드시 혼란스러워지네."

두 사람은 계책을 받들고 5000명 군사를 이끌어 무도와 음평을 구하러 갔다. 길을 가다 곽회가 손례에게 물었다.

"중달을 공명과 견주어보면 어떠한가?"

"공명이 중달보다 훨씬 낫소."

"공명이 낫기는 하지만 이 계책 하나로 중달이 다른 사람보다 슬기가 뛰어남을 충분히 알 수 있네. 촉군이 두 군을 공격하는데 우리가 뒤로 돌아가 들이치면 흩어지지 않고 배기겠는가?"

갑자기 보고가 들어왔다.

"음평은 왕평이 이미 깨뜨렸고, 무도 또한 강유의 공격에 깨졌습니다. 촉군은 앞의 멀지 않은 곳에 있습니다."

손례가 의심했다.

"촉군이 이미 성을 깨뜨렸다면 어찌 군사를 밖에 늘어놓겠소? 반드시 속임수가 있으니 어서 물러가는 것이 좋겠소."

두 사람이 군사를 물리는데 포 소리가 '탕!' 울리며 산 뒤에서 군사 한 대가 불쑥 나타나니 깃발 위에는 '한 승상 제갈량'이라고 쓰여 있었다. 가운데 네 바퀴 수레에 제갈량이 단정히 앉고 관흥과 장포가 양쪽에서 호위했다. 제갈량이 허허 웃었다.

"곽회와 손례는 달아나지 마라! 사마의가 어찌 나를 속일 수 있겠느냐? 그는 날마다 군사를 보내 앞에서 싸우게 하면서 또 너희를 보내 뒤를 치게 했다. 무도와 음평은 내가 이미 손에 넣었는데 너희는 빨리 항복하지 않고 나하고 결전을 벌이려 하느냐?"

두 사람이 당황하는데 등 뒤에서 고함이 하늘을 울리며 왕평과 강유가 달려왔다. 그러자 앞에서 관흥과 장포가 협공해 위군은 크게 패하고, 곽회와 손례는 말을 버리고 기어서 산으로 올라 달아났다.

장포가 급히 말을 몰아 쫓아가는데 뜻밖에도 산골짜기를 흐르는 물에 사람과 말이 함께 떨어져 버렸다. 군사들이 서둘러 구했으나 장포는 머리가 크게 깨져 급히 성도로 보내 치료하게 했다.

곽회와 손례가 구사일생으로 목숨을 건져 돌아가니 사마의가 위로했다.

"자네들 잘못이 아닐세. 제갈량의 슬기가 나보다 한 수 위라 먼저 내다보았기 때문이지. 다시 옹성과 미성을 지키면서 절대 나가 싸우지 말게. 나에게 적을 깨뜨릴 계책이 있네."

사마의는 장합과 대릉을 불렀다.

"제갈량은 무도와 음평을 얻고 백성을 어루만져 마음을 안정시킬 것이니 틀림없이 영채 안에 없을 거요. 장군들은 1만 명씩 정예 군사를 이끌고 오늘 밤 떠나 촉군 영채 뒤로 돌아가 용맹을 떨쳐 공격하시오. 내가 앞에서 기다리다 촉군이 어지러워지면 장졸들을 휘몰아 들이치겠소. 이곳 산의 유리한 지세를 차지하면 적을 깨뜨리기가 무엇이 어렵겠소?"

두 사람은 군사를 이끌고 양쪽 오솔길을 통해 촉군 뒤로 깊숙이 들어갔다. 한밤중에 큰길에서 양쪽 군사가 만나 촉군 뒤로 달려갔으나 30리도 못 가서 선두가 멈추었다. 두 사람이 말을 달려가 보니 풀 실은 수레 수백 대가 길을 막았다.

"촉군이 대비를 한 것이니 급히 돌아가세."

장합이 군사를 물리라고 명하는데 산 위에서 불빛이 환하게 밝혀지고 북과 나팔이 울리며 네 방향에서 군사가 뛰어나와 에워쌌다. 제갈량이 기산 위에서 소리쳤다.

"장합과 대릉은 내 말을 들어라. 사마의는 내가 백성을 위로하느라 영채 안에 없을 것으로 생각하고 너희를 보내 습격하게 했으나 오히려 내 계책에 걸렸다. 너희는 이름 없는 하급 장수들이라 죽이지 않을 테니 어서 말에서 내려 항복하라!"

장합은 크게 노해 제갈량을 가리켰다.

"너는 산과 들에 묻혀 살던 시골뜨기 주제에 우리 큰 나라 경계를 침범하면서 어찌 감히 이런 소리를 하느냐? 내가 너를 잡으면 만 토막을 내겠다!"

장합이 창을 꼬나 들고 말을 달려 산으로 올라갔으나 화살과 돌멩이가 비 오듯 하여 더 오르지 못하고, 창을 춤추며 겹겹의 포위를 뚫으니 감히 막는 사람이 없었다. 촉군이 대릉을 에워싸자 장합은 다시 용맹을 떨쳐 포위 속으로 쳐들어가 구해서 돌아갔다. 제갈량이 산 위에서 바라보니 장합이 1만여 명 군사 속을 오가며 무찌르는데 용맹이 배로 늘어나니 놀라 다짐했다.

"전에 장합이 장익덕과 대판 싸워 사람들이 두려워했다는 말을 들었는데 오늘에야 그 용맹을 알았다. 이 사람을 살려두면 촉의 해가 되니 내가 없애야 하겠다."

제갈량은 군사를 거두어 영채로 돌아갔다.

사마의가 진을 치고 촉군이 혼란스러워지면 일제히 공격하려고 기다리는데 장합과 대릉이 낭패한 모습으로 달려왔다.

"제갈량이 영채 뒷산에서 미리 대비해 크게 패하고 돌아왔소이다."

사마의는 깜짝 놀랐다.

"제갈량은 신선 같은 사람이다. 잠시 물러서는 것이 좋겠다."

명령을 내려 대군을 영채로 돌아가게 하고 굳게 지키면서 나오지 않았다.

제갈량이 크게 이기고 얻은 기구와 말은 숫자를 헤아릴 수 없었다. 영채로 돌아온 제갈량이 날마다 위연을 보내 싸움을 걸었으나 보름이 지나도록 위군이 나오지 않자 장막 안에서 대책을 궁리하는데 별안간 천자가 시중 비의에게 조서를 보내왔다.

'가정 싸움은 마속에게 잘못이 있는데도 경이 과실을 자신에게로 돌려 스스로 벼슬을 몹시 낮추니 짐은 혹시라도 그 뜻을 어기게 될까 걱정해 따라주었노라. 지난해에는 군사의 위력을 자랑해 왕쌍을 베고, 올해에는 정벌을 나가 곽회가 도망가게 했다. 소수민족 저와 강의 항복을 받아내고 두 군을 다시 흥하게 했으며 위엄을 떨쳐 흉악한 무리를 누르니 그 공훈이 빛나도다. 천하가 들끓고 원흉이 아직 죽임을 당하지 못했는데, 큰 책임을 맡아 나라를 다스리는 무거운 짐을 진 경이 오랫동안 스스로 자신을 낮추면 위대한 공로와 업적을 빛내는 도리가 아니다. 경의 승상 벼슬을 회복시키니 사양하지 말지어다! 건흥 7년(229년) 6월 조서를 내리노라.'

제갈량은 조서를 받들고 비의에게 말했다.

"나라의 일을 이루지 못했는데 어찌 다시 승상 벼슬을 받겠소?"

기어이 사양하면서 받지 않자 비의가 권했다.

"끝까지 받지 않으시면 천자의 뜻을 거스르게 되고 장졸들 마음도 식게 되니 우선 받아들이시는 것이 좋습니다."

제갈량은 그제야 절을 하고 승상 벼슬을 받았다.

사마의가 오랫동안 나오지 않자 제갈량은 계책을 하나 정하고 여러 곳에 명령을 내려 영채를 뽑고 떠나게 했다. 사마의가 의심했다.

"제갈량은 반드시 큰 꾀를 부리니 가볍게 움직이지 마라."

장합이 물었다.

"틀림없이 식량이 바닥나 돌아가는 것인데 어찌 쫓지 않으시오?"

"헤아려보면 제갈량은 지난해에 풍작을 거두고 지금 또 밀이 익어 식량과

장합은 홀로 1만여 명 군사를 무찌르고 ▶

張郃破圍救戴陵
乙酉春日 燮雄

말먹이 풀이 풍족하니 비록 식량을 나르기 어렵다 해도 반년은 버틸 만한데 어찌 달아나겠소? 내가 여러 날 싸우지 않자 이런 계책으로 유인하는 것이니 사람을 보내 정탐해봅시다."

정탐꾼이 알아보고 돌아와 보고했다.

"촉군은 30리 떨어진 곳에 영채를 세웠습니다."

사마의가 단언했다.

"제갈량은 가지 않을 것이니 영채를 굳게 지키며 섣불리 나아가서는 아니 되오."

열흘이 지나도록 촉군은 아무런 소식이 없고 싸우러 오는 장수도 보이지 않아 사마의는 다시 사람을 보내 정탐했다.

"촉군은 이미 영채를 뽑고 떠났습니다."

사마의가 옷을 갈아입고 군사들 속에 섞여 친히 가보니 촉군은 또 30리를 물러서서 영채를 세워서 장합을 불렀다.

"이건 제갈량의 계책이니 쫓아가서는 아니 되오."

또 열흘이 지나자 보고가 들어왔다.

"촉군이 또 30리를 물러서서 영채를 세웠습니다."

장합이 주장했다.

"제갈량은 우리가 공격하지 못하도록 만들어 숨을 돌리며 차츰차츰 한중으로 물러가는데, 도독께서는 어찌하여 의심하며 쫓지 않으시오? 지금이라도 나아가지 않으면 사람들 웃음거리가 될 것이니 이 합이 가서 한 판 결전을 벌여 촉군을 물리치고 나라에 보답하겠소!"

사마의가 말렸다.

"제갈량은 간사한 계책이 극히 많아 실수라도 하면 우리 군사가 기세가 꺾이니 섣불리 나아가서는 아니 되오."

장합은 고집을 부렸다.

"도독께서 수고스럽게 친히 가실 것 없이 이 몸이 군사 한 대를 얻어 쫓아 가겠소. 가서 패하면 기꺼이 군법의 처벌을 받겠소."

사마의는 마지못해 허락했다.

"공이 가겠다니 군사를 두 대로 나누겠소. 공이 한 대를 이끌고 먼저 가되, 반드시 힘을 떨쳐 죽기를 무릅쓰고 싸워야 하오. 내가 뒤따라가며 매복한 군사를 방비하겠소. 내일 먼저 나아가 중도에서 하룻밤 쉬고 다음 날 싸워 군사가 피곤하지 않도록 하시오."

이튿날 장합과 대릉이 정예 군사 3만을 이끌고 용맹을 떨쳐 먼저 나아가니 사마의는 대군을 뒤에 남겨 영채를 지키게 하고 5000명 정예만 거느리고 나아갔다.

제갈량은 위군이 나오다 휴식하는 것을 정탐하고 부하들을 불렀다.

"위군이 쫓아오면 죽기를 무릅쓰고 싸울 것이니 장수들은 한 사람이 열 명을 당해야 하네. 내가 군사를 매복해 그들 뒤를 막을 텐데 슬기롭고 용맹한 장수가 아니면 이 책임을 맡을 수 없네."

제갈량이 위연에게 눈길을 주었으나 머리를 숙이고 아무 말도 하지 않고 왕평이 나섰다.

"제가 막겠습니다."

제갈량이 물었다.

"만약 일이 잘못되면 어찌하겠는가?"

"군법에 따라 처벌을 받겠습니다."

제갈량이 감탄했다.

"왕평이 몸을 바쳐 친히 화살과 돌을 무릅쓰려 하니 참으로 충신이로다! 그러나 위군이 앞뒤로 나뉘어 두 대가 오니 우리 군사가 매복하면 중간에 갇히고 마네. 왕평이 아무리 슬기롭고 용맹해도 한쪽밖에 막을 수 없으니 어찌 몸을 양쪽으로 나눌 수 있겠는가? 장수를 하나 더 얻어 같이 가야 하는데 더는 목숨을 걸고 앞장서려는 장수가 없으니 계책을 바르게 쓸 수가 없네."

장익이 선뜻 나섰으나 제갈량이 말렸다.

"장합은 위의 명장이라 사나이 만 명도 당하지 못할 용맹을 지녔네. 자네는 적수가 아닐세."

장익이 다짐했다.

"일을 그르치면 제 머리를 바치겠습니다."

다짐을 받고 제갈량은 계책을 일러주었다.

"왕평과 함께 각각 1만씩 정예를 이끌고 산골짜기에 매복해, 위군이 다 지나가면 뒤에서 몰아치게. 사마의가 뒤를 이어 쫓아올 테니 군사를 양쪽으로 나누어 장익은 뒤의 군사를 막고 왕평은 앞의 군사가 돌아가지 못하게 하는데, 반드시 죽기를 무릅쓰고 싸워야 하네. 내가 달리 계책을 내어 지원하겠네."

두 사람이 떠나자 강유와 요화를 불렀다.

"두 사람은 3000명 정예를 이끌어 깃발을 눕히고 북을 치지 말며 앞산 위에 매복하게. 비단 주머니를 하나 줄 테니 위군이 왕평과 장익을 에워싸 위급해지면 구하러 갈 것 없이 주머니만 열어보면 위험을 풀 계책이 있을 걸세."

그들이 떠나자 마충, 오반, 오의, 장억을 가만히 불렀다.

"내일 위군이 오면 날카로운 기세가 한창일 테니 바로 맞서서는 아니 되고 싸우면서 물러서게. 관흥이 군사를 이끌고 적진을 들이치기를 기다려 군사를 되돌려 쫓아가게. 내가 마땅히 지원군을 보내겠네."

네 장수가 떠나자 관흥을 불렀다.

"5000명 정예를 이끌고 산골짜기에 매복해 산 위에서 붉은 깃발이 움직이면 바로 짓쳐 나와라."

위군의 장합과 대릉이 군사를 이끌고 사나운 바람이 몰아치듯, 급작스러운 소나기가 쏟아지듯 기세 좋게 달려가자 촉군의 마충을 비롯한 네 장수가 말을 달려 맞이했다. 장합이 크게 노해 군사를 휘몰아 덮치니 촉군이 싸우면서 물러가 20리를 쫓아갔다.

때는 6월 여름이라 날씨가 몹시 더워 사람이나 말이나 땀이 비 오듯 했다. 50리가 넘게 달려간 위군이 모두 헐떡이는데 제갈량이 산 위에서 붉은 깃발을 휘둘러 신호를 보내자 관흥이 짓쳐 나오고 네 장수가 일제히 돌아서서 몰아쳤다. 장합과 대릉은 죽기로써 싸우며 물러서지 않았다.

이때 고함도 요란하게 두 갈래 군사가 뛰쳐나와, 왕평과 장익이 용맹을 떨쳐 위군이 돌아갈 길을 막자 장합이 장수들에게 외쳤다.

"너희는 여기서 죽기를 무릅쓰고 싸우지 않고 언제까지 기다리느냐!"

위군 장졸들이 힘을 떨쳐 촉군을 들이쳤으나 몸을 빼지 못하는데 북과 나팔이 하늘을 울리며 사마의가 정예 군사를 거느리고 달려와 왕평과 장익을 에워쌌다. 장익이 목청을 돋우어 외쳤다.

"승상께서는 참으로 신 같은 분이시다! 이미 다 헤아리셨으니 반드시 좋은 계책이 있을 것이다! 우리는 죽기를 무릅쓰고 싸워야 한다!"

군사를 두 길로 나누어 왕평은 장합과 대릉을 막고, 장익은 사마의를 막아 양쪽에서 죽기로써 싸우니 외침 소리가 하늘을 울렸다. 강유와 요화가 산 위에서 바라보니 위군 기세가 대단해 촉군은 차츰 힘이 떨어졌다.

"매우 위급하니 비단 주머니를 열어봅시다."

주머니 속에는 이렇게 적혀 있었다.

'사마의의 군사가 와서 왕평과 장익이 위급해지면 곧바로 사마의의 큰 영채를 습격하라. 사마의가 급히 물러설 것이니 어지러운 틈을 타 공격하라. 영채를 얻지 못하더라도 완전한 승리를 거둘 것이다.'

두 사람은 군사를 나누어 사마의의 영채로 달려갔다. 이때 사마의도 제갈량의 계책에 걸릴까 두려워 끊임없이 큰 영채 소식을 알아보는데 갑자기 전갈이 왔다.

"촉군이 두 길로 큰 영채를 치러 갔습니다."

사마의는 깜짝 놀라 얼굴에 핏기가 사라지며 화를 냈다.

"내가 제갈량에게 계책이 있다고 했는데 너희가 듣지 않아 대사를 그르치고 말았다!"

사마의가 급히 군사를 돌리자 장졸들이 당황해 어지러이 달아나는데 장익이 뒤따라 몰아쳐 위군은 참패했다. 장합과 대릉은 세력이 외로워져 산속 오솔길을 향해 달아났다. 사마의가 참패하고 황급히 영채로 달려갔으나 촉군은 이미 돌아간 뒤였다. 사마의는 패한 군사를 수습하고 장수들을 꾸짖었다.

"너희가 병법도 모르면서 혈기에 찬 용맹만 믿고 한사코 나아가 싸우다 이렇게 패하고 말았으니 다시는 절대로 함부로 움직이면 안 된다. 명령을 받들지 않는 자가 있으면 반드시 군법을 밝혀 처분하겠다!"

장수들은 모두 부끄러워하며 물러갔다. 이번 싸움에서 위군은 죽은 자가 지극히 많고, 말과 기구들을 수없이 잃었다.

제갈량이 이긴 군사를 거두어 영채로 돌아가 다시 군사를 일으키려 하는데, 갑자기 성도에서 장포가 파상풍으로 죽어 후주의 칙명으로 금병산에 묻혔다는 소식이 들어왔다. 목 놓아 울음을 터뜨린 제갈량은 피를 토하며 땅에 쓰러져 까무러쳤다. 사람들이 급히 구해 정신을 차렸으나 이때부터 병에 걸려 침상에서 일어나지 못하니 장수들은 저마다 감동하고 분발했다.

열흘이 지나 제갈량은 동궐과 번건을 장막으로 불렀다.

"내가 스스로 정신이 흐릿해지는 것을 알겠으니 일을 볼 수가 없네. 잠시 한중으로 돌아가 병을 치료하고 다음에 다시 꾀하는 것이 좋겠네. 그러나 이런 사실을 절대 밖에 흘려서는 아니 되네. 사마의가 알면 반드시 쫓아오네."

제갈량은 명령을 돌려 그날 밤에 가만히 영채를 뽑고 한중으로 돌아갔다. 그가 가고 닷새나 지나서야 소식을 듣고 사마의는 땅이 꺼지게 한숨을 쉬었다.

"제갈량은 참으로 '신선이 나오고 귀신이 물러가는[神出鬼沒신출귀몰]' 계책이 있구나. 나는 그에 미치지 못한다!"

사마의는 장수들을 영채에 남겨두고 군사를 나누어 여러 요충지들을 지키게 한 후 군사를 되돌려 돌아갔다.

제갈량은 한중에 대군을 주둔하고 병을 치료하러 성도로 돌아갔다. 백관이 성 밖에 나와 맞이해 승상부로 모셔가자 후주가 친히 와서 문병하고 어의를 보내 치료해 병이 차츰 나았다.

건흥 8년(230년) 7월, 위의 도독 조진은 병이 나아 위주에게 표문을 올렸다.

'촉군이 여러 차례 경계를 쳐들어오고 거듭 중원을 침범하니 쓸어 없애지 않으면 뒷날 골칫거리가 됩니다. 마침 가을이라 서늘하고 사람과 말이 편안하니 정벌을 떠나야 할 때입니다. 신은 도독 사마의와 함께 대군을 거느리고 곧장 한중으로 들어가 간사한 무리를 정벌하고 변경을 깨끗이 만들겠습니다.'

사마의는 위에서 점령한 형주를 안정시키러 나가 돌아오지 않아, 위주가 사자를 보내 밤낮으로 달려가 불러오게 했다.

이튿날 위주가 시중 유엽에게 물었다.

"자단이 촉을 정벌하라고 권하는데 어떠하오?"

"대장군 말이 옳습니다. 지금 없애지 않으면 반드시 큰 걱정거리가 됩니다."

조예는 고개를 끄덕였다. 유엽이 집으로 돌아가자 대신들이 찾아와 물었다.

"천자께서 군사를 일으켜 촉을 정벌할 일을 공과 상의하셨다는데 어떠하오?"

유엽은 천연스레 대꾸했다.

"그런 일은 없었소. 촉은 산천이 험해 쉽게 정벌할 곳이 아니니 공연히 군사들만 수고하고 나라에 좋은 점이 없소."

대신들은 말없이 나갔다. 금군을 거느리는 양기가 궁궐에 들어가 조예에게 아뢰었다.

"어제 유 시중이 폐하께 촉을 정벌하시라고 권했다던데, 오늘은 신하들에게 정벌해서는 아니 된다고 하니 폐하를 속이는 것입니다. 어찌 그를 불러 묻지 않으십니까?"

조예가 유엽을 부르니 그가 대답했다.

"신이 곰곰이 생각해보니 촉은 정벌해서는 아니 됩니다."

조예는 껄껄 웃었다. 잠시 후 양기가 나가자 유엽이 아뢰었다.

"신이 어제 촉을 정벌하시라고 권한 것은 나라의 대사입니다. 어찌 함부로 다른 사람에게 흘리겠습니다. 군사란 간사한 도리에 따르는 법이니 일을 시작하기 전에는 반드시 비밀에 부쳐야 합니다."

"경의 말이 맞소."

조예는 크게 깨달아 이때부터 유엽을 더욱 존중했다.

열흘 뒤 사마의가 돌아와 조진의 표문에 대해 아뢰었다.

"신이 헤아려보면 오는 감히 군사를 움직이지 못하니 이때 촉을 정벌할 수 있습니다."

조예는 조진을 대사마 정서대도독에 임명하고 사마의를 대장군 정서부도독에 임명하며 유엽을 군사로 삼았다. 세 사람이 40만 대군을 이끌고 나아가 장안을 지나 검각으로 달려가 한중을 치려고 움직이니 곽회와 손례를 비롯한 장수들도 각기 길을 찾아 나아갔다.

이때 제갈량은 병이 나은 지 오래되어 날마다 군사를 조련하며 팔진법을 가르치니 장졸들이 모두 정통하게 되었다. 곧 중원을 치려고 채비하다 위군이 온다는 소식을 듣고 장억과 왕평을 불렀다.

"두 장수는 먼저 1000명 군사를 이끌고 가서 진창 옛길을 지키며 위군을 막게. 내가 곧 대군을 거느리고 지원하겠네."

두 사람은 어이가 없어 다시 물었다.

"사람들은 위군이 40만인데 80만으로 부풀려 떠든다고 합니다. 그런데 어찌 겨우 1000명 군사만 주시어 요충지를 지키라 하십니까? 위군 대부대가 몰려오면 어찌 막으라 하시는 것입니까?"

"내가 많이 주고 싶어도 군졸들이 수고할까 걱정일세."

장억과 왕평이 서로 얼굴만 쳐다보며 나아가지 못하자 제갈량이 격려했다.

"일이 틀어져도 자네들 죄가 아니니 걱정하지 말게."

그래도 두 사람은 애걸했다.

"승상께서 저희를 죽이시려면 지금 죽여주십시오. 저희는 도저히 못 가겠습니다."

제갈량은 웃었다.

"어찌 이렇게 어리석은가! 내가 두 사람을 보내는 데에는 마땅히 생각이 있기 때문일세. 내가 어젯밤에 하늘을 우러러보니 필성이 태음 분야로 가서 이달 안으로 반드시 큰비가 내리네. 위군이 40만이나 된다지만 어찌 감히 험한 산으로 깊숙이 들어올 수 있겠는가? 그러하니 많은 군사를 쓸 것도 없고 절대로 피해도 없네. 나는 대군을 한중에 두어 한 달을 편안히 보내며 위군이 물러가기를 기다려 그때 달려가 몰아치겠네. 편히 쉬면서 적이 지치기를 기다리면 10만 군사로도 40만 위군을 이길 수 있네."

【필성은 싸움과 비를 주관하는 별로 알려져 있었다.】

두 사람은 그제야 기뻐하며 떠났다. 뒤이어 제갈량은 대군을 거느리고 한중으로 나오면서 여러 요충지에 명령해 마른 장작과 말먹이 풀, 쌀과 밀가루 등 군사가 한 달 동안 쓸 양을 마련해 가을비에 대비하게 하고, 한 달을 쉬며 출정을 기다리게 했다.

장억과 왕평은 군사 1000명을 이끌고 진창 옛길로 나아가 높은 언덕을 골라 잠시 비바람을 피할 움막을 만들어 장마에 대비했다.

조진과 사마의가 대군을 거느리고 진창성에 이르렀으나 집 한 채 보이지 않아 알아보니 제갈량이 돌아갈 때 모두 없애버렸다는 것이다. 조진이 곧 진창 옛길을 통해 나아가려고 서두르자 사마의가 말렸다.

"섣불리 나아가서는 아니 되오. 내가 밤에 천상을 살펴보니 필성이 태음 분야로 가서 이달 안으로 반드시 큰비가 내리오. 저쪽 땅으로 깊숙이 들어가다 이기면 괜찮지만 실수나 하면 사람과 말이 고생하고 물러서기도 어렵소. 잠시 성안에 움막을 치고 주둔하면서 가을비에 대비하는 것이 좋겠소."

조진은 그 말에 따랐다. 과연 보름도 지나지 않아 비가 주룩주룩 쏟아지는데 항아리를 기울인 듯 도무지 그칠 줄 몰랐다. 진창성 밖에는 평지에 물이 석 자나 괴고 싸움 기구가 모두 젖었으며 사람들은 편안히 잠을 잘 수 없어 밤이나 낮이나 불안했다. 큰비는 연거푸 30일을 내렸다. 말먹이 풀이 떨어져 죽은 말을 셀 수 없고, 사람들 또한 제대로 밥을 먹지 못해 병에 걸려 죽은 자가 많아 장졸들의 원망이 그치지 않았다.

소식이 낙양에 전해지자 위주는 단을 만들고 날이 개기를 빌었으나 소용없었다. 황궁에서 임금을 모시는 황문시랑 왕숙(王肅)이 글을 올렸다.

옛사람 기록에는 '천 리 길에 식량을 나르면 병사들이 주린 빛이 가득하고, 땔나무와 풀을 급히 베어 밥을 지으면 군대가 배부르지 않고 편히 잠자지 못한

말은 풀이 떨어지고, 사람은 밥이 없어 ▶

陳倉城魏軍被困 巨春雄配畫

다[千里饋糧천리궤량 士有飢色사유기색 **樵蘇後爨**초소후찬 師不宿飽사불숙포]'고 했습니다. 이는 평지에서 행군하는 때를 가리키는 말인데, 하물며 험한 곳에 깊숙이 들어가 길을 뚫으며 나아가노라면 그 수고가 백 배 늘어납니다. 지금 또 장마가 들어 산길이 가파르고 미끄러운 곳에서 사람들이 붐벼 몸을 펴볼 수 없는데 길이 너무 멀어 식량은 뒤를 대기 어려우니 실로 군사를 움직이는 이들이 크게 꺼리는 바입니다. 듣자니 조진은 떠난 지 이미 한 달이 지났건만 겨우 골짜기 중간에 이르렀다 하고, 길을 닦는 수고가 많아 장졸들이 모두 일만 한다고 합니다. 이는 저쪽에서 편안히 앉아 우리 군사가 지치기를 기다리는 형세이니 싸우는 이들이 두려워하는 바입니다. 옛날 일을 말해보면 무왕은 주를 정벌하려고 관에서 나갔다가 되돌아왔고, 가까운 일을 논해보면 무제(조조)와 문제(조비)께서는 손권을 정벌하러 가셨다가 장강에 이르러 건너시지 않으셨으니, 이야말로 하늘의 뜻에 따르고 시기를 아시며 임기응변하는 처사가 아니겠습니까? 바라오니 폐하께서 비가 내려 어려운 까닭을 생각하시어 장졸들을 쉬게 하시고 뒷날 틈을 노려 다시 쓰시면, 그때는 이른바 '어려운 일을 즐거이 하면서 백성들은 목숨 잃을 것을 잊는다[說以犯難열이범난 民忘其死민망기사]'는 형세가 될 것입니다.

【앞의 '천 리 길에 식량을……'는 《사기》의 〈회음후열전〉 편에 나오는 말로 오랜 세월 많은 사람의 경험과 교훈이 깃든 말이다. 뒤의 '어려운 일을 즐거이 하면서……'는 《주역》의 〈태괘〉 편에 나오는 말이다. 왕랑의 아들인 왕숙은 명문에서 태어난 학자답게 옛일을 들먹여 신중한 주장을 폈다.】

위주가 표문을 읽고 머뭇거리는데 양부와 화흠도 글을 올려 군사를 물리기를 권하니 곧 조서를 내리고 사자를 띄워 조진과 사마의에게 조정으로 돌아오라고 명했다. 조서가 진창에 이르기 전에 조진이 사마의와 상의했다.

"장마가 30일 동안 이어져 군졸들이 싸울 마음은 없고 저마다 돌아갈 생각만 하니, 그들이 마음대로 행동하기 시작하면 어찌 막을 수 있겠소?"

"차라리 잠시 돌아가는 것이 좋겠습니다."

"제갈량이 쫓아오면 어찌 물리치려 하오?"

"두 무리 군사를 두어 뒤를 막게 하고 회군하면 됩니다."

별안간 위주의 사자가 달려와 돌아오라는 조서를 전하니 두 사람은 선두와 후대를 바꾸어 대군을 이끌고 서서히 물러갔다.

이때 제갈량은 한 달을 내린 가을비가 곧 그치리라 내다보고 성고현에 주둔해 대군이 적파 땅에 모이도록 했다.

"헤아려보면 위군은 반드시 물러가네. 위주가 조진과 사마의를 불러들이는데 내가 쫓아갈 것에 대비할 걸세. 그냥 가게 두었다가 달리 틈을 타 치는 것이 좋겠네."

이때 바로 왕평의 사자가 와서 위군이 물러가기 시작한다고 보고하자 제갈량은 돌아가 자기 뜻을 전하게 했다.

"쫓아가서는 아니 되네. 나에게 마땅히 위군을 깨뜨릴 계책이 있네."

이야말로

위나라 군사 매복했다지만
한나라 승상 쫓지 않는걸

제갈량은 어떻게 위군을 깨뜨릴까?

100

군사를 줄이며 부엌을 늘리다

[減兵添竈감병첨조]

촉군은 영채 습격해 조진 깨뜨리고
무후는 진법 겨루어 중달 욕보이다

제갈량이 위군을 쫓지 말라고 하자 장수들이 장막에 들어와 물었다.

"위군이 빗속에서 고생하다 더 주둔할 수 없어 돌아가니 기세를 몰아 쫓아가야 하는데 승상께서는 어찌하여 쫓지 않으십니까?"

"사마의는 군사를 잘 부리니 어찌 매복이 없겠는가? 내가 쫓아가면 바로 계책에 걸리니 멀리 가도록 버려두고 군사를 나누어 야곡으로 나아가 기산을 쳐서 그들이 방비하지 못하게 하는 게 좋을 걸세."

장수들이 또 물었다.

"장안을 손에 넣으려면 다른 길도 있는데 승상께서는 어찌 굳이 기산으로만 나아가려 하십니까?"

"기산은 장안의 머리일세. 농서 여러 군에서 군사들이 온다면 반드시 이 땅을 지나가야 하네. 앞으로는 위수에 닿고 뒤로는 야곡에 의지하니 왼쪽으로 나갔다 오른쪽으로 들어오며 군사를 매복할 수 있네. 이는 싸움을 할 수 있는 땅이라 내가 먼저 이곳을 얻어 유리한 지세를 차지하려는 것일세."

장수들은 탄복했다. 제갈량은 위연과 장억, 두경, 진식을 기곡으로 나아가게 하고, 마대와 왕평, 장익, 마충은 야곡으로 나아가게 하여 기산에서 모이도록 한 후 대군을 거느리고 관흥과 요화를 선봉으로 세워 나아갔다.

이때 조진과 사마의가 돌아가면서 군사 한 대를 진창 옛길로 보내 정탐하게 했으나 촉군은 오지 않는다고 했다. 또 열흘을 가자 뒤에 있던 장수들이 모두 돌아와 촉군의 움직임이 보이지 않는다고 하니 조진은 마음 놓았다는 듯 사마의를 쳐다보았다.

"가을비가 주룩주룩 내리고 잔도가 끊겼으니 그들이 어찌 우리가 군사를 물리는 것을 알겠소?"

"촉군은 반드시 뒤따라 나올 것이오."

"어찌 아시오?"

"며칠간 날이 개었는데 쫓지 않은 것은 우리에게 매복이 있음을 예상했기 때문이오. 우리가 멀리 관에 들어가기를 기다려 기산을 빼앗을 것이오."

조진이 믿지 않자 사마의가 풀이했다.

"헤아려보면 제갈량은 반드시 기곡과 야곡, 두 골짜기로 나올 것이오. 나와 자단이 각기 하나씩 골짜기 입구를 지켜 열흘을 기한으로 삼되, 만약 촉군이 오지 않으면 내가 얼굴에 빨간 분을 칠하고 여자 옷을 입고 장군 영채에 가서 죄를 인정하겠소."

조진은 벌써 내기에 이긴 말투였다.

"만약 촉군이 오면 나는 천자께서 내리신 옥띠와 말 한 필을 주겠소."

두 사람이 군사를 나누어 조진은 기산 서쪽 야곡 입구에 주둔하고 사마의는 기산 동쪽 기곡 입구에 주둔했다. 사마의는 먼저 군사 한 대를 이끌고 산

골짜기에 매복하고 다른 군사는 각기 요충지를 지키게 했다.

사마의가 옷을 갈아입고 군사들 속에 섞여 여러 영채를 두루 돌아보는데 한 영채에 이르자 편장 하나가 하늘을 우러러 원망했다.

"큰비를 맞아 오랫동안 흠씬 젖었는데 곧장 돌아가지 않고, 여기 머물러 쓸데없는 내기를 하니 군사들 고생이 심하지 않나!"

사마의는 영채로 돌아와 장수들을 장막 아래 모으고 편장을 찾아 꾸짖었다.

"나라에서는 '한때 잠깐 쓰려고 군사를 1000일 동안 기르는데 [養兵千日양병천일 用兵一時용병일시]' 너는 어찌 감히 원망하여 군사의 사기를 꺾느냐?"

편장은 처음에는 부인했으나 동료들을 데려오자 잘못을 인정했다.

"나는 내기를 하는 것이 아니라 너희가 촉군을 이겨 공로를 세우고 돌아가게 하려는 것이다. 네가 함부로 원망했으니 스스로 죄를 부른 것이다!"

밖으로 끌어내 목을 치고 머리를 장막 아래에 바치니 장수들은 긴장했다.

"모두 마음을 기울여 촉군을 막아야 한다. 중군에서 포 소리가 들리면 네 방향으로 나아가라."

장수들은 명령을 받들고 물러갔다.

이때 위연과 장억, 진식, 두경이 2만 군사를 이끌고 기곡으로 나아가는데 참모 등지가 쫓아왔다.

"승상께서 명령하셨소. 기곡으로 움직이면 위군의 매복이 있으니 섣불리 나아가서는 아니 된다고 하셨소."

진식이 불만을 토했다.

"승상께서는 군사를 부리면서 어찌 이렇게 의심이 많으시오? 위군은 여러 날 큰비를 맞아 갑옷이 모두 망가져 급히 돌아갈 텐데 어찌 군사를 매복하겠소? 우리가 배로 빨리 나아가면 크게 이길 수 있는데 어찌 막으시나?"

등지가 꾸짖었다.

"승상의 계책은 맞지 않는 경우가 없고, 꾀하신 바는 이루지 못할 때가 없는데 어찌 감히 명령을 어기려 하는가?"

진식은 웃으며 대꾸했다.

"승상이 과연 꾀가 많았으면 가정을 잃지 않았을 거요."

위연은 제갈량이 전날 자기 계책을 따르지 않은 일이 떠올라 맞장구를 쳤다.

"승상이 내 말을 들어 곧장 자오곡으로 나아갔으면 지금쯤은 장안은 물론 낙양까지 얻었을 것이다. 지금도 기어이 기산으로 나아가는데 좋은 점이 무엇인가? 먼저는 진군하라 하고 지금은 나아가지 말라고 하니 명령이 분명하지 못하네."

위연의 말에 진식은 한술 더 떴다.

"나한테 5000명 군사가 있으니 기곡으로 나아가 먼저 기산에 이르러 영채를 세우겠소. 승상이 부끄러워하는지 한번 봅시다."

등지가 거듭 말렸으나 진식은 한사코 듣지 않았다. 그래도 등지는 말리고 보내지 않는데, 밤에 위연이 제갈량을 꺾어보려고 슬슬 꼬드기자 진식은 그만 5000명 군사를 이끌고 기곡으로 나아갔다. 그곳에 사람 하나 보이지 않자 웃었다.

"승상이 신같은 모략을 지녔다고 하는데 내가 오늘 그 속을 알았다."

얼마 가지 못해 포 소리가 '탕!' 울리며 사방에서 위군이 뛰어나왔다. 급히 물러섰으나 골짜기를 철통같이 에워싸자 힘껏 싸웠으나 몸을 빼지 못했다.

이때 고함도 요란하게 군사 한 떼가 포위 속으로 쳐들어왔다. 위연이었다. 그가 간신히 진식을 구해 돌아와 보니 5000명 촉군이 다 사라지고 부상자 500여 명만 남았을 뿐이었다. 등 뒤로 다시 위군이 쫓아왔으나 다행히 두경과 장익이 군사를 이끌고 와서 위군은 물러갔다. 그제야 진식과 위연은 제갈량이 신선같이 내다보는 것을 깨닫고 뉘우쳤다.

그 전에 등지가 부리나케 돌아가 진식과 위연의 일을 전하자 제갈량은 탄식했다.

"위연은 예전부터 반란할 상이 있었소. 나는 그가 늘 불평을 품는 줄을 알면서도 용맹을 아껴 써주는데 훗날 반드시 해를 입힐 것이오."

바로 소식이 날아왔다.

"진식은 4500여 명 군사를 잃고 500여 명만 남아 기곡에 주둔했습니다."

제갈량은 등지가 다시 진식에게 가서 위로해 변을 일으키지 못하게 했다.

"내가 헤아려보면 사마의는 기곡 입구에 있고, 조진은 야곡 입구에 있으니 빨리 쳐야겠소. 먼저 군사 두 대를 그들의 두 영채 뒤로 돌아가게 하면 조진과 사마의는 반드시 달아나오."

제갈량은 마대와 왕평을 불렀다.

"야곡 입구에 위군이 있으면 군사를 이끌고 산을 오르고 고개를 넘어, 낮에는 숨고 밤에만 움직여 급히 기산 왼쪽으로 나아가 불로 신호를 올리게."

마충과 장익에게도 분부했다.

"산속 오솔길을 통해 낮에는 숨고 밤에만 움직여 기산 오른쪽으로 나아가 불로 신호를 올려 마대, 왕평과 합치고 조진의 영채를 습격하게. 내가 골짜기 안에서 밖으로 쳐나와 삼면으로 공격하면 위군을 깨뜨릴 수 있네."

제갈량은 또 관흥과 요화를 불러 비밀 계책을 주어 가게 하고 몸소 정예 군사를 거느리고 평소보다 배로 빨리 나아갔다. 한참 가다가 또 오반과 오의에게 비밀 계책을 주어 먼저 군사를 이끌고 가게 했다.

그동안 조진은 촉군이 오리라고는 생각지 않아 방비하지 않고 군사를 풀어 휴식시켰다. 10일만 무사히 보내면 사마의에게 망신을 줄 수 있다고 벼르며 7일이 지났는데, 갑자기 골짜기 안에서 얼마 안 되는 촉군이 나온다 하여 부장 진량에게 5000명 군사를 이끌고 나가 정탐하면서 막으라고 했다.

진량이 골짜기 입구에 이르자 촉군이 물러가 급히 쫓아갔다. 50여 리를 가자 촉군이 보이지 않아 장졸들이 말에서 내려 휴식하는데 정탐꾼이 보고했다.

"앞에 촉군이 매복했습니다."

진량이 말에 오르니 산속에서 보얗게 먼지가 일어나 급히 방어하라고 소리치는데 사방에서 고함이 요란하게 울리며 앞에서는 오반과 오의, 뒤로는 관흥과 요화가 달려왔다. 양쪽은 산이라 길이 없는데 촉군이 높이 외쳤다.

"말에서 내려 항복하는 자는 살려준다!"

위군은 태반이 항복하고, 진량은 죽기를 무릅쓰고 싸우다 요화의 칼에 맞아 말 아래로 떨어졌다. 제갈량은 항복한 위군을 후군에 가두고 촉군에게 위군 갑옷을 입혔다. 관흥과 요화, 오반, 오의에게 그들을 주어 조진의 영채로 달려가게 하고 조진에게 먼저 가서 거짓 보고를 올리게 했다.

"얼마 안 되는 촉군을 모조리 쫓아버렸습니다."

조진이 기뻐하는데 사마의가 심복을 보내왔다.

"사마 도독께서는 군사를 매복하는 작전으로 촉군 4500여 명을 없앴습니다. 내기를 마음에 두지 마시고 정성을 기울여 방비하셔야 한다고 대장군께 전하라고 하셨습니다."

"여기는 촉군이 하나도 없다."

조진이 대수롭지 않게 대꾸하고 돌려보내는데 진량이 군사를 이끌고 돌아온다 하여 장막에서 나가 맞이했다. 영채 문에 이르자 앞뒤로 불이 일어나면서 관흥을 비롯한 네 장수가 쳐들어오고, 영채 뒤로는 마대와 왕평이 쳐들어왔다. 마충과 장익도 달려왔다.

위군은 손을 놀리지도 못하고 제각기 달아나고 장수들이 조진을 호위해 기를 쓰고 달려가는데 고함도 요란하게 또 군사 한 떼가 달려오니 조진은 간이 떨리고 가슴이 두근거렸다. 자세히 보니 사마의였다. 사마의가 한바탕 촉군을 물리쳐 몸을 뺀 조진은 부끄러워 쥐구멍에라도 기어들고 싶은 심정이었다. 사마의가 말했다.

"제갈량이 기산의 유리한 지세를 차지했으니 여기 오래 있어서는 아니 되오. 위수에 가서 영채를 세우고 다른 길을 찾아야 하오."

"중달은 내가 이렇게 패하는 줄을 어찌 알았소?"

"자단은 촉군이 하나도 없다고 하시더라는 심복 말을 듣고 제갈량이 가만히 영채를 습격할 것이라 헤아려 도우러 왔소. 과연 계책에 걸렸으나 내기 생각은 잊고 마음을 합쳐 나라에 보답합시다."

조진은 몹시 부끄럽고 놀라 병이 나서 침상에 누워 일어나지 못했다. 사마의는 위수에 주둔하고, 장졸들 마음이 흐트러질까 두려워 조진에게 군사를 거느리게 하지 못했다.

제갈량은 대군을 휘몰아 다시 기산을 나왔다. 군사를 위로하니 위연과 진식, 두경, 장억이 장막에 들어와 절을 하며 죄를 빌었다.

"누가 군사를 잃었는가?"

위연이 앞질러 변명했다.

"진식이 명령을 듣지 않고 가만히 골짜기 입구를 나가 크게 패했습니다."

진식도 변명했다.

"이 일은 위연이 시킨 것입니다."

"그가 너를 구했는데 너는 오히려 그를 물고 늘어지는구나! 군령을 어겼으니 교묘한 말로 변명하지 마라!"

끌어내 목을 치라고 호령하니 잠시 후 진식의 머리가 장막 앞에 내걸렸다. 위연을 죽이지 않은 것은 살려서 쓰기 위해서였다. 이때 조진이 병에 걸려 일어나지 못하고 영채 안에서 치료한다는 소식이 들어오자 제갈량은 기뻐하며 장수들을 돌아보았다.

"조진의 병이 대수롭지 않으면 바로 장안으로 돌아갈 텐데 그가 물러서지 않는 것은 반드시 병이 심해 군중에 남아 군사의 마음을 안정시키려는 것일세. 내가 글을 한 통 보내면 조진은 틀림없이 죽고 마네."

제갈량은 항복한 위의 군졸들을 장막 아래로 불러 물었다.

"너희는 모두 위군이고, 부모와 처자식이 중원에 있으니 촉에 오래 있는 것은 바람직하지 않다. 너희를 놓아 돌려보내려 하는데 어떠하냐?"

군졸들은 눈물을 흘리며 고맙다고 절을 했다. 그 가운데 100여 명은 돌아가려 하지 않아 촉군에 남고, 가려는 사람은 1000여 명이었다.

"조자단과 나는 약속이 있었다. 나에게 글이 한 통 있으니 너희가 가지고 돌아가 자단에게 전하면 반드시 후한 상을 내릴 것이다."

군졸들이 위군 영채로 돌아가자 사마의는 빙그레 웃었다.

"제갈량이 우리 군사들 마음을 사려는 것이다."

돌아온 군졸들에게는 식량 나르는 일이나 시키면서 다시는 앞에 나가 싸우지 못하게 했다.

군졸들 가운데 조진의 장막 아래에 있던 자들이 제갈량의 글을 올리니 조진은 병든 몸을 움직여 자리에서 일어나 읽었다.

한 승상 무향후 제갈량이 대사마 조자단 앞에 글을 보내오. 조심스레 말하건대 장수가 된 사람은 '떠날 수도 있고 따를 수도 있으며 [能去能就능거능취]', 부드러웠다가도 강해지며, 나아갈 수가 있으면 물러설 수도 있어야 하고, 약함을 보였다가는 강하게 나오기도 해야 하오. 움직이지 않으면 산악같이 끄떡없어야 하고, 짐작하기 어렵기는 음양의 변화같이 깊어야 하며, 끝이 없기는 하늘땅같이 넓어야 하고, 꽉 차기는 태창(太倉, 나라의 큰 창고)같이 튼실해야 하며, 가없이 넓기는 동서남북 네 곳 바다와 비슷해야 하고, 번쩍여 찬란하기는 해와 달과 별의 세 빛과 같아야 하오. 하늘이 가물게 할지 홍수가 지게 할지 미리 알아야 하고, 땅이 평탄한지 가파른지 먼저 살펴야 하오. 진이 규정에 따라 이루어지는지 가늠하고 적의 단점과 장점을 짐작해야 하오. 크게 한탄할 일이니 그대같이 배우지 못한 후배가 위로는 푸른 하늘을 거슬러 나라를 빼앗은 역적을 도와 낙양에서 황제 칭호를 일컫게 하더니, 패한 군사는 야곡에서 달아나고 가을비는 진창에서 맞았소. 물길과 뭍길에서 장졸들이 지치고 사람과 말이 미칠 듯이 날뛰며, 과(戈)와 갑옷을 던져 교외에 가득 차고 창과 칼을 버려 땅에 잔뜩 널렸소. 도독(사마의)은 염통이 부서지고 쓸개가 찢어지며, 장군(조진)은 쥐처럼 내빼고 이리같이 바빴소. 관중의 노인들을 볼 얼굴이 없으니 승상부 대청에 들어갈 체면이 어디 있겠소. 역사를 적는 사관이 붓을 들어 기록하고 세상 백성들이 입을 모아 전하리니 '중달은 진(陣)이라는 말만 듣고도 경계하여 놀라고, 자단은 먼발치에서 모습만 보고도 불안해 떤다'고 할 것이오. 내 군사는 강하고 말은 장하며, 대장은 호랑이같이 용맹을 떨치고 용처럼 머리를 추켜들어 위엄을 자랑하니, 진천(秦川, 관중의 평원지대)을 쓸어 평지로 만들고 위를 몰아쳐 황무지로 만들리다!

글을 읽은 조진은 가슴에 울분이 가득 차 헐떡이다 밤에 영채에서 죽어버렸다. 사마의가 유해를 낙양으로 옮겨 안장하게 하니 위주는 조진이 죽었다는 소식을 듣고 분노해 사마의에게 나가 싸우라는 조서를 내렸다.

조서를 받들어 대군을 거느리고 나온 사마의가 싸움을 거는 전서를 보내니, 제갈량은 틀림없이 조진이 죽었다고 장수들에게 한마디 하더니 전서에 답을 적었다.

'내일 싸우자.'

그날 밤 강유에게 비밀 계책을 내리고 관흥에게도 계책을 일렀다.

이튿날 제갈량은 기산 군사를 모조리 일으켜 위수로 나아갔다. 한쪽은 강이고 한쪽은 산인데 가운데에는 평평한 들판이 펼쳐져 있어 싸우기에 좋은 곳이었다. 양쪽 군사들이 마주해 먼저 화살을 날려 진의 앞쪽 틀을 잡았다.

【화살이 닿지 않을 만큼 거리를 두고 군사들이 멈추어 진을 치는 것이었다.】

북 세 통을 자지러지게 두드린 다음, 위군 진에서 깃발들이 갈라지면서 사마의가 말을 달려나가자 촉군 진에서는 제갈량이 네 바퀴 수레 위에 단정히 앉아 손에 쥔 깃털 부채를 슬슬 흔들었다.

사마의가 먼저 말을 시작했다.

"우리 주상께서는 순 임금께서 요 임금 자리를 물려받은 본을 따라 황제 자리를 얻으시어 두 대를 전하셨으니 중원을 확고히 차지하셨다. 너희 촉과 오, 두 나라가 지금까지 남아 있도록 하시는 것은 우리 주상께서 너그럽고 인자하시어 백성을 다칠까 걱정하시기 때문이다. 너는 남양의 한낱 농부로서 하늘이 정해준 운수를 모르고 억지로 침범하니 정벌해야 마땅하다! 마음을 돌려먹고 잘못을 뉘우친다면 어서 돌아가 각기 경계를 지켜 솥의 발처럼 벌려진 형세를 이루도록 하라. 그리하면 백성이 진창에 빠진 듯, 불구덩이에 들어간 듯 고생하지 않게 되고 너희도 모두 목숨을 부지하게 되리라!"

제갈량은 웃었다.

"내가 선제께서 돌아가시면서 아드님을 맡기시는 무거운 부탁을 받았으니 어찌 마음을 기울이고 힘을 다해 역적을 토벌하지 않겠느냐! 너희 조씨는 오래지 않아 한에게 멸망된다. 네 할아버지와 아버지는 모두 한의 신하로서 대대로 한의 녹을 먹었는데도 보답할 궁리는 하지 않고 도리어 역적을 도우니, 스스로 부끄럽지도 않단 말이냐?"

사마의는 얼굴에 부끄러운 기색이 가득해 말을 돌렸다.

"내가 너와 자웅을 겨루겠다! 네가 이기면 내가 맹세코 다시는 대장 노릇을 하지 않으리니 네가 패하면 어서 고향으로 돌아가거라. 내가 너를 해치지는 않겠다."

제갈량이 물었다.

"장수로 겨루겠느냐? 군사 싸움을 하려느냐? 진법으로 붙겠느냐?"

"먼저 진법으로 붙어보자."

"네가 먼저 진을 쳐라. 내가 보겠다."

제갈량이 말해 사마의는 중군 장막 아래 지휘대에 올라 누런 깃발을 휘두르며 군사를 움직여 진을 하나 만들었다.

"내 진을 아느냐?"

제갈량이 웃었다.

"우리 군의 끄트머리 장수도 그런 진은 칠 줄 안다. '혼원일기진'이 아니냐?"

"너도 진을 쳐서 보여라."

제갈량은 진으로 들어가 깃털 부채를 슬쩍 휘둘러 군사들을 움직여 진을 하나 만들었다.

"너는 내 진을 아느냐?"

사마의가 우습다는 듯 대답했다.

"그따위 팔괘진을 어찌 모르느냐?"

"잘 안다면 네가 감히 진을 깨뜨릴 수 있겠느냐?"

"이미 알아보았으니 어찌 깨뜨리지 못하겠느냐?"

"그럼 재주껏 깨뜨려보아라."

사마의는 대릉과 장호, 악침 세 장수에게 일렀다.

"제갈량이 친 진은 여덟 개 문에 따라 벌려졌으니 생문·경문·개문, 세 문은 길하고 휴문·상문·두문·사문·경문, 다섯 문은 흉하다. 너희 세 사람은 바로 동쪽 생문으로 쳐들어가 서남쪽 휴문으로 나왔다가 다시 바로 북쪽 개문으로 쳐들어가면 깨뜨릴 수 있다. 조심스레 움직여라!"

대릉은 가운데에서, 장호는 앞에서, 악침은 뒤에서 각기 기병 30명을 이끌고 생문을 통해 촉군 진으로 쳐들어갔다. 양쪽 군사들이 고함치며 기세를 돋우는데 세 사람이 진에 들어가 보니 성벽들이 이어진 듯해 아무리 쳐도 나갈 수 없었다.

세 사람은 기병을 이끌고 황급히 진의 귀퉁이를 돌아 서남쪽으로 달려갔으나 촉군이 날리는 화살에 막혀 나아가지 못했다. 진 안에는 모두 겹겹의 문이 있어 동서남북을 도무지 찾을 수 없었다. 세 장수가 서로 돌볼 겨를이 없어 무작정 부딪치기만 하니, 보기만 해도 서글퍼지는 구름이 뭉게뭉게 떠돌고 쓸쓸한 안개가 흐릿하게 눈길을 가렸다. 고함이 일어나며 위군은 하나하나 모두 밧줄에 묶여 중군으로 끌려갔다.

제갈량은 장막 안에 있다가 세 장수와 기병 90명이 묶여 끌려오자 웃었다.

"내가 너희를 붙잡았다 해서 기이할 게 무엇이냐? 모두 놓아줄 테니 돌아가 사마의에게 병법 책을 더 공부하고, 싸우는 계책을 다시 읽으라고 전해라. 다 배운 다음 자웅을 결해도 늦지 않다고 말이다. 너희 목숨을 살려주었으니 무기와 말은 두고 가야겠다."

위군 장졸들의 옷을 벗기고 먹으로 얼굴을 칠해 진 앞으로 내보내니 사마의는 그 흉한 꼴을 보고 크게 노해 장수들을 돌아보았다.

"이처럼 날카로운 기세가 꺾였으니 무슨 낯으로 돌아가 중원의 대신들을 보겠느냐?"

삼군을 지휘해 죽기를 무릅쓰고 촉군 진을 공격하며 사마의가 몸소 검을 뽑아 들고 장수 100여 명을 이끌고 달려가자 장졸들이 뒤를 따라 달리는데,

별안간 위군 뒤에서 북과 나팔이 일제히 소리를 내고 고함이 요란하게 울렸다. 군사 한 떼가 서남쪽에서 달려오니 관흥이 거느린 군사였다.

사마의가 후군을 나누어 관흥을 막게 하고 다시 군사를 재촉해 나아가는데 갑자기 또 위군 옆이 크게 어지러워졌다. 강유가 군사 한 떼를 이끌고 슬그머니 달려와 세 길로 협공한 것이다. 사마의가 깜짝 놀라 급히 군사를 물리자 촉군이 마구 달려와 무찔렀다. 이번 싸움에서 위군은 열에 예닐곱이 다쳤다. 사마의는 위수 남쪽 기슭으로 물러가 영채를 세우고 나오지 않았다.

제갈량은 이긴 군사를 거두고 기산으로 돌아갔다. 이때 영안성에 있는 이엄이 도위 구안을 보내 군중으로 식량을 날라 오게 했는데, 술을 좋아하는 구안이 길에서 기한을 열흘이나 넘겨 제갈량은 크게 노했다.

"내 군중에서는 오로지 식량을 큰일로 알아 사흘 어기면 곧바로 목을 쳐야 한다! 너희가 열흘이나 어겼으니 무슨 할 말이 있느냐?"

끌어내 목을 치라고 호령하자 장사 양의가 말렸다.

"구안은 이엄이 쓰는 사람이고, 재물과 식량은 대부분 서천에서 나오는데 이 사람을 죽이면 감히 식량을 날라 올 사람이 없습니다."

그래서 몽둥이로 80대를 때리고 놓아주니 구안은 밤에 심복들을 데리고 위군 영채로 달려가 항복했다. 사마의가 불러들였다.

"제갈량은 꾀가 많아 네 말을 믿기 어렵다. 나를 위해 공로를 하나 세우면 천자께 아뢰어 상을 내리겠다."

"무슨 일이든 힘을 다하겠습니다."

"성도로 돌아가 제갈량이 후주를 원망하며 황제가 되려 한다고 소문을 퍼뜨려라. 후주가 그를 불러들이면 바로 네 공로다."

구안이 성도로 돌아가 헛소문을 퍼뜨리자 환관들이 놀라 아뢰니 후주도 깜

위군의 옷을 벗기고 진으로 돌려보내 ▶

짝 놀랐다.

"승상을 돌아오게 하시어 군권을 빼앗고 반역하지 못하게 하셔야 합니다."

부추김에 흔들려 후주가 조서를 내려 제갈량을 조정으로 돌아오게 하니 장완이 아뢰었다.

"승상께서 거듭 큰 공로를 세우셨는데 어찌 불러들이십니까?"

"기밀이 있어 승상과 얼굴을 맞대고 의논해야 하노라."

사자가 밤낮으로 달려 기산 큰 영채에 이르니 조서를 받은 제갈량은 하늘을 우러러 한숨을 쉬었다.

"주상께서 어리시어 옆에 간신이 붙었구나! 내가 막 공로를 세우려 하는데 어찌 부르신단 말이냐? 돌아가지 않으면 천자를 무시하는 것이고, 명을 받들고 물러가면 다시는 이런 기회를 얻기 어렵다."

강유가 물었다.

"대군이 물러가는데 사마의가 틈을 타 몰아치면 어찌합니까?"

"내가 군사를 물린다면 다섯 길로 나누려 하네. 영채 안에 군사가 1000명이 있으면 오늘은 2000명 밥을 지을 부엌을 파고, 내일은 3000명 쓸 부엌을 파며, 모레는 4000명 밥을 지을 부엌을 만드니 날마다 부엌을 늘리며 군사를 물리는 걸세."

양의가 물었다.

"옛날 손빈이 방연을 잡을 때는 군사를 늘리면서도 부엌을 줄이는 방법으로 이겼습니다. 승상께서는 군사를 물리면서 어찌하여 부엌을 늘리십니까?"

【부엌으로 적수를 속인 유명한 사례는 손빈의 계책이다. 제갈량이 그 예를 모를 리 없으나 흉내만으로는 성공하지 못하니 상황에 맞게 바꾼 것이다.】

"사마의는 군사를 잘 부리니 우리가 물러가는 것을 알면 반드시 쫓아오는데, 내가 군사를 매복할 것을 의심해 전날 들었던 영채에서 부엌을 셀 걸세. 날마다 부엌이 늘어나 군사가 정말 물러가는지 알 수 없으면 감히 쫓지 못하니 내가 서서히 물러가면 군사를 잃을 걱정이 없네."

제갈량은 군사를 물리라는 명령을 두루 돌렸다.

이때 사마의는 구안의 계책으로 촉군이 물러가기만 기다리면서 일제히 몰아칠 채비를 했다. 확신이 서지 않아 머뭇거리는데 촉군 영채가 비고 사람과 말이 모두 떠났다는 보고가 들어왔다. 그래도 제갈량이 꾀가 많아 섣불리 쫓지 못하고, 100여 명 기병을 거느리고 촉군 영채 안을 돌아보며 부엌을 세었다. 이튿날 사마의가 또 군사를 보내 촉군이 전날 든 영채의 부엌을 세어보게 했다.

"오늘은 어제보다 또 한 몫이 늘어났습니다."

사마의가 장수들에게 설명했다.

"제갈량은 꾀가 많아 군사를 늘리면서 부엌을 불리고 있네. 쫓아가면 반드시 그의 계책에 걸리니 잠시 물러가 다시 좋은 방도를 찾는 것이 좋겠네."

사마의가 군사를 돌리고 쫓지 않아, 제갈량은 한 사람도 잃지 않고 성도를 향해 갔다. 후에 그곳에 사는 토박이가 위군 영채에 찾아와, 제갈량이 물러갈 때 군사가 늘어나는 것은 보이지 않고 부엌만 불리더라고 알려주니 사마의는 또 하늘을 우러러 한숨을 쉬었다.

"제갈량은 우후(虞詡)의 법을 본받아 나를 속였구나! 나는 그의 모략을 따라가지 못하겠구나!"

【서기 115년, 강인들이 한의 무도군을 공격하자 국정을 돌보던 등 태후가 장수 우후를 무도 태수로 보냈다. 우후가 부임하러 가는데 강인들이 길을 막자 군사를 멈추고 소문을 퍼뜨렸다.

"조정에 구원병을 요청했으니 오기를 기다려 나아가겠다."

강인들은 소식을 듣고 우후가 움직이지 않을 것이라 여기고 다른 현으로 약탈하러 갔다. 그 틈에 우후가 빨리 달리는데 하루 100리가 훨씬 넘었다. 그러면서 첫날은 군사 하나에 부엌을 둘씩 짓게 하더니 날마다 부엌 숫자를 늘리자 부하가 물었다.

"손빈은 부엌을 줄였는데 태수님은 늘리시고, 병법에는 뜻밖의 일을 당하지 않도록 하루 30리 이상 가지 말라고 했는데 200여 리를 가시니 어찌 이러십니까?"

"적은 많고 내 군사는 적으니 천천히 움직이면 따라잡히기 쉽지만 빨리 나아가면 우리를 가늠하지 못하네. 부엌이 늘어나면 군의 군사가 우리를 맞이하러 왔다고 여길 것이고, 무리가 늘어나고 재빨리 움직이면 뒤를 쫓기가 두려울 걸세. 손빈은 약한 모습을 만들었고, 나는 강한 기세를 꾸몄으니 각기 그 형세가 다르기 때문일세."

무사히 무도에 이른 우후는 갖은 계책을 써서 수천 군사로 1만여 강인을 이겼다.】

사마의는 대군을 이끌고 낙양으로 돌아가 버렸다.

이야말로

바둑은 적수 만나면 이기기 어렵고
장수는 인재 만나면 자만하지 못해

제갈량은 성도로 돌아가 어찌 될까?

101

말을 죽이려다 노루를 잡다

농상에 나와 제갈량은 신으로 꾸미고
검각에 달려가 장합은 계책에 걸리다

제갈량은 군사를 줄이고 부엌을 늘리는 계책으로 한 사람도 잃지 않고 한중으로 돌아가, 삼군에 후한 상을 내리고 성도로 가서 후주를 뵈었다.

"이 늙은 신하가 기산을 나가 장안을 치려 하는데 별안간 폐하께서 조서를 내려 불러들이셨으니 무슨 큰일이 있으신지요?"

후주는 대답할 말이 없어 한참을 지나서야 입을 열었다.

"오랫동안 승상을 보지 못해 그리워 부른 것이지 다른 일은 없소."

"반드시 간신이 곁에 있어서 이 늙은 신하가 다른 뜻을 품었다고 헐뜯은 것입니다."

후주가 입을 다물고 말하지 않자 제갈량이 아뢰었다.

"이 늙은 신하는 선제의 두터운 은혜를 입어 맹세코 목숨을 바쳐 보답하려 하는데, 안에 간사한 자가 있으면 신이 어찌 밖에 나가 역적을 토벌하겠습니까?"

그제야 후주가 털어놓았다.

"환관 말을 잘못 듣고 일시 의심해 승상을 불렀는데, 오늘 길을 꽉 메웠던 풀이 확 걷힌 듯 눈앞이 환해지니 뉘우쳐 마지않소."

제갈량은 환관들을 불러 조사해, 구안이 헛소문을 퍼뜨렸음을 알고 급히 잡게 했으나 벌써 위로 달아난 뒤였다. 제갈량은 황제께 함부로 아뢴 환관의 목을 치고 다른 환관들은 황궁 밖으로 쫓아냈다. 또 장완과 비의가 간신들 수작을 밝히지 못하고 천자께 충고를 드리지 못한 잘못을 엄하게 나무라니 두 사람은 부끄러워하면서 죄를 시인했다.

제갈량은 후주에게 절하여 작별하고 다시 한중으로 갔다. 이엄에게 격문을 띄워 식량과 말먹이 풀을 계속 군영으로 날라 오게 하고 다시 출병하려고 상의하는데 양의가 제의했다.

"이미 몇 번 군사를 일으켜 힘이 줄고 식량이 뒤를 대지 못하니 군사를 둘로 나누어 석 달마다 교대하는 것이 좋겠습니다. 군사가 20만이면 10만을 거느려 기산으로 나가 석 달을 머무르고, 새로운 10만과 교대해 돌아오는 것입니다. 이렇게 하면 군사의 힘이 빠지지 않고 중원을 꾀할 수 있습니다."

"그 말이 내 뜻과 같네. 내가 중원을 정벌하는 것은 하루아침, 하룻저녁에 이루어질 일이 아니니 바로 이렇게 멀리 내다보는 계책이 필요하네."

제갈량은 군사를 둘로 나누어 100일을 기한으로 교대하게 했다. 기한을 어긴 자는 군법에 따라 처분해 3일 어기면 몽둥이로 50대를 때리고, 5일 어기면 100대를 치며, 10일 어기면 목을 베기로 했다.

건흥 9년(231년) 봄 2월, 제갈량이 다시 출병해 위를 정벌하러 온다는 소식을 듣고 위주 조예가 사마의를 부르니 그가 다짐했다.

"자단이 돌아갔으니 힘을 다해 도적을 물리쳐 폐하께 보답하겠습니다."

조예는 기뻐하며 잔치를 베풀었다.

이튿날 촉군이 급하게 달려온다고 하자 조예는 사마의에게 출병을 명하고 친히 천자의 행차를 움직여 성 밖으로 나가 배웅했다. 사마의가 장안으로 달려가 여러 길 군사를 모아 촉군을 깨뜨릴 계책을 상의하니 장합이 나섰다.

"내가 옹성과 미성에서 촉군을 막겠소."

사마의는 다른 생각이었다.

"선두 홀로 제갈량의 많은 무리를 막을 수 없는데 군사를 나누면 더욱 승산이 없소. 일부만 남겨 상규를 지키게 하고 모두 기산으로 가는 것이 좋소. 공이 선봉이 되시겠소?"

장합은 대단히 기뻐했다.

"내가 평소 충성스럽고 의로운 뜻을 품어, 마음을 다 바쳐 나라에 보답하려했으나 아쉽게도 나를 알아주는 사람을 만나지 못했소. 도독께서 무거운 짐을 맡기니 만 번 죽어도 마다하지 않겠소!"

사마의는 장합을 선봉으로 세워 대군을 거느리게 했다. 곽회에게 농서 여러 군을 지키게 하고 장수들에게 나아가게 하니 선두에서 보고했다.

"제갈량이 대군을 거느리고 기산을 향해 옵니다. 선봉 왕평과 장억이 진창을 나와서 검각을 지나 산관을 거쳐 야곡으로 향했습니다."

사마의가 장합에게 명했다.

"제갈량이 대부대를 휘몰아 기세 좋게 나오니 농서의 밀을 베어 군량으로 삼을 것이오. 장군은 영채를 세우고 기산을 지키시오. 내가 곽회와 함께 천수 여러 군을 돌아보며 촉군이 밀을 베는 것을 막겠소."

장합은 분부를 받들어 4만 군사를 이끌고 기산을 지키고 사마의는 대군을 거느리고 농서로 떠났다.

제갈량은 기산에 영채를 세운 후 위수에서 방어하는 위군을 살피고 장수들을 불렀다.

"사마의가 틀림없네. 지금 군량이 모자라 이엄에게 거듭 식량을 재촉했건만 오지 않네. 농산 일대의 밀이 익었으니 가만히 군사를 이끌고 베야겠네."

왕평과 장억, 오반, 오의 네 장수에게 기산 영채를 지키게 하고 몸소 강유와 위연을 비롯한 장수들을 이끌고 노성으로 갔다. 노성 태수는 예전부터 제갈량의 이름을 익히 들어오던 터라 황급히 성문을 열고 나와 항복했다. 제갈량이 위로하고 물었다.

"어느 곳 밀이 익었는가?"

"농산 일대 밀이 이미 익었습니다."

제갈량이 장익과 마충을 남겨 노성을 지키게 하고 삼군을 거느리고 농산을 향해 가자 선두가 보고했다.

"사마의가 군사를 이끌고 앞에 이르렀습니다."

제갈량은 흠칫 놀랐다.

"이 사람이 내가 밀을 벨 줄을 이미 내다보았구나!"

목욕하고 옷을 갈아입은 후 똑같이 생긴 수레 세 대를 밀고 오게 했다. 수레 위에는 모두 똑같은 장식이 붙었으니 촉에서 만들어 가지고 온 것이었다.

먼저 강유에게 1000명 군사를 이끌고 수레를 호위하며 500명 군사에게 북을 두드리게 하고 상규 뒤에 매복시켰다. 마대는 상규 왼쪽, 위연은 오른쪽에서 각기 1000명 군사를 이끌고 수레를 호위하며, 500명 군사에게 북을 두드리게 했다. 수레 한 대마다 24명이 밀게 하는데 모두 검은 옷을 입고 신을 신지 않으며, 머리를 풀어헤치고 검을 들며, 손에는 일곱 개 별이 그려진 검은 깃발을 들게 했다. 또 관흥에게 신화에 나오는 하늘의 신 천봉원수 모습으로 꾸미고 별 일곱 개가 그려진 검은 깃발을 들고 수레 앞에서 걷게 했다.

3만 군사가 낫과 밀단을 묶을 끈을 들고 밀을 벨 준비를 하고, 제갈량이 수레 위에 단정히 앉아 위군 영채를 향해 나아가니 정탐하던 위군이 보고 이상한 모습에 깜짝 놀랐다.

사람인지 귀신인지 알 수 없어 부리나케 보고하자 사마의가 영채에서 나와 살펴보는데 비녀를 꽂은 관을 쓰고 새털 옷을 입었으며 손으로 깃털 부채를 슬슬 흔드는 제갈량이 네 바퀴 수레 위에 단정히 앉아 있었다. 좌우에는 24명이 머리를 풀어헤치고 검을 들었으며, 앞에는 한 사람이 검정 깃발을 들었으니 하늘의 신과 비슷했다.

"공명이 또 괴상한 짓을 하는구나!"

분노해 한마디 내뱉은 사마의는 기병 2000명을 불러 명했다.

"빨리 달려가 수레와 사람들을 몽땅 잡아오너라."

명령을 받들고 장졸들이 일제히 쫓아가니 제갈량은 수레를 돌리게 하여 멀리 떨어진 촉군 영채를 향해 천천히 나아갔다. 위군이 급히 쫓아가자 음산한 바람이 솔솔 불고 차디찬 안개가 보얗게 피어올랐다. 위군은 힘을 다해 30리를 쫓았는데도 따라잡지 못하자 놀라서 말을 세웠다.

위군이 멈추자 제갈량도 수레 방향을 돌려 위군 쪽을 향하고 쉬었다. 위군이 한참 머뭇거리다 다시 말을 달려 쫓아가자 제갈량도 수레를 돌려 느릿느릿 나아갔다. 위군이 20리를 달려갔으나 제갈량은 여전히 앞에서 가는데 도무지 따라잡을 수 없어 모두 얼이 빠졌다. 제갈량이 수레를 돌려 위군 쪽으로 향하더니 다시 밀고 가게 했다. 위군이 또 쫓아가려 하는데 사마의가 이르러 명령을 내렸다.

"제갈량은 팔문둔갑을 잘하고 육정육갑의 신을 부릴 줄 안다. 이것은《육갑천서》에 나오는 축지법이니 쫓아서는 아니 된다."

【팔문은 진법을 말할 때 여러 번 나온 여덟 문이다. 육정은 도교에서 음신으로 여겨 옥녀라 부르고, 육갑은 도교에서 양신으로 알아 육갑장군이라고도 일컫는다. 모두 천제를 위해 일하는 신들인데 도를 터득한 사람은 부적과 주문으로 그 신들을 불러 자신을 위해 일하게 할 수 있다고 한다. 육갑신은 사람을 빨리 움직

이게 하는 능력을 지녔으니 축지법이라고도 부른다.】

장졸들이 고삐를 당겨 말 머리를 돌리려 하는데 왼쪽에서 싸움을 시작하는 북소리가 요란하게 울리며 군사 한 떼가 달려왔다. 사마의가 급히 군사를 풀어 막는데 촉군 쪽에서 또 머리를 풀어헤치고 검은 옷을 입은 사람 24명이 검을 들고 맨발 바람으로 네 바퀴 수레를 에워싸고 나오니, 수레 위에는 푸른 비단 띠로 만든 관을 쓰고 새털 옷을 입은 제갈량이 깃털 부채를 저으며 단정히 앉아 있었다. 사마의는 깜짝 놀랐다.

"방금 수레 위에 앉은 제갈량을 50리 쫓았으나 따라잡지 못했는데, 어찌 여기 또 제갈량이 있느냐? 이상하구나! 이상해……."

그 말이 끝나기도 전에 이번에는 오른쪽에서 또 싸움을 알리는 북소리가 둥둥 울리며 군사 한 떼가 닥쳐오니 네 바퀴 수레 위에는 역시 제갈량이 앉아 있고, 좌우에는 검은 옷을 입고 신을 신지 않은 사람 24명이 머리를 풀어헤치고 검을 들어 수레를 호위했다.

사마의는 덜컥 의심이 들어 장수들을 돌아보았다.

"이는 반드시 신의 군사다!"

위군은 마음이 어지러워 감히 촉군과 싸우지 못하고 제각기 달아났다. 그런데 또 요란한 북소리가 울리며 군사 한 떼가 달려오니 역시 앞장선 네 바퀴 수레 위에는 제갈량이 단정히 앉아 있고, 좌우에서 수레를 미는 사람들은 전에 나타난 자들과 조금도 다름이 없으니 위군은 놀라지 않는 자가 없었다.

사마의는 그들이 사람인지 귀신인지 알 수 없고, 또 촉군이 얼마나 되는지도 몰라 급히 상규성으로 들어가 문을 닫고 나오지 않았다.

그 사이에 제갈량은 벌써 3만 정예 군사를 이끌고 농산 일대의 밀을 모조

기병이 달려갔으나 제갈량을 못 따라가 ▶

리 베어 노성으로 날라 타작하고 말렸다.

상규성에서 사흘이나 나오지 못하던 사마의는 촉군이 물러간 뒤에야 군사를 내보내 정탐하다 촉군 군졸을 하나 잡아 왔다.

"세 길에 나온 사람들은 모두 제갈량이 아니고 강유와 마대, 위연입니다. 길마다 1000명이 수레를 호위하고 500명이 북을 두드렸습니다. 맨 처음 수레에 앉아 유인한 사람만 제갈량입니다."

군졸 말을 듣고 사마의는 하늘을 우러러 땅이 꺼지게 한숨을 쉬었다.

"그는 신선이 나왔다가 귀신이 들어가는 계책을 가졌구나!"

갑자기 부도독 곽회가 찾아와 인사를 드렸다.

"촉군이 노성에서 밀 타작을 하고 있다니 들이치기 좋을 때입니다."

사마의가 앞서 있었던 일을 이야기하자 곽회는 웃었다.

"일시적인 속임수일 뿐입니다. 제가 군사 한 대를 이끌고 뒤를 공격할 테니 대도독께서 앞을 치시면 노성을 깨뜨리고 제갈량을 사로잡을 수 있습니다."

사마의가 군사를 나누어 나아가니 노성에서 밀을 말리던 제갈량이 장수들을 불렀다.

"오늘 밤 적이 성을 공격하러 오는데, 노성 동쪽과 서쪽 밀밭에 넉넉히 군사를 매복시킬 수 있네. 누가 나를 위해 한번 다녀오겠는가?"

강유와 위연, 마대, 마충이 나서니 각기 2000명씩 군사를 이끌고 강유와 위연은 동남쪽과 서북쪽, 마대와 마충은 서남쪽과 동북쪽에 매복하게 했다.

"포 소리가 울리면 네 귀퉁이에서 일제히 쳐 나오게."

그들이 가자 제갈량은 화포를 지닌 100여 명을 데리고 밀밭에 숨었다.

사마의가 군사를 이끌고 노성 아래에 이르니 날이 이미 어둑어둑했다.

"대낮에 공격하면 성안에서 대비할 것이니 어두울 때 쳐들어가자. 이곳은 성벽이 낮고 해자가 얕아 쉽게 깨뜨릴 수 있다."

사마의가 성 밖에서 기다리는데 밤이 되자 곽회도 군사를 이끌고 와서 '둥!' 북소리와 함께 노성을 철통같이 에워쌌다. 그러나 성 위에서 수많은 쇠뇌가 살을 날리고 화살과 돌이 비 오듯 쏟아져 전진할 엄두를 내지 못했다.

별안간 위군 속에서 신호 포가 연속으로 울리자 군사들은 놀라며 어느 쪽 군사가 왔는지 몰라 허둥거렸다. 곽회가 밀밭을 수색하는데 갑자기 네 방향에서 불길이 솟구치며 네 길로 촉군이 달려오고, 노성의 네 성문이 활짝 열리며 성안의 군사가 한꺼번에 짓쳐 나왔다. 촉군이 안팎에서 족쳐 위군은 죽은 자를 헤아릴 수 없었다.

사마의는 죽기로써 싸워 겹겹의 포위를 뚫고 산꼭대기로 달려가고 곽회도 패한 군사를 이끌고 산 뒤로 달려가니 제갈량은 다시 성안으로 들어가고 성 밖 네 귀퉁이에 영채를 세웠다.

곽회가 사마의에게 말했다.

"촉군과 오래 대치하는데 물리칠 계책이 없고 우리 군사 3000여 명이 죽고 다쳤습니다. 일찍 공략하지 않으면 안 되니 옹주와 양주의 서량 군사를 움직여 힘을 합쳐 무찔러야 합니다. 제가 검각을 습격해 촉군이 돌아갈 길을 끊겠습니다. 식량과 말먹이 풀이 오지 못하게 만들어 적이 혼란해지면 쓸어 없앨 수 있습니다."

사마의는 사람을 보내 옹주와 양주 군사를 불렀다. 며칠 지나지 않아 손례가 여러 군의 군사를 이끌고 오니 사마의는 곽회와 함께 검각을 습격하게 했다.

제갈량이 노성에서 대치하는데 오래도록 위군이 나오지 않자 강유와 마대를 성안으로 불렀다.

"위군이 험한 산을 지키면서 나와 싸우지 않는 것은 첫째로 우리가 식량이 떨어질 것을 노리는 것이고, 둘째로 군사를 풀어 검각을 습격해 우리가 식량 나르는 길을 끊으려는 것일세. 두 사람은 각각 1만 군사를 이끌고 먼저 가서 요충지들을 지키게. 우리가 대비한 것을 알면 위군은 물러가네."

두 사람이 떠나자 장사 양의가 장막에 들어왔다.

"승상께서 대군을 100일에 한 번씩 바꾸기로 하셨는데 날짜가 되었습니다. 한중 군사가 이미 천구를 나와 교대하기를 기다리니 군사 8만 가운데 4만이 떠나야 합니다."

"일단 명령이 있었으니 어서 떠나게 하게."

군졸들이 전해 듣고 각기 짐을 정리해 길에 오르려고 채비하는데 별안간 손례가 서량 군사 20만을 이끌고 사마의를 도우러 와서 이미 검각을 습격하러 떠났고, 사마의가 직접 군사를 이끌고 노성을 치러 온다는 보고가 들어왔다. 군사들이 저마다 놀라자 양의가 제갈량 장막에 들어와 청했다.

"위군이 급하게 달려오니 승상께서는 떠나는 군사를 잠시 남겨 적을 물리치시고, 새로 오는 군사가 이르기를 기다려 그 후에 바꾸셔야 하겠습니다."

"아니 되네. 나는 군사를 부리고 장수를 쓰면서 믿음을 근본으로 삼는데 어찌 그것을 버리겠는가? 떠나는 군졸들은 모두 돌아갈 채비를 마쳤고, 그 부모와 처자식들은 문에 기대어 혈육이 돌아오기를 기다리고 있으니 내가 비록 어려움이 있더라도 절대 그들을 남겨두어서는 아니 되네."

제갈량이 명령을 내려서 떠날 군사는 바로 떠나라고 하자 군졸들은 소리 높여 외쳤다.

"승상께서 이처럼 은혜를 베푸시니 저희는 잠시 돌아가지 않겠습니다. 모두 목숨을 걸고 위군을 무찔러 승상께 보답하겠습니다!"

제갈량이 재삼 떠나기를 명했으나 모두 남아 싸우겠다고 하자 허락했다.

"그렇다면 성을 나가 영채를 세우고 기다리다 적이 오면 숨 돌릴 틈도 주지 않고 급히 공격해야 한다. 이것이 편안히 쉰 군사로 멀리서 와 지친 군사를 치는 법이다."

군사들은 병기를 들고 기꺼이 성을 나가 진을 벌이고 위군을 기다렸다.

서량 군사는 평소보다 배나 빨리 달려오느라 사람은 지치고 말은 고단했다. 겨우 영채를 세우고 휴식하려 하는데 촉군이 저마다 용맹을 떨치며 덮쳐드니 장수들은 기세가 좋고 군졸들은 재빨랐다. 서량 군사가 버티지 못하고 물러서자 촉군이 거세게 쫓아가며 무찔러 시체가 들판에 가득 널리고 피가 흘러 도랑을 이루었다. 제갈량은 이긴 군사를 불러 상을 내렸다.

별안간 영안궁의 이엄이 위급을 알리는 글을 보내왔다.

'오에서 낙양에 사람을 보내 위와 화해하고 손을 잡았다고 합니다. 위가 오에게 촉을 치게 했는데, 다행히 오에서는 아직 군사를 일으키지 않았습니다. 방금 소식을 들었으니 승상께서는 어서 좋은 대책을 세우시기 바랍니다.'

제갈량은 몹시 놀라 장수들을 모았다.

"오에서 군사를 일으켜 촉을 침범한다면 내가 어서 돌아가야 하네."

명령을 내려 기산 군사를 서천으로 돌아가게 했다.

"사마의는 내가 여기에 군사를 주둔한 것을 알면 감히 쫓아가지 못할 걸세."

왕평과 장억, 오반, 오의는 군사를 두 길로 나누어 서서히 서천으로 물러갔다. 장합은 계책이 있을까 두려워 쫓지 못하고 사마의를 찾아갔다.

"촉군이 물러가는데 무슨 뜻인지 모르겠소."

"제갈량은 간사한 계책이 많으니 가볍게 움직이지 말고 굳게 지켜야 하오."

대장 위평(魏平)이 반대하고 나섰다.

"촉군이 물러가니 기세를 몰아 쫓아갈 만합니다. 도독께서 군사를 멈추시고 촉군을 호랑이 무서워하듯 하시니 천하 사람들이 비웃지 않겠습니까?"

사마의는 끝내 그의 말을 듣지 않았다.

제갈량은 기산 군사가 서천에 돌아간 것을 알고 양의와 마충에게 계책을 주었다.

"활잡이, 쇠뇌잡이 1만 명을 이끌고 검각의 목문도 양쪽에 매복하게. 위군이 쫓아오고 포 소리가 울리면 나무와 돌을 굴려 길을 끊고 양쪽에서 일제히 살을 날리게."

그리고 위연과 관흥을 불러 뒤를 막게 했다. 성 위에는 사방에 깃발을 꽂고 성안에는 땔나무와 풀을 어지러이 쌓아 짐짓 연기와 불을 일으키면서 대군은 모두 목문도를 향해 갔다.

정탐하던 군사들이 사마의에게 보고했다.

"촉군 대부대는 이미 물러갔는데 성안에는 군사가 얼마나 있는지 모르겠습니다."

사마의가 노성에 가보니 성 위에 깃발들이 꽂히고 성안에서 연기가 솟았다.

"이것은 빈 성이다. 제갈량이 물러갔으니 누가 쫓아가겠는가?"

"내가 가겠소."

선봉 장합이 나서자 사마의가 말렸다.

"장군은 성질이 급해 가시면 아니 되오."

"도독께서 관에서 나올 때 나를 선봉으로 명하셨으니 오늘이 바로 공로를 세울 때인데 어찌 쓰지 않으시오?"

"오늘은 바로 병법에 이르는 때이니 '돌아가는 군사는 치지 말고 궁지에 몰린 도적은 쫓지 말라'고 했소. 촉군은 물러가면서 반드시 험한 곳에 군사를 매복시켰으니 신중하게 움직여야만 쫓아갈 수 있소."

"알았으니 걱정하실 것 없소."

"장군이 스스로 가려고 했으니 후회하지 마시오."

"대장부가 몸을 바쳐 나라에 보답하는데 만 번 죽더라도 어찌 한이 있겠소?"

장합의 말이 꺼림칙해 사마의가 다시 물었다.

"다른 장수를 보내 쫓는 것이 좋지 않겠소? 장군은 성질이 활활 타오르는 불과 같아 꾹 참지 못하니 제갈량의 계책에 걸릴까 두렵소!"

장합은 목청을 돋우어 소리쳤다.

"효도하려면 정성을 다해야 하고 충성을 바치려면 목숨을 내놓아야 하거늘 무엇을 후회하겠소?"

장합이 끝내 고집을 꺾지 않아 사마의는 허락했다.

"장군이 기어이 가시겠다니 5000명 군사를 거느리고 먼저 가시오. 위평에게 2만 보병과 기병을 이끌고 뒤따르며 매복한 군사를 방비하게 하고, 내가 3000명 군사로 후원하겠소."

장합이 쏜살같이 쫓아 30여 리를 달려가는데 별안간 등 뒤에서 고함이 일어나며 숲속에서 군사 한 떼가 불쑥 나타나 앞장선 대장이 높이 외쳤다.

"적장은 군사를 이끌고 어디로 가느냐?"

장합이 머리를 돌려보니 위연이라 크게 노해 달려들자 열 합도 싸우지 않고 달아나 30여 리를 쫓아갔다. 말을 세우고 조심스레 둘러보니 매복한 군사가 보이지 않아 다시 말을 채찍질하는데 산비탈을 돌아서니 고함이 요란하게 일어나며 또 군사 한 떼가 앞을 막고 대장 관흥이 높이 외쳤다.

"장합은 쫓지 마라! 관흥이 여기 있다!"

장합이 말을 어울려 싸우자 열 합도 되지 않아 관흥 또한 달아나 힘을 떨쳐 쫓아갔다. 나무가 울창한 숲으로 들어가 장합이 의심하며 사방을 정탐했으나 매복이 없어 마음 놓고 쫓아갔다. 그런데 뜻밖에도 위연이 앞에 와 있어 10여 합을 싸우니 또 못 견디고 달아났다. 장합이 분노해 쫓아가는데 이번에는 관흥이 어떻게 돌아왔는지 앞에서 길을 막았다.

장합이 크게 노해 말을 다그치자 촉군은 갑옷과 기물을 모두 버려 길을 꽉 막고 달아났다. 위군이 말에서 내려 그것들을 줍는데 위연과 관흥이 번갈아 나타나니 장합은 힘을 다해 쫓아갔다. 차츰 날이 저물어 목문 길목에 이르자 위연이 갑자기 말을 돌려 욕을 퍼부었다.

"장합, 이 역적 놈아! 나는 너와 나란히 하지 않겠다. 쫓아오기만 해봐라, 목숨을 걸고 한판 결전을 벌이겠다!"

장합이 화가 머리끝까지 치밀어 달려들자 열 합도 되지 않아 위연이 또 달아나는데, 갑옷을 벗고 투구마저 내동댕이쳐 머리가 산산이 풀어진 채 목문도를 향해 달려갔다. 장합이 싸움에 정신이 팔려 말을 몰아 쫓아가자 뒤에서 부하 장수들이 소리쳤다.

"장군은 쫓지 마십시오! 그는 이미 멀리 갔습니다."

그래도 성질이 급한 장합은 한사코 쫓아가기만 했다. 날이 어두워지자 다시 포 소리가 '탕!' 울리더니 산 위에서 불빛이 하늘로 솟구치며 커다란 바윗돌과 굵직한 나무둥치들이 마구 굴러내려 길을 막았다.

"계책에 걸렸구나!"

정신이 번쩍 들어 급히 말을 돌리자 뒤에도 이미 나무와 바위들이 막아 길이 끊기고 가운데에 빈터가 한 토막 남았을 뿐 양쪽은 높은 절벽이었다. 장합은 어디로도 갈 길이 없는데 딱따기 소리가 '딱!' 울리더니 양쪽에서 1만 벌 쇠뇌가 일제히 살을 날려, 100여 명 장수와 함께 죽고 말았다.

뒤를 따르던 위군이 이르러보니 길이 꽉 막혀 장합이 이미 계책에 걸린 줄 알고 급히 물러섰다. 산꼭대기에서 높이 외쳤다.

"제갈 승상께서 여기 계신다!"

장졸들이 고개를 들어보니 제갈량이 불빛 속에 서서 말했다.

"내가 오늘 사냥을 하면서 말을 한 필 쏘려고 했는데 노루를 맞혔구나. 너희는 마음 놓고 돌아가 중달에게 알려라. 반드시 곧 나에게 사로잡힌다고."

【말은 성에 '말 마(馬)' 자가 있는 사마의를 가리키고, 노루는 성이 '노루 장(獐)'

1만 벌 쇠뇌가 살을 날려 장합 죽다. ▶

자와 음이 같은 장합을 가리키는 것으로 말장난 풍자였다.】

위군이 돌아가 알리자 사마의는 슬퍼하며 하늘을 우러러 한숨을 쉬었다.

"장준예가 죽은 것은 내 잘못이다!"

그는 군사를 거두어 낙양으로 돌아갔다. 위주 조예는 장합의 말을 듣고 쉬지 않고 통곡하다 대신들이 거듭 말려서야 울음을 그쳤다.

"촉이 평정되지 않았는데 훌륭한 장수가 먼저 잘못되었으니 어찌해야 하오?"

대신들이 눈물을 흘리며 아뢰었다.

"장합은 대들보 같은 재목인데 죽었으니 나라 대들보가 부러졌습니다."

별안간 간의대부 신비가 꾸짖었다.

"그게 무슨 소리요! 옛날 건안 연간에는 사람들이 천하에 무조(조조)께서 계시지 않으면 아니 된다고 했소. 후에 무조께서 승하하시고 문황제께서 자리를 이으시니 사람들은 또 하루라도 문황제께서 계시지 않으면 아니 된다고 했소. 문황제께서 승하하시고 지금 폐하께서 용이 솟아오르듯 흥하시니 나라에는 문관과 무장들이 빗방울처럼 많은데 장합 한 사람 줄었다고 무슨 큰일이 있겠소?"

대신들은 입을 다물었다.

"신 간의 말이 옳소."

조예가 찬성하고 장합의 주검을 거두어 후한 장례를 치러 묻어주었다.

이때 한중으로 돌아간 제갈량이 성도로 들어가 후주를 뵈려 하는데, 그보다 먼저 이엄이 후주께 아뢰었다.

"신이 이미 군량을 마련해 승상 군중으로 실어가려 하는데 승상이 어찌하여 갑자기 군사를 되돌려 왔는지 모르겠습니다."

후주가 상서 비의를 보내 군사를 되돌린 까닭을 묻자 제갈량은 놀랐다.

"이엄이 오에서 서천을 침범하려 한다 해서 군사를 되돌려 왔소."

이엄이 후주에게 아뢴 말을 비의가 전하자 제갈량이 사람을 보내 알아보니 까닭이 곧 밝혀졌다.

"이엄은 군량이 마련되지 않아 승상께서 죄를 물을까 두려워 글을 띄워 군사를 돌리게 했습니다. 그러고는 망령되이 천자께 아뢰어 제 잘못을 덮어 감추었습니다."

"하찮은 사내가 제 한 몸의 이유로 나라 대사를 그르쳤구나!"

제갈량이 이엄을 불러 목을 치려 하자 비의가 권했다.

"승상께서는 옛날 그와 함께 선제의 부탁을 받으셨으니 그 뜻을 떠올려 잠시 용서해주십시오. 그를 죽이면 사람들이 승상께서 다른 사람을 용납하지 못하신다고 말할 것입니다. 그렇다고 남겨두기도 어려우니 그냥 백성으로 만들어버리면 됩니다."

비의가 표문을 올려 사연을 아뢰니 후주는 발끈해 이엄을 궁궐 밖으로 끌어내 목을 치라고 호령했다. 참군 장완이 아뢰었다.

"이엄은 선제께서 아드님을 부탁하신 신하이니 은혜를 베푸시어 너그럽게 용서하시기 바랍니다."

후주는 이엄의 벼슬을 떼어 백성으로 만들고 재동군으로 귀양 보내 한가하게 살게 했다.

성도로 돌아온 제갈량은 이엄의 아들 이풍을 장사(長史)로 삼아 말먹이 풀을 모으고 식량을 쌓게 하며, 진을 치는 방법과 군사를 부리는 비결을 가르쳤다. 그리고 3년 동안 싸움 기구를 갖추고 장졸들을 다독여 힘을 기른 후 다시 정벌에 나서기로 하니 서천과 동천의 백성과 군사는 모두 그 은덕을 우러러보았다.

세월은 살 같이 흘러 어느덧 3년이 지나니 건흥 12년(234년) 2월, 제갈량이 조정에 들어가 아뢰었다.

"신이 군사를 위로하고 구제한 지 벌써 3년이 되었습니다. 식량과 말먹이 풀이 풍족하고 싸움 기구들이 완벽하게 갖추어졌으며, 사람은 씩씩하고 말은 장하니 위를 정벌할 수 있습니다. 이번에야말로 간사한 무리를 깨끗이 쓸어 중원을 회복하지 못하면 맹세코 폐하를 뵙지 않겠습니다."

후주는 시답지 않아 했다.

"이미 솥의 발처럼 갈라진 형세가 이루어져서 오와 위가 우리를 침범하지 않는데 상부께서는 어찌하여 편안히 태평세월을 누리지 않으시오?"

제갈량이 대답했다.

"신은 선제께서 알아주고 써주신 은혜를 입어 꿈속에서도 위를 정벌할 계책을 꾸미곤 했습니다. 힘을 다하고 충성을 다 바쳐 폐하를 위해 중원을 수복해 한의 황실을 다시 흥하게 하는 것이 신의 소원입니다."

그 말이 끝나기도 전에 반열에서 한 사람이 나섰다.

"승상은 군사를 일으켜서는 아니 되옵니다!"

사람들이 보니 초주였다.

이야말로

무후는 정성 바쳐 나라 걱정하는데
태사는 천기를 알아 하늘을 논한다

초주는 어떤 의견을 내놓을까?

102

먹지 않고 쉬지도 않는 소와 말

사마의는 북원, 위교 점령하고
제갈량은 목우, 유마를 만들다

역법과 제사 날짜를 정하는 태사(太史) 초주는 천문에 매우 밝았다. 그는 제갈량이 다시 출병하려 하자 후주에게 아뢰었다.

"신은 사천대를 맡아 천기의 움직임을 살피므로 복과 화의 징조가 있으면 아뢰지 않을 수 없습니다. 근래에 새 몇만 마리가 남쪽에서 날아와 한수에 떨어져 죽었으니 상서롭지 못한 일입니다. 신이 천상을 살피는데 규성(奎星, 문학을 맡은 별)이 태백 분야로 가서 성한 기운이 북쪽에 있으니 위를 정벌하기에 이롭지 못합니다. 또 성도 사람들이 밤에 잣나무가 우는 소리를 들었습니다. 이런 이상한 현상들이 있으니 승상은 함부로 움직여서는 아니 됩니다."

제갈량이 딱 잘랐다.

"선제께서 마지막 순간에 아드님을 맡기시어 무거운 부탁을 받았으니 힘을 다해 역적을 토벌해야 하거늘 어찌 허망한 징조 때문에 나라 대사를 폐하겠습니까?"

제갈량은 제사를 맡은 관청에 명해 소와 양, 돼지를 두루 갖춘 최고급 제물을 마련해 소열황제 사당에 제사를 지내고 눈물을 흘리며 고했다.

"신 양은 다섯 번 기산으로 나아갔으나 한 치 땅도 얻지 못해 죄가 가볍지 않습니다. 신이 다시 전군을 거느리고 기산으로 나아가니 맹세코 힘을 다하고 마음을 다 바쳐 한의 도적을 없애고 중원을 회복하겠습니다. 몸을 굽혀 정성을 다할 것이니 죽은 뒤에야 그치겠습니다."

제사를 지내고 밤에 낮을 이어 한중으로 달려가 장수들과 출병을 상의하는데, 별안간 관흥이 병으로 죽었다는 소식이 들어왔다. 제갈량은 목 놓아 울다 까무러쳐 반나절이 지나서야 정신을 차렸다. 장수들이 거듭 속을 풀라고 권하니 길게 한숨을 쉬었다.

"가엾게도 충성스럽고 의로운 사람에게는 하늘이 긴 목숨을 주지 않는구나! 내가 이번에 출병하면서 또 대장이 하나 줄었네!"

제갈량은 이회에게 먼저 식량과 말먹이 풀을 야곡 길목으로 날라서 기다리게 하고, 위연과 강유를 선봉으로 세워 34만 군사를 일으켜 다섯 길로 나아가면서 모두 기산을 나와 모이게 했다.

바로 전해에 마파 땅 우물에서 푸른 용이 나왔다 하여 위에서는 연호를 청룡 원년으로 고쳤으니, 때는 청룡 2년(234년) 봄 2월이었다. 위주를 모시는 신하가 아뢰었다.

"변경에서 급보를 올렸는데 촉군 30여 만이 다섯 길로 나뉘어 다시 기산으로 나왔답니다."

조예는 깜짝 놀라 급히 사마의를 불렀다.

"촉에서 3년 동안 침범하지 않았는데, 제갈량이 또 기산으로 나오니 어찌해야 하오?"

"신이 밤에 천상을 살펴보자 중원 기운이 한창 왕성하고 규성이 태백을 범해 서천에 이롭지 않습니다. 제갈량은 재주와 슬기만 믿고 하늘을 거슬러 움직이니 패망을 부르는 것입니다. 신이 폐하의 크나큰 복에 힘입어 바로 달려가 깨뜨리겠습니다. 네 사람을 추천해 함께 가도록 해주시기 바랍니다."

"어떤 사람을 추천하려 하오?"

"하후연에게 아들 넷이 있으니 맏이는 이름이 패(霸)에 자는 중권(仲權), 둘째는 이름이 위(威)에 자는 계권(季權), 셋째는 이름이 혜(惠)에 자는 치권(稚權), 넷째는 이름이 화(和)에 자는 의권(義權)입니다. 패와 위는 활 잘 쏘고 말 잘 타며, 혜와 화는 군사 책략이 뛰어납니다. 이 네 사람은 늘 아버지를 위해 원수를 갚으려 하니 신은 패와 위를 좌우 선봉으로 추천하고, 혜와 화를 행군사마로 추천해 함께 촉군을 물리치려 합니다."

조예가 근심했다.

"전날 하후무 부마가 군사를 잘못 다루어 숱한 인마를 잃고 지금껏 부끄러워 돌아오지 못하오. 이 네 사람도 하후무와 같지 않겠소?"

"이 네 사람은 하후 부마에 비교할 바가 아닙니다."

조예는 사마의를 대도독으로 임명해 모든 장수와 군사의 실력을 가늠해 마음대로 쓸 수 있는 권한을 주었다. 위의 여러 곳 군사는 모두 사마의의 명령에 따라 움직이게 되었다. 조예는 다시 친필 조서를 내려 당부했다.

'경이 위수에 이르면 단단히 지키는 것이 옳으니 함부로 나가 싸우지 말라. 촉군은 뜻을 이루지 못하면 짐짓 물러서며 아군을 유인하려 들 터이니 경은 절대 쫓아가지 말아야 하노라. 적이 식량이 바닥나기를 기다리면 반드시 제풀에 물러갈 것이니 그다음 틈을 타서 치면 이기기 어렵지 않고, 군사를 피로하게 하지 않아 수고도 덜게 되니 이보다 나은 방법은 없노라.'

머리를 조아려 조서를 받은 사마의는 그날로 길에 올랐다. 장안에 이르러 여러 곳 군사를 모으니 도합 40만 대군이 이루어져 위수 가에 영채를 세웠다.

군사 5만을 뽑아 위수 위에 부교 아홉 개를 놓아 선봉 하후패와 하후위를 위수 너머로 보내 영채를 세우게 하고, 큰 영채 뒤쪽 동원 땅에 성을 쌓아 만일의 사태에 대비했다.

곽회가 손례와 함께 사마의를 뵈러 와서 걱정했다.

"기산의 촉군이 위수를 가로 타고 북원에 올라 북산과 연결해 농서로 통하는 길을 끊으면 몹시 위험해집니다."

사마의가 인정했다.

"그 말이 참으로 옳소. 공은 농서 군사를 움직여 북원을 차지하고 영채를 세우시오. 도랑을 깊이 파고 보루를 높이 쌓아 군사를 멈추고 움직이지 않으면서 적이 식량이 바닥나기를 기다려 공격해야 할 것이오."

곽회와 손례는 명령을 받들고 갔다.

이때 제갈량은 다시 기산으로 나와 큰 영채 다섯 개를 세우고, 또 야곡부터 검각까지 큰 영채를 열네 개나 연이어 세워 오래 싸울 준비를 했다. 날마다 멀리 정탐하며 곽회와 손례가 농서 군사를 움직여 북원에 영채를 세웠다는 보고를 듣고 장수들에게 설명했다.

"위군이 북원에 영채를 세운 것은 내가 이 길을 차지해 농서로 통하는 길을 끊을까 두려워서이니, 내가 짐짓 북원을 공격하는 척하면서 가만히 위수 영채를 치겠네. 뗏목 100여 개를 만들어 풀 단을 싣고 물에 익숙한 수부 5000명에게 다루게 할 걸세. 내가 깊은 밤에 북원을 공격하면 사마의가 반드시 구하러 오니, 그가 우리를 이기지 못하면 후군을 먼저 맞은편 기슭으로 건너보내 뗏목을 타고 내려가며 부교에 불을 붙여 태워버리겠네. 그런 뒤에 내가 앞쪽 영채를 쳐서 위수 남쪽을 얻으면 나아가기가 어렵지 않네."

장수들이 움직이자 소식이 바람같이 들어가 사마의가 장수들을 불렀다.

"제갈량이 이처럼 움직이는 데에는 그 속에 계책이 들어 있네. 그는 북원을 친다는 소문을 내고는 물을 따라 내려오면서 부교를 불태우려 하는데, 내 뒤가 어지러워지게 한 다음 도리어 내 앞을 치려는 수작일세.”

하후패와 하후위에게 명령을 내렸다.

“북원에서 고함이 들리면 위수 남쪽 산속에 가서 촉군이 오기를 기다려 공격하라.”

장호와 악침에게는 2000명 활잡이와 쇠뇌잡이를 이끌고 위수 부교를 따라 북쪽 기슭에 매복하라고 명했다.

“촉군이 뗏목을 타고 물을 따라 내려오면 일제히 살을 날려 다리에 다가붙지 못하게 하라.”

곽회와 손례에게도 명령을 전했다.

“제갈량이 북원에서 가만히 위수를 건너는데, 새로 세운 영채에는 군사가 많지 않으니 모두 영채 밖에 매복하시오. 촉군이 오후에 물을 건너면 황혼 무렵에는 반드시 치러 오는데 져주고 달아나면 촉군이 쫓아올 것이니 활과 쇠뇌로 쏘시오. 내가 물과 뭍으로 함께 나아갈 테니 촉군 대부대가 몰려오면 내 지휘만 보면서 공격하시오.”

여러 곳에 두루 명령을 내린 사마의는 아들 사마사와 사마소에게 앞쪽 영채를 구하게 하고 자신은 북원을 구하러 갔다.

이때 제갈량은 위연과 마대에게 위수를 건너 북원을 공격하게 하고, 오반과 오의에게 뗏목을 타고 부교를 불태우는 일을 맡겼다. 왕평과 장억은 선두를 거느리고 강유와 마충은 가운데 부대를 이끌며 요화와 장익은 후군을 데리고 세 길로 위군의 위수 영채를 치게 했다.

이날 정오에 사람과 말들이 큰 영채를 떠나 위수를 건너 천천히 나아갔다. 위연과 마대가 북원에 이르렀을 때는 이미 땅거미가 졌는데, 손례가 정탐을 나왔다가 촉군을 보고는 바로 영채를 버리고 달아나니 위연은 위군이 대비했음을 알고 급히 군사를 물렸다. 이때 사방에서 고함이 울리며 사마의와 곽회가 양쪽에서 군사를 거느리고 달려와 촉군을 무찔렀다.

위연과 마대가 힘을 떨쳐 막았으나 촉군은 절반 이상이 물에 빠지고 나머지는 도망가려 해도 길이 없었다. 다행히 오의의 군사가 달려와 패한 군사를 구해 강을 건너가 막고 싸웠다.

이때 오반이 군사를 반으로 나누어 뗏목에 올라 물을 따라 내려가며 부교를 태우려 하는데 장호와 악침이 언덕 위에서 어지러이 화살을 날리니 오반은 화살에 맞아 물에 빠져 죽고 군사들은 물에 뛰어들어 목숨을 건졌다. 뗏목은 죄다 위군에게 빼앗겼다.

때를 같이 하여 왕평과 장억이 북원에 간 군사가 패한 줄도 모르고 위군 영채로 달려가니 사방에서 고함이 일어났다. 왕평이 장억에게 말했다.

"북원으로 간 우리 군사의 승패를 모르오. 위수 남쪽 영채들이 눈앞에 있는데 순찰하러 나온 위군이 하나도 보이지 않으니 사마의가 미리 알고 대비한 게 아니오? 우리는 부교에서 불이 일어나는 것을 보아야 진군할 수 있소."

두 사람이 군사를 단속해 멈추자 유성마가 달려왔다.

"승상께서 군사를 급히 되돌리라 하셨습니다. 북원을 치던 군사와 부교를 태우러 간 군사가 모두 패했습니다."

두 사람이 깜짝 놀라 급히 군사를 물리는데 위군이 벌써 등 뒤로 돌아와 포소리를 울리며 달려왔다. 왕평과 장억이 맞서 한바탕 뒤엉켜 싸우니 촉군은 태반이 죽고 다쳤다.

제갈량이 기산 큰 영채로 돌아와 패한 군사를 점검해보니 거의 1만을 잃어, 근심스럽고 답답해하는데 장사 양의가 불평했다.

"위연은 불만의 말을 내뱉으면서 늘 승상께서 자기를 시원치 않게 보고 업신여긴다고 떠듭니다. 그가 원한을 품어 이번에 위수에서 지고 말았습니다."

제갈량이 꾸짖었다.

"내가 마땅히 생각이 있는데 어찌 헐뜯는 말을 하는가?"

양의는 놀랍고 황송해서 물러갔다.

이때 성도에서 비의가 승상을 만나러 오니 제갈량이 말했다.

"내가 글을 지어 공에게 수고를 끼쳐 오로 보낼까 하는데, 가시려오?"

"승상께서 명하시는 일을 어찌 감히 사절하겠습니까?"

비의는 곧장 건업으로 가서 오주 손권에게 글을 올렸다.

'한의 황실이 불행해 왕의 기강이 풀리고 역적 조씨가 나라를 빼앗았는데, 이 양은 소열황제의 무거운 부탁을 받았으니 어찌 힘을 다해 충성을 바치지 않겠습니까? 이미 많은 군사가 기산에 모이고 미친 도적들이 장차 위수에서 망하게 되었습니다. 엎드려 바라오니 폐하께서는 동맹의 의리를 생각하시어 장수를 보내 북방을 정벌해주십시오. 중원을 차지하면 함께 천하를 나누겠습니다. 글로는 말을 다 하지 못하니 굽어살피시기 바랍니다.'

손권은 글을 읽고 대단히 기뻐 비의에게 말했다.

"짐은 군사를 일으키려 한 지 오래이나 공명과 합치지 못했소. 글이 왔으니 며칠 안으로 짐이 친히 정벌을 떠나 거소문으로 들어가 위의 신성을 치고, 육손과 제갈근에게 군사를 강하 면구에 주둔해 양양을 치도록 하겠소. 또 손소와 장승에게는 광릉으로 출병해 회음을 비롯한 곳들을 치게 하겠소. 군사는 도합 30만이니 날짜를 정해 일으키겠소."

비의는 고맙다고 인사했다.

"그렇게 되면 중원은 곧 깨집니다."

손권이 잔치를 베풀어 대접하며 물었다.

"공명은 누구를 앞에 세워 적을 깨뜨리오?"

"위연이 으뜸입니다."

"그 사람은 용맹이 남아도나 마음이 바르지 않아 어느 날 공명이 없으면 반드시 화를 일으킬 것인데 공명이 어찌 모르겠소?"

"폐하 말씀이 옳으시니 신이 돌아가면 승상께 말씀을 올리겠습니다."

비의가 기산으로 돌아와 보고하자 제갈량이 물었다.

"오주는 다른 말이 없었소?"

손권이 위연을 논한 말을 전하자 한숨을 쉬었다.

"참으로 총명한 임금이오! 내가 위연을 모르는 게 아니지만 그 용맹을 아껴 쓸 따름이오."

비의가 당부했다.

"승상께서는 일찌감치 대비하셔야 합니다."

"나에게 마땅히 방법이 있소."

비의는 성도로 돌아가고 제갈량이 장수들과 진군할 계책을 상의하는데 별안간 위군 장수가 항복하러 왔다고 하여 불러들였다.

"저는 위의 편장 정문입니다. 근래에 진랑과 함께 군사를 거느리고 사마의의 지휘를 듣는데, 뜻밖에도 사마의가 사사로운 정에 매여 공정하게 처리하지 않습니다. 진랑은 전장군으로 벼슬을 높여주면서 이 문은 지푸라기쯤으로 아니 불만스러워 특별히 승상께 항복을 드립니다."

그 말이 끝나기도 전에 군사가 보고했다.

"진랑이 영채 밖에 와서 정문을 찾아 싸움을 겁니다."

제갈량이 물었다.

"그 사람 무예가 그대와 비하면 어떠한가?"

"제가 당장 가서 목을 치겠습니다!"

"자네가 진랑을 죽여야 내가 비로소 의심하지 않겠네."

정문은 기꺼이 말에 올라 진랑과 싸우러 갔다. 제갈량이 나가보니 진랑이 창을 꼬나 들고 욕을 퍼부으며 달려들자 정문이 칼을 춤추며 맞이하는데 겨우 한 합이 이루어지자 어느덧 진랑을 찍어 말 아래로 떨어뜨리고 머리를 베어 영채로 들고 들어왔다. 장막 안에 앉은 제갈량은 발끈 화를 냈다.

"저놈을 밖으로 끌어내 목을 쳐라!"

정문이 다급히 변명하자 제갈량이 꾸짖었다.

"내가 전부터 진랑을 안다. 네가 벤 자가 아닌데 감히 나를 속이느냐!"

정문은 절을 하며 실토했다.

"그 사람은 실은 진랑의 아우 진명입니다."

제갈량은 웃었다.

"사마의가 너를 보내 거짓 항복을 하고 틈을 보아 일을 저지르게 했으나 어찌 나를 속일 수 있겠느냐! 사실대로 말하지 않으면 네 목을 치겠다."

정문은 거짓 항복임을 털어놓고 엎드려 목숨을 살려달라고 빌었다.

"살고 싶으면 글을 보내 사마의가 직접 와서 영채를 습격하게 해라. 그를 잡으면 네 공로이니 무겁게 써주겠다."

정문은 어쩔 수 없이 글을 써서 올렸다. 제갈량이 정문을 가두자 번건이 물었다.

"승상께서는 어찌 이 사람의 거짓을 아셨습니까?"

"사마의는 가볍게 사람을 쓰지 않네. 진랑의 벼슬을 높여 전장군으로 만들었다면 그만큼 무예가 뛰어날 걸세. 그런데 정문과 맞서 겨우 한 합에 죽으니 반드시 진랑이 아닐 걸세. 그래서 속임수를 알아보았네."

사람들은 모두 절을 하며 탄복했다.

제갈량은 말 잘하는 사람을 골라 계책을 가르치고 정문의 글을 가지고 가서 사마의에게 올리게 했다. 그가 가서 말했다.

"저는 중원 사람으로 세상을 떠돌다 촉 땅에 들어갔는데, 정문과 고향이 같습니다. 정문이 공로를 세워 제갈량이 선봉으로 써주니, 특별히 저에게 부탁해 글을 바치면서 내일 밤 불이 일어나는 것을 신호로 도독께서 대군을 거느리고 영채를 습격하러 오시기를 바랍니다. 정문이 안에서 호응할 것이니 도독께서 늦추시면 일이 이루어지지 않습니다."

사마의는 거듭 까다로운 물음을 던지고 글을 자세히 살폈으나 아무리 보아도 진짜 같아서 그 사람에게 술과 음식을 내리고 일렀다.

"오늘 밤 내가 직접 영채를 습격하고 대사가 이루어지면 너를 중용하겠다."

그 사람이 돌아가 보고하자 제갈량은 검을 들고 북두칠성 모양에 따라 걸으며 북두의 신에게 기도를 드리고, 왕평과 장억, 마충과 마대, 위연을 각기 불러 자세히 일렀다. 자신은 수십 명 부하를 이끌고 높은 산 위에 올라 군사들을 지휘했다.

사마의가 정문의 글을 믿고 두 아들과 함께 대군을 이끌고 촉군 영채를 습격하려 하자 맏아들 사마사가 말렸다.

"아버님께서는 어찌 편지 한 장을 믿고 험한 땅에 들어가려 하십니까? 다른 장수를 먼저 보내고 아버님께서는 뒤따라 지원해주시는 것이 좋습니다."

사마의는 진랑에게 1만 명 군사를 주어 먼저 촉군 영채를 습격하게 하고 뒤에서 지원하기로 했다.

그날 밤에 바람은 잔잔하고 달은 휘영청 밝은데 밤이 깊어지자 느닷없이 음산한 구름이 사방에서 나타나 검은 기운이 하늘을 뒤덮어, 얼굴을 맞대고도 알아볼 수 없었다. 사마의는 크게 기뻐했다.

"하늘이 나를 성공하게 만드는구나!"

사람은 모두 하무를 물고 말은 죄다 입을 졸라매고 기세 좋게 나아갔다. 진랑이 앞장서서 1만 군사를 이끌고 곧바로 촉군 영채로 쳐들어갔으나 사람 하나 보이지 않아 계책에 걸렸음을 알고 황급히 군사를 물리라고 소리쳤다. 그러자 사방에서 횃불이 환하게 일어나며 고함이 땅을 흔드는데 왼쪽은 왕평과 장억, 오른쪽은 마대와 마충의 군사가 달려와 진랑이 죽기를 무릅쓰고 싸웠으나 빠져나갈 수 없었다.

뒤에 있던 사마의는 촉군 영채에서 불빛이 하늘로 솟구치고 고함이 그치지 않자 위군이 이겼는지 졌는지 몰라 한사코 달려가는데, 별안간 화포가 땅을 흔들며 위연과 강유가 양쪽으로 쳐 나와 크게 패하고 열에 여덟아홉이 다쳐 사방으로 뿔뿔이 달아났다. 촉군에게 에워싸인 진랑은 메뚜기 떼처럼 날아오는 화살 속에 죽고 사마의는 패한 군사를 이끌고 영채로 돌아갔다.

밤중이 지나 제갈량이 산꼭대기에서 징을 울려 군사를 거두자 날이 다시 개었다. 원래 음산한 구름이 몰려와 하늘이 캄캄했던 것은 제갈량이 둔갑술을 썼기 때문이고, 군사를 거두자 날이 갠 것은 제갈량이 육정육갑을 휘몰아 뜬구름을 걷어버렸기 때문이었다.

한 판 크게 이기고 영채로 돌아온 제갈량은 정문의 목을 치고 날마다 군사를 보내 싸움을 걸었으나 위군이 나오지 않자, 작은 수레를 타고 동쪽 서쪽으로 오고 가면서 기산 앞 위수의 지리를 살펴보았다.

그러다 어느 골짜기에 이르러보니 그 모양이 조롱박 같은데 안에 1000여 명이 들어갈 수 있었다. 안으로 들어가 보니 두 산이 합쳐져 골짜기가 또 하나 이루어지는데 500여 명을 수용할 만했다. 맨 뒤쪽의 양쪽 산은 사람이 두 팔을 벌려 손이 닿을 듯해 겨우 사람 하나, 말 한 필이 지나갈 수 있었다. 제갈량은 두루 돌아보고 크게 기뻐 길잡이에게 골짜기 이름을 물었다.

"원래는 상방곡인데 호로곡이라고도 합니다."

제갈량은 영채로 돌아와 비장 두예와 호충을 불러, 종군하는 장인 1000여 명을 모아 호로곡 안으로 들어가 목우(木牛, 나무 소)와 유마(流馬, 기계 말)를 만들게 하고, 마대에게 500명 군사를 거느리고 골짜기 입구를 지키게 했다.

"장인들이 바깥에 나오게 놓아주어서는 아니 되고 바깥사람들을 안에 들여보내서도 아니 되네. 내가 수시로 직접 가서 보겠네. 사마의를 붙잡는 계책이 모두 이 일 하나에 달렸으니 절대 소식을 흘려서는 아니 되네."

두예와 호충은 골짜기 안에서 장인들을 감독해 법식에 따라 목우와 유마를 만들었다. 제갈량이 날마다 영채와 골짜기를 오가면서 지시를 내리는데 어느덧 10여 일이 지났다. 어느 날, 장사 양의가 장막에 들어와 물었다.

"식량이 모두 검각에 있는데 사람과 소와 말로는 나르기가 불편하니 어찌 해야 하겠습니까?"

"내가 이미 계책을 정한 지 오래일세. 전에 모아둔 목재와 서천에서 사들인 큰 나무를 가져다 목우와 유마를 만들게 했으니 식량을 나르기가 아주 편하네. 이 소와 말은 모두 물을 마시지 않고 음식도 먹지 않으니 밤낮으로 쉬지 않고 물건을 나를 수 있네."

사람들은 모두 놀랐다.

"지금까지 그런 것이 있다는 말은 듣지 못했는데 승상께서는 어떤 방법으로 이처럼 기묘한 물건을 만드셨습니까?"

제갈량이 말했다.

"내가 이미 사람을 시켜 법에 따라 만들게 했으나 아직 완벽하게 끝내지 못했네. 지금 먼저 목우와 유마 만드는 법을 알려주겠네. 모나거나 둥근 모양과 치수, 길고 짧고 넓고 좁은 곳들을 분명히 기록했으니 자네들이 보게."

제갈량이 글을 써주어 장수들은 먼저 목우 만드는 법을 보았다.

'배는 모나고 머리는 굽었는데 발은 하나에 다리는 넷이다. 머리는 깃 안에 들어가고 혀는 배에 붙었다. 싣는 것은 많으나 나아가는 바는 적으니 크게 써야지 작게 부려서는 아니 된다. 홀로 가면 수십 리, 무리 지어 가면 20리를 간다. 굽은 것은 소의 머리요 쌍으로 이룬 것은 발이며 가로 된 것은 깃이고 도는 것은 다리다. 엎어진 것은 소의 등이고 모난 것은 배며 드리운 것은 혀고 굽은 것은 갈비다. 새긴 것은 소의 이빨이고 세워진 것은 뿔이며 가는 것은 멍에 끈이고 모이는 것은 후걸이 축(소와 말의 궁둥이에 가죽띠를 매는 축)이다. 소에는 채를 둘 메우니 사람이 여섯 자를 가면 소는 네 걸음을 움직인다. 일 년 치 식량을 싣고 하루에 20리를 가는데 사람은 별로 지치지 않는다. 소는 물도 음식도 먹지 않는다.'

유마를 만드는 법은 이러했다.

'갈빗대는 길이가 석 자 다섯 치, 너비가 세 치, 두께는 두 치 두 푼이니 좌우가 같다. 앞의 축 구멍은 머리에서 네 치 떨어졌으니 안의 지름은 두 치다. 앞발 구멍은 두 치로 앞의 축 구멍에서 네 치 닷 푼 떨어지고 너비는 한 치다. 앞의 대 구멍은 앞발 구멍에서 두 치 일곱 푼 떨어지니 구멍 길이는 두 치고 너비는 한 치다. 뒤의 축 구멍은 앞의 대 구멍에서 한 자 닷 푼 떨어지고 크기는 앞과 같다. 뒷발 구멍은 뒤의 축에서 세 치 닷 푼 떨어지고 크기는 앞과 같다. 뒤의 대 구멍은 뒷발 구멍에서 두 치 일곱 푼 떨어지고, 뒤의 후재극은 뒤의 대 구멍에서 네 치 닷 푼 떨어졌다. 앞의 대는 길이가 한 자 여덟 치, 너비가 두 치, 두께가 한 치 닷 푼이다. 뒤의 대는 앞의 대와 같다. 널빤지로 만든 네모난 주머니 둘이 있으니 두께는 여덟 푼, 길이는 두 자 일곱 치, 높이는 한 자 여섯 치 닷 푼이며 너비는 한 자 여섯 치다. 주머니 하나마다 쌀 두 섬 세 말을 받는다. 위의 대 구멍에서 갈빗대 아래까지 일곱 치니 앞뒤가 같다. 위의 대 구멍은 아래 대 구멍까지 한 자 세 치고 구멍 길이는 한 치 닷 푼에 너비는 일곱 푼이니 여덟 구멍이 똑같다. 앞뒤의 네 발은 너비가 두 치, 두께가 한 치 닷 푼이다. 모양은 코끼리 같고 간은 길이가 네 치며 가로지른 면은 네 치 서 푼이다. 구멍 안에는 발의 대가 셋 있으니 길이는 두 자 한 치에 너비는 한 치 닷 푼, 두께는 한 치 너 푼이니 대와 같다.'

【목우와 유마의 제조법은 정사와 야사 판본마다 서로 다른데, 여기서는 원조인 정사 《삼국지》 〈제갈량전〉의 주해에 따랐다. '후재극'은 뜻을 확인할 수 없고, '간'은 마른 가죽으로 만든 유마의 부품을 말한다.】

장수들은 읽어보고 모두 절을 하며 탄복했다.

"승상께서는 참으로 신 같은 분이십니다! 한이 다시 흥하게 되었습니다!"

며칠이 지나 목우와 유마가 모두 만들어지니 마치 살아 있는 짐승처럼 산에 오르고 고개를 내려가기가 참으로 편해, 장졸들은 그 모습을 보고 즐거워하지 않는 사람이 없었다. 제갈량은 우장군 고상에게 1000명 군사를 이끌고 목우와 유마를 몰게 해, 검각과 기산 큰 영채 사이를 오가며 식량과 말먹이 풀을 날라 오게 했다.

사마의가 소식을 듣고 깜짝 놀랐다.

"내가 굳게 지키면서 나아가지 않는 것은 그들이 식량과 말먹이 풀을 나르지 못해 스스로 물러가기를 기다리는 것인데, 이런 방법을 쓴다면 반드시 오래 버티려는 것이니 어찌해야 하느냐?"

급히 장호와 악침을 불러 분부했다.

"두 사람은 각기 500명 군사를 이끌고 야곡 오솔길로 가서 촉군이 목우와 유마를 몰고 오기를 기다려 그들이 오면 다 지나가게 하고 뒤에서 쳐 나가 서너 필만 빼앗아 돌아오너라."

두 사람이 밤에 가만히 골짜기 안에 매복해 공격하니 촉군이 목우와 유마 몇 필을 내버리고 도망쳐 그것들을 영채로 끌고 갔다. 사마의가 자세히 보니 과연 나아갔다가 물러서는 품이 마치 산 짐승과 같았다.

"공명이 이 법을 쓴다면 나는 쓸 줄 모르겠느냐?"

솜씨 좋은 목수 100여 명을 불러 그 자리에서 목우와 유마를 뜯어 똑같이 다시 만들게 하니 보름도 걸리지 않아 2000여 필이 만들어졌다. 제갈량이 만든 것과 다름없이 곧잘 걸어, 진원장군 잠위(쏙威)에게 농서로 끌고 가서 식량과 말먹이 풀을 실어오게 했다. 농서와 위수 사이로 목우와 유마가 쉬지 않고 다니니 위군 장졸들은 저마다 좋아 날뛰었다.

이때 제갈량은 위군이 목우와 유마를 몇 필 빼앗아 갔다고 하자 좋아했다.

"내가 바로 그들이 빼앗아 가게 하려던 참이었네. 사마의는 그것을 본떠 똑같이 만들 것이니 나는 목우와 유마를 몇 필 잃고 우리에게 큰 이익이 돌아오게 하겠네."

며칠이 지나 위군이 목우와 유마로 식량과 말먹이 풀을 날라 온다고 하자 제갈량은 크게 기뻐하며 왕평을 불러 일렀다.

"1000명 군사를 이끌어 위군으로 위장하고 밤을 이용해 가만히 북원을 지나가게. 식량 길을 순찰하는 군사라고 둘러대고 식량 나르는 곳으로 가서 위군을 쫓고 목우와 유마를 몰고 오게. 그러면 반드시 위군이 쫓아올 것이니 목우와 유마의 입을 벌려 혀를 비틀어놓고 달아나게. 그러면 소와 말은 움직일 수 없게 되어 위군이 아무리 잡아끌어도 움직이지 않네. 위군은 그 무거운 것들을 메고 갈 수도 없고 들고 갈 수도 없어 내가 보낸 군사가 이르면 도망갈 걸세. 그때 혀를 비틀어 제자리로 돌려놓고 그것들을 몰아오면 위군은 반드시 기이하게 여기네!"

또 장억을 불렀다.

"자네는 500명 군사를 이끌고 모두 육정육갑 신의 군사로 분장하되, 귀신 머리에 짐승 몸을 하고 갖가지 물감으로 얼굴을 칠해 별의별 괴상한 모습을 만들게. 한 손에는 수놓은 깃발을 쥐고 한 손에는 보검을 들며 몸에는 조롱박을 걸되, 그 안에 연기와 불이 나는 물건을 감추어 산 곁에 숨게. 목우와 유마가 오기를 기다려 연기와 불을 내면서 일제히 몰려나가 그것들을 몰고 나아가게. 위군은 그 모습을 보고 반드시 신이거나 도깨비라 의심해 감히 쫓아오지 못할 걸세."

다시 위연과 강유를 불렀다.

"두 사람은 함께 1만 군사를 이끌고 북원 영채 입구에 가서 목우와 유마를 맞이하며 싸움에 대비하게."

요화와 장익도 불러왔다.

"두 사람은 5000명 군사를 이끌고 가서 사마의가 오는 길을 끊게."

마지막으로 마충과 마대를 불렀다.

"자네 둘은 군사 2000명을 거느리고 위수 남쪽에 가서 싸움을 걸게."

장수들은 제각기 명령을 받들고 떠났다.

위군 장수 잠위가 목우와 유마를 몰아 식량을 싣고 가는데 앞에서 군사가 식량 나르는 길을 순찰한다고 하여 마음 놓고 전진해 양쪽 군사가 만나니, 별안간 고함이 울리며 한 장수가 높이 외쳤다.

"촉군 대장 왕평이 여기 있다!"

위군은 미처 손을 놀리기도 전에 태반이 죽고, 잠위가 패한 군사를 이끌고 맞서다 왕평의 칼에 맞아 죽자 나머지는 흩어져 달아났다. 왕평은 목우와 유마를 모두 몰아 돌아가는 길에 올랐다.

북원 영채에서 군량을 빼앗겼다는 말을 들은 곽회가 부랴부랴 구하러 오니 왕평은 목우와 유마의 혀를 비틀어놓고 잠깐 싸우다 달아났다.

곽회가 촉군을 쫓지 않고 목우와 유마만 몰고 가려 했으나 장졸들이 아무리 움직이려 해도 끄떡도 하지 않았다. 곽회가 괴이쩍게 여기며 고심하는데 북과 나팔이 하늘을 울리며 두 길 군사가 달려오니 위연과 강유였다. 왕평도 군사를 되돌려 세 길로 협공해 곽회가 크게 패하고 달아나니 왕평은 목우와

제갈량, 도깨비놀음으로 군량 가로채 ▶

유마의 혀를 되돌려 바로잡고 몰아갔다.

곽회가 그것을 보고 군사를 이끌어 다시 쫓아가려 하는데 산 뒤에서 갑자기 연기와 구름이 일어나면서 신병이 한 대 몰려나왔다. 저마다 손에 깃발과 검을 들고 괴상하기 짝이 없는 모습을 했는데 목우와 유마를 몰고 바람같이 달려가 곽회는 깜짝 놀랐다.

"이는 반드시 신이 돕는 것이다!"

장졸들은 그 모습을 보고 저마다 놀랍고 두려워 감히 뒤를 쫓지 못했다.

북원 군사가 패했다는 보고를 받고 사마의가 몸소 군사를 이끌고 구원하러 가는데 중도에 이르자 난데없이 포 소리가 '탕!' 울리며 가파른 곳에서 두 길 군사가 쳐 나오니 두 폭의 깃발에는 '한군 장수 장익', '한군 장수 요화'라고 큼직하게 쓰여 있었다.

사마의가 깜짝 놀라자 위군은 당황해 급히 뺑소니쳤다.

이야말로

신의 장수와 부딪쳐 군량 빼앗겼는데
기이한 군사 만나 목숨 또한 위태로워

사마의는 어떻게 막아 싸울까?

103

다 잡은 사마의, 소나기로 놓쳐

호로곡에서 사마의 곤경 처하고
오장원에서 제갈량은 별에 빌다

장익과 요화가 한바탕 무찔러 참패한 사마의는 홀로 창 한 자루를 들고 말을 달려 나무가 울창한 숲으로 달아났다. 장익은 군사를 거두고 요화가 쫓아가 거의 따라잡게 되었는데, 당황한 사마의가 급히 나무를 감싸 안고 도니 요화가 칼을 내리찍었으나 그만 나무에 박혀버렸다. 요화가 칼을 뽑아내자 사마의는 벌써 숲 밖으로 달아나버렸다.

요화가 쫓아갔으나 사마의는 어디로 갔는지 보이지 않고 숲 동쪽에 금 투구만 하나 떨어져 있어, 말에 올려놓고 동쪽으로 쫓아갔다. 그러나 사마의는 투구를 숲 동쪽에 던지고는 서쪽으로 달아난 것이다. 요화가 한참 쫓다 못 찾고 골짜기를 빠져나가니 마침 강유가 있어 함께 영채로 돌아갔다. 장익이 목우와 유마를 모두 몰아왔다.

촉군은 군량 1만여 섬을 얻었다. 요화가 금 투구를 바쳐 으뜸가는 공로로 뽑히자 위연이 툴툴거렸으나 제갈량은 모른 체했다.

도망쳐 돌아간 사마의가 몹시 화가 나고 답답해하는데 갑자기 사자가 조서를 지니고 와서 오가 세 길로 침범해 조정에서 방어를 의논하니 장졸들은 굳게 지키며 나가 싸우지 말라고 전했다. 사마의는 굳게 지키기만 했다.

손권이 세 길로 군사를 나누어 쳐들어온다고 하자 위주 조예는 친히 세 길로 군사를 일으켜 맞섰다. 먼저 유소에게 강하를 구하게 하고, 전예에게는 양양을 구하게 하며, 만총과 함께 대군을 거느리고 합비를 구하러 갔다. 만총이 먼저 군사 한 대를 이끌고 소호구에 이르러 바라보니 동쪽 기슭에 싸움배가 헤아릴 수 없이 많고 깃발들이 정연해 위주에게 아뢰었다.

"오군은 우리가 먼 길을 왔다고 방비를 하지 않을 것이니 오늘 밤 수군 영채를 들이치면 승리를 거둘 수 있습니다."

위주는 맹장 장구에게 5000명 군사를 이끌고 불로 공격할 준비를 하여 호수 입구에서 쳐들어가게 하고, 만총에게는 5000명 군사를 이끌고 동쪽 기슭에서 나아가라고 명했다. 그날 밤 장구와 만총이 각기 군사를 이끌고 가만히 수군 영채에 다가가 일제히 고함치며 쳐들어가자 오군은 놀라 싸우지도 않고 달아났다. 위군이 사방으로 불을 질러 재로 변한 싸움배와 군량, 말먹이 풀, 기구들이 얼마나 많은지 헤아릴 수 없었다.

제갈근이 패한 군사를 이끌고 면구로 달아나자 육손이 장수들을 모았다.

"내가 주상께 표문을 올려 신성의 포위를 풀고 그 군사로 위군이 돌아갈 길을 끊어달라고 아뢰겠네. 그리고 내가 앞을 공격하면 그들은 머리와 꼬리가 서로 돌보지 못해 단숨에 깨뜨릴 수 있네."

육손은 표문을 지어 가만히 신성으로 보냈다. 그런데 가지고 가던 사람이 나루에서 위군에게 붙잡혀 끌려오니 조예는 육손의 표문을 읽고 한숨을 쉬었다.

"육손은 참으로 묘하게도 헤아리는구나!"

요화의 칼이 나무에 박혀 사마의 달아나 ▶

司馬懿刀下逃生 三國演義插圖 二百五十四 乙酉春日 業雄畫

유소에게 명령을 내려 뒤로 오는 군사를 막게 했다.

이때 제갈근이 한 번 크게 패한 데다 날씨가 더워 병에 걸린 군사들이 많아 군사를 물려 돌아가자는 글을 전하자 육손은 심부름 온 사람에게 말했다.

"돌아가 장군에게 전하라. 내게 마땅히 생각이 있다고."

사자가 돌아오자 제갈근이 물었다.

"육 장군은 어찌 움직이더냐?"

"장졸들에게 밭을 만들어 콩을 심게 하고, 장수들과 함께 활을 쏘며 놉니다."

제갈근은 깜짝 놀라 육손을 찾아갔다.

"조예의 군사가 기세가 아주 성한데 도독은 어떻게 막으려 하오?"

"내가 사람을 띄워 주상께 표문을 올렸는데 뜻밖에도 적의 손에 들어갔소. 적이 반드시 대비해서 싸워도 이익이 없으니 잠시 물러서는 것이 좋소. 표문을 올려 천천히 군사를 물리기로 주상과 약속했소."

"도독께 그런 뜻이 있다면 어서 물러가야지 어찌 시일을 끄시오?"

"우리 군사는 서서히 움직여야 하오. 곧장 물러가면 적이 반드시 기세를 몰아 쫓아올 것이니 이는 패전을 부르는 움직임이오. 공은 먼저 배를 감독해 짐짓 적을 막는 척해 보이시오. 내가 군사를 이끌고 양양으로 나아가면서 적들이 의심하게 하고, 서서히 물러서서 강동으로 돌아가면 위군은 감히 다가오지 못하오."

제갈근은 영채로 돌아가 배들을 정돈해 길을 떠날 채비를 하고 육손은 대오를 가다듬어 양양을 향해 나아갔다. 위군 장수들이 소식을 듣고 나아가 싸우려 하니 예전부터 육손의 재주를 아는 조예가 말렸다.

"육손은 꾀가 많아 유인하는 것인지도 모르니 나아가서는 아니 된다."

위군은 움직이지 않는데 며칠 후 오의 군사가 모두 물러갔다고 하자 조예가 한탄했다.

"육손이 군사를 부리는 법이 손무, 오기에 못지않으니 동남은 평정할 수 없구나."

장수들에게 각기 험한 곳과 요충지들을 지키게 하고 대군을 이끌고 합비에 주둔하면서 오의 변화를 기다렸다.

이때 제갈량은 기산에 오래 주둔할 작정으로 군사에게 위의 백성들과 섞여 농사를 짓게 했다. 농사를 지어 군사가 한 몫을 가지면 백성이 두 몫을 차지하는데 촉군이 백성에게 전혀 해를 끼치지 않아 위의 백성은 모두 안심하고 즐거이 일했다.

소식을 듣고 사마사가 중군 장막에 들어가 아버지를 만났다.

"촉군이 우리 식량을 숱하게 빼앗았는데, 제갈량은 우리 백성과 섞여 농사를 짓게 하면서 오래 버틸 궁리를 합니다. 군사들이 백성을 해치지 못하게 하고 어긴 자는 죽입니다. 계속 이러면 큰 걱정거리가 아닐 수 없는데, 아버님께서는 어찌하여 제갈량과 날짜를 정해 한 판 크게 싸우시지 않습니까?"

"내가 성지를 받들고 굳게 지키니 가볍게 움직여서는 아니 된다."

별안간 보고가 들어왔다.

"위연이 전날 원수께서 잃으신 금 투구를 들고 와서 싸움을 겁니다."

장수들이 분노해 나가 싸우려 하자 사마의가 말렸다.

"성인께서는 '작은 일을 참지 못하면 큰일을 그르친다[小不忍則亂大謀소불인즉난대모]'고 하셨으니 굳게 지키는 것이 상책이다."

사마의의 명령으로 장수들이 나오지 않자 위연은 욕을 퍼붓고 돌아갔다. 제갈량은 마대에게 호로곡에 비밀히 나무 울타리를 만들게 하고, 그 안에 깊은 도랑을 파고 마른 장작과 불을 지피는 물건들을 많이 모으게 했다. 주위의 산 위에는 풀 움막을 만들어 안팎에 지뢰를 묻고 마대에게 당부했다.

"호로곡 뒷길을 끊고 골짜기 안에 군사를 매복시키게. 사마의가 쫓아오면 골짜기로 유인해 지뢰와 마른 장작에 일제히 불을 지르게."

제갈량은 장졸들에게 낮에는 골짜기 입구에서 별 일곱 개를 그린 신호 띠를 쳐들고, 밤에는 산 위에 등 일곱 개를 밝혀 위군이 골짜기로 들어온다는 암호로 삼게 했다. 마대는 계책을 받고 군사를 이끌고 갔다.

제갈량은 위연을 불렀다.

"500명 군사를 이끌고 위군 영채로 달려가 싸움을 걸어 반드시 사마의를 꾀어내야 하네. 이기면 아니 되고 져주기만 해야 하네. 사마의가 쫓아오면 칠성 깃발이 있는 곳으로 달아나고, 밤이면 등이 일곱 개 있는 곳으로 달아나게. 사마의를 이끌어 호로곡에 들어오게만 하면 사로잡을 계책이 있네."

제갈량은 또 고상을 불렀다.

"목우와 유마를 30여 마리, 혹은 50여 마리를 한 무리로 하여 쌀을 싣고 산길을 오고 가게. 위군에게 빼앗기면 자네 공로일세."

제갈량은 기산 군사에게 농사를 짓게 하면서 명했다.

"다른 군사가 싸우러 오면 반드시 져주어야 한다. 사마의 본인이 올 때만 힘을 합쳐 위수 남쪽을 공격해 그가 돌아갈 길을 끊어야 한다."

제갈량은 군사 한 대를 이끌고 호로곡 부근에 영채를 세웠다.

이때 하후혜와 하후화가 사마의의 장막에 들어왔다.

"촉군은 사방에 영채를 세우고 농사를 지으며 오래 버티려 합니다. 일찍 없애지 않아 '뿌리가 깊어지고 꼭지가 튼튼해지면 [深根固蔕심근고체]' 흔들기 어렵습니다."

사마의가 대답했다.

"틀림없이 제갈량의 계책이다."

"도독께서 이렇게 의심하고 걱정하시면 적을 언제 평정하시겠습니까? 우리 형제가 힘을 떨쳐 죽기를 무릅쓰고 싸워 나라 은혜에 보답하겠습니다."

"그렇다면 두 사람이 군사를 나누어 나아가라."

사마의가 허락해 형제가 5000명씩 군사를 이끌고 가는데 촉군이 목우와 유마를 몰고 왔다. 두 사람이 달려가자 그들이 바로 달아나, 목우와 유마를 빼앗아 사마의의 큰 영채로 돌아갔다. 이튿날 형제가 또 나아가 촉군 100여 명을 붙잡아 큰 영채로 끌고 갔다. 사마의가 심문하자 잡혀온 촉군들이 입을 모았다.

"제갈량은 도독께서 굳게 지키면서 나오시지 않을 것을 알고 군사를 사방으로 보내 농사를 짓게 하면서 오래 지낼 준비를 합니다."

사마의가 그들을 모두 놓아주니 하후화가 물었다.

"어찌하여 죽이지 않으십니까?"

"이따위 군졸들은 죽여도 이익이 없다. 제 영채로 돌려보내 위군이 너그럽고 인자하다는 것을 알려 싸울 마음을 버리게 하는 것이 좋다. 여몽이 형주를 손에 넣던 계책이다."

사마의는 명령을 돌려 촉군을 사로잡으면 잘 대접해 돌려보내게 하고 공로를 세운 장졸들에게는 변함없이 후한 상을 내리겠다고 했다.

제갈량은 고상에게 식량을 나르는 척하며 목우와 유마를 몰고 호로곡 안으로 드나들게 했다. 하후혜의 군사가 때도 없이 습격해 보름 안에 몇 번을 이기자 사마의는 좋아했다. 또 촉군 수십 명이 잡혀 오자 사마의가 물었다.

"제갈량은 지금 어디 있느냐?"

"기산에 계시지 않고 호로곡 서쪽 10리 되는 곳에 영채를 세우고 식량을 날라 호로곡에 모으십니다."

사마의는 촉군을 놓아주고 장수들을 불렀다.

"제갈량이 기산을 떠나 호로곡에 영채를 세웠으니 너희는 기산 큰 영채를 공격하라. 내가 군사를 이끌고 지원하겠다."

장수들이 나가 싸울 채비를 하자 큰아들 사마사가 물었다.

"아버님께서는 어찌 뒤를 치려고 하십니까?"

"기산은 촉군의 근거지이니 공격을 받으면 여러 영채에서 구하러 온다. 그때 내가 호로곡을 치고 식량과 말먹이 풀을 불살라 머리와 꼬리가 서로 돌보지 못하게 하면 틀림없이 크게 이긴다."

사마의는 길에 오르면서 장호와 악침에게 각기 5000명 군사를 이끌고 후원하게 했다.

제갈량이 산 위에서 바라보니 위군이 1000명, 혹은 3000명씩 한 줄을 지어 급히 움직이는데 앞뒤가 서로 돌보는 것이었다. 그들이 틀림없이 기산 큰 영채를 치러 간다고 내다본 제갈량은 가만히 장수들에게 명령을 내렸다.

"사마의가 직접 오면 바로 위군 영채를 쳐 위수 남쪽을 빼앗게."

위군 대부대가 기산 영채로 달려가자 촉군은 사방에서 고함치며 짐짓 영채를 구하는 체했다. 사마의는 촉군이 모두 기산 영채를 구하러 가는 줄 알고 두 아들과 함께 호로곡으로 달려갔다. 위연이 골짜기 앞에서 기다리는데 위군 한 대가 몰려와서 달려나가보니 바로 사마의라 크게 호통쳤다.

"사마의는 달아나지 마라!"

곧장 칼을 춤추며 달려들자 사마의가 창을 꼬나 들고 맞받았다. 세 합도 어울리지 않아 위연은 도망치고 사마의가 뒤를 쫓았다. 위연이 칠성 깃발을 향해 달아나니 장수라고는 그 하나밖에 보이지 않고 군사도 적어 사마의는 마음 놓고 쫓아갔다. 사마사와 사마소, 두 아들이 양쪽에서 따라 달렸다. 위연이 골짜기 안으로 달려가자 사마의는 군졸들을 들여보내 정탐하게 했다.

"골짜기 안에 군사는 없고 산 위에 풀 움막들만 있습니다."

"이는 반드시 군량을 쌓은 곳이다."

사마의는 기회를 잡았다고 생각하고 군사를 모조리 휘몰아 골짜기 안으로 들어갔다. 그런데 풀 움막 위에는 온통 바짝 마른 장작들이 가득 쌓여 있고 안에 있어야 할 위연은 어디로 갔는지 보이지 않았다. 사마의는 더럭 의심이 들어 두 아들에게 말했다.

"적이 골짜기를 막아 돌아갈 길을 끊으면 어떻게 하나?"

이때 고함도 요란하게 산 위에서 일제히 횃불을 내리던져 입구를 불로 막아버리니 달아날 길이 없었다. 산 위에서 불붙은 화살들이 날아 내려오고 땅에서 지뢰들이 한꺼번에 튀어나왔다. 풀 움막의 마른 장작들에 모두 불이 붙어 툭탁툭탁 소리를 내며 불길이 하늘로 솟구쳤다.

사마의는 너무 놀라 손발을 어찌 놀리면 좋을지 몰라 말에서 굴러내려 두 아들을 끌어안고 목 놓아 울었다.

"우리 부자 셋이 모두 여기서 죽는구나!"

엉엉 울어대는데 느닷없이 세찬 바람이 몰아치며 검은 기운이 허공에 쫙 퍼지더니 꽈르릉 벼락이 울리면서 소나기가 억수로 쏟아졌다. 골짜기를 가득 채우며 타오르던 불길은 죄다 꺼져버렸다. 지뢰들이 더는 터지지 않고 화기들이 힘을 내지 못하자 사마의는 뛸 듯이 기뻐했다.

"바로 이때 뛰쳐나가지 않고 언제까지 기다리느냐!"

곧바로 군사를 이끌고 힘을 떨쳐 골짜기 밖으로 뛰어나왔다. 장호와 악침도 군사를 이끌고 달려와 군사가 적은 마대는 감히 쫓아가지 못했다.

사마의 부자는 장호, 악침과 합쳐 위수 남쪽 큰 영채로 돌아갔다. 그런데 뜻밖에도 영채는 이미 촉군에게 빼앗기고 곽회와 손례가 부교 위에서 촉군과 싸우고 있어서 군사를 이끌고 달려가자 촉군은 물러갔다. 사마의는 부교를 불사르고 위수 북쪽 기슭을 차지했다.

기산에서 촉군 영채를 치던 위군은 사마의가 패하여 위수 남쪽 영채를 잃었다는 말을 듣고 당황해 급히 물러섰다. 사방에서 촉군이 달려와 크게 패해 열에 여덟아홉이 다치고 죽었다. 나머지는 위수 북쪽으로 도망쳤다.

이보다 앞서 제갈량이 산 위에서 바라보니 위연이 사마의를 꾀어 산골짜기로 들어가는 것이었다. 순식간에 불빛이 환하게 일어나는 것을 보고 사마의가 이번에는 틀림없이 죽는다고 생각했는데, 뜻밖에도 하늘에서 큰비가 쏟아져 불이 다 꺼지고 사마의 부자가 달아났다고 하자 후유 한숨을 쉬었다.

"'일을 꾸미는 것은 사람에게 달렸지만 이루어지는 것은 하늘에 달렸으니 [謀事在人모사재인 成事在天성사재천]' 억지로 할 수 없구나!"

사마의는 위수 북쪽 영채에서 명령을 돌렸다.

"위수 남쪽 영채를 잃었는데 장수들 가운데 또 나가 싸우자고 하는 자가 있으면 목을 치겠다."

장수들은 굳게 지키면서 나가지 않는데 곽회가 장막에 들어왔다.

"제갈량이 군사를 이끌고 정탐하니 땅을 골라 영채를 세울 것입니다."

"제갈량이 무공산으로 나와 동쪽으로 가면 우리 모두 위급해지오. 그가 위수 남쪽으로 나와 서쪽으로 가서 오장원에 주둔해야 별일이 없소."

사마의가 알아보니 제갈량은 과연 오장원에 주둔한다고 하여 사마의는 저도 모르게 행운을 축하하는 표시로 이마에 두 손을 대었다.

"대위 황제의 크나큰 복이시다!"

장수들에게 명령을 내렸다.

"굳게 지키면서 나가지 마라. 오래 지나면 그들은 반드시 제풀에 꺾인다."

오장원에 주둔한 제갈량이 거듭 사람을 보내 싸움을 걸어도 위군이 한사코 나오지 않자 여인들이 쓰는 두건과 흰옷을 함에 담고 글을 지어 위군 영채로 보냈다.

'중달은 명색이 대장으로서 중원의 무리를 거느리면서 튼튼한 갑옷을 걸치고 날카로운 무기를 들어 자웅을 결할 궁리는 하지 않고, 기꺼이 굴을 지키고 둥지를 보존하면서 조심스레 칼을 피하고 화살을 외면하니 여인과 무엇이 다르오? 내가 여자의 두건과 옷을 보내니 나와서 싸우지 않으려면 두 번 절하고 받으시오. 그러나 수치를 아는 마음이 사라지지 않고 아직도 사나이의 흉금이 있다면 어서 글에 싸우겠다고 적고 기일에 맞추어 오시오.'

사마의는 분이 머리끝까지 치밀었으나 짐짓 웃었다.

"제갈량은 나를 아낙네로 보는가?"

보낸 물건을 받아들이고 사자를 후하게 대접하며 물었다.

"제갈량이 잠을 자고 밥을 먹는 형편이 어떠하냐? 또 하는 일의 번거롭고 간단함은 어떠하냐?"

"승상께서는 아침 일찍 일어나시고 밤늦게 주무시는데 벌을 주어 매를 스무 대 이상 치는 일은 모두 손수 살피십니다. 잡수시는 음식은 하루에 몇 홉밖에 되지 않습니다."

사마의는 장수들을 돌아보았다.

"제갈량이 '먹는 것은 적은데 일은 번거로우니 [食少事煩식소사번]' 어찌 오래가겠는가?"

사자가 오장원으로 돌아가 그대로 보고하니 제갈량은 한숨을 쉬었다.

"그가 나를 깊이 아는구나!"

주부 양옹이 충고했다.

"제가 보니 승상께서는 늘 친히 모든 공문을 보시는데, 가만히 생각하오니 그렇게 하실 필요가 없습니다. 대체로 다스림에는 체제가 있고 위아래가 서로 침범해서는 아니 됩니다. 집안을 다스리는 도리로 보자면 남자 종을 시켜 농사를 짓게 하고 여자 종을 시켜 불을 피워 밥을 짓게 해도 집안일은 하나도 폐하는 게 없고 바라는 것은 모두 만족 됩니다. 집주인은 편안하게 베개를 높이하고 쉬면서 먹고 마실 따름입니다. 만약 모든 일을 직접 한다면 신체는 피로하고 정신은 고달프나 드디어 아무것도 이루지 못합니다. 그렇다고 그 슬기가 남녀 종들보다 못하겠습니까? 집주인이 되는 도리를 잃었기 때문입니다. 그래서 옛사람들이 말하기를 '앉아서 천하의 도리를 논하면 삼공이라 하고, 움직여 일하면 사대부라 하느니라[坐而論道좌이론도 謂之三公위지삼공 作而行之작이행지 謂之士大夫위지사대부]' 하지 않습니까? 옛날에 병길(丙吉)은 소가 헐떡이는 것을 근심하면서도 길에 가로 자빠진 시체는 신경 쓰지 않았고, 진평은 돈과 식량 숫자를 모르면서 '마땅히 맡은 자가 있다'고 했습니다. 승상께서는 친히 사소한 일을 다루면서 종일 땀을 흘리시니 어찌 수고스럽지 않으시겠습니까? 사마의의 말은 지극히 옳은 지적입니다!"

【삼공은 최고급 대신을 가리키고 사대부는 삼공보다 아래인 일반 관리를 말한다. 병길은 전한 승상으로 봄에 길을 가다 패싸움이 벌어져 죽고 다친 자들이 길에 넘어져 있는데도 못 본 듯이 스쳐 지나더니, 길에서 소가 헐떡거리자 소가 몇리를 걸었느냐고 물으며 매우 큰 관심을 가졌다. 아랫사람이 이상하게 여겨 승상이 물을 일은 묻지 않고 묻지 않아도 될 일은 묻는다고 하자 설명했다.

"백성이 싸워 죽고 다치는 것은 경조윤(장안을 다스리는 책임자)이 관계할 일이다. 그러나 지금 날씨가 덥지 않아 소가 헐떡거리지 말아야 하는데도 헐떡거리니 천시가 바르지 못할까 두렵고, 그러면 농사가 잘되지 않을까 걱정이니 이것은 바로 승상의 일이니라."

병길보다 앞서 승상으로 있었던 진평은 전한을 세울 때 큰 공을 세운 유명한 모사였다. 뒷날 주발과 함께 승상 노릇을 하는데 주발이 그보다 지위가 높아, 어느 날 황제가 주발에게 나라의 돈과 식량 상황을 묻자 대답을 못 하고 쩔쩔맸다. 황제가 같은 물음을 던지자 진평은 태연히 모른다고 대답하더니 위와 같이 설명해, 주발은 자기 재주가 진평에 미치지 못함을 깨닫고 자리를 양보했다.】

양옹의 말에 제갈량은 눈물을 흘렸다.

"내가 그런 이치를 모르는 게 아니지만 선제께서 돌아가시면서 아드님을 맡기신 무거운 부탁을 받았으니 다른 사람이 나처럼 마음을 다 바치지 않을까 두려울 뿐일세!"

사람들은 모두 눈물을 흘렸다. 이때부터 제갈량은 스스로 정신이 맑지 못함을 느껴 장수들은 감히 진군하지 못했다.

이때 위군 장수들은 모두 제갈량이 여자 두건과 옷으로 사마의를 모욕한 일을 아는데도 사마의가 태연히 받아들이고 싸우지 않자 부아가 치밀어 견딜 수가 없어 장막에 들어가 청을 드렸다.

"우리는 큰 나라 명장들인데 어찌 자그마한 촉 사람에게 이런 모욕을 받아야 합니까! 곧 나아가 자웅을 결판 짓게 해주십시오."

사마의가 그럴듯한 구실을 댔다.

"나는 감히 나아가 싸우지 못해 기꺼이 모욕을 받는 게 아니고 천자께서 영명한 조서를 내리시어 굳게 지키면서 움직이지 말라고 하셨으니 어찌하겠는가? 만약 섣불리 나아가면 천자의 명령을 어기게 되네."

장수들이 모두 분노해 씩씩거리자 사마의가 말했다.

"자네들이 굳이 나가 싸우겠다니 내가 천자께 아뢰어 허락을 받은 다음 힘을 합쳐 싸우면 어떻겠는가?"

장수들이 모두 응해 사마의는 표문을 지어 사자를 띄웠다.

'신은 재주가 적은데 짐은 무겁습니다. 영명한 성지를 받들었으니 굳게 지키면서 싸우지 말고 촉군이 스스로 쇠약해지기를 기다리라고 하셨습니다. 그런데 제갈량이 신에게 여자의 두건과 옷을 보내 수치와 모욕이 너무 심합니다. 신은 삼가 폐하께 말씀을 드리는 바이니 곧 죽기를 무릅쓰고 한판 싸워 조정의 은혜에 보답하고 삼군의 수치를 씻으려 합니다. 신은 한없이 격동되고 간절한 심정입니다!'

조예가 표문을 읽고 신하들에게 물었다.

"사마의가 굳게 지키다 어찌 갑자기 표문을 올려 싸우기를 청하는가?"

황궁 문을 지키는 위위 신비가 말했다.

"사마의는 싸울 마음이 없으나 제갈량이 모욕하여 장수들이 분노하니 특별히 표문을 올려서 다시 분명한 성지를 받들어 장수들 마음을 누르려 하는 것입니다."

조예가 옳게 여겨 신비를 보내 싸우지 말라는 성지를 전하며 선포했다.

"다시 감히 싸우자고 하는 자가 있으면 성지를 어긴 죄로 처벌하겠다!"

장수들이 조서를 받들자 사마의가 신비에게 말했다.

"공은 참으로 내 마음을 아는구려!"

사마의가 성지를 삼군에 돌리자 제갈량이 소식을 듣고 웃었다.

"이건 사마의가 삼군을 안정시키는 법일세."

강유가 물었다.

"승상께서는 어찌 아십니까?"

"그가 원래 싸울 마음이 없는데도 싸우겠다고 청을 드린 것은 자기에게도 싸울 마음이 있다는 것을 장수들에게 보여주려는 노릇에 지나지 않네. '장수가 밖에 있으면 임금의 명령도 듣지 않는 경우가 있다'는 말을 듣지 못했는가? 천 리 길을 오가면서 싸우게 해달라고 청하는 법이 어디 있겠나? 이것은 장수들이 분노하자 사마의가 조예의 뜻을 빌려 사람들을 누르는 수작이고, 지금 또 이 말을 돌리는 것은 우리 군사의 사기를 꺾으려 하는 걸세."

이때 별안간 비의가 와서 소식을 전했다. 오군이 세 길로 진군했으나 위주 조예가 직접 대군을 이끌고 합비로 가서 오의 식량과 말먹이 풀, 싸움 기구를 남김없이 태워버려, 패하고 물러갔다는 것이다. 제갈량은 땅이 꺼지게 한숨을 쉬다 쓰러져 까무러쳤다. 장수들이 급히 구해 반나절이 지나서야 정신을 차린 제갈량이 탄식했다.

"내 마음이 흐리고 어지러워 옛 병이 다시 도졌으니 더 살지 못할 걸세!"

그날 밤에 병든 몸을 움직여 장막에서 나와 하늘을 우러러보던 제갈량은 몹시 당황해 황급히 장막에 들어가 강유를 찾았다.

"내 목숨이 오래 남지 않았네!"

"어찌하여 그런 말씀을 하십니까?"

"내가 보니 삼태성 가운데 손님별이 배나 밝고 주인별이 뭇별과 어울리는데 그 빛이 어둡네. 천상이 이러하니 내 운명을 알 만하네."

【《진서》〈천문지〉에 의하면 삼태성은 별이 여섯 개로 이루어져 둘씩 붙어 있는데 인간 세상의 삼공과 맞먹어 재상의 운명과 관계가 깊다고 한다. 서쪽에 있는 두 별은 상태라 하여 목숨을 맡고, 중간의 두 별은 중태라 하여 종실을 맡으며, 동쪽의 두 별은 하태라 하여 녹과 군사를 의미한다. 임금과 신하가 탈 없이 보내면 삼태성에 이상이 없으나, 삼태성이 평소와 다르면 큰 변화를 예고한다는 것이다.】

강유가 또 물었다.

"그러면 승상께서 어찌 하늘에 빌어 액을 푸는 법을 쓰지 않으십니까?"

"내가 이전부터 비는 법이야 잘 아나 하늘의 뜻이 어떠한지 모르겠네. 자네는 갑옷 입은 무사 49명을 이끌고 장막 밖에 빙 둘러서되 각기 검은 깃발을 들고 검은 옷을 입히게. 나는 장막 안에서 북두에 빌겠네. 이레 동안 주등이 꺼지지 않으면 내 목숨이 12년 늘어나고, 등이 꺼지면 나는 틀림없이 죽네. 관계없는 잡인들은 절대 들여보내지 말고 무릇 일에 쓰이는 물건들은 아이 둘을 시켜 나르게 하게."

강유는 명령을 받들고 준비를 하러 갔다. 때는 8월 추석이었다. 그날 밤 은하수가 환하게 빛을 뿌리고 가을 밤이슬이 똑똑 떨어지는데, 깃발은 움직이

五丈原諸葛禳星

乙酉春 桑雄畫

지 않고, 낮에는 밥솥으로 쓰고 밤에는 두드려 시간을 알리는 구리 가마 조두는 소리를 내지 않았다.

강유가 장막 밖에서 49명을 이끌어 호위하고, 제갈량은 장막 안에 향과 꽃, 제물을 차렸다. 땅에는 큰 등 일곱 개를 나누어놓고 큰 등 밖에 작은 등 49개를 늘어놓았다. 안에는 제갈량이 태어난 해의 간지를 적은 본명등이 하나 놓였다. 제갈량은 절을 하며 빌었다.

"이 양은 어지러운 세상에 태어나 숲속 샘물 곁에서 늙어 죽으려 했으나 소열황제께서 세 번이나 찾아주시는 두터운 은혜를 입고, 돌아가시면서 아드님을 맡기시는 무거운 부탁을 받았으니, 감히 개와 말의 수고를 다하여 맹세코 나라의 도적을 토벌하지 않을 수 없습니다. 그런데 뜻밖에도 장수별이 떨어지려 하고 목숨이 장차 끊어지게 되어 삼가 한 자 비단에 글을 써서 푸른 하늘에 고합니다. 바라오니 하늘에서 자애로운 마음을 베푸시어 저의 사정을 굽어살피시고 신의 수명을 적당히 늘려주십시오. 그리하여 신이 위로는 임금의 은혜에 보답하고 아래로는 백성의 목숨을 구하며 옛날 제도와 문물을 회복하고 영원히 한의 제사가 이어지게 해주십시오. 실로 마음속에서 우러나와 간절하게 기원하는 바입니다."

절을 하며 기도를 마친 제갈량은 날이 새도록 장막 안에 조용히 엎드려 있었다. 이튿날 병든 몸을 움직여 일을 보는데 끊임없이 피를 토했다. 이처럼 낮에는 군사 일을 상의하고 밤에는 북두 모양에 따라 걸으면서 빌었다.

영채를 굳게 지키던 사마의가 어느 날 밤, 하늘을 우러러보다 대단히 기뻐하며 하후패를 불렀다.

"하늘에서 장수별이 자리를 잃었으니 제갈량은 반드시 병에 걸려 곧 죽는다. 1000명 군사를 이끌고 오장원에 가서 정탐해보아라. 촉군이 우왕좌왕하

◀ 제갈량은 칼을 들고 하늘에 목숨 빌어

면 제갈량이 병에 걸린 것이니 내가 틈을 타 치겠다. 그들이 분연히 뛰어나오면 그에게 별일이 없는 것이다."

하후패는 군사를 이끌고 갔다.

제갈량이 장막 안에서 하늘에 비는데 벌써 여섯 밤이 되도록 주등이 환해 속으로 매우 기뻤다. 강유가 장막에 들어가 보니 제갈량은 마침 머리를 풀어헤치고 검을 들어 북두칠성 모양에 따라 걸으며 장수별을 누르고 있었다.

이때 느닷없이 영채 밖에서 고함치는 소리가 울려 강유가 막 나가 물어보려 하는데 위연이 나는 듯이 뛰어들어오며 소리쳤다.

"위군이 왔습니다!"

급히 발을 내디디던 위연이 그만 주등을 밟아 꺼버리니 제갈량은 검을 내던지고 한숨을 쉬었다.

"죽고 사는 것은 정해진 운명이 있으니 빌어서는 아니 되는구나!"

위연이 황송해 땅에 엎드려 벌을 청하니 강유가 분노해 검을 뽑아 들고 죽이려 했다.

이야말로

만사는 사람에게 달려 있지 않으니
마음만으로는 운명과 싸우기 어려워

위연은 목숨이 어찌 될까?

104

죽은 제갈량이 산 사마의 물리쳐

큰 별 떨어져 한 승상 하늘로 돌아가고
나무로 깎은 상에 위의 도독 넋을 잃다

위연이 등을 밟아 꺼버리자 강유가 분노해 검을 뽑으니 제갈량이 말렸다.

"내 목숨이 곧 끝나게 되어 그러하니 문장 잘못이 아닐세."

강유는 검을 거두었다. 제갈량은 피를 몇 번 토하더니 침상에 누워 위연에게 명했다.

"사마의가 내 병을 짐작하고 허실을 알아보는 것이니 맞서 싸우게."

위연이 장막에서 나가 말에 올라 군사를 이끌고 달려가자 하후패가 급히 물러가 20여 리를 쫓고 돌아왔다.

강유가 장막에 들어와 문안하자 제갈량이 당부했다.

"나는 충성을 다하고 힘을 다 바쳐 중원을 회복하고 한의 황실을 다시 일으키려 했으나 하늘의 뜻이 이러하니 오늘내일 죽게 되었네. 내가 평생 배운 학문을 24편으로 써놓았으니 합쳐 10만 4112자인데 여덟 가지 꼭 해야 할 일, 일곱 가지 경계해야 할 것, 여섯 가지 두려운 점, 다섯 가지 상대가 겁을 먹게 하는 법이 들어 있네. 내가 장수들을 두루 살펴보았으나 전수할 사람이 없었는데 자네에게만 전하니 절대 함부로 대하지 말게."

강유가 울면서 절하고 책을 받자 제갈량이 또 부탁했다.

"나에게 연발로 쇠뇌를 쏘는 연노법이 있는데 한 번도 쓰지 않았네. 그 법은 살의 길이가 여덟 치인데 한 번 쏘면 열 대를 날릴 수 있으니 모두 그림을 그려두었네. 자네는 법에 따라 만들어 쓰게."

강유가 역시 절을 하고 받으니 제갈량이 또 가르쳤다.

"촉 땅의 여러 길은 모두 걱정할 것 없지만 음평은 신경을 써서 잘 막아야 하네. 그 땅은 험하지만 오래 뒤에는 반드시 잃고 마네."

마대도 불러 나직이 비밀 계책을 알려주었다.

"내가 죽은 뒤 자네는 반드시 계책에 따라 움직이게."

곧 양의가 들어오자 앞으로 불러 비단 주머니를 주며 가만히 당부했다.

"내가 죽으면 위연은 반드시 반기를 드네. 그때 서로 진을 친 싸움터에 나가서 이 주머니를 열어보게. 마땅히 위연을 벨 사람이 있을 걸세."

일일이 일을 맡기고 제갈량은 다시 까무러쳐 쓰러졌다. 밤이 되어서야 정신을 차린 그는 병세가 심해 몇 번이나 까무러치면서도 밤을 새워 표문을 지어 후주에게 올렸다.

후주가 소식을 듣고 깜짝 놀라 급히 상서복야 이복(李福)에게 명해 밤낮으로 달려가 문안하고 뒷일을 묻게 했다. 이복이 길을 다그쳐 후주의 문안을 전하자 제갈량은 눈물을 흘렸다.

"내가 불행히도 중도에 돌아가 나라의 큰일을 헛되이 폐하고 말았으니 천하 사람들에게 죄를 지었소. 내가 죽은 뒤 공들은 충성을 다 바쳐 천자를 보좌해야 하오. 나라의 옛 제도를 고쳐서는 아니 되고, 내가 쓰던 사람들도 경솔하게 없애서는 아니 되오. 내 병법은 모두 강유에게 넘겨주었으니 그는 내 뜻을 이어받아 나라를 위해 힘을 쏟을 것이오. 내 목숨은 오늘인가 내일인가 하는데 곧 마지막 표문을 지어 천자께 올릴 것이오."

이복은 그 말을 받들고 급히 돌아갔다.

제갈량은 병든 몸을 겨우 일으켜 부축을 받고 작은 수레에 올랐다. 여러 군영을 두루 돌아보는데 가을바람이 얼굴을 스치자 찬 기운이 뼛속까지 스며들어 땅이 꺼지게 한숨을 쉬었다.

"다시는 싸움터에 나가 역적을 토벌할 수 없게 되었구나! 높고 먼 하늘이여, 어찌하여 이렇게 끝낸단 말인가!"

한참이나 탄식하다 장막으로 돌아가 양의를 불렀다.

"왕평과 요화, 장억, 장익, 오의 등은 모두 충성스럽고 의로운 사람들로 오랫동안 싸움터를 드나들며 부지런히 수고를 많이 했으니 일을 맡겨 쓸 만하네. 내가 죽은 다음에도 무슨 일이든 다 옛날 법에 따라야 하고, 천천히 군사를 물려야지 급히 물러가서는 아니 되네. 자네는 모략에 깊이 통했으니 더 당부할 필요가 없고, 강백약은 슬기와 용맹을 넉넉히 갖추었으니 뒤를 끊게 할 수 있네."

양의는 눈물을 흘리며 절을 올려 명령을 받들었다. 제갈량은 침상 위에서 손수 후주에게 올릴 마지막 표문을 지었다.

엎드려 들으매 살고 죽음은 늘 있는 일이고 정해진 운수는 벗어나기 어렵다 하는데, 죽음이 닥쳐오니 우둔한 충성을 다 바치려 합니다. 신 양은 타고난 성품이 어리석고 고지식한데도 어려운 때를 만나 병부를 나누고 절을 들어 오로지 나라의 큰일을 맡고, 군사를 일으켜 북쪽으로 정벌을 나왔으나 아직 성공하지 못했습니다. 그런데 병이 골수에 들어 목숨이 길지않아 폐하를 끝까지 모시지 못하게 되었으니 가슴에 맺힌 한이 끝이 없습니다. 엎드려 바라오니 폐하께서는 마음을 깨끗이 하시고 욕망을 줄이시며, 자신을 단속하시고 백성을 사랑하시며, 돌아가신 황제께 효도를 다 하시고 어진 은혜를 천하에 펼치십시오. 숨어 사는 이들을 뽑아 쓰시어 현명하고 착한 이들이 올라가도록 하며, 간사한 자들을 물리치시어 풍속을 순박하게 만드십시오. 신의 집은 성도에 있사온데 뽕나무 800그루와 메마른 밭 열다섯 경이 있어 자식이 입고 먹기에는 남음이 있습니다. 신은 밖에서 일을 맡으면서 달리 얻은 것이 없고, 입은 옷과 먹은 음식은 죄다 관가에 의지했으며 따로 재산을 모아 늘리지 않았습니다. 신은 죽는 날에 집안에는 남아도는 비단이 없고, 바깥에는 나머지 재물이 없게 하여 폐하께 죄송한 일이 없도록 하겠습니다.

제갈량은 표문을 다 쓰고 양의에게 다시 당부했다.

"내가 죽으면 소식을 널리 알려서는 아니 되네. 큰 감실 하나를 만들어 내 주검을 그 안에 앉히고, 쌀 일곱 알을 내 입안에 넣고 발밑에는 등잔 하나를 켜게. 군중은 평소처럼 조용해야지 절대 슬피 울어서는 아니 되네. 그렇게 하면 장수별이 떨어지지 않고, 또한 내 죽은 넋이 스스로 일어나 별을 누를 걸세. 사마의는 장수별이 떨어지지 않는 것을 보면 틀림없이 놀라고 의심할 걸세. 우리 군사는 뒤쪽 영채부터 먼저 가고 그다음 한 영채, 한 영채 천천히 물러가게. 만약 사마의가 쫓아오면 진을 치고 깃발을 되돌려 북을 울리며 그가 오기를 기다려, 내가 미리 깎아둔 나무 상을 수레 위에 놓고 평소처럼 앞으로 밀고 가면서 높고 낮은 장수들에게 좌우로 늘어서게 하게. 사마의는 그 모습을 보면 반드시 놀라 달아날 걸세. 위군이 물러간 다음에야 내가 죽은 소식을 알릴 수 있네."

그날 밤 제갈량은 부축을 받고 장막 밖으로 나가 북두를 쳐다보다 멀리 있는 별 하나를 가리켰다.

"저것이 나의 장수별이다."

사람들이 보니 그 별은 빛이 어둡고 흔들흔들 떨어질 듯했다. 제갈량은 검을 들어 그 별을 가리키면서 입속으로 주문을 외우고 급히 장막 안으로 돌아와 정신을 잃고 말았다. 장수들이 당황해 술렁대는데 별안간 영채를 떠났던 상서복야 이복이 되돌아와 제갈량을 뵈었다. 제갈량이 까무러쳐 말을 할 수 없는 것을 보고 이복은 목 놓아 울었다.

"내가 나라의 큰일을 그르쳤소!"

잠시 후 제갈량이 다시 깨어나 두루 돌아보다 침상 앞에 서 있는 이복을 보았다.

"내가 공이 다시 온 뜻을 아오."

이복이 잘못을 빌었다.

"이 복은 천자의 명령을 받들고 승상께서 하늘로 가신 뒤에는 누가 대사를 맡을 수 있는지 여쭈어야 하는데, 급히 서둘다 미처 묻지 못하고 갔습니다. 그래서 다시 왔습니다."

제갈량이 알려주었다.

"내가 죽은 다음 대사를 맡을 사람은 장공염(장완)이 좋소."

"공염 뒤는 또 누가 이을 수 있습니까?"

"비문위(비의)가 이을 수 있소."

이복이 또 물었다.

"문위 다음에는 누가 이어야 합니까?"

제갈량은 대답하지 않았다. 장수들이 침상에 다가가 보니 이미 숨을 거두었다. 때는 건흥 12년(234년) 8월 23일이니 돌아갈 때 나이는 54세였다.

뒷날 두공부(두보)가 시를 지어 탄식했다.

어젯밤 앞 영채에 큰 별 떨어지니
선생께서 이날 쓰러지셨다 알리네
장막에는 군령 내리는 소리 들리지 않고
대 위에는 공훈 세운 이름만 남았더라
문하의 삼천 손님 헛되이 남기고
가슴속 십만 군사 저버렸구나
대낮의 푸르른 그늘 속에
고상한 노래 더는 들리지 않네

백거이도 지은 시가 있다.

선생은 산속 수풀에 숨었는데
성스러운 임금 세 번 찾으셨구나
물고기 남양 가서야 물을 얻었고
용이 하늘 오르니 바로 단비 내리네
아들을 부탁받아 정성 바치고
나라에 보답해 충성 기울였지
앞뒤의 출사표 세상에 남기어
한 번 보면 눈물 쏟게 하누나

이보다 앞서 촉의 장수교위 요립은 자기 재주와 명성으로 미루어 제갈량 다음가는 자리를 맡아야 한다고 여기고, 하찮은 직위에 있다고 불평을 늘어놓으며 쉬지 않고 원망을 해댔다. 그래서 제갈량이 벼슬을 떼고 문산 땅으로 귀양을 보냈는데 그가 돌아갔다는 소식을 듣고 눈물을 주르르 흘렸다.

"내가 평생 옷깃을 왼쪽으로 여미게 되었구나!"

【옛날 중원 사람들은 옷깃을 오른쪽으로 여미고, 변방 소수민족들은 대체로 왼쪽으로 여몄다. 요립은 제갈량이 살아 있으면 다시 불러줄 가망이 있지만 죽었으니 평생 멀리 떨어진 변경에서 소수민족들과 더불어 살게 되었다고 탄식한 것이다.】

제갈량이 돌아갔음을 알고 이엄도 한바탕 울고 병에 걸려 죽었다. 이엄은 제갈량이 자신을 다시 써주어 스스로 전날의 잘못을 씻게 해주기를 바랐으나 그가 죽었으니 뒤를 이은 사람은 다시 써주지 않으리라 헤아린 것이다.

그날 밤 하늘도 근심에 잠기고 땅도 슬퍼했다. 달마저 빛을 잃었는데 제갈량은 갑자기 하늘로 돌아갔다.

강유와 양의는 제갈량의 마지막 명령을 받들어 감히 슬픈 울음을 터뜨리지 못하고, 제갈량이 남긴 법식에 따라 주검을 수습해 감실에 넣고 심복 장졸 300명을 세워 지키게 했다. 비밀 명령을 돌려 위연에게 뒤를 막게 하고 여러 곳 영채들을 하나하나 물러가게 했다.

이때 사마의가 하늘을 우러러보니 각이 난 큰 별 하나가 붉은빛을 뿌리며 동북쪽에서 서남쪽으로 흘러가 촉군 영채로 떨어지는 것이었다. 세 번 떨어지다 세 번 일어나는데 떨어지는 거리는 길고 다시 올라가는 거리는 짧으며 소리가 은은히 들리니 놀라면서 기뻐했다.

"제갈량이 죽었구나!"

대군을 일으켜 쫓아가라는 명령을 내리려고 영채 문을 나서자 갑자기 또 의심이 들고 걱정스러워 두 아들에게 말했다.

"제갈량은 육정육갑법을 잘 안다. 지금 내가 오랫동안 나가 싸우지 않자 이 법술로 나를 꾀어 나오게 하는 것이니 쫓아가면 반드시 계책에 걸린다."

사마의는 말을 돌려 영채로 돌아가 나오지 않고, 하후패만 보내 가만히 수십 명 기병을 이끌고 오장원 산속으로 가서 소식을 알아보게 했다.

같은 날 밤, 위연은 꿈에 난데없이 머리에 뿔이 둘 돋아나 몹시 의심스럽고 이상해, 이튿날 행군사마 조직을 가만히 청해 물었다.

"그대가 《주역》의 이치에 아주 밝은 것을 안 지 오래요. 내가 밤에 머리에 뿔이 둘 돋아난 꿈을 꾸었는데, 길하고 흉함이 어떠한지 나를 위해 판단해주오."

조직은 한참 궁리하다 대답했다.

"이것은 아주 좋은 징조입니다. 기린 머리 위에 뿔이 있고 창룡의 머리 위에도 뿔이 있으니 이는 변화하여 날아오를 징조입니다."

위연은 크게 기뻐했다.

"공의 말대로 되면 후하게 사례하겠소."

조직은 돌아가다 마침 상서 비의와 마주쳤다.

"방금 문장의 영채에 갔는데 그가 머리에 뿔이 돋아난 꿈을 꾸고 나에게 길흉을 말해달라고 했습니다. 이는 워낙 좋은 징조가 아니지만 그대로 말하면 나무랄까 싶어 기린과 창룡으로 듣기 좋게 풀어주었습니다."

"그대는 어찌 좋은 징조가 아님을 아오?"

"뿔을 뜻하는 '각(角)' 자의 모양은 칼 '도(刀)' 자 아래에 쓰일 '용(用)' 자가 붙었습니다. 머리 위에 칼을 쓰니 아주 흉합니다!"

비의가 당부했다.

"그대는 잠시 이 말을 밖으로 흘리지 마오."

비의는 위연의 영채로 가서 사람들을 물리치고 알려주었다.

"어제 밤중에 승상께서 세상을 뜨셨소. 마지막 순간에 거듭 당부하신 일이 있소. 장군에게 뒤를 끊도록 하여 사마의를 막으며 천천히 물러가되 당신이 돌아갔음을 뭇사람들에게 알려서는 아니 된다는 것이오. 지금 병부가 여기 있으니 곧 군사를 일으키시오."

【장수가 일단 병부를 받으면 명령에 따라야 하는데 위연은 달리 생각이 있었다.】

위연이 물었다.

"누가 승상의 대사를 대리하오?"

"승상께서는 모든 대사를 양의에게 부탁하시고, 군사를 부리는 비밀은 모두 강유에게 전수하셨소. 이 병부는 양의의 명령이오."

위연은 불쾌한 기색이었다.

"승상은 돌아가셨지만 지금 내가 여기 있소. 양의는 한낱 장사에 지나지 않는데 어찌 이런 큰 책임을 지겠소? 그는 영구를 호송해 서천으로 실어가 묻기나 하면 그만이오. 나는 대군을 거느리고 사마의를 공격해 반드시 성공할 테니 어찌 승상 한 사람 때문에 나라의 큰일을 폐하겠소?"

"승상께서 잠시 물러서라는 명령을 남기셨으니 어겨서는 아니 되오."

비의의 말에 위연은 분노했다.

"승상이 그때 내 계책에 따랐더라면 벌써 장안을 차지한 지 오래일 것이오! 내가 지금 벼슬이 전장군이자 정서대장군이고 작위는 남정후이거늘 어찌 한낱 장사를 위해 뒤를 막아주겠는가?"

"장군 말씀이 옳기는 하지만 가볍게 움직여서는 아니 되오. 잘못하면 적이 비웃게 되오. 내가 양의에게 이익과 해로움을 설득해 군권을 장군에게 양보하게 하면 어떻겠소? 양의는 글이나 다루는 선비이니 반드시 따를 것이오."

위연이 좋아해 영채를 나온 비의가 급히 양의에게 말을 전하자 그가 말했다.

"승상께서 숨을 거두시기 전에 나에게 비밀히 위연은 반드시 다른 뜻이 있다고 말씀하셨소. 내가 병부를 보낸 것은 그의 마음을 떠보기 위해서였는데 과연 승상의 말과 맞아떨어졌으니 내가 백약에게 뒤를 막게 하면 되오."

양의는 군사를 거느리고 영구를 호송해 먼저 가고, 강유에게 뒤를 막게 하면서 제갈량이 남긴 명령에 따라 서서히 물러갔다.

위연은 영채 안에서 아무리 기다려도 비의가 돌아오지 않자 의심이 들어 마대에게 10여 명 기병을 이끌고 가서 소식을 알아보게 하니 돌아와 보고했다.

"후군은 강유가 총지휘하고, 선두의 태반은 이미 골짜기 안으로 물러 들어갔소."

"되어 먹지 못한 선비 녀석이 감히 나를 속이다니! 비의를 죽이고 말겠다!"

크게 노해 욕을 내뱉은 위연은 마대를 돌아보았다.

"공은 나를 도와주시겠소?"

"나도 평소에 양의를 미워했으니 장군을 도우리다."

위연은 대단히 기뻐 곧 군사를 이끌고 남쪽을 향해 떠났다.

위군의 하후패가 오장원에 이르니 사람 하나 보이지 않아 급히 돌아가 보고하자 사마의는 발을 구르며 한탄했다.

"공명이 정말 죽었구나! 어서 쫓아가자!"

하후패가 말렸다.

"도독께서 섣불리 몸소 쫓아가셔서는 아니 됩니다. 마땅히 먼저 편장을 보내셔야 합니다."

"이번에는 반드시 내가 직접 가야 한다."

사마의는 군사를 이끌고 두 아들과 함께 오장원으로 달려갔다. 고함치고 깃발을 휘두르며 촉군 영채로 쳐들어갔으나 과연 한 사람도 보이지 않아 두 아들을 돌아보았다.

"너희는 급히 군사를 재촉해 쫓아오너라. 내가 먼저 가겠다."

사마사와 사마소가 뒤에서 군사들을 재촉하고 사마의는 앞장서서 달려갔다. 산기슭까지 쫓아가니 앞에 가는 촉군이 별로 멀지 않아 힘을 떨쳐 달리는데 별안간 산 뒤에서 포 소리가 '탕!' 울리더니 고함이 요란하게 일어났다. 촉군 깃발들이 모두 돌아오고 돌격을 재촉하는 북소리가 울리는데, 나무 사이로 어슴푸레 중군의 큰 깃발이 나부끼더니 드디어 제 모습을 드러내니 깃발 위에는 커다란 글자가 쓰여 있었다.

'한 승상 무향후 제갈량.'

사마의는 깜짝 놀라 낯빛이 하얗게 질렸다. 눈을 똑바로 뜨고 자세히 바라보니 수십 명 상장이 네 바퀴 수레를 에워싸고 나오는데, 수레 위에 단정히 앉은 사람은 다름 아닌 제갈량이었다. 푸른 비단 띠 두건을 쓰고 깃털 부채를 들었으며 새털 옷을 입고 검은 띠를 둘러 사마의는 깜짝 놀랐다.

"공명이 아직 살아 있었구나! 내가 경솔하게 위험한 곳으로 깊이 들어와 계책에 걸리고 말았다!"

다급히 고삐를 잡아채 달아나니 뒤에서 강유가 높이 외쳤다.

"도적 장수는 달아나지 마라! 너는 우리 승상의 계책에 걸렸다!"

위군은 넋이 허공으로 날아가고 간이 오그라들어, 갑옷을 벗어 던지고 투구를 내던지며 병기마저 내동댕이치고 너도나도 목숨을 살리려고 달아나니 짓밟혀 죽은 자가 헤아릴 수 없었다. 사마의가 50여 리를 달아나는데 등 뒤로 위군 장수 둘이 따라잡고 말고삐를 틀어쥐었다.

"도독께서는 놀라지 마십시오!"

사마의는 손을 들어 머리를 만져보았다.

"내 머리가 달려 있느냐?"

"도독께서는 두려워하지 마십시오. 촉군은 멀리 갔습니다."

사마의는 한참이나 헐떡인 후에야 제정신을 찾았다. 그제야 눈을 크게 뜨고 보니 두 장수는 하후패와 하후혜였다. 그는 서서히 고삐를 당기며 두 장수와 함께 오솔길을 찾아 영채로 돌아갔다. 사방으로 촉군의 형편을 알아보니

死諸葛走生仲達
乙酉春 義雄畫

이틀이 지나 토박이가 달려왔다.

"촉군이 골짜기 안에 물러 들어갈 때 슬피 우는 소리가 땅을 흔들고 군중에 흰 깃발이 세워졌습니다. 제갈량은 과연 죽고 강유만 남겨 뒤를 막게 했습니다. 수레 위에 앉은 공명은 나무로 깎은 상이었습니다."

사마의는 허탈에 빠져 한숨을 내쉬었다.

"그가 살아 있을 때는 그래도 내가 헤아릴 수 있었으나 죽은 뒤는 짐작하지 못했구나!"

이 때문에 촉의 사람들이 속담을 하나 만드니 '죽은 제갈이 산 중달을 달아나게 했다[死諸葛能走生仲達사제갈능주생중달]'는 말이었다.

사마의는 제갈량이 죽었음을 알고 다시 군사를 이끌고 쫓아갔다. 지난번에 군사들이 매복했던 곳에 가보니 숲속에 제갈량의 깃발들만 있어 마음 놓고 쫓았으나 적안 언덕에 이르러보니 촉군은 이미 멀리 간 다음이라 군사를 물려 돌아오면서 장수들을 돌아보았다.

"제갈량이 죽었으니 우리 모두 베개를 높직이 하고 근심 없이 자게 되었네!"

사마의가 군사를 물려 돌아가면서 제갈량이 세운 영채 자리들을 살펴보니 앞과 뒤, 왼쪽과 오른쪽이 정연하고 법도가 있어 감탄했다.

"이 사람은 천하의 기재로다!"

장수들도 영채를 보고 저마다 놀랐다. 사마의는 군사를 이끌고 장안으로 돌아가 장수들을 나누어 요충지들을 지키게 하고 황제를 뵈러 낙양으로 갔다.

이보다 앞서 양의와 강유는 뱀처럼 기다란 진을 치고 천천히 잔도 어귀로 들어간 뒤에 옷을 갈아입고 제갈량이 돌아갔음을 알리며 깃발을 세우고 슬피 울었다. 군사들이 머리를 땅에 탁탁 찧고 발을 동동 구르면서 우는데 너무 울다 죽는 자까지 있었다.

◀ 사마의는 손을 들어 머리가 붙어있는지 확인

촉군 선두가 잔도 입구에 이르자 별안간 앞에서 불빛이 하늘로 솟구치고 고함이 땅을 흔들며 군사 한 떼가 나타나 길을 가로막았다. 장수들은 깜짝 놀라 급히 양의에게 보고했다.

이야말로

위군 장수들은 다 물러갔거늘
촉 땅 어떤 군사 여기 왔을까

그 군사는 어느 곳 사람들일까?

105

반란 제압한 승상의 비단 주머니

무후는 비단 주머니에 계책 남기고
위주는 이슬 받는 쟁반 뜯어 가지다

앞에서 군사가 길을 막는다 하여 양의가 급히 알아보니 위연이 잔도를 불사르고 길을 가로막아 깜짝 놀랐다.

"승상께서 살아계실 때 이 사람이 뒤에 반드시 반란을 일으킬 것이라 헤아리셨는데 오늘 과연 이렇게 될 줄이야! 우리가 돌아갈 길을 끊겼으니 어찌해야 하나?"

비의가 제의했다.

"이 사람이 먼저 천자께 거짓으로 아뢸 것이오. 우리가 반역했다고 모함하며, 그래서 잔도를 끊어 돌아갈 길을 막았다고 할 것이니 우리가 천자께 표문을 올려 위연의 반란을 말씀드리고 무찔러야 하오."

강유가 대책을 내놓았다.

"여기 오솔길이 한 갈래 있는데 이름을 사산이라 합니다. 험하고 가파르나 잔도 뒤로 돌아나갈 수 있지요. 표문을 올려 천자께 아뢰고 바로 사산의 오솔길로 나아가면 됩니다."

양의는 먼저 사자에게 표문을 주어 보내고 뒤이어 비의를 성도로 떠나게 한 후 군사를 움직여 사산의 오솔길로 나아갔다. 주민들을 만나면 도적 토벌을 나왔다고 거짓말을 했다.

이때 후주는 성도에서 잠이 잘 오지 않고 음식 맛이 없으면서 앉으나 서나 불안했다. 어느 날 밤 꿈에 성도 금병산이 무너져 놀라 깨어나 다시는 침상에 눕지 못하고 앉아서 날이 새기를 기다려, 문무 관원들을 불러 꿈 이야기를 하니 초주가 아뢰었다.

"신이 어젯밤 하늘을 우러러보니 붉고 각진 별 하나가 동북쪽에서 움직여 서남쪽으로 떨어졌습니다. 이는 승상에게 아주 흉한 일이 있음을 나타내는 것입니다. 폐하께서 산이 무너지는 꿈을 꾸셨으니 바로 그 징조와 맞아떨어집니다."

후주는 더욱 놀랍고 두려웠다. 이때 이복이 왔다고 하여 불러들이니 눈물을 흘리며 승상이 이미 세상을 떠났다고 아뢰고 숨을 거두기 전에 남긴 말을 자세히 옮겨, 후주는 목 놓아 울었다.

"하늘이 나를 망하게 하는구나!"

울면서 용상에 쓰러지니 가까이에서 모시는 신하들이 부축해 뒤쪽 궁전으로 들어갔다. 오 태후도 소식을 듣고 목 놓아 울고 관원들도 저마다 슬피 울며 백성들도 너도나도 눈물을 흘렸다. 후주는 연이어 며칠 슬픔에 잠겨 조회를 열지 못했다.

어느 날, 별안간 위연이 표문을 올려서 양의가 반란을 꾀한다고 아뢰어 후주와 신하들이 깜짝 놀라는데 오 태후도 그 자리에 있었다.

'정서대장군 남정후 신 위연은 머리를 조아려 말씀 올립니다. 양의가 스스로 군권을 틀어쥐고 무리를 거느려 반란을 꾀하며, 승상 영구를 납치해 도적을 이끌고 경내로 들어오려 합니다. 이에 신은 잔도를 불살라 끊고 길목을 지키며 삼가 표문을 올려 아룁니다.'

신하가 표문을 읽자 후주는 이상하게 여겼다.

"위연은 용맹하여 넉넉히 양의를 막을 수 있는데 어찌 잔도를 끊었을까?"

오 태후도 의심했다.

"선제 말씀을 들은 적이 있다. 승상은 위연의 뒤통수에 반란의 뼈가 있음을 알고 목을 치려 했으나 용맹이 아까워 잠시 남겨 쓴다고 하셨다. 그가 양의 등이 반란을 꾀한다고 아뢰니 가볍게 믿을 수 없다. 양의는 선비인데 승상이 장사 책임을 맡긴 것은 반드시 쓸 만하기 때문일 것이다. 위연의 말만 들으면 양의는 위나라로 가버릴 테니 이 일은 멀리 내다보며 생각해야지 함부로 움직여서는 아니 된다."

그런데 양의가 긴급한 표문을 보내왔다.

'장사 수군장군 신 양의는 황송하고 두려운 마음으로 삼가 표문을 올립니다. 승상께서는 돌아가시기 전에 대사를 신에게 맡기셨는데 옛 제도를 따르면서 고쳐서는 아니 되며, 위연에게 뒤를 막게 하고 강유를 앞에서 가게 했습니다. 그런데 위연이 승상의 유언을 받들지 않고 스스로 군사를 거느리고 앞질러 한중으로 들어가 불을 질러 잔도를 끊고 승상의 영구를 납치하려 꾀하면서 반란을 일으킵니다. 변이 급작스레 일어나서 급히 표문을 올려 아룁니다.'

오 태후는 양의의 표문을 듣고 물었다.

"경들 소견은 어떠한가?"

장완이 아뢰었다.

"신의 어리석은 견해로 헤아려보면 양의는 타고난 성격이 급해 사람을 잘 용납하지 못하지만, 식량과 말먹이 풀을 마련하고 군사를 부리는 일에 참여

하면서 승상을 위해 오래 일해 왔습니다. 승상께서 돌아가시기 전에 그에게 대사를 맡기셨으니 양의는 절대 나라를 배반할 사람이 아님을 아셨기 때문입니다. 위연은 평소 자기 공로를 믿고 우쭐거려 사람들이 모두 그에게 양보했으나 양의만은 그를 너그럽게 대하지 않아 속으로 한을 품었습니다. 위연은 양의가 군사를 총지휘하자 복종하지 않고 일부러 잔도를 불살라 그가 돌아올 길을 끊고, 모함하며 해치려 하는 것입니다. 신은 온 집안 식솔과 종들 목숨을 걸고 양의는 절대 반란을 꾀하지 않는다고 보증하겠지만 실로 감히 위연은 보증하지 못하겠습니다."

동윤도 아뢰었다.

"위연은 자기 공로를 믿고 늘 불만을 품으며 원망하곤 했습니다. 전에 반란을 꾀하지 못한 것은 승상이 두려웠기 때문인데, 승상께서 돌아가시니 틈을 타 난리를 일으킨 것은 형세로 보아 필연적이라 하겠습니다. 양의는 재주가 빼어나 승상께서 임명해 써주셨으니 반드시 반란을 꾀하지 않습니다."

신하들이 모두 찬성했다.

"두 분 말이 맞습니다."

문관과 무장, 황궁에서 후주를 모시는 신하들도 모두 양의의 충성을 보증할 뿐 위연을 위해서는 말하지 않자 후주가 물었다.

"위연이 반란을 일으켰다면 어떤 계책을 써서 막아야 하오?"

장완이 답을 올렸다.

"승상께서 평소 이 사람을 의심하셨으니 양의에게 계책을 남기셨을 것입니다. 양의가 믿는 구석이 없으면 어찌 골짜기 입구까지 들어갔겠습니까? 위연은 반드시 계책에 걸릴 것이니 폐하께서는 마음 푹 놓으십시오."

얼마 지나지 않아 위연이 다시 표문을 올려 양의가 나라를 배반했다고 고발해 후주가 표문을 읽는데, 양의 또한 다시 표문을 올려 위연이 황제를 등졌노라고 아뢰었다. 두 사람이 이처럼 옳거니 그르거니 다투는데 비의가 와서 위연이 반기를 든 사정을 자세히 아뢰자 후주가 명했다.

"동윤을 보내 절을 들고 양의한테 가서 좋은 말로 달래게 하오."

동윤이 조서를 받들고 떠났다.

잔도를 불태우고 남곡에 주둔해 요충지를 지키는 위연은 스스로 좋은 계책을 쓴다고 여겼는데, 양의와 강유가 밤낮없이 군사를 이끌고 남곡 뒤로 돌아갈 줄은 꿈에도 생각하지 못했다. 양의는 한중을 잃을까 두려워 선봉인 하평(何平)에게 3000명 군사를 주어 먼저 가게 하고 강유와 함께 제갈량의 영구를 호송해 한중을 향해 나아갔다.

하평이 군사를 이끌고 남곡 뒤로 가서 북을 두드리고 고함치자 위연은 크게 노해 급히 말에 올라 군사를 이끌고 나아갔다. 양쪽 장졸들이 진을 치자 하평이 말을 달려나갔다.

"역적 위연은 어디 있느냐?"

위연도 나왔다.

"너는 양의를 도와 나라를 배반하면서 어찌 감히 나를 욕하느냐?"

"승상께서 금방 돌아가시어 피와 살이 아직 식지 않았는데 네가 어찌 감히 반란을 일으키느냐?"

하평이 야무지게 꾸짖더니 채찍을 들어 서천 군사를 가리켰다.

"장졸들은 모두 서천 사람이라 서천에 부모와 형제, 처자식들이 있다. 승상께서 살아계실 때 너희를 나쁘게 대하지 않으셨으니 지금 역적을 도와서는 아니 된다. 제각기 고향으로 돌아가 상이 내려지기를 기다려야 하노라!"

장졸들은 그 말을 듣고 '우와!' 소리치더니 태반이 흩어져버렸다. 위연이 크게 노해 칼을 휘두르며 하평에게 덮쳐들자 싸움이 몇 합도 되기 전에 하평이 못 이기는 척 달아나니 위연이 쫓아갔다. 하평의 군사가 일제히 화살을 날려 위연이 돌아가자 따르던 군사들은 모두 흩어졌다. 위연이 쫓아가 몇 사람을 죽이며 아무리 말리고 호통쳐도 소용없었다. 마대가 거느린 300명 군사만 까딱도 하지 않았다.

"공이 굳게 나를 도우니 일이 이루어진 다음 절대 공을 저버리지 않겠소."

위연이 마대와 함께 하평을 죽이려고 쫓아가자 하평은 군사를 이끌고 나는 듯이 달아났다. 위연이 마대와 상의했다.

"우리가 위나라로 가면 어떠하오?"

"장군 말씀은 참으로 슬기롭지 못하오. 대장부가 어찌 스스로 패업을 꾀하지 않고 쉽사리 남에게 무릎을 꿇소? 내가 가만히 살펴보면 장군은 슬기와 용맹을 넉넉히 갖추었으니 서천과 동천 사람들이 누군들 감히 장군과 맞서 싸우겠소? 내가 맹세코 장군과 함께 먼저 한중을 손에 넣고 뒤이어 서천으로 진공하리다."

위연은 크게 기뻐 마대와 함께 군사를 이끌고 남정으로 달려갔다. 강유가 남정성 위에서 내려다보니 위연과 마대가 무력을 자랑하며 바람같이 몰려와 급히 조교를 끌어올리게 하고 양의와 상의했다.

"위연이 용맹하고 마대가 도와주니 비록 그 군사는 적지만 어떤 계책으로 물리쳐야 하겠소?"

"승상께서 돌아가시기 전에 비단 주머니를 남기며 당부하셨소. '위연이 반란을 일으키면 진에 나가 맞설 때만 열어보게. 그를 벨 계책이 있네.' 그러니 지금 열어보아야겠소."

양의가 비단 주머니를 꺼내보니 그 위에 쓰여 있었다.

'위연과 맞서기를 기다려 말 위에서만 열어볼 수 있다.'

강유는 대단히 기뻐했다.

"승상께서 계책을 남기셨으니 장사는 걷어 넣으시오. 내가 먼저 군사를 이끌고 성을 나가 진을 벌일 테니 공은 곧 오시오."

강유는 3000명 군사를 이끌고 성을 나가 요란하게 북을 울리며 진을 치고, 진 앞에 말을 세우고 목청을 돋우었다.

"역적 위연아! 승상께서 섭섭하게 대하지 않으셨는데 어찌 배반하느냐?"

칼을 가로 든 위연이 말을 세우고 대꾸했다.

"백약, 자네와는 상관없는 일이니 양의만 불러오게!"

양의가 진의 문기 아래에서 비단 주머니를 열어보고, 너무나 기뻐 진 앞에 말을 세우고 손을 들어 위연을 가리키며 웃었다.

"승상께서 살아계실 때 네가 반드시 배반할 줄을 짐작하시어 방비하라고 이르셨는데 과연 그 말이 맞아떨어졌구나. 네가 말 위에서 '누가 감히 나를 죽일 수 있느냐?' 연거푸 세 번 소리칠 수 있다면 진짜 대장부이니 한중의 성들을 너에게 바치겠다."

위연은 껄껄 웃었다.

"양의, 이 하찮은 사내야, 잘 들어두어라! 공명이 살아있다면 내가 조금은 무서워하겠지만 죽었으니 천하에 누가 감히 나와 맞서겠느냐? 세 번 아니라 3만 번이라도 어려울 게 무어냐?"

그는 칼을 들고 고삐를 당기며 말 위에서 높이 외쳤다.

"누가 감히 나를 죽일 수 있느냐?"

그 소리가 끝나기도 전에 위연 뒤에서 한 사람이 날카롭게 소리쳤다.

"내가 감히 너를 죽이겠다!"

그 사람 손이 번쩍 올라가자 어느덧 칼이 휙 내려와 위연이 말 아래로 떨어지니 모두 깜짝 놀랐다. 그 사람은 마대였다. 제갈량이 숨을 거두기 전에 마대에게 비밀 계책을 주어, 위연이 소리치기만 기다려 갑자기 목을 치게 한 것이다.

馬岱陣前斬魏延
葉雄
乙酉春
畫

동윤이 남정에 이르기 전에 마대가 위연을 베고 강유와 군사를 합쳐, 양의가 사자를 보내 아뢰니 후주가 성지를 내렸다.

"이미 죄를 밝혔으니 전에 세운 공로를 생각해 관에 넣어 묻어주도록 하라."

양의를 비롯한 사람들이 드디어 제갈량의 영구를 호송해 성도에 이르자 후주는 문무 관원들을 이끌어 모두 상복을 입고 성 밖으로 20리를 나와 맞이하고 목 놓아 울었다. 위로는 높은 대신들부터 아래로는 산속 숲에 숨어 사는 사람에 이르기까지 남자와 여자, 늙은이와 어린아이가 빠짐없이 통곡하니 슬픈 울음소리가 땅을 흔들었다.

후주가 영구를 성안에 인도해 승상부에 멈추니 제갈량의 아들 첨(瞻)이 상복을 입고 상을 치렀다. 후주가 조정으로 돌아오자 양의가 스스로 밧줄로 묶고 죄에 벌을 내리기를 청하니 후주가 밧줄을 풀어주었다.

"경이 승상께서 남기신 가르침에 따르지 않았으면 영구가 어느 날에나 돌아오며 위연을 또 어찌 물리쳤겠나? 대사를 보존하게 된 것은 모두 경의 힘이로다."

후주는 양의의 벼슬을 높여 중군사로 삼고, 마대는 역적을 벤 공로로 위연의 작위를 이어받게 했다. 양의가 제갈량이 남긴 표문을 올리자 후주가 글을 읽고 목 놓아 운 다음 성지를 내려 묘소를 고르게 하니 비의가 아뢰었다.

"승상께서는 돌아가시기 전에 영구를 정군산에 묻으라고 당부하시면서 담을 쌓지 말고 벽돌도 쓰지 말며 모든 제물을 쓰지 말라고 하셨습니다."

후주는 그 말에 따라 그해 10월 좋은 날을 골라 몸소 영구를 호송해 정군산으로 가서 장례를 치렀다. 조서를 내려 제사를 지내고 시호를 충무후(忠武侯)라 하며, 면양에 사당을 지어 사계절 제사를 올리게 했다.

후세에 두공부가 지은 시가 있다.

◀ 위연이 소리치자 마대가 칼을 휘둘러

승상의 사당은 어느 곳에 있느냐

금관성 밖에는 잣나무 울창한데

섬돌 곁 푸른 풀 봄빛 자랑하고

잎사귀 뒤 꾀꼬리 고운 소리 내누나

세 번 찾아 천하의 계책 거듭 물었더니

두 임금 섬겨 늙은 신하 마음 바쳤지

출병해 이기지 못하고 몸 먼저 죽으니

영웅들 언제나 눈물로 옷깃 적시네

후주가 성도로 돌아오자 신하가 아뢰었다.

"오에서 전종을 보내 군사 몇만을 파구에 주둔했으니 무슨 뜻인지 모르겠습니다."

후주는 흠칫 놀랐다.

"승상이 금방 돌아가셨는데 오에서 경계를 침범하니 어찌해야 하오?"

장완이 아뢰었다.

"신은 왕평과 장억을 추천하오니 그들에게 몇만 군사를 이끌고 영안에 주둔해 침범에 대비하게 하시고, 사람을 오로 보내 승상께서 돌아가신 소식을 알리며 동정을 살피도록 하십시오."

"반드시 말 잘하는 사람을 얻어 사자로 삼아야 하겠소."

후주의 말에 맞추어 한 사람이 나섰다.

"보잘것없는 신이 한번 다녀오고 싶습니다."

사람들이 보니 남양군 안중현 사람으로 성은 종(宗)이고 이름은 예(預)에 자는 덕염(德艶)으로 참군, 우중랑장이었다. 후주는 그를 오로 보내 허실을 알아보게 했다.

종예가 명령을 받들고 금릉(건업)으로 가서 오주 손권을 뵈니 좌우의 사람들이 모두 흰옷을 입었는데 손권이 험한 표정으로 물었다.

"오와 촉은 한집안이 되었거늘 경의 주인은 어찌하여 백제(영안)를 지키는 군사를 늘렸는가?"

종예가 대답했다.

"신은 동쪽에서 파구의 수비병을 늘리고, 서쪽에서 백제의 군사를 불린 것은 모두 형세가 그렇게 만든 것이니 서로 따져 물을 것까지는 없다고 생각합니다."

"경은 등지에 못지않군."

손권은 웃으며 종예에게 이야기했다.

"짐은 제갈 승상이 하늘로 돌아갔다는 소식을 듣고 날마다 눈물 흘리며 신하들에게 상복을 입게 했네. 짐은 승상이 돌아간 틈을 타 위에서 촉을 칠까 걱정되어 파구의 군사를 1만 명 늘려 구원하려 했을 뿐 다른 뜻은 없네. 짐이 이미 동맹을 맺기로 약속했으니 어찌 쉽게 의리를 저버릴 수 있겠는가?"

종예는 머리를 조아리며 절해 고맙다고 인사하고 찾아온 뜻을 밝혔다.

"천자께서는 승상께서 돌아가셔서 특별히 부고를 알리게 하셨습니다."

손권은 곧바로 살촉에 금을 박은 금비전 한 대를 꺾으며 맹세했다.

"짐이 전날의 맹세를 어기면 자손들이 멸종되리라!"

그가 사자에게 향과 비단 따위 조의품을 주어 서천으로 들어가 제사를 지내게 하니, 종예는 함께 성도로 돌아와 후주에게 보고했다. 후주는 크게 기뻐 종예에게 무거운 상을 내리고 오의 사자를 후하게 대접해 돌려보냈다.

후주는 제갈량의 유언에 따라 장완의 벼슬을 승상, 대장군으로 높여 조정 정사를 맡도록 하고 비의를 조정 실무를 맡은 상서령으로 만들어 장완을 보좌하게 했다. 오의를 거기장군으로 삼아 절을 내려 한중을 지키게 하고, 강유

는 보한장군에 평양후로 봉해 여러 곳 군사를 총지휘하면서 오의와 함께 한중에 주둔해 위군을 방어하도록 했다. 나머지 장군과 장교들은 모두 옛날 벼슬이 바뀌지 않았다.

양의는 벼슬 경력이 장완보다 앞선다고 생각했는데 장완 아래에 있게 되자 심사가 뒤틀렸다. 또 자기 공로가 크다고 믿었는데 후한 상을 받지 못하자 비의에게 원망조로 말했다.

"승상께서 돌아가시고 내가 군사를 이끌어 위로 갔으면 어찌 이처럼 적적하겠소?"

비의가 가만히 표문을 지어 양의의 말을 아뢰니 후주는 크게 노해 양의를 감옥에 넣고 목을 치려 했다. 장완이 아뢰었다.

"죄를 지었으나 승상을 따라 공을 많이 세웠으니 목을 쳐서는 아니 됩니다. 벼슬을 떼어 한가한 백성으로 만들면 됩니다."

후주가 서남쪽 구석진 곳으로 보내 낮은 백성으로 살게 하니 양의는 부끄러워 스스로 목을 베어 죽었다.

촉한 건흥 13년(235년)은 위주 조예의 청룡 3년이자 오주 손권의 가화(嘉禾) 4년이었다. 이 해에 세 나라에서는 모두 군사를 일으키지 않았다.

위주 조예는 사마의를 태위로 봉해 전국의 군사를 지휘해 변경을 안정시키게 하고, 토목공사를 크게 벌여 궁전을 지었다. 공사가 3년이나 걸렸는데 또 낙양에 조양전과 태극전을 짓고 총장관을 쌓아 모두 높이가 100자나 되었다. 숭화전, 청소각, 봉황루, 구룡지를 만들어 박사 마균(馬鈞)이 감독하는데 지극히 화려했다. 대들보에는 조각하고 기둥에는 그림을 그렸으며, 기와는 푸른데 벽돌은 금빛으로 번득였다.

◀ 조예는 백성 30여 만으로 공사 벌이고

천하의 솜씨 좋은 장인 3만여 명을 고르고 백성 30여 만을 풀어 밤낮 가리지 않고 공사를 벌이니 백성이 힘들어 원망하는 소리가 그치지 않았다. 조예가 또 성지를 내려 방림원에 토목공사를 벌여 신하들이 모두 흙을 지고 나무를 메게 하니 사도 동심(董尋)이 표문을 올려 간절히 충고했다.

'건안시대부터 들판에서 싸우다 죽은 사람이 많아 온 식솔이 다 돌아간 집도 있습니다. 비록 살아남은 자들이 있어도 고아는 어리고 늙은이는 약합니다. 궁궐이 비좁고 작아 늘리려 하시더라도 계절에 따라 농사에 방해되지 않도록 해야 하거늘 무익한 것들이야 더 말할 나위가 있겠습니까? 폐하께서 신하들을 높여 관을 씌워주시고 수놓은 옷을 입혀주시며 화려한 수레에 앉혀주시는 것은 바로 낮은 백성과 구별하기 위해서입니다. 그런데 대신들에게 나무를 메고 흙을 나르게 하여 몸에 먼지가 묻고 발에 흙이 붙게 하시니, 나라의 얼굴이 되는 이들을 망신시키면서 하시는 일이 이익이 없는 정원이나 늘리는 것이라 참으로 의미 없는 노릇입니다. 성인께서는 '임금이 예절을 갖추어 신하를 대하면 신하는 충성을 바쳐 임금을 섬긴다[君使臣以禮군사신이례 臣使君以忠신사군이충]'고 하셨습니다. 충성이 없고 예의가 없어서야 나라가 어찌 서겠습니까? 신은 말을 하면 반드시 죽을 줄을 압니다만 스스로 자신을 황소 몸에 붙은 한 오라기 털로 비유하오니, 살아서 나라에 좋은 점이 없거늘 죽은들 무슨 손실이 있겠습니까? 붓을 쥐고 눈물을 흘리며 마음은 세상과 작별합니다. 신에게 아들 여덟이 있으니 죽은 다음 폐하께 폐를 끼치게 되었습니다. 신은 부들부들 떨면서 명령을 기다립니다.'

조예는 표문을 읽고 화를 냈다.

"동심은 죽음을 겁내지 않는단 말이냐?"

말은 그렇게 했으나 곁에서 동심의 목을 치라고 하자 대답했다.

"이 사람은 평소 충성스럽고 의로운 마음을 품었으니 잠시 백성으로 내리겠다. 다시 함부로 지껄이는 자가 있으면 반드시 목을 치겠다!"

이때 태자사인 장무도 표문을 올려 간절히 충고하다 조예의 명으로 목이 달아났다.

【태자사인은 교대로 당번을 서서 태자를 보위하고 곁에서 일상을 돌보는 낮은 벼슬아치로, 주제넘게 나라 형편을 논했으니 목이 달아나지 않을 수 없었다.】

조예는 장무를 벤 그 날 마균을 불렀다.

"짐은 높은 대와 가파른 누각을 쌓아 신선과 왕래하면서 늙지 않고 오래 사는 법을 구할까 한다."

마균이 아뢰었다.

"한의 스물네 황제 가운데 무제가 나라를 가장 오래 다스리셨고 지극히 오래 사셨으니 하늘의 해와 달의 정기를 복용하셨기 때문입니다. 무제는 장안 궁전 안에 백량대를 쌓고 대 위에 구리 사람 하나를 세웠는데, 그 손에 '승로반(이슬 받는 쟁반)'을 들게 해 밤중에 북두에서 내려오는 이슬을 받도록 했습니다. 그 이름을 '천장(天漿, 하늘의 물)'이라 하고 또 '감로(甘露, 단 이슬)'라고도 불렀는데 아름다운 옥을 보드랍게 갈아 이 물에 타서 마시면 늙은이가 아이 모습으로 돌아올 수 있습니다."

【한 무제는 기원전 140년부터 54년 동안 황제로 있었고 70년을 살았다. 중국의 2000여 년 황조(皇朝) 역사에서 청의 강희(康熙)가 61년으로 최고 기록이고, 강희 손자 건륭(乾隆)은 할아버지를 넘어서지 않겠다고 60년 동안 황제로 있었는데, 그들 말고는 무제가 가장 오래 통치한 황제였다.】

조예는 기뻐 야단이었다.

"당장 장안으로 가서 구리 사람을 뜯어 방림원으로 옮겨 오너라."

마균은 명령을 받들고 일꾼 1만 명을 데리고 장안에 가서 나무틀을 만들어 백량대에 올라가게 했다. 백량대는 높이가 200자이고 구리 기둥은 둘레가 열 아름이나 되었다. 숱한 사람이 힘을 합쳐 구리 사람을 뜯어 내려오는데 구리 사람 눈에서 눈물이 주르르 흘렀다. 사람들이 모두 깜짝 놀라자 느닷없이 세찬 바람이 일어나면서 모래가 흩날리고 돌멩이들이 굴러 소나기가 내리듯 했다.

곧 하늘이 무너지고 땅이 갈라지듯 무서운 소리가 나면서 대가 기울어지고 기둥이 넘어져 1000여 명이 깔려 죽었다. 마균이 구리 사람과 금 쟁반을 가지고 돌아와 바치자 조예가 물었다.

"구리 기둥은 어디 있느냐?"

"기둥은 무게가 100만 근이라 날라올 수 없습니다."

조예는 구리 기둥을 부수어 낙양으로 날라오게 하더니 녹여서 구리 사람 둘을 만들어 '옹중(翁仲)'이라 이름 짓고 황궁 바깥문인 사마문 밖에 세웠다.

【진시황 때 원옹중이라는 사람이 있었는데 키가 13자나 되는 거인이라 진시황이 변경을 지키게 했더니 흉노가 매우 무서워했다. 그가 죽은 뒤 진시황이 그를 위해 구리로 상을 만들었는데, 후세에는 거대한 동상이나 석상을 일컬어 '옹중'이라 불렀다.】

조예가 또 구리로 용과 봉황을 주조하니 높이가 용은 40자이고 봉황은 30자 남짓해 내전 앞에 세웠다. 상림원 안에는 기이한 꽃과 이상한 나무를 심고 진귀한 새와 괴상한 짐승을 길렀다.

황궁에서 쓰는 물건과 옷, 음식을 맡은 소부 양부(楊阜)가 표문을 올렸다.

'신이 듣자니 요 임금이 띠 풀로 지붕을 덮은 집을 숭상하여 온 나라가 편안히 보냈고, 우 임금이 나지막한 궁궐에서 살아 천하 사람들이 즐거이 일했다고 합니다. 후에 은과 주는 큰 집의 기초를 석 자 이상 다지지 않았고, 임금이 정사를 보는 명당(明堂)의 동서 너비는 참대삿자리 아홉 장을 넘지 않았으며, 옛날 성스러운 임금과 밝은 왕은 궁궐을 높이 쌓고 화려하게 만들어 백성의 재물을 낭비하고 힘을 뺀 이가 없습니다. 걸(桀)은 옥으로 장식한 궁실과 상아로 치장한 복도를 만들고 주(紂)는 쳐다보면 넘어질 듯이 높은 궁전과 둘레가 3리나 되는 보물 저장고를 지은 후 사직을 잃었고, 초령왕은 높이가 100자나 되는 장화대를 쌓아 화를 입었으며, 진시황은 동서와 남북이 각기 500자나 되는 아방궁을 지어서 아들에게 누가 미쳐 천하 사람들이 반란을 일으켜 겨우 2대 만에 망하고 말았습니다. 만백성의 힘을 생각하지 않고 귀나 눈을 즐겁게 하려는 욕망을 풀어 망하지 않은 자가 없습니다. 폐하께서는 요 임금과 순 임금, 우 임금, 탕 임금, 주문왕, 주무왕을 본보기로 삼으시고, 걸, 주, 초령왕, 진시황을 경계하셔야 하거늘, 한 몸의 편안함과 즐거움에 빠져 궁전과 대만 장식하시면 반드시 위험과 어려움에 빠지실 수 있습니다. 임금은 머리고 신하는 팔과 다리니 살고 죽음이 한 몸에 달렸고 얻고 잃음을 함께 합니다. 신은 비록 못나고 겁이 많으나 어찌 바른말로 충고를 올리는 신하의 의리를 잊겠습니까? 말이 간절하지 않고서는 폐하를 깨우치기에 모자랄 것이니, 삼가 신의 몸을 담을 관을 두드리면서 목욕하고 엎드려 죽임을 기다립니다.'

표문을 받고도 조예는 깨닫지 못하고 한사코 마균을 재촉해 높은 대를 세우고 구리 사람과 승로반을 맞추어 놓았다. 그리고 성지를 내려 천하의 미녀들을 골라 방림원에 넣었다. 신하들이 분하고 원통해 표문을 올려 말렸으나 조예는 한마디도 듣지 않았다.

조예의 황후 모씨는 하내군 사람이었다. 조예가 평원왕으로 있을 때 부부가 아기자기하게 살면서 정이 깊어 황제 자리에 오르자 황후로 세웠다. 그런데 그 후 조예가 곽 부인을 귀여워해 모 황후는 총애를 잃었다. 곽 부인이 아름답고 똑똑해 조예는 그녀에게 푹 빠져 날마다 더불어 즐기며 한 달 남짓 궁전 문을 나오지 않았다.

이해 봄 3월에 방림원에 갖가지 꽃들이 다투어 피어나니 조예가 곽 부인과 함께 들어가 구경하며 술을 마시는데 곽 부인이 물었다.

"어찌하여 황후를 청해 함께 즐기지 않으십니까?"

"그가 있으면 짐은 물 한 방울도 넘길 수 없노라."

조예가 말하기도 싫다는 듯 대꾸하더니 궁녀들에게 모 황후가 오늘 놀이를 알게 해서는 아니 된다고 명령을 내렸다. 모 황후는 조예가 한 달 넘도록 자기가 있는 정궁에 들어오지 않자, 이날 10여 명 궁녀를 이끌고 취화루 위에 올라 소일하는데 우렁찬 음악 소리가 들려와 물었다.

"어느 곳에서 음악을 울리느냐?"

한 신하가 아뢰었다.

"성상께서 곽 부인과 화원에서 꽃을 구경하십니다."

모 황후는 언짢고 걱정이 쌓여 궁전으로 돌아가 쉬었다.

이튿날 모 황후가 작은 수레를 타고 궁전 밖으로 나가는데, 마침 복도에서 조예와 마주치니 웃으며 말을 걸었다.

"폐하께서 어제 북쪽 정원에서 즐거움이 크셨겠네요."

조예는 발끈해 전날 시중들던 자들을 붙잡아 꾸짖었다.

"북쪽 정원 일을 황후가 알게 해서는 안 된다고 했는데 어찌 밖으로 흘렸느냐!"

조예가 호령해 시중들던 자들의 목을 치니 모 황후는 깜짝 놀라 수레를 돌려 자기 궁전으로 돌아갔다. 조예가 곧 조서를 내려 모 황후에게 죽음을 내리고 곽 부인을 황후로 세우니 조정 신하들은 감히 말리지 못했다.

경초(景初) 2년(238년) 정월, 유주 자사 관구검(毌丘儉)이 표문을 올려, 요동의 공손연(公孫淵)이 반란을 일으켜 연왕(燕王)으로 칭하면서 연호를 소한(紹漢, 한을 이음) 원년으로 하고, 궁전을 짓고 관직을 설치하며 군사를 일으켜 북방이 흔들린다고 보고했다. 조예는 깜짝 놀라 문무 관원들을 모아 공손연을 물리칠 계책을 상의했다.

이야말로

토목공사 벌여 중국 고달프게 했는데
외지에서 또 창칼이 일어나 움직이네

조예는 그들을 어떻게 막을까?

106

적수 속인 사마의, 귀먹은 연기

공손연은 싸움 져 양평에서 죽고
사마의는 병 사칭해 조상 속이다

공손연은 요동 태수 공손도의 손자이고 공손강의 아들이었다. 건안 12년 (207년) 원상을 쫓아가던 조조가 요동까지 진군하지 않자 공손강이 원상의 머리를 바쳐 그를 양평후로 봉했다. 공손강이 죽을 때 맏아들 황과 둘째 아들 연이 아직 어려 아우 공손공이 형님 자리를 이어받으니 황제 조비가 거기장군, 양평후로 봉했다.

태화 2년(228년), 어른으로 자라난 연이 문무를 아울러 갖추고 싸우기를 좋아해 공손공의 자리를 빼앗자 조예는 양렬장군, 요동 태수로 봉했다. 뒷날 손권이 장미와 허안을 보내 금과 구슬, 옥 등을 지니고 가서 그를 연왕으로 봉하자 공손연은 위가 두려워 두 사람 목을 베어 조예에게 보냈다. 조예가 대사마, 낙랑공으로 봉했으나 공손연은 벼슬이 성에 차지 않아 스스로 연왕으로 칭하자 부장 가범이 충고했다.

"중원에서 주공께 상공 작위를 주었으니 비천하다 할 수 없는데 배반하면 이치에 맞지 않습니다. 더욱이 사마의가 군사를 잘 부려 촉의 제갈무후도 그를 이기지 못했는데 주공께서 당하실 수 있겠습니까?"

공손연이 크게 노해 가범의 목을 치려 하니 참군 윤직이 충고했다.

"가범의 말이 맞습니다. 성인께서는 '나라가 망하려면 반드시 요사한 일이 생긴다 [國家障亡국가장망 必有妖孽필유요얼]'고 하셨습니다. 요즈음 나라 안에서 괴이한 일들이 여러 번 일어나 저번에는 머리에 수건을 쓰고 몸에 붉은 옷을 걸친 개가 지붕에 올라가 사람처럼 걸었고, 성 남쪽 시골 백성이 밥을 짓는데 밥솥에서 난데없이 죽은 아이가 나타났으며, 양평 북쪽 저잣거리 땅이 갑자기 푹 꺼져 구덩이가 생기더니 그 속에서 고깃덩이가 하나 솟아났습니다. 둘레는 몇 자나 되고 머리가 있는데, 얼굴에 눈과 귀, 입, 코가 다 있으나 손발은 없었습니다. 칼로 찍고 화살로 쏘아도 상처를 입히지 못하니 그것이 무슨 물건인지 모릅니다. 점쟁이가 점치기를 '모양은 갖추었으나 완전히 이루어지지 못하고, 입은 달렸으나 소리를 내지 못하니 나라가 망하려고 해서 그 모양을 나타낸다'고 했습니다. 이 같은 일들은 모두 상서롭지 못한 징조이니 주공께서는 흉함을 피하고 길함을 바라셔야지 함부로 움직여서는 아니 됩니다."

공손연은 화가 머리끝까지 치밀어 윤직을 묶어 가범과 함께 목을 쳤다. 대장군 비연을 원수로 삼고 양조를 선봉으로 하여 요동의 15만 군사를 일으켜 중원으로 달려갔다.

소식을 듣고 조예가 놀라자 사마의가 자신 있게 아뢰었다.

"신이 거느린 기병과 보병 4만이면 넉넉히 깨뜨릴 수 있습니다."

"경의 군사는 적고 길은 머니 요동을 수복하기 어려울까 두렵소."

조예가 걱정하자 사마의가 대답했다.

"군사가 많다고 이기는 것이 아니라 기이한 계책과 슬기롭게 다루기에 달렸습니다. 폐하의 크나크신 복을 빌어 반드시 공손연을 사로잡아 바치겠습니다."

"경은 공손연이 어찌 움직일 것으로 예상하오?"

"공손연이 성을 버리고 달아나면 상책이고, 요동을 지키면서 대군을 막으면 중책이며, 앉아서 양평을 지키면 하책이니 반드시 신에게 사로잡힙니다."

"경은 어떤 계책을 쓰려 하오?"

"그쪽과 우리 쪽을 가늠할 수 있으면 반드시 이깁니다. 공손연은 어리석은 자이니 어찌 성을 버리고 달아나겠습니까? 틀림없이 먼저 요동에서 막아보다가 후에 양평을 지킬 것이니 신의 헤아림을 벗어나지 못합니다."

"이번에 떠나면 가고 오는 데에 얼마나 걸리겠소?"

"4000리 길이니 가는 데 100일, 치는 데 100일, 돌아오는 데 100일, 쉬는데 100일, 이렇게 대략 1년 남짓이면 넉넉합니다."

"만약 오와 촉에서 침범하면 어찌하오?"

"신이 이미 계책을 정했으니 폐하께서는 걱정하지 않으셔도 됩니다."

조예가 크게 기뻐 군사를 일으켜 공손연을 토벌하라고 명하니 사마의는 호준(胡遵)을 선봉으로 세워 먼저 요동으로 가서 영채를 세우게 했다. 공손연은 비연과 양조에게 8만 군사를 나누어 주어 요수현에 주둔시키고, 20여 리나 참호를 파고 녹각을 빙 둘러 박아 엄하게 지켰다.

호준이 요동의 군사 상황을 보고하자 사마의는 웃었다.

"적이 나와 싸우지 않으니 시일을 끌어 우리 군사의 맥을 풀어보려는 수작이다. 헤아려보면 적군의 절반 이상이 여기에 있어 소굴은 텅 비었을 것이니 곧장 양평으로 달려가는 것이 좋다. 적이 반드시 구하러 갈 것이니 중도에서 막아 치면 완전한 공을 이룬다."

사마의는 오솔길로 나아가 요동군의 도읍인 양평현으로 달려갔다.

이때 비연은 양조와 대책을 상의했다.

"위군이 와서 공격하면 나가 싸우지 말아야 하네. 그들은 천 리 길을 왔으니 식량과 말먹이 풀이 뒤를 대지 못해 오래 버틸 수 없고, 식량이 바닥나면 반드시 물러가네. 그들이 물러서기를 기다려 기이한 군사를 내어 치면 사마의를 사로잡을 수 있네. 옛날 촉군과 대치하던 사마의가 위수 남쪽에서 굳게 지켰더니 공명이 군중에서 죽지 않았는가. 오늘 형세도 그와 마찬가지일세."

그런데 갑자기 위군이 남쪽으로 갔다고 하니 비연은 깜짝 놀랐다.

"양평에 군사가 적음을 알고 본영을 습격하러 갔구나. 양평을 잃으면 여기를 지킨들 무슨 소용이 있겠느냐?"

비연과 양조가 영채를 뽑고 떠나자 사마의는 웃었다.

"내 계책에 걸렸구나!"

그가 하후패와 하후위에게 명했다.

"각기 한 무리 군사를 이끌고 요수 옆에 매복해, 요동 군사가 오면 양쪽에서 일제히 쳐 나가라."

두 사람이 매복하자 어느덧 비연과 양조가 군사를 이끌고 오니 북 치고 고함지르며 일제히 달려나갔다. 비연과 양조는 싸울 마음이 없어 바로 달아나 양평 서남쪽 수산까지 달려가다 마침 공손연의 군사가 도착해 말을 되돌려 위군과 맞섰다. 비연이 말을 몰고 나가 욕했다.

"적장은 요사한 계책을 쓰지 말고 감히 나와서 싸울 수 있겠느냐?"

하후패가 칼을 휘두르며 달려가 몇 번 어울리지 않아 비연을 말 아래로 떨어뜨리니 요동 군사는 크게 혼란해졌다. 하후패가 군사를 휘몰아 달려가자 공손연은 양평성으로 들어가 문을 닫아걸고 나오지 않았다. 위군은 네 방향으로 성을 에워쌌다.

이때 가을비가 그칠 줄 모르고 주룩주룩 한 달이나 내려 평지에 물이 석 자 깊이로 고이니 군량 배들이 요하 어귀에서 곧장 양평성에 이르렀다. 위군이 물속에 잠겨 움직이기 어려워지자 좌도독 배경이 사마의의 장막에 들어가 청을 드렸다.

"영채 안이 진창이 되어 머무를 수 없으니 앞산으로 옮기시지요."

사마의가 화를 냈다.

"아침저녁으로 공손연을 잡게 되었는데 어찌 영채를 옮기느냐? 다시 말하는 자는 목을 치겠다!"

배경이 물러가자 우도독 구련이 또 와서 청을 드렸다.

"군졸들이 물 때문에 고달파하니 영채를 높은 곳으로 옮기시기 바랍니다."

사마의는 크게 노했다.

"이미 군령을 내렸는데 어찌 감히 일부러 어기느냐!"

장막 밖으로 끌어내 목을 치고 머리를 영채 문밖에 매달게 하니 군사들이 더는 끽 소리도 내지 못했다. 뒤이어 사마의가 남쪽 영채 군사를 20리 물러서게 하여, 성안의 군사와 백성이 성 밖에 나와 땔나무를 하고 소와 말을 먹이게 하자 사마 진군이 물었다.

"전에 태위께서 상용을 치실 때는 군사를 여덟 길로 나누어 여드레 만에 성 아래까지 달려가 맹달을 사로잡아 큰 공을 이루셨습니다. 그런데 지금은 갑옷 군사 4만을 거느리고 수천 리 길을 오셔서 성을 치라는 명령은 내리시지 않고 오랫동안 진탕 속에서 보내게 하십니다. 또 적의 무리가 나무를 하고 소와 말을 먹이게 두시니, 저는 태위께서 어떤 생각을 하시는지 모르겠습니다."

사마의는 빙그레 웃었다.

"공은 병법을 모르시오? 전에 맹달은 식량이 많은데 군사는 적고, 나는 식량은 적으나 군사가 많아 빨리 싸우지 않을 수 없었으니 상대의 예상을 벗어나 급하게 쳐서 이길 수 있었소. 지금 요동 군사는 많은데 내 군사는 적고, 적은 배를 곯는데 우리는 배부르니 힘써 공격할 필요가 있겠소? 그들이 마음대로 달아나게 놓아두고 기회를 타서 쳐야 하오. 그들이 나무를 하고 소와 말을 먹이게 놓아두는 것은 스스로 달아나게 하는 것이오. 그러니 때가 되면 이기는 것이 무엇이 어렵겠소? 병법에는 군사란 속이는 법이고 싸움이란 덕을 거스르는 것이니 일에 따라 알맞게 변해야 한다고 했소. 적이 식량이 떨어지고도 물만 믿고 버티면서 손을 모아 항복하기를 싫어하니 내가 일부러 무능한 노릇을 하면서 적의 마음을 안정시키려는 것이오. 만약 작은 이익을 얻으려고 하면 도적들은 반드시 죽기로써 싸울 것이오. 지금쯤 그들의 식량과 말먹이 풀은 거의 비었을 것이고, 열흘을 넘기지 않아 비가 그칠 것이니, 때를 기다려 힘을 합쳐 공격하면 성을 깨뜨릴 수 있고, 공손연을 사로잡을 수 있소."

빈틈없는 헤아림에 진군은 절을 하며 탄복했다.

사마의가 낙양에 식량을 재촉하자 신하들이 조예에게 아뢰었다.

"가을비가 한 달째 그치지 않아 사람과 말이 피로하니 사마의를 불러들이고 잠시 군사를 멈추시지요."

그러나 조예는 믿음이 있었다.

"사마 태위는 군사를 잘 부리고 위험에 마주쳐 변화를 쉽게 통제하며 좋은 꾀가 많아 공손연을 잡는 것은 날짜를 정해 기다릴 수 있는데 어찌 걱정하는가?"

조예가 식량을 실어가게 하니 며칠 후 드디어 비가 그치고 날이 개었다. 그날 밤 사마의가 장막 밖에서 하늘을 우러러 천문을 살피는데 곡식을 되는 말만큼 큰 별이 몇십 자 길이의 빛을 흘리며 수산 동북쪽에서 양평 동남쪽으로 날아가 떨어졌다. 각 군영의 장수들은 모두 놀라며 두려워했으나 사마의는 별을 보고 크게 기뻐 장수들을 불렀다.

"닷새 후 별이 떨어진 곳에서 어김없이 공손연의 목을 칠 것이니 내일 힘을 모아 성을 공격하라."

이튿날 장수들이 군사를 이끌고 사방으로 성을 에워쌌다. 흙산을 쌓고 땅굴을 파며 구름사다리를 맞추어 밤낮없이 공격하니 화살이 큰 빗방울 떨어지듯 후드득후드득 성안으로 날아갔다. 성안에서는 식량이 바닥나 소와 말을 잡아먹으며 불평이 가득해, 군사들이 성을 지킬 마음은 없고 공손연의 머리를 베어 항복할 생각만 했다.

공손연이 전해 듣고 황급히 상국 왕건과 어사대부 유포를 위군 영채로 보내 항복을 청하게 하니, 두 사람은 밧줄에 매달려 성을 내려가 사마의에게 공손연의 뜻을 전했다.

"태위께서 20리 물려주시면 모두 와서 항복하겠습니다."

사마의는 천둥같이 화를 냈다.

"공손연은 어찌하여 오지 않느냐? 사리를 모르는구나!"

두 사람을 장막 밖으로 끌어내 목을 치고, 따르는 사람에게 머리를 주어 돌려보내자 공손연은 깜짝 놀라 다시 시중 위연(衛演)을 보냈다. 사마의가 장막 윗자리에 앉아 장수들을 모아 양쪽에 세우자 위연은 무릎걸음으로 장막 아랫자리까지 들어와 사정했다.

"태위께서는 불같은 화를 삭이시기 바랍니다. 날짜를 정해 먼저 세자 공손수를 볼모로 잡히고, 모두 스스로 묶고 와서 항복하겠습니다."

사마의가 훈계했다.

"군사의 중요한 일은 다섯 가지다. '싸울 만하면 싸워야 하고 [能戰當戰능전당전], 싸울 수 없으면 지켜야 하며 [不能戰當守불능전당수], 지킬 수 없으면 도망가야 하고 [不能守當走불능수당주], 도망갈 수 없으면 항복해야 하며 [不能走當降불능주당항], 항복할 수 없으면 죽어야 한다 [不能降當死불능항당사]'. 아들을 볼모로 잡힐 건 무엇이냐? 목을 씻고 칼 받기를 기다려라!"

따끔하게 훈계하고 돌아가 공손연에게 보고하라고 호령하니 위연은 머리를 싸쥐고 뺑소니쳤다. 공손연은 아들 공손수와 가만히 의논하고 1000명 군사를 가려 뽑아, 그날 밤 남문을 열고 동남쪽으로 달려갔다. 아무도 막는 사람이 없어 은근히 기뻐하는데 10리도 가지 못해 산 위에서 포 소리가 터지더니 북과 나팔이 울리며 한 무리 군사가 가로막았다. 가운데에 있는 사람은 사마의였다. 사마사와 사마소가 목청을 가다듬어 소리쳤다.

"역적은 달아나지 마라!"

공손연이 급히 말을 돌리려 하자 어느덧 호준의 군사가 이르고, 하후패와 하후위, 장호와 악침이 달려와 철통같이 에워싸니 공손연 부자는 어쩔 수 없이 말에서 내려 항복을 빌었다.

사마의가 말 위에서 장수들을 돌아보았다.

"내가 전날 병인일 밤에 큰 별이 여기 떨어지는 것을 보았는데 오늘 임신일에 맞아떨어졌구나."

장수들이 칭송하며 축하했다.

"태위께서는 참으로 신묘하게 헤아리십니다."

사마의가 목을 치라는 명령을 내리니 공손연 부자는 얼굴을 맞대고 꿇어앉아 칼을 받았다.

사마의가 군사를 거느리고 양평을 치러 가자 그가 성 밑에 이르기도 전에 호준이 성으로 들어가, 성안의 백성들이 향을 피우며 군사를 맞이했다. 사마의가 공손연의 종족과 반란을 꾀한 자들을 모두 베니 머리가 70개를 넘었다. 사마의가 방문을 내걸어 백성을 위안하는데 누가 알려주었다.

"가범과 윤직이 반란을 일으켜서는 안 된다고 애써 충고하다 공손연 손에 죽었습니다."

사마의는 두 사람 무덤에 흙을 쌓아 봉긋하게 높여주어 자손들을 영광스럽게 해주었다. 그리고 창고의 재물을 꺼내 삼군에 상을 내리고 낙양으로 회군했다.

위주 조예가 궁궐에 있는데 한밤중이 되자 느닷없이 음산한 바람이 불어 등불이 꺼지면서 모 황후가 수십 명 궁녀를 데리고 와서 울며 목숨을 내놓으라고 소리쳤다. 이때 조예가 병에 걸려 점점 심해지니 광록대부 유방(劉放)과 손자에게 추밀원 일을 맡게 하고, 무제 조조의 아들 연왕 조우(曹宇)를 불러 대장군으로 세워 태자 조방(曹芳)을 보좌하여 섭정하게 했다.

사람됨이 공손하고 검소하며 부드러운 조우가 이처럼 큰 책임을 맡고 싶지 않아 한사코 사절하며 명을 받들지 않자 조예는 유방과 손자를 불러 물었다.

"종족 가운데 누구에게 일을 맡길 만한가?"

오랫동안 조진의 은혜를 입은 두 사람이 아뢰었다.

"조자단의 아들 조상(曹爽)밖에 없사옵니다."

조예가 그 말에 따르자 두 사람이 또 아뢰었다.

"조상을 쓰시려면 연왕을 자기 나라로 돌려보내야 합니다."

조예가 그 말을 옳게 여겨 두 사람이 황제의 뜻을 알리니 연왕은 눈물을 흘리며 떠났다. 조예는 조상을 대장군으로 봉해 조정 정사를 도맡게 했다.

조예가 병이 위급해져 사마의에게 급히 돌아오라는 조서를 전하니 그는 한 달음에 허도로 달려와 위주를 뵈었다.

"경을 보지 못할까 두려웠는데 만나보니 죽어도 한이 없소."

조예의 말에 사마의는 머리를 조아렸다.

"신은 폐하의 성스러우신 몸이 편찮으시다는 말을 듣고 겨드랑이에 두 날개가 돋쳐 궁궐로 날아오지 못하는 것이 한스러웠사온데 오늘 용안을 뵈니 신의 행운입니다. 신은 제 한 몸 다 바쳐 보답하겠습니다!"

조예는 태자 조방, 대장군 조상, 시중 유방과 손자 등을 모두 침상 앞으로 부르고 사마의의 손을 잡고 말했다.

"옛날 유비가 백제성에서 병이 위중해 어린 아들 유선을 제갈공명에게 부탁했더니 공명은 죽을 때까지 충성을 바쳤다 하오. 구석진 나라에서도 그러하거늘 하물며 큰 나라에서야 더 말할 게 있겠소? 짐의 어린 아들은 겨우 여덟 살이라 사직을 다스릴 힘이 없으니 태위와 종실 형님, 원훈대신, 옛 신하들이 힘을 합쳐 보좌해 짐의 마음을 저버리지 않기를 바라오."

조방을 불러 분부했다.

"중달은 짐과 한 몸이니 존경하고 예절로 대해야 한다."

조예가 사마의에게 조방을 가까이 데리고 오라고 하자 조방은 사마의의 목을 안고 놓지 않았다.

"태위는 오늘 어린 아들이 떨어지지 않는 정을 잊지 마오."

조예가 말을 마치고 눈물을 주르르 흘리니 사마의도 머리를 조아리며 눈물을 흘렸다. 위주는 정신이 혼미해 말을 잇지 못하고, 손가락으로 태자를 가리키다 잠시 후 돌아갔다. 13년 동안 황제 자리에 있었고 나이는 36세였으니, 때는 위 경초 3년(239년) 봄 정월 하순이었다.

사마의와 조상은 태자 조방을 받들어 황제 자리에 올렸다. 조방의 자는 난경(蘭卿)으로 조예의 양자인데, 몰래 데려다 길러 사람들은 내력을 알지 못했다. 조방은 조예에게 명제 시호를 드려 고평릉에 묻고 곽 황후를 황태후로 높였다. 또 연호를 바꾸어 정시(正始) 원년(240년)으로 삼았다.

사마의와 조상이 황제를 보좌해 정사를 맡으니 조상은 사마의를 깍듯이 섬기며 큰일은 반드시 먼저 그에게 알렸다. 조상의 자는 소백(昭伯)으로 어릴 적부터 궁중에 드나들며 늘 신중해 명제가 몹시 사랑하고 아꼈다.

조상은 문객 500명을 두었는데, 그 가운데 다섯 사람은 실속은 없이 겉으로만 좋은 짓을 하며 서로를 칭찬해댔다. 한 사람은 하안(何晏)으로 자는 평숙(平叔)이고, 또 한 사람은 등양으로 자는 현무인데 후한의 개국명장 등우의 후예였다. 또 한 사람은 이승으로 자는 공소이고, 또 한 사람은 정밀로 자는 언정, 다른 한 사람은 필궤로 자는 소선이었다. 또 대사농 환범(桓範)은 자가 원칙(元則)으로 꾀가 많아 사람들이 '슬기주머니'라고 불렀는데, 이 몇 사람이 모두 조상의 신임을 받았다. 하안이 조상에게 말했다.

"주공께서는 대권을 다른 사람에게 맡기셔서는 아니 됩니다. 뒷날 우환이 될까 두렵습니다."

"사마 공은 어린 고아를 부탁하는 선제의 명을 나와 함께 받았으니 어찌 저버리겠나?"

하안이 귀띔해 주었다.

"옛날 주공의 선친께서 중달과 함께 촉군을 깨뜨릴 때, 이 사람에게 여러 번 수모를 받고 돌아가셨습니다. 공께서는 어찌 그 일을 생각하지 않으십니까."

조상은 정신이 번쩍 들어 대신들과 상의하고 궁궐에 들어가 위주에게 아뢰었다.

"사마의는 공로가 무거우니 태부로 벼슬을 높여주시기를 청합니다."

【후한 때도 태부는 실제 정사에는 끼어들지 않았는데, 위에서는 더욱 정무에 간섭하지 못하게 했다. 그래서 사마의는 품계는 높아져도 실권은 없어진다. 이런 경우를 '겉으로는 승진시키면서 속으로는 깎아내린다[明昇暗降명승암강]'고 했다.】

조방이 사마의에게 태부 벼슬을 내려, 이때부터 군권은 모두 조상 손에 들어갔다. 조상은 첫째아우 조희를 금군을 거느리는 중령군으로 삼고, 둘째 조훈은 옛날 허저가 하던 무위장군으로 임명해 황궁의 호위군을 거느리게 하며, 셋째 조언은 황제를 모시는 산기상시로 만들어 각기 어림군을 거느리고 마음대로 황궁에 드나들게 했다.

조상은 또 하안, 등양, 정밀을 상서로 쓰고, 필궤는 백관의 불법행위를 검거하는 사예교위로, 이승은 경성인 낙양과 그 일대의 현들을 다스리는 하남윤으로 임명했다. 이 다섯 사람이 밤낮 조상과 함께 일을 의논하니 조상의 문하에는 손님들이 더욱 흥성거렸다. 그동안 사마의는 병을 핑계로 조정에 나오지 않고 두 아들도 벼슬에서 물러나 한가하게 보냈다.

　조상은 하안을 비롯한 문객들과 날마다 술을 마시며 즐기는데 무릇 입는 옷과 쓰는 물건이 황궁과 다름없었다. 여러 곳에서 진귀하고 희한한 물건을 진상하면 조상은 자기가 먼저 상등품을 골라 가진 다음 궁중에 보냈다. 또한 빼어난 미인들이 대장군부와 저택에 가득 찼다.

　환관 장당이 조상에게 아첨하느라 선제를 모시던 여자 7~8명을 가만히 대장군부에 들여보내고, 조상이 또 노래 잘하고 춤 잘 추는 양가의 여자 40여 명을 골라 집안 악대로 썼다. 높은 누각과 그림 그린 각들을 세우고 금은 기물들을 만드는데, 재주가 좋은 장인 수백 명을 움직여 밤낮으로 일하게 했다.

　어느 날 하안이 평원의 관로가 술수에 밝다는 말을 듣고 그를 청해 《주역》을 논하니 그 자리에 있던 등양이 관로에게 물었다.

　"그대는 역(易)을 잘 안다고 하면서도 《주역》의 내용과 뜻을 이야기하지 않으니 어찌 그러시오?"

　"대저, 주역을 잘 아는 사람은 주역 말을 하지 않는 법이오."

　하안이 웃으며 찬탄했다.

　"말에 참으로 군더더기가 없다 [要言不煩요언불번] 하겠소."

　그러고는 관로에게 청했다.

　"나를 위해 점을 쳐주오. 삼공까지 되겠소?"

　관로가 미처 대답하기도 전에 하안은 또 물었다.

　"꿈에 푸른 파리 수십 마리가 코 위에 모이던데 무슨 징조요?"

　관로가 대답했다.

　"옛날 팔원, 팔개가 순 임금을 보좌하고, 주공이 주성왕을 보좌할 때 모두 부드럽고 은혜롭고 겸손하여 복을 많이 누렸소. 군후(후작인 하안)께서는 지위가 존귀하고 세력이 큰데, 군후의 덕에 감격한 자들은 적고 위엄을 두려워하는 자는 많으니 그것은 조심스레 복을 구하는 길이 아니오. 게다가 코는 산인데 산은 높으나 위험하지 않아야 오래 귀함을 지킬 수 있소. 푸른 파리들이 나쁜 냄새를 맡고 모였으니 지위가 높은 자는 넘어지기 마련이라 이 아니 두렵겠소? 군후께서는 남아도는 것을 줄이고 부족한 것을 늘리며, 예의에 어긋나는 노릇을 하지 마시기 바라오. 그런 후에야 삼공이 될 수 있고 푸른 파리를 쫓을 수 있소."

【팔원이란 고신씨의 여덟 인재를 말하고 팔개란 고양씨의 여덟 인재를 말한다. 이들은 순 임금이 중용해 정사를 잘 보살폈다고 한다. 주공은 현명하고 충성스러운 신하의 대명사이니 관로는 옛일을 빌려 현실의 문제를 지적한 것이다.】

등양이 화를 냈다.
"이건 '늙은 사람들이 늘 하는 소리[老生常談노생상담]'다!"
"늙은 사람은 살지 못하는 것을 보고, 늘 말을 하는 자는 말하지 못하는 것을 보오."

【하안, 등양이 곧 죽으리라는 것을 암시하는 말이었다.】

관로가 소매를 떨치고 일어나 가버리니 두 사람은 웃었다.
"미친 사람이로군!"
관로가 집에 와서 이야기하자 외삼촌이 깜짝 놀랐다.
"하안과 등양은 위엄과 권세가 대단한데 네가 잘못 건드렸다."
"죽은 사람과 이야기하는데 무엇이 무섭겠습니까?"
관로의 말에 외삼촌이 까닭을 묻자 그가 설명했다.
"등양은 걸음을 걸을 때 힘줄이 뼈를 묶지 못하고 맥이 뼈를 제어하지 못하며, 일어서면 비뚤어져 손발이 없는 듯하니 이는 '귀신이 서두르는[鬼躁귀조]' 상입니다. 하안은 눈으로 볼 때 넋이 집을 지키지 못하고 핏기가 없으며 정신은 연기처럼 떠 있고 얼굴이 마른 나무 같으니 이는 '귀신이 숨은 [鬼幽귀유]' 상입니다. 두 사람이 조만간 죽을 화를 입을 텐데 무서워할 나위가 있습니까?"

외삼촌도 관로를 미친놈이라고 욕했다.

조상이 늘 하안, 등양을 비롯한 사람들과 더불어 들판을 달리며 사냥을 즐기자 아우 조희가 충고했다.

"형님의 위엄과 권세가 너무 강한데 밖으로 돌면서 사냥하기를 좋아하니 사람들의 계책에 걸리면 후회해도 늦습니다."

조상은 다짜고짜 꾸짖었다.

"군권이 내 손에 있는데 무엇이 무섭단 말이냐!"

대사농 환범도 충고했으나 조상은 듣지 않았다.

이때 위주 조방은 정시 10년(249년)을 가평(嘉平) 원년으로 고쳤다. 조상은 권력을 틀어쥐고 독단하느라 오랫동안 사마의를 만나지 못해 그의 허실을 몰랐는데, 마침 위주가 이승을 형주 자사로 임명하자 조상은 이승을 보내 사마의에게 떠나는 인사를 드리게 하면서 소식을 알아보게 했다. 이승이 태부 저택으로 가서 문지기가 안에 보고하니 사마의가 두 아들을 돌아보았다.

"조상이 그를 보내 내 병이 진짜인지 아닌지 알아보게 하는 것이다."

그는 관을 벗어 머리를 풀어헤치고 침상에 올라 이불을 싸안고 누웠다. 그러고도 부족해 두 시녀에게 부축하게 하고서야 들어오게 하니 이승이 침상 앞에 이르러 절을 했다.

"한동안 태부를 뵈옵지 못해 이처럼 병이 심하신 줄을 몰랐습니다. 천자께서 저를 형주 자사로 임명하시어 떠나는 인사를 드리러 왔습니다."

사마의는 잘못 들은 체하고 엉뚱한 소리를 했다.

"병주는 오랑캐 나라들과 가까우니 조심해서 방비해야 하네."

【형주는 남쪽의 동오와 이어졌는데 병주는 서북쪽에 있으니 전혀 달랐다.】

이승이 설명했다.

"병주가 아니라 형주 자사입니다."

사마의는 흐흐 웃더니 계속 잘못들은 척 꾸몄다.

"자네가 지금 병주에서 오는 길인가?"

"한수 일대의 형주올시다."

그제야 제대로 알아들은 듯 사마의는 껄껄 웃었다.

"자네가 형주에서 왔구먼!"

"태부께서는 어찌 이처럼 심하게 편찮으십니까?"

이승의 말에 곁에 있는 사람들이 대답했다.

"태부께서는 귀가 안 들리십니다."

"종이와 붓을 빌려주시오."

이승이 글을 써서 드리니 사마의는 글을 보고 웃었다.

"내가 아파서 귀가 먹었네. 이번에 가서 몸조심하게."

말을 마치고 손으로 입을 가리키자 시녀가 더운물을 받쳐 올렸다. 사마의가 입만 그릇에 대고 마시는데 물이 줄줄 흘러 옷깃을 푹 적셨다. 그러고는 목멘 소리로 말했다.

"내가 노쇠하고 병이 심해 아침저녁으로 죽게 되었네. 두 아들이 불초하니 그대가 가르쳐주기 바라네. 그대는 대장군을 뵈면 반드시 내 두 아들을 돌보아주십사고 전해 올리게!"

말을 마치고 사마의는 침상에 쓰러져 헐떡거렸다. 이승이 돌아가 자세히 이야기하니 조상은 너무 좋아 웃음보가 터질 지경이었다.

"그 늙은이가 죽으면 내 걱정이 사라지네!"

사마의는 이승이 간 것을 알고 일어나 두 아들에게 말했다.

◀ 사마의, 큰 병 걸린 연기로 손님 속여

"이승이 돌아가 소식을 보고하면 조상은 더는 나를 경계하지 않을 것이니 그가 성 밖에 나가 사냥할 때 일을 벌일 수 있다."

며칠 지나지 않아 조상이 위주 조방에게 고평릉에 가서 선대 황제에게 제사 지내기를 청했다. 높고 낮은 대신들이 모두 어가를 따라 성 밖으로 나가고 조상이 세 아우와 하안을 비롯한 심복들과 어림군을 이끌고 어가를 호위해 길을 가자 대사농 환범이 말고삐를 잡고 충고했다.

"주공께서 금군을 총지휘하시면서 형제들이 모두 나가는 것은 바람직하지 않습니다. 그사이 성안에서 변이라도 일어나면 어떻게 하시겠습니까?"

조상은 채찍으로 환범을 가리키며 꾸짖었다.

"누가 감히 변을 일으킨단 말이냐! 다시는 그따위 허튼소리 하지 마라!"

이날 사마의는 조상이 성을 나가는 것을 보고 매우 기뻐 곧 옛날 부하들과 집안 장수 수십 명을 일으키고, 두 아들을 데리고 말에 올라 조상을 제거하러 갔다.

이야말로

문을 닫자 갑자기 병이 낫더니
군사 몰아 화급히 위풍 부린다

조상은 목숨이 어찌 될까?

무서운 남편과 독종 아내

사마의는 후한과 삼국시대 최고의 배우라 할 수 있다. 그의 연기는 나이를 더할수록 완숙해져, 56세에 제갈량이 여자 옷으로 모욕할 때까지만 해도 억지로 참는 모습이 겉으로 드러났으나 70세가 되자 누구도 흠잡을 데 없는 자연스러운 연기를 보여주었다.

젊은 시절의 사마의는 연기가 서툴고 생각이 짧아 배역을 잘 소화해내지 못했다. 그때 그는 조조 밑에 들어가기 싫어 풍에 걸린 척하고 누워서 움직이지 않았다. 어려운 역이었으나 조조가 진상을 알아보라고 보낸 사람이 짐짓 공격할 때도 이미 예상하고 본 척도 하지 않았다.

그러다 아차 실수를 하고 말았으니, 소중한 책에 습기가 차 곰팡이가 끼지 않도록 바깥에 널어 볕을 쪼이는데 별안간 소나기가 쏟아지자 급한 마음에 저도 모르게 뛰어나가 책을 거두어들인 것이다. 이 광경을 집안 시녀가 보았다. 거짓 병이 들통나면 목이 위태로운 상황에서 그를 구해준 사람은 아내 장춘화(張春華)였으니, 얼른 시녀를 죽여 입을 막고 직접 부엌일을 했다. 당시 그녀의 나이는 스무 살도 되지 않았다.

아내 도움으로 화를 면한 사마의는 그때부터 장씨를 소중히 여겼다. 그러나 뒷날 다른 여자를 총애하게 되면서 장씨는 쳐다보지도 않아, 언젠가 사마의가 아파 장씨가 문병을 하자 한마디 내뱉었다.

"꼴도 보기 싫은 늙다리가 왜 나왔어?"

장씨가 부끄럽고 분해 밥을 먹지 않고 죽으려 하니 그녀가 낳은 사마사, 사마소, 사마간, 세 아들도 밥을 먹지 않았다. 사마의가 놀라 잘못을 빌어 장씨가 음식을 먹었는데, 뒤에 사마의가 말했다.

"늙다리는 아쉬울 게 없는데, 내 훌륭한 아들들이 잘못될까 걱정한 것이지."

장씨가 일찍 죽어 남편의 절묘한 연기를 감상하지 못했으나 사마의의 연기가 그녀와 전혀 관계가 없었던 것은 아니다. 장씨는 247년 4월에 죽고 사마의는 5월에 병을 핑계로 집에 들어앉은 것이다.

이승이 찾아온 것은 이듬해인 248년의 일이요, 사마의가 조상을 제거하려고 일어난 것은 249년 정월이니 사마의가 권세를 잃었던 기간은 2년이 채 안 된다. 그러다 나이 70을 넘긴 후 드디어 칼을 빼든 것이다.

능력을 따지면 다른 누구에 못지않은 사마의가 사람들 사랑을 받기 어려웠던 것은 그가 너무 무서운 인간이었기 때문이다. 그런데 그 아내도 남편 못지않은 독종이었으니 사마사, 사마소와 같은 무서운 아들들을 낳게 되었다.

먼 뒷날 이야기인데, 323~325년에 황제로 있던 사마의의 고손자인 진(晉)의 명제가 대신 왕도에게 조상들이 어떻게 천하를 얻었느냐고 물어, 왕도가 사마의가 창업한 일을 이야기하고 위나라 말년 고귀향공 조모(曹髦)가 권력을 휘두르는 사마소를 치려다 죽은 사연을 이야기하자 20대의 젊은 황제는 침상에 얼굴을 박으며 말했다.

"공의 말이 사실이라면 그런 황제 자리가 어찌 오래가겠소!"

사마의와 그 자식들은 후대가 부끄러워하는 선조가 되고 만 것이다.

107

사마의는 집안 군사로 정권 탈취

위주는 사마씨에게 정사 맡기고
강유는 우두산에서 싸움에 지다

사마의는 궁궐로 가서 사도 고유에게 절과 월을 빌려 대장군 일을 장악해 먼저 조상의 군영을 점거했다. 태복 왕관에게 중령군 일을 맡겨 조희의 군영을 점령하고, 옛 신하들을 이끌고 후궁에 들어가 곽 태후에게 아뢰었다.

"조상이 선제께서 고아를 부탁하신 은혜를 잊고 나라를 어지럽히니 죄를 물어야 합니다."

곽 태후는 깜짝 놀랐다.

"천자께서 밖에 계시는데 어찌해야 하오?"

"천자께 표문을 올려 간신을 죽일 계책이 있으니 걱정하지 마시옵소서."

태후는 두려워 어쩔 수 없이 순종했다. 사마의는 급히 태위 장제(蔣濟)와 상서령인 친동생 사마부(司馬孚)에게 표문을 쓰게 하여 환관에게 주어서 성 밖에 나가 황제께 아뢰고, 대군을 이끌고 나라의 무기고를 접수하러 갔다.

벌써 조상의 집에서 알고 부인 유씨가 급히 나와 장군부를 지키는 관리에게 물었다.

"주공께서 밖에 계시는데 중달이 군사를 일으키는 것은 무슨 뜻이냐?"

문을 지키는 장수 반거가 대답했다.

"부인께서는 놀라지 마십시오. 가서 물어보겠습니다."

반거가 활잡이와 쇠뇌잡이 수십 명을 데리고 문루에 올라 바라보니 마침 사마의가 군사를 이끌고 장군부 앞을 지나가고 있어서 어지러이 활과 쇠뇌를 쏘자 사마의가 지나가지 못했다. 편장 손겸이 뒤에서 말렸다.

"태부께서는 나라의 큰일을 하시니 활을 쏘지 마시오!"

손겸이 세 번이나 말려 반거가 활을 거두게 하자 사마소가 아버지를 호위해 장군부 앞을 지나가서 무기고를 차지하고, 군사를 이끌고 성 밖 낙하에 주둔해 낙양성 남쪽 부교를 지켰다.

조상의 부하인 사마 노지가 성안에서 변이 일어난 것을 알고 참군 신창을 찾아가니 그가 권했다.

"부하 군사를 이끌고 성 밖으로 나가 천자를 뵙시다."

노지가 옳게 여겨 신창이 옷을 갈아입으러 급히 뒤채에 들어가자 누님 신헌영이 물었다.

"무슨 일이 있어 이처럼 허둥대느냐?"

"천자께서 밖에 계시는데 태부가 성문을 닫아걸었으니 반역하려는 것입니다."

"사마 공은 반역하지 않는다. 다만 조 장군을 죽이려 하는 것뿐이다."

누님 말에 신창은 흠칫 놀랐다.

"이 일을 어찌해야 할지 모르겠습니다."

"조 장군은 사마 공의 적수가 되지 못하니 반드시 망한다."

"지금 노 사마가 함께 나가자고 하는데, 가도 될까요?"

"맡은 직분을 지키는 것은 사람의 도리다. 보통 사람이 난을 만나도 가엾게 여기는데, 채찍을 들고 주인으로 섬기다 직분을 버리면 그보다 아름답지 못한 노릇이 없느니라."

누님 말에 따라 신창은 노지와 함께 수십 명 기병을 데리고 자물쇠를 부수고 성문을 박차고 나갔다. 사마의가 알고 환범도 갈까 두려워 급히 부르니 환범은 아들과 상의했다.

"천자께서 밖에 계시니 성을 나가는 것이 좋습니다."

아들 말에 따라 환범이 말에 올라 평창문에 이르자 성문은 이미 닫혔는데, 지키는 장수가 옛 부하 사번이라 소매 속에서 참대 판을 꺼내며 말했다.

"태후의 조서가 있으니 문을 열어라."

"확인하도록 조서를 보여주십시오."

사번으로서는 당연한 말이지만 환범이 꾸짖었다.

"너는 내 옛 부하인데 어찌 감히 무례하게 구느냐?"

사번이 어쩌지 못하고 문을 열어 내보내자 환범은 성 밖으로 나가 소리쳐 사번을 불렀다.

"태부가 반란을 일으켰으니 너도 빨리 나를 따라가자."

깜짝 놀란 사번이 쫓아갔으나 따라잡지 못하니 이 말을 듣고 사마의는 깜짝 놀랐다.

"슬기주머니가 새나갔구나! 어찌해야 하느냐?"

장제가 말했다.

"둔한 말은 마구간의 콩만 그리워하는 법[駑馬戀棧豆노마연잔두]이니 조상은 반드시 환범의 계책을 쓰지 못할 것입니다."

사마의는 시중 허윤과 상서 진태를 불렀다.

"두 사람이 얼른 가서 조상에게 전하게. 태부는 다른 뜻이 없고 다만 형제들의 군권을 돌려받으려 하는 것뿐이라고."

사마의는 궁전에서 일하는 전중교위 윤대목을 불러 장제가 쓴 글을 주어 조상에게 가져가게 했다.

"네가 조상과 사이가 두터우니 이 소임을 맡을 만하다. 조상을 만나면 나와 장제가 낙수를 가리키며 맹세했다고 전하라. 군권 이외에 다른 뜻은 없다고."

이때 조상은 한창 매를 날리고 사냥개를 달리게 하다 별안간 성안에서 변이 일어나 태부가 표문을 올렸다는 말을 듣고 너무 놀라서 말에서 굴러떨어질 뻔했다. 환관이 표문을 두 손으로 받쳐 들고 천자 앞에 무릎을 꿇으니 조방이 가까이에서 모시는 신하에게 읽게 했다.

'정서대도독, 태부 신 사마의는 황송하게도 머리를 조아리며 삼가 표문을 올립니다. 신이 옛날 요동에서 돌아오니 선제께서 폐하와 진왕 및 신들을 불러 어상에 올라오게 하시어 신의 팔을 잡고 뒷일을 몹시 염려하셨습니다. 지금 대장군 조상은 선제의 임종 유명을 저버리고 나라의 전장제도를 어지럽히니, 안으로는 분에 넘치게 천자와 비교되는 노릇을 하고 밖으로는 위세와 권력을 독단하며 환관 장당을 도감으로 삼아 결탁해 서로 통하니, 지엄하신 폐하를 감시하고 신성한 자리를 엿보며, 폐하와 태후의 사이를 벌어지게 하고 혈육을 해치니, 천하가 소란스럽고 사람들은 위험을 느껴 두려워합니다. 이는 선제께서 폐하께 조서를 내리시고 신에게 일을 부탁하신 뜻이 아닙니다. 신은 비록 늙고 힘이 없으나 어찌 감히 예전 말씀을 잊겠습니까? 폐하의 신하인 태위 장제와 상서령 사마부는 모두 조상이 임금을 모시는 마음이 없다고 여기고, 그 형제들이 군사를 거느리고 궁궐을 지키는 것이 바람직하지 않다고 생각해 영녕궁(곽 태후)에 아뢰니 황태후께서는 칙명을 내려 아뢴 대로 시행하라고 하셨습니다. 신은 폐하께 아뢰지 못했으나 이미 일을 맡아보는 사람들과 황문령(환관의 수장)에게 알려 조상, 조희, 조훈의 군권을 빼앗고 후작

신분으로 집으로 돌아가며, 남아서 어가를 지체하지 말라고 하였으니 감히 지체하면 군법으로 다스리겠습니다. 신은 병든 몸을 간신히 움직여 군사를 낙수 부교에 주둔시키고 비상사태에 대비하며 삼가 표문을 올려 폐하께 아뢰오니 엎드려 성스러운 말씀을 기다립니다.'

위주가 조상을 불러 물었다.

"태부 말이 이러한데 경은 어찌하겠는가?"

조상은 손발을 어떻게 놀리면 좋을지 몰라 두 아우를 돌아보았다.

"어찌해야 하느냐?"

조희가 대꾸했다.

"이 못난 아우도 형님께 충고한 적이 있는데 형님이 고집을 부리시며 깨닫지 못해 오늘 같은 일이 생겼습니다. 사마의는 교활하기 짝이 없어 제갈공명도 그를 이기지 못했으니 하물며 우리 형제들이야 더 말할 나위가 있겠습니까? 스스로 몸을 묶어 죽음을 면하는 것이 좋겠습니다."

이때 참군 신창과 사마 노지가 도착해 상황을 전해주었다.

"성안에서는 철통같이 지킵니다. 태부는 낙수의 부교에 주둔하는데 형세로 보아 도저히 돌아갈 수 없으니 빨리 대계를 정하셔야 합니다."

이때 대사농 환범이 쏜살같이 말을 달려왔다.

"태부가 변을 일으켰는데 장군께서는 어찌하여 천자를 모시고 허도로 달려가 밖의 군사를 움직여 그를 토벌하지 않으십니까?"

조상이 떨떠름하게 말했다.

"우리 온 집안이 성안에 있는데 어찌 다른 곳으로 가서 도움을 바라겠나?"

"하찮은 사내도 난을 당하면 살기를 바라거늘, 지금 주공께서 천자를 곁에 모시면서 천하를 호령하면 누가 감히 응하지 않겠습니까? 그런데 어찌 스스로 죽을 곳으로 들어가십니까?"

그 말을 듣고도 조상이 결단을 내리지 못하고 눈물만 흘리자 환범이 또 재촉했다.

"여기서 허도로 가면 오늘 밤중이면 도착하는데 성안의 식량과 말먹이 풀은 몇 해를 버틸 만합니다. 지금 주공의 다른 군사들이 가까운 궁궐 남쪽에 있어 부르면 바로 옵니다. 제가 대사농의 도장을 지니고 왔으니 주공께서는 빨리 움직이시지요. 늦으면 끝장입니다!"

【환범이 맡은 대사농은 전국의 세금과 돈, 식량, 소금, 쇠 등 나라의 재정 수입과 지출을 담당하는 벼슬이니 대사농의 도장이 있어야 싸움에 필요한 물자를 조달할 수 있다. 나관중 본에서 대사마라고 잘못 써 모종강 본과 인문본에서도 고쳐지지 않았는데 정사와 황정보 본에 의해 바로잡았다.】

조상이 말했다.

"여러 사람은 너무 조르지 마라. 내가 좀 더 생각해보겠다."

또 시중 허윤과 상서 진태가 와서 전했다.

"태부께서는 다만 장군의 권력이 너무 무거워 군권을 돌려받으려 하는 것일 뿐 다른 뜻은 없습니다. 장군은 어서 성으로 돌아가시지요."

조상이 입을 꾹 다물고 아무 말도 하지 않는데 이번에는 전중교위 윤대목이 이르렀다.

"태부께서는 낙수를 가리키며 다른 뜻이 없다고 맹세하셨습니다. 장 태위의 글이 여기 있으니 장군께서는 군권을 내놓고 일찍이 승상부로 돌아가시지요."

조상이 좋은 말이라고 여기는데 환범이 또 말렸다.

"일이 급해졌으니 잘못된 말을 들어 죽을 곳으로 가지 마십시오!"

그날 밤 조상은 뜻을 정할 수 없어 검을 뽑아 들고 한숨을 풀풀 쉬면서 궁

◀ 조상은 밤새 궁리하고도 결정하지 못해

리했다. 저녁부터 날이 밝을 때까지 눈물을 흘렸으나 역시 머뭇거리기만 하니 환범이 장막에 들어와 재촉했다.

"주공께서는 하루 낮 하룻밤을 생각하시고도 마음을 정하지 못하십니까?"

조상은 검을 던지고 탄식했다.

"나는 군사를 일으키지 않겠다. 벼슬을 버리고 부유한 늙은이로 살 수 있으면 충분하다!"

환범은 울음을 터뜨리며 장막에서 나왔다.

"조자단은 슬기와 꾀를 자랑거리로 삼았는데 아들 세 형제는 돼지와 송아지로구나!"

환범은 생각할수록 서글퍼 통곡을 그치지 않았다.

허윤과 진태가 장군 도장과 끈을 먼저 사마의에게 바치라고 일러, 조상이 도장과 끈을 보내려 하니 주부 양종이 그것을 붙잡고 울었다.

"주공께서 오늘 군권을 내놓고 스스로 묶어 항복하러 가시면 동쪽 저잣거리에서 죽음을 면치 못하십니다!"

그러나 조상은 자기 좋은 소리만 했다.

"태부는 반드시 나에게 한 약속을 저버리지 않을 것이다."

조상은 장군 도장과 끈을 허윤과 진태에게 주어 먼저 사마의에게 보냈다. 장군 도장이 넘어간 것을 보고 장졸들은 뿔뿔이 흩어지고 조상 밑에는 말을 탄 관리 몇 사람만 남아 함께 부교에 이르니 사마의의 명령이 떨어졌다.

"조상의 세 형제는 집으로 돌아가고, 다른 사람들은 모두 가두어 천자의 성지를 기다려라."

조상을 비롯한 사람들이 성에 들어갈 때는 시종 하나 따르지 않았다. 환범이 부교 부근에 이르자 사마의가 말 위에서 채찍으로 가리켰다.

"환 대부는 어찌하여 이러시오?"

환범은 머리를 숙이고 말없이 성안으로 들어갔다.

사마의는 천자의 행차를 호위하고 영채를 뽑아 낙양으로 돌아갔다. 조상의 세 형제가 집으로 돌아가자 사마의는 대문을 굳게 잠근 후 백성 800명을 보내 그 집을 에워싸고 높은 누각 위에서 지켜보게 했다.

조상이 매우 근심스럽고 답답해하자 조희가 말했다.

"집에 식량이 모자라니 형님께서 태부에게 글을 보내 식량을 보내달라고 하시지요. 태부가 식량을 보내주면 해칠 마음은 없는 것입니다."

조상이 글을 보내자 사마의가 식량 100섬을 보내오니 뛸 듯이 기뻐했다.

"사마 공은 나를 해칠 마음이 없구나!"

그래서 더는 근심하지 않았다. 그 사이에 사마의가 환관 장당을 잡아 감옥에 넣고 죄를 묻자 곧바로 사실을 불었다.

"나 혼자가 아니라 하안, 등양, 이승, 필궤, 정밀 다섯 사람이 함께 천자의 자리를 빼앗자고 꾸몄습니다."

장당의 자백을 받아내고 하안 등을 붙잡아 신문하니 모두 시인했다.

"3월에 반란을 일으키기로 했습니다."

사마의가 그들에게 큰 칼을 씌우자 성문을 지키는 장수 사번이 고발했다.

"환범이 조서가 있다고 거짓말하고 성을 나가 태부께서 반란을 꾀한다고 외쳤습니다."

사마의가 잘 됐다 싶어 죄를 정했다.

"반란을 일으킨다고 모함했으니, 그 죄를 되돌려 벌을 받아야 한다."

【옛날 중국에는 거짓으로 고자질한 사람은 그만큼 벌을 받아야 한다는 규정이 있었다. 어떤 사람이 사람을 죽였다고 거짓으로 고발하면 살인죄에 해당하는 벌을 받아 목숨을 잃었다. 이를 반좌(反坐)라 하는데, 원래는 무고를 없애기 위해 만들었지만 나쁘게 쓰이는 경우도 많았다.】

사마의는 환범도 감옥에 집어넣고, 조상 세 형제는 물론 관련된 사람들을 모두 저잣거리에서 목을 치고 삼족을 몰살시켰다. 그 재산과 재물은 전부 몰수하여 나라 창고에 넣었다.

이보다 전에 조상의 사촌 동생 조문숙의 아내 하후령녀는 일찍이 과부가 되었는데 자식이 없었다. 아버지가 다른 가문으로 다시 시집보내려 하니 하후령녀는 자기 귀를 잘라 절대 개가하지 않겠다고 맹세했다. 조상이 죽자 아버지가 또 딸을 시집보내려 하자 이번에는 코를 베어버려, 가족들이 놀랍고 당황해 물었다.

"사람이 세상에 태어나는 것은 가벼운 티끌이 가냘픈 풀 위에 내려앉는 격이니 자신을 고달프게 할 게 무엇이냐? 네 남편 집안이 이미 사마씨에게 몰살당했는데 누구를 위해 수절한단 말이냐?"

하후령녀는 눈물을 흘리며 대답했다.

"제가 듣자니 '어진 사람은 성하고 쇠함에 따라 절개를 고치지 않고, 의로운 사람은 살아 있느냐 망했느냐에 의해 마음을 바꾸지 않는다 [仁者不以盛衰改節인자불이성쇠개절 義者不以存亡易心의자불이존망이심]'고 합니다. 조씨가 성할 때도 끝까지 지키려 했거늘, 지금 멸망했다고 어찌 차마 버리겠습니까? 이는 새나 짐승의 짓이니 제가 어찌 그렇게 하겠습니까?"

사마의가 소식을 듣고 갸륵하게 여겨 그녀에게 양자를 맞이해 조씨의 후대로 삼게 했다.

사마의가 조상의 목을 치자 태위 장제가 말했다.

"노지와 신창이 자물쇠를 부수고 성문을 박차고 나갔고, 양종이 도장을 빼앗고 주지 않았으니 모두 풀어줄 수 없습니다."

"그들은 주인을 위해 그렇게 했으니 의로운 사람들이오."

사마의가 노지와 신창, 양종의 벼슬을 회복시켜 주자 신창이 탄식했다.

"내가 누님에게 묻지 않았으면 큰 도리를 잃을 뻔했다!"

사마의가 신창 등을 용서하고 방문을 내걸어 조상의 문하 사람들은 모두 죽임을 면하고, 벼슬이 있는 자들은 원래 관직을 회복시킨다고 선포하자 백성은 각기 가업을 지키고 조정 안팎이 모두 안정되었다. 하안과 등양 두 사람은 비명에 죽었으니 과연 관로의 말이 맞아떨어졌다.

【소설에서는 하안이 아주 우스운 인물로 나오는데, 나관중이나 모종강이 어떤 이유로 밝히지 않았는지 모르지만 실은 《본삼국지》 앞부분에 나오는 주인공들과 인연이 깊다. 그의 할아버지는 바로 십상시의 난 때 죽은 대장군 하진이고, 조조는 그의 양아버지다. 조조가 그의 어머니 윤씨를 아내로 삼아 조조의 양자가 되었다. 어릴 적에 조조 집에서 자란 그는 《도덕경》에 정통해 그 연구에 공헌했으니 위(魏)와 그 뒤를 이은 진(晉)의 사대부 사이에 유행한 '청담(淸談)'의 시조라 할 수 있다.

후한의 선비들이 인물을 평하는 데에 신경을 썼다면 청담파는 정치나 다른 세상일을 떠나 허무함을 숭상하고 심오한 말을 하는 데에 정력을 기울였다. 본말(本末), 체용(體用), 유무(有無), 성명(性命) 따위의 추상적인 화제를 다루면서, 《주역》 《노자》 《장자》의 이른바 '삼현'을 기본으로 삼아 도가사상으로 유가 경전을 해석했던 것이다. 일세의 풍조를 만들어낸 사람이었으나 운명은 비참했다.】

위주 조방이 사마의를 승상으로 봉하고 구석을 더하니 사마의는 한사코 사양하며 받으려 하지 않았으나, 조방이 허락하지 않고 부자 셋이 함께 나라 일을 보도록 영을 내렸다.

사마의는 불현듯 떠오르는 일이 있었다.

'조상의 집안은 모두 죽었지만 그의 친척인 하후현(夏候玄)이 아직 옹주를 비롯한 여러 곳을 지키고 있으니 갑자기 난리를 일으키면 어찌하나? 미리 조처해야 한다.'

【하후현은 하후상의 아들이고 조상의 고종사촌이었다.】

사마의가 곧 조서를 내려 사자를 옹주에 보내 정서장군 하후현을 낙양으로 불러올리자 하후현의 숙부 하후패가 소식을 듣고 놀라, 데리고 있던 3000명 군사를 거느리고 반기를 들었다. 옹주 자사 곽회가 군사를 이끌고 제압하러 가서 진 앞에서 크게 욕했다.

"너는 황족이고 천자께서 섭섭하게 대하시지 않았는데 어찌 나라를 배반하느냐?"

하후패도 맞받아 욕했다.

"우리 집안 어른들은 나라를 위해 수고를 많이 하셨는데 사마의는 어찌하여 조상의 종족을 몰살하고, 내 조카를 경사로 부르느냐? 사마의는 황제 자리를 찬탈할 마음을 품었으니 내가 의로움을 받들어 역적을 토벌한다!"

곽회가 크게 노해 창을 꼬나 들고 달려들었으나 열 합도 되지 않아 패하고 달아나 하후패가 쫓아가는데, 별안간 후군이 소리를 질러 급히 말을 돌려보니 진태가 군사를 이끌고 덮쳐들었다. 곽회도 돌아서서 협공해 하후패는 크게 패하고 달아났다. 군사를 반 이상 잃고 아무리 생각해도 달리 뾰족한 수가 없어 촉의 후주에게 의지하려고 한중으로 달려갔다.

하후패가 항복하러 왔다고 하자 강유는 얼른 믿을 수 없어 자세히 알아보고 성안으로 맞아들였다.

"옛날 미자가 주에 가서 만고의 이름을 이루었는데, 공이 한의 조정을 받들 수 있다면 옛사람에 부끄럽지 않소."

강유는 잔치를 베풀어 대접하고 술을 마시며 물었다.

"사마의 부자가 대권을 잡았으니 촉을 훔쳐볼 뜻이 있소?"

"늙은 도적놈은 급하게 반역을 꾸미다 보니 밖을 돌볼 사이가 없습니다. 위에 새로 일어서는 두 사람이 있으니 한창나이라, 그들이 병마를 거느리면 실로 오와 촉의 큰 걱정거리가 아닐 수 없습니다."

"두 사람이 누구요?"

강유가 물어 하후패가 알려주었다.

"한 사람은 지금 비서랑으로 있는데 영천 장사 사람으로 성은 종(鍾)이고 이름은 회(會), 자는 사계(士季)라 합니다. 태부 종요의 아들인데 어릴 적부터 담이 크고 슬기로웠습니다. 언제인가 종요가 두 아들을 데리고 문제를 뵈었는데, 그때 종회는 일곱 살이고 형 종육은 여덟 살이었습니다. 종육이 황제를 뵙자 당황하고 겁나 얼굴에 가득 땀을 흘리니 문제가 물었답니다. '경은 어찌하여 땀을 흘리느냐?' 종육이 대답했답니다. '전전황황(戰戰惶惶)하니 한출여장(汗出如漿)이옵니다(떨리고 당황해 땀이 비 오듯 한다는 예스러운 말).' 문제가 또 종회에게 물었답니다. '경은 어찌하여 땀을 흘리지 않느냐?' 종회의 대답은 이러했답니다. '전전율율(戰戰栗栗)하여 한불감출(汗不敢出)이옵니다(떨리고 겁나 감히 땀이 나오지 못한다는 예스러운 말).' 문제는 그를 기이하게 여겼답니다. 나이를 좀 먹으니 병서를 즐겨 읽고 군사 책략에 깊이 통해, 사마의와 장제는 모두 그 재주를 기이하게 여깁니다. 또 한 사람은 지금 연리로 있는데 의양 사람입니다. 성은 등(鄧)이고 이름은 애(艾)이며 자는 사재(士載)라 합니다. 어릴 적에 아버지를 잃었는데 평소 큰 뜻을 품어, 높은 산과 큰 못을 보기만 하면 가늠하고 손가락질하며 어디에는 군사를 주둔할 수 있고 어디에는 식량을 저장할 수 있으며 어디에는 군사를 매복할 수 있다고 했답니다. 사람들은 모두 비웃었지만 유독 사마의만 재주를 기이하게 여겨 참모 일을 맡겼습니다. 등애는 말을 더듬어 일을 아뢸 적마다 자기 이름을 말할 때 꼭 '애, 애' 해서 사마의가 농을 걸었습니다. '경은 애, 애 하는데 애가 몇인가?' 그 말이 떨어지자 등애가 얼른 말했습니다. '봉이여, 봉이여, 하지만 봉황은 하나뿐입니다.' 그 재주가 민첩하기가 대체로 이러하니 이 두 사람은 참으로 두려워할 만합니다."

강유는 웃으며 말했다.

"그런 아이들이야 어디 말할 나위나 있소!"

하후패가 말했다.

"저는 충성스러운 말씀을 올리니 장군은 의심하지 마십시오."

강유는 하후패와 함께 성도에 가서 후주를 뵙고 아뢰었다.

"지금 사마의 부자가 권력을 틀어쥐었는데 조방은 나약해 위가 장차 위험합니다. 신이 한중에서 지낸 지 여러 해라 군사는 정예하고 식량은 넉넉하니 천자의 군사를 거느리고 하후패에게 길을 안내하게 하여 중원을 되찾고, 한의 황실을 부흥시켜 폐하의 은혜에 보답하며 제갈 승상의 뜻을 마무리하고 싶습니다."

상서령 비의가 충고했다.

"근래에 장완, 동윤이 잇달아 돌아가 나라 안을 다스릴 사람이 없으니 백약은 시기를 기다리는 것이 바람직하오. 경솔하게 움직여서는 아니 되오."

강유가 반박했다.

"그렇지 않습니다. '인생은 흰 준마가 작은 틈을 지나가는 것과 같아[人生如 白駒過隙인생여백구과극]' 잠깐이면 사라지는데 그처럼 시일을 끌다가 언제 중원을 회복하겠습니까?"

비의가 또 말했다.

"손자가 말하기를 '상대를 알고 자신을 알면 백 번 싸워 백 번 이길 수 있다'고 했소. 우리는 모두 제갈 승상보다 훨씬 못하오. 제갈 승상께서도 중원을 회복하지 못하셨는데 하물며 우리 같은 사람이겠소? 나라를 보전하고 백성을 다스려 조심스럽게 사직을 지키는 것이 좋으니 요행을 바라 성패를 가르지 말아야 하오. 단번에 성사하지 못하면 후회해도 늦소."

"내가 오랫동안 농산 일대에 거주하면서 강인들 마음을 잘 압니다. 만약 강인과 손잡아 도움을 받으면 비록 중원을 되찾지 못하더라도 농서 일대는 반드시 얻을 수 있습니다."

두 사람이 각기 주장을 펴자 후주가 명했다.

"경이 위를 정벌하겠다니 충성을 다하고 힘을 모두 쏟아야 한다. 날카로운 기세가 꺾여 짐의 명령을 저버리는 일이 없도록 하라."

강유는 칙명을 받들고 하후패와 함께 한중으로 가서 군사 일으킬 방법을 의논했다.

"먼저 강인들에게 사자를 보내 동맹을 맺고, 서평으로 나아가 옹주에 다가가는 것이 좋겠소. 국산 아래 성 두 개를 쌓고 군사를 두어 기각지세를 이루고, 식량과 말먹이 풀을 천구로 실어가 제갈 승상의 방법대로 순서에 따라 진군해야 하겠소."

이해 8월 강유가 장수 구안과 이흠을 보내 1만 5000명 군사를 이끌고 국산으로 가서 성을 두 개 쌓게 해 구안은 동쪽 성, 이흠은 서쪽 성을 지켰다.

옹주 자사 곽회가 낙양에 급보를 알리고 부장 진태에게 5만 군사를 이끌고 촉군을 막게 하니 구안과 이흠이 맞섰으나 군사가 적어 성으로 물러 들어갔다. 진태가 네 방향으로 성을 에워싸고 식량 길을 끊자 촉군은 먹을 게 부족했다. 곽회가 군사를 이끌고 와서 지세를 살피고 진태와 의논했다.

"이 성은 산세가 높아 반드시 물이 부족하오. 성 밖에서 물을 구해야 하는데, 상류 물길을 끊으면 촉군은 물이 없어 곤란하게 되오."

곽회가 둑을 쌓아 물길을 끊자 성안에는 물이 떨어졌다. 이흠이 군사를 이끌고 물을 구하러 나왔으나 옹주 군사가 단단히 에워싸자 뚫지 못하고 성안으로 물러갔다. 구안도 물을 구하러 나와 큰 싸움을 벌였으나 역시 패하고 들어갔다. 구안이 이흠과 이야기했다.

"강 도독 군사가 오지 않으니 무슨 까닭일까?."

"내가 목숨을 걸고 나가 구원을 청하겠네."

이흠은 기병 수십 명을 이끌고 성을 나가 죽기를 무릅쓰고 싸워 간신히 홀로 몸을 뺐으나 심한 상처를 입었다. 기병들은 어지러운 싸움에서 모두 죽고 말았다. 그날 밤 북풍이 휘몰아치며 먹장구름이 몰려오더니 함박눈이 펑펑 쏟아져 성안의 촉군은 눈을 녹여 식량을 나누어 먹었다.

이흠은 서산 오솔길로 이틀을 달려가다 마침내 마주 오는 강유의 군사와 만나 엎드려 사연을 보고했다.

"국산의 두 성이 위군에 에워싸여 물길이 끊겼습니다. 다행히 함박눈이 내려 눈을 녹여 버티는데 아주 위급합니다."

강유가 설명했다.

"내가 늦으려 해서가 아니라 강병이 모이지 않아 늦어졌네."

강유는 이흠을 서천으로 보내 상처를 치료하게 하고 하후패에게 물었다.

"강병은 아직 오지 않았는데 위군이 국산을 단단히 에워싸니 장군은 어떤 고명한 생각이 있으시오?"

"강병이 오기를 기다리면 국산의 두 성은 함락됩니다. 옹주 군사가 모두 국산에 와 있으니 옹주가 비었습니다. 장군은 우두산으로 가서 옹주 뒤를 치시지요. 곽회와 진태가 반드시 구하러 돌아가니 국산의 포위는 저절로 풀립니다."

강유는 군사를 이끌고 우두산으로 갔다. 그 전에 이흠이 성 밖으로 달려나가자 진태가 곽회에게 말했다.

"이흠이 위급을 알리면 강유는 우리 대군이 국산에 있는 것을 헤아리고 반드시 우두산으로 달려가 우리 뒷길을 칠 것이니 내가 군사를 나누어 우두산으로 가겠습니다. 장군께서 한 무리 군사를 이끌고 조수(洮水)로 가서 촉군 식량 길을 끊으시지요. 식량 길이 끊긴 것을 알면 강유는 반드시 달아납니다."

곽회는 군사를 이끌고 가만히 조수로 가고, 진태는 우두산으로 갔다. 강유의 군사가 우두산에 이르자 선두에서 소리를 질렀다.

"위군이 앞길을 막았습니다!"

강유가 급히 앞으로 나가자 진태가 호통쳤다.

"네가 감히 우리 옹주를 습격하려 하느냐? 내가 여기서 기다린 지 오래다!"

강유가 창을 꼬나 들고 달려가자 진태도 칼을 휘두르며 나왔으나 세 합도 싸우지 않아 도망쳤다. 강유가 군사를 휘몰아 쫓아가니 옹주 군사가 물러서서 산꼭대기를 차지해, 강유는 우두산에 영채를 세우고 날마다 싸움을 걸었으나 승부를 가릴 수 없었다. 하후패가 말했다.

"여기는 오래 머무를 곳이 아닙니다. 며칠이나 싸우며 승부를 내지 않는 것은 우리 군사를 여기 붙잡는 계책이니 반드시 다른 꾀가 있습니다. 잠시 물러서서 좋은 방법을 찾아야 합니다."

이때 곽회가 조수를 차지해 식량 길을 끊었다고 하자 강유는 급히 하후패를 물러서게 하고 뒤를 막았다. 진태가 다섯 길로 나누어 쫓아왔으나 강유가 다섯 길을 아우르는 길목을 차지해 위군을 물리치니 진태는 산에 올라가 화살과 돌멩이를 비 오듯 날렸다.

강유가 급히 조수로 물러가자 곽회의 군사가 달려와 싸우는데 위군이 어찌나 단단한지 철통같았다. 죽기를 무릅쓰고 쳐나간 강유가 군사를 반 이상 잃고 양평관으로 달려가자 앞에서 또 한 무리 군사가 길을 막았다. 앞장선 대장은 얼굴이 둥글고 귀가 큼직한데, 입이 모지며 입술은 두껍고, 왼눈 아래 검은 혹 위에 검은 털이 수십 대가 났으니 사마의 맏아들 표기장군 사마사였다. 강유가 소리쳤다.

"어린놈이 어찌 감히 내가 돌아갈 길을 막느냐!"

강유가 말을 다그쳐 달려가자 사마사가 칼을 휘두르며 맞이했으나 세 합만에 물리치고 양평관으로 달려갔다. 관에서 문을 열어 강유를 들여보내자 사마사가 뒤따라 달려가는데 양쪽에 매복한 쇠뇌들이 일제히 살을 날렸다. 이 쇠뇌들은 한 번에 살 열 대를 날리니 바로 무후 제갈량이 남긴 '연노법'이 었다.

이야말로

삼군이 패하여 당하기 어려운데
옛날 십연발 쇠뇌 덕만 보는구나

사마사는 목숨이 어찌 될까?

108

오만한 천재, 집안 지키지 못해

정봉은 눈 속에서 짧은 칼 휘두르고
손준은 잔칫상에서 비밀 계책 쓰다

강유가 옹주를 치러 가자 곽회가 조정에 보고하니 사마의는 위주와 상의하고 사마사를 보내 5만 군사를 이끌고 옹주로 달려가게 했다. 사마사가 양평관까지 쫓아가다 제갈량이 물려준 연노법에 당한 것이다. 양쪽에 쇠뇌를 100여 벌씩 매복해 한 벌이 한꺼번에 열 대씩을 쏘니 앞에서 달려가던 선두가 얼마나 맞아 죽었는지 모른다. 사마사는 어지러운 싸움에서 겨우 목숨을 건져 돌아갔다.

국산성에서 촉 장수 구안은 아무리 기다려도 구원병이 오지 않아 결국 문을 열고 위군에 항복하고, 수만 군사를 잃은 강유는 패한 군사를 이끌고 한중으로 돌아갔다.

가평 3년(251년) 8월, 병에 걸린 사마의는 병세가 심해지자 두 아들을 침상으로 불러 당부했다.

"내가 위를 섬긴 지 여러 해 되었다. 벼슬은 태부를 받았으니 신하로서는 더 올라갈 수 없는 지위다. 사람들이 나에게 다른 뜻이 있다고 의심해 나는 두려워했는데, 내가 죽은 뒤 너희는 나라 정사를 잘 다스리되 신중하고 또 신중해야 한다!"

말을 마치고 죽으니 위주 조방은 후하게 장례를 치르고 많은 재물과 시호를 내렸다. 사마사를 대장군으로 봉해 상서의 기밀 대사를 도맡게 하고 사마소는 표기상장군으로 봉했다.

【나관중 본에는 사마의가 죽기 전에 이렇게 말했다고 되어 있다.

"너희는 주인을 잘 섬기면서 내 깨끗한 이름을 저버리지 않도록 다른 뜻을 품지 마라. 거스르는 자는 크게 불효하는 것이다."】

이때 오주 손권은 원래 서 부인이 낳은 아들 등(登)을 태자로 세웠는데 오의 적오 4년(241년)에 죽어, 낭야의 왕 부인이 낳은 둘째 화(和)를 태자로 세웠으나 전공주와 사이가 나빴다.

【손권의 맏딸 전공주는 주유의 아들 주순에게 시집갔다가 다시 장수 전종의 아내가 되었는데, 남을 헐뜯기를 매우 즐겼다.】

손권이 전공주가 헐뜯는 말을 듣고 태자를 폐하니 화는 한이 맺혀 죽고 말았다. 손권이 새로 태자로 삼은 아들은 반 부인이 낳은 셋째 량(亮)이었다. 이때 육손과 제갈근은 죽고, 크고 작은 일은 모두 제갈근의 아들 각에 의해 이루어졌다.

태원 원년(251년) 가을 8월 초하루, 갑자기 큰바람이 불어 강과 바다에 파도가 솟구치고 평지에 물이 8자나 고였다. 오주 아버지 손견이 묻힌 선릉에 심은 소나무와 측백나무가 죄다 뿌리가 뽑혀 건업성 남문밖까지 날아가 길에 거꾸로 떨어졌다.

손권이 놀라 자리에 누웠는데, 이듬해 4월 병세가 심해지니 태부 제갈각과 대사마 여대(呂岱)를 침상 앞에 불러 후사를 부탁하고 돌아갔다. 24년간 황제 자리에 있었고 수명은 71세였으니 때는 촉한 연희(延熙) 15년(252년)이었다.

후세 사람이 지은 시가 있다.

> 자주 수염 푸른 눈알 영웅이라 불리더니
> 신하들 충성 바치게 할 줄 알았네
> 이십사 년 대업을 흥하게 하니
> 용과 범처럼 강동 차지했더라

손권이 죽자 제갈각은 손량을 황제로 세우고 천하에 대사령을 내렸다. 연호를 고쳐 건흥(建興) 원년(252년)으로 하고, 손권에게는 대황제 시호를 드려 장릉에 묻었다.

소식이 낙양에 알려지자 사마사가 틈을 타서 오를 정벌하려고 상의하니 상서 부하(傅嘏)가 말렸다.

"오는 도적 노릇을 한 지 60여 년이 되는데 주인과 신하가 서로 돌보고, 좋은 일이든 나쁜 일이든 함께 합니다. 게다가 험한 장강을 차지하여 이전 황제들께서 여러 번 정벌하셨으나 모두 뜻을 이루지 못하셨으니 지금은 변경을 잘 지키며 군사를 아끼고 백성을 사랑하는 것이 상책입니다."

"하늘의 도리는 30년마다 변한다는데 어찌 항상 솥의 발처럼 갈라져 버티기만 하오? 내가 오를 정벌하려 하오."

사마소가 거들었다.

"손권은 죽고 손량은 어리니 틈을 타서 칠 수 있습니다."

사마사는 정남대장군 왕창(王昶)을 보내 10만 군사로 남군을 치게 하고, 정동장군 호준에게는 10만 군사로 동흥군을 치게 하며, 진남도독 관구검은 10만 군사로 무창군을 치게 했다. 아우 사마소를 대도독으로 삼아 세 길 군사를 총지휘하게 하니 이해 12월, 사마소가 오의 변경에 주둔해 왕창과 호준, 관구검을 불렀다.

"오에서 가장 요긴한 곳은 동흥인데, 그들이 큰 둑을 쌓고 좌우에 성을 둘 쌓아 소호에서 공격하는 것을 방어하니 조심해야 하오."

사마소는 왕창과 관구검에게 10만 군사를 이끌고 좌우에 늘어서게 했다.

"잠시 나아가지 말고, 동흥을 손에 넣기를 기다려 일제히 진군하시오."

호준을 선봉으로 세워 군사를 모두 이끌어 나아가게 했다.

"부교를 놓아 동흥의 큰 둑을 빼앗으시오. 좌우 두 성을 얻으면 가장 큰 공로요."

위군이 세 길로 온다고 하여 오의 태부 제갈각이 상의하니 평북장군 정봉이 말했다.

"동흥은 가장 요긴한 곳이므로 잃으면 남군과 무창이 위험해집니다."

"내 생각과 같소. 공은 3000명 수군을 이끌고 강으로 가시오. 뒤따라 여거와 당자, 유찬에게 각기 1만 명 기병과 보병을 거느리고 세 길로 나누어 지원하게 하겠소. 연발 신호 포 소리가 들리면 일제히 진군하시오."

정봉은 명령을 받들어 3000명 수군을 이끌고 30척 배에 앉아 동흥으로 갔다.

위군 쪽의 호준은 부교를 건너 둑 위에 주둔하며 환가와 한종을 보내 두 성을 치게 했으나 한쪽은 오군 장수 전단이 지키고, 다른 쪽은 유략이 지키는데 모두 높고 튼튼해 급히 무너뜨리지 못했다. 전단과 유략 또한 위군 세력이 큰 것을 보고 감히 나와 싸우지 못하고 굳게 지키기만 했다.

호준은 서당 땅에 영채를 세웠다. 때는 차디찬 겨울이라 하늘에서 함박눈이 쏟아져 호준과 장수들이 눈을 보고 큰 잔치를 벌이는데 별안간 물 위로 싸움배 30척이 온다고 했다. 호준이 나가보니 배들이 곧 기슭에 닿아, 배마다 100여 명씩만 탄 것을 보고 장막으로 돌아와 대수롭지 않게 말했다.

"3000명에 불과하니 두려워할 게 무엇이냐?"

부하 장수들에게 정탐이나 하라 이르고 계속 술을 마셨다.

정봉은 닻을 던져 배들을 한 줄로 멈추게 하고 외쳤다.

"대장부가 공명을 세우고 부귀를 얻는 것이 바로 오늘에 달렸다!"

그리고 군사들에게 명했다.

"갑옷과 투구를 벗고 긴 창은 말고 짧은 칼만 지녀라!"

오군이 명령에 따르니 위군은 우습다고 껄껄거리며 아무 준비도 하지 않았다. 별안간 연발 신호 포 소리가 '탕탕탕!' 세 번 울리자 정봉이 짧은 칼을 빼 들고 앞장서서 기슭으로 훌쩍 뛰어오르니 장졸들이 모두 짧은 칼을 뽑아 들고 따라서 올라 위군 영채로 달려갔다.

오군이 칼을 마구 휘두르자 뜻밖의 일을 당한 위군은 미처 손발을 놀리지 못했다. 한종이 급히 장막 앞의 큰 화극을 뽑아 들었으나 정봉이 어느새 품 안으로 달려들어 손을 번쩍 놀리니 칼에 찍혀 쓰러졌다. 환가가 돌아 나와 급히 창을 찔렀으나 정봉이 슬쩍 피하며 창대를 덥석 겨드랑이에 끼자 창을 버리고 달아났다. 정봉이 짧은 칼을 휙 날리니 환가의 왼쪽 어깨에 박혀 벌렁 자빠지자 쫓아가 창으로 찔렀다.

3000명 오군이 영채 안에서 사정없이 무찌르자 호준은 급히 말에 올라 길을 뚫고 달아나고 위군은 너나없이 부교로 달려 올라갔다. 그 무게를 이기지

못해 다리가 무너져 반 이상이 물에 빠지고, 오군의 칼에 죽은 자는 숫자를 헤아릴 수 없었다. 수레와 말, 병기는 모두 오군에게 빼앗겼다. 동흥의 군사가 패했다는 소식을 듣고 사마소와 왕창, 관구검은 군사를 단속해 물러갔다.

제갈각은 대군을 이끌고 동흥에 이르러 장수들과 상의했다.

"사마소가 패하고 돌아갔으니 기세를 타고 나아가 중원을 차지하는 게 좋겠소."

촉의 강유에게 글을 보내 천하를 반씩 나누기로 하고 북쪽을 공격해 달라 청하고 20만 대군을 일으켜 중원을 정벌하러 나아갔다. 떠날 무렵 느닷없이 땅에서 흰 기운이 일어나 삼군을 가리는데 얼굴을 맞대고도 서로 알아볼 수 없어, 황제의 물음에 답하는 중산대부 장연이 설명했다.

"이 기운은 흰 햇무리입니다. 군사를 잃을 징조이니 바로 돌아가셔야지 정벌을 나가셔서는 아니 됩니다."

싸움에 이겨 기분이 좋은 제갈각은 크게 노했다.

"어찌 감히 이롭지 못한 말로 군사의 사기를 꺾느냐?"

장연의 벼슬을 떼어버리고 군사를 재촉해 나아가자 정봉이 말했다.

"위는 신성을 가장 중요한 요충으로 삼으니 먼저 손에 넣으면 사마사의 간담이 서늘해질 것이오."

제갈각이 군사를 재촉해 곧바로 신성으로 달려가자 성을 지키는 아장 장특이 문을 닫고 굳게 지켜, 네 방향으로 성을 에워쌌다.

낙양에 소식이 전해져 사마소의 군사가 패해 물러나고 오군이 이긴 기세를 타고 침범한다고 하자 사마사가 자신의 불찰을 뉘우치는데 주부 우송이 생각을 내놓았다.

"제갈각이 신성을 에워쌌으나 빨리 깨뜨리지 못하니 우리가 나가 싸워서는

◀ 정봉은 눈 속에서 짧은 칼로 크게 승리

아니 됩니다. 오군은 먼 길을 와서 군사는 많으나 식량은 적으니 군량이 바닥나면 제풀에 물러갑니다. 그들이 물러갈 때를 기다려 공격하면 이길 수 있습니다. 다만 촉군이 경계를 범할까 두려우니 방비하지 않을 수 없습니다."

사마사는 사마소에게 곽회를 도와 강유를 방비하게 하고, 관구검과 호준에게 오군을 막게 했다.

제갈각은 몇 달째 신성을 쳤으나 무너뜨리지 못하자 장수들에게 엄명을 내려 힘을 떨쳐 성을 들이치게 하니 성의 동북쪽 귀퉁이가 곧 허물어지게 되었다. 그러자 성을 지키는 장특이 말 잘하는 사람을 골라 신성의 백성 호적부와 군사 명부를 주어 오군 영채로 보내 제갈각을 만나게 했다.

"위의 법에는 적이 성을 에워쌌을 때 성을 지키는 장수가 100일을 버텼는데도 구원병이 오지 않아 항복하면 죄에 걸리지 않습니다. 장군께서 성을 에워싸신 지 어느덧 90여 일이 되었으니 며칠만 참아주시면 저희 주장이 군사와 백성을 전부 이끌고 나와 항복할 것입니다. 먼저 명부를 바쳐 올립니다."

제갈각은 그 말을 곧이듣고 군사를 거두었는데 장특은 잠시 숨을 돌리기 위한 술책이었다. 오군이 물러가자 성안의 집을 허물어 무너진 성벽을 보수하고 이튿날 성 위에서 욕을 퍼부었다.

"성안에 아직 반년 먹을 식량이 있는데 어찌 오의 개들에게 항복하겠느냐?"

화가 치민 제갈각이 직접 칼을 뽑아 들고 군사를 재촉하며 성을 치는데 성 위에서 화살을 어지러이 내리쏘니 한 대가 이마에 꽂혀 몸을 젖히며 말에서 떨어졌다. 장수들이 급히 구해 영채로 돌아갔으나 상처가 깊었다. 장졸들이 모두 싸울 마음을 잃고, 날씨까지 무더워 앓는 군사가 많았다. 이윽고 상처가 좀 아물어 다시 군사를 재촉해 성을 치려고 하자 부하가 보고했다.

"군사들이 모두 병이 나서 싸우기 어렵습니다."

제갈각은 버럭 화를 냈다.

"다시 병을 말하는 자는 목을 친다!"

그 말을 듣고 군졸들이 도망가는데 또 보고가 들어왔다.

"도독 채림이 군사를 이끌고 위로 갔습니다!"

제갈각이 깜짝 놀라 여러 군영을 돌아보니 과연 군졸들 얼굴이 누렇게 병색이 심해 군사를 거느리고 오로 돌아가는 길에 올랐다. 관구검이 대군을 일으켜 뒤를 몰아쳐 오군은 크게 패하고 돌아갔다.

제갈각이 몹시 부끄러워 화살에 맞은 상처를 핑계로 조정에 들어가지 않고 자기 집으로 돌아가니 오주 손량이 친히 집에 찾아가 문안하고 백관이 모두 가서 절을 했다. 제갈각은 사람들이 말할까 두려워 문관과 무장들의 잘못을 긁어모아 죄가 가벼운 자는 먼 변경으로 귀양 보내고, 죄가 무거운 자는 머리를 베어 무리에게 보이니 조정 안팎 신하들이 무서워 떨지 않는 사람이 없었다. 제갈각은 부하 장수 장약과 주은에게 어림군을 거느리게 하여 새의 발톱이나 짐승의 이빨 같은 심복으로 삼았다.

이때 손준(孫峻)이라는 사람이 있어서 자는 자원(子遠)으로 손견의 아우 손정의 증손자였다. 손권은 생전에 그를 매우 사랑해 어림군을 거느리게 했는데, 제갈각이 빼앗아 장약과 주은에게 맡기자 몹시 분노했다. 평소 제갈각과 사이가 좋지 않은 태상경 등윤이 손준을 부추겼다.

"제갈각이 권력을 잡고 대신들을 학살하니 신하가 되지 않을 마음을 품은 것이오. 공은 황실 사람인데 어찌 일찍 대처하지 않으시오?"

"내가 그 마음을 먹은 지 오래이오. 곧 천자께 아뢰어 성지를 받들고 그를 죽이겠소."

두 사람이 궁궐로 들어가 오주에게 가만히 아뢰니 손량도 싫다 하지 않았다.

"짐도 이 사람을 보면 몹시 무서워 늘 편안하지 않았소. 경들이 충성스럽고 의로우니 비밀히 일을 꾸미도록 하오."

등윤이 계책을 올렸다.

"폐하께서 잔치를 베풀어 그를 불러오십시오. 무사들을 휘장 속에 숨기고 신호를 정해 단번에 죽이면 됩니다."

손량은 그 말에 따랐다.

제갈각이 집에 틀어박혀 있는데 늘 머리가 뒤숭숭했다. 어느 날 중간 대청에 나갔더니 어떤 사람이 상복 차림으로 들어오기에 꾸짖자 깜짝 놀라 어찌할 바를 몰랐다.

"저는 방금 아버님을 여의고 스님과 도사를 청해 법사를 치르려고 성에 들어왔습니다. 여기가 절간인 줄 알고 들어왔는데 태부의 저택일 줄이야 누가 알았겠습니까? 어찌 여기로 왔을까요?"

제갈각이 노해 문지기 군사를 부르니 그들이 변명했다.

"저희 수십 명은 병기를 들고 문을 지키며 잠시도 떠나지 않았는데 누구도 들어오는 것을 보지 못했습니다."

제갈각은 분통이 터져 상복을 입은 사람과 군사들 목을 쳤다. 그날 밤 제갈각이 자리에 편안히 눕지 못해 뒤척거리는데 느닷없이 대청에서 벼락같은 소리가 났다. 나가 보니 대들보가 두 토막으로 부러져 놀란 제갈각이 침실로 돌아오니 음산한 바람이 휘익 일며 상복을 입은 사람과 문을 지키던 군사 수십 명이 각기 제 머리를 들고 목숨을 내놓으라고 아우성쳤다. 그는 놀라 땅에 쓰러져 한참 뒤에야 정신을 차렸다.

이튿날 아침에 얼굴을 씻으려고 보니 물에서 피비린내가 코를 찔러, 시녀들을 꾸짖어 물을 수십 번 바꾸었으나 모두 똑같았다. 매우 놀라 의심하는데 갑자기 천자가 사자를 보내 불러서 수레를 갖추고 집을 나서니 기르는 개가 옷을 물고 엉엉 우는 소리를 냈다.

"이놈이 나를 놀리느냐?"

화를 내며 호령해 쫓고 수레에 올라 대문을 나가 몇 걸음 가자 수레 앞에서 흰 무지개가 일어나 하얀 비단이 하늘로 솟구치는 듯했다.

"혹시 상서롭지 못한 징조가 아니냐?"

놀란 제갈각이 괴상하게 여기자 곁의 사람들이 대답했다.

"상서로운 징조이니 태부께서는 의심하지 마십시오."

궁에 이르러 수레가 몇 걸음 가자 심복 장약이 왔다.

"오늘 잔치가 좋은 일이 아닐지 모르니 주공께서는 경솔하게 들어가셔서는 아니 됩니다."

수레를 돌리라고 명해 10여 걸음 가니 손준과 등윤이 말을 타고 수레 앞으로 왔다.

"태부께서는 어찌하여 돌아가십니까?"

"갑자기 배가 아파 천자를 뵙지 못하겠네."

제갈각이 구실을 대자 등윤이 권했다.

"태부께서 군사를 거느리고 돌아오신 후 천자께서 얼굴을 맞대고 이야기하지 못해 특히 잔치를 베풀고 대사를 의논하려 하시니 태부께서는 불편하시더라도 힘을 내어 가셔야 합니다."

그 말 또한 그럴듯해 그들과 함께 궁전으로 들어가자 장약도 따라갔다. 인사를 드리고 자리에 앉자 손량이 손준에게 술을 드리라고 시키니 제갈각은 은근히 의심이 들어 술을 사절했다.

"병에 걸린 몸이라 술을 받지 못합니다."

손준이 물었다.

"태부께서는 댁에서 드시던 약주를 가져다 드시겠습니까?"

"그러지."

제갈각은 사람을 시켜 자신이 직접 빚은 약술을 가져오게 하여 마셨다. 몇 잔 마신 후 손량은 일을 핑계로 먼저 일어나고, 손준은 궁전에서 내려와 짧은 옷으로 갈아입으며 속에 갑옷을 입었다. 그가 날카로운 칼을 들고 궁전으로 올라가 높이 외쳤다.

"천자께서 역적을 죽이라는 조서를 내리셨다!"

깜짝 놀란 제갈각이 잔을 던지고 검을 뽑아 맞서려 하는데 어느새 머리가 땅에 떨어졌다. 손준이 목을 벤 것을 보고 장약이 칼을 휘두르며 달려들어 손준이 급히 피하니 칼끝이 왼손 손가락을 베었다. 손준이 휙 돌아서며 장약의 오른팔에 한칼 먹이자 무사들이 몰려나와 장약을 찍어 넘겼다.

손준은 제갈각의 집안사람을 모두 잡아 오게 하고 두 사람 주검을 삿자리에 싸서 남문밖 석자강의 어지러운 무덤 구덩이에 버리게 했다.

이때 제갈각의 부인이 방안에서 속이 어수선해 안절부절못하는데 갑자기 시녀 하나가 방으로 들어와서 부인이 물었다.

"네 온몸에서 어찌하여 피비린내가 나느냐?"

시녀가 급작스레 눈을 부릅뜨고 이를 갈며 몸을 날려 길길이 뛰는데 머리가 대들보에 부딪히며 높이 소리치는 것이었다.

"나는 제갈각이다! 간사한 도적 손준에게 모살 당했다!"

온 집안 늙은이와 어린아이들은 놀라고 떨려 엉엉 울어댔다. 곧 군사가 와서 집을 에워싸고 집안사람을 모두 묶어 저잣거리로 끌어내 목을 치니 때는 오의 건흥 2년(253년) 10월이었다.

제갈근은 생전에 아들의 총명이 모두 밖으로 드러나자 탄식한 적이 있었다.

"이 아이는 집을 지킬 주인이 아니다!"

또 위의 광록대부 장집(張緝)이 언젠가 사마사에게 말했다.

"제갈각이 오래지 않아 죽습니다."

"어찌하여 그러한가?"

"위엄이 임금을 누르니 어찌 오래갈 수 있겠습니까?"

손준이 제갈각을 죽이자 손량이 그를 승상, 대장군, 부춘후로 봉해 안팎의 군사를 총지휘하게 하니 권력이 모두 그에게 돌아갔다.

이에 앞서 강유는 위의 정벌을 도와달라는 제갈각의 글을 받고, 후주의 재가를 받아 다시 대군을 일으켜 중원을 정벌하러 갔다.

이야말로

한 번 군사 일으켜 승리하지 못하니
두 번 역적 토벌해 성공하려 하누나

승부는 어떻게 갈라질까?

109

역적의 후손도 역적에게 당해

사마소 곤경 빠뜨려 한군 계책 부리고
조방을 폐하니 위의 황실 응보를 받다

촉한 연희 16년(253년) 가을, 강유는 20만 군사를 일으켰다. 요화와 장익을 좌우 선봉으로 세우고 하후패를 참모로 쓰며 장억을 군량 책임자로 맡겨 위를 정벌하려고 양평관을 나가 하후패와 상의했다.

"전에 옹주를 깨뜨리지 못했는데 이번에는 어찌해야 하오?"

"농산 일대에서 남안이 제일 부유하니 그곳을 차지하면 도움이 됩니다. 전에 함락시키지 못한 것은 강병이 오지 않았기 때문인데, 미리 약속하고 농우에서 강인들을 만나 석영으로 나아가 동정으로 빠져 남안을 치면 됩니다."

강유가 극정을 사자로 삼아 금과 구슬, 유명한 촉의 비단을 지니고 강인 나라에 들어가게 하니 강왕 미당은 선물을 받고 5만 군사를 일으켜, 장수 아하소과를 선봉으로 세워 남안으로 가게 했다.

사마사가 급보를 받고 장수들에게 누가 달려가 싸우겠느냐고 묻자 보국장군 서질(徐質)이 나섰다. 그의 용맹이 남다른 것을 아는 사마사는 크게 기뻐 선봉으로 삼고, 사마소를 대도독으로 임명해 농서를 향해 나아가게 했다.

대군이 동정에 이르러 강유와 마주쳐 진을 치자 서질이 큰 도끼를 들고 말을 몰아 나갔다. 촉군의 진에서 요화가 나왔으나 몇 합도 되지 않아 칼을 끌며 돌아가고 다시 장익이 창을 꼬나 들고 나왔으나 역시 몇 번 어울리지 못하고 돌아가니 서질이 이긴 기세를 휘몰아 들이쳐 촉군은 30여 리를 물러갔다. 강유가 하후패와 상의했다.

"전에 위군이 여러 차례 우리 식량 길을 끊었는데, 우리가 반대로 그 계책을 이용하면 서질을 벨 수 있소."

강유는 요화와 장익에게 계책을 이른 후, 사람과 말의 발을 찌르는 쇠질려를 길에 뿌리고, 영채 밖에 녹각을 많이 박아 오래 지킬 태세를 보였다. 서질이 연이어 며칠 군사를 이끌고 싸움을 걸었으나 촉군은 나오지 않는데 정탐꾼이 사마소에게 보고했다.

"촉군이 철롱산 뒤에서 목우와 유마로 식량과 말먹이 풀을 나르며 오래 싸울 준비를 하니 강병이 와서 호응해주기를 기다리는 것입니다."

사마소가 서질을 불렀다.

"전에 촉을 이길 수 있었던 것은 그들의 식량 길을 끊었기 때문일세. 촉군이 철롱산 뒤에서 식량을 나른다고 하니 오늘 밤 5000명 군사를 이끌고 가서 길을 막으면 반드시 물러갈 걸세."

밤에 서질이 군사를 이끌고 철롱산으로 가자 과연 200여 명 촉군이 100여 마리 목우와 유마를 몰고 식량과 말먹이 풀을 나르고 있어서 '우와!' 소리치며 길을 가로막으니 모두 버리고 달아났다. 서질이 그것들을 영채로 호송하게 하고 군사를 나누어 촉군을 뒤쫓는데 10리도 가지 못해 수레들이 길을 막았다.

서질이 군사들에게 말에서 내려 수레를 부수라고 명하자 양쪽에서 불이 일어났다. 서질이 급히 말을 돌리자 뒤쪽에서도 수레가 길을 막고 불빛이 튀었다. 서질이 연기와 불을 뚫고 간신히 길목을 벗어나자 신호 포 소리가 '탕!' 울리며 두 길로 군사들이 달려오는데 요화와 장익이었다.

촉군이 한바탕 족쳐 위군은 크게 패하고 서질 홀로 몸을 빼어 달아나, 사람과 말이 지쳐 허덕이는데 또 한 무리 군사가 닥쳐오니 앞장선 장수는 다름 아닌 강유였다. 서질이 깜짝 놀라 허둥대는데 강유가 말을 찔러 그가 굴러떨어지자 촉군이 어지럽게 칼질을 했다. 식량을 호송하라고 나누어 보낸 군사도 하후패에게 붙들려 모두 항복했다.

하후패는 촉군에게 위군 갑옷을 입히고 위군 말을 타게 하여 위군 깃발을 들고 오솔길로 나아가 곧장 위군 영채로 달려갔다. 자기네 군사가 돌아오는 것을 보고 위군이 문을 열어 들여보내자 촉군이 마구 위군을 죽였다. 사마소가 깜짝 놀라 황급히 말에 올라 달아나자 앞과 뒤에서 요화와 강유가 거세게 달려왔다. 사마소는 군사를 이끌고 철롱산으로 올라갔다. 이 산에는 길이 하나뿐이고, 길이 아닌 곳은 험하고 가팔라 오를 수 없었다.

산에는 샘이 하나밖에 없어서 겨우 100여 명이 마실 정도였다. 사마소의 6000명 군사가 물이 부족해 사람과 말이 모두 목이 말라 허덕이자 사마소는 하늘을 우러러 길게 탄식했다.

"내가 여기서 죽는구나!"

주부 왕도가 깨우쳤다.

"옛날 경공이 곤경에 빠졌을 때, 우물에 절해 맛이 단 샘물을 얻었는데 장군께서는 어찌 본받지 않으십니까?"

사마소는 샘에 가서 두 번 절을 하고 빌었다.

"이 소는 황제의 조서를 받들고 촉군을 물리치러 왔는데 이 소가 죽어야 한다면 샘물이 마르게 해 주십시오. 소는 스스로 목을 베고 군사는 모두 항복하겠습니다. 그러나 목숨과 녹이 아직 끝나지 않았다면 푸른 하늘에서 샘물을 내려주시어 무리의 목숨을 살려주시기 빕니다!"

기도가 끝나자 곧 샘물이 콸콸 솟는데 아무리 퍼내도 마르지 않아 많은 사람과 말이 죽지 않게 되었다.

강유는 위군을 곤경에 빠뜨리고 산 밑에서 다짐했다.

"제갈 승상께서 옛날 상방곡에서 사마의를 잡지 못하셔서 내가 한이 맺혔는데 이번에 사마소는 반드시 내 손에 잡힌다."

이때 사마소가 철롱산에 갇혔다는 소식을 듣고 곽회가 구하러 가려 하자 부장 진태가 제안했다.

"강유는 강병과 합쳐 남안을 치려고 합니다. 이미 강병이 왔는데 장군이 군사를 이끌고 구하러 가시면 강병은 빈틈을 타 우리 뒤를 습격합니다. 먼저 사람을 보내 강인에게 거짓으로 항복하시지요. 그들을 물리쳐야 철롱산 포위를 풀 수 있습니다."

곽회가 계책을 쓰라고 하여 진태는 5000명 군사를 이끌고 강왕 영채에 가서 갑옷을 벗고 눈물을 흘리며 절했다.

"곽회가 우쭐거리며 늘 저를 죽일 마음이 있어 항복하러 왔습니다."

강왕이 물었다.

"너는 무슨 공로가 있느냐?"

"곽회 군사의 허실을 잘 압니다. 오늘 밤, 한 무리 군사로 그 영채를 치면 성공할 수 있습니다. 영채에 이르면 안에서 호응하는 사람들이 있습니다."

미당이 기뻐하며 진태와 함께 가서 위군 영채를 습격하게 하자 아하소과는 항복한 위군을 뒤에 세우고, 강병을 앞장세워 달려갔다. 밤이 되어 위군 영채에 이르자 문이 활짝 열려 있어서 진태가 먼저 말을 달려 들어갔다.

뒤를 따라 아하소과가 창을 꼬나 들고 영채로 들어가는데 '아차!' 소리와 함께 사람과 말이 구덩이에 빠져버렸다. 뒤에서 진태의 군사가 무찌르고 옆에

서 곽회가 공격하니 강병은 크게 어지러워져 죽은 자가 얼마인지 알 수 없었다. 살아남은 자들은 모두 항복하고, 아하소과는 스스로 목을 베어 죽었다.

곽회와 진태가 곧바로 강병 영채로 쳐들어가자 강왕 미당이 급히 말에 오르다 사로잡혀 끌려왔다. 곽회는 손수 밧줄을 풀어주고 달랬다.

"위의 조정에서는 예전부터 공을 의롭게 여겼는데 어찌 촉을 도우시오?"

미당이 엎드려 죄를 빌자 곽회가 설득했다.

"공이 앞서가서 철롱산 포위를 풀고 촉군을 물리치면 천자께 아뢰어 후한 선물을 내리시게 하겠소."

미당이 강병을 이끌고 앞장서고 위군이 뒤를 따라 곧장 철롱산으로 달려가 영채 안에 알리자 강유가 크게 기뻐 장막 안으로 청했다. 강병 속에는 위군이 많이 끼어 있어서 미당이 100여 명을 데리고 들어가 강유와 하후패를 만나자 미당이 입을 열기도 전에 위군이 촉군을 죽이기 시작했다. 이와 함께 강병과 위군이 일제히 영채로 쳐들어가니 강유는 깜짝 놀라서 말에 올라 달아나고 촉군은 뿔뿔이 도망쳤다.

강유의 손에는 병기가 없고 허리에 찬 활 한 벌과 전통 하나뿐인데 너무 급히 달리다 화살이 죄다 떨어지고 빈 전통만 남았다. 강유가 산골짜기로 달아나서 곽회가 쫓아가 거의 따라잡게 되었는데, 강유가 짐짓 활시위를 당겼다가 놓으니 곽회가 얼른 몸을 피했으나 시위 소리만 나고 화살은 보이지 않았다. 몇 번 피하던 곽회가 창을 안장에 걸고 활을 들어 화살을 쏘니 강유가 확 피하며 슬쩍 받아 자기 활에 먹이고 곽회가 바짝 다가오기를 기다려 얼굴을 향해 쏘았다. 시위 소리와 함께 곽회는 말에서 떨어졌다.

강유가 곽회를 죽이러 달려갔으나 위군이 갑자기 달려와 손을 대지 못하고 그의 창만 채갔다. 위군은 쫓지 못하고 급히 곽회를 구해 영채로 돌아갔으나

◀ 강유는 곽회의 화살을 낚아채

피가 그치지 않아 곧 죽고 말았다.

사마소는 산에서 내려와 군사를 이끌고 쫓다 돌아가고, 하후패도 뒤따라 도망쳐 강유와 함께 달아났다. 많은 군사를 잃은 강유가 길에서 멈추지 못해 한중으로 돌아가니, 싸움에 패하기는 했으나 곽회와 서질을 죽여 위의 위풍을 꺾은 공로로 패전의 죄를 메우게 되었다.

사마소는 강병의 수고를 위로해 돌려보내고 낙양으로 회군해 형 사마사와 함께 조정 권력을 거머쥐었다. 누구도 감히 그들의 뜻을 거스르지 못했다.

위주 조방은 사마사가 조정에 들어올 때마다 부들부들 떨리고 바늘이 등을 찌르는 듯했다. 어느 날 조회에서 사마사가 검을 차고 궁전에 오르자 조방이 황급히 자리에서 내려와 맞이하니 사마사가 웃었다.

"천자께서 신하를 맞이하는 예절에 그런 행동이 어디 있습니까? 폐하께서는 그저 편하게 계십시오. 신이 밑에서 아뢰는 일을 듣겠습니다."

신하들이 일을 아뢰자 사마사는 모두 혼자 결정하고 조방에게는 묻지도 않았다. 조회가 끝나고 그가 고개를 번듯이 쳐들고 가슴을 쑥 내밀고 수레에 올라 궁궐 밖으로 나가니 앞뒤에 에워싼 사람들이 수천을 넘었다.

조방이 뒤쪽 궁전으로 물러 들어와 돌아보니 곁에 세 사람이 있을 뿐이었다. 제사를 맡은 태상 하후현과 조서 초안을 잡는 중서령 이풍(李豊), 임금의 물음에 답하는 광록대부 장집이었다. 장집은 장 황후의 아버지로 황제의 장인이었다.

조방은 다른 사람들을 물리치고 세 사람을 밀실로 데리고 들어가 장집의 손을 잡고 울었다.

"선제께서 계실 때, 사마 태부(사마의)는 어찌 감히 이렇게 했겠소? 사마사가 짐을 아이로 보고 백관을 지푸라기로 여기니 사직이 조만간 이 사람에게 돌아갈 것이오!"

이풍이 아뢰었다.

"폐하께서는 걱정하지 마십시오. 신은 비록 재주 없으나 폐하의 영명한 조서를 받들고 사방의 영웅들을 모아 기필코 이 도적놈을 없애겠습니다."

하후현도 아뢰었다.

"신의 숙부 하후패가 촉에 항복한 것은 사마씨 형제들이 해칠까 두려워서였으니 이 도적놈을 없애면 반드시 돌아옵니다. 신은 황실 일족으로 어찌 간신이 나라를 어지럽히는 것을 앉아서 보기만 하겠습니까? 함께 조서를 받들고 토벌하겠습니다."

조방이 근심했다.

"다만 그렇게 되지 못할까 두렵소."

세 사람은 울면서 아뢰었다.

"신들은 맹세코 마음을 합쳐 역적을 없애고 폐하께 보답하겠습니다!"

조방은 용과 봉의 무늬가 있는 속적삼[龍鳳汗衫용봉한삼]을 벗어, 그 위에 손가락 끝을 깨물어 피로 조서를 써서 장집에게 주면서 신신당부했다.

"짐의 할아버님 무황제께서 동승을 죽이신 것은 무리가 비밀을 지키지 못했기 때문이니 경들은 반드시 조심하여 밖에 새지 않도록 해야 하오."

이풍은 은근히 꺼림칙했다.

"폐하께서는 어찌 이런 상서롭지 못한 말씀을 하십니까? 신들은 동승의 무리가 아니고, 사마사를 어찌 무황제께 비하겠습니까? 폐하께서는 의심하지 마시옵소서."

세 사람이 황제에게 인사하고 동화문 부근에 이르니 사마사가 검을 차고 오는데, 따르는 수백 명이 모두 병기를 들고 있었다. 세 사람이 길을 비켜서자 사마사가 물었다.

"셋은 조회에서 어찌하여 다른 사람보다 늦게 나오나?"

이풍이 대답했다.

"천자께서 내정에서 책을 보셔서, 우리가 모시고 읽었습니다."

"무슨 책을 보았나?"

"하(夏), 상(商), 주(周) 삼대의 책이올시다."

"임금께서 책을 보시면서 무슨 옛일을 묻던가?"

역시 이풍이 대답했다.

"천자께서는 이윤이 상을 돕고 주공이 정사를 돌본 일을 물으셨는데 우리가 모두 아뢰었소이다. '사마 대장군은 바로 이윤과 주공입니다'라고요."

사마사는 쌀쌀하게 웃었다.

"그대들이 어찌 나를 이윤과 주공에 비유할 리 있겠나? 마음속으로는 왕망과 동탁이라 하겠지."

세 사람은 입을 모았다.

"모두 장군 문하인데 어찌 감히 그렇게 하겠습니까?"

사마사는 크게 노했다.

"너희는 앞에서나 아첨하는 자들이다! 천자와 무슨 일 때문에 울었느냐?"

"진실로 그런 적이 없습니다."

"너희 셋이 울어서 눈이 아직 붉은데도 떼를 쓰느냐?"

하후현은 일이 탄로 난 것을 알고 날카롭게 욕했다.

"네 위세가 천자를 놀라게 하고 장차 찬탈하려는 것 때문에 울었다!"

사마사가 크게 노해 하후현을 잡으라고 호령하자 하후현이 주먹을 휘둘러 사마사를 쳤으나 주먹이 닿기도 전에 뒤에서 철퇴로 쓰러뜨렸다. 셋의 몸을 뒤지자 장집의 몸에서 용봉 속적삼이 나오니 바로 피로 쓴 비밀조서였다.

'사마사 형제가 대권을 틀어쥐고 장차 나라를 찬탈하려 하니 내가 내린 조서는 모두 짐의 뜻이 아니다. 각 부의 관병 장졸들은 함께 충성과 의리를 받들어 도적 신하를 쳐 없애고 사직을 일으켜 세우라. 공을 이루는 날 무거운

작위와 후한 상을 내리겠다.'

사마사는 발끈 노했다.

"너희가 우리 형제를 해치려고 꾸몄구나! 도저히 용서할 수 없다!"

세 사람을 저잣거리에서 허리를 잘라 죽이고 삼족을 몰살하게 하니 욕을 그치지 않았다. 그들이 저잣거리에 이르자 그사이 어찌나 맞았던지 이가 모두 빠져 알아들을 수 없는 소리로 웅얼거리며 욕하다 죽었다.

사마사가 곧바로 후궁으로 들어가자 조방은 황후의 말을 듣고 있었다.

"내정에 그들의 귀와 눈이 많으니 일이 새나가면 첩에게 누가 미칩니다!"

별안간 사마사가 들어와 황후는 깜짝 놀랐다. 사마사는 허리에 찬 검을 틀어쥐고 조방에게 따졌다.

"신의 아버지가 폐하를 천자로 세운 공이 주공에 못지않고, 신이 폐하를 섬기는 것이 이윤과 다를 게 무엇입니까? 그런데도 은혜를 원수로 알고 공로를 죄로 여기면서 두셋의 비열한 신하들과 모의해 신의 형제를 해치려 하니 어찌 그러십니까?"

"짐은 그런 마음이 없소."

사마사는 소매 속에서 속적삼을 꺼내 땅에 던졌다.

"이것은 누가 쓴 것입니까?"

조방은 넋이 하늘 밖으로 날아가 부들부들 떨었다.

"모두 사람들이 억압해 그리된 일이오. 짐이 어찌 감히 이런 마음을 먹겠소?"

"반란을 꾀한다고 함부로 대신을 모함하니 어떤 죄로 다스려야 합니까?"

조방은 무릎을 꿇고 사정했다.

"짐이 죄를 지었으니 대장군께서 용서해주기를 바라오!"

"폐하께서는 일어나십시오. 나라의 법은 폐할 수 없습니다."

"그 사람들은 어디 있소?"

司馬師
威逼
曹芳

乙酉春葉雄書

"세 사람은 이미 허리를 잘랐습니다!"

사마사는 장 황후를 가리켰다.

"장집의 딸이니 이치로 보아 없애야 합니다!"

조방은 엉엉 울며 용서를 빌었으나 사마사는 아랑곳하지 않고 좌우에 호령해 장 황후를 잡아 동화문 안에서 흰 비단으로 목을 졸라 죽였다.

후세 사람이 지은 시가 있다.

　저 옛날 복 황후 궁문 나갈 때

　맨발로 슬피 울며 천자와 헤어졌지

　사마사가 오늘 그 예를 따르니

　하늘이 손자에게 대갚음을 해주네

이튿날 사마사는 조정 신하들을 모두 모았다.

"임금이 음탕하고 무도해 기생과 광대나 가까이하고, 헐뜯는 말이나 믿으며 현명한 이들이 나설 길을 막으니, 그 잘못이 창읍왕보다 더하여 천하의 주인이 될 수 없소. 내가 삼가 이윤과 곽광의 법에 따라 새 황제를 세워 사직을 보전하고 천하를 편안히 하려 하니 어떠하오?"

누구도 감히 응하지 않는 사람이 없어 사마사가 신하들과 함께 영녕궁으로 들어가 아뢰니 태후가 물었다.

"대장군은 어떤 사람을 임금으로 세우려 하시오?"

"신이 보니 팽성왕 조거가 총명하고 어질어 천하의 주인이 될 만합니다."

　【조거는 조조의 아들로 나이가 40을 넘긴 중년이었다.】

◀ 사마사는 황제 앞에서 황후 끌어내다.

태후가 반대했다.

"팽성왕은 이 늙은 몸의 숙부이신데 내가 어찌 감당하겠소? 고귀향공 조모는 문황제의 손자로, 부드럽고 공손하며 자신을 억제하고 겸양할 줄 아니 임금으로 세울 만하오. 경들은 서두르지 말고 천천히 의논하오."

한 사람이 아뢰었다.

"태후 말씀이 옳습니다. 고귀향공을 세웁시다."

사람들이 보니 사마사의 삼촌 사마부였다. 사마사는 사자를 원성으로 보내 고귀향공을 부르고, 태후를 청해 태극전에 모시고 조방을 불러 꾸짖었다.

"너는 음탕하기 그지없고 기생과 광대하고나 어울리니 천하를 이어받을 수 없다. 옥새와 끈을 바치고 제왕(齊王)의 작위를 회복해야 한다. 당장 길을 떠나되 조서로 부르지 않으면 조정에 들어오지 못한다."

조방이 눈물을 흘리며 태후께 절하고 왕의 수레에 올라 통곡하며 떠나니 충성스럽고 의로운 신하 몇 사람만 눈물을 머금고 배웅했다.

고귀향공 조모는 동해정왕 조림의 아들이었다. 사마사가 태후의 명으로 불러와, 신하들이 어가를 갖추고 서액문 밖에 엎드려 절하며 맞이하자 조모가 황급히 답례해 태위 왕숙이 말했다.

"주상께서는 답례하지 마셔야 합니다."

"나도 신하인데 어찌 답례하지 않겠소?"

신하들이 부축해 연에 태워 궁궐로 들어가려 하자 조모는 또 사절했다.

"태후께서 조서로 부르셨는데 어찌하여 그러시는지 모르니 내가 어찌 감히 연을 타고 들어가오?"

걸어서 태극전에 이르니 사마사가 맞이하는데, 조모가 먼저 절하자 사마사는 급히 일으켰다. 문안 인사를 마치고 사마사가 태후 앞으로 데려갔다.

"나는 네가 어릴 적부터 제왕의 상이 있는 것을 보았다. 너는 천하의 주인이 되어 반드시 공손하고 검소하며, 덕을 펴고 늘 어질게 하여 선제를 욕되게 하지 말아야 하느니라."

조모는 거듭 겸손하게 사양했으나 사마사는 백관을 모으고 태극전으로 청해 그날로 새 황제로 세웠다. 가평 6년을 정원(正元) 원년(254년)으로 바꾸고 천하에 대사령을 내렸다.

조모는 대장군 사마사에게 금칠한 누런 도끼를 내려 황제를 대리하는 권력을 주고 여러 가지 특권을 내렸다. 일을 아뢸 때 누구도 그 이름을 부르지 않고, 조정에 들어오면 잰걸음 치지 않아도 되며, 검을 차고 궁전에 오르게 한 것이었다. 문무백관들도 각기 관직을 봉하고 물품을 내렸다.

정원 2년 정월, 보고가 들어왔다.

"진동장군 관구검과 양주 자사 문흠(文欽)이 임금을 폐한 것을 문책한다고 군사를 일으켜 옵니다."

사마사는 깜짝 놀랐다.

이야말로

한의 신하는 근왕의 뜻 지키는데
위 장수 역적토벌 군사 일으킨다

사마사는 어떻게 맞서 싸울까

110

뱀을 다 그리고 발을 덧붙이기

문앙은 혼자 강한 군사 물리치고
강유는 물 등지고 큰 적 깨뜨리다

진동장군으로 회남 군사를 거느린 양주 도독 관구검은 사마사가 마음대로 황제를 폐하고 새로 세웠다는 소식을 듣고 크게 노했다. 그의 자는 중공(仲恭)으로 하동군 문희 사람이었다. 맏아들 전(甸)이 말했다.

"아버님께서는 한 지방의 군사와 정사를 도맡으신 방백이신데, 사마사가 권력을 독단하며 임금을 폐하고 다시 세워 나라가 달걀을 쌓아 올린 듯 위험한데도 어찌 스스로 혼자만 편안히 지키려 하십니까?"

관구검의 마음에 쏙 드는 말이었다.

"내 아들 말이 옳다."

그는 양주 자사 문흠을 청했다. 전에 조상의 문객이었던 문흠은 바로 달려와서, 뒤채로 안내해 이야기하니 눈물이 그치지 않았다.

"한 지방을 다스리는 도독께서 의리를 받들어 역적을 토벌하신다면 이 흠은 목숨을 걸고 따르겠습니다. 흠의 둘째 아이 숙(淑)은 아명이 아앙(阿鴦)인데,

만 사나이도 당하지 못할 용맹이 있어서 늘 사마사 형제를 죽여 소백(조상)의 원수를 갚으려 하니 이 아이를 선봉으로 삼을 만합니다.”

관구검은 크게 기뻐 즉시 술을 땅에 쏟아 맹세를 다졌다. 두 사람은 태후의 비밀조서가 있다고 둘러대고 회남의 높고 낮은 관리와 장수, 군사들을 모두 수춘성으로 불러 서쪽에 단을 쌓고 백마를 잡아 입가에 피를 바르며 맹세했다.

‘사마사가 대역무도하여 우리가 태후의 비밀조서를 받들고 일어섰다. 태후께서는 회남 인마를 모두 일으켜 의리를 받들어 역적을 치라고 하셨다.’

사람들이 모두 기꺼이 따라 관구검은 6만 군사를 이끌고 회수를 건너 서북쪽으로 나아가 항성에 주둔하고, 문흠은 2만 군사로 밖에서 움직이며 도왔다. 관구검은 또 여러 고을에 격문을 돌려 군사를 일으키라고 명했다.

이때 사마사는 왼눈의 혹이 자꾸만 아프고 가려워 의사를 불러 째고 약으로 상처를 막았다. 며칠째 집에서 조리하는데 별안간 회남에서 급보가 와서 태위 왕숙을 청하니 그가 말했다.

“예전에 관운장의 위엄이 중화를 울릴 때, 손권이 여몽에게 형주를 습격해 차지하고 장졸들의 식솔을 구제하게 하니 관운장의 군사가 흐트러졌소. 회남 장졸들 식솔이 모두 중원에 있으니 급히 어루만져 구제하고, 군사를 보내 그들이 돌아갈 길을 끊으면 반드시 흙이 무너지는 듯한 형세가 나타날 것이오.”

“공의 말씀이 지극히 옳은데 내가 눈의 혹을 떼어 몸소 갈 수 없고, 다른 사람을 보내려고 보면 마음이 놓이지 않소.”

관직이 낮은 중서시랑 종회가 옆에서 말씀을 올렸다.

“회남 군사가 강해 기세가 날카로운데 다른 사람에게 군사를 주어 물리치게 하면 이롭지 못한 점이 많습니다. 만약 일이 생기면 대사가 그릇됩니다.”

사마사는 후닥닥 일어났다.

“내가 몸소 가지 않으면 누가 도적을 깨뜨릴 수 있으랴!”

아우 사마소에게 낙양을 지키며 정사를 도맡게 하고 앓는 몸으로 가마에 올라 동으로 나아갔다. 진동장군 제갈탄(諸葛誕)은 예주 여러 군사를 이끌고 안풍진으로 나아가 수춘을 치게 하고, 정동장군 호준은 청주 여러 군사를 거느리고 초군, 송국 땅으로 나아가 관구검 군사가 돌아갈 길을 끊게 하며, 형주자사 감군 왕기는 선두가 되어 먼저 진남 땅을 차지하게 했다.

사마사가 대군을 거느리고 양양에 주둔해 계책을 상의하니 궁문을 지키는 광록훈 정무가 주장했다.

"관구검은 일을 꾸미기는 좋아하나 결단성이 없고, 문흠은 용맹할 뿐 슬기가 없습니다. 우리 대군이 그들의 예상을 벗어나 움직이는데, 회남 군사는 기세가 한창 성하니 가볍게 맞설 수 없습니다. 참호를 깊이 파고 보루를 높이 쌓아 기세를 꺾는 것이 바람직하니 이것은 주아부의 뛰어난 계책입니다."

감군 왕기가 반대했다.

"아니 됩니다. 회남의 반란은 군사와 백성이 함께 나라를 위해 일으킨 것이 아니라 관구검의 세력에 몰려 부득이해 따랐을 뿐이니 대군이 이르면 반드시 무너집니다."

사마사가 옳게 여겨 은수로 진군해 은교에 주둔하자 왕기가 권했다.

"남돈은 군사를 주둔하기 좋은 곳이니 빨리 차지하시지요. 늦으면 관구검이 먼저 갑니다."

사마사는 왕기에게 남돈성 밑에 영채를 세우게 했다.

이때 사마사가 몸소 온다 하여 관구검이 상의하니 선봉 갈옹(葛雍)이 어서 남돈 땅을 차지하라고 권해, 군사를 일으켜 달려가는데 보고가 들어왔다.

"남돈에 누군가 이미 영채를 세웠습니다."

관구검이 나가 보니 과연 깃발이 들판에 가득하고 영채들이 정연해 대책을 찾는데 문득 정탐꾼이 달려왔다.

"오의 손준이 강을 건너 수춘을 습격하러 옵니다."

관구검은 깜짝 놀랐다.

"수춘을 잃으면 내가 어디로 돌아가겠느냐!"

그날 밤 그가 항성으로 군사를 물리자 위의 상서 부하가 사마사에게 권했다.

"관구검이 물러간 것은 오군이 수춘을 습격할까 걱정한 것입니다. 반드시 항성으로 돌아가 군사를 나누어 막고 지킬 것이니 장군께서는 한 무리 군사로 낙가성을 치고, 한 무리 군사로 항성을 치며, 한 무리 군사는 수춘을 치게 하시면 그는 물러갑니다. 연주 자사 등애가 슬기롭고 계책이 많으니 낙가를 치게 하시고 대군으로 지원하면 적을 깨뜨리기가 어렵지 않습니다."

사마사는 급히 사자를 보내 등애에게 연주 군사를 일으켜 남돈에서 멀지 않은 낙가성을 깨뜨리게 하고, 그를 만나러 갔다. 항성에서 관구검은 낙가성에 사람을 자주 보내 소식을 알아보게 하면서 군사가 올까 두려워 문흠을 청해 의논했다.

"도독께서는 걱정하지 마십시오. 나와 못난 아들 앙은 5000명 군사만 있으면 감히 낙가성을 지킬 수 있습니다."

관구검이 크게 기뻐 문흠 부자에게 5000명 군사를 이끌고 낙가로 가게 하니 선두에서 보고했다.

"낙가성 서쪽은 모두 위군인데 1만 명 남짓합니다. 중군에 흰 쇠꼬리를 단 깃발과 금칠한 도끼, 검은 해 가리개와 붉은 깃발들이 장수의 장막을 둘러싸고, 원수 '수'자를 수놓은 비단 깃발이 세워졌으니 틀림없이 사마사인데, 아직 영채를 다 세우지 못했습니다."

허리에 철편을 찬 문앙이 곁에 서 있다 선뜻 나섰다.

"그들 영채가 다 세워지지 않은 틈을 타 군사를 두 길로 나누어 들이치면 승리를 거둘 수 있습니다. 오늘 황혼에 아버지는 2500명 군사로 성의 남쪽으로 쳐 나가시고, 이 아들은 2500명 군사로 북쪽으로 쳐 나가, 한밤중에 위군 영채에서 만나기로 하시지요."

문앙은 나이 겨우 18세인데 키가 여덟 자나 되었다. 문흠이 군사를 나누니 문앙은 투구 쓰고 갑옷 입고 허리에 철편을 드리우고, 창을 들고 말에 올라 멀리 위군 영채를 향해 나아갔다.

그날 밤 사마사가 낙가에 와서 영채를 세우고 기다리는데 등애는 아직 오지 않았다. 사마사는 찢은 혹의 상처가 아파 장막 안에 누워있고 수백 명 갑옷 무사들이 호위하는데, 한밤중이 되자 별안간 영채 안에서 고함이 울리며 사람과 말이 혼란스러워졌다.

"한 무리 군사가 영채 북쪽에서 울타리를 부수고 쳐들어오는데 앞장선 장수의 용맹을 당할 수가 없습니다!"

사마사는 깜짝 놀라 속이 불에 타는 듯해 혹의 상처에서 눈알이 튀어나와 피가 땅에 뚝뚝 흘렀다. 아파 죽을 지경이었으나 군사들이 흔들릴까 두려워 이불을 꽉 물고 참으니 너무 힘을 써서 이불에 구멍이 났다. 그래도 사마사는 명령을 전하게 했다

"감히 함부로 움직이는 자는 목을 친다!"

문앙의 군사가 먼저 도착해 우르르 몰려들어 영채 안을 휘저으니 누구도 감히 맞서지 못했다. 문앙은 아버지가 어서 달려와 밖에서 호응해주기만 기다렸으나 시간이 지나도 오지 않았다. 몇 번이나 중군으로 쳐들어가다 활과 쇠뇌에 막혀 물러서는데 날이 밝을 때까지 싸우자 북쪽에서 북과 나팔이 하늘을 울려 이상하게 여겼다.

"아버님께서 남쪽으로 오시지 않고 북쪽에서 오시니 어찌 된 일이냐?"

문앙이 말을 달려가 보니 한 무리 군사가 사나운 바람처럼 달려오는데 앞장선 장수는 등애였다. 등애가 말을 달리며 칼을 가로 들고 크게 외쳤다.

"역적은 달아나지 마라!"

문앙이 크게 노해 창을 꼬나 들고 맞서서 창과 칼이 부딪치기를 50여 합이 되어도 승부가 나지 않는데 위군이 대거 밀려들어 앞뒤로 협공하니 문앙의 군사는 뿔뿔이 도망가고, 문앙 혼자 말 한 필로 위군을 헤치고 남쪽을 향해 달려갔다. 수백 명 위군 장수들이 정신을 가다듬고 말을 휘몰아 뒤를 쫓아갔다.

낙가교 부근에 이르러 거의 따라잡게 되자 문앙이 홱 말을 돌리고 버럭 호통치며 위군 장수들 속으로 쳐들어가니 철편이 언뜻언뜻하면 사람들이 분분히 말에서 떨어졌다. 장수들이 제각기 물러서자 문앙은 다시 고삐를 늦추고 천천히 갔다. 위의 장수들은 놀라움을 감추지 못했다.

"이 사람이 감히 우리 큰 무리를 물리칠 수 있을까? 힘을 합쳐 쫓아가세!"

위군의 100여 명 장수가 쫓아가자 문앙은 발끈했다.

"쥐 같은 무리가 어찌 목숨을 아끼지 않느냐!"

말을 돌려 장수들 속에 뛰어든 문앙은 철편으로 후려쳐 몇 사람을 죽이고 다시 말을 돌려 고삐를 늦추고 유유히 돌아갔다. 위의 장수들은 연이어 네댓 번 쫓아갔으나 매번 문앙 한 사람에게 쫓겨나고 말았다.

이때 문흠은 거친 산속에서 길을 잃었다가 밤을 새우며 길을 찾아 나오니 날은 훤하게 밝았는데 문앙의 군사는 어디로 갔는지 보이지 않고 크게 이긴 위군만 가득할 뿐이었다. 문흠이 싸우지도 않고 물러서자 위군이 기세를 타고 뒤를 쫓으니 문흠은 군사를 이끌고 수춘을 향해 갔다.

이때 위의 전중교위 윤대목(尹大目)은 조상의 심복이었는데 조상이 사마의에게 죽은 후 사마사를 섬기면서도 늘 그를 죽여 원수를 갚으려는 마음을 먹고 있었다. 그는 예전부터 문흠과 사이가 좋아 이번에 사마사가 눈알이 튀어나와 움직이지 못하는 것을 보고 장막에 들어가 청을 드렸다.

"문흠은 반란에 가담할 마음이 없었으나 관구검에게 억압당해 이렇게 되었

습니다. 제가 가서 설득하면 반드시 항복할 것입니다."

사마사가 말을 들어주어, 윤대목은 투구 쓰고 갑옷 입고 말에 올라 문흠을 쫓아갔다. 거의 따라잡게 되어 윤대목이 소리 높여 불렀다.

"문 자사는 윤대목을 보시오!"

문흠이 머리를 돌려보니 윤대목이 투구를 벗어 안장 앞쪽에 내려놓고 채찍으로 가리키며 물었다.

"문 자사는 어찌 며칠을 참지 못하시오?"

사마사가 곧 죽을 것을 아는 윤대목은 문흠이 가지 말기를 바라 붙잡으러 온 것이었으나 그 뜻을 모르는 문흠이 욕을 하며 활을 당겨 쏘려 하자 윤대목은 통곡하며 돌아갔다.

문흠이 군사를 이끌고 달려갔으나 수춘은 이미 제갈탄이 차지한 뒤였다. 다시 항성으로 돌아가려고 보니 호준과 왕기, 등애, 세 길 군사가 모두 도착해, 형세가 위급한 것을 알고 오의 손준에게 의지하러 갔다.

항성에서 관구검은 수춘을 잃고 문흠은 패했으며, 성 밖에 세 길로 군사가 왔다는 말을 듣고 성안 군사를 모두 이끌고 나가다 등애와 마주쳤다. 관구검이 갈옹에게 나가 싸우게 했으나 등애가 단칼에 베어 버리고 군사를 휘몰아 쳐들어왔다. 회남 군사가 크게 어지러워지는데 호준과 왕기 또한 사방에서 협공해 관구검은 10여 명 기병만 데리고 길을 뚫고 달아났다.

신현성 아래에 이르자 현령 송백이 성문을 열고 맞아들이더니 술상을 차려 대접해, 관구검이 잔뜩 취하자 머리를 베어 위군에게 바쳤다. 이렇게 회남은 평정되었다.

병이 커진 사마사는 침상에 드러누워 일어나지 못해 제갈탄을 장막으로 불러 도장과 끈을 주고, 진동대장군으로 벼슬을 높여 양주 여러 길의 사람과 말

◀ 문앙 혼자 철편으로 장수들 물리치고

을 지휘하게 하고 허도로 돌아갔다.

사마사는 눈에서 아픔이 그치지 않는데 밤마다 이풍, 장집, 하후현이 침상 앞에 서 있었다. 속이 어수선해 더 살기 어려우리라 짐작하고 낙양으로 사람을 보내 사마소를 데려오니 그가 울며 침상 밑에 엎드렸다.

"내가 지금 권력이 무거워 어깨에서 내려놓으려 해도 아니 된다. 네가 나를 따라 뒤를 잇되 대사를 절대로 경솔하게 남에게 부탁하지 마라. 남에게 넘겨주면 스스로 멸족의 화를 부를 것이다."

대장군 도장과 끈을 사마소에게 넘겨주는데 얼굴에 눈물이 가득 흘렀다. 사마소가 급히 무슨 말을 물어보려고 하는데 사마사는 '으악!' 소리치더니 눈알이 튀어나오며 죽었다. 때는 정원 2년 2월이었다.

사마소가 부고를 널리 알리고 위주 조모에게 아뢰니 조모는 조서를 내려 사마소에게 잠시 허도에 주둔하며 오를 막으라고 명했다. 사마소가 머뭇거리며 결정하지 못하자 종회가 충고했다.

"대장군께서 방금 돌아가시어 인심이 아직 정해지지 않았는데 장군께서 여기 머무르시다 만에 하나라도 조정에서 변화가 일어나면 후회한들 무슨 소용이 있겠습니까?"

사마소는 그 말에 따라 즉시 군사를 일으켜 낙양으로 돌아가 낙수 남쪽에 주둔했다. 조모가 소식을 듣고 놀라자 태위 왕숙이 아뢰었다.

"사마소가 대권을 잡았으니 폐하께서는 작위를 봉해 안정시키시지요."

조모가 조서를 내려 사마소를 대장군으로 봉하고 상서 일을 도맡아보게 하니 이때부터 조정 안팎의 크고 작은 일들은 모두 사마소에 의해 결정되었다.

서촉에서 이 일을 알고 강유가 후주에게 아뢰었다.

"사마사가 죽고 사마소가 처음 무거운 권력을 잡아 감히 함부로 낙양을 떠나지 못하니 이 틈을 타서 위를 정벌해 중원을 회복하기를 청합니다."

후주의 명을 받고 강유가 한중에 돌아와 군사를 정돈하자 정서대장군 장익이 말렸다.

"촉은 땅이 좁아서 물자와 식량이 적어 원정에 바람직하지 않소. 험한 지세를 차지하고 얻은 바를 지키면서 군사를 동정하고 백성을 아끼면 이것이 나라를 지키는 계책이오."

강유는 생각이 달랐다.

"그렇지 않소. 옛날 제갈 승상께서는 초가를 나오시기 전에 이미 천하가 셋으로 나누어질 것을 아셨으면서도 여섯 번이나 기산을 나가시어 중원을 공략하셨소. 그런데 불행히도 중도에 돌아가시어 공업이 이루어지지 못했소. 내가 승상의 유명을 받았으니 충성을 다해 뜻을 이어야 하거늘, 위에 틈탈 기회가 생겼을 때 정벌하지 않고 언제까지 기다리겠소?"

하후패가 찬성했다.

"장군 말씀이 맞습니다. 먼저 발 빠른 기병들을 데리고 포한으로 나가시지요. 조서와 남안을 얻으면 여러 군은 그냥 들어옵니다."

장익이 생각하는 바가 있어 계책을 내놓았다.

"전에 이기지 못하고 돌아온 것은 군사가 너무 늦게 나갔기 때문이오. 병법에는 '상대가 방비하지 않는 곳을 치고, 예상을 벗어나 행동한다' 했소. 재빨리 진군해 위군이 방비하지 못하게 하면 반드시 승리를 거둘 수 있소."

강유는 5만 군사를 이끌고 포한을 향해 떠났다. 조수에 이르니 옹주 자사 왕경이 군사 7만을 일으켜 마주 나왔다. 강유가 장익과 하후패에게 계책을 주어 먼저 보내고, 조수를 등지고 진을 벌이자 왕경이 진 앞에 나왔다.

"위와 오, 촉은 이미 솥발처럼 갈라진 형세를 이루었는데도 네가 여러 번 침범하니 어찌 그러느냐?"

"사마사가 까닭 없이 황제를 폐하니 이치로 보아 이웃 나라에서 죄를 물어야 하는데, 하물며 원수진 나라는 더 말해 무엇하겠느냐?"

왕경은 자기를 따르는 네 장수를 돌아보았다.

"촉군이 물을 등지고 진을 쳤으니 패하면 모두 물에 빠진다. 강유는 날쌔고 용맹하니 너희 넷이 함께 나가 싸워라. 그가 물러서면 바로 쫓아가라."

네 장수가 달려가자 강유는 몇 번 어울리다 진으로 돌아갔다. 왕경이 군사를 휘몰아 기세 좋게 쫓아가니 강유는 군사를 이끌고 조수를 향해 달려가 물에 거의 이르자 장졸들에게 외쳤다.

"바로 앞이 물이라 위급하다! 장수들은 어찌하여 힘을 내지 않느냐?"

장수들이 일제히 힘을 떨쳐 돌아서서 무찔러 위군은 크게 패했다. 이때 위군 뒤로 돌아간 장익과 하후패가 두 길로 나뉘어 에워싸자 강유가 위풍을 떨쳐 위군 속으로 뛰어들었다. 위군은 크게 어지러워져 제 편끼리 짓밟고, 조수에 빠진 자는 숫자를 헤아릴 수 없었다.

촉군이 적의 머리 1만여 개를 베니 몇 리에 걸쳐 시체가 쌓였다. 왕경은 패잔군 100여 명을 이끌고 포위를 뚫어 적도성으로 달려 들어가 문을 걸고 나오지 않았다. 크게 이긴 강유가 술과 음식으로 군사를 위로하고 바로 진군해 적도성을 공격하려 하자 장익이 또 말렸다.

"장군은 공적을 이미 이루었고 위엄도 크게 떨쳤으니 여기서 그쳐도 되겠소. 지금 전진하다 일이 뜻대로 되지 않으면 말 그대로 '뱀을 그리고 발을 덧붙이기[畫蛇添足화사첨족=蛇足사족]'가 되고 마오."

"그렇지 않소. 이전에는 싸움에 지고도 앞으로 달려가 중원을 가로세로 누비려 했거늘 오늘 조수의 한 번 싸움으로 위군 간담이 서늘해졌으니 적도성을 얻기는 식은 죽 먹기요. 공연히 자기편 뜻을 꺾지 마시오."

장익이 계속 말렸으나 강유는 듣지 않고 군사를 몰아 적도성을 치러 갔다.

이때 옹주에서 정서장군 진태가 군사를 일으켜 왕경이 패한 원수를 갚으려 하는데 갑자기 연주 자사 등애가 군사를 이끌고 왔다.

"대장군 명령을 받들고 장군을 도와 적을 깨뜨리러 왔습니다."

진태가 계책을 물어 등애가 대답했다.

"조수에서 촉군이 이기고 강인 무리를 불러 동쪽으로 관롱을 치면서 네 군에 격문을 돌리면 큰 우환이 됩니다. 촉군이 그렇게 하지 않고 적도성을 공격하려 하는데, 그 성은 벽이 튼튼해 급히 깨기 어려우니 헛되이 힘만 뺄 뿐입니다. 우리가 항령에 군사를 벌려 진군하면 촉군은 반드시 집니다."

"참으로 묘책이오!"

진태가 감탄하고 군사를 20대로 나누었다. 한 대는 50명씩이고 전부 깃발과 북, 나팔, 봉화 따위를 지니고 낮에는 숨고 밤에 길을 걸어 적도성 동남쪽 높은 산과 깊은 골짜기에 매복하게 했다. 촉군이 오면 일제히 북을 두드리고 나팔을 불고, 밤이면 불을 들고 포를 터뜨려 적을 놀라게 하기로 했다. 군사들을 먼저 보내고 진태와 등애는 각기 2만 군사를 이끌고 뒤이어 떠났다.

강유는 여덟 방향으로 적도성을 에워싸고 며칠을 공격해도 조금도 끄떡없어 답답했으나 다른 계책이 없는데 황혼 무렵, 유성마가 연거푸 달려와 보고했다.

"군사가 두 길로 오는데 깃발에 큰 글자로 분명히 썼습니다. 한 길은 정서장군 진태이고 다른 길은 연주 자사 등애입니다."

강유가 깜짝 놀라 하후패를 청하니 그가 말했다.

"내가 전에 장군에게 말씀드린 적이 있지요. 등애는 어릴 적부터 병법에 밝고 지리를 잘 아는데, 군사를 이끌고 왔으니 아주 강한 적수입니다."

강유는 그래도 자신만만했다.

"그쪽 군사가 먼 길을 왔으니 발붙일 틈을 주지 않고 치겠소."

강유는 장익을 남겨 성을 치게 하고, 하후패에게 진태를 맞이하게 하며, 자신은 등애를 맞으러 갔다.

5리도 가지 못해 동남쪽에서 포 소리가 '탕!' 터지더니 북과 나팔이 땅을 울리고 불빛이 하늘로 솟구쳤다. 강유가 말을 달려가는데 일대가 온통 위군 깃발이라 깜짝 놀랐다.

"등애의 계책에 걸렸구나!"

곧 명령을 전해 하후패와 장익에게 적도를 버리고 물러서게 하여 촉군은 모두 한중으로 돌아갔다. 강유가 몸소 뒤를 막는데 등 뒤에서 북소리가 그치지 않았다. 강유는 검각까지 물러가서야 20곳 불길과 북소리가 짐짓 기세를 올리는 것이었음을 알게 되었다.

다시 군사를 이끌고 돌아서려 했으나 장졸들은 모두 집으로 돌아가고 싶은 마음이 굴뚝같았다. 강유도 마음을 가라앉히고 회군해 군사를 잃지 않고 종제성으로 물러가 주둔했다.

후주는 강유가 조수에서 이긴 공로를 칭찬해 조서를 내려 대장군으로 봉했다. 강유는 벼슬을 받고 표문을 올려 은혜에 감사를 드린 뒤 또다시 나아가 위를 정벌할 계책을 상의했다.

이야말로

성공하면 뱀에 발 덧붙일 것 없는데
적 토벌해 호랑이 위풍 떨치려 하네

이번 북벌은 어떻게 될까?

111

무너지는 나라 떠받치는 충신

등사재는 지혜로 강백약 이기고
제갈탄은 의리로 사마소를 치다

강유는 종제로 군사를 물리고, 위군은 적도성 밖에 주둔했다. 왕경은 진태와 등애를 성안으로 맞이해 포위를 풀어준 것에 감사하며 잔치를 베풀고 삼군에 상을 내렸다.

진태가 등애의 공로를 위주에게 자세히 아뢰어, 조모는 안서장군으로 봉하고 절을 얻어 쓰게 하며 호동강교위를 겸하게 했다. 등애를 진태와 함께 옹주, 양주에 주둔시키려는 것이었다. 진태가 술상을 차려 축하했다.

"강유가 힘이 다했으니 감히 다시 나오지 못할 것이오."

등애는 빙그레 웃었다.

"촉군은 반드시 다시 나올 것이며 그 까닭을 다섯 가지로 헤아립니다."

진태가 묻자 등애가 하나하나 설명했다.

"촉군은 물러섰으나 아직도 한 번 이긴 기세를 타고 있고, 아군은 약해서 패한 사실이 있으니 첫 번째 까닭입니다. 촉군은 공명이 가르치고 훈련한 정예들이라 장수들이 다루기 쉬운데, 아군은 장수들이 수시로 바뀌고 군사는 훈련에 익숙하지 못하니 두 번째 까닭입니다. 촉군은 배를 타는 경우가 많은데, 아군은 모두 땅에 있어 수고로움과 편안함이 다르니 세 번째 까닭입니다. 적도와 농서, 남안, 기산의 네 곳은 모두 지키거나 싸우는 곳으로 촉군이 어느 곳을 공격하든 아군은 군사를 나누어 막아야 하는데, 촉군은 뭉쳐진 한 덩어리로 우리의 흩어진 네 덩어리를 당하니 네 번째 까닭입니다. 촉군은 남안과 농서로 나오면 강인들 곡식을 가져다 먹고, 기산으로 나오면 밀을 먹을 수 있으니 다섯 번째 까닭입니다."

진태는 탄복했다.

"공이 이처럼 귀신같이 헤아리니 적을 걱정할 게 무어요?"

진태와 등애는 나이를 따지지 않고 평등한 친구로 사귀는, 이른바 망년교(忘年交)가 되었다. 등애는 날마다 옹주, 양주 군사를 훈련하고 여러 요충에 영채를 세워 뜻밖의 변화에 대비했다.

강유가 종제에서 잔치를 베풀고 위를 정벌할 일을 의논하니 영사 번건이 충고했다.

"장군은 여러 번 나아가면서 완전한 공은 이루지 못하셨으나 조수의 승리로 위엄 가득한 명성을 드러내셨는데 어찌 또 나아가려 하십니까? 만에 하나 이롭지 않으면 앞의 노력이 헛수고가 됩니다."

"그대들은 위가 땅이 넓고 사람이 많아 급히 얻을 수 없다는 것만 알지, 위를 쳐서 이길 수 있는 이유가 다섯 가지인 줄은 모르네."

장수들이 이유가 무엇인지 물어 강유가 일일이 밝혔다.

"그들은 조수에서 패해 기세가 꺾였는데 아군은 물러섰으나 손실을 보지 않았으니 첫 번째 이유일세. 아군은 배에 타고 나아가서 지치지 않는데 그들은 모두 땅으로 나와서 지치니 두 번째 이유일세. 아군은 오랫동안 훈련을 거쳤는데 그들은 다 까마귀같이 모인 무리라 법도가 없으니 세 번째 이유일세. 아군은 기산으로 나아가면 가을 곡식을 먹으니 네 번째 이유일세. 그들은 반드시 나뉘어 지켜야 하므로 힘이 분산되는데 아군은 한 군데로 나아가니 다섯 번째 이유일세. 이때 위를 정벌하지 않고 어느 날까지 기다리겠는가?"

하후패가 걱정했다.

"등애는 나이가 어리나 꾀가 깊고 멀리 내다보는 눈이 있는데 안서장군에 봉해졌으니 반드시 여러 곳에서 준비를 게을리하지 않아 예전과는 다를 것입니다."

강유가 날카롭게 외쳤다.

"내가 어찌 그를 무서워하겠소! 공은 남의 기세를 키워주고 자기편 위풍을 깎지 마오! 내 뜻은 이미 정해졌으니 반드시 먼저 농서를 차지하겠소!"

사람들은 감히 말리지 못했다. 강유가 직접 선두를 거느리고 종제성을 나가 기산으로 달려가자 앞에서 보고했다.

"위군이 이미 기산에 영채 아홉 개를 세웠습니다."

강유가 놀라 높은 곳에 올라 바라보니 과연 영채 아홉 개가 기다란 뱀처럼 구불구불 뻗었는데 머리와 꼬리가 서로 돌보았다. 강유는 좌우를 돌아보았다.

"하후패 말이 거짓이 아닐세. 이 영채들은 형세가 절묘해 스승 제갈 승상만이 만들 수 있었는데, 등애가 만든 걸 보니 스승에 못지않네."

영채로 돌아가 장수들을 불렀다.

"위에서는 반드시 내가 온 것을 알 걸세. 나는 등애가 분명 여기 있으리라 짐작하니 거짓으로 내 깃발을 세우고 골짜기 어귀를 차지해 영채를 세우게. 날마다 100여 명 기병을 내보내 순찰하되, 한 번 나갔다 돌아오면 갑옷과 깃발을 바꾸며 깃발은 청·황·적·백·흑의 오방기를 번갈아 사용하게. 나는 대군을 이끌고 가만히 동정으로 나아가 곧장 남안을 치러 가겠네."

장수 포소를 남겨 기산 골짜기 어귀에 주둔하게 하고 강유는 대군을 이끌고 남안을 향해 나아갔다.

  등애는 촉군이 기산으로 나오는 것을 알고 진태와 함께 일찍 영채를 세웠는데, 촉군은 며칠이나 싸움을 걸지 않고 하루에 다섯 번씩 정탐꾼만 나와 10리씩 순찰하다 돌아갔다. 등애가 높은 곳에 올라 한참 바라보다 황급히 장막으로 들어가 진태에게 설명했다.

  "강유는 여기 없습니다. 반드시 동정을 차지하고 남안을 치러 갔습니다. 영채에서 나와 순찰하는 말은 몇 필뿐이고 군사들이 갑옷을 갈아입으며 오가는데 말들이 죄다 지쳤습니다. 그들을 거느린 장수는 하찮은 자이니 장군께서 군사를 이끌고 가시면 영채를 깨뜨릴 수 있습니다. 그런 뒤에 동정 길을 막아 강유의 뒤를 끊으십시오. 저는 먼저 남안을 구원하러 가서 곧장 무성산을 손에 넣겠습니다. 제가 먼저 산꼭대기를 점령하면 강유는 반드시 상규를 칠 것입니다. 상규에 단곡이라는 골짜기가 있는데 땅이 좁고 산이 험해 매복하기 좋지요. 그들이 무성산을 빼앗으러 오면 두 무리 군사를 단곡에 매복시켜 깨뜨리겠습니다."

  진태가 감탄했다.

  "내가 농서를 지킨 지 30여 년이 되건만 지리에 이처럼 밝지 못한데 공의 말은 그야말로 신묘한 헤아림이오! 공은 어서 가시오. 내가 여기서 영채를 치겠소."

  등애는 평소의 두 배로 속도를 늘려 밤낮으로 달려 무성산에 이르러 영채를 다 세웠는데도 촉군은 오지 않았다. 아들 등충과 장전교위 사찬에게 각기 5000명 군사를 주어 단곡에 가서 매복하게 하고, 군사들에게 깃발을 눕히고 북을 울리지 말며 가만히 촉군을 기다리게 했다.

  ◀ 강유는 높은 곳에서 아홉 영채 돌아봐

동정에서 남안을 향해 오던 강유가 무성산 앞에 이르러 하후패에게 말했다.

"남안에 가까운 무성산을 얻으면 남안의 기세를 꺾을 수 있소. 등애가 먼저 차지하지 않았나 두려우니 미리 방비해야 하겠소."

별안간 산 위에서 포와 고함이 요란하게 터지며 북과 나팔이 일제히 울리고 곳곳에 깃대가 세워지는데 모두 위군이었다. 가운데에서 바람 따라 휘날리는 누런 깃발에 '등애'라고 큼직하게 쓰여 있어 촉군은 깜짝 놀랐다. 산 위에서 몇 갈래로 정예 군사들이 쳐내려오는데 그 기세를 도저히 감당할 수 없었다.

촉의 선두가 크게 패해 강유가 급히 중군을 거느리고 달려가 보니 위군은 이미 물러간 뒤였다. 강유가 무성산 아래로 달려가 싸움을 걸었으나 산 위에서는 내려오지 않았다. 산으로 달려 올라가려 했으나 포로 쏘는 돌이 쏟아져 나아갈 수 없었다.

밤중까지 지키다 돌아가려 하자 산 위에서 또 북과 나팔이 요란하게 울려 강유는 군사를 산 아래로 옮겼다. 나무와 돌을 날라 기둥을 세우고 영채를 만들려 하는데 산 위에서 또 소리를 울리며 위군이 갑자기 닥치니 촉군은 크게 어지러워 원래의 낡은 영채로 물러갔다.

이튿날 강유가 군량과 말먹이 풀 수레를 무성산으로 옮겨 울타리로 삼아 영채를 세우고 주둔하려 하는데, 밤에 등애가 500명 군사를 보내 횃불을 들고 두 길로 산을 내려가 수레를 불태우니 촉군은 또 영채를 세우지 못했다. 강유는 다시 군사를 20리 물리고 하후패와 의논했다.

"남안을 얻지 못하니 먼저 상규를 쳐야겠소. 상규는 남안의 식량을 쌓아둔 곳이라 그곳을 얻으면 남안은 자연히 위태로워지오."

하후패를 무성산에 주둔시키고 강유는 정예 군사와 용맹한 장수들을 이끌고 곧바로 상규를 치러 갔다. 하룻밤 행군해 날이 밝아올 때 보니 산세가 험준하고 길이 울퉁불퉁했다.

"이곳 이름이 무엇이냐?"

"단곡입니다."

강유는 깜짝 놀랐다.

"그 이름이 아름답지 못하다. 끊어지는 골짜기[斷谷단곡]가 아니냐? 누가 골짜기 어귀를 끊으면 우리는 어찌하느냐?"

주저하는데 선두에서 달려와 보고했다.

"산 뒤에서 먼지가 뽀얗게 이는 것으로 보아 매복한 군사가 있습니다."

강유가 급히 퇴군하라고 명하자 사찬과 등충, 두 무리 군사가 달려 나왔다. 강유가 싸우면서 달아나는데 앞에서 고함도 요란하게 등애가 군사를 이끌고 달려와 세 길로 협공해 촉군은 크게 패했다. 다행히 하후패가 달려와 위군은 물러섰다. 강유가 다시 기산으로 가려고 하니 하후패가 알려주었다.

"기산 영채는 진태가 이미 깨뜨려 포소는 싸우다 죽고 사람과 말은 모두 한중으로 물러갔습니다."

강유가 감히 동정으로 가지 못하고 산속 외진 오솔길을 찾아 돌아가자 등애가 쫓아왔다. 강유가 직접 뒤를 막으며 가는데, 산속에서 한 무리 위군이 뛰어나오니 앞장선 대장은 진태였다. 위군이 소리를 지르며 에워싸자 강유는 사람과 말이 지쳐 포위를 뚫을 수 없었다.

소식을 듣고 장억이 수백 명 기병을 이끌고 겹겹의 포위 속으로 뛰어들어 강유를 구했으나 자신은 어지러운 화살에 맞아 죽고 말았다. 힘겹게 포위를 벗어나 한중으로 돌아온 강유는 장억의 충성과 용맹에 감동해 표문을 올려 그 자손에게 식읍을 봉하게 했다.

이번 싸움에서 촉군 장졸들이 많이 죽었는데 모두 강유의 죄로 인정되었다. 강유는 제갈무후가 가정 싸움 후에 자신의 벼슬을 깎은 옛 예를 본받아 표문을 올려 후장군으로 벼슬을 낮추고 대장군 일을 대리했다.

등애는 촉군이 물러간 것을 알고 진태와 잔치를 베풀어 축하하며 삼군에 큰 상을 내렸다. 진태가 조정에 표문을 올려 등애의 공을 알리니 사마소는 사자를 보내 등애의 벼슬과 작위를 높이고 도장과 끈을 내리며 그 아들 등충을 정후로 봉했다.

정원 3년(256년), 위주 조모는 연호를 바꾸어 감로(甘露) 원년으로 고쳤다. 사마소는 스스로 나라 안의 군사를 모두 거느리는 천하병마대도독이 되어 드나들 때 철갑옷을 입은 용맹한 장수 3000명이 앞뒤로 둘러싸고 호위하게 했다. 모든 일은 조정에 아뢰지 않고 승상부에서 결정했으니, 이때부터 황제 자리를 빼앗을 마음을 품었다.

이런 사마소에게 심복이 하나 있어 성은 가(賈)에 이름은 충(充)인데, 자는 공려(公閭)로 세상을 떠난 건위장군 가규의 아들이었다. 사마소의 대장군부에서 장사로 있는 그가 말했다.

"지금 주공께서 대권을 잡으셨는데, 아직 사방 인심이 안정되지 않았으니 잠시 가만히 알아본 뒤에 천천히 대사를 꾀하셔야 합니다."

"내가 바로 그렇게 하려 하네. 자네가 나를 위해 동쪽으로 가서 출정한 장졸들을 위로한다는 명목으로 인심을 알아보게."

가충은 곧장 회남으로 가서 진동대장군 제갈탄을 찾았다. 제갈탄의 자는 공휴(公休)이니 낭야군 남양 사람으로 무향후 제갈량의 집안 아우였다. 이전부터 위를 섬겼으나 제갈량이 촉에서 승상으로 있어 중용되지 못하다가 그가 세상을 떠난 뒤에야 무거운 직책을 맡아 고평후에 봉해지고 회수 남북 군마를 총지휘했다. 제갈탄이 잔치를 베풀어 차츰 술기운이 오르자 가충이 말로 그를 건드렸다.

"낙양의 여러 현인은 천자께서 나약하시어 임금감이 아니라고 합니다. 사마 대장군은 삼대째 나라를 보좌하시어 공덕이 하늘에 차고 넘쳐 위의 황제 자리를 선양 받을 만하다고 하는데 장군 뜻은 어떠하신지요?"

제갈탄은 크게 노했다.

"자네는 가 예주(가규는 예주 자사였음)의 아들로 대대로 위의 녹을 먹었거늘 어찌 감히 그따위 허튼소리를 하는가?"

가충은 얼른 잘못을 빌었다.

"저는 다른 사람 말을 전해드릴 뿐입니다."

"조정에 난이 있으면 나는 죽음으로써 보답하겠네!"

제갈탄이 딱 자르자 가충은 입을 다물었다.

이튿날 낙양으로 돌아온 가충이 자세히 이야기하니 사마소는 크게 노했다.

"쥐 같은 무리가 어찌 감히 이러느냐!"

"제갈탄은 회남 인심을 많이 얻어, 뒷날 우환이 되니 속히 제거하셔야 합니다."

가충이 충동질해 사마소는 가만히 양주 자사 악침에게 밀서를 보내고, 천자의 조서로 제갈탄을 불러 사공 벼슬을 내리겠다고 했다. 제갈탄은 벌써 가충이 고발했음을 알고 천자의 사자를 다그쳐 사연을 알아냈다.

"사마 장군이 양주로 사람을 보내 밀서를 전했습니다."

제갈탄은 노해 사자를 베고 군사 1000명을 일으켜 양주로 달려갔다. 남문 앞에 이르니 성문은 이미 닫히고 조교도 올라가, 문을 열라고 소리쳤으나 대답하지 않았다. 제갈탄은 화가 머리끝까지 치밀었다.

"악침, 이 하찮은 녀석이 어찌 감히 이렇게 구느냐!"

장졸들에게 명해 10여 명 날쌘 기병들이 몸을 날려 성벽 위로 올라가 지키는 군사를 쫓고 성문을 활짝 여니 제갈탄은 군사를 이끌고 들어가 불을 지르며 악침의 집으로 달려갔다. 악침이 황급히 누각으로 피해 올라가자 제갈탄

諸葛誕殺死樂綝

이 검을 들고 따라 올라가 크게 호통쳤다.

"네 아버지 악진이 위의 큰 은혜를 입었는데 보답할 생각은 않고, 오히려 사마소에게 순종하느냐?"

그가 미처 대답하기 전에 제갈탄의 손이 번득이니 악침은 이미 이 세상 사람이 아니었다.

제갈탄은 사마소의 죄를 고발하는 표문을 지어 조정에 올리고, 양회에서 농사짓는 10여만 가구를 모으고 또 양주에서 새로 항복한 군사 4만여 명을 거두어 말먹이 풀을 쌓고 식량을 저장하며 군사를 일으킬 채비를 했다. 장사 오강을 보내 아들 제갈정을 오로 데려가 인질로 삼게 하고 구원을 요청했다. 오와 군사를 합쳐 사마소를 토벌할 결심이었다.

이때 오의 승상 손준은 병에 걸려 죽고 사촌 동생 손침(孫綝)이 정사를 보좌하는데, 그의 자는 자통(子通)으로 사람됨이 포학해 대사마 등윤과 장군 여거, 왕돈 같은 사람들을 죽이고 권력을 한 손에 틀어쥐었다. 오주 손량은 총명하지만 어찌할 방법이 없었다. 이런 사정을 아는 오강은 제갈정을 데리고 석두성으로 들어가 먼저 손침을 찾았다.

"제갈탄은 촉한 제갈무후의 집안 아우입니다. 전부터 위를 섬기다 사마소가 임금을 업신여기고 천자를 속이며, 황제를 폐하고 권력을 농간하는 것을 보고 군사를 일으켜 치려 하는데, 힘이 부족해 특히 오의 구원을 청합니다. 아들을 볼모로 잡히고 엎드려 바라오니 군사를 보내 도와주십시오."

손침이 청을 들어주어 대장 전역과 전단이 주장이 되고, 우전이 후대가 되며, 주이(朱異)와 당자가 선봉으로 나서고, 문흠이 길잡이가 되어 7만 군사를 일으켜 나아갔다. 오강이 수춘으로 돌아와 보고하자 제갈탄은 크게 기뻐 군사를 배치하며 싸움을 준비했다.

◀ 제갈탄은 순식간에 악침을 찌르고

이때 제갈탄의 표문이 조정에 이르자 사마소가 크게 노해 몸소 회남으로 가서 토벌하려 하니 가충이 충고했다.

"주공께서는 부친과 형님의 기업을 이어받으시고 아직 은덕이 천하에 펴지지 못했는데, 천자를 버리고 가셨다가 변이 생기면 후회하셔도 늦습니다. 태후와 천자께 아뢰어 함께 출정하셔야 만에 하나도 근심이 없습니다."

사마소는 궁중에 들어가 태후에게 아뢰었다.

"제갈탄이 반란을 일으켜 신과 문무 관원들이 이미 의논을 마쳤으니 태후와 천자께서는 어가로 친히 정벌하시어 선제의 유지를 이으시기 바랍니다."

겁을 먹은 태후는 그 말에 따를 수밖에 없었으나 조모는 거절했다.

"대장군이 군사를 총지휘하는데 굳이 과인이 갈 게 뭐 있소?"

"그렇지 않습니다. 옛날 무조께서는 천하를 가로세로 누비셨고, 문제와 명제(조예)께서는 우주를 감싸실 마음과 팔방의 머나먼 곳들을 삼키실 뜻이 있어 큰 적을 만나면 친히 나아가셨습니다. 폐하께서는 선대 황제들의 아름다운 덕을 따라 옛날부터 내려온 도적을 없애서야 하거늘 어찌 두려워하십니까?"

【'우주를 감쌀 마음과 팔방의 머나먼 곳들을 삼킬 뜻'은 다름 아닌 천하를 통일하려는 야망이다.】

조모가 위엄에 눌려 마지못해 응하니 사마소는 조서를 내려 낙양과 장안의 군사 26만을 전부 일으켰다. 진남장군 왕기를 선봉, 안동장군 진건을 부선봉으로 삼고, 감군 석포가 좌군을 거느리고 연주 자사 주태가 우군을 이끌어, 대군은 황제 행차를 호위해 물밀듯 회남으로 달려갔다.

회남에 이르자 오의 선봉 주이가 먼저 위군을 맞이해, 왕기가 말을 달려나가니 세 합도 싸우지 않아 달아나고, 다시 당자가 말을 달려 나왔으나 역시 크게 패해 도망쳤다. 왕기가 군사를 휘몰아치니 오군은 크게 혼란스러워 50

리를 물러가 영채를 세웠다.

　제갈탄이 소식을 듣고 자신의 정예 군사에 문흠과 그의 두 아들 문앙, 문호
가 거느린 수만 명 강한 군사까지 합쳐 싸우러 왔다.

이야말로

오의 군사 예기 꺾이자
위의 강한 장수 오누나

승부는 어떻게 가려질까?

112

강유, 중원 정벌은 그림의 떡

수춘 구하다 우전은 절개 지켜 죽고
장성 치면서 백약은 격전을 벌이다

사마소는 제갈탄이 오군과 연합해 결전을 벌이러 온다고 하자 산기상시 배수와 황문시랑 종회를 불렀다. 종회가 계책을 올렸다.

"오가 제갈탄을 돕는 것은 이익 때문이니 우리가 꾀면 이길 수 있습니다."

사마소는 석포와 주태를 석두산 아래에 매복하고, 왕기와 진건은 정예를 거느리고 뒤에 서게 하며, 편장 성쉬에게 수만 명 군사로 적을 끌어오게 했다. 군사들에게 줄 상품을 수레와 소, 말, 나귀, 노새에 실어서 진에 모아두었다가 적이 오면 모두 길에 내놓게 했다.

문흠과 주이를 양쪽에 세운 제갈탄이 적진을 바라보니 사람과 말이 정연하지 못해 곧바로 군사를 휘몰아 나아갔다. 성쉬가 바로 달아나 뒤를 쫓아가니 위군이 물건을 실은 수레와 가축들을 길에 가득 내놓아 군사들은 그것을 빼앗느라 싸울 마음이 없었다.

그러자 포 소리가 '탕!' 울리며 군사들이 두 길로 달려 나오니 장수는 석포와 주태였다. 제갈탄이 놀라 급히 물러서려 하는데 어느새 앞에서 왕기와 진건의 정예가 들이닥치고, 뒤에서 사마소가 직접 군사를 이끌고 달려왔다. 제갈탄은 크게 패해 수춘으로 들어가 문을 닫아걸고 사마소는 네 방향으로 성을 에워쌌다. 이때 오군은 안풍현으로 물러가고, 위주의 행차는 항성에 머물렀다.

종회가 또 계책을 올렸다.

"제갈탄이 패하기는 했으나 수춘성 안에 군량과 말먹이 풀이 많고 오군이 안풍에 주둔해 기각지세를 이루었습니다. 아군이 성을 포위했는데 천천히 치면 굳게 지킬 것이고 급히 몰아대면 죽기로써 싸울 것입니다. 그 기세를 타고 오군이 안팎으로 협공하면 아군에게 불리합니다. 세 방향으로 공격하면서 남문 쪽 큰길을 열어두어 적이 달아나게 하는 것이 좋습니다. 달아날 때 치면 완전히 이길 수 있습니다. 오군은 먼 길을 와서 식량이 따르지 못하니 아군이 가벼운 기병으로 뒤를 공격하면 싸우지 않고도 깨뜨릴 수 있습니다."

사마소는 종회의 등을 두드리며 칭찬했다.

"그대는 정말 나의 자방(장량)일세!"

사마소는 왕기에게 명해 남문 쪽 군사를 물렸다.

이때 오군이 안풍에 주둔하는데 손침이 주이를 불러 나무랐다.

"한낱 수춘성도 구하지 못하고 어찌 중원을 삼키겠느냐? 앞으로 다시 이기지 못하면 목을 치겠다!"

주이가 영채로 돌아와 장수들과 의논하자 우전이 나섰다.

"수춘성 남문이 뚫려 있으니 제가 군사 한 대를 이끌고 들어가 제갈탄을 도와 성을 지키겠습니다. 장군께서 위군에게 싸움을 거실 때 성에서 쳐 나와 협공하면 깨뜨릴 수 있습니다."

주이가 그 말을 옳게 여기자 전역과 전단, 문흠을 비롯한 장수들이 모두 성안에 들어가겠다고 나서서 우전과 함께 1만 명 군사를 이끌고 남문으로 들어갔다. 위군이 사마소의 명령을 받지 못해 바로 막지 않고 나중에 보고하자 사마소는 오군의 속셈을 꿰뚫어 보았다.

"주이와 함께 안팎으로 협공해 아군을 깨뜨리려는 것이다."

사마소는 왕기와 진건을 불렀다.

"각기 5000명 군사를 이끌고 가서 주이의 길을 끊고, 뒤에서 쳐라."

주이가 군사를 이끌고 오는데 고함이 울리며 왕기와 진건이 앞뒤로 쳐나와 오군은 크게 패했다. 주이가 영채로 돌아가자 손침은 매우 노했다.

"너같이 거듭 패하는 장수를 어디에 쓰겠느냐?"

주이를 끌어내 목을 치게 하고 전단의 아들 전위를 꾸짖었다.

"위군을 물리치지 못하면 너희 부자는 나를 보러 오지 마라!"

그리고는 곧바로 건업으로 돌아가 버렸다.

이때 종회가 사마소에게 권했다.

"손침이 물러가 바깥에 구원병이 없으니 성을 칠 만합니다."

사마소가 군사를 재촉해 성을 에워싸자 전위는 군사를 이끌고 수춘에 들어가려 했으나 위군 세력이 너무 커 어쩔 수 없이 항복했다. 사마소가 벼슬을 높여 편장군에 임명하니 전위는 은덕에 감격해 아버지 전단과 삼촌 전역에게, 손침이 어질지 못하니 위에 항복하는 것이 좋겠다는 글을 써서 성안으로 쏘아 보냈다. 전위의 글을 받은 전역은 전단과 함께 수천 명 군사를 이끌고 성을 나와 항복했다.

성안에서 제갈탄이 답답해하자 모사 장반과 초이가 제안했다.

"성안에 식량이 적고 군사가 많아 오래 지킬 수 없습니다. 무리를 이끌고 위군과 죽기로써 한 판 결전을 벌이시지요."

제갈탄은 크게 노했다.

"나는 지키려 하는데 너희는 싸우려 하니 혹시 다른 마음을 품은 게 아니냐? 다시 더 말하면 목을 치겠다!"

두 사람은 하늘을 우러러 길게 탄식했다.

"제갈탄이 곧 망하겠구나. 우리는 일찍 항복해 죽음이나 면하는 게 좋겠다!"

그날 밤 두 사람이 성을 넘어 위군에 항복하니 사마소가 중용했다. 성안에서는 싸우고 싶어도 감히 싸우자는 말을 꺼내지 못했다.

성 밖에서 위군이 네 방향으로 토성을 쌓아 회수를 막는 것을 보고 제갈탄은 회수의 물이 불어 토성이 쓸려가기만 기다렸다. 그때 군사를 휘몰아 공격하려 했으나 가을부터 겨울까지 비라고는 내리지 않아 회수가 불지 않았다. 성안에 식량이 차츰 떨어지자 작은 성에서 두 아들과 함께 굳게 지키던 문흠은 군졸들이 하나둘 배고파 쓰러지는 것을 보다 못해 제갈탄을 찾아갔다.

"식량이 바닥나 군사들이 굶어 죽으니 북쪽에서 온 군사는 모두 성 밖으로 내보내 식량을 절약하는 것이 좋겠습니다."

제갈탄은 노발대발했다.

"네가 북군을 내보내라 하니 나를 없애려는 것이냐?"

즉시 무사들에게 호령해 문흠을 끌어내 목을 치게 하니 문앙과 문호는 아버지가 죽는 것을 보고 각기 짧은 칼을 뽑아 순식간에 수십 명을 찍고 성벽 위에서 몸을 날려 바깥으로 뛰어내렸다. 형제가 해자를 넘어 위군 영채에 가서 항복하자 사마소는 전에 문앙이 홀로 많은 군사를 물리친 원한을 떠올려 죽이려 했으나 종회가 말렸다.

"죄는 문흠에게 있으나 그는 이미 죽었습니다. 두 아들이 형세가 급해 귀순했는데 죽이면 성안 사람들 마음이 더욱 단단해집니다."

사마소는 형제에게 준마와 비단옷을 내린 후, 편장군으로 벼슬을 높이고 관내후로 봉했다. 형제는 감사를 드리고 말에 올라 성을 돌며 크게 외쳤다.

"대장군께서 우리 형제의 죄를 사면하고 벼슬까지 내리셨는데 너희는 어찌 빨리 항복하지 않느냐?"

그 말을 듣고 성안 사람들이 의논했다.

"문앙은 원수인데도 중용하는데 우리는 어떠하겠느냐!"

사람들이 항복하려 하니 제갈탄은 크게 노해 밤낮없이 성을 순찰하며 사람을 죽이는 것으로 위세를 유지했다.

종회는 성안의 민심이 변했음을 알고 사마소를 권했다.

"이때 성을 치면 됩니다."

사마소가 삼군을 격려해 네 방향으로 공격하자 성을 지키는 장수 증선이 북문을 열어 위군을 들여보냈다. 소식을 듣고 제갈탄은 수백 명 부하를 이끌고 성을 달려나가다 조교 부근에서 호분과 마주쳐 순식간에 칼에 맞고 말 아래로 떨어져 버렸다. 부하 수백 명은 모두 잡혔다.

왕기가 서문으로 쳐들어가다 오의 장수 우전을 만나 크게 호통쳤다.

"어찌 빨리 항복하지 않느냐?"

우전은 크게 노했다.

"이웃을 구하라는 명을 받들고 와서 항복하면 의리에 어긋난다!"

투구를 벗어 땅에 던지며 목청껏 소리쳤다.

"사나이가 세상에 태어나 싸움터에서 죽는다면 다행이다!"

우전은 칼을 휘둘러 30여 합을 죽기로써 싸우다 사람과 말이 모두 지쳐 어지러운 싸움에서 죽고 말았다.

사마소는 수춘에 들어가 제갈탄의 삼족을 몰살하고, 사로잡은 부하 수백 명을 끌어와 물었다.

"너희는 항복하겠느냐?"

그들이 일제히 외쳤다.

"제갈 공과 함께 죽을 것이니 절대 항복하지 않는다!"

사마소는 크게 노해 모두 성 밖에 묶어놓고 하나하나 물었다.

"항복하면 살려준다."

죽을 때까지 누구도 항복하지 않아 찬탄하며 모두 묻어주게 했다.

오군의 태반이 항복하니 배수가 사마소에게 권했다.

"오군의 식솔들이 모두 동남의 장강과 회수 일대에 살고 있으니 살려두면 오래 지나지 않아 반드시 변이 생깁니다. 구덩이에 묻어버리는 것이 좋습니다."

종회가 반대했다.

"그렇지 않습니다. 옛날 군사를 움직이는 사람들은 적을 이기고 그 땅과 백성을 완전히 차지하는 것을 최상으로 여겨 우두머리만 죽였습니다. 모두 강남으로 돌려보내 중원의 관대함을 보여주는 것이 좋습니다."

"그것이 묘한 의견일세."

사마소가 잡힌 오군을 모두 돌려보내자 당자는 손침이 두려워 귀국하지 못하고 항복했다. 사마소는 오로 돌아가지 않는 사람들은 모두 중용해 삼하로 불리는 하동, 하내, 하남에 배치했다.

회남이 평정되어 군사를 물리려 하는데 갑자기 촉의 강유가 군사를 이끌고 장성을 치며 군량과 말먹이 풀을 빼앗는다는 보고가 들어와 사마소는 급히 적을 물리칠 계책을 의논했다.

이해에 촉한은 연호가 연희 20년(257년)이 경요(景耀) 원년으로 바뀌었다. 강유가 한중에서 서천 장수 두 사람을 뽑아 날마다 군사를 조련하니 장서(蔣舒)와 부첨(傅僉)이었다. 두 사람 다 담이 크고 용맹해 강유가 몹시 아끼는데 마침 회남의 제갈탄이 오의 도움을 받아 군사를 일으키고, 사마소가 태후와 위주까지 데리고 군사를 모조리 일으켜 막으러 갔다는 말을 듣고 크게 기뻐했다.

"내가 이번에 큰일을 이루는구나."

표문을 올려 위를 정벌하겠다고 하자 중산대부 초주가 듣고 탄식했다.

"천자께서는 환관 황호(黃皓)만 믿고 나랏일을 돌보지 않으시는데 백약은 거듭 정벌에 나서며 장졸들을 동정할 줄 모르니 나라가 위험하구나!"

'구국론(仇國論)'이라는 글을 지어 강유에게 보냈다.

【'구국론'은 새로 세운 큰 나라와 예로부터 있어 온 작은 나라가 원수가 되어 싸우는 것을 다룬 글이다. 작은 나라의 고명하고 현명하다는 고현경과 큰 나라의 엎드린 어리석은 이라는 복우자가 다투어 논하는 형식으로 이루어졌는데, 복우자는 바로 초주의 별호였다. 이 경우 '구(仇)'는 '원수 수(讐)'와 같은 뜻이다.】

누군가 물었다. 옛날, 약한 힘으로 강한 자를 이긴 사람은 방법이 어떠했던가?

이에 대답하기를, 큰 나라에 있으면서 근심이 없으면 태만하기 쉽고, 작은 나라에 있으면서 걱정이 있으면 착하기를 바란다. 태만하면 난이 일어나고 착하면 다스림이 이루어지니 이는 보통 이치다. 주문왕은 백성을 길러 적은 주(周)로 백성이 많은 상(商)을 얻었고, 월의 구천은 군사를 동정해 약한 힘으로 강한 오의 부차를 죽였으니 이것이 바로 그 방법이다.

누군가 물었다. 이전에 초(楚)는 강하고 한(漢)은 약했는데 홍구를 경계로 화해하기로 약속했을 때, 한의 장량은 일단 백성의 뜻이 정해지면 움직이기 어렵다고 여겨 군사를 이끌고 쫓아가 기어이 항우를 죽였으니 어찌 꼭 주문왕이나 구천처럼 해야 하는가?

이에 대답하기를, 상과 주 시대에는 대대로 왕후가 존귀하고 군신 관계가 굳었다. 이럴 때는 한 고조가 있더라도 어찌 검을 들고 천하를 손에 넣을 수 있으랴? 후에 진(秦)이 제후를 없애고 전국을 군과 현으로 나누어 군수와 현령을 임명하니, 백성은 부역에 지치고 천하는 흙산이 무너지듯 하여 호걸들이 너도나도 일어나 다투었다. 지금 우리와 저쪽은 모두 개국 임금이 자손에게 나라를 전해 대를 바꾸었으니 진의 말년처럼 가마가 부글부글 끓던 때가 아니고 실로 여섯 나라가 각기 한 곳의 땅을 차지하던 형세라, 주문왕이 될 수는 있어도 한 고조가 되기는 어렵다. 시기가 가능하면 그다음에 움직이고, 책략이 형세와 맞으면 그 뒤에 일어나야 하거늘 그 때문에 성탕과 주문왕은 두 번 싸우지 않고 이겼으니 실로 백성의 수고를 무겁게 알고 기회와 형세를 볼 줄 알기 때문이었다. 그런데도 만약 무력을 휘둘러 정벌을 탐하다 불행히 난을 만나면 지혜로운 이가 있더라도 어찌 꾀할 수 있으랴.

강유는 글을 읽고 크게 노했다.

"썩은 선비의 말이다!"

글을 내동댕이치고 군사를 이끌어 중원을 치러 가면서 부첨에게 물었다.

"공이 헤아려보면 어느 곳으로 나갈 만하오?"

"위는 군량과 말먹이 풀을 모두 장성에 쌓아놓았으니 낙곡으로 나아가 심령을 지나 곧바로 장성으로 가서 군량과 말먹이 풀을 불태우고 진천을 손에 넣으면 중원은 날짜를 정해놓고 얻을 수 있습니다."

"공의 소견이 내 계책과 꼭 맞아떨어지오."

강유는 즉시 낙곡으로 나아가 심령을 지나 장성을 향해 갔다. 장성을 지키는 장군 사마망(司馬望)은 사마소의 사촌 형님으로 성안에 군량과 말먹이 풀은 아주 많으나 사람과 말이 적어, 급히 두 장수 왕진, 이붕과 함께 성 밖으로 20 리 나가 영채를 세웠다. 이튿날 촉군이 와서 사마망이 두 장수를 이끌고 나가니 강유가 진 앞에 나와 섰다.

"사마소가 황제를 군사들 가운데로 옮겼으니 반드시 이각과 곽사의 뜻이 있는 것이다. 내가 조정의 영명한 명령을 받들고 죄를 물으러 왔으니 너희는 빨리 항복해야지 어리석게 굴면 온 집안이 몰살되리라."

사마망이 목청을 돋우어 대답했다.

"너희가 무례하게도 여러 번 큰 나라를 침범하는데, 일찍 물러가지 않으면 갑옷 한 조각 돌아가지 못하게 하겠다!"

사마망 뒤에서 왕진이 달려 나와 촉군 진에서 부첨이 달려나가니 열 합도 되지 않아 부첨이 빈 구석을 보여 왕진이 창을 냅다 찔렀다. 부첨은 슬쩍 창을 피하고 왕진을 냉큼 사로잡아 진으로 돌아섰다. 이붕이 칼을 휘두르며 왕진을 구하러 달려오자 부첨은 가까이 다가오기를 기다려 왕진을 내동댕이치고 이붕의 얼굴을 향해 철간을 후려쳤다. 단 한 대에 이붕은 눈알이 튀어나와 말 아래로 떨어졌다. 왕진은 이미 촉군의 어지러운 창에 찔려 죽은 뒤였다.

강유가 군사를 휘몰아 들이치자 사마망은 영채를 버리고 성안으로 들어가 문을 닫아걸고 나오지 않았다.

"오늘 밤 모두 푹 쉬어 기운을 올리고 내일 들이치자."

강유의 명령으로 이튿날 새벽 촉군이 앞다투어 성벽에 다가가 불화살과 화포를 쏘아대니 성안 초가마다 불이 붙어 위군은 걷잡을 수 없이 혼란스러웠다. 성벽 밑에 장작을 잔뜩 쌓아 불을 지르자 불길이 솟구쳐 성이 곧 함락될 판이었다. 군졸들의 통곡 소리가 사방으로 울려 퍼졌다.

갑자기 등 뒤에서 고함도 요란하게 위군이 몰려왔다. 강유가 후군을 선두로 바꾸어 진문 앞에서 기다리자 위군 진에서 갑옷으로 온몸을 감싼 소년 장수가 창을 꼬나 들고 말을 달려 나왔다. 나이는 20여 세에 얼굴은 분을 바른 듯 희고, 입술은 연지를 칠한 듯 붉은데 날카로운 소리로 외쳤다.

"등 장군을 아느냐!"

'아, 이 장수가 바로 등애로구나.'

강유가 창을 꼬나 들고 말을 달려 싸우자 30합이 지나도록 승부가 나지 않고 소년 장수의 창법이 조금도 흐트러지지 않았다.

'이 계책을 쓰지 않고는 이길 수 없다.'

말을 돌려 산길로 달아나자 소년 장수가 급히 쫓아왔다. 강유가 창을 안장에 걸고 가만히 활을 들어 쏘니 눈치 빠른 소년 장수는 활시위 소리를 듣고 말 등에 납작 엎드려 화살을 피해버렸다. 강유가 머리를 돌리니 소년 장수가 바짝 따라잡아 창을 냅다 찔러왔다. 몸을 피하며 얼른 창을 겨드랑이에 끼자 소년 장수는 창을 버리고 본진으로 달아났다.

"아쉽구나, 아쉬워!"

강유가 탄식하며 쫓아가 진문 앞까지 따라가자 한 장수가 칼을 들고 나왔다.

"강유, 이 하찮은 놈아! 내 아들을 쫓지 마라. 등애가 여기 있다!"

강유는 놀랐다. 소년 장수는 등애의 아들 충(忠)이었다. 강유가 은근히 감탄하며 등애와 맞서려다 말이 지쳤을 것 같아 채찍으로 등애를 가리켰다.

"내가 너희 부자를 알게 되었구나. 잠시 군사를 거두고 내일 결전을 벌이자."

등애도 싸움터 형편이 불리해 말을 멈추고 응낙했다.

"서로 군사를 거두자. 무슨 짓을 하면 대장부가 아니다."

서로 물러서서 등애는 위수에 영채를 세우고, 강유는 두 산에 걸쳐 영채를 만들었다. 등애는 촉군의 지리를 살펴보고 사마망에게 글을 보냈다.

'우리는 절대 싸워서는 아니 되니 굳게 지켜야 하오. 관중 군사가 올 때까지 기다렸다가 촉군이 군량과 말먹이 풀이 바닥날 때 세 방향으로 들이치면 이기지 않을 수 없소. 장군을 도와 성을 지키려고 장자 등충을 보내오.'

그리고 사마소에게 사람을 보내 구원을 청했다.

강유가 다음날 결전을 벌이자는 전서를 보내니 등애는 짐짓 응낙했다. 이튿날 새벽부터 강유가 진을 치고 기다렸으나 등애의 영채에서는 아무 움직임이 없어 사람 하나 없는 듯했다. 저녁까지 기다리다 영채로 돌아가 이튿날 다시 사람을 보내 글을 전하며 약속을 어긴 죄를 나무라자 등애는 사자에게 술을 대접하며 변명했다.

"하찮은 몸에 병이 있어 날짜를 어겼으니 내일 만나 싸우기로 하자."

다음날 강유가 다시 군사를 이끌고 싸움터에 이르렀으나 등애는 여전히 나오지 않았다. 이렇게 며칠이나 약속을 어기고 나오지 않자 부첨이 충고했다.

"등애는 반드시 꿍꿍이가 있으니 대비하셔야 합니다."

"관중 군사가 오기를 기다려 세 길로 우리를 치려는 것이오. 오의 손침에게 사람을 보내 힘을 합쳐 위를 치자고 하겠소."

별안간 소식이 왔다.

"사마소가 수춘을 쳐서 제갈탄은 죽고 오군은 모두 항복했습니다. 그가 낙양으로 회군해 장성을 구하러 온다고 합니다."

강유는 깜짝 놀랐다.

"위를 정벌하는 일은 이번에도 그림의 떡[畵餠화병]이 되었구나. 잠시 돌아가는 게 낫겠다."

이야말로

네 번이나 성적 없어 탄식했더니
다섯 번째도 성공 못해 한숨짓네

그는 어떻게 군사를 물릴까?

113

노반 앞에서 도끼 재주 뽐내기
[班門弄斧반문농부]

정봉은 계책을 정해 손침을 베고
강유는 진법 겨뤄 등애 깨뜨리다

강유는 위의 구원병이 올까 두려워 병기와 수레 따위 물자와 보병을 먼저 물러서게 하고 기병을 거느리고 뒤를 막았다. 보고를 듣고 등애가 웃었다.

"대장군 군사가 오는 걸 알고 강유가 물러가니 쫓으면 계책에 걸린다."

군사를 보내 알아보니 과연 낙곡 좁은 길에 장작과 풀 더미가 쌓여 있으니 추격 군사를 태우려는 것이었다. 모두 등애를 칭송했다.

"장군은 정말 신처럼 헤아리십니다!"

사자를 보내 조정에 아뢰니 사마소가 크게 기뻐하며 또 상을 내렸다.

이때 오의 대장군 손침은 전단과 당자를 비롯한 장수들이 위군에 항복하자 그들의 집안 식솔을 남김없이 목을 베었다. 오주 손량은 16세였는데 손침이 너무 심하게 구는 것을 보고 매우 못마땅하게 여겼다.

어느 날 서원에 간 손량이 매실을 먹으려고 환관에게 꿀을 가져오라고 했다. 잠시 후 가져온 꿀에 쥐똥이 몇 덩이 들어있어 황실 곳간을 맡은 장리를 불러 꾸짖자 그가 머리를 조아리며 변명했다.

"꿀을 단단히 봉했는데 어찌하여 쥐똥이 들어 있을까요?"

손량이 부드럽게 물었다.

"환관이 꿀을 달라고 한 적이 있느냐?"

"며칠 전에 꿀을 달라고 했는데 감히 주지 못했습니다."

손량은 대뜸 환관을 가리켰다.

"이것은 반드시 장리가 꿀을 주지 않자 앙심을 품고 네가 일부러 꿀에 쥐똥을 넣어 죄를 덮어씌운 것이다.

환관이 자백하지 않자 손량은 더 따지지 않고 말했다.

"이 일은 알기 쉽다. 만약 똥이 오랫동안 꿀 속에 있었으면 안팎이 다 젖었을 것이고, 만약 바로 꿀에 넣었다면 겉은 젖어도 속은 아직 말랐을 것이다."

쥐똥을 쪼개자 과연 속이 말라 있어 환관은 죄를 인정했으니 손량의 총명하기가 대체로 이러했다. 그러나 아무리 총명해도 손침의 손에 잡혀 자기주장을 펼수 없었다. 손침은 아우 위원장군 손거를 궁궐에 들여보내 경호하게 하고, 무위장군 손은, 편장군 손간, 장수교위 손개 같은 형제들을 여러 군영에 주둔시켰다.

어느 날, 오주 손량이 힘없이 앉아 있는데 처남인 황문시랑 전기가 곁에 있어 눈물을 흘리며 하소연했다.

"손침이 권력을 틀어쥐고 권세를 휘두르며 함부로 사람을 죽이고 짐을 너무 업신여기니 빨리 없애지 않으면 반드시 우환이 된다."

전기가 다짐했다.

"신을 쓰신다면 만 번 죽더라도 마다하지 않겠습니다."

"경은 금군을 점검해 장군 유승과 함께 성문을 지켜라. 짐이 몸소 나가 손침을 죽이겠다. 경의 어머니는 손침의 누나이니 절대 말해서는 아니 된다. 비밀이 새면 짐은 죽는다."

"폐하의 조서를 내려주시기 바랍니다. 여러 사람에게 보여 손침의 부하들이 함부로 움직이지 못하게 하겠습니다."

손량이 비밀조서를 써서 주니 전기는 집으로 돌아가 아버지 전상에게 남몰래 말했다. 그러자 전상이 아내에게 알려주었다.

"사흘 내에 손침을 죽인다 하오."

"죽이는 게 옳지요."

아내가 입으로는 그랬으나 슬그머니 사람을 보내 알리니 손침은 크게 노해 그날 밤으로 네 형제를 부르고 정예 군사를 점검해 먼저 황궁의 내원을 에워싸고 전상, 유승과 식솔들을 모두 잡아 들었다. 밤이 지나 손량이 들어보니 궁문밖에서 징과 북이 요란하게 울리는데 내시가 황급히 들어왔다.

"손침이 군사를 이끌고 내원을 에워쌌습니다."

손량은 크게 노해 전 황후를 가리키며 욕했다.

"네 아비와 오라비가 내 대사를 그르쳤다!"

그는 검을 뽑아 들고 나가려 했다.

"짐은 황제의 적자인데 누가 감히 따르지 않겠느냐? 짐이 이 자리에 앉은 지 5년 동안 남을 해치지 않았으니 부끄러울 게 무엇이냐?"

전 황후와 시중, 근시들이 옷을 붙들고 울면서 놓아주지 않았다. 손침은 전상과 유승을 비롯한 사람들 목을 친 뒤 문무백관을 조정에 불러 명령을 내렸다.

"천자가 음탕하고 병에 걸린 지 오래인데, 어지럽고 무도해 종묘를 받들 수 없으니 폐해야 하겠다. 누구라도 감히 따르지 않는 자가 있으면 반란죄로 다스리겠다!"

백관이 모두 겁을 내는데 상서 환이가 분개해 반열에서 썩 나와 손침을 손가락질하며 호되게 욕했다.

"천자는 총명하신 임금이신데 어찌 감히 이런 수작을 부리느냐? 나는 죽을 지언정 역적 말을 따르지 않겠다!"

손침은 크게 노해 손수 검을 뽑아 환이를 베고 내원에 들어가 오주 손량을 욕했다.

"무도하고 얼떨떨한 임금아! 원래 너를 죽여 천하에 사죄해야 하겠으나 선제의 낯을 보아 너를 폐하여 회계왕으로 만들고, 내가 따로 덕 있는 자를 황제로 세우겠다!"

중서랑 이숭을 호령해 손량의 옥새와 끈을 빼앗아 등정에게 넘겨주어 간수하게 하니 손량은 통곡하며 떠났다. 손침은 황실 종친 일을 맡은 종정 손해와 중서랑 동조를 호림에 보내 낭야왕 손휴(孫休)를 새 임금으로 모셔오게 했다. 손휴의 자는 자열(子烈)이니 손권의 여섯째아들이었다.

이날 손휴는 이상한 꿈을 꾸었다. 호림에서 밤에 용을 타고 하늘로 날아오르다 돌아보니 용이 꼬리가 없어 흠칫 놀라 깨어난 것이다. 이튿날 손해와 동조가 찾아와 경사로 돌아가기를 청해 일행이 곡아현에 이르자 성은 간(干)씨에 이름은 휴(休)라 하는 노인이 찾아와 머리를 조아렸다.

"일이 오래되면 변할 것이니 아무쪼록 빨리 가십시오."

손휴가 노인에게 감사를 드리고 포새정에 이르니 손은이 어가를 몰고 와서 맞이했다. 손휴가 감히 황제가 앉는 연에 타지 못하고 작은 수레에 앉아 건업으로 들어가니 백관이 길가에 엎드려 맞이해 황급히 수레에서 내려 답례했다.

손침이 영을 내려 손휴를 부축해 대전으로 모셔 천자의 자리에 앉히자 손휴는 두 번, 세 번 사양하다 옥새를 받았다. 문관과 무장들이 축하를 드린 다음 천하에 대사령을 내리고 연호를 고쳐 영안(永安) 원년(258년)으로 삼으며, 손침을 승상 겸 형주 목으로 봉하고 여러 관원에게 각기 관직을 봉하고 상을 내렸다. 또 형의 아들 호(皓)를 오정후로 봉했다.

손침의 다섯 형제가 모두 금군을 거느려 권세가 황제를 압도했다. 오주 손휴는 그들이 궁궐 안에서 변을 일으킬까 두려워 겉으로는 은총을 베푸는 척하면서 속으로는 방비를 단단히 하는데, 그것도 모르고 손침은 점점 교만하고 횡포해졌다.

겨울이 되어 손침이 쇠고기와 술을 지니고 황궁에 들어와 술을 권하고 예물을 올렸다. 신하가 황제에게 술을 권하고 선물을 드리며 장수를 비는 것을 상수(上壽)라 했다. 그러나 손휴가 받지 않자 손침은 분노해 고기와 술을 지니고 좌장군 장포(張布)의 집으로 가서 함께 술을 마셨다. 술기운이 거나해지자 손침이 큰소리를 쳤다.

"내가 회계왕을 폐할 때 모두 나에게 황제에 오르라 권했으나 지금 황제가 현명하다 하여 세웠네. 그런데 상수를 거절당했으니 나를 이렇게 만만하게 본단 말인가? 조만간 본때를 보여주겠네!"

장포가 마냥 비위를 맞추다 이튿날 황궁에 들어가 가만히 아뢰니 손휴는 잔뜩 겁을 먹고 밤낮 불안해했다. 며칠 후, 손침이 중서랑 맹종에게 중영 소속 정예 군사 1만 5000명을 거느리고 무창에 가서 주둔하게 하고 무기고 안의 병기를 모두 내주자 장군 위막과 금군 무사 시삭이 몰래 손휴에게 아뢰었다.

"손침이 군사를 밖으로 옮기고 무기고 안의 기물을 모두 옮겼으니 반드시 변이 일어납니다."

손휴가 놀라 급히 장포를 불러 상의하자 그가 아뢰었다.

"노장 정봉이 계략이 뛰어나니 함께 의논할 만합니다."

손휴가 가만히 정봉을 궁궐로 부르자 그가 아뢰었다.

"폐하께서는 걱정하지 마십시오. 신에게 계책이 있어, 나라를 위해 해를 제거할 수 있습니다. 내일은 납일(臘日)이라 신하들을 모두 불러 연회를 베푸니 그때 손침을 부르면 신이 알아서 하겠습니다."

정봉은 위막, 시삭과 함께 밖의 일을 맡고 장포는 안에서 호응하기로 했다.

그날 밤 세찬 바람이 불어 모래가 흩날리고 돌이 구르며 오래 된 나무들까지 뿌리가 뽑혔다. 날이 밝아 바람이 잦아들자 천자의 사자가 성지를 받들고 손침에게 가서 궁궐에 들어와 납일 연회에 참석하라고 청했다. 그날 아침 손침은 침상에서 일어나자마자 누구에게 떠밀린 것처럼 심하게 넘어져 은근히 불안했는데, 천자의 사자 10여 명이 호위해 궁중으로 들어가려 하니 집안사람들이 말렸다.

"하룻밤 꼬박 세찬 바람이 그치지 않고, 아침부터 까닭 없이 쓰러지셨으니 좋은 징조가 아닐까 두렵습니다. 가지 마시기 바랍니다."

손침은 대수롭지 않게 여겼다.

"다섯 형제가 금군을 거느리는데 누가 감히 다가와 해치겠느냐? 집에 무슨 일이 있으면 불을 올려 신호를 보내라."

당부하고 수레에 올라 황궁으로 들어가자 오주 손휴가 급히 어좌에서 내려와 맞이해 상석에 높이 모셨다. 술이 몇 순 도는데 사람들이 놀라 소리를 질렀다.

"궁궐 밖에서 불길이 솟습니다!"

손침이 바로 일어서려 하자 손휴가 말렸다.

"승상께서는 편안히 앉아 계시오. 밖에 군사들이 많으니 무서워할 게 무엇이오?"

그러자 좌장군 장포가 검을 뽑아 들고 30여 명 무사를 이끌고 궁전으로 달려 올라와 날카롭게 소리쳤다.

"조서를 받들어 역적 손침을 잡노라!"

손침은 급히 도망가려 했으나 어느새 무사들에게 붙잡히자 머리를 조아렸다.

"교주로 귀양 가서 농사나 짓게 해주십시오."

◀ 정봉은 연회 자리에서 손침을 잡아

손휴가 꾸짖었다.

"등윤과 여거, 왕돈은 어찌하여 귀양 보내지 않고 죽였느냐?"

궁전에서 끌어내 목을 치게 하니 장포가 섬돌 아래에서 목을 베었다. 따르는 자들이 누구도 감히 움직이지 못하자 장포가 조서를 선포했다.

"죄는 손침 한 사람에게 있으니 다른 사람들은 따지지 않는다."

정봉과 장수들이 손침 형제들을 잡아 오자 손휴가 모두 목을 치게 하니 따르던 무리까지 수백 명이 저잣거리에서 죽임을 당했다. 손휴는 또 손준의 무덤을 파헤쳐 주검을 드러내고, 손준과 손침에게 해를 입은 제갈각, 등윤, 여거, 왕돈 같은 사람들은 모두 무덤을 만들어 충성을 표창했다. 정봉을 비롯해 공을 세운 사람들에게는 벼슬을 높이고 후한 상을 내렸다.

성도로 소식을 알리자 후주 유선이 사자를 보내 축하해, 오에서는 설종의 아들 후를 사자로 보내 답례했다. 설후가 촉에서 돌아와 촉의 사정을 설명했다.

"환관인 중상시 황호가 정사를 독단해, 그에게 아부하는 대신들이 많습니다. 조정에 들어가면 바른말이 들리지 않고, 들판을 지나면 백성들 얼굴에 주린 빛이 가득합니다. 이른바 '제비와 참새는 큰 집이 곧 타버릴 것도 모르고 대청 위에서 조잘거린다 [燕雀處堂연작처당 不知大厦之將焚부지대하지장분]'는 격입니다."

손휴는 한숨을 내쉬었다.

"제갈무후가 살아 있으면 어찌 그 지경이 되었겠느냐?"

손휴는 다시 성도로 국서를 보냈다. 머지않아 사마소가 위의 황제 자리를 찬탈할 텐데 그러면 틀림없이 오와 촉을 침략해 힘을 과시하려 들 것이니 각기 대비를 잘하자는 내용이었다.

강유는 오주가 국서를 보냈다는 소식을 듣고 기꺼이 표문을 올려 다시 위를 정벌하러 떠났다. 때는 촉한 경요 원년(258년) 겨울이었다. 대장군 강유는 요화와 장익을 선봉으로, 왕함과 장빈을 좌군으로, 장서와 부첨을 우군으로 삼고 호제를 후군으로 하여 하후패와 함께 중군을 거느리고 20만을 일으켰다. 곧장 한중으로 나아가 어느 곳을 먼저 칠까 의논하니 하후패가 말했다.

"기산은 군사를 부릴 수 있는 곳이라 제갈 승상께서 여섯 번 나아가셨으니 다른 곳으로는 나아갈 수 없기 때문입니다."

강유는 기산을 향해 나아가 골짜기 어귀에 영채를 세웠다. 등애가 기산 영채에서 농우 군사를 점검하다 보고를 받고 높은 곳에 올라 살펴보고는 영채로 돌아가 대단히 기뻐했다.

"내 헤아림에서 벗어나지 않는구나!"

등애는 이전에 이미 지리를 살피고 촉군이 영채를 세울만한 땅을 골라, 땅굴을 파고 촉군이 오기를 기다린 것이다. 강유가 이르러 영채 셋을 세우니 땅굴은 바로 왕함과 장빈이 세운 좌군 영채 아래에 있었다. 등애는 등충과 사찬에게 1만 명씩 군사를 이끌고 촉군 영채를 양쪽에서 들이치게 하고, 부장 정륜에게 땅굴 파는 굴자군 500명을 주어 밤중에 땅굴을 통해 좌군 영채로 뛰어나오게 했다.

촉군의 왕함과 장빈은 영채를 온전하게 세우지 못해 위군이 습격할까 두려워 감히 갑옷을 벗고 편히 잠들지 못했다. 밤중에 중군이 크게 술렁거려 병기를 들고 말에 오르니 세 방향으로 위군이 쳐들어왔다. 두 사람은 죽기로써 싸웠으나 감당하지 못해 영채를 버리고 달아났다.

이때 중군 장막에 있던 강유는 좌군 영채에서 울리는 고함을 듣고 안팎에서 호응하는 군사가 있음을 알고 급히 말에 올라 장막 앞에 서서 호령했다.

"함부로 움직이는 자는 목을 친다! 적이 가까이 오면 활과 쇠뇌로 쏘기만 하라!"

강유가 좌군 영채에도 함부로 움직이지 말라는 명령을 전하니 위군은 10여 차례 공격했으나 모두 화살에 밀려 물러갔다. 날이 밝을 때까지 싸웠으나 감히 쳐들어가지 못하고 등애는 군사를 거두어 영채로 돌아가 탄식했다.

"강유는 공명의 병법을 깊이 터득했구나! 군사가 밤에 놀라지 않고 장수가 변고를 듣고도 흐트러지지 않으니 진짜 장군이로다!"

이튿날 왕함과 장빈이 큰 영채 앞에 엎드려 패한 죄에 벌을 청하자 강유가 달랬다.

"자네들 죄가 아닐세. 내가 밝지 못해 그렇게 되었네."

두 장수에게 다시 군사를 나누어 영채를 세우게 하고, 주검들은 땅굴에 묻어 흙으로 덮었다. 이튿날 단둘이 대결하자는 글을 보내니 등애가 기꺼이 응했다.

양쪽 군사가 기산 앞에 진을 벌이자 강유는 무후의 팔진법에 따라 하늘·땅·바람·구름·새·뱀·용·호랑이의 여덟 모양으로 포진을 끝냈다. 그것을 보고 등애도 진을 치는데 왼쪽과 오른쪽, 앞과 뒤의 문이 모두 강유의 진과 똑같았다. 강유는 말을 달려나가 외쳤다.

"네가 내 팔진을 본떴으니 변화할 줄도 아느냐?"

등애가 웃으며 대꾸했다.

"이 진을 너만 치는 줄 아느냐? 나도 진을 칠 줄 아는데 어찌 변화를 모르겠느냐?"

등애가 진에 들어가 군법을 집행하는 장수에게 깃발을 좌우로 흔들게 하여 문을 8 곱하기 8, 즉 64개로 변화시키더니 진 앞으로 나와 말했다.

"내가 변화하는 방법이 어떠하냐?"

"잘못은 없으나 감히 내 팔진과 서로 에워쌀 수 있겠느냐?"

"못할 게 무어냐?"

등애가 선뜻 대답하고 중군에서 지휘하니 양쪽 군사가 서로 부딪치면서도 진법이 흐트러지지 않았다. 이때 강유가 진의 가운데에 가서 깃발을 휘두르자 별안간 진이 긴 뱀이 땅 위에서 뒹구는 모양으로 변해 등애를 가운데에 가두어버렸다. 네 방향에서 고함이 요란하게 울려, 그 진을 모르는 등애는 깜짝 놀라는데 촉군이 점점 다가왔다. 등애가 장수들을 이끌고 이리 치고 저리 쳐도 나갈 수 없고 촉군의 고함만 커질 뿐이었다.

"등애는 어서 항복하라!"

등애는 하늘을 우러러 길게 한숨을 쉬었다.

"내가 헛된 재주를 자랑하다 강유의 계책에 빠졌구나!"

그때 갑자기 서북쪽 귀퉁이에서 한 무리 군사가 쳐들어와 등애가 보니 위군이었다. 그 기세를 몰아 등애는 포위를 뚫고 달려 나왔다. 등애를 구한 사람은 사마망이었다. 그가 등애를 구해내고 보니 기산의 아홉 영채는 모두 촉군에게 빼앗긴 뒤였다. 등애는 패한 군사를 이끌고 위수 남쪽으로 물러서서 영채를 세우고 군사를 대충 정돈한 뒤 사마망에게 물었다.

"공은 어찌 이 진법을 알고 나를 구해냈소?"

"어릴 적에 형남에 가서 공부하며 최주평, 석광원과 사귀었는데 그때 이 진을 이야기했었소. 오늘 강유가 변화한 것은 장사권지진이오. 다른 곳을 치면 절대 깨뜨리지 못하는데 그 머리가 서북쪽에 있는 것을 보고 들이쳐 깨뜨릴 수 있었소."

사마망의 설명에 등애는 고마워했다.

"내가 진법을 배우기는 했지만 실은 변화하는 법을 모르오. 공이 아시니 내일 이 법으로 기산 영채를 되찾으면 어떻겠소?"

사마망은 곤란해했다.

"내가 배운 것으로는 강유를 이기지 못할까 두렵소."

"내일 공이 진에서 그와 진법을 겨루는 사이에 나는 몰래 그의 뒤를 치겠소. 양쪽에서 몰아쳐 싸우면 옛 영채들을 빼앗을 수 있소."

정륜을 선봉으로 세워 기산 뒤를 습격하게 하고 등애는 촉군 영채로 사람을 보내 다음날 진법을 겨루자는 전서를 전했다. 강유가 응낙하고 장수들에게 말했다.

"내가 무후께서 전해주신 밀서를 받았는데, 이 진이 변화하는 법은 도합 365 가지라 하늘이 도는 숫자에 따른 것이오. 나하고 진법을 겨루겠다고 하니 그야말로 '노반(魯班) 앞에서 도끼 재주를 보이는 격[班門弄斧반문농부]'인데, 그 속에 반드시 속임수가 있으니 공들은 아시오?"

【노반이란 춘추시대 노(魯)나라의 전설적인 목수 공수반을 가리키니 도끼질의 최고수 앞에서 도끼 재주를 뽐내는 격이라는 말이다.】

요화가 대답했다.

"이것은 앞에서는 진법을 겨루면서 뒤로는 우리 뒤를 치겠다는 것이오."

"내 생각과 딱 맞는 말이오."

강유는 장익과 요화에게 1만 군사를 이끌고 산 뒤에 매복하게 했다.

이튿날 강유가 아홉 개 영채 군사를 모두 거느리고 기산 앞에 진을 치자 사마망이 위군 진 앞에 나왔다. 강유가 말했다.

"진법을 겨루자고 불렀으니 네가 먼저 진을 쳐 보여라."

사마망이 팔괘진을 치자 강유가 웃었다.

"이건 바로 내가 친 팔진법이다. 네가 훔쳤으니 기이할 게 무어냐?"

사마망도 지지 않고 대꾸했다.

"너도 남의 법을 훔쳤을 뿐이다."

"네 진에 몇 가지 변화하는 법이 있느냐?"

"내가 진을 칠 줄 아는데 어찌 변화하는 법을 모르겠느냐? 이 진은 구구 즉, 81가지 변화가 있다."

"어디 좀 변화해보아라."

사마망은 진에 들어가 몇 번 변화하고 다시 나왔다.

"네가 내 변화를 알 만하냐?"

강유가 웃었다.

"내 진법은 하늘의 변화에 따라 365가지 변화가 있느니라. 우물 안 개구리가 어찌 현묘한 이치를 알겠느냐?"

사마망도 변화의 방법이 많은 줄은 알지만 배우지 못해 억지를 부렸다.

"믿지 못하겠으니 어디 변화해보아라."

"등애를 불러와라. 내가 진을 쳐서 그에게 보여주겠다."

"등 장군은 좋은 계책이 많아서 진법을 좋아하지 않는다."

강유가 껄껄 웃었다.

"무슨 좋은 계책이 있겠느냐! 앞으로는 진을 쳐 나를 속이고, 뒤로는 군사를 이끌어 내 영채를 치려는 것뿐일 텐데!"

사마망이 깜짝 놀라 앞으로 달려와 혼전을 벌이려 하는데 강유가 채찍으로 가리키자 양쪽 날개의 군사가 먼저 쳐 나왔다. 촉군이 한바탕 족치니 위군은 갑옷을 버리고 창을 던지며 허둥지둥 도망갔다.

그 사이에 등애는 선봉 정륜을 재촉해 영채를 습격하러 가는데 산모퉁이를 돌아서자 별안간 포 소리가 터지며 매복한 군사가 뛰쳐나오니 앞장선 대장은 요화였다. 두 사람이 말도 나누기 전에 말들이 맞붙자 요화가 단칼에 정륜을 말 아래로 떨어뜨렸다. 등애가 놀라 물러서자 장익이 또 군사를 이끌고 달려와 위군은 크게 패했다. 등애는 화살을 네 대 맞으며 죽기로써 싸워 가까스로 싸움을 벗어났다. 그가 위남 영채로 달려가자 사마망도 도착해 촉군을 물리칠 계책을 내놓았다.

"촉주 유선이 환관 황호만 총애하고 밤낮 술과 여색을 탐한다 하오. 그쪽 사람들 틈이 벌어지게 하여 촉주가 강유를 불러들이면 위험이 풀리오."

등애가 기뻐 촉에 들어갈 사람을 찾자 모사인 양양사람 당균이 나서서, 금과 구슬, 보물을 지니고 성도로 가서 황호를 만나게 했다. 당균이 성도에 들어가 먼저 강유가 천자를 원망해 위로 간다는 소문을 퍼뜨리니 사람들이 입을 모아 소문을 날라, 후주는 급히 강유를 불러들였다.

강유가 날마다 싸움을 걸어도 등애가 나오지 않아 의심하는데 별안간 천자의 사자가 와서 조정으로 부르니 무슨 영문인지 모르지만 회군할 수밖에 없었다. 등애와 사마망은 강유가 계책에 걸린 것을 알고 군사를 풀어 쫓아갔다.

이야말로

악의가 제나라를 치다 이간질에 그만두고
악비가 적 깨뜨리다 참언에 걸려 돌아오다

싸움은 어느 편이 이길까?

【악비(岳飛, 1103~1142년)는 송(宋)의 명장으로 여진족이 세운 금(金)의 침략을 막아 승리했으나 재상 진회가 화해를 주장하며 회수 북쪽 땅을 금에 떼어주려고 그를 불러들여 간신들과 공모해 죽여 버렸다. 악비는 중국 역사상 가장 억울하게 죽은 충신 중 하나인데 삼국시대 이후의 사람이지만 비슷한 사례를 드는 것에 능한 이야기꾼들이 덧붙여 여기 이름이 나오게 되었다.】

114

슬프다, 우물에 구부린 용이여!

조모는 수레 달리다 남궐에서 죽고
강유는 식량을 버려 위군을 이기다

강유가 퇴군 명령을 내리자 요화가 말렸다.

"장수가 밖에 있을 때는 임금의 명령도 받지 않는 때가 있다 하오. 지금 비록 조서가 있지만 움직여서는 아니 되오."

장익은 생각이 달랐다.

"촉인들은 대장군께서 해마다 군사를 움직이시어 원망이 크오. 이번에 크게 이겼을 때 사람과 말을 거두어 민심을 안정시키고 다시 좋은 방도를 찾는 게 좋겠소."

강유는 장수들을 법에 따라 물러서게 하고, 위군이 쫓아올 것에 대비해 요화와 장익에게 뒤를 막게 했다. 등애가 군사를 이끌고 쫓는데 앞에 보이는 촉군 깃발이 사뭇 정연하고 사람과 말이 천천히 물러갔다.

"강유가 무후의 법을 잘 배웠구나!"

등애는 한마디 내뱉더니 군사를 돌려 기산 영채로 돌아갔다.

강유는 성도에 이르러 황궁으로 들어가 후주를 뵈었다.

"짐은 경이 변경에서 오랫동안 회군하지 않아, 군사들이 지칠까 두려워 돌아오라고 한 것이지 다른 뜻은 없소."

"신이 기산 영채를 얻고 공을 이루려 하는데 중도에서 포기하게 되었으니 틀림없이 등애의 계책에 걸린 것입니다."

후주는 아무 말도 하지 않았다.

"신은 맹세코 역적을 토벌해 나라의 은혜에 보답하려 하오니 폐하께서는 소인배 말을 듣고 의심하지 마십시오."

한참이 지나서야 후주는 입을 열었다.

"짐은 경을 의심하지 않으니 잠시 한중으로 돌아가오. 위에 변화가 생긴 뒤에 다시 정벌하면 되오."

강유는 한숨을 쉬며 조정에서 나와 한중으로 갔다.

당균이 기산 영채로 돌아오자 등애가 사마망에게 장담했다.

"임금과 신하의 사이가 나빠 반드시 안에서 변화가 생길 것이오."

등애가 당균을 낙양으로 보내 보고하니 사마소는 매우 기뻐 촉을 공략할 마음을 먹고 무관 선발을 맡은 중호군 가충에게 물었다.

"내가 촉을 정벌할까 하는데 어떤가?"

"정벌해서는 아니 됩니다. 천자가 주공을 의심하는데 가볍게 나아가시면 반드시 안에서 난이 일어납니다. 작년에 영릉 우물에 누런 용이 두 번 나타나 신하들이 표문을 올려 상서로운 징조라고 축하했으나 천자는 상서로운 징조가 아니라고 했습니다. '용은 임금의 상징인데 우물에 몸을 구부리고 있으니 갇혀 있는 것이다' 하더니 '잠룡시' 한 수를 지었으니 그 뜻은 분명 주공을 가리키는 것입니다."

가충이 시를 보여주었다.

> 슬프다, 용이 어려움을 당해
> 깊은 못에서 뛰놀지 못하누나
> 위로는 하늘로 날아오르지 못하고
> 아래로는 들에 나타나지 못하며
> 우물 밑에 서리고 있으니
> 미꾸라지 뱀장어 그 앞에서 춤추네
> 이빨을 감추고 발톱을 숨기니
> 아아, 나 역시 마찬가지 신세로다

사마소는 시를 보고 분이 머리끝까지 치밀었다.

"이 사람이 조방을 따르려 하니 일찍 없애지 않으면 나를 해칠 걸세."

"제가 주공을 위해 조만간 꾀해볼까 합니다."

때는 위의 감로 5년(260년) 여름 4월이었다. 사마소가 검을 차고 궁전에 올라가 조모가 일어나 맞이하자 곁의 신하들이 똑같이 아뢰었다.

"대장군의 공덕이 높으시니 진공(晉公)이 되어 구석을 더하셔야 합니다."

조모가 머리를 숙이고 대답하지 않자 사마소가 날카롭게 물었다.

"우리 부자가 큰 공을 세웠는데 내가 진공이 되지 못한다는 말입니까?"

"어찌 감히 명령에 따르지 않겠소?"

조모가 한마디 하자 사마소가 꼬리를 잡았다.

"잠룡시에서 우리를 미꾸라지나 뱀장어라 했는데 무슨 예절입니까?"

조모가 대답이 없어 사마소가 싸늘하게 웃으며 내려오니 모두 등골이 오싹했다.

조모는 뒤쪽 궁전으로 돌아와 시중 왕침과 상서 왕경, 산기상시 왕업을 불러 눈물을 흘리며 하소연했다.

"사마소가 찬탈할 마음을 품은 것은 누구나 아는 바요. 짐이 앉아서 모욕을 받을 수 없으니 경들이 짐을 도와 물리쳐주오!"

왕경이 아뢰었다.

"아니 됩니다. 옛날 노소공(魯昭公)은 계씨를 참지 못하고 공격하다 실패해 나라를 잃었습니다. 지금 중요한 권력이 모두 사마씨에게 넘어가 조정 안팎 대신 중에 아부하는 자들이 하나둘이 아닙니다. 폐하의 호위군은 숫자가 적고 약해 목숨을 걸 사람이 없으니 폐하께서 참지 않으시면 그 화가 큽니다. 신중히 궁리하셔야지 경솔하게 움직이시면 아니 됩니다."

【노소공은 춘추시대 노의 임금으로 기원전 541년 19세에 즉위했는데 나이가 어려 임금답지 못한 짓을 많이 했다. 자기 권력이 작아 불만을 품고 권력자 계손의여를 제거하려 하자 다른 대신들이 세력을 잃을까 두려워 계씨와 함께 소공을 쳤다.】

"이것을 참을 수 있다면 무엇인들 참지 못하겠소? 짐의 뜻은 이미 정해졌으니 죽더라도 두렵지 않소!"

조모가 안으로 들어가니 왕침과 왕업이 왕경에게 말했다.

"일이 급해졌소. 우리가 멸족의 화를 부르지 않으려면 사마 공에게 고해 죽음을 면해야 하오."

왕경은 크게 노했다.

"임금께서 걱정하시면 신하의 모욕이고, 임금께서 욕을 보시면 신하는 죽어야 하거늘 감히 두 마음을 먹는단 말인가?"

왕경이 말을 듣지 않자 왕침과 왕업은 바로 사마소에게 고하러 갔다.

잠시 후 조모가 내원에서 나와 호위 초백에게 궁전에 있는 호위군과 푸른 수건으로 머리를 싸맨 종들, 관가 노복 300여 명을 모으게 하여 왁자지껄 밖으로 나갔다. 조모가 검을 들고 연에 올라 곧장 남쪽 궁궐로 가니 왕경이 연 앞에 엎드려 통곡하며 충고했다.

"폐하께서 수백 명을 거느리고 사마소를 정벌하려 하시면 양을 몰아 호랑이 입에 넣는 격이니 헛되이 죽을 뿐입니다. 신은 목숨을 아끼는 것이 아니라 실로 안 되는 일임을 알기 때문에 이러는 것입니다!"

조모는 고집을 부렸다.

"내 군사가 이미 떠났으니 막지 마라."

조모는 운룡문을 향해 갔다. 저쪽을 보니 가충이 갑옷을 입고 말에 올랐는데 성쉬와 성제가 양쪽에 있었다. 가충이 수천 명 철갑 금군을 거느리고 고함치며 달려오자 조모는 검을 들고 버럭 호통쳤다.

"나는 천자다. 너희가 궁정으로 뛰어들어 임금을 시해하려 하느냐?"

금군이 조모 앞에서 감히 움직이지 못하자 가충이 성제를 불렀다.

"사마 공께서 무엇하러 너를 길렀느냐? 오늘 일 때문이 아니겠느냐?"

성제는 화극을 손에 들고 가충을 돌아보며 물었다.

"죽일까요, 묶을까요?"

"사마 공의 명령이니 죽이기를 원하신다."

성제가 화극을 꼬나 들고 연 앞으로 달려가자 조모가 호통쳤다.

"하찮은 놈이 감히 무례하게 구느냐?"

곧바로 성제가 화극을 찔러 가슴에 꽂으니 조모는 연에서 떨어졌다. 성제가 다시 찌르자 화극 날이 등으로 뚫고 나와 조모는 죽고 말았다. 초백이 창을 꼬나 들고 나왔으나 성제가 단 한 번 화극을 찔러 죽이자 무리는 도망쳤다. 왕경이 가충을 욕했다.

"역적이 어찌 감히 임금을 시해하느냐?"

가충은 크게 노해 좌우에 호령해 왕경을 묶었다. 소식을 알리자 사마소가 궁궐에 들어와 조모가 죽은 것을 보고 짐짓 놀라며 머리를 연에 부딪치고는 여러 대신에게 알리게 했다.

태부 사마부가 궁궐에 들어와 조모의 머리를 자기 다리에 올려놓고 울었다.

"폐하께서 시해당하신 것은 신의 죄입니다!"

【비명에 죽은 군주의 머리를 자기 다리 위에 올려놓는 것은 신하들이 슬픔을 나타내고 예절을 표시하는 방법이었다.】

사마부는 조모를 관에 넣어 편전 서쪽에 두었다. 사마소가 큰 궁전에 들어와 신하들을 부르니 다른 사람은 다 왔는데 상서복야 진태가 얼굴을 내밀지 않았다. 사마소가 진태의 외삼촌인 상서 순의에게 불러오게 하니 진태는 외삼촌을 보고 통곡했다.

"바깥사람들은 진태를 외삼촌과 비교하나 오늘 보면 외삼촌이 진태보다 못합니다."

진태가 상복을 입고 황궁에 들어와 울면서 영구 앞에 절하니 사마소도 거짓으로 울며 물었다.

"오늘 일을 어찌 처리해야 하겠나?"

진태가 단호하게 잘랐다.

"가충의 목을 쳐야 천하에 조금이나마 사죄할 수 있습니다."

사마소는 말없이 생각하다 다시 물었다.

"그다음 방법은 무엇인가?"

"그 방법 하나뿐이지 다음은 모릅니다."

사마소가 호령했다.

◀ 성제가 화극 찔러 황제 가슴에 꽂아

"성제가 대역무도하니 능지처참하고 삼족을 멸하라."

성제는 사마소에게 욕을 퍼부었다.

"내 죄가 아니다. 가충이 네 명령을 전한 것이다!"

사마소가 먼저 그 혀를 자르게 하니 성제는 죽을 때까지 억울하다고 발버둥을 쳤다. 성제의 아우 성쉬 역시 저잣거리에서 목이 날아가고 삼족이 모두 죽임을 당했다. 사마소가 사람을 보내 왕경의 식솔을 전부 묶어 감옥에 가두게 하니, 대청 아래에 있던 왕경은 별안간 어머니가 묶여 오자 머리를 조아리며 울음을 터뜨렸다.

"불효한 아들이 자애로운 어머님께 누를 끼쳤습니다!"

왕경의 어머니는 허허 웃었다.

"사람이 누구인들 죽지 않느냐? 죽을 자리를 찾지 못할까 두려울 뿐인데 이런 일로 목숨을 버린다면 무슨 한이 있겠느냐?"

이튿날 왕경 일가는 동쪽 저잣거리로 압송되었다. 왕경 모자가 웃음을 머금고 형벌을 받으니 성안의 모든 선비와 백성은 눈물을 흘리지 않는 이가 없었다. 태부 사마부가 왕의 예절로 조모를 묻을 것을 청해 사마소는 허락했다. 가충을 비롯한 자들이 사마소에게 위의 선양을 받아 천자 자리에 오르라고 권했으나 사마소 생각은 달랐다.

"옛날 주문왕은 천하의 세 몫에서 두 몫을 차지하고도 은을 섬겨 성인에게 큰 덕으로 칭송받았네. 위무제가 한의 선양을 받으려 하지 않은 것은 바로 내가 위의 선양을 받지 않는 것과 마찬가지일세."

그 말을 듣고 가충과 사람들은 사마소가 아들 사마염(司馬炎)에게 뜻을 두었음을 알고 더 권하지 않았다.

이해 6월 사마소는 상도향공 조황(曹璜)을 황제로 세우고 연호를 경원(景元) 원년으로 했다. 조황은 이름을 조환(曹奐)으로 고쳤다.

【그 시대에는 황제의 이름자를 글로 쓰지 못하고 말해서도 안 되는, 피휘(避諱) 제도가 있었는데 뭇사람들이 '황(璜)' 자를 피하기 어려운 탓이었다.】

조환의 자는 경명(景明)이니 무제 조조의 손자이고 연왕 조우의 아들이었다. 조환은 사마소를 상국, 진공으로 봉하고 돈 10만 전과 비단 1만 필을 내렸다. 신하들도 각기 벼슬을 얻고 상을 받았다.

소식이 촉에 전해지자 강유는 매우 기뻐했다.

"내가 위를 정벌할 명분이 또 하나 생겼구나."

오에 글을 보내 군사를 일으켜 사마소가 임금을 시해한 죄를 묻게 하고, 후주에게 상주해 15만 군사를 일으켰다. 이번에는 수레 수천 대를 움직이는데 그 위에는 모두 나무로 짠 상자가 실려 있었다. 요화와 장익을 선봉으로 세워, 요화는 자오곡으로 나아가고 장익은 낙곡으로 나아가며 자신은 야곡으로 나아가 모두 기산에서 모이기로 했다.

기산 영채에서 군사를 훈련하던 등애가 보고를 받고 장수들을 모아 대책을 의논하니 참군 왕관(王瓘)이 꾀를 냈다.

"저에게 계책이 있는데 드러내 말할 수는 없으니 삼가 써서 올리겠습니다."

등애는 글을 읽고 웃었다.

"이 계책이 묘하기는 하나 강유를 속이지 못할까 걱정이오."

"저는 목숨 걸고 가서 사마 공의 은혜에 보답하겠습니다."

왕관이 단호하게 다짐하자 등애가 허락했다.

"공의 뜻이 굳으면 성공할 수 있소."

등애가 5000명 군사를 주자 왕관은 야곡으로 나아가 촉군 선두를 만났다.

"우리는 위에서 항복하러 온 군사이니 원수께 알려다오."

강유가 듣고 우두머리 장수만 데려오라고 명해 왕관이 가서 엎드렸다.

"저는 왕경의 조카 왕관으로 사마소가 임금을 시해하고 숙부 일가를 몰살해 뼈에 사무치게 미워합니다. 오늘 다행히 장군께서 그 죄를 물으러 오시니 군사를 이끌고 항복을 드립니다. 장군 명령을 받들어 간사한 무리를 쳐 없애고 숙부의 원한을 갚을까 합니다."

강유는 대단히 기뻐했다.

"그대가 진심으로 항복하는데 내가 어찌 성의껏 대하지 않겠는가? 내 군사의 걱정거리는 식량인데, 군량 수레 수천 대가 천구에 있으니 기산으로 끌어가게. 나는 기산 영채를 치러 가겠네."

계책에 걸렸다고 왕관이 기뻐 응하자 강유가 또 명했다.

"군량 나르는 데에 5000명은 필요 없으니 3000명만 데리고 가게. 2000명은 길을 안내해 기산을 치도록 하세."

강유가 의심할까 두려워 왕관이 군말 없이 3000명만 데리고 떠나자 강유는 위군 2000명을 부첨에게 주어 명령에 따라 움직이게 했다. 하후패가 장막에 들어와 물었다.

"도독은 어찌 왕관 말을 믿으십니까? 내가 위에 있을 때 왕관이 왕경의 조카라는 말은 듣지 못했습니다. 그중에는 반드시 속임수가 있으니 장군은 살펴보시기 바랍니다."

강유는 껄껄 웃었다.

"내가 이미 왕관의 거짓 수작을 알고 그 군사를 나누어 계책을 거꾸로 이용하려는 것이니 바로 장계취계(將計就計)라 하겠소."

"장군 말씀을 들어봅시다."

"사마소는 조조에 비길 만한 간웅이오. 왕경을 죽이고 삼족을 몰살한 터에 어찌 친조카가 관외에서 군사를 거느리게 하겠소? 그래서 거짓을 알았소."

강유는 야곡으로 나아가지 않고 길에 군사를 매복시켜 왕관의 첩자를 막았다. 열흘도 지나지 않아 과연 왕관이 등애에게 보고하는 글을 지닌 자를 붙잡았다. 8월 20일, 오솔길로 군량을 날라 큰 영채로 돌아갈 것이니 담산 골짜기로 군사를 보내 맞이해달라는 내용이었다.

강유는 8월 15일에 등애가 직접 대군을 이끌고 담산 골짜기에서 맞이해달라고 글을 고쳐 위군 영채에 전하고, 군량 수레 수백 대에서 식량은 내리고 장작이며 마른 풀, 불쏘시개를 실어 푸른 천으로 가렸다. 부첨에게 항복한 위군 2000명을 이끌고 가서 식량 깃발을 들게 하고, 하후패와 함께 산골짜기에 매복했다. 장서는 야곡으로 나오게 하고 요화와 장익은 기산을 치게 했다.

등애는 왕관의 편지를 받고 크게 기뻐 8월 15일, 5만 정예를 이끌고 담산 골짜기로 달려갔다. 군사를 보내 정탐하니 수많은 식량 수레가 끊임없이 산골짜기로 움직인다고 했다. 등애도 높은 곳에 말을 세우고 바라보니 식량 나르는 군사는 모두 위군이었다. 장수들이 권했다.

"날이 저물었으니 빨리 맞이해 왕관이 골짜기를 벗어나도록 하시지요."

"저 앞에 산들이 눈을 가려, 매복한 군사가 있으면 급히 물러서기 어려우니 여기서 기다려야 한다."

그러자 기병 둘이 쏜살같이 달려와 보고했다.

"왕 장군이 군량과 말먹이 풀을 싣고 경계를 넘는데 군사가 쫓아오니 빨리 구원해주시기 바랍니다."

등애는 깜짝 놀라 급히 군사를 재촉해 달려갔다. 이른 밤인데 달이 환하게 비추어 대낮이나 다름없었다. 산 뒤에서 고함이 들려 왕관이 싸우는 줄 알고 달려가자 별안간 숲 뒤에서 한 무리 군사가 달려 나왔다.

"등애는 우리 대장군 계책에 걸렸으니 어서 죽임을 받지 않고 무얼 하느냐?"

촉군 장수 부첨이 소리쳐 등애가 깜짝 놀라 달아나자 수레들에 죄다 불이 붙었다. 그 불을 신호로 양쪽에서 촉군이 뛰어나와 위군은 여러 토막으로 끊겼는데 사방의 산에서 들리는 말이 똑같았다.

"등애를 잡으면 천금을 주고 만호후에 봉한다!"

질겁한 등애는 갑옷을 버리고 투구도 팽개치며 타던 말까지 버리고 보군 속에 끼어 산을 넘고 고개를 올라 도망쳤다. 강유와 하후패는 말 위에 앉은 우두머리만 잡으려 하는데 등애가 두 다리로 달려 달아날 줄이야. 강유는 승리한 군사를 이끌고 왕관의 군량 수레를 맞이하러 갔다.

왕관은 등애와 약속한 대로 군량과 말먹이 풀 수레를 갖추고 기다리는데 보고가 들어왔다.

"일이 드러나 등 장군은 크게 패하고 목숨이 어찌 되셨는지 모릅니다."

왕관이 깜짝 놀라는데 갑자기 세 길로 군사들이 쳐들어오고 뒤에서도 먼지가 보얗게 일어나 사방 어디로도 나갈 길이 없다고 했다. 왕관이 급히 군량과 말먹이 풀 수레를 불태우니 순식간에 세찬 불길이 하늘로 솟구쳤다. 왕관은 목청껏 외쳤다.

"일이 급해졌다! 너희는 죽기로써 싸워라!"

군사를 이끌고 서쪽으로 달려가자 강유의 군사가 세 길로 쫓아왔다. 강유는 왕관이 목숨을 걸고 위로 달려갈 줄 알았는데 도리어 한중으로 쳐들어갈 줄이야. 군사가 적은 왕관은 잔도와 여러 요충지의 관을 죄다 불태워버렸다.

강유는 한중을 잃을까 걱정되어 등애를 쫓지 못하고 밤을 무릅쓰고 오솔길로 달려 왕관을 쫓아갔다. 왕관은 네 방향으로 촉군 공격을 받다 흑룡강에 뛰어들어 죽고, 강유는 등애를 이기기는 했으니 군량 수레를 많이 잃고 잔도도 망가져 군사를 이끌고 한중으로 돌아갔다.

등애는 패한 군사를 이끌고 기산 영채로 돌아가 표문을 올려 죄를 빌고 벼슬을 깎아 달라 청했다. 사마소는 등애가 여러 번 큰 공을 세워 벼슬을 깎지 못하고 오히려 후하게 상을 내리니 등애는 받은 재물을 모두 해를 입은 장졸들 집에 나누어 주었다.

사마소는 촉군이 다시 나올까 두려워 등애에게 5만 군사를 늘려주어 단단히 지키게 했다. 촉에서 강유는 밤낮으로 잔도를 수리하면서 다시 출병하려고 의논했다.

이야말로

연이어 잔도 고치고 연이어 진군하며
중원 정벌 않고는 죽어도 쉬지 못해

승부는 어찌 될까?

115

환관 두려워 대장군이 밭 갈다

회군 조서 내려 후주는 참언 믿고
둔전 핑계로 강유는 화를 피하다

촉한 경요 5년(232년) 겨울 10월, 대장군 강유는 잔도를 수리하고 군량과 병기를 정돈하며 한중의 물길로 배를 조달해 준비를 끝내고 후주에게 또 표문을 올렸다.

'신이 여러 번 출정해 큰 성공을 거두지는 못했으나 위의 사람들 간담을 서늘하게 만들었습니다. 군사를 기른 지 오래이니 싸우지 않으면 게을러지고 게을러지면 병이 생깁니다. 군졸들은 죽기로써 싸우려 하고 장수들은 기꺼이 몸을 바치려 하오니 신이 이기지 못하면 죽을죄를 받겠습니다.'

후주가 결정을 내리지 못하자 초주가 아뢰었다.

"밤에 천문을 살피니 서촉 분야 장수별이 흐려 밝지 못했습니다. 대장군이 또 출병하려 하는데 매우 불리하니 조서를 내려 막으시지요."

후주가 대답했다.

"잠시 이번 걸음이 어떤가 보고 탈이 생기면 막겠노라."

초주는 여러 번 애써 충고해도 후주가 말을 듣지 않자 집에 돌아가 탄식하며 병을 핑계로 다시는 나오지 않았다.

강유는 군사를 일으키고 요화에게 물었다.

"내가 이번에는 맹세코 중원을 회복하려 하는데 먼저 어느 곳을 쳐야 하겠소?"

"장군이 해마다 정벌을 나가서 군사와 백성이 편안하지 못하오. 위에는 슬기롭고 꾀 많은 등애가 있어 결코 만만한 인물이 아닌데 억지로 어려운 일을 벌이니 이 화가 마음대로 말할 바가 아니오."

강유는 발끈했다.

"옛날 제갈 승상께서 여섯 번 기산을 나가신 것도 나라를 위해서였소. 내가 여덟 번 위를 정벌하는 것이 어찌 나 하나를 위해서겠소? 먼저 조양을 쳐서 손에 넣겠소. 거스르는 자가 있으면 목을 벨 것이오!"

요화에게 한중을 지키게 하고 30만 군사를 일으켜 조양을 치러 가니 어느새 기산에 보고되어 등애와 병법을 논하던 사마망이 걱정했다.

"강유는 계책이 많아 조양을 치는 척하면서 사실은 기산을 치는 게 아니겠소?"

등애가 자신 있게 대답했다.

"이번에는 정말 조양으로 나올 것이오. 이전에 거듭 우리 식량이 있는 곳으로 나왔는데, 조양에는 식량이 없으니 내가 기산만 지키고 그곳은 지키지 않으리라 짐작해 곧바로 조양을 칠 것이오. 이 성을 얻으면 군량을 쌓고 말먹이 풀을 모아 강인들과 손잡고 오랫동안 싸울 생각을 할 것이오."

"그러면 어찌해야 하오?"

"여기 군사를 전부 일으켜 둘로 나누어 조양을 구하러 갑시다. 조양에서 25리 떨어진 곳에 후하라는 작은 성이 있으니 조양의 숨통 같은 곳이오. 공은 군사 한 대를 이끌고 조양에 매복해 깃발을 눕히고 북도 치지 않으면서 서문을 활짝 열어 맞이하고, 나는 군사 한 대로 후하에 매복하면 반드시 대승을 거둘 수 있소."

기산에는 편장 사찬만 남겨 영채를 지키게 했다.

하후패가 전군이 되어 조양에 이르니 성 위에는 깃발 하나 없고 네 문이 활짝 열려 있었다. 은근히 의심해 섣불리 성으로 들어가지 못하고 장수들을 돌아보았다.

"혹시 속임수가 있는 게 아닐까?"

장수들이 대답했다.

"빈 성이고 백성들만 좀 있을 뿐이니 모두 성을 버리고 달아난 것입니다."

성 뒤로 돌아가 보니 늙은이와 어린아이들이 서북쪽을 향해 가고 있었다.

"과연 빈 성이로구나."

하후패가 마음 놓고 앞장서서 성으로 들어가는데, 옹성 가에 이르자 난데없이 포 소리가 터지더니 성 위에서 북과 나팔이 울리며 곳곳에서 깃발이 일어서고 조교가 번쩍 쳐들렸다.

"계책에 걸렸구나!"

황급히 물러서려 했으나 성 위에서 화살과 돌이 비 오듯 쏟아져 하후패는 500명 군사와 함께 성 아래에서 죽고 말았다.

성안에서 사마망이 쳐 나와 촉군이 크게 패해 도망치자 곧 강유가 와서 사마망을 물리치고 성벽 곁에 영채를 세우며 슬픔을 금치 못했다. 그날 밤 후하성을 나온 등애가 살금살금 촉군 영채로 기어들어 싸움을 벌이자 군사가 크게 어지러워져 강유가 아무리 기를 써도 막을 수 없었다. 그런데 성 위에서 하늘이 떠나갈 듯 북과 나팔이 울리며 사마망이 쳐 나와 촉군은 또 참패하고 말았다. 강유는 죽기로써 싸워 20여 리 물러서서 영채를 세우고, 두 번이나 패한 촉군 장수들을 다독였다.

"이기고 지는 것은 군사를 부리는 사람들이 늘 겪는 일이니 걱정할 것 없네. 성공은 다음 싸움에 달렸으니 끝까지 마음을 바꾸지 말게. 물러서려 하는 자는 목을 치겠네."

장익이 나섰다.

"위군이 모두 여기 있으니 기산은 텅 비었소. 대장군께서 군사를 정돈해 등 애와 싸우면서 조양과 후하를 치시지요. 제가 한 무리 군사를 이끌고 기산을 치리다. 기산 아홉 개 영채를 손에 넣으면 곧 군사를 휘몰아 장안으로 나아갈 수 있으니 이것이 상책이오."

강유는 장익에게 기산을 치게 하고 후하로 나아가 싸움을 걸었다. 등애가 군사를 이끌고 나와 양쪽에서 진을 치고 두 사람이 맞서 싸우는데 몇십 합을 겨루어도 승부가 나지 않자 각기 군사를 거두었다. 이튿날 강유가 또 싸움을 걸었으나 등애는 군사를 움직이지 않는데, 강유의 군사가 온갖 욕을 퍼붓자 가만히 생각했다.

'촉군이 패하고도 물러서지 않고 오히려 며칠째 싸움을 거는 것은 군사를 나누어 기산 영채를 습격하려는 것이다. 영채를 지키는 사찬은 군사가 적고 꾀가 부족해 패할 것이니 내가 가서 구해야 하겠다.'

아들 등충을 불러 힘을 다해 영채를 지키며 경솔하게 나가 싸우지 말라 이 르고 밤에 군사를 이끌고 기산으로 떠났다.

그날 밤 고함이 땅을 울리고 북과 나팔이 하늘을 흔들며 등애가 3000명 정 예를 거느리고 밤 싸움을 하러 온다고 하여 장수들이 싸우려 하자 강유가 막 았다. 등애는 촉군 영채를 정탐한 후 기산을 구하러 가고, 등충이 성으로 돌 아가자 강유는 장수들을 불렀다.

"등애가 밤 싸움을 할 듯 기세를 보였으니 기산 영채를 구하러 간 걸세."

강유는 부첨에게 영채를 단단히 지키게 하고 3000명을 이끌고 장익을 도 우러 갔다. 이때 기산에서는 촉군 장익이 힘을 떨쳐 공격해 위군 사찬이 버티 지 못하고 영채가 곧 함락되려 하는데 등애의 군사가 들이닥쳐 촉군은 크게 패하고 장익은 산 뒤에 막혀 돌아갈 길이 끊겼다. 한참 당황하는데 고함도 요란하게 강유가 달려와 협공하니 이번에는 등애가 크게 패하고 물러서서 기산 영채로 들어갔다. 강유는 네 방향으로 에워싸고 공격했다.

여기서 이야기는 두 갈래로 나뉜다.

후주는 성도에서 환관 황호 말만 믿고 술과 여색에 빠져 정사를 돌보지 않았다. 이때 대신 유염의 아내 호(胡)씨가 대단히 아름다운데 황궁에 들어가 황후를 뵙자 황후가 궁중에 남아 있게 했다. 호씨가 한 달이나 지나 궁중에서 나오자 유염은 아내가 후주와 사통하지 않았나 의심해 부하 군사 500명을 늘어세우고 신으로 얼굴을 때리게 하여 호씨는 거의 죽다 살아났다. 후주가 듣고 크게 노해 신하들에게 유염의 죄를 논하게 하니 아뢰었다.

"군사는 여자를 때리는 사람이 아니고, 얼굴은 형벌을 가하는 곳이 아니니 유염을 죽여 저잣거리에 내다 버려야 합니다."

그래서 유염의 목을 쳤는데, 이때부터 황제가 내린 칭호를 받은 '명부(命婦)'라 불리는 여자들은 궁중에 드나들지 못하게 했다. 그래도 신하들 가운데는 후주의 음탕한 행위에 의심을 품고 원망하는 자들이 많아, 현명한 이들은 차츰 물러나고 소인배들이 후주 앞으로 다가갔다.

이때 우장군 염우는 한 치 공로도 없이 황호에게 아부해 중요한 관직을 얻었는데, 강유가 기산에서 군사를 거느리자 황호를 부추겨 후주에게 아뢰었다.

"강유는 여러 번 싸웠으나 공로가 없으니 염우에게 대신하게 하시지요."

후주가 조서를 내려 강유를 부르는데, 기산에서 위군 영채를 치는 강유에게 하루 사이에 조서가 세 통이나 이르러 회군을 명했다. 강유는 명에 따를 수밖에 없어 조양의 군사를 물리고 장익과 함께 서서히 물러갔다.

등애는 촉군 영채에서 밤새 울리는 북과 나팔 소리의 영문을 알 수 없었는데 날이 밝자 촉군이 모두 물러가고 빈 영채만 남았다고 하니 계책이 있으리라 의심해 감히 쫓지 못했다.

강유는 한중으로 물러가 군사를 쉬게 하고 사자와 함께 성도로 갔으나 후주가 열흘이나 조회를 보지 않아 속으로 의혹이 많았다. 하루는 동화문에서 비서랑 극정을 만나 궁금한 사연을 물었다.

"천자께서 회군하라고 부르셨는데 공은 까닭을 아시오?"

극정이 웃으며 대답했다.

"대장군께서는 아직 모르십니까? 염우에게 공을 세우게 하려고 황호가 상주해 장군을 불러들였는데, 등애가 군사를 잘 부린다는 말을 듣고 그만두었습니다."

강유는 크게 노했다.

"내가 반드시 이 환관 놈을 죽이고 말겠소."

극정이 말렸다.

"대장군께서는 무후의 사업을 이어받아 맡은 일이 크고 관직이 무거우신데 어찌 경솔히 움직이려 하십니까? 천자께서 용납하지 않으시면 오히려 아름답지 못하게 됩니다."

강유가 감사를 드렸다.

"선생 말씀이 옳소."

이튿날 후주가 황호와 후원에서 잔치를 베풀고 술을 마시는데 강유가 몇 사람을 데리고 들어가니, 어느새 알린 자가 있어 황호는 호숫가 산 옆으로 피하고, 강유는 정자 아래에 이르러 후주에게 절하고 눈물을 흘렸다.

"신이 기산에서 등애를 에워쌌는데 폐하께서 조정으로 돌아오라는 조서를 연거푸 세 통이나 내리셨으니 성스러운 뜻이 어떠하신지 모르겠습니다."

후주는 입을 다물고 말하지 않아 강유가 또 아뢰었다.

"황호는 간교한 환관으로서 권력을 잡고 휘두르니 영제 때 십상시 같은 자입니다. 폐하께서 가까이로는 장양의 일을 거울로 삼으시고 멀리는 조고(趙高)를 보셔서 빨리 이 자를 죽이셔야 조정이 깨끗해지고, 그 후에야 비로소 중원을 회복할 수 있습니다."

【조고는 진(秦)의 권력을 휘두른 유명한 환관이었다.】

후주는 히죽 웃었다.

"황호는 종종걸음으로 심부름이나 하는 신하인데 권력을 잡게 하더라도 무얼 해보지 못할 것이오. 이전에 동윤이 항상 이를 갈며 황호를 미워해 아주 이상했는데 경은 탓할 게 무어요?"

강유는 머리를 조아리며 아뢰었다.

"폐하께서 황호를 없애지 않으시면 머지않아 화가 닥칩니다."

후주에게도 나름의 논리가 있었다.

"옛말에 '사랑하면 그가 오래 살기를 바라고, 미워하면 그가 빨리 죽기를 바란다[愛之慾其生애지욕기생 惡之慾其死악지욕기사]'고 하더니 경은 어찌하여 환관 하나를 용납하지 못하오?"

【후주가 《논어》의 〈안연〉에 나오는 말까지 인용해 궤변을 부리니 강유는 할 말이 없었다.】

후주가 불러 강유에게 절하며 사죄하게 하자 황호는 울며 절하고 애원했다.

"저는 아침저녁 황제 마마를 모실 뿐, 국정에 참여하지 않았사옵니다. 장군께서는 다른 사람 말을 듣고 저를 죽이려 하지 마옵소서. 제 목숨은 장군께 달렸으니 가엾게 여겨주시기만 빕니다."

◀ 후주가 황호를 불러 사죄하게 했으나

머리를 조아리며 눈물을 흘리자 강유는 분을 삭일 수 없어 가쁜 숨을 몰아쉬며 궁궐을 나왔다. 그길로 극정을 찾아가 이야기하니 그가 걱정했다.

"장군께 곧 화가 닥쳐오게 되었으니, 장군께서 위험해지면 나라가 망합니다."

강유가 사정했다.

"선생이 나라를 보호하고 몸을 편안히 할 계책을 가르쳐주시오."

"농서에 답중이라는 곳이 있습니다. 지극히 기름진 땅인데 장군께서는 어찌하여 무후께서 땅을 돌보아 군량을 마련하신 일을 본받아, 천자께 아뢰고 답중에 가서 농사를 짓지 않으십니까? 첫째는 밀이 익으면 군량을 보태게 되고, 둘째는 농우 여러 고을을 넘볼 수 있으며, 셋째는 위의 사람들이 감히 한중을 바로 보지 못하게 하고, 넷째는 장군께서 밖에서 군권을 장악하시어 다른 사람이 해칠 수 없으니 화를 피할 수 있습니다. 나라를 지키고 몸을 편안히 하는 계책이니 빨리 실행하는 것이 좋습니다."

강유는 대단히 기뻐 고마워했다.

"선생의 말씀은 금과 옥 같은 것이오."

강유가 표문을 올려 답중에서 농사를 지어 무후의 일을 본받겠다고 청하자 후주가 허락해, 한중으로 돌아와 장수들을 모았다.

"내가 여러 번 출전하면서 식량이 부족해 성공하지 못했소. 지금 8만 군사를 데리고 답중에서 밀을 심어 천천히 움직일까 하오. 여러분은 오랫동안 싸우며 수고가 많았으니 잠시 병기를 거두고 곡식을 쌓으면서 물러서서 한중을 지키시오. 위군은 천 리 길을 오며 군량을 날라야 하니 산을 넘고 고개를 지나노라면 자연히 지칠 것이오. 피로하면 반드시 물러서기 마련이니 그때 틈을 타 쫓아가면 물리치지 않을 수 없소."

호제에게 한수성을 지키게 하고, 왕함은 낙성을 지키며, 장빈은 한성을 지키고, 장서와 부첨은 함께 험한 관을 지키게 했다. 장수들에게 제각기 일을 맡긴 강유는 8만 군사를 이끌고 밀을 심어 장구한 계책을 세웠다.

등애가 들자니 강유가 답중에서 농사를 짓는데 길에 영채 40여 개를 세워 구불구불 이어진 모습이 기다란 뱀과 같다고 했다. 등애가 지형을 살펴 그림을 그리고 표를 갖추어 조정에 아뢰니 진공 사마소가 보고 대단히 노했다.

"강유가 거듭 중원을 침범하는데 제거하지 못하면 내 가슴과 배의 큰 근심거리다."

가충이 말했다.

"강유는 공명에게서 물려받은 병법을 깊이 터득해 급히 물리치기 어렵습니다. 슬기롭고 용맹한 장수를 몰래 보내 암살하면 군사를 일으키는 수고로움을 피할 수 있습니다."

종사중랑 순욱이 반대했다.

"그렇지 않습니다. 촉주 유선이 술과 여색에 빠져 환관 황호만 의지하니 대신들은 모두 화를 피할 마음을 품었습니다. 강유가 답중에서 농사를 짓는 것도 바로 화를 피하려는 계책이니 대장을 시켜 정벌하면 이기지 못할 리 없는데 어찌 굳이 자객을 쓰십니까?"

사마소는 허허 웃었다.

"그 말이 좋구먼. 내가 촉을 정벌하는데 누가 장수가 될 만하겠는가?"

순욱이 대답했다.

"등애는 뛰어난 인재이니 거기에 종회를 차장으로 얻으면 대사가 이루어집니다."

사마소는 크게 기뻐 종회를 불렀다.

"내가 경을 대장으로 세워 오를 정벌할까 하는데 가능하겠는가?"

"실은 오를 정벌하시려는 것이 아니라 촉을 정벌하시려는 것이지요."

종회의 영리한 대답에 사마소는 껄껄 웃었다.

"경은 실로 내 마음을 아는군. 경이 촉을 정벌한다면 어떤 계책을 써야 하는가?"

"저는 이미 주공께서 촉을 정벌하시려는 줄 알고 그림을 그려놓았습니다."

종회가 바치는 그림을 펼쳐보니 촉으로 가는 길에 영채를 세우고 식량을 쌓으며 말먹이 풀을 저장할 곳들이 상세히 밝혀져 있고, 어디로 들어가 어디로 물러서야 하는가도 빈틈없이 적혀 있는데, 하나하나 모두 법도가 있어 사마소는 크게 기뻐했다.

"정말 좋은 장수로다! 경이 등애와 군사를 합쳐 촉을 치면 어떠한가?"

종회가 대답했다.

"촉에는 길이 많아 한 길로만 나아갈 수 있는 것이 아닙니다. 등애와 군사를 나누어 각기 나아가면 됩니다."

사마소는 종회를 진서장군으로 임명해 절과 월을 지니고 관중의 사람과 말을 총지휘하는 동시에 청주, 서주, 연주, 예주, 형주, 양주 군사들을 모두 데려와 지휘하게 했다. 또 절을 지닌 사람을 보내 등애를 정서장군으로 봉해 관외와 농산 일대 군사를 총지휘하면서 날짜를 정해 촉을 정벌하게 했다.

다음날 사마소가 조정에서 이 일을 의논하자 문무백관이 서로 얼굴을 바라보며 낯빛이 변했다. 누구도 촉을 칠 마음이 없었던 것이다. 전장군 등돈이 반대했다.

"강유가 여러 번 중원을 침범해 아군은 많이 다쳤소이다. 지키기만 하는데도 자신을 보전하기 어려운데 어찌 산천이 위험한 곳에 깊이 들어가 스스로 화를 부르십니까?"

사마소는 벌컥 화를 냈다.

"의로운 군사를 일으켜 무도한 임금을 정벌하려 하는데 어찌하여 뜻을 거스르느냐?"

좌우에 호령해 등돈의 목을 치게 하여 무사들이 머리를 바치자 신하들 얼굴빛이 모두 변했다. 사마소가 설명했다.

"내가 동쪽을 정벌한 뒤 6년을 쉬었소. 군사를 조련하고 갑옷을 수리해 이미 완벽하게 갖추고 오와 촉을 정벌하려 한 지 오래요. 오는 땅이 넓은 데다 습해 치기 힘드니 먼저 촉을 평정하고, 그다음 물길 따라 물과 뭍으로 내려가 오를 삼키면 이는 괵을 멸망시키고 우까지 차지하는 방법이오. 촉의 장졸들은 성도를 지키는 자가 8만에 변경을 지키는 자들은 4만을 넘지 않고, 강유가 데리고 농사짓는 자들은 겨우 7만이오. 내가 이미 등애에게 명해 관외와 농산 군사 10여 만을 이끌고 강유를 답중에 묶어 동쪽을 돌보지 못하게 하고, 종회를 보내 관중의 정예 군사 10여 만을 이끌고 낙곡으로 나아가 세 길로 한중을 치게 했소. 촉주 유선은 어리석은 자라 변경의 성들이 밖에서 깨지고 백성들이 안에서 떨면 곧 망하고 말 것이오."

사람들은 절을 하며 탄복했다.

진서장군 도장을 받고 군사를 일으켜 촉을 치게 된 종회는 기밀이 샐까 두려워 오를 정벌한다는 명목으로 청주를 비롯한 다섯 곳에서 각기 큰 배를 만들게 하고 당자를 등주, 내주 같은 바닷가로 보내 배를 마련하게 했다. 사마소가 뜻을 알 수 없어 묻자 종회가 대답했다.

"우리 대군이 진군한다는 말을 들으면 촉은 반드시 오에 도움을 바랄 것입니다. 그러하니 미리 성세를 갖추어 오를 정벌할 듯한 모양을 취해야지요. 오는 감히 함부로 움직이지 못할 것이니 1년 안에 촉을 깨뜨리면 배도 다 준비되어 오를 정벌하는 일이 순조롭지 않겠습니까?"

사마소가 크게 기뻐 날짜를 잡아 출병하게 하니 때는 위 경원 4년(263년) 7월 초사흘이었다. 사마소가 출병하는 종회를 성 밖으로 10리 나가 배웅하고 돌아오니 사마소의 상국부에서 관리 채용을 맡은 서조연 소제(邵悌)가 가만히 아뢰었다.

"주공께서 종회에게 10만 군사를 거느리고 촉을 정벌하게 하셨는데, 어리석은 저는 종회가 뜻이 크고 마음이 높아 홀로 대권을 잡게 해서는 아니 된다고 생각합니다."

사마소가 웃으며 대꾸했다.

"내가 어찌 모르겠느냐?"

"아시면서도 어찌하여 다른 사람을 보내 함께 그 직을 맡게 하지 않으십니까?"

사마소는 몇 마디 말로 소제의 의심을 풀어주었다.

이야말로

사람과 말 이제 막 떠나보내는 날
어느덧 장군의 횡포한 마음 알았네

사마소는 무슨 말을 했을까?

116

싸움에 이겨도 집에 못 돌아가

종회는 한중에서 군사를 가르고
무후는 정군산에 신으로 나타나

사마소가 소제에게 말했다.

"제갈무후가 여섯 번 기산을 나와 우리가 장졸을 숱하게 잃었는데, 강유는 아홉 번 중원을 침범해 백성이 불안하고 장졸들이 떨었다. 조정 신하들은 모두 촉을 정벌할 수 없다고 말하는데 속으로 두려워하기 때문이다. 사람은 두려워하면 슬기와 용맹이 바닥나니 그들을 억지로 싸우게 하면 반드시 패하고 만다. 종회 홀로 촉을 정벌할 계책을 세웠으니 그 마음이 두려워하지 않아 반드시 촉을 깨뜨릴 수 있다. 그러면 촉 사람들은 쓸개가 부서진다. 옛사람들은 '싸움에서 진 장수는 용맹을 말할 수 없고, 나라가 망한 대부는 존재를 바랄 수 없다 [敗軍之將패군지장 不可以言勇불가이언용, 亡國之大夫망국지대부 不可以圖存불가이도존]'고 했으니 종회가 다른 마음을 먹더라도 촉 사람들이 어찌 도와주겠느냐? 위군은 이기면 반드시 돌아오고 싶어 종회를 따라 반란을 일으킬 마음이 없으니 더욱 걱정할 게 없다. 이 말은 나와 너만 알면 된다. 절대 누설하지 말라."

빈틈없는 헤아림에 감복한 소제는 엎드려 절했다.

종회는 영채를 세우고 장막 윗자리에 올라 장수들을 모아 명령을 듣게 했다. 장수들을 감독하는 감군 위관(衛瓘)과 무관 선발을 맡은 호군 호열(胡烈)을 비롯해 대장인 전속, 방회, 전장, 원정, 구건, 하후함, 왕매, 황보개, 구안을 비롯한 80여 명 장수가 모였다.

"반드시 대장 한 사람이 선봉으로 나서서 산을 만나면 길을 내고 물을 만나면 다리를 놓아야 하는데 누가 감히 이 일을 맡겠는가?"

"제가 맡고 싶습니다."

종회가 보니 '호랑이 장수'로 불리던 허저의 아들 의(儀)였다. 장수들이 다 같이 말했다.

"이 사람이 아니면 선봉이 될 수 없습니다."

종회는 그를 앞으로 불렀다.

"그대는 호체원반(虎體元班)의 장수로서 아버지와 아들이 다 이름이 났는데 장수들도 모두 그대를 보증하는구나. 그대는 선봉 도장을 걸고 기병 5000명과 보병 1000명을 거느리고 곧바로 한중으로 달려가라. 군사를 세 길로 나누되 그대는 중군을 거느려 야곡으로 나아가고, 좌군은 낙곡으로 나아가며, 우군은 자오곡으로 나아간다. 그곳은 다 험한 산들이니 군사들에게 명해 길에 난 구멍을 메우고 다리를 고치며, 산을 뚫고 돌을 깨어 대군이 나아가는 데에 막힘이 없도록 하라. 만약 명령을 어기면 반드시 군법으로 다스리겠다."

【'호체원반'은 고귀한 가문에서 태어나 따로 애써 부귀를 구할 필요가 없다는 뜻이다. 원반은 조회 때 신하들이 서는 줄을 가리킨다.】

허의가 명령을 받들고 군사를 거느려 나아가자 뒤이어 종회도 10만 군사를 이끌고 밤낮으로 길을 재촉했다.

이와 때를 같이하여 등애는 농서에서 촉을 정벌하라는 조서를 받들고 사마망을 보내 강인을 막도록 하고, 옹주 자사 제갈서와 천수 태수 왕기, 농서 태수 견홍, 금성 태수 양흔에게 각기 군사를 이끌고 받들게 했다.

여러 곳의 군마가 구름처럼 몰려드는데 등애는 밤에 자다 꿈을 꾸었다. 꿈 속에서 높은 산에 올라 한중을 바라보는데 별안간 발밑에서 샘이 솟구치더니 물이 마구 위로 불어났다. 잠시 후 놀라 깨어나니 온몸에 땀이 흘러 그 자리에 앉아 밤을 새우고 새벽이 되어 《주역》에 밝은 호위 원소를 불러 꿈 이야기를 상세히 들려주니 그가 풀이했다.

"주역에는 '산 위에 물이 있으면 건(蹇)'이라 했는데 건괘란 서남에 이롭고 동북에 불리합니다. 성인이 말씀하시기를 '건은 서남에 이로우니 가면 공이 있고, 동북에 불리하니 그 길이 궁하도다'라고 했습니다. 장군께서는 이번 걸음에 틀림없이 촉을 깨뜨리시겠지만 아쉽게도 돌아오시지 못합니다."

《주역》의 건괘에 나오는 말을 줄줄 외우는 사람 앞에서 등애는 의심할 엄두도 내지 못하고 서글퍼했다.

이때 종회의 격문이 와서 군사를 일으켜 한중에서 모이자고 하니 등애는 곧 제갈서를 보내 1만 5000명 군사를 이끌고 강유가 돌아갈 길을 끊게 하고, 왕기와 견홍에게 각기 1만 5000명씩 군사를 이끌고 답중을 치게 하며, 양흔에게 1만 5000명 군사를 이끌고 감송에서 강유의 뒤를 막아 치게 했다. 등애는 3만 군사를 거느리고 오가며 여러 길 군사를 도와주기로 했다.

이때 낙양에서 종회가 군사를 거느리고 떠나자 백관들이 배웅하며 칭찬하고 부러워하는데 사마소의 참모 노릇을 하는 상국참군 유식만은 말없이 빙그레 웃기만 했다. 태위 왕상이 말 위에서 보고 그의 손을 잡았다.

鐘會率軍伐西蜀乙酉書日 業雄畫

"종회와 등애가 이번에 가면 촉을 평정할 수 있겠나?"

"촉은 깨뜨립니다만 두 사람 다 집에 돌아오지 못할까 걱정입니다."

왕상이 이유를 물었으나 유식은 대답하지 않았다.

위군이 출발하자 강유는 표문을 지어 후주에게 올렸다.

'조서를 내리시어 좌거기장군 장익에게 양안관을 지키게 하시고, 우거기장 군 요화에게 음평교를 지키도록 하십시오. 이 두 곳이 가장 중요하니 두 곳을 잃으면 한중을 보전할 수 없습니다. 또한 사자를 보내 오에 구원을 청하셔야 합니다. 신은 답중 군사를 일으켜 적을 막겠습니다.'

이때 후주는 경요 6년(263년)을 염흥(炎興) 원년으로 바꾸고 날마다 환관 황호 와 더불어 즐겁게 노는데 갑자기 강유의 표문을 받고 황호를 불렀다.

"위에서 종회와 등애를 보내 대군이 온다는데 어찌해야 하느냐?"

황호가 아뢰었다.

"이것은 순전히 강유가 공을 세워 이름을 떨치고 싶어 올린 표문이니 폐하 께서는 마음 푹 놓고 의심하지 마십시오. 신이 들어보니 성안에 어떤 무당이 있어 길흉을 잘 안다 하오니 불러 물어보시면 됩니다."

그 말에 따라 후주는 제물을 갖추고 작은 수레에 무당을 태워 궁궐로 들여와 용상에 앉혔다. 후주가 향을 피우고 빌자 무당이 머리를 풀어헤치고 맨발 바람 으로 수십 번 뛰다가 용상 위에서 맴돌자 황호가 후주에게 가르쳐 주었다.

"신이 내린 것이니 폐하께서는 좌우를 물리고 친히 비시지요."

후주가 모두 물리치고 두 번 절하며 빌자 무당이 외쳤다.

"나는 서천 땅 토지신이다. 폐하는 태평을 즐기면서 어찌 다른 일을 물으 시오? 몇 해 뒤 위의 강토도 모두 폐하께 속할 터이니 아무 근심 마시오."

말이 끝나자 무당은 까무러쳐 반나절이 지나서야 정신을 차렸다. 후주는

◀ 종회의 군사는 촉 정벌을 떠나는데

크게 기뻐 후한 상을 내리고, 이때부터 무당의 말을 믿어 강유의 말을 듣지 않고 날마다 궁중에서 술을 마시며 잔치를 벌였다. 강유가 여러 번 급한 상황을 적은 표문을 올렸으나 모두 황호가 숨겨 큰일을 그르치고 말았다.

종회의 대군이 길을 따라 구불구불 한중을 향하니 첫 공로를 세우려는 선봉 허의가 먼저 군사를 거느리고 남정관에 이르렀다.

"이 관을 지나면 바로 한중이다. 관 위에 사람과 말이 많지 않으니 우리가 먼저 힘을 떨쳐 빼앗자."

관을 지키는 촉 장수 노손은 벌써 위군이 올 줄 알고 관 앞 나무다리 좌우에 군사를 매복시키고 제갈무후가 남긴 연발 쇠뇌들을 많이 설치했다. 허의의 군사가 관을 빼앗으려 달려들자 딱따기 소리가 울리며 화살과 돌이 비 오듯 날아갔다. 허의가 급히 물러서는데 어느덧 수십 명 기병이 살과 돌에 맞아 쓰러져 크게 패했다.

허의가 돌아가 보고하자 종회는 그런 연발 쇠뇌가 있다는 것이 믿기지 않아 몸소 철갑기병 100여 명을 거느리고 관 앞에 가보니 과연 화살과 쇠뇌살이 일제히 날아왔다. 종회가 급히 말을 돌리자 관 위에서 노손이 500명 군사를 이끌고 내려왔다. 종회가 말을 다그쳐 다리를 지나는데 다리 위의 흙이 꺼져 말발굽이 구멍에 빠졌다.

종회는 하마터면 말에서 떨어질 뻔했다. 말이 버둥거렸으나 일어나지 못해 종회가 말을 버리고 두 다리로 달려 다리를 내려오니 어느덧 노손이 쫓아와 창을 내찔렀다. 바로 이때, 위군 속에서 순개가 화살을 날려 노손이 맞고 말에서 떨어지자 종회가 기세를 타고 관을 들이쳤다. 관 위의 군사는 관 앞에 촉군이 있어 감히 활과 쇠뇌를 쏘지 못하고 종회에게 쫓겨나 관을 빼앗겼다.

종회는 순개를 호군으로 삼아 안장 갖춘 말과 갑옷 한 벌을 상으로 내리고 허의를 장막 아래로 불러 꾸짖었다.

"너는 선봉으로서 산을 만나면 길을 열고 물을 만나면 다리를 놓으면서 오로지 길을 잘 닦아 행군이 유리하게 해야 하는데, 내가 방금 다리 위에서 말발굽이 빠져 순개가 아니었으면 적의 손에 죽었을 것이다. 네가 군령을 어겼으니 마땅히 군법으로 다스려야 한다!"

종회가 끌어내 목을 치라고 호령하자 장수들이 빌었다.

"그의 아버지 허저는 조정을 위해 공로를 많이 세웠으니 도독께서 용서해 주시기 바랍니다."

종회는 벌컥 화를 냈다.

"군법이 분명하지 않으면 어찌 무리를 다루느냐? 내가 사마 공 손에 걸리면 용서를 받을 것 같으냐?"

끝내 허의의 목을 쳐 머리를 돌려 보이니 장수들은 질겁하지 않는 이가 없었다. 종회가 군사를 재촉해 한중으로 들어가는데 사람들은 아무래도 속으로 불안했다.

이때 촉군 장수 왕함은 낙성을 지키고, 장빈은 한성을 지키는데 성마다 군사가 고작 5000명뿐이라 위군의 기세가 큰 것을 보고 감히 나가지 못해 문을 닫고 지키기만 했다. 종회가 명령을 내렸다.

"군사는 빠르게 움직이는 것을 소중히 여기니 잠시도 머무르지 마라."

전장군 이보가 낙성을 에워싸고 호군 순개가 한성을 에워싼 뒤 종회는 대군을 이끌고 양안관을 치러 갔다. 관을 지키는 촉군 장수 부첨이 소식을 듣고 상의하자 부장 장서가 말했다.

"위군의 큰 기세를 막을 수 없으니 굳게 지키는 것이 좋소."

부첨의 생각은 달랐다.

"그렇지 않소. 위군은 먼 길을 와서 피곤하니 많기는 하지만 무서워할 것 없소. 우리가 관에서 내려가 싸우지 않으면 한성과 낙성은 끝장이오."

장서는 입을 다물고 대답하지 않았다. 이때 위군 대부대가 관 앞에 이르러, 두 사람이 관 위에 올라 바라보니 종회가 채찍을 들고 소리쳤다.

"내가 10만 군사를 거느리고 왔다. 빨리 항복하면 벼슬을 높여 계속 쓰겠지만, 시간을 끌면 관을 깨뜨려 옥과 돌을 가리지 않고 모두 태워버리겠다!"

부첨이 크게 노해 장서에게 관을 지키게 하고 3000명 군사를 이끌고 관에서 내려가니 종회는 곧 달아나고 위군은 물러섰다. 부첨이 기세를 올려 쫓아가는데 위군이 돌아서며 협공해, 물러서서 관으로 들어가려 했으나 관 위에는 벌써 위군 깃발이 세워지고 장서가 소리쳤다.

"나는 위에 항복했다! 너도 나를 따라 항복하라!"

부첨은 크게 노해 목청을 돋우어 욕했다.

"은혜를 잊고 의리를 저버린 놈아! 무슨 낯으로 천하 사람을 대하겠느냐?"

부첨이 말을 돌려 다시 싸우자 위군이 네 방향으로 에워쌌다. 부첨이 죽기로써 싸웠으나 몸을 뺄 수 없고, 촉군이 열 가운데 여덟아홉이 다치니 부첨은 하늘을 우러러 탄식했다.

"내가 살아서 촉의 신하였으니 죽어서도 촉의 귀신이 되겠다!"

다시 말을 달려 싸우던 부첨은 몸에 몇 군데 창을 맞아 전포와 갑옷에 피가 흥건한데, 타고 있던 말이 쓰러지자 검으로 목을 베어 죽었다.

종회가 양안관을 얻고 보니 관 안에 쌓아둔 군량과 말먹이 풀, 병기가 많아 술과 음식으로 삼군을 위로했다.

그날 밤 위군이 양안성안에서 묵는데 별안간 서남쪽에서 고함이 울려 종회가 황급히 장막에서 나가 보니 아무런 움직임도 없었다. 위군은 하룻밤 꼬박 감히 잠을 자지 못했는데 이튿날 밤 또 서남쪽에서 고함이 울려 새벽에 사람들을 보내 알아보게 했다.

"10여 리까지 나가보았으나 사람 하나 없습니다."

종회는 한결 놀랍고 의심스러워 직접 수백 명 기병을 거느리고 서남쪽으로 순찰을 나가 어느 산 앞에 이르니 네 방향에서 살기가 일어나는데, 음산한 구름이 뒤덮이고 안개가 산꼭대기를 가려 말을 멈추고 길잡이에게 물었다.

"이 산은 이름이 무엇이냐?"

"정군산입니다. 옛날 하후연이 여기서 죽었습니다."

종회가 서글퍼하며 말 머리를 돌려 산비탈을 돌아서자 세찬 바람이 확 일어나면서 느닷없이 등 뒤에서 수천 명 기병이 나타나 바람 따라 달려왔다. 종회가 깜짝 놀라 무리를 이끌고 말을 휘몰아 달아나니 기병들 가운데 말에서 떨어진 자가 얼마인지 알 수 없었다. 그런데 양안관에 이르러보니 사람 하나 말 한 필 잃지 않고 그저 얼굴을 다치거나 투구를 잃었을 뿐이었다.

"음산한 구름 속에서 사람과 말이 쳐들어오는데, 몸 가까이 와서는 사람을 다치지 않고 회오리바람이 되어 지나갔습니다."

종회는 항복한 장수 장서에게 물었다.

"정군산에 신의 사당이 있느냐?"

"신의 사당은 없고 제갈무후의 묘소가 있습니다."

"틀림없이 무후께서 성스러운 넋을 보이신 것이니 내가 가서 제사를 지내야 하겠다."

이튿날 종회는 제물을 마련해 제갈량 무덤 앞에 두 번 절하고 제사를 지냈다. 제사를 마치자 광풍이 사라지고 음산한 구름이 흩어지며 맑은 바람이 솔솔 불면서 보슬비가 내렸다. 그러다 날이 환하게 개니 위군은 크게 기뻐 무후 묘에 절해 감사를 드리고 영채로 돌아왔다.

그날 밤 종회가 장막 안에서 상에 기대어 자는데 별안간 맑은 바람이 휘익 불어 지나더니 한 사람이 나타났다. 머리에는 푸른 비단 띠 두건을 쓰고 손에는 깃털 부채를 쥐었으며 몸에는 새털 옷을 입고 발에는 흰 신을 신었는데 허리에는 검은 띠를 둘렀다. 얼굴은 관에 다는 옥같이 말쑥하고 입술은 주사를 칠한 듯 붉으며 눈썹은 깨끗하고 눈은 맑은데 키는 여덟 자로, 날아오를 듯한 기상이 신선의 것이었다. 그 사람이 장막 안으로 걸어 들어와 종회가 몸을 일으켜 맞이했다.

"공은 어떤 분입니까?"

그 사람이 대답했다.

"오늘 아침에 나를 크게 돌봐주어 내가 한마디 알리려 하네. 한의 운이 쇠퇴해 천명을 어길 수는 없지만 동천과 서천 백성이 죄도 없이 병기에 시달리니 참으로 가엾네. 그대가 촉 경내에 들어가면 함부로 목숨을 죽이지 말게."

말을 마치자 그 사람은 소매를 떨치고 가버려, 종회가 놀라 깨어나니 꿈이었다. 제갈무후의 넋임을 알게 된 종회는 놀라움을 금치 못했다.

명령을 내려 선두에 흰 깃발을 세우고 그 위에 나라를 지키고 백성을 편안히 한다는 뜻으로 '보국안민(保國安民)' 네 글자를 쓰고, 가는 곳마다 한 사람이라도 함부로 죽이는 자는 대신 목숨을 내놓아야 한다고 선포했다. 한중의 백성들이 모두 성에서 나와 절하며 맞이했다. 종회는 일일이 어루만져 위로하며 털끝만큼도 백성을 건드리지 않았다.

답중에 있던 강유는 위군이 몰려온다는 소식을 듣고 요화와 장익, 동궐에게 격문을 띄워 군사를 일으키고 장수를 배열해 적을 기다리게 했다. 위군이 가까이 이르러 강유가 군사를 이끌고 나가 맞이하니 위군 장수 왕기가 말을 달려 나와 소리쳤다.

"우리는 100만 대군에 1000명 대장이 스무 길로 나누어 이미 성도에 이르렀는데 너는 어서 항복할 생각을 않으니 어찌 그리도 천명을 모르느냐?"

강유가 성을 내 창을 꼬나 들고 말을 달려가니 세 합도 싸우기 전에 왕기는 크게 패해 도망갔다. 강유가 군사를 휘몰아 쫓아가는데 징과 북이 일제히 울리며 한 무리 군사가 늘어서니 깃발에는 '농서 태수 견흥'이라 쓰여 있었다.

"이런 쥐 같은 무리는 내 적수가 아니다!"

군사를 다그쳐 10리를 더 쫓아가자 등애의 군사와 마주쳐 어지러운 싸움이 벌어졌다. 강유가 정신을 가다듬고 등애와 싸워 열 합이 넘도록 승부가 나지 않는데 진에서 징을 울려 급히 물러서자 후군에서 보고했다.

"감송의 여러 영채가 금성 태수 양흔이 지른 불에 타버렸습니다."

깜짝 놀란 강유는 급히 부장에게 자기 깃발을 세워 등애와 대치하게 하고, 후군을 철수해 밤을 새워 감송을 구하러 가다 마침 양흔과 마주쳤다. 양흔이 감히 싸우지 못하고 산길을 따라 도망쳐, 강유가 뒤를 쫓아 어느 바위 밑에 이르니 위에서 나무와 돌들이 비 오듯 쏟아져 더 나아갈 수 없었다.

강유가 중군으로 돌아오자 촉군은 이미 등애에게 패한 뒤라 위군 대부대가 몰려와 에워쌌다. 강유가 기병들을 이끌고 겹겹의 포위를 뚫고 큰 영채로 달려가 구원병을 기다리는데 별안간 소식을 나르는 유성마가 달려왔다.

"종회가 양안관을 깨뜨려 한중이 위군에게 들어갔습니다. 낙성을 지키던 왕함과 한성을 지키던 장빈은 한중을 잃자 문을 열어 항복하고, 호제는 적을 막을 수 없어 도망쳤는데 구원병을 청하러 성도로 돌아갔습니다."

강유는 깜짝 놀라 영채를 거두었다. 그날 밤 군사가 강천이 조수로 흘러드는 강천구에 이르니 앞에 한 무리 위군이 늘어서는데 앞장선 장수는 양흔이었다. 강유가 크게 노해 말을 달려나가 단 한 번 어울리자 양흔이 패해 달아나니 강유가 활을 들어 쏘았으나 화살을 세 대나 날렸는데도 맞지 않았다.

강유는 부아가 치밀어 활을 부러뜨리고 창을 꼬나 들고 쫓아갔다. 그런데 말이 앞발을 잘못 딛고 쓰러져 강유는 그만 땅에 내동댕이쳐졌다. 양흔이 달려와 죽이려 하는데 강유가 훌쩍 뛰어 일어나 창을 냅다 찌르니 바로 양흔의 말 머리에 꽂혔다. 양흔 뒤에서 위군이 우르르 몰려와 구해 갔다.

강유가 다른 사람 말에 올라 쫓아가려 하는데 뒤에서 등애의 군사가 이르렀다 하여 머리와 꼬리가 돌볼 수 없게 되자 군사를 거두어 한중을 빼앗으러 달려갔다. 또 보고가 들어왔다.

"옹주 자사 제갈서가 돌아갈 길을 끊었습니다."

하는 수 없이 험한 산에 의지해 영채를 세우는데 위군이 음평교 다리목을 차지하니 앞으로도 뒤로도 갈 수 없어 길게 탄식했다.

"하늘이 나를 망하게 하는구나!"

부장 영수가 제안했다.

"위군이 음평교 다리목을 끊었으나 옹주에는 군사가 적습니다. 장군께서 공함곡을 거쳐 옹주를 치러 가시면 제갈서는 반드시 음평 군사를 물려 구하러 갈 것입니다. 그때 검각으로 달려가 지키시면 한중을 회복할 수 있습니다."

강유가 옳게 여기고 군사를 휘몰아 공함곡으로 나아가며 옹주를 치는 척하자 제갈서는 깜짝 놀랐다.

"옹주는 내가 지켜야 하는 곳인데 잃으면 조정에서 반드시 죄로 다스린다."

제갈서가 급히 대군을 철수해 옹주를 구하러 가면서 일부 군사만 남겨 다리목을 지키니 강유는 북쪽으로 30리쯤 나아가다 군사를 돌렸다. 후대가 선두로 변해 곧장 다리목에 와보니 과연 위군 대부대는 가고 얼마 안 되는 군사만 남아 있었다.

강유는 한바탕 싸워 위군을 쫓고 영채와 울타리를 모두 태워버렸다. 다리목에 불이 났다는 말을 듣고 제갈서가 군사를 이끌고 되돌아왔을 때는 강유의 군사는 이미 지나간 지 반나절이 넘어 감히 뒤를 쫓지 못했다.

강유가 군사를 이끌고 다리목을 지나 한참 가는데 앞에서 군사 한 떼가 오니 바로 좌장군 장익이었다.

【모종강 본과 인문본에서는 여기서 우장군 요화가 등장하고 그 뒤로 이상한 이

야기가 나와, 여기부터 '……검각으로 떠났다'까지는 나관중 본에 의해 옮겼다.】

"황호는 무당의 말을 믿고 군사를 내지 않았소. 한중이 위태롭다는 말을 듣고 이 익이 스스로 군사를 일으켜 오니 양안관은 이미 종회의 손에 들어간 뒤이고, 장군께서 곤경에 빠지셨다 하여 도우러 오는 길이오."

두 사람이 군사를 합쳐 백수관을 향해 가는데 또 군사 한 대가 오니 우장군 요화가 이끌었다. 요화도 황호의 일을 이야기하며 군사를 합쳤다.

"사방이 적이고 군량 길도 막혀, 검각으로 가서 대책을 세우는 게 좋겠소."

강유가 의심스러워 결정을 내리지 못하는데 여러 길로 위군이 쳐들어온다고 했다. 강유가 군사를 나누어 맞으려 하자 요화가 말렸다.

"백수는 땅이 좁고 길이 많아 싸울 곳이 아니오. 잠시 물러서서 검각을 구하는 게 좋소. 검각을 잃으면 길이 완전히 끊어지오."

강유는 군사를 이끌고 검각으로 떠났다. 관 앞에 다가가자 북과 나팔이 일제히 울리며 곳곳에서 깃발이 일어서더니 한 무리 군사가 관문을 막았다.

이야말로

한중의 험한 땅 이미 잃었는데
검각의 풍파 또 급히 일어나네

그것은 어느 곳 군사일까?

117

제갈량 아들과 손자까지 출전

등사재는 음평 가만히 지나고
제갈첨 면죽에서 싸우다 죽다

위군이 10여 길로 국경을 쳐들어왔다는 소식을 듣고 촉의 보국대장군 동궐이 2만 군사를 이끌고 검각을 지키다가 앞에서 먼지가 보얗게 일어나자 위군을 의심해 관문을 막고 나가보니 강유와 요화, 장익이었다. 동궐이 너무 기뻐 일행을 맞아들이고 후주와 황호 이야기를 하며 울자 강유가 달랬다.

"걱정하지 마시오. 이 유가 있는 한 절대 위가 와서 촉을 삼키지 못할 것이니 검각을 굳게 지키며 천천히 적을 물리칠 대책을 세웁시다."

동궐이 걱정했다.

"이 관은 지킬 수 있으나 성도에 사람이 없으니 어찌합니까? 적의 습격을 받으면 대세가 기울어집니다."

"성도는 산이 험해 쉽게 차지할 수 없으니 근심할 것 없소."

이때 제갈서의 군사가 관 아래로 다가왔으나 강유가 5000명 군사를 이끌고 달려나가니 크게 패하고 수십 리를 물러갔다. 강유는 말과 무기를 수없이 빼앗아 관으로 돌아왔다.

종회가 검각 앞 20리에 이르러 영채를 세우는데 갑자기 제갈서가 와서 땅에 엎드려 죄를 빌어서 크게 꾸짖었다.

"음평교 다릿목을 지켜 강유가 돌아갈 길을 끊으라 했는데 어찌 잃었느냐? 오늘 또 명령도 받지 않고 멋대로 진군해 크게 패하고 말았구나!"

"강유는 교활한 계책이 많아 옹주를 치는 척하더니 이 서가 구하러 가자 어느 틈에 몸을 빼 도망가, 관 밑까지 쫓아갔는데 뜻밖에도 패했습니다."

제갈서가 변명해 종회가 목을 치라고 호령하자 감군 위관이 말렸다.

"제갈서는 등 정서(등애)가 거느리는 사람이니 사이가 틀어질까 걱정이오."

"내가 천자의 영명한 조서와 진공의 엄한 명령을 받들고 왔으니 등애 본인이 죄를 짓더라도 베어야 할 것이오."

종회는 물러서기 싫었으나 사람들이 말려서, 제갈서를 함거에 실어 낙양으로 보내 진공의 처분을 받게 하고 군사는 모두 거두어들였다. 소식을 듣고 등애가 크게 노했다.

"내가 종회와 품계가 같다. 내가 변경을 오래 지키며 나라를 위해 수고를 많이 했는데, 네가 어찌 망령되이 우쭐거리느냐!"

아들 등충이 말렸다.

"작은 일을 참지 못하면 큰일을 그르친다고 했습니다. 부친께서 그와 사이가 틀어지면 반드시 나라 대사를 그르치게 되니 잠시 받아들이고 참으시기 바랍니다."

등애가 옳게 여겼으나 아무래도 화가 나 10여 명 기병을 데리고 찾아가니 종회가 부하에게 물었다.

"등애가 군사를 얼마나 데리고 왔더냐?"

"기병 10여 명뿐입니다."

종회는 장막 아래위로 무사 수백 명을 늘여 세우고 맞아들였다. 등애가 은근히 불안해 말로 종회를 건드려보았다.

"장군께서 한중을 얻으셨으니 조정의 큰 행운이오. 빨리 책략을 정해 검각을 취하시기 바라오."

"장군의 고명한 소견은 어떠하오?"

종회가 물었으나 등애는 거듭 자신은 무능하다고 대답을 피했다. 그런데도 종회가 계속 물어 어쩔 수 없이 대답했다.

"어리석은 생각으로 헤아려보면, 내가 군사 한 무리를 이끌고 음평 오솔길로 해서 한중 덕양정으로 나아가 기이한 군사로 성도를 치면, 강유는 반드시 군사를 물려 성도를 구하러 갈 것이오. 장군이 빈틈을 타 검각을 손에 넣으면 완전한 공로를 이룰 수 있소."

종회는 크게 기뻐했다.

"장군 계책이 참으로 신묘하구려. 장군은 바로 군사를 이끌고 가시면 되겠소. 내가 여기서 승리 소식을 기다리리다."

등애가 돌아가자 종회가 장수들에게 말했다.

"남들은 등애가 재주 있다고 하더니 오늘 보니 하찮을 뿐일세."

장수들이 이유를 묻자 종회가 대답했다.

"음평 오솔길은 높은 산과 험한 고개뿐이니 촉에서 100여 명으로 험한 곳을 지키고 돌아갈 길을 끊으면 등애의 군사는 굶어 죽는다. 나는 큰길로만 나아가는데 어찌 촉이 깨지지 않을까 걱정하겠느냐?"

이때 등애는 말에 올라 따르는 사람에게 물었다.

"종회가 나를 어떻게 대하더냐?"

"기색을 보면 장군 말씀을 시답잖게 여기면서 입으로만 응하더군요."

등애는 싱긋 웃었다.

"그는 내가 성도를 손에 넣지 못할 것으로 알지만 나는 꼭 손에 넣겠다."

등애가 돌아오자 사찬과 등충을 비롯한 장수들이 물었다.

"오늘 종 진서(종회)와 어떤 고명한 의논을 하셨습니까?"

"솔직하게 마음을 털어놓았더니 나를 하찮게 보더구나. 그는 지금 한중을 얻고 더없이 큰 공로로 아는데, 내가 답중에서 강유의 발목을 잡지 않았으면 그가 어찌 성공할 수 있었겠나? 내가 성도를 손에 넣으면 한중을 얻는 것보다 낫다."

그날 밤 등애는 영채를 모두 뜯고 음평 오솔길을 향해 나아가 검각에서 700리 떨어진 곳에 영채를 세웠다. 등애가 성도를 치러 갔다고 하자 종회는 슬기롭지 못하다고 비웃었다. 등애는 사마소에게 급히 밀서를 보내 계획을 알리고 장수들을 모아 상의했다.

"내가 틈을 타 성도를 치러 가는데 그대들과 더불어 후세에 썩어 없어지지 않을 공명을 이루려 하니 모두 따르겠는가?"

장수들이 대답했다.

"군령을 따라 만 번 죽더라도 마다하지 않겠소이다!"

등애는 먼저 아들 등충에게 5000명 정예를 주어, 모두 갑옷을 입지 않고 도끼와 정 따위 연장을 들고 험한 곳을 만나면 산을 뚫어 길을 내고 다리를 만들며 각(閣)을 지어 군사가 나아갈 길을 마련하라고 명했다. 그리고 3만 군사를 뽑아 각기 비상식량과 밧줄을 지니고 나아갔다.

100여 리를 가다 3000명 군사를 뽑아 영채를 세우고, 또 100여 리를 가다 3000명 군사를 뽑아 영채를 세우며 20여 일 동안 사람 없는 땅 700여 리를 지났다. 간혹 사람이 사는 집도 있었으나 주인은 피하고 없었다. 이해 10월 음평으로 나아가 험한 벼랑과 가파른 골짜기를 지나면서 길에 여러 군데 영채를 세우니 2000명만 남아 마천령 고개 앞에 이르렀다. 말이 올라갈 수 없어 등애가 걸어서 올라가 보니 등충과 길을 뚫는 장졸들이 모두 울고 있었다.

鄧士載偷度陰平
乙酉春
葉雄畫於滬上

"어찌하여 우느냐?"

등충이 대답했다.

"이 고개 서쪽은 험한 절벽뿐이라 길을 뚫을 수 없으니 지금까지 한 일이 모두 헛고생이 되어 우는 것입니다."

"이미 700여 리를 왔는데 여기만 지나면 바로 강유성이다. 어찌 다시 물러 서겠느냐?"

등애는 군사들에게 말했다.

"호랑이 굴에 들어가지 않고서야 어찌 호랑이 새끼를 잡겠느냐? 내가 너희와 함께 여기까지 왔으니 성공하면 다함께 부귀를 누리리라."

"장군 명령에 따르겠습니다!"

부하들이 대답하자 등애는 병기를 모두 절벽 아래로 던지게 하고, 자기가 먼저 털 담요로 몸을 감싸고 벼랑으로 굴러 내려갔다. 장졸들 가운데 담요가 있는 자들은 몸을 감싸고 굴러 내려가고, 없는 자들은 밧줄을 몸에 메고 나무에 매달리면서 물고기가 물속에서 줄지어 헤엄치듯 하나하나 내려갔다.

등애 부자와 2000명 군사는 이렇게 마천령을 넘었다. 갑옷과 병기를 단속하고 떠나려 하는데 문득 길가에 석갈이라는, 위가 둥근 돌비석이 하나 눈에 띄었다. 비석 위에는 '승상 제갈무후 씀'이라고 새겨진 글이 있었다.

두 불이 처음 흥할 때
어떤 사람이 여기를 넘네
두 인재 높낮이 다투다
머지않아 제풀에 죽으리

【불 화(火)가 둘이면 염(炎) 자가 되고 '처음 흥한다'와 합치면 염흥 원년이 된다.

◀ 등애는 담요로 몸 감싸고 벼랑 굴러

촉은 그해 8월 연호를 염흥으로 바꾸었다. 사(士)는 인재를 가리키면서 자가 사재(士載)인 등애와 사계(士季)인 종회를 암시한다.】

등애는 글을 보고 놀라 돌비석에 황급히 두 번 절했다.

"무후는 진정한 신이신데 등애가 스승으로 모시지 못해 아쉽습니다."

등애가 가만히 음평을 지나 군사를 이끌고 나아가는데, 비어있는 커다란 영채가 하나 보이니 길잡이가 가르쳐주었다.

"제갈무후가 살아계실 때는 1000명 군사를 보내 이곳을 지켰는데 후주가 폐했습니다."

등애는 탄식하며 군사들을 격려했다.

"우리는 여기로 온 길만 있지 돌아갈 길은 없다. 앞의 강유성에 식량이 넉넉하니 전진하면 살 수 있으나 후퇴하면 죽음뿐이니 힘을 다해야 한다."

"죽기로써 싸우겠습니다!"

무리가 모두 대답하니 등애는 2000명 부하를 이끌고 밤낮을 걸어 평소의 두 배 속도로 강유성을 치러 갔다.

강유성을 지키는 장수 마막(馬邈)은 동천을 잃었다는 소식을 듣고 준비는 했지만, 강유가 검각을 굳게 지키는 것을 믿어 큰길만 방어하면서 크게 걱정하지 않았다. 이날도 평소처럼 군사를 훈련하고 집에 돌아와 아내 이씨와 함께 화로를 끼고 앉아 술을 마시는데 아내가 궁금한 듯 물었다.

"변경이 급하다던데 장군은 걱정하는 빛이 없으니 어찌 된 일이세요?"

"큰일은 강유 대장군이 다 알아서 하는데 내가 무슨 상관인가?"

"장군이 지키는 성도 무겁지 않을 수 없어요."

마막은 심드렁했다.

"천자께서 환관 황호만 믿고 술과 여색에 빠져 화가 멀지 않았다네. 위군이 오면 항복하면 그만이니 근심할 게 무언가?"

아내는 크게 노해 남편 얼굴에 침을 뱉었다.

"너는 남자로서 충성스럽고 의롭지 못하니 작위와 녹을 헛되이 받았구나. 내가 무슨 얼굴로 너를 보겠느냐!"

마막은 부끄러워서 할 말을 잃었다. 이때 아랫사람이 달려왔다.

"위군 장수 등애가 어디로 왔는지 2000여 명을 이끌고 성에 밀려들었습니다!"

마막은 깜짝 놀라 달려가 등애 앞에 엎드려 눈물을 흘리며 항복했다.

"저는 항복하려 한 지 오래이니 백성과 군사를 불러 항복하겠습니다."

등애는 항복을 받아들이고 강유성 군사를 거두어 지휘하면서 마막을 길잡이로 썼다. 이때 마막의 부인이 목을 매어 죽었다고 알리니 연유를 자세히 듣고 어진 덕성에 감동해 후하게 장례를 치르며 절을 했다. 위의 사람들은 이씨 부인의 일을 전해 듣고 탄식했다.

등애는 음평 오솔길에 남겨둔 여러 영채의 군사를 모두 강유성에 모이게 하고 바로 부성으로 달려가려 했다. 부장 전속이 반대했다.

"군사가 험한 길을 와서 피곤하니 며칠 쉬고 진군해야 합니다."

등애는 크게 노했다.

"작전은 신속함을 귀하게 여기는데 네가 감히 군사의 사기를 꺾느냐? 저자를 끌어내 목을 쳐라!"

전속은 장수들이 애원해 간신히 목숨을 건졌다. 등애가 군사를 휘몰아 부성으로 나아가니 성의 관리와 군사는 위군이 하늘에서 내려왔나 의심하며 백성과 함께 항복했다. 사람들이 성도로 소식을 전하자 후주는 황호를 불렀다.

"이것도 헛소문일 뿐입니다. 신은 폐하를 그르치지 않습니다."

황호의 대답이 미덥지 않아 후주가 무당에게 물어보려 했으나 어디로 갔는지 사라졌고, 멀고 가까운 곳에서 위급을 알리는 표문이 눈송이처럼 날아들었다. 후주가 조회를 열어 대책을 상의하자 신하들은 서로 멀거니 바라볼 뿐 말 한마디 없는데 극정이 나와 아뢰었다.

"일이 급해졌습니다! 제갈무후의 아들을 불러 계책을 상의해보시지요."

무후의 아들 제갈첨은 자가 사원(思遠)이었다. 어머니 황씨는 바로 황승언의 딸인데 얼굴이 아주 못생겼지만 기이한 재주가 있어 위로는 천문에 통하고 아래로는 지리에 밝으며 군사 책략과 둔갑 따위 모르는 책이 없었다. 무후는 남양에 있을 때 황씨가 현명하다는 말을 듣고 그 아버지에게 청혼해 아내로 삼았는데 무후의 학문은 부인이 도와준 것이 많았다.

무후가 떠나자 부인도 곧 돌아가면서 아들에게 남긴 가르침은 충성을 다하라는 격려뿐이었다. 어릴 적부터 총명했던 제갈첨은 후주의 딸에게 장가들어 부마도위가 되고, 후에 아버지의 무향후 작위를 물려받았다. 경요 4년 행군 호위장군인 황호가 권세를 휘두르자 병을 핑계로 나오지 않았다.

후주는 극정의 말을 듣고 조서를 세 통이나 보내 불러와 눈물로 하소연했다.

"등애가 부성에 주둔해 성도가 위급하니 짐의 목숨을 구해다오."

제갈첨도 눈물을 흘리며 아뢰었다.

"신의 부자는 선제의 두터운 은혜와 폐하의 특별한 대우를 받았으니 간과 뇌를 쏟더라도 보답할 수 없습니다. 성도의 군사를 모두 내려주시면 결사전을 벌이겠습니다."

후주가 성도 군사 7만을 내려주자 제갈첨은 장수들을 모았다.

"누가 감히 선봉이 되겠는가?"

한 소년 장수가 나섰다.

"부친께서 군사를 장악하셨으니 이 아들이 선봉이 되겠습니다."

제갈첨의 맏아들 상(尚)이었다. 나이 19세로 병서를 많이 읽고 여러 무예를 익혔다. 아들이 나서자 제갈첨은 기뻐 선봉으로 세우고 그날로 성도를 떠나 위군을 막으러 갔다.

이때 등애가 마막이 바친 지리도를 보니 부성에서 성도까지 360리 산과 강, 길들이 상세하게 밝혀졌는데, 넓고 좁고 험하고 가파름이 모두 분명했다. 등애는 지도를 보고 놀랐다.

"부성만 지키다 촉군이 앞산을 막으면 어찌 성공하겠느냐? 시일을 끌다 강유의 군사가 오면 아군이 위험하다."

재빨리 사찬과 아들 등충을 불렀다.

"너희는 군사 한 무리를 이끌고 밤낮을 이어 면죽으로 가서 촉군을 막아라. 내가 뒤따라갈 것이니 절대 늦추어서는 안 된다. 그쪽에서 먼저 요충지를 차지하면 너희 목을 치겠다!"

사찬과 등충이 나아가 면죽에 거의 이르러 촉군과 마주치니 촉군은 팔진을 펼쳤다. 북이 단숨에 333번씩 세 차례 울린 뒤 진문 앞 깃발들이 양쪽으로 갈라지면서 수십 명 장수가 네 바퀴 수레 한 대를 에워싸고 나오는데 수레 위에는 한 사람이 단정히 앉아 있으니, 푸른 비단 띠 두건을 쓰고 깃털 부채를 쥐고 새털 옷을 입었는데 옷자락은 모가 났다. 수레 곁에 누런 깃발이 하나 펼쳐지고 그 위에 '한 승상 제갈무후'라고 쓰여 있었다.

사찬과 등충은 질겁해 식은땀이 흐르며 저도 모르게 탄식했다.

"아아, 공명이 아직 살아 있으니 우린 끝장이다!"

급히 군사를 돌리는데 촉군이 쳐 나와 크게 패하고 달아났다. 촉군이 20여 리를 쫓다 등애의 구원병과 마주쳐 군사를 거두자 등애가 사찬과 등충을 불러 꾸짖으니 등충이 설명했다.

"촉군 진에서 제갈공명이 군사를 거느리고 나타나 겁이 나서 달아났습니다."

등애가 화를 냈다.

"비록 공명이 다시 살아난다 해도 무서워할 게 무엇이냐! 너희가 함부로 물러서서 패하고 말았으니 목을 쳐 군법을 바로 세워야겠다!"

장수들이 애걸해 화를 삭이고 자세히 알아보니 수레에 앉은 것은 공명이 남긴 나무 상이라 했다. 등애는 사찬과 등충에게 다짐했다.

"성공과 실패는 이 한 판에 달렸다. 또 이기지 못하면 목을 베겠다!"

사찬과 등충이 다시 1만 명 군사를 이끌고 가자 제갈상이 말 한 필을 달려 창 한 대를 휘두르며 두 사람을 물리쳤다. 제갈첨은 양쪽으로 군사를 휘몰아 위군 진으로 쳐들어갔다. 좌우로 번갈아 수십 번을 무찌르니 위군은 크게 패하여 죽은 자를 헤아릴 수 없었다. 사찬과 등충이 부상하고 도망쳐 제갈첨은 군사를 휘몰아 20여 리를 쫓고 영채를 세웠다.

사찬과 등충이 돌아오자 둘 다 부상당한 것을 보고 등애는 차마 벌줄 수 없어 장수들과 상의했다.

"제갈첨이 아버지 병법을 잘 이어받아 두 번 싸움에 내 군사 1만여 명을 죽였으니 빨리 깨뜨리지 않으면 뒷날 반드시 화가 된다."

감군 구본이 제안했다.

"어찌하여 글을 한 통 보내 유인하지 않으십니까?"

등애는 곧 글을 써서 촉군 영채에 보냈다.

'정서장군 등애가 행군호위장군 제갈사원 휘하에 글을 보내오. 근대의 현명한 인재들을 살펴보면 공의 존귀하신 부친만 한 이가 없었소. 옛날 초가에서 나오실 때 한마디로 이미 세 나라를 나누셨고, 형주와 익주를 쓸어 평정해 패업을 이루셨으니 고금에 따를 사람이 없소. 뒷날 여섯 번 기산으로 나가셨는데, 그 지력이 모자라서가 아니라 하늘이 정한 운수 때문에 성공하시지 못한 것이오. 지금 후주가 어둡고 나약해 등애는 천자의 명을 받들고 대군을 이끌어 촉을 정벌하러 와서 이미 많은 땅을 얻었소. 성도는 위험이 눈앞에 다가왔는데 공은 어이하여 하늘에 응하고 사람에 따라 의로움을 받들어 귀순하지 않으시오? 등애는 조정에 표문을 올려 공을 낭야왕으로 봉해 조상을 빛내게 하리니 절대 빈말이 아니오. 깊이 생각하고 살펴보시면 고맙겠소.'

제갈첨은 불같이 화를 내며 글을 찢고 사자의 목을 쳐 머리를 돌려보냈다. 등애가 크게 노하여 바로 나아가 싸우려 하자 구본이 애써 말렸다. 화를 가라앉힌 뒤 왕기와 견홍을 뒤에 매복시키고 앞에서 군사를 이끌고 나아갔다.

제갈첨도 막 싸움을 걸려던 참에 등애가 오자 곧장 위군 진으로 쳐들어가니 등애는 싸우지도 않고 달아났다. 제갈첨이 뒤를 몰아치는데 양쪽에서 매복한 군사가 달려 나오자 촉군은 크게 패하여 면죽성으로 들어가고 위군은 일제히 고함치며 성을 에워쌌다.

사태가 위급해지자 제갈첨이 사자에게 글을 주어 오로 달려가 구원을 청하니 오주 손휴가 신하들과 상의해 노장 정봉을 원수로 삼고, 손이를 부장으로 하여 5만 군사를 이끌고 촉을 구하러 가게 했다. 정봉은 손이에게 2만 군사를 주어 면중(沔中)으로 나아가게 하고 3만 군사를 거느리고 수춘을 향해 나아갔다.

오군을 기다리던 제갈첨은 구원병이 일찍 이르지 않자 아들 제갈상과 상서 장준에게 성을 지키게 하고 성문을 활짝 열고 쳐 나갔다. 촉군이 나오는 것을 보고 등애가 군사를 물리자 제갈첨이 힘을 떨쳐 위군을 쫓아가는데 별안간 포 소리가 '탕!' 울리더니 네 방향에서 위군이 몰려들었다. 제갈첨이 좌우를 무찌르며 수십 명을 죽이자 등애가 활을 쏘라고 명해, 제갈첨은 어지러운 화살에 맞아 말에서 떨어지고 촉군은 사방으로 흩어졌다.

"내 힘이 다했으니 죽음으로써 나라에 보답하겠다!"

목청껏 외친 제갈첨은 검을 뽑아 목을 베어 자결했다. 성 위에서 내려다보던 제갈상이 아버지가 싸우다 죽는 것을 보고 분이 치밀어 갑옷을 차려입고 말에 오르자 장준이 말렸다.

"소장군은 경솔히 나아가지 마시오."

諸葛瞻戰死綿竹

乙丑春紫雄畫

제갈상은 한숨을 쉬었다.

"아버님과 할아버님이 모두 나라의 두터운 은혜를 입었는데, 아버님께서 적의 손에 잘못되셨으니 나 혼자 어찌 살겠소!"

말을 채찍질해 성 밖으로 나가 싸우다 위군 진에서 죽고 말았다. 등애가 그 충성을 갸륵하게 여겨 아버지와 아들을 합장하고 계속해 성을 공격하니 장준과 황숭, 이구가 각기 한 무리씩 군사를 이끌고 쳐 나왔으나 촉군은 적고 위군은 많아 세 사람 다 싸우다 죽었다.

【장준은 장비의 손자로 장포의 아들이고, 황숭은 41년 전 위에 항복한 황권의 아들이며, 이구는 이회의 조카로 황궁 경호부대를 거느렸다.】

등애는 면죽을 얻고 군사를 위로한 후 성도를 치러 갔다.

이야말로

후주가 위험에 처한 날을 보면
유장이 핍박받던 때와 다름없어

촉에서는 성도를 어떻게 지킬까?

◀ 제갈첨은 싸움에 패하자 목을 베고

118

나라 잃어 우는 자는 아들 하나뿐

조상 앞에서 왕은 효성 바쳐 죽고
서천 들어가 두 인재 공로 다투다

등애가 면죽을 차지하고 제갈첨 부자가 죽었다는 소식을 듣고 후주가 놀라자 신하가 아뢰었다.

"성 밖 백성들이 늙은이를 부축하고 어린아이를 걸려, 목숨을 살리려고 엉엉 울면서 도망갑니다!"

후주가 질겁해 어찌할 바를 모르는데 갑자기 위군이 성 밑에 이르렀다고 하니 신하들은 모두 당황했다.

"군사가 보잘것없고 장수가 적어 맞서 싸우기 어려우니 빨리 성도를 버리고 남쪽 일곱 군으로 달려가는 것이 좋습니다. 그곳은 험준해 지킬 수 있으니 만병을 빌려 다시 와서 적을 물리치고 나라를 되찾아도 늦지 않습니다."

광록대부 초주가 반대했다.

"아니 됩니다. 남만은 오랫동안 반란을 일으켜온 자들인데 평소 은혜를 베풀지 않다가 찾아가면 반드시 화를 입습니다."

신하들이 또 아뢰었다.

"촉과 오는 동맹을 맺은 사이이니 오를 찾아가시지요."

초주가 역시 반대했다.

"아니 됩니다. 예로부터 다른 나라에 살면서 천자 노릇을 한 이는 없습니다. 신이 헤아려보건대 위가 오를 삼킬 수는 있어도 오는 위를 막지 못합니다. 오에 가서 신하로 자칭하면 이미 한 번 욕을 보는 것인데, 위가 오를 삼켜다시 위의 신하가 되셔야 한다면 두 번 욕을 보십니다. 그러니 오로 가시는것보다 바로 위에 가시는 것이 좋습니다. 위는 반드시 땅을 나누어 폐하를 봉할 것이니 스스로 종묘를 지킬 수 있고, 백성을 편안하게 할 수 있습니다. 폐하께서는 깊이 생각하시기 바랍니다."

후주는 결정짓지 못하고 궁궐 안쪽으로 물러 들어갔다.

이튿날도 신하들은 의논이 분분했다. 사태가 다급해지자 초주가 다시 강력히 권해 후주가 성 밖으로 나가 항복하려 하는데, 병풍 뒤에서 한 사람이 돌아 나와 목청을 가다듬어 날카롭게 초주를 꾸짖었다.

"구차하게 살려는 썩은 선비야! 네가 어찌 감히 망령되이 사직의 대사를 의논하느냐? 예로부터 항복하는 천자가 어디 있었더냐!"

후주가 보니 다섯째 아들 북지왕 심(諶)이었다. 후주는 아들 일곱을 두어, 맏이는 선(璿)이고 둘째는 요(瑤), 셋째는 종(琮), 넷째는 찬(瓚), 여섯째는 순(恂), 일곱째는 거(璩)였다. 일곱 아들 가운데 유심만 어릴 적부터 총명하고 영특하며 기민하기가 남달랐고, 나머지는 모두 나약하고 어리석기만 했다. 후주가유심을 나무랐다.

"대신들이 모두 항복해야 한다는데 너 홀로 혈기의 용맹만 믿으니 온 성에피가 흐르게 하려 하느냐?"

"옛날 선제께서 계실 때, 초주는 나라 정사에 관여하지 못했습니다. 지금 망령되이 대사를 논하고, 걸핏하면 함부로 허튼소리를 하니 이치에 크게 어긋납니다. 신이 가만히 헤아려보건대 성도 군사가 아직 몇만이 있고, 강유의 군사는 고스란히 전부 검각에 있습니다. 위군이 궁궐을 범하는 것을 알면 강유가 반드시 구하러 올 것이니 안팎으로 협공하면 대승을 거둘 수 있는데 어찌 썩은 선비의 말을 듣고 가볍게 선제의 기업을 버리십니까?"

그래도 후주는 아들을 꾸짖었다.

"너같이 어린놈이 어찌 천시를 알겠느냐?"

유심은 머리를 조아리며 울었다.

"만약 형세가 완전히 기울고 힘이 다하여 화가 닥쳐오고 패망하게 된다면 아버지와 아들, 황제와 신하가 성을 등지고 한번 싸워야 합니다. 사직을 위해 죽는다면 선제를 뵈올 면목이라도 있는데 어찌 항복합니까?"

그래도 후주의 귀에 먹혀들지 않자 유심은 목 놓아 울었다.

"선제께서 쉽지 않게 세우신 나라를 하루아침에 버리신다면 저는 죽어도 욕을 보지 않겠습니다!"

후주는 유심의 등을 밀어 궁문밖으로 몰아내고 초주에게 항복서를 쓰게 했다. 시중 장소와 부마도위 등량(등지의 아들)을 초주와 함께 보내 옥새를 가지고 낙성에 가서 항복을 청하게 했다.

그동안 등애는 날마다 철갑기병 수백 명을 성도로 보내 정탐하다가 이날 항복 깃발이 세워진 것을 보고 대단히 기뻐하는데 곧 장소와 사람들이 도착했다. 등애가 맞아들이자 촉 신하 세 사람은 섬돌 아래에 엎드려 절하며 항복서와 옥새를 받들어 올렸다.

'항복하는 신하 유선은 삼가 정서장군 휘하에 글을 올립니다. 가만히 듣자니 물잔과 국자의 물은 나중에 강과 호수에 돌아가고, 제비나 참새의 무리는 반드시 대들보와 마룻대에 깃든다 합니다. 생각해보면 이 선을 비롯한 자들은 장강과 한수가 땅을 갈라놓아, 만나 뵈려면 깊은 강물과 먼 길이 방해되었습니다. 촉 땅이 비좁은 한쪽 구석에 있어 국운을 어기게 되면서 차츰 여러 해 지나 경사와 천리만리 떨어진 듯이 되었습니다. 항상 떠올리나니 황초 연간에 문황제께서 호아장군 선우보를 이곳으로 보내시어 부드럽고 친절하신 조서를 읽게 하면서 분명한 은혜를 밝혀 문을 열어주셨으니, 큰 도리를 분명히 지적하셨습니다. 그러나 덕성이 부족하고 어리석은 저는 조상이 남긴 기업을 탐내 여러 기(紀. 1기는 12년)가 지나도록 크신 가르침을 받들지 않았습니다. 그러나 오늘에 이르러 황제의 하늘 같으신 위엄을 이미 떨치시고 사람과 귀신이 모두 정해진 운수에 따르거늘 천자의 군사에 놀라 두렵고 신 같은 위풍이 닿는데 어찌 얼굴을 씻고 명령에 순종하지 않겠습니까! 장수들에게 무기를 내려놓고 갑옷을 벗게 하며 관청 재산과 곳간 물건을 하나도 망가뜨리지 못하게 했습니다. 백성은 들판에 널렸고 식량은 밭에 남아 있나니 뒷날 은혜를 베풀어 사람들의 목숨을 살려주시기를 기다립니다. 엎드려 생각하오니 대위(大魏)는 덕을 펴고 사람들을 널리 가르치며 재상은 이윤, 주공과 같으니 기울어진 우리 고장 사람들을 받아들이시리라 봅니다. 삼가 사사로이 임명한 시중 장소, 광록대부 초주, 부마도위 등량을 보내 옥새와 끈을 받들어 바치니, 우리의 충성스러운 마음을 알리고 장군의 명령과 훈계를 받아오도록 합니다. 우리를 보존하는지 멸망시키는지, 칙명을 내리는지 상을 내리는지는 모두 장군께 달렸습니다. 관을 실은 수레가 가까이 있어 여기서 더 자세히 이야기하지 않으니 장군께서 굽어살피시기 바랍니다.'

항복서를 읽은 등애는 크게 기뻐하며 옥새를 받고 장소와 초주, 등량을 후하게 대접했다. 인심을 안정시키려고 답장을 주어 성도로 돌아가게 하니 세 사람은 돌아와 후주에게 아뢰고 글을 올렸다.

'등애는 가만히 말하기를, 왕의 기강이 바른 도리를 잃어 뭇 영웅이 너도나도 일어나 용과 호랑이가 다투더라도 결국은 그 주인에게 돌아가니 이는 하늘이 정해준 운명이 이미 사람에게 따르기 때문입니다. 예로부터 한과 위에 이르기까지 성스러운 임금은 모두 중원에 있었습니다. 황하에서 《하도(河圖)》가 나오고 낙수에서 《낙서(洛書, 둘 다 신비한 책)》가 나와 성인이 큰 사업을 일으키셨으니, 중원을 따르지 않고는 망하지 않은 자가 없었습니다. 후한 초기 군벌 외효는 농 땅에 의지하다 사라지고, 공손술은 촉을 차지했다 소멸하였으니 이는 모두 전대에 수레가 넘어진 교훈입니다. 성상께서는 밝고 명석하시고 재상은 충성스럽고 현명하며 장수들은 헌원황제와 비길 만큼 유능하니 전대와 같은 공로를 세울 것입니다. 명령을 받들고 정벌하러 오면서 아름다운 소리를 듣기를 바랐는데, 과연 사자를 보내시어 덕스러운 소식을 알리셨으니 이는 인간이 한 일이 아니라 하늘이 열어준 것이 아니겠습니까? 옛날에 미자가 주(周)로 들어와 실로 귀한 손님이 되었으니, 군자가 천하던 곳에서 귀한 곳으로 옮기는 것은 큰 책임의 옳은 길을 보존했기 때문입니다. 주신 말씀이 겸손하시고 수레에 관을 실은 예절에 따르시니 모두 전대에 명석한 이들이 귀순하던 법입니다. 남의 나라를 치면서 온전하게 보존하면 훌륭하고 나라를 파괴하면 그다음에 간다고 했는데, 이치에 밝고 슬기로운 이가 아니고서야 어찌 임금의 바른 법을 드러내겠습니까? 이제 곧 뵙게 될 터인데 우선 이 글을 드리니 이 애가 두 번 절합니다.'

후주는 태복 장현을 보내 검각에 가서 강유에게 항복 명령을 전하게 하고, 상서랑 이호를 시켜 촉의 상황을 적은 문서를 등애에게 가져가게 했다.

이때 촉의 상황을 살펴보면 도합 28만 호에 남녀 94만 명, 갑옷 입은 군사 10만 2000명, 관리 4만 명이었다. 창고에 남은 식량이 40여만 섬, 금은은 각기 2000근, 비단과 채색 비단이 각기 20만 필이었고, 다른 물건들은 미처 숫자를 헤아리지 못했다. 후주는 12월 초하루로 날을 잡아 신하들과 함께 성 밖으로 나가 항복하기로 했다.

북지왕 유심이 소식을 듣고 노기가 솟구쳐 검을 지니고 궁궐로 들어가니 아내 최씨 부인이 물었다.

"왕께서는 오늘 얼굴빛이 이상하신데 어찌 그러세요?"

"위군이 쳐들어와 아버지 황제께서 이미 항복서를 바치고 내일 성을 나가 항복하기로 했으니 바로 사직이 사라져버린다오. 나는 먼저 죽어 땅 밑에서 선제를 뵙고 무릎을 꿇지 않겠소!"

유심의 결심을 듣고 최씨 부인이 말했다.

"현명하십니다, 현명하세요. 이럴 때는 바로 죽어야 해요! 첩이 먼저 죽기를 청하니 그다음 왕께서 돌아가셔도 늦지 않아요."

"그대는 어찌하여 죽는가?"

"왕은 아버지를 위해 돌아가시고, 첩은 남편을 위해 죽으니 그 의리는 같아요. 남편이 돌아가시면 아내가 죽는 법인데 물을 게 뭐예요?"

말을 마치고 부인은 기둥에 머리를 부딪쳐 죽었다. 유심은 손수 세 아들을 죽이고, 아내 머리를 베어서 들고 소열황제 사당에 가서 땅에 엎드려 울었다.

"신은 기업이 다른 사람에게 버려지는 것을 보기 부끄러워 아내와 자식을 죽여 걱정을 없애고, 목숨을 바쳐 할아버님께 보답합니다! 할아버님께서 영검이 계신다면 이 손자 마음을 아시겠지요!"

한바탕 울어 눈에서 피가 흘렀다. 그런 후 검으로 목을 베어 자결하니 촉 사람들은 소문을 듣고 가슴 아파하지 않는 이가 없었다.

이튿날 위의 대군이 몰려오자 태자와 신하 60여 명을 거느린 후주는 손을 등 뒤로 묶고, 수레에 관을 싣고, 북문밖으로 10리를 나가 항복했다.

【중국은 전쟁 역사가 오래되어 임금이 항복하는 데에도 법식이 있었으니, 두 팔을 뒤로 묶어 얼굴을 승리자 쪽으로 향하면서 수레에 자신의 관을 실었다. 완전히 저항을 포기했으니 죽여주십사 하는 뜻이었다.】

등애는 후주를 부축해 일으키고 손수 결박을 풀더니 관을 태워버리고, 후주와 수레를 나란히 하여 성안으로 들어갔다. 성도 사람들은 향과 꽃을 갖추고 위군을 맞이했다. 등애는 후주를 표기장군에 임명하고 백관은 높고 낮음에 따라 관직을 주었다. 후주에게 궁궐로 돌아가기를 청하고, 방문을 내걸어 백성을 안정시키며 창고를 인수했다.

그는 또 태상 장준(장비 손자 장준과 다름), 익주별가 장소(장비 아들 장소와 다름)를 보내 여러 군을 돌며 군사와 백성을 어루만지게 했다. 강유에게 사람을 보내 급히 항복하라고 권하고 낙양으로도 사람을 보내 소식을 알렸다. 황호가 음험하고 간사하다는 말을 듣고 목을 치려 하니 황호는 얼른 등애의 측근들에게 금은보화를 바쳐 목숨을 부지했다. 여기서 한은 망했다.

후세 사람이 한의 멸망을 두고 제갈무후를 그려 시를 지었다.

물고기와 새마저 군령 두려워하는 듯
바람과 구름 길이길이 영채를 지키네
좋은 장수 휘두른 신묘한 붓도 헛되어
항복한 왕 수레에 앉아 실려 가네
관중과 악의 같은 재주야 분명 있건만
관우 장비 명 짧은 걸 어찌할소냐
지난해 금리에서 사당 지나며
'양부음' 읊었더니 한이 남았구나

  −당나라 시인 이상은 '주필역(제갈량이 주둔했던 역)'

태복 장현이 검각에 가서 후주의 칙명을 전하고 촉이 항복한 이야기를 하

◀ 후주는 수레에 관 싣고 등애에게 항복

자 강유는 놀라 말을 잃었다. 장수들도 원통해 이를 갈며 눈을 부릅떴다. 수염과 머리카락이 곤두선 장수들은 검을 뽑아 돌을 찍으며 목메어 외쳤다.

"우리가 죽기로써 싸우는데 어찌 항복한단 말인가?"

고함을 치고 우는 소리가 몇십 리 밖에까지 들렸다. 강유는 사람들 마음이 한을 그리는 것을 보고 좋은 말로 달랬다.

"걱정하지 말게. 나에게 계책이 있으니 나라를 되찾을 수 있네."

장수들이 계책을 물어 강유가 가만히 알려주었다.

강유는 곧 검각 곳곳에 항복을 밝히는 깃발을 세우고, 종회에게 장익과 요화, 동궐을 비롯한 장졸들을 데리고 항복하러 간다고 알리니 종회가 크게 기뻐 장막으로 맞아들였다.

"백약은 오는 것이 어찌 이리 더디시오?"

강유는 정색하고 눈물을 흘리며 대답했다.

"나라의 군사가 전부 나에게 있으니 오늘 온 것도 빠른 셈이오!"

종회가 맞절하고 귀한 손님으로 대하자 강유가 설득했다.

"들자니 장군은 회남에서 일어난 이래 일을 헤아림에 빈틈이 없었다고 하더군요. 사마씨가 흥성해진 것은 모두 장군 힘이어서 그 때문에 강유는 기꺼이 머리를 숙였지 등애라면 죽기로써 싸울지언정 어찌 항복하겠소?"

종회는 화살을 꺾어 맹세하면서 강유와 형제를 맺고, 군사를 그대로 거느리게 했다. 강유는 은근히 기뻐하면서 장현을 성도로 돌려보냈다.

이때 등애는 사찬을 익주 자사로 봉하고 견홍, 왕기도 각기 주와 군을 맡아보게 했다. 또 면죽에 대를 쌓아 전공을 기리고 촉의 신하들을 모아 잔치를 베풀었다. 술기운이 거나해지자 등애는 촉의 신하들을 가리키며 자랑했다.

"여러분은 다행히 나를 만났으니 오늘 같은 날이 있지, 다른 장수를 만났으면 다 죽었을 것이오."

촉의 신하들은 일어나 절하면서 고마움을 나타냈다. 이때 장현이 와서 강유가 종회에게 항복했다는 말을 전하니 등애는 종회가 뼈에 사무치게 미워 진공 사마소에게 글을 올렸다.

'신 등애가 가만히 말씀드리건대, 싸움에는 먼저 소문을 내고 후에 실제로 싸우는 법이 있습니다. 지금 촉을 평정한 기세로 오를 치면 멍석을 말듯 쉽게 뜻을 이룰 수 있습니다. 그러나 큰 싸움을 한 다음이라 장졸들이 피로해 즉시 쓸 수는 없습니다. 농우에 2만 군사를 남기고, 촉에 2만을 남겨 소금을 달이고 쇠를 만들며 배를 모아 물을 따라 내려갈 준비를 하면 좋겠습니다. 그 후 사자를 보내 이익과 손해를 알려주면 오는 정벌하지 않고도 취할 수 있으니 먼저 유선을 후하게 대접해 손휴를 끌어내야 합니다. 유선을 급히 낙양으로 보내면 오의 사람들이 반드시 의심해 귀순할 마음을 부추길 수 없으니 잠시 촉에 남겨두었다가 내년 겨울에 보내야 합니다. 유선을 부풍왕으로 봉하고 자산과 재물을 내려 그가 쓰도록 해주며, 아들을 공작, 후작으로 봉해 귀순한 자에 대한 총애를 보여주면 오의 사람들은 위엄이 두렵고 덕이 그리워 멀리서 소문을 듣고도 따를 것입니다.'

글을 읽고 사마소는 등애가 혼자 마음대로 일을 하려는 마음이 있지 않나 의심이 들어 친필로 글을 써서 감군 위관에게 가져가게 하고, 등애의 녹을 봉하는 조서를 내렸다.

'정서장군 등애는 위엄을 빛내고 무력을 떨쳐 적의 경내에 깊이 들어가 외람되이 황제를 칭한 임금이 목에 밧줄을 매고 항복하게 했다. 한 번 싸우면 두 시간을 넘지 않고 전투를 벌이면 하루가 걸리지 않으니, 구름을 흩어버리고 삿자리를 말듯이 파촉을 평정했다. 저 옛날 진(秦)의 명장 백기가 강한 초를 깨뜨리고 한의 대장 한신이 굳센 조를 이긴 것도 그 공훈에 비교하면 부족하다. 등애를 태위로 봉하고 식읍 2만 호를 늘리며, 두 아들을 정후로 봉해

각기 식읍 1000호를 갖게 한다.'

등애가 조서를 받자마자 위관이 와서 사마소의 친필 글을 꺼내 주었다. 등애가 올린 일은 반드시 황제께 아뢰어 허락을 받아야지 함부로 처리해서는 안 된다고 쓰여 있어서 등애는 시답지 않아 했다.

"장수가 밖에 있으면 임금 명령도 듣지 않는 때가 있다 하오. 내가 조서를 받들고 정벌을 맡았는데 어찌 막는단 말이오?"

다시 글을 써서 조서를 가지고 온 사자에게 주어 낙양으로 보냈다. 이때 조정 대신들이 등애에게 반역의 뜻이 있다고 입을 모아 아뢰어 사마소가 의심하면서 꺼리는데, 사자가 돌아와 글을 올렸다.

'등애는 명령을 받들고 서쪽을 정벌해 원흉의 항복을 받았으니 상황에 따라 좋을 대로 처리해 항복한 자들을 안정시켜야 합니다. 나라의 명령이 내리기를 기다리면 길에서 오가면서 시일을 끌게 됩니다. 《춘추》의 대의에 따르면, 국경을 벗어난 대부는 사직을 안정시키고 나라에 이로운 일은 스스로 결정하면 된다고 했습니다. 지금 오에서 굴복하지 않았는데 그 형세가 촉과 이어졌으니 보통 이치에 얽매여 시기를 놓쳐서는 아니 됩니다. 병법에 이르기를 '나아가면서는 이름을 바라지 않고, 물러서면서는 죄를 피하지 않는다[進不求名진불구명 退不避罪퇴불피죄]'고 했으니 등애는 비록 옛사람의 절개는 없지만 제 혐의를 피하느라 나라에 해로운 짓은 끝내 하지 않을 것입니다. 먼저 이 글로 형편을 알리고 좋은 기회가 보이면 곧 계획을 실행하겠습니다.'

사마소는 깜짝 놀라 급히 가충과 의논했다.

"등애가 공로를 믿고 교만해져 제멋대로 일을 처리하면서 반란 형태가 드러났으니 어찌해야 하는가?"

"주공께서는 어찌 종회를 시켜 그를 누르지 않으십니까?"

사마소는 조서를 보내 종회를 사도로 봉하고 위관에게 두 길 군사를 감독하도록 하며, 따로 위관에게 친필 편지를 보내 종회와 함께 등애를 감시해 변고에 대처하라고 했다. 종회가 조서를 받으니 내용은 이러했다.

'진서장군 종회는 나아가는 길에 맞설 자가 없었고, 앞에서 강한 적이 사라졌으며, 여러 성을 통제하고 도망간 자들을 그물에 넣어, 촉군 최고 장수가 스스로 결박해 항복하게 했다. 계책을 세우면 실수가 없고, 행동하면 헛된 움직임이 없으니 종회를 사도로 봉하고 작위를 현후로 높이며 식읍 1만 호를 늘린다. 아들 두 사람은 정후로 봉하는바 식읍은 각기 1000호다.'

종회는 강유를 청해 상의했다.

"등애의 공로는 나보다 높은데 또한 태위로 봉을 받았소. 사마 공께서 등애에게 반란의 뜻이 있다고 의심해 위관을 감군으로 삼고 나에게 조서를 내려 등애를 누르라고 하시는데 백약은 어떤 고명한 견해가 있으시오?"

"어리석은 이 유가 듣자니 등애는 출신이 미천해 어릴 적에 남의 집에서 송아지를 먹였다 하오. 이번에 요행히 음평의 거친 길을 가면서 나무에 매달리고 벼랑을 내려가 큰 공을 이루었는데, 계책이 좋아서가 아니라 실은 나라의 큰 복 때문이었소. 장군이 이 유와 검각에서 맞서지 않았으면 등애가 어찌 그 공을 세울 수 있었겠소? 촉주를 부풍왕으로 봉하려 하니 촉 사람들 마음을 한껏 끌어당기려는 수작이오. 반란의 뜻은 말하지 않아도 뻔히 보이니 진공께서는 제대로 의심하셨소."

말을 듣고 종회가 좋아하자 강유가 또 말했다.

"좌우를 물리치시오. 이 유가 비밀히 알려드릴 일이 있소."

사람들이 물러가자 강유는 그림을 한 장 꺼내 주었다.

"옛날 무후께서 초가를 나오실 때 이 그림을 선제께 드리면서 말씀하셨소. '익주 땅은 기름진 들판이 1000리나 되고 백성은 포실하고 나라는 부유해 패업을 이룰 수 있습니다.' 선제께서는 그래서 성도에서 개국하셨는데 등애가 여기 왔으니 미쳐 날뛰지 않을 수 있겠소?"

종회는 매우 기뻐 산과 물의 형세를 가리키며 자세히 물었다. 강유가 하나하나 가르쳐주자 종회는 또 물었다.

"어떤 계책으로 등애를 제거해야 하겠소?"

"진공이 의심하고 꺼리는 틈을 타 표문을 올려 등애가 반란을 일으키려는 형세를 알려주어야 하오. 진공은 반드시 장군에게 그를 토벌하게 할 것이니 한 번 움직여 잡을 수 있소."

종회가 표문을 올려 등애가 군권을 휘두르며 제멋대로 움직여 촉 사람들과 가까이하니 머지않아 반드시 반란을 일으킨다고 보고하자 조정 문무백관은 모두 놀랐다. 종회는 또 중도에서 등애의 표문을 가로채고, 등애의 글씨를 본떠 오만한 말로 바꾸어 보내 자기 말을 증명했다. 사마소는 등애의 표문을 읽고 크게 노해 종회에게 사람을 보내 그를 잡으라고 명했다. 또 가충에게 3만 군사를 이끌고 야곡으로 들어가게 하고, 자신도 위주 조환과 함께 천자의 행차를 움직여 친히 정벌하러 떠났다. 서조연 소제가 충고했다.

"종회의 군사는 등애보다 여섯 배나 많습니다. 종회를 시켜 등애를 잡으면 충분한데 굳이 명공께서 몸소 나아가십니까?"

"네가 전에 한 말을 잊었느냐? 종회는 뒷날 반란할 위험이 있다고 말하지 않았느냐? 내 이번 걸음은 등애 때문이 아니라 실은 종회 때문이니라."

사마소가 웃자 소제도 웃었다.

"저는 명공께서 잊으셨을까 염려되어 물어본 것입니다. 그런 뜻은 반드시 비밀에 부치셔야지 말이 새서는 아니 됩니다."

사마소가 대군을 거느리고 길에 오르는데 가충도 종회가 변을 일으킬 것을 의심해 가만히 아뢰니 사마소가 대답했다.

"자네를 보내면 내가 자네도 의심한다 하겠나? 장안에 이르면 마땅히 일이

뚜렷해질 걸세."

【정사《삼국지》에서는 사마소가 한층 음험해 이렇게 말했다.

"경은 전에 한 말을 잊었는가? 하지만 이런 말은 떠들지 말아야 하네. 나는 신의로 사람을 대해야 하거늘 다른 사람이 나를 저버리지 않는 한, 내가 어찌 먼저 사람을 의심하랴! 요즈음 가 호군이 나보고 '종회를 몹시 의심하십니까?' 묻기에 내가 '지금 경을 보내면 또 경도 의심하는 것인가?' 대답하여 그가 다른 말을 할 수 없었네. 내가 장안에 이르면 다 알게 될 걸세."

일하는 것은 좋지만 말해서는 안 된다는 원칙이야말로 중국 정객들이 오랜 세월 치열한 싸움 끝에 터득한 비결이다.】

사마소가 장안에 이르자 종회는 황급히 강유를 청해 등애를 잡을 계책을 의논했다.

이야말로

서촉에서 이제 항복한 장수 받더니
장안에서 또 많은 군사 움직이누나

강유는 어떤 계책으로 등애를 깨뜨릴까?

119

계책 하나로 인재 셋을 해치다

항복의 교묘한 계책 빈말로 돌아가고
다시 선양받아 옛일을 그대로 본뜨네

종회가 등애를 잡을 계책을 의논하자 강유가 귀띔했다.

"감군 위관을 보내 등애를 체포하게 하시오. 만약 등애가 위관을 죽이면 반역은 사실화되는 것이니 군사를 일으켜 토벌하면 되오."

종회가 기뻐 위관에게 수십 명을 데리고 성도로 가서 등애 부자를 체포하라고 명하자 위관의 부하가 말렸다.

"종 사도가 등 정서에게 장군을 죽이게 만들어 반역이 사실임을 증명하려는 것이니 가셔서는 아니 됩니다."

"나에게도 어련히 계책이 없겠느냐?"

위관은 먼저 격문 20여 통을 성도로 보냈다.

'조서를 받들어 등애를 체포하는데 다른 사람은 죄를 묻지 않는다. 일찍 와서 귀순하면 작위와 상이 전과 변함없지만 감히 나서지 않는 자는 삼족을 멸하리라!'

【이 해에 44세인 위관은 자가 백옥(伯玉)으로 하동군 안읍현 사람인데 성격이 차분하고 사리에 밝았다. 20대에 위의 상서랑이 되고, 40대에는 정위경(법무부 장관)이 되어 법에 따라 공평하게 판결했다는 평을 들었다. 정위경으로서 장수들을 감독하러 나온 터였다.】

위관은 죄수를 싣는 수레 두 대를 갖추어 밤을 새워 성도로 달려갔다. 새벽에 닭이 홰를 칠 무렵이 되자 등애의 장수 중에 격문을 본 자들은 모두 위관의 말 앞에 와서 절했다. 이때 등애는 잠자리에서 아직 일어나지 않았는데, 위관이 수십 명을 이끌고 갑자기 뛰어들어 크게 외쳤다.

"조서를 받들어 등애 부자를 체포한다!"

등애는 깜짝 놀라 침상에서 굴러떨어졌다. 위관이 무사를 호령해 등애를 묶어 수레에 싣자 등애의 아들 등충이 나와서 무슨 일인가 묻다 역시 묶여서 함께 수레에 실렸다. 등애의 장수와 관리들이 달려들어 부자를 빼앗으려 하자 위관이 꾸짖었다.

"여기 조서가 있으니 함부로 움직이는 자는 삼족을 멸한다! 종 사도의 대군이 바로 도착한다!"

어느새 먼지가 보얗게 일어나며 정탐꾼이 달려와 종 사도의 대군이 바로 앞에 이르렀다고 아뢰자 등애의 부하들은 사방으로 도망갔다. 종회와 강유가 말에서 내려 부중에 들어가 보니 등애 부자가 결박되어 있어 종회는 채찍으로 등애의 머리를 후려쳤다.

"송아지나 먹이던 어리석은 놈아! 네가 감히 이렇게 하다니!"

강유도 욕했다.

"하찮은 녀석이 요행으로 위험한 계책을 쓰더니 오늘이 있구나!"

등애도 지지 않고 욕을 퍼부었다. 종회는 등애 부자를 낙양으로 실어가라고 명했다. 성도에 들어와 등애의 군사를 손에 넣은 종회는 위세를 크게 떨치며 강유에게 말했다.

"내가 오늘에야 평생소원을 풀었소."

강유가 슬쩍 귀띔했다.

"옛날 한신은 괴통의 말을 듣지 않아 장락궁의 화가 생겼고, 대부 문종은 범려를 따라 오호로 피하지 않아 검으로 목숨을 끊어야 했소. 두 사람은 공로와 명성이 빛나지 않아서 그랬겠소? 이익과 해로움을 바로 알지 못하고 미세한 변화를 깨닫지 못해 사태를 미리 내다보지 못했을 뿐이오. 지금 공은 큰 공훈을 이루어 위엄이 주인을 놀라게 하는데, 어찌하여 오호에 배를 띄워 자취를 감추고 아미산 고개에 올라 적송자를 따라 노닐지 않으시오?"

【한의 개국공신 한신이 대군을 거느릴 때 유세하는 사람 괴통이 그에게 유방, 항우와 더불어 천하의 세 갈래 세력이 되라고 권하자 한신은 유방의 은혜를 잊지 못해 거절했다. 뒷날 유방은 정권의 기틀이 잡히자 한신을 체포해 군권을 빼앗고, 유방의 아내 여씨가 한신을 장락궁으로 불러 죽였다.

춘추시대 범려는 대부 문종과 함께 월왕 구천을 받들어 오를 멸망시킨 뒤, 구천이 함께 고생할 수는 있어도 같이 복을 누릴 수는 없다고 판단해 벼슬을 버리고 도주공이라 칭하며 오호로 피했다. 떠나기 전에 문종에게도 같이 가기를 권했으나 문종은 그 말을 듣지 않았는데 뒷날 구천이 핍박해 죽이고 말았다.

한의 개국공신 장량은 나라가 선 다음 부귀공명을 버리고 전설에 나오는 신선 적송자를 따라 도를 배우겠다면서 단식 수련에 들어갔으니, 실은 자신의 안전을 지키기 위한 핑계를 꾸민 것이다.】

종회는 웃었다.

"백약 말은 틀리셨소. 내 나이가 아직 40도 되지 않아 바야흐로 더 나아갈 생각을 하는데, 어찌 그처럼 뒤로 물러서는 한가한 노릇을 따르겠소?"

"물러서서 한가히 보내지 않으려면 일찍 좋은 계책을 꾀해야 하오. 이것은 장군이 능히 아는 바라 구태여 이 늙은이가 말할 것도 없소."

종회는 손뼉을 치며 껄껄 웃었다.

"백약이 내 마음을 아시는구려!"

이때부터 두 사람은 날마다 대사를 의논하고, 강유는 비밀히 후주에게 글을 보냈다.

'폐하께서는 잠시 모욕을 참으시기 바랍니다. 강유가 사직을 위험에서 건져 다시 안정시킬 터이니 해와 달이 어두워졌다 다시 밝아질 것입니다. 한의 황실이 끊기지 않도록 하겠습니다.'

종회가 강유와 계책을 꾸미는데 사마소의 글이 왔다.

'나는 사도가 등애를 잡지 못할까 걱정해 군사를 장안에 주둔했노라. 만날 때가 오래지 않으리니 먼저 알리노라.'

종회는 깜짝 놀랐다.

'내 군사가 등애보다 몇 배나 많아 등애를 사로잡는 것은 나 혼자서도 할 수 있음을 진공은 잘 안다. 그런데도 몸소 군사를 이끌고 왔으니 분명 나를 의심하는 것이다.'

강유와 상의하니 그가 말했다.

"주인이 의심하면 신하는 반드시 죽게 되오. 등애를 보지 못하셨소?"

"내 뜻은 정해졌소! 일이 잘되면 천하를 얻고, 이루어지지 않더라도 서촉으로 물러서서 유비가 얻은 것만큼은 얻게 될 테지."

"근간에 듣자니 곽 태후가 돌아갔다 하오. 태후가 죽기 전에 사마소를 토벌해 임금을 시해한 죄를 다스리라는 명을 남겼다고 둘러대면 명공 재주로야 중원을 멍석 말듯 결정할 수 있을 것이오."

"백약이 선봉이 되어주시오. 일이 이루어지면 함께 부귀를 누립시다!"

"어찌 개와 말의 보잘것없는 수고를 마다하겠소? 다만 장수들이 말을 듣지 않을까 두려울 뿐이오."

"내일이 정월 대보름 명절이니 궁전에 등불을 많이 걸어 장수들을 청해 잔치를 베풀고, 술을 마시면서 이야기해 따르지 않는 자가 있으면 모두 베겠소."

종회의 말을 듣고 강유는 은근히 기뻤다.

이튿날 종회와 강유가 장수들을 청해 술을 마시는데 술이 몇 순배 돌자 종회가 갑자기 잔을 들고 울음을 터뜨렸다.

"곽 태후께서 붕어하시기 전에 내리신 조서가 여기 있네. 사마소가 임금을 시해하여 대역무도한 죄를 짓고, 머지않아 위의 황제 자리를 빼앗으려 하니 나에게 그를 치라고 명하셨네. 모두 이름을 적어 함께 일을 이루도록 하세."

장수들이 놀라 얼굴만 쳐다보자 종회가 검을 뽑아 들었다.

"명을 어기는 자는 목을 치겠다!"

장수들은 겁을 내 마지못해 종회의 뜻에 따랐다. 장수들이 이름을 다 적자 궁궐 안에 가두고 엄하게 지키게 했다. 강유가 넌지시 말했다.

"내가 보기에는 장수들이 복종하지 않으니 파묻어버리지요."

"이미 궁 안에 구덩이를 파고 몽둥이 수천 개를 마련하게 했으니 따르지 않는 자는 때려죽이고 묻어버리겠소."

이때 두 사람 곁에 종회의 심복 장수 구건이 있었다. 호군 호열의 옛 부하인데 호열도 함께 갇혀 있어서 이 말을 몰래 알리니 깜짝 놀라 눈물을 흘렸다.

"내 아들 호연이 군사를 거느리고 밖에 있는데 종회가 이런 마음을 품었을 줄이야 어찌 알겠는가? 자네가 옛정을 생각해 소식이나 좀 전해주면 죽어도 한이 없겠네."

"은혜로운 상관께서는 걱정하지 마십시오. 제가 꼭 해보겠습니다."

구건이 약속하고 나와 종회에게 아뢰었다.

"주공께서 장수들을 궁궐 안에 가두셨는데, 안에서 물을 마시고 음식을 먹기가 불편하니 사람을 시켜 날라야 하겠습니다."

평소 그를 좋아하는 종회는 구건에게 감독을 맡겼다.

"내가 중요한 일을 맡기니 사람들이 모르게 해야 한다."

"마음 놓으십시오. 제가 알아서 잘 단속하겠습니다."

구건이 말은 이렇게 하면서 호연의 심복을 몰래 궁으로 들여보내 호열의 밀서를 받아 호연에게 전하게 했다. 놀란 호연이 여러 군영에 글을 돌리자 장수들이 크게 노해 호연의 군영에 모였다.

"우리가 죽을지언정 어찌 반역한 신하를 따르겠소?"

호연이 꾀를 냈다.

"정월 18일 정오에 궁궐로 쳐들어가 일을 벌입시다."

감군 위관은 호연의 계책이 마음에 들어 사람과 말을 정돈하고 구건을 통해 호열에게 소식을 알리며, 갇혀 있는 장수들에게 알리게 했다.

이때 종회가 강유를 청해 물었다.

"꿈에 큰 뱀 몇천 마리가 나를 물었는데 길흉이 어떠하오."

"꿈에 용이나 뱀을 보는 것은 상서로운 징조요."

강유의 해석에 종회는 기분이 좋았다.

"몽둥이를 다 마련했으니 장수들을 끌어내는 게 어떻겠소?"

"그 무리는 모두 복종하지 않으려 하니 오래 두면 반드시 해를 끼칠 것이오. 일찍 없애버리는 게 좋소."

종회가 강유에게 무사들을 이끌고 위군 장수들을 죽이라고 명해, 강유가 움직이려 하는데 별안간 가슴이 아파 자리에 쓰러졌다. 사람들이 부축해 일으키니 반나절이 지나서야 정신을 차렸다.

이때 궁궐 밖에서 웅성거리는 소리가 나더니 곧 요란한 고함으로 바뀌면서 사방에서 헤아릴 수 없이 많은 군사가 몰려오는 듯했다.

"장수들이 배반하는 것이니 먼저 베어버리면 되오."

강유가 말하는데 군사들이 이미 궁궐 안에 들어왔다고 보고하자 종회는 궁전 문을 닫아걸고 군사들을 지붕으로 올려보내, 기와를 뜯어 던지게 했다. 두 편에서 서로 죽인 자가 수십 명에 이르렀다.

궁전 밖 사방에서 불이 일어나더니 군사들이 궁전 문을 찍어 열고 쳐들어왔다. 종회가 몸소 검을 빼 들고 몇 사람을 죽이다 어지러이 날리는 화살에 맞아 쓰러지니 장수들이 얼른 목을 베었다. 강유가 검을 뽑아 들고 궁전에서 내려와 좌우로 내달리며 싸우는데 가슴이 점점 더 아파 하늘을 우러러 목청껏 외쳤다.

"내 계책이 이루어지지 않는 것은 하늘이 정한 운수로다!"

곧 검을 들고 목을 베어 죽으니 나이 59세였다. 이날 궁궐에서 죽은 자가 수백 명이었다. 위관이 명했다.

"군사들은 각기 군영으로 돌아가 황제의 명을 기다려라."

위군이 복수하느라 앞을 다투어 강유의 배를 가르니 쓸개가 달걀만큼 컸다. 장수들은 강유의 식솔을 모두 잡아 죽였다.

등애의 부하들이 종회와 강유가 죽은 것을 알고 등애를 빼앗아오려고 밤낮을 이어 쫓아가니 소식을 듣고 위관은 속이 뜨끔했다.

"내가 그를 잡았는데 살려두면 내가 죽어 묻힐 곳이 없다."

호군 전속이 나섰다.

"전에 등애가 강유를 칠 때 이 속을 죽이려다 여럿이 애원해 겨우 목숨을 부지했는데 오늘 원수를 갚겠습니다!"

위관은 크게 기뻐 전속에게 500명 군사를 주어 보냈다. 전속이 면죽까지 쫓아가니 마침 등애가 압송 수레에서 풀려나 성도로 돌아올 채비를 하면서 새로 달려온 군사를 자기편인 줄 알다가 전속이 내리치는 한 칼에 죽고 말았다. 등충도 어지럽게 싸우다 죽었다.

이렇게 하여 강유, 종회, 등애, 세 인재는 모두 죽었다. 장익을 비롯한 촉의 장수들도 어지러이 싸우다 죽고, 관우를 이어 한수정후가 된 관이와 촉 태자 유선도 위군에게 죽었다. 군사와 백성이 대혼란에 빠져 죽은 자가 얼마인지 알 수 없었다.

【관이는 관우의 손자로 관흥의 아들인데 이때 방덕의 아들 방회가 관씨 일가를 전부 죽였다고 한다.】

열흘이 지나 가충이 도착해 방을 내걸고 백성을 안정시킨 후에야 소란이 차츰 가라앉고, 위관에게 성도를 지키게 하여 군사와 백성을 안정시키자 서로 다치는 일이 사라졌다.

후주를 낙양으로 옮겨가니 상서령 번건, 시중 장소, 광록대부 초주, 비서랑 극정을 비롯한 몇 사람이 따를 뿐이었다. 요화와 동궐은 마음속에 병이 생겨 자리에 누웠다가 근심하며 죽었다. 위에서는 경원 5년을 함희(咸熙) 원년(264년)으로 바꾸었다.

봄 3월, 오의 장수 정봉이 촉이 망하는 것을 보고 군사를 거두어 돌아가니 중서승 화핵이 오주 손휴에게 아뢰었다.

"오와 촉은 입술과 이의 사이라 '입술이 없어지면 이가 시리다 [脣亡齒寒순망치한]'고 했습니다. 신이 헤아려보면 사마소가 곧 오를 정벌할 것이니 폐하께서는 단단히 방어하시기 바랍니다."

손휴는 육손의 아들 항(抗)을 진동대장군으로 임명해 형주 자사를 겸하고 강구를 지키게 했다. 좌장군 손이는 남서 여러 곳을 지키게 하고, 강변을 따라 군영 수백 개를 세워 노장 정봉에게 총지휘하게 하여 위군을 방비했다.

이보다 앞서 건녕 태수 곽익이 성도가 함락되었다는 말을 듣고 흰옷을 입고 서쪽을 바라보며 사흘 동안 통곡하니 장수들이 물었다.

"한의 주인이 황제 자리를 잃었는데 어찌 빨리 항복하지 않으십니까?"

곽익은 눈물을 흘리며 대답했다.

"길이 막혀 우리 황제의 안위를 알 수 없어 그러네. 위의 임금이 예절로 대하면 그다음에 성을 들어 항복해도 늦지 않네. 만에 하나라도 우리 황제를 모욕한다면, 임금이 욕을 보면 신하는 죽는다고 했으니 어찌 항복하겠나?"

장수들은 그 말을 옳게 여겨 사람을 보내 후주의 소식을 알아보았다. 후주가 낙양에 이르니 사마소가 조정에 돌아와 꾸짖었다.

"공은 음탕하고 무도해 현명한 이를 폐하고 정사를 그르쳤으니 죽여야 마땅하오."

후주는 얼굴이 흙빛이 되어 어찌할 바를 모르는데 문무백관이 아뢰었다.

"촉주는 나라 기강을 잃었으나 빨리 항복했으니 사면하는 것이 좋습니다."

사마소는 후주를 안락공으로 봉하고 저택을 내리며 달마다 녹봉을 보내고 비단 1만 필과 종 100명을 주었다. 식읍은 1만 호였다. 후주의 아들 유요와 신하 번건, 초주, 극정 같은 사람들도 후작으로 봉했다. 황호는 나라를 좀먹고 백성을 해쳐 저잣거리에 끌어내 능지처참했다.

후주가 작위를 받았다는 소식을 듣고 곽익은 군사를 거느리고 항복했다.

후주가 사마소의 진공부로 찾아가 절하며 고마움을 표하자 사마소가 잔치를 베풀었다. 먼저 위의 음악과 춤을 보여주니 촉의 신하들은 모두 서글퍼했으나 후주는 기쁜 빛을 드러냈다. 다음으로 촉인들을 시켜 촉의 음악을 울리니 촉의 신하들은 모두 눈물을 떨어뜨리는데 후주 홀로 태연히 웃고 떠들어 사마소가 가충에게 말했다.

"사람이 생각이 없기가 이 정도에 이르다니! 제갈공명이 있어도 오래 보좌하지 못할 텐데 강유야 더 말할 나위가 있겠는가?"

그리고 후주에게 물었다.

"촉 생각이 많이 나시지요?"

"이곳이 즐거워 촉 생각이 나지 않소이다."

잠시 후 후주가 일어나 뒷간으로 가자 극정이 따라가 아뢰었다.

"폐하께서는 어찌하여 촉 생각이 나지 않는다고 하십니까? 그쪽에서 다시 물으면 이렇게 대답하십시오. '조상의 무덤이 멀리 촉 땅에 있으니 서쪽을 그리며 마음이 서글퍼서 생각하지 않는 날이 없소이다.' 진공은 반드시 폐하를 촉으로 돌아가게 해줄 것입니다."

후주는 극정의 말을 마음에 단단히 새기고 자리로 돌아왔는데 조금씩 취하기 시작하자 사마소가 또 물었다.

"촉 생각이 자꾸 나시지요?"

후주는 극정이 가르쳐준 말을 그대로 외웠다.

"조상의 무덤이 멀리 촉 땅에 있으니 서쪽을 그리며 마음이 서글퍼서 생각하지 않는 날이 없소이다."

말은 똑같이 했으나 아무리 해도 눈물이 나오지 않아 눈을 꾹 감는데 사마소가 물었다.

"어찌 극정의 말과 똑같으시오?"

깜짝 놀란 후주는 눈을 번쩍 뜨고 사마소를 쳐다보았다.

"바로 진공 말씀 그대로이올시다."

사람들은 모두 웃었다. 사마소는 후주가 정직하다고 매우 좋아해 다른 마음이 있으리라고 의심하지 않았다.

【유선의 행동이 너무 한심해서 이야기가 진짜인지 의심하기도 하는데, 습착치의 《한진춘추》에 나오는 이야기를 배송지가 정사 《삼국지》〈후주전〉의 주해로 인용해 전해졌다. 중국 역사에는 이보다 더 한심한 황제들도 많았다.】

위의 조정 대신들은 사마소가 서천을 정벌한 공로를 높여 왕으로 모시려고 위주 조환에게 표문을 올렸다.

이때 조환은 천자의 이름이나 걸었을 뿐 아무 실권이 없었다. 정사가 전부 사마소에게 들어간 형편에 감히 상주에 따르지 않을 수 없어 진공 사마소를 진왕으로 올리고, 아버지 사마의는 선왕으로 높이며, 형 사마사는 경왕으로 올렸다.

사마소의 아내는 왕랑의 아들로 높은 벼슬을 한 왕숙의 딸인데 아들 둘을 낳았다. 맏이인 사마염(司馬炎)은 체격이 웅장하고 머리카락이 땅에 드리우며 두 손이 무릎을 지나는데, 총명하고 영특하며 군사 지략과 용기가 누구보다 뛰어났다. 둘째아들 사마유는 성격이 부드럽고 공손하며 부모에게는 효성이 지극하고, 특별히 형님을 존중했다. 사마소는 사마유를 몹시 사랑해, 아들 없이 죽은 형님 사마사의 뒤를 잇게 했다.

"천하는 우리 형님 것이다."

평소 늘 이렇게 주장하는 사마소가 진왕으로 책봉 받고 사마유를 세자로 세우려 하니 산도(山濤)가 충고했다.

【산도는 죽림칠현의 한 사람으로 이름을 날리다 마흔이 넘어 벼슬길에 들어서서 이때는 사마소의 심복이 되어있었다.】

"맏아들을 폐하고 어린 아들을 세우면 예의에 어긋나 상서롭지 못합니다."

가충과 하증, 배수도 권고했다.

"장자는 총명하고 위엄이 당당하며 당대 사람들을 초월하는 재주가 있습니다. 사람들 신망이 두터운데 타고난 모습도 이러하니 남의 신하로 있을 상이 아닙니다."

사마소가 머뭇거리자 태위 왕상과 사공 순의가 충고했다.

"전대에 어린 아들을 세워 나라를 어지럽힌 경우가 많으니 깊이 생각하시기 바랍니다."

사마소가 맏아들 사마염을 세자로 세우니 대신들이 아뢰었다.

"올해 하늘에서 한 사람이 양무현에 내려왔는데, 키는 스무 자가 넘고 발자국은 석 자 두 치였습니다. 머리는 희고 수염은 푸른데 누런 홑옷을 입고 누런 수건을 쓰고 명아주 지팡이를 짚고 이렇게 말했답니다. '나는 백성의 왕이다. 오늘 너희에게 알려주노니 천하의 주인을 바꾸면 당장 태평해진다.' 저잣거리에서 사흘을 돌며 말하다 사라졌답니다. 이는 바로 전하의 복이니 전하께서는 옥으로 만든 열두 줄 술을 드리운 관을 쓰시고 천자의 깃발을 세우며, 나가실 때나 들어오실 때 잡인들이 가까이하지 못하게 길을 단속하며, 금근차를 타시고 말 여섯 필을 메우며, 왕비를 왕후로, 세자를 태자로 높이시지요."

【금근차는 황제 전용 수레로 말 여섯 필을 메웠다.】

말을 듣고 은근히 기뻐하며 왕궁에 돌아온 사마소는 음식을 먹으려다 갑자기 풍에 걸려 말을 못 하게 되었다. 이튿날 병세가 위독해져 태위 왕상과 사도 하증, 사마 순욱을 비롯한 대신들이 들어와 문안하자 태자 사마염을 가리키며 죽었다. 때는 8월 신묘일이었다.

하증이 말했다.

"천하 대사는 모두 진왕께 달렸으니 태자를 세워 진왕으로 모시고, 그다음에 제사를 지냅시다."

그날로 사마염은 진왕 자리에 올라 하증을 진의 승상으로 봉하고, 사마망은 사도, 석포는 표기장군, 진건은 거기장군으로 봉하며 아버지께는 문왕(文王) 시호를 드렸다. 사마소를 안장한 뒤 가충, 배수를 궁전으로 불러 물었다.

"옛날 조조가 천명이 자기에게 있다면 주문왕이 되겠다고 했다던데 과연 그런 일이 있소?"

가충이 대답했다.

"조조는 대대로 한의 녹을 받았으니 사람들이 비난할까 두려워 그렇게 말했습니다. 조비에게 천자가 되라고 시킨 것이지요."

"부왕을 조조와 비교하면 어떠하오?"

"조조는 공로가 중국을 덮었지만 아래로 백성은 위엄을 겁낼 뿐 은덕에 감격하지 않았습니다. 아들 조비가 아비를 계승해 부역이 아주 심했고, 동서로 뛰어다니며 편안한 해가 없었습니다. 뒷날 우리 선왕, 경왕께서 연이어 대공을 세우시고 은덕을 베푸시어 천하 사람들 마음이 쏠린 지 오랩니다. 문왕께서는 서촉을 삼키시어 공로가 천하를 뒤덮으시니 어찌 조조에 비교하겠습니까?"

가충이 대답하자 사마염은 속셈을 드러냈다.

"조비도 한의 황위를 이었는데 나는 위의 황위를 이을 수 없단 말이오?"

가충과 배수는 두 번 절하고 아뢰었다.

"전하께서는 바로 조비가 한을 이은 일을 본받아 다시 수선단을 쌓고 천하에 널리 알려 큰 자리에 오르셔야 합니다."

사마염은 크게 기뻐 이튿날 검을 차고 궁궐로 들어갔다. 위주 조환은 여러 날 조회가 열리지 않아 마음이 어수선하고 손발을 어찌 놀리면 좋을지 모르는데, 사마염이 곧장 뒤쪽 궁전으로 들어오니 급히 황제 침상에서 내려와 맞이했다. 사마염이 자리에 앉아 물었다.

"위가 천하를 차지한 것은 누구의 힘이요?"

"모두 진왕 부친과 조부님이 내려주신 것이오."

사마염이 웃었다.

"내가 폐하를 보니 문(文)으로는 도(道)를 논할 수 없고 무(武)로는 나라를 경영하지 못하는데, 어찌하여 재주와 덕이 있는 이에게 양보해 다스리게 하지 않으시오?"

조환이 놀라 아무 말도 못 하자 옆에서 황문시랑 장절(張節)이 호통쳤다.

"진왕 말씀은 틀렸소이다! 옛날 위의 무조황제께서 동쪽을 소탕하고 서쪽을 쓸어버리며, 남을 치고 북을 정벌하시면서 천하를 쉽게 얻으신 것이 아닙니다. 지금 천자께서는 덕이 있으실 뿐 죄가 없으신데 어찌 다른 사람에게 양보하십니까?"

사마염은 크게 노했다.

"이 사직은 한의 것이다. 조조가 천자를 끼고 제후들을 호령하면서 스스로 위왕이 되어 한의 조정을 빼앗았다. 우리 할아버님과 아버님께서 삼대를 이어 위를 보좌하셨으니, 천하를 얻은 것은 조씨 능력이 아니라 사실은 사마씨 힘이다. 세상 사람들이 다 아는 바인데 내가 어찌 위의 천하를 이을 수 없단 말이냐?"

장절이 또 말했다.

"그것은 나라를 빼앗는 역모다!"

"내가 한의 황실을 위해 복수하는데 아니 될 게 무엇이냐?"

크게 노한 사마염은 무사들을 호령해 참외 모양의 의장용 무기 금과로 장절을 마구 두들겨 때려죽였다. 조환은 눈물을 흘리며 꿇어앉아 애걸했다. 사마염이 전에서 내려가자 조환은 가충과 배수에게 물었다.

"일이 급해졌으니 어찌해야 하오?"

가충이 대답했다.

"하늘이 정해준 운은 끝났으니 하늘을 거슬러서는 안 됩니다. 한 헌제를 본떠 수선단을 만들고 성대한 의식을 치러 진왕께 선양하시면 위로는 하늘의 마음에 어울리고 아래로는 백성의 정에 따르니, 폐하께서는 걱정 없이 보내실 수 있습니다."

조환은 어쩔 수 없이 가충에게 수선단을 쌓게 하고 12월 갑자일, 문무백관을 모아 전국옥새를 받쳐 들고 진왕 사마염에게 단에 오르기를 청해 장중한 의식을 거쳐 선양 예식을 마쳤다.

조환은 단에서 내려와 공(公)의 옷차림으로 반열 맨 앞자리에 서고 사마염이 단 위에 단정히 앉으니 가충과 배수가 검을 들고 좌우에 섰다. 가충은 조환에게 다시 땅에 엎드려 명령을 듣게 했다.

"한의 건안 25년에 위가 선양을 받아 이미 45년이 지나니 하늘의 녹이 끝나 천명은 진에 속하노라. 사마씨 공덕이 널리 퍼져 하늘가에 이르고 땅끝에 닿으니 황제의 바른 자리에 올라 위의 대통을 이어받노라. 그대를 진류왕으로 봉하니 금용성에 가서 거주하라. 즉시 떠나며, 조서를 받지 않고는 경사로 들어오지 못한다."

조환이 눈물을 흘리며 떠나려 하자 태부 사마부가 울면서 엎드려 절했다.

"신은 위의 신하이니 평생 위를 배신하지 않겠습니다."

사마염이 안평왕에 봉했으나 사마부는 받지 않고 물러갔다.

【마지막까지 위에 충성을 바친 사마부는 사마의의 아우로 사마염의 작은할아버지였다. 사마의와 더불어 조비의 총애로 승진하고, 조비가 위왕으로 오르는 데에 힘을 쏟았다. 위가 망할 때 86세로, 평생 충성을 바친 위를 버리고 새 왕조의 신하가 되고

◀ 진(晉)이 위(魏)를 대신하다.

싶지 않았다. 92세에 죽어 그 시대에는 보기 드문 고령을 기록했다.】

문무백관은 단 아래에서 머리를 조아리며 만세를 세 번 외쳤다. 위를 이은 사마염은 나라 이름을 대진(大晉)이라 하고 연호를 바꾸어 태시(泰始) 원년(265년)으로 정하며 천하에 대사령을 내렸다. 이로써 위는 망했다. 백성은 안정되었고 누구 하나 털끝도 건드리지 않았다.

황제 사마염이 선대들에게 시호를 추중하니 할아버지 사마의는 선제, 큰아버지 사마사는 경제, 아버지 사마소는 문제라 했다. 칠묘를 세워 조상을 빛냈다.

대사가 정해지자 사마염은 날마다 조회를 열어 오를 칠 계책을 의논했다.

이야말로

한나라 성곽 옛 모습이 아닌데
오나라 강산 또 변하려 하누나

그들은 어떻게 오를 칠까?

120

나뉘었던 천하는 다시 하나로

두예 추천해 늙은 장수 새 계책 드리고
손호 항복 받아 나뉜 세 나라 하나 되다

사마염이 촉을 멸망시켰다는 소식을 들은 오주 손휴는 곧 오도 칠 것을 알고 근심이 병이 되어 침상에 누워 일어나지 못했다. 손휴는 승상 복양흥을 침상 앞으로 불러 태자 손완의 절을 받게 하고, 승상의 팔을 잡고 태자를 가리키며 죽었다. 복양흥이 손완을 황제로 세우려고 신하들과 상의하자 황실을 경호하는 좌전군 만욱이 반대했다.

"손완은 너무 어려 정사를 맡을 수 없으니 오정후 손호(孫皓)를 세우는 것이 좋습니다."

좌장군 장포도 맞장구를 쳤다.

"손호는 재능 있고 식견이 높으며, 사리에 밝고 결단력이 있어 천자로 세울 수 있습니다."

복양흥은 결정할 수 없어 황궁으로 들어가 주 태후에게 상주했으나 대답이 간단했다.

"나는 남편을 잃은 여인일 뿐이니 어찌 사직의 일을 알겠소? 경들이 알아서 하시오."

【이탁오는 이 대목에서 '거 참, 일을 잘도 그르치는 태후로군!' 하고 한탄했으나, 실은 주 태후는 민심을 의식해 아들이 황제가 되어야 한다고 고집하지 않았다. 오에서는 촉이 망해 몹시 당황하는데 손휴가 30세 젊은 나이로 갑자기 돌아가니 세상 물정에 밝은 임금이 세워지기를 바랐다. 이런 민심을 아는 만욱은 전에 오정 현령으로 있을 때 오정을 식읍으로 하는 손호와 가까워, 23세 된 손호를 추대한 것이다.】

복양흥은 손호를 맞이해 황제로 모셨다. 손호는 자가 원종(元宗)으로, 대제 손권의 두 번째 태자 손화의 아들이었다. 그해 7월 황제 자리에 올라 연호를 바꾸어 원흥(元興) 원년(264년)으로 삼고, 태자 손완을 예장왕으로 봉하며, 아버지 손화에게는 문황제 시호를 추가하고 어머니 하씨를 높여 태후라 했다. 정봉의 벼슬을 높여 우대사마로 임명했다.

이듬해에 감로(甘露) 원년으로 연호를 바꾼 손호는 날이 갈수록 포악해지면서 중상시 잠혼을 총애하고 술과 여색에 빠졌다. 조정 신하가 모두 실망해 복양흥과 장포가 나서서 충고하니 두 사람의 머리를 베고 삼족을 멸했다. 이때부터 조정 신하들은 입을 다물고 다시는 황제에게 충고하지 못했다.

이듬해에 또 보정(寶鼎) 원년(266년)으로 연호를 바꾸고 육개와 만욱을 좌우 승상으로 썼다. 이때 손호는 무창에 있는데 양주 백성들이 물길을 거슬러 황제가 쓸 물자를 공급하느라 매우 고달팠다. 손호가 사치스럽기 그지없어 나라와 백성이 모두 가난했다. 육개가 상주서를 올렸다.

'지금 재해도 없는데 백성들이 목숨을 잃고, 하는 일도 없으면서 나라 재물이 비어 신은 가슴이 아픕니다. 옛날 한의 황실이 쇠약해져 세 집에서 솥발처럼 갈라섰는데, 이제 조씨와 유씨가 도(道)를 잃어 진의 소유가 되었으니 이는 눈앞의 분명한 증명입니다. 신은 어리석으나 다만 폐하를 위해 나라를 아낄 뿐인데 무창은 땅이 험하고 메말라 임금의 수도가 아닙니다. 동요에 이르기를 '건업 물을 마실지언정 무창 물고기를 먹지 않고, 건업에 돌아가 죽을지언정 무창에 남아 살지 않으리'라 하였으니 이로써 백성의 마음과 하늘의 뜻을 충분히 알 수 있습니다. 지금 나라에는 1년 지출을 감당할 저축이 없고, 나라의 뿌리인 백성은 집을 잃고 들판에 나가 잘 위험이 있으며, 관리들은 백성을 가혹하게 들볶기만 하고 가엾게 여길 줄을 모릅니다. 대제 때 후궁의 궁녀가 100에 이르지 않았는데 경제 이래 1000으로 헤아리게 되었으니, 이는 재물을 심하게 소모하는 바입니다. 또 폐하 좌우에 있는 자들은 모두 합당한 사람들이 아니어서 무리를 지어 서로 짜고 충신을 해치며 현명한 이를 감추니, 이는 정사를 좀먹고 백성을 병들게 하는 바입니다. 바라오니 폐하께서는 여러 가지 부역을 줄이고 가혹한 소란을 없애며 궁녀를 줄여 내보내고 백관을 가려 뽑으시면, 하늘이 즐거워하고 백성들이 따를 것이니 나라가 안정될 것입니다.'

글을 보고 불쾌해진 손호는 다시 토목공사를 크게 벌여 소명궁을 지으면서 문무백관을 산에 보내 나무를 찍게 했다. 술사(術士) 상광을 불러 시초로 점을 쳐 천하를 손에 넣을 일을 물었더니 대답했다.

"폐하께서는 상서로운 징조를 얻으셨으니 경자년(280년)이 되면 푸른 해 가리개 아래 앉아 수레를 타고 낙양으로 들어가실 것입니다."

손호는 크게 기뻐 중서승 화핵을 불렀다.

"선제께서 경의 말을 받아들이셔서 장수들을 나누어 보내, 장강 일대에 영채 수백 개를 세워 노장 정봉에게 도맡게 하셨다. 짐은 한의 땅을 아울러 촉을 위해 복수할까 하는데 어느 곳을 먼저 손에 넣는 게 좋겠느냐?"

화핵이 충고했다.

"성도가 함락되어 촉의 사직이 기울었으니 사마염은 반드시 오를 삼킬 마음이 있습니다. 폐하께서는 덕을 쌓으시어 오의 백성을 편안하게 해주는 것이 상책입니다. 억지로 군사를 움직이시면 말 그대로 '삼베를 입고 불을 끄는[披麻救火피마구화]' 격이니 반드시 몸을 태우고 맙니다. 폐하께서는 살펴보십시오."

손호는 크게 노했다.

"짐이 시기를 잡아 옛 업적을 회복하려 하는데 네가 이따위 상서롭지 못한 소리를 하느냐! 네가 옛 신하인 것을 봐주지 않았다면 목을 쳐서 사람들에게 돌려 보였으리라!"

손호의 호령으로 물러 나온 화핵은 한숨을 쉬었다.

"금수강산이 오래지 않아 남에게 넘어가겠구나!"

그 길로 은거해 세상에 나오지 않았다.

손호가 양양을 치려고 진동대장군 육항의 군사를 강구에 주둔시키니 소식이 어느새 낙양에 전해졌다. 진주 사마염이 신하들과 상의하자 가충이 나섰다.

"오의 손호는 덕정을 펴지 않고 밤낮 무도한 짓만 합니다. 폐하께서는 도독 양호(羊祜)에게 조서를 내려 오군을 막게 하시지요. 그 안에서 변화가 있기를 기다려 기습하면 오는 손바닥 뒤집듯 쉽게 얻을 수 있습니다."

사마염이 조서를 내리니 양호는 군사를 정돈해 싸울 채비를 했다. 양호는 양양을 지키면서 군사와 백성의 마음을 많이 얻었는데, 오의 사람들이 항복했다 돌아가려고 하면 모두 놓아주고, 수자리 서는 군졸을 줄이고 황무지를 일구어 밭 800여 경을 개간했다.

그가 처음 양양에 왔을 때는 군사가 100일 먹을 식량이 없었으나 나중에는

10년 먹을 군량이 저장되었다. 양호는 군중에서 가벼운 갖옷을 입고 넓은 띠를 매며 갑옷을 입지 않았고, 장막 앞을 지키는 시위는 여남은 명에 불과했다.

어느 날 부하 장수들이 장막에 들어와 양호에게 고했다.

"지금 오군이 해이해졌으니 습격하면 반드시 크게 이길 수 있습니다."

양호는 빙그레 웃었다.

"자네들은 육항을 만만하게 보는가? 그는 슬기롭고 꾀가 많네. 전날 오주가 서릉을 쳐 빼앗으라고 시켰더니 그가 보천과 그 수하 장졸 수십 명을 베었는데, 내가 구하려 했으나 미처 구하지 못했네. 이 사람이 장수로 있으니 우리는 지키기만 해야 하고, 그쪽에서 어떤 변화가 있기를 기다려 손에 넣으려고 해볼 수 있을 뿐일세. 시기와 형세를 살피지 않고 함부로 나아가는 것은 곧 죽음을 불러오는 길일세."

장수들은 고명한 견해에 탄복해 경계를 지키기만 했다.

【서릉은 육손이 유비를 이긴 이릉으로 후에 오가 이름을 고쳤다. 보천은 보즐의 아들로 아버지를 이어 서릉 군사를 거느리는 서릉독이 되었는데, 손호가 조정으로 부르자 화를 입을까 두려워 가지 않고 서릉을 차지해 진에 항복했다. 진에서 위장군으로 봉해 삼공과 같은 의장을 갖추게 하고 대우를 높였다. 손호가 육항을 보내 서릉을 치게 하니, 진의 지원군을 어렵잖게 물리치고 성을 깨뜨려 보천과 삼족을 멸했다.】

어느 날 양호가 장수들을 이끌고 사냥하는데 마침 육항도 사냥하러 나오니 양호가 명령을 내렸다.

"아군은 경계를 넘지 마라!"

장수들이 명령을 받들어 진에서만 짐승을 쫓으면서 경계를 넘지 않자 육항이 탄식했다.

"양 장군은 기율이 엄정하니 건드릴 수 없구나."

날이 저물어 양쪽 군사가 각기 물러서자 양호는 잡아온 새와 짐승들을 살펴 오의 사람들이 먼저 쏘아 상처를 입힌 것은 모두 돌려보냈다. 오의 사람들이 매우 좋아하자 육항은 심부름 온 사람을 불러 물었다.

"너희 원수는 술을 마시느냐?"

"반드시 좋은 술을 얻으셔야 마십니다."

사자의 대답에 육항이 웃었다.

"나에게 술 한 말이 있는데 감추어둔 지 오래이니 도독께 가져다 올려라. 육 아무개가 손수 빚어 혼자 마시는 술인데 특별히 받들어 올려 어제 사냥한 정을 나타낸다고 전하라."

사자가 술을 가지고 가자 사람들이 육항에게 물었다.

"무슨 뜻으로 그에게 술을 보내셨습니까?"

"그가 덕을 베풀었으니 내가 보답하지 않을 수 있는가?"

사자가 돌아와 술을 올리고 말을 전하니 양호는 웃었다.

"그도 내가 술을 마시는 것을 아느냐?"

양호가 술을 마시려 하자 부하 장수 진원이 걱정했다.

"그 속에 간사한 속임수나 있지 않을까 두려우니 도독께서는 마시지 않으시는 게 좋습니다."

양호는 가볍게 웃었다.

"육항은 남을 독살할 사람이 아니니 걱정할 것 없네."

그는 술 한 주전자를 다 비웠다.

이후로 양호와 육항이 서로 문안하며 사람들이 오고 가는데, 어느 날 육항이 사람을 보내 안부를 묻자 양호가 사자에게 물었다.

"육 장군은 편안하시냐?"

"며칠째 병으로 누워, 나오시지 못합니다."

사자의 말을 듣고 양호가 말했다.

"그 병은 내 병과 같을 것이다. 내가 달여서 만든 약이 있으니 가져다 드시게 해라."

사람이 약을 들고 돌아와 육항을 뵈니 장수들이 말렸다.

"양호는 적이니 이 약은 기필코 좋을 것이 없습니다."

"그는 남에게 독을 먹일 사람이 아니니 자네들은 의심하지 말게."

육항은 서슴지 않고 약을 먹었다. 다음날 병이 나아 장수들이 모두 절하면서 축하하니 육항이 가르쳤다.

"그들이 덕으로 대하는데 우리가 폭력으로 대하면 그들은 싸우지 않고 우리를 굴복시키게 되네. 서로 경계를 지키면서 자그마한 이득을 탐내지 말아야 하네."

이때 별안간 오주가 사자를 보내왔다.

"천자께서 장군이 먼저 진군해 진의 사람들이 들어오지 못하게 하라고 하셨습니다."

"자네는 먼저 돌아가게. 내가 상주서를 올리겠네."

육항이 곧 상주서를 올려 손호가 읽어보니 진을 정벌할 수 없는 상황을 상세히 설명했다. 또 덕을 쌓고 처벌을 신중히 하면서 나라를 안정시키는 데에 주력하고 함부로 무력을 사용하지 말아야 한다고 충고하니 화가 머리끝까지 치밀었다.

"육항은 변경에서 적과 내통한다더니 과연 그러하구나!"

손호가 육항의 군권을 빼앗아 사마로 벼슬을 낮추고, 좌장군 손익에게 군사를 거느리게 하니 신하들은 누구도 감히 충고하지 못했다.

오주 손호가 무력을 함부로 사용하고 군사를 변경에 주둔시켜 괴롭히니 원망하지 않는 사람이 없었다. 승상 만욱과 장군 유평, 대사농 누현이 모두 바른말을 올리다 목숨을 잃고, 10여 년 동안 충신 40여 명이 비명에 죽었다. 손호는 행차 때 철갑기병 5만을 거느리고 다녀 누구도 어찌해보지 못했다.

육항이 군권을 빼앗기자 양호는 드디어 오를 틈 탈 기회라 믿고 표문을 지어 낙양으로 보냈다.

'대체로 운은 하늘이 주는 것이기는 하지만 공로와 업적은 반드시 사람이 움직여 이루어집니다. 지금 장강과 회수의 험함은 검각보다 못하고, 손호의 포악함은 유선보다 더하며, 오 사람들의 고단함은 촉보다 심합니다. 그런데 대진의 병력은 예전보다 강성하니, 이때 세상을 통일하지 않고 서로 지키기만 하면 천하가 다시 정벌과 수자리에 묶이게 되어 오래갈 수 없습니다.'

사마염이 크게 기뻐 바로 군사를 일으키려 했으나 가충과 순욱, 풍담, 셋이 극구 말려 군사를 움직이지 않으니 양호는 한숨을 쉬었다.

"천하에 뜻대로 되지 않는 일이 늘 열에 여덟아홉이라 하지만 지금 하늘이 주는데 받지 않으니 너무 아쉽지 않은가!"

함녕 4년(278년), 조정으로 돌아온 양호가 벼슬을 버리고 고향에 돌아가 병을 치료하겠다고 상주하자 사마염이 물었다.

"경은 나라를 안정시킬 계책으로 짐에게 어떤 것을 가르치려오?"

"손호의 포학함이 매우 심해졌으니 지금은 싸우지 않고도 이길 수 있습니다. 불행히도 손호가 죽어, 오에서 현명한 임금을 세우면 폐하께서는 오를 얻을 수 없습니다."

사마염이 크게 깨닫고 물었다.

"경이 지금 군사를 거느리고 정벌하면 어떻소?"

"신은 늙고 병이 많아 소임을 감당할 수 없으니, 폐하께서 따로 슬기롭고 용맹한 이를 고르시면 됩니다."

고향으로 돌아간 양호가 병이 위급해져 사마염이 수레를 타고 친히 집에 찾아가 문안하자 양호는 눈물을 흘렸다.

"신은 만 번 죽더라도 폐하께 보답할 수 없습니다!"

사마염도 눈물을 흘렸다.

"과인은 오를 정벌하자는 경의 계책을 쓰지 않은 것이 몹시 한스럽소. 누가 경의 뜻을 이어받을 수 있겠소?"

양호는 눈물을 머금고 대답했다.

"신은 죽습니다만 감히 우둔한 성의를 다하지 않을 수 없습니다. 우장군 두예(杜預)가 일을 맡을 수 있으니 오를 치시려면 반드시 그를 쓰셔야 합니다."

"착한 사람을 올려주고 현명한 이를 추천하는 것은 아름다운 일인데, 경은 어찌하여 조정에 사람을 추천하고는 상주서 원고를 태워버려 남들이 알지 못하게 하오?"

"나라의 신하로 임명되어 사사로이 남의 집에 와서 감사하는 것은 신이 취하는 바가 아닙니다."

말을 마치고 양호는 숨을 거두었다. 사마염은 통곡하고 황궁으로 돌아가 양호에게 태부 벼슬과 거평후 작위를 주었다. 양호가 죽었다는 소식을 듣자 남쪽 지방 백성은 물건 사고팔기를 그만두고 울었다. 강남 변경을 지키는 장졸들도 모두 울음을 터뜨렸다.

양양 사람들은 그곳에서 양호가 늘 현산에 가서 놀던 일을 떠올려 그 산에 사당을 짓고 비석을 세워 사계절 제사를 지냈다. 오가는 사람들이 비문을 보고 눈물을 흘리지 않는 이가 없으니 '눈물을 흘리는 비석'이라는 뜻으로 타루비(墮淚碑)라는 이름이 붙었다.

진주는 양호 말에 따라 두예를 진남대장군으로 임명해 형주 일을 도맡게 했다. 두예는 노련하고 모든 일에 숙달되었으며 배우기를 좋아해 싫증을 낼 줄 몰랐다. 좌구명(左丘明)의 《춘추전》을 가장 좋아해 앉으나 서나 늘 몸에 지녔고, 외출하고 귀가할 때마다 아랫사람에게 《좌전(춘추전)》을 들고 말 앞에서 가게 하여 사람들은 그를 '좌전벽'이라 불렀다.

진주의 명령을 받든 두예는 양양에서 백성을 어루만지고 군사를 기르며 오를 치려고 준비했다.

이때 오의 정봉과 육항은 모두 죽었다. 오주 손호는 신하들을 모아 잔치를 베풀 때마다 잔뜩 취하게 만들고 환관 열 사람을 골라 잘못을 탄핵하는 규탄관으로 임명했다. 잔치가 끝나면 규탄관들이 신하들 잘못을 상주해 낯가죽을 벗기거나 눈알을 뽑으니 온 나라 사람들은 겁에 질려 벌벌 떨었다. 진의 익주 자사 왕준이 진주에게 상주서를 올려 오를 치기를 청했다.

'손호는 음탕하고 흉악한 데다 하늘을 거스르니 빨리 정벌하는 게 좋습니다. 손호가 죽어 다른 현명한 임금이 서면 오는 강한 적이 됩니다. 신이 배를 만든 지 7년인데 날마다 썩고 망가지는 것들이 많습니다. 더욱이 신의 나이가 이미 70이라 죽을 때가 오래지 않습니다. 이 세 가지 중 하나라도 변하면 오를 공략하기 어려우니 폐하께서는 시기를 놓치지 마시기 바랍니다.'

진주가 신하들과 상의했다.

"왕준 말은 양 도독 견해와 어울리니 짐의 뜻은 정해졌노라."

시중 왕혼이 아뢰었다.

"신이 듣자니 손호가 북쪽을 침범하려 한답니다. 군사를 모두 정비하고 기세가 한창 성해 맞서 싸우기 어려우니 1년을 미루어 그들이 지치기를 기다려야 성공할 수 있습니다."

진주가 군사를 멈추어 움직이지 말라는 조서를 내리고 뒤쪽 궁전으로 물러가 소일 삼아 비서승 장화와 바둑을 두는데, 변경에서 표문이 왔다고 아뢰어 열어보니 두예가 보낸 것이었다.

'전에 양호가 조정 신하들과 널리 의논하지 않고 비밀리에 폐하께 계책을 드려 신하들이 말이 많게 되었습니다. 무릇 일이란 반드시 이익과 손해를 가늠해보아야 하는데 지금 오를 토벌해서 좋은 점은 열에 여덟아홉입니다. 지난가을 이래 적을 토벌하는 기세가 많이 드러났는데 우리가 일을 중지하여 손호가 무창으로 돌아가 강남 여러 성을 완벽하게 수리해 백성을 옮기면 성을 칠 수 없고 들판에서 빼앗을 것도 없습니다. 그러면 내년 대계도 따라가지 못합니다.'

진주가 표문을 다 읽자 장화가 후닥닥 일어나 바둑판을 밀어버리더니 공손히 손을 모아 쥐고 아뢰었다.

"폐하께서 영명하시어 나라는 부유하고 백성은 강하옵니다. 오주가 음탕하고 포악해 백성은 근심이 많고 나라는 피폐하여 지금 토벌하면 힘들이지 않고 평정할 수 있사오니 의심하지 마시옵소서."

【비서승이라는 낮은 벼슬아치로서는 매우 대담한 행동이었다.】

"경의 말이 이익과 해로움을 이처럼 분명히 들여다보았으니 짐이 어찌 또 의심하랴!"

사마염은 바로 나와 궁전에 올랐다. 때는 함녕 5년(279년) 11월이었다. 진남대장군 두예를 대도독으로 임명해 10만 군사를 이끌고 강릉으로 나가고, 진동대장군 낭야왕 사마주(사마의의 아들)는 도중으로 나가며, 안동대장군 왕혼은 횡강으로 나가고, 건위장군 왕융은 무창으로 나가며, 평남장군 호분은 하구로 나가되, 각기 5만 군사를 이끌고 두예의 명령을 듣게 했다.

또 용양장군 왕준과 광무장군 당빈을 보내 장강을 따라 동으로 내려가게 하는데 수군과 육군이 20여 만이고 싸움배는 수만 척이었다. 관군장군 양제에게 양양으로 나아가 주둔하면서 여러 길의 사람과 말을 통제하게 했다.

소식이 강남에 전해져 오주 손호가 놀라서 급히 승상 장제와 사도 하식, 사공 등순을 부르니 장제가 아뢰었다.

"거기장군 오연을 도독으로 삼아 강릉으로 나가 두예를 맞이하게 하고, 표기장군 손흠에게 하구를 비롯한 여러 곳 군사들을 막게 하시지요. 신은 감히 군사(軍師)가 되어 좌장군 심영과 우장군 제갈정을 거느리고 10만 군사를 이끌고 우저로 출병해 여러 길 군사를 지원하겠습니다."

손호가 장제의 말대로 모두 떠나게 하고 뒤쪽 궁전으로 들어오니 총애를 받는 중상시 잠혼이 잘난 체했다.

"신에게 계책이 하나 있으니 왕준의 배를 죄다 가루로 만들 수 있습니다."

손호가 크게 기뻐 계책을 묻자 잠혼이 아뢰었다.

"강남에는 쇠가 많습니다. 고리를 이은 쇠사슬 100여 개를 만들되 길이는 수천 자에 고리마다 20~30근 되게 하여 강을 따라 요긴한 곳에 가로 걸쳐 막지요. 또 길이 10자 남짓한 쇠 송곳 몇만 개를 만들어 물속에 꽂으면 진의 배가 바람 타고 내려오다 송곳에 부딪혀 깨어질 것이니 어찌 강을 건널 수 있겠습니까?"

손호가 크게 기뻐 대장장이들을 모아 강변에서 밤을 새워 쇠사슬과 쇠 송곳을 만들어 설치하게 했다.

진의 도독 두예는 강릉으로 진군해 아장 주지에게 명했다.

"수부 800명을 이끌어 쪽배를 타고 장강을 건너 밤에 낙향을 습격하라. 산 위의 숲에 깃발을 많이 세우고 낮에는 포를 터뜨리고 북을 치며 밤에는 여러 곳에서 불을 들어라."

주지가 강을 건너 파산에 매복하니 이튿날 두예가 대군을 거느리고 육로와 수로로 나아가는데 정탐꾼이 보고했다.

"오주는 오연을 육지로 보내고 육경을 물로 보냈으며 손흠을 선봉으로 삼았는데, 세 길로 마주 나옵니다."

두예가 군사를 이끌고 전진하는데 어느새 손흠의 배가 도착해 맞서자 뒤로 물러섰다. 손흠이 군사를 이끌고 기슭에 올라 쫓아가는데 20리도 가지 못해 포 소리가 '탕!' 울리더니 네 방향에서 진의 대군이 몰려왔다. 손흠이 급히 되돌아서자 두예가 몰아쳐 오군은 죽은 자를 헤아릴 수 없었다. 손흠이 도망쳐 성 가까이 이르자 그의 군사 속에 섞여 들어간 주지의 800명 군사가 성 위에서 불을 질러 손흠은 깜짝 놀랐다.

"북군이 날아서 강을 건넜느냐?"

손흠이 물러서려 하는데 주지가 버럭 호통치며 한칼에 베어 말 아래로 떨어뜨렸다. 육경이 배 위에서 바라보니 강남 기슭에 온통 불길이 일어나고 파산 위에서 큼직한 깃발이 바람 따라 나부끼는데 '진 진남대장군 두예'라고 쓰여 있었다.

깜짝 놀라 기슭에 올라 도망치던 육경은 말을 달려온 진의 장수 장상의 칼에 맞아 죽었다. 오연은 여러 길 군사가 모두 패한 것을 보고 성을 버리고 도망치다 매복한 군사한테 잡혀 두예에게 끌려갔다.

"살려두어도 쓸모없다!"

두예는 오연의 목을 쳤다. 원강과 상강 일대부터 광주까지 여러 고을 수령들이 멀리서 소문만 듣고도 도장을 지니고 나와 항복하니 두예는 사람을 보내 어루만지며 털끝만큼도 건드리지 못하게 했다.

그 길로 무창까지 공격해 항복을 받자 두예는 위엄이 크게 떨쳤다. 그가 장수들을 모아 건업을 칠 계책을 상의하자 호분이 제안했다.

"백 년 묵은 도적은 단번에 굴복시킬 수 없습니다. 지금 봄물이 불어나 오래 머물 수 없으니 겨울이 되기를 기다려 다시 군사를 크게 일으키면 됩니다."

두예가 반박했다.

"옛날 악의는 제수 서쪽에서 한 번 싸워 강대한 제를 삼켰소. 지금 아군이 위세를 크게 떨치니 대를 쪼개는 기세와 비슷하오. 이제 몇 마디만 지나가면 대가 갈라지는데 다시 손을 댈 게 무엇이오!"

【기원전 284년 악의는 조, 초, 한, 위, 연 다섯 나라 연합군을 거느리고 제수 서쪽에서 제의 군사를 깨뜨렸다. 승전한 뒤 다른 나라 군사는 다 돌아갔으나 악의는 홀로 연의 군사를 이끌고 제의 군사를 쫓아가 수도 임치를 함락시키고 성 70여 개를 깨뜨렸으니 역사에 밝은 두예다운 말이었다.】

두예는 전군에 격문을 돌려 일제히 건업을 치기로 약속했다.

이때 왕준이 수군을 이끌고 강을 내려가는데 앞에서 보고했다.

"오에서 쇠사슬로 강을 가로막고, 물에 쇠 송곳을 꽂아 아군을 막습니다."

왕준은 껄껄 웃더니 큰 뗏목 수십 개를 묶게 하여 그 위에 갑옷을 걸치고 무기를 쥔 허수아비를 만들어 세웠다. 뗏목들을 물길 따라 떠내려 보내니 오군이 보고는 산 사람인가 싶어 먼발치에서 도망가고 물속에 꽂아둔 송곳들은 뗏목에 걸려 죄다 빠져버렸다.

왕준이 또 물에 익숙한 수부를 시켜 뗏목 위에 큰 횃불을 만드는데, 길이 100여 자에 굵기가 20여 뼘 되게 하여 기름을 부었다. 쇠사슬을 만나면 횃불로 녹이니 잠깐 사이에 사슬들이 모두 끊겼다. 진군이 두 길로 나누어 장강을 따라 내려가자 이르는 곳마다 이기지 못하는 법이 없었다.

동오의 승상 장제가 좌장군 심영과 우장군 제갈정을 보내 진군과 맞서게 하자 심영이 제갈정에게 말했다.

"상류 군사들이 방비하지 않아 진군은 반드시 여기까지 올 것이니 그때 힘을 다해 막아야 하오. 요행으로 이기면 강남이 안정되지만 지금 강을 건너 싸우다 참패하면 대사가 잘못되오."

"공의 말씀이 옳소."

사람이 달려와 물길 따라 내려오는 진군의 기세를 도저히 당할 수 없다고 보고하자 두 사람은 황급히 장제의 영채를 찾아갔다.

"오가 위급해졌습니다. 어찌하여 숨지 않으십니까?"

장제는 눈물을 흘리며 대답했다.

"오가 망한다는 것은 현명한 이나 미련한 자나 다 아는 바인데, 임금과 신하가 모두 항복하고 나라를 위해 죽는 이가 한 사람도 없다면 이 역시 수치가 아니겠소?"

제갈정도 눈물을 흘리며 영채를 떠났다. 장제와 심영이 군사를 이끌고 맞서자 진군이 그들을 에워쌌다. 주지가 오군 영채로 쳐들어가니 장제는 홀로 힘을 떨쳐 싸우다 어지러운 싸움 중에 죽었다. 심영도 주지 손에 죽자 오군은 사방으로 흩어져 도망쳤다. 진군은 우저를 차지하고 오의 경내로 깊숙이 들어갔다. 왕준이 승전보를 올리자 진주 사마염이 크게 기뻐하는데 가충이 아뢰었다.

"우리 군사가 오랫동안 밖에서 수고하니 기후와 풍토에 적응하지 못해 병이 날 것입니다. 군사를 불러들여 뒷날 다시 꾀하는 것이 좋겠습니다."

장화가 반대했다.

"지금 대군이 이미 적의 소굴에 들어가 오의 사람들 간담이 서늘해졌으니 한 달 안으로 손호가 잡힐 것입니다. 이럴 때 군사를 불러들이면 앞의 수고가 다 헛것이 되니 참으로 아쉽습니다."

진주가 대답하기 전에 가충이 먼저 장화를 꾸짖었다.

"너는 천시와 지리도 모르면서 망령되이 공적을 탐내 군사를 고단하고 지치게 만드니, 너를 죽여도 천하 사람들 한을 풀어주기 어렵다!"

사마염이 입을 열었다.

"이것은 짐의 뜻일세. 장화는 짐과 같았을 뿐이니 논쟁할 게 무언가?"

이때 두예가 표문을 올려 읽어보니 역시 급히 진군해야 한다는 내용이었다. 진주가 더 의심하지 않고 진군 명령을 내려 왕준을 비롯한 장수들이 물과 뭍으로 함께 나아가니, 바람이 불고 우레가 울리며 북소리가 요란한 가운데 사람들은 깃발만 보고도 항복했다.

오주 손호가 놀라 낯빛이 변하는데 신하들이 아뢰었다.

"북군이 날마다 가까워지는데 강남 군사는 싸우지도 않고 항복하니 어찌하시겠습니까?"

"어찌하여 싸우지 않느냐?"

"모두 환관 잠혼의 죄이니 폐하께서 죽이기를 청합니다. 그를 죽이면 신들은 성을 나가 죽기로써 싸우겠습니다."

"한낱 환관이 어찌 나라를 망치겠느냐?"

손호의 말이 떨어지자 신하들은 떠들썩했다.

"폐하께서는 촉의 황호를 보지 못하셨습니까?"

"잠시 이 사람을 종으로 만들면 된다."

손호가 말하는데 신하들은 명령도 기다리지 않고 궁중으로 몰려 들어가 잠혼을 붙잡아 갈기갈기 찢고 생살을 씹었다.

【중국 역사에는 실제로 사람 고기를 먹은 일이 여러 번 나오니, 증오하는 자를 씹어 죽인다는 것은 결코 빈말이 아니었다.】

도준이 아뢰었다.

【진남대장군이며 형주 자사를 겸한 도준은 교주에서 반란을 일으킨 곽마를 토벌하려고 무창까지 갔다가 진군이 쳐들어왔다는 말을 듣고 금방 건업으로 돌아온 터였다.】

"신이 거느린 싸움배가 작으니 2만 군사를 주시어 큰 배를 타고 싸우면 능히 적을 깨뜨릴 수 있습니다."

손호는 어림군의 여러 부대를 도준에게 주어 상류로 올라가 적과 맞서게 하고, 전장군 장상은 수군을 거느리고 강을 따라 내려가며 싸우게 했다.

두 사람이 막 떠나려 하는데 서북풍이 몰아치며 오군의 깃발이 모두 바로 서지 못하고 뱃속에 거꾸로 처박히자 군졸들은 배에 내려가기 싫어 뿔뿔이 흩어져 도망치고, 장상의 수십 명 수군만 적을 기다렸다.

이때 진의 장수 왕준이 돛을 달고 삼산을 지나가는데 사공이 말했다.

"바람이 세차고 파도가 거세어 배가 나아갈 수 없으니 바람이 좀 잦기를 기다리시지요."

왕준이 크게 노해 검을 뽑아 들고 꾸짖었다.

"지금 석두성을 손에 넣으려 하는데 멈추다니 무슨 소리냐!"

북을 치며 당당히 진군하니 오군 장수 장상이 부하들을 이끌고 항복을 청해, 왕준이 명했다.

"진심으로 항복한다면 선봉이 되어 공을 세워라!"

장상은 자기 배로 돌아가 곧장 석두성 아래로 나아가 소리쳐 성문을 열게 하고 진군을 맞아들였다. 진군이 입성했다는 말을 듣고 손호가 검으로 목을 베려 하니 중서령 호충과 광록훈 설영이 아뢰었다.

"폐하께서는 어찌하여 안락공 유선을 본받지 않으십니까?"

손호는 유선과 마찬가지로 수레에 관을 싣고 자신의 몸을 묶어 문무백관을 거느리고 왕준의 군사 앞에 항복했다. 왕준은 밧줄을 풀어주고 관을 태우더니 왕을 대하는 예절로 대했다. 손호는 옥새와 끈, 그림과 문서를 모두 바쳤다.

뒷날 당나라 사람이 시를 지어 탄식했다.

서진의 큰 배 익주에서 내려가니

금릉에 왕의 기운 스르르 사라진다

천 길 쇠사슬 강 밑에 잠기고

한 조각 항복 깃발 석두성을 나온다

인간 세상 흥망성쇠 얼마더냐 서럽구나

산은 여전히 찬물 베고 누웠네

이제 천하가 한 집이 된 날이라

가을 갈대 속 옛날 보루 쓸쓸하다

　－유우석의 '서새산에서 옛일을 그리며'

　오의 4주 43군 313현, 호구 52만 3000, 관리 3만 2000, 군사 23만, 남녀노소 230만, 곡식 280만 섬, 배 5000여 척, 후궁 5000여 명은 모두 진에 들어갔다. 대사가 정해지자 방을 내걸어 백성을 안정시키고 창고는 전부 봉했다.

　도준의 군사는 싸우지도 않고 흩어져버리니 낭야왕 사마주와 왕융의 대군이 모두 이르러 왕준이 대공을 이룬 것을 보고 기뻐했다. 이튿날 두예도 도착해 삼군에 크게 상을 내리고 창고를 열어 오의 백성을 구제했다. 오의 백성은 모두 안정되었다.

　건평 태수 오언만 성을 굳게 지켜 진군이 무너뜨리지 못했는데 그도 오가 망했다는 말을 듣고 항복했다. 왕준이 표문을 알려 승리의 소식을 보고하니 조정에서는 황제와 신하가 모두 축하하면서 술을 권했다. 진주 사마염은 잔을 들고 눈물을 흘렸다.

　"이는 양 태부의 공로다. 그가 친히 보지 못해 애석하구나!"

　왕준이 오주 손호를 낙양으로 데려와 궁전에 올라 머리를 조아리게 하니 진의 황제가 자리를 내주며 말했다.

　"짐은 이 자리를 만들고 경을 기다린 지 오래이오."

　손호가 대꾸했다.

　"신도 남방에 이런 자리를 만들고 폐하를 기다렸습니다."

그 말에 진나라 황제가 껄껄 웃자 가충이 손호에게 물었다.

"그대는 남방에서 걸핏하면 사람 눈알을 뽑고 얼굴 가죽을 벗겼다던데 이는 어떤 형벌이오?"

"신하로서 임금을 시해한 자와 간악하고 충성스럽지 못한 자들에게 그런 형벌을 가했소!"

손호의 대답에 가충은 입을 다물고 몹시 부끄러워했다.

【어느덧 20년이 지났으나, 군사를 지휘해 임금 조모를 죽인 일을 잊을 수는 없었다.】

진의 황제는 손호를 귀명후로 봉했다. 손호의 자손을 황제를 모시는 중랑으로 봉하며, 항복한 재상과 대신들은 모두 열후로 봉했다. 승상 장제는 싸움터에서 죽어 그의 자손을 봉했다. 또 왕준을 보국대장군으로 봉하고 다른 장수들에게도 각기 관직을 주고 상을 내렸다.

결국 세 나라는 진의 황제 사마염에게로 돌아가 천하가 다시 하나로 뭉쳐졌다. 바로 이 책 맨 앞의 말과 같다.

'천하는 나누어진 지 오래면

반드시 합쳐지고,

합쳐서 오래 지나면

반드시 나누어진다.'

(본삼국지 끝)

중국 12판본 아우른 세계 최고 원본 | 최종 원색 완성본

본삼국지

제4권 중원 휘몰아치는 풍운

초판 1쇄 발행 / 2005년 7월 20일
초판 8쇄 발행 / 2012년 4월 10일
재판(혁신판) 1쇄 발행 / 2014년 1월 1일
3판(완성판) 발행 / 2019년 12월 2일

지은이 / 나관중 · 모종강
옮긴이 / 리동혁
펴낸이 / 박국용

편집 / 곽 창
교열 / 신인영

펴낸 곳 / 도서출판 금토
주소 / 경기도 용인시 수지구 태봉로 17, 205-302
전화 / 070-4202-6252
팩스 / 031-264-6252
e메일 / kumtokr@hanmail.net

1996년 3월 6일 출판등록 제 16-1273호

ISBN 979 - 11 - 90064 - 07 - 1 (04820) 〈전4권 세트〉
       979 - 11 - 90064 - 06 - 4 (04820) 〈제4권〉

* 값 / 각권 14,000원 / 세트(전4권) / 56,000원